호메로스의
『일리아스』
읽기

강대진의 고전 산책 03

호메로스의 『일리아스』 읽기 (개정판)

발행일 개정판1쇄 2019년 4월 22일 2쇄 2020년 4월 2일

지은이 강대진 I **펴낸곳** (주)그린비출판사 I **펴낸이** 유재건 I **주소** 서울시 마포구 와우산로 180, 4층

주간 임유진 I **편집·마케팅** 방원경, 신효섭, 홍민기 I **디자인** 권희원

경영관리 유하나 I **물류유통** 유재영, 이다윗

전화 02-702-2717 I **팩스** 02-703-0272 I **이메일** editor@greenbee.co.kr I **신고번호** 제2017-000094호

ISBN 978-89-7682-984-9   04890
ISBN 978-89-7682-478-3   (세트)

이 도서의 국립중앙도서관 출판예정도서목록(CIP)은 서지정보유통지원시스템 홈페이지(http://seoji.nl.go.kr)와
국가자료공동목록시스템(http://www.nl.go.kr/kolisnet)에서 이용하실 수 있습니다. (CIP제어번호: CIP2019013382)

※ 이 책은 『일리아스, 영웅들의 전장에서 싹튼 운명의 서사시』(강대진 지음)의 개정판입니다.

철학과 예술이 있는 삶 **그린비출판사** www.greenbee.co.kr

Homer

──────

호메로스의
『일리아스』
읽기

머리말

고전에 대한 냉소적인 정의가 있다. '모두가 추천하지만 아무도 읽지 않는' 작품들이라는 것이다. 우리가 지금부터 살펴보려는 작품은 서양 고전 중에서도 맨 앞자리에 놓인 『일리아스』(*Ilias*)이다. 이 작품은 유럽의 문학 작품 중 최초로 지어진 것이고, 따라서 자주 추천도서 목록의 맨 앞에 놓이곤 한다. 한데 이 작품은 읽기가 어렵다. 그래서 어쩌면 독자들의 '고전 읽기 프로젝트'에 큰 걸림돌일 수도 있다. 큰맘 먹고 추천목록의 첫 작품을 집어 들었는데 그것을 읽어 낼 수가 없으니, 그 다음으로 나아갈 수가 없는 것이다. 이런 사정을 잘 보여 주는 것이 『오뒷세이아』(*Odysseia*)의 판매량이다. 이 작품은 늘 『일리아스』와 함께 묶여 언급되곤 하는데, 판매량을 보자면 『일리아스』에 비해 『오뒷세이아』가 현격하게 뒤진다. 사실은 후자가 더 읽기 쉬운데 말이다. 일이 이렇게 된 것은, 사람들이 『일리아스』와 『오뒷세이아』를 내용상 연결된 하나의 작품으로 생각하고, 전자는 1편, 후자는 2편이라 여기기 때문이다(물론 이것은 오해다). 한데 굳은 결심을 하고 집어든 '1편'을 끝내지 못했으니, '2편'은 들어가지도 못하는 것이다. 그래서 나는 이 '걸림돌'을 치워 보려고 한다. 『일리아스』를 어떤 식으로 읽어야 하는지, 읽기를 방해하는 요소들은 어떤 것이고, 어떻게 하면 그 장애물들을 피해 갈 수 있는지를 다뤄 보자는 것이다. 목록 맨 위의 것이 해결되면 좀더 자신감을 가지고 더 빠른 속도로 그 다음 것을 읽을 수 있으리라.

『일리아스』라는 제목은 (잠시 후에 더 자세히 알아보겠지만) 대충 '트로이아 전쟁에 관한 시'라는 뜻인데, 트로이아 전쟁 이야기는 여러 신화집에 많이 소개되어 있어서 독자들도 제법 익숙할 것이다. 하지만 이러한 '신화'와 작품은 다르다. 나는 이 책에서 트로이아 전쟁 이야기가 아니라, 『일리아스』라는 '작품'에 대해 이야기하려고 한다. 사실 이 작품은 직접 그 전쟁을 시작부터 끝까지 그려 주지 않는다. 그저 전쟁 10년째에 있었던 '아킬레우스 분노 사건'의 전말을 보여 줄 뿐이다. 그러면 작품 제목이 '아킬레우스에 관한 시'(『아킬레이스』)가 아니라, '트로이아 전쟁에 관한 시'가 된 이유는 무엇인가? 그것은, 이 작품이 트로이아 전쟁이라는 큰 사건의 한 단면을 보여 주면서 그것을 통해 전쟁 전체를 그려 내고 있기 때문이다. 아킬레우스 분노 사건을 따라가다 보면 전쟁의 전모를 알 수 있게 되어 있는 것이다.

여기서 내가 특히 강조하는 것은 작품 구조와 서사시의 기법들이다. 전자는 작품 전체를 한눈에 넣지 않으면 알기 어려운 것이고, 후자는 작품의 세부에 익숙하지 않으면 알아채기 쉽지 않은 것들이다. 그래서 나는 이 책에서 『일리아스』라는 작품을, 멀리서 전체적으로도 바라보고 가까이서 세부적으로도 들여다보려 한다.

후자와 관련해서는 특히, 처음 이 작품이 공연되던 당시의 청중이 가졌을 법한 시각을 취하려 한다. 그럴 때 강조되는 것은 아마도 전투 장면일 것이다. 작품 전체의 거의 3/4을 차지하는 이 장면들은, 줄거리를 요약할 때는 보통 생략되기 때문에 작품을 직접 읽지 않은 사람에게는 생소할 것이다. 하지만 옛 청중들은 이 부분을 매우 즐거이 들었을 터이고, 시인 역시 굉장한 노력을 들여 그 세부를 묘사했다. 그러니 이 부분을 빼고는 작품을 제대로 읽었다고 할 수 없다. 혹시 작품을 읽다가 이 부분 때문에 질려서 포기한 분이 있다면, 이 책을 통해 읽는 법을 배우고 다시 한 번 시도하셨으면 한다. 아마도 이전에 모르던 새로운 즐거움을 찾을 수 있을 것이다.

그리고 책 한 권이 사람을 완전히 바꿔 놓을 수 있다고 주장한다면 틀림없이 과대망상이겠지만, 독자께서 이 책에서 언급하는 구조를 확인하기 위해 전체를 자꾸 돌아보기를, 그리고 그러는 중에 다른 작품들도 그렇게 살필 수 있는 능력이 생기기를 희망한다. 또 여기서 시작해서 희랍 비극들로, 다른 서사시들로, 문학 일반으로, 모든 종류의 '이야기'들로 관심을 넓혀 가시기를 바란다. 전체의 구조를 찾아내는 능력은 문학 작품뿐 아니라 같은 '이야기'를 다루는 영화나 연극에 대해서도 적용 가능할 것이고, 모든 종류의 이야기들에 대한 관심은 독자들의 삶을 더욱 풍성하게 할 것이다.

이 책에 이따금 인용되는 작품 원문들은 천병희 역(종로서적, 1982; 개정판은 도서출판 숲, 2007)을 희랍어 원문과 대조하여 조금씩 고친 것이다. 인용문에서는 더러 행을 바꾸었지만, 본문 속에 짧게 인용하거나 어떤 구절을 지시할 때는 희랍어 원전보다는 천병희 역의 행수를 적었다. 작품 전체를 보실 분은 도서출판 숲에서 펴낸 판본을 이용하시기 바란다. 다른 데서 나온 번역들은 모두 구미나 일본의 번역에서 다시 한국어로 옮긴 것이라서 내용도 달라져 있고, 무엇보다 행수가 나와 있지 않아서 인용문을 정확히 찾아볼 수가 없다. 그런 번역들은 최악의 경우엔 내용을 일부 빼먹기도 하는데, 행수가 없으니 얼핏 보아서는 누구도 그 사실을 알지 못한다. 희랍어에서 직접 옮긴 번역을 보는 것은 실질적인 이득을 줄 뿐 아니라, 윤리적으로도 (조금 과장하자면) '정의로운' 선택이다. 그것이, 제대로 된 번역을 위해 일부러 어려운 길을 택한 역자에게 합당한 경의를 표하는 길이기 때문이다.

마지막으로 해명 한 가지. 이 책의 목적은 기본적으로, 직접 작품을 읽으려는 사람들에게 도움을 주자는 것이다. 그래서 일종의 주석서가 되도록 글을 짰고, 그러다 보니 일관성보다는 다양성에 강조점이 주어지게 되었다. 한눈팔지 말고 목표를 향해 똑바로만 나가기를 원하는 독자, 필자만의 어떤 주장이 있고 그것을 입증하는 데 꼭 필요한 자료만 엄선해서 보여 주기를 원하는 독자라면 조금 난삽하다고 느낄 수도 있을 것이다. 그래서 조금이라도 난삽하다는 인상을 덜어 보기 위해, 조금 부차적인 내용들은 주석이나 작은 고딕체 글씨로 인쇄했다. 중심적인 이야기만 따라가기를 원하는 독자라면 그런 부분은 건너뛰고 읽어도 될 것이다.

물론 그렇다고 해서 이 책에 독자적인 해석이나 주장이 전혀 없다는 건 아니다. 한 가지 예를 들자면, 전투 장면을 네 개의 전투일로 나누고 그것이 어떤 균형 원리에 의해 통제되고 있다고 보는 게 바로 나만의 고유한 입장이다. 한데 이것을 입증하기 위해 여러 가지로 구조를 확인해 보는 대목이 또 어떤 독자에게는 '시시콜콜해' 보일 수 있겠다. 그래서 이런 부분도 작은 글씨로 인쇄했다. 이 역시 가벼운 마음으로 훑어보고 지나가시기 바란다.

『일리아스』를 좀 멀리서 보고 구조를 발견하려는 학자들은 대개 전체를 세 부분으로 나누어 보고 있다. 혹시 독자께서 작품을 읽다가, 아무래도 세 부분으로 나누는 것이 작자의 의도였다고 생각하게 된다면 나로서는 환영이다. 그 밖에도 여러 다른 관점들이 있을 수 있다. 중요한 것은 작품을 직접 읽고 자신만의 시각을 갖는 것이다. 이 책이 다양한 해석과 때로는 난삽해 보일 정도로 여러 주제를 소개하는 것도 다 이런 새 해석을 찾아내는 데 도움이 되고 싶었기 때문이다. 그러니 이 책에 소개된 여러 정보를 디딤돌로 삼아, 독자 스스로 작품을 읽어 가면서 자기만의 해석을 얻으시기 바란다. 내가 쓰는 모든 글의 결론은 같다. '작품을 직접 읽자!'

2010년 3월
강대진

차례

III. 전투 둘째 날: 희랍군 패주의 날   229

Ⅳ. 전투 셋째 날: 여섯 번의 진퇴   287

V. 전투 넷째 날 : 아킬레우스의 날   447

VI. 전투 이후   531

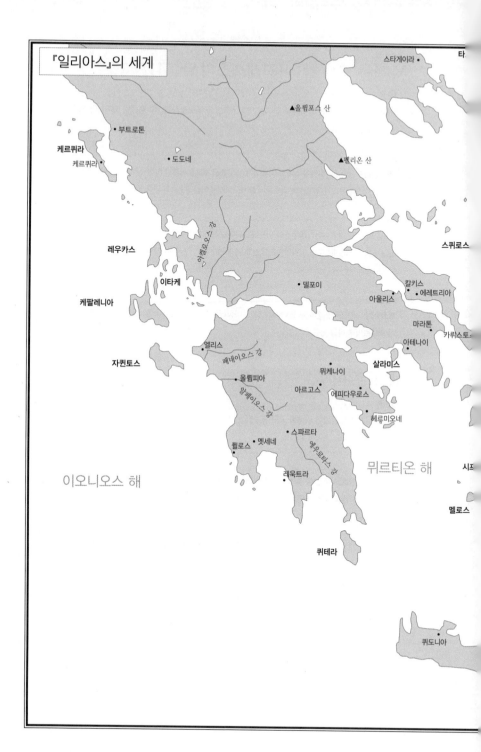

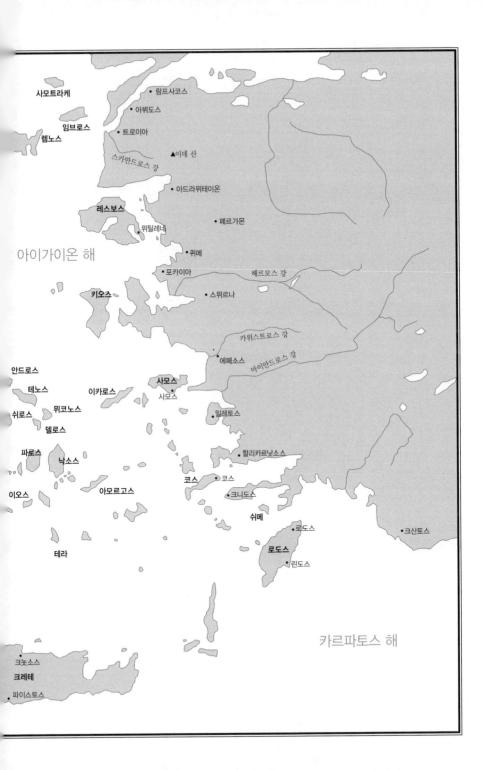

그림으로 보는 트로이아 전쟁의 전개

『일리아스』는 트로이아 전쟁 10년째부터 전쟁 종료 직전까지만을 다루고 있다. 파리스의 판정부터 트로이아 최후의 날까지 트로이아 전쟁의 전모를 독자들이 일목요연하게 이해할 수 있도록 전쟁 전개 과정을 지은이가 그림과 함께 설명하였다.

파리스의 판정(1632) 페테르 폴 루벤스_ 세 여신이 파리스를 찾아가서, 누가 가장 아름다운지 판정을 받고 있다. 황금 사과를 든 파리스에 가까운 쪽부터, 공작을 데리고 있는 헤라, 머리에 관을 쓰고 에로스를 동반한 아프로디테, 그리고 관객 쪽으로 정면을 향하고 있는 아테네가 보인다(정숙한 처녀신으로서는 대담한 자세라고도 할 수 있겠지만, 그림 속에서는 판정자에게 뒤와 옆모습을 보여 주는 자세이니 반드시 그렇게만 볼 것은 아니다). 아테네 곁에는 벗어 놓은 무장과 나무 위의 올빼미도 보인다. 멀리 구름 위로는 불화의 여신인 듯한 희미한 모습이 그려져 있고, 파리스의 뒤에는 날개 모자를 쓴 헤르메스가 전령의 지팡이를 들고서 지켜보고 있다.

헬레네 납치(18세기 후반) 조반니 스카이아로_ 아프로디테는 파리스에게, 세상에서 가장 아름다운 여자를 아내로 주겠다고 제안해서 황금 사과를 차지한다. 파리스가 그녀의 도움을 받아, 스파르타의 왕비 헬레네를 납치한 사건이 트로이아 전쟁의 시발점이다. 『일리아스』 내에서 헬레네는 납치된 것인지 가출한 것인지 불분명하게 다뤄지고 있다. 헬레네가 자기 행동을 거듭 비관하고 있는 것을 보면 가출 쪽이 옳은 듯도 한데, 희랍군은 대체로 그녀가 납치된 것으로 간주하는 경향이 있다. 이 그림에서도 여자의 태도는 모호하게 표현되었다. 동작은 저항하는 듯한데 눈길은 먼 바다로 향하고 있어서, 욕망과 도덕적 의무감 사이에서 갈등하는 듯 보인다.

발각되는 아킬레우스(1664) 얀 데 브라이_ 여신 테티스는 아들 아킬레우스가 전쟁에 나가면 죽을 것을 알고 여자 옷을 입혀 스퀴로스 섬 뤼코메데스 왕의 궁정에 숨겨 두었다고 한다. 하지만 오뒷세우스가 방물장수로 변장하고 찾아와 그를 찾아내고 만다. 다른 여자들이 화장품과 옷감, 장신구를 살펴보는 와중에 아킬레우스는 본성을 속이지 못하고 칼을 집어 들었기 때문이다. 그림 오른쪽에 여자 옷을 입은 채 칼을 든 아킬레우스가 보이고, 사내들은 그에게 의혹의 눈길을 보내고 있다. 그림 중앙의 여성은 아킬레우스가 쓸데없는 행동을 해서 신분이 발각된 것을 질책하는 듯한 표정을 하고 있다.

이피게네이아의 희생 조반니 바티스타 티에폴로(1696~1770)_ 트로이아를 정벌하기 위해 희랍군이 아울리스에 모이지만, 역풍이 불어 배를 띄울 수가 없다. 예언자 칼카스는 아르테미스 여신이 분노한 탓이라고 밝힌다. 그 분노를 누그러뜨리기 위해 아가멤논의 딸 이피게네이아를 희생으로 바친다. 하지만 마지막 순간에 아르테미스 여신이 사슴을 대신 갖다 두고 이피게네이아를 빼돌려 자신의 여사제로 삼는다. 그림 중앙 오른쪽에 창백하게 그려진 이피게네이아가 있고, 주변에는 쓰러져 우는 여인들이 보인다. 중앙 위쪽에는 아르테미스가 사슴을 데리고 다가오고 있다. 칼로 이피게네이아의 목을 치려다가 그쪽으로 돌아보는 인물은, 흔히 전하는 이야기대로라면 아가멤논이어야 할 텐데, 너무 늙은 인물로 그려져서 예언자 칼카스나 네스토르라고 보아야 할지도 모르겠다. 주변의 남성들은 다소 무심한 태도여서, 남성 전사들의 전쟁에 대한 열망과, 그 희생에 대한 무관심을 반영하는 듯도 보인다.

아킬레우스의 분노 조반니 바티스타 티에폴로_ 아가멤논이 브리세이스를 빼앗아 가겠다고 하자, 분노한 아킬레우스는 아가멤논을 쳐 죽일까 생각하며 칼을 반쯤 뽑는다. 그때 아테네 여신이 나타나 뒤에서 아킬레우스의 머리카락을 잡아당기며 막는다. 그림 내용은 대체로 『일리아스』의 내용과 일치하지만, 그림 테두리에 석조 건축물을 그려 넣은 것은 화가의 선택이다. 작품 속에서는 회의가 바닷가에서 벌어지는 것으로 되어 있고, 영웅들의 막사도 비교적 소박한 목조 건물인 것처럼 되어 있다. 화가는 이 사건이 왕들 사이에 벌어진 것인 만큼, 제왕적인 프레임을 사용하는 게 옳다고 판단한 모양이다.

브리세이스를 데려감 폼페이 벽화(서기 79년 이전)_ 아가멤논은 회의에서 공언했던 대로 전령들을 보내 브리세이스를 데려간다. 아킬레우스는 그것을 막지 않는다. 아킬레우스를 좋아하던 브리세이스는 마지못해 끌려간다. 그림 중앙에는 약간 왼쪽으로 향한 자세로 당당하게 그려진 아킬레우스가 있고, 오른쪽에는 아쉬운 듯 뒤를 돌아보며 끌려 가는 브리세이스가 보인다. 아킬레우스의 표정은 상처 받은 자존심보다는 영웅 본래의 고귀함이 드러나게 표현되었다.

제우스에게 탄원하는 테티스(1811) 장 오귀스트 앵그르_ 테티스는 제우스를 찾아가 아들의 원한을 풀어달라고 청한다. 전형적인 희랍의 탄원 자세대로 테티스는 제우스의 무릎과 턱을 잡았다. 날씨의 신인 제우스는 제왕의 자세로 구름에 기대어 앉아 있고, 곁에는 그의 상징인 독수리가 있다. 왼쪽 위에는 헤라가 이 두 신에게 의혹의 눈길을 보내고 있다.

파리스와 헬레네(1788) 자크 루이 다비드_ 이 그림에는 두 사람이 매우 다정하게 그려졌지만, 작품 안에서
는 이들이 다투는 장면이 더 부각된다. 화가는 남성의 나체를 아름답게 여겼던 희랍 사람들의 취향을
반영하여 파리스를 나체로 그렸다. 그가 머리에 쓰고 있는 프뤼기아 모자는 동방의 상징이다. 헥토르
가 찾아갔을 때 파리스는 무구를 다듬고 있었는데, 이 그림에서는 그의 평소 취향을 반영하듯 뤼라를
들고 있는 것으로 그려 놓았다.

헥토르 가족의 만남(1912) 프란츠 슈타센_ 전장으로 복귀하던 헥토르는 성문 앞에서 아내와 마주친다. 아내는 남편이 걱정되어 성벽 위에 가 있다가 집으로 돌아가는 길이다. 헥토르는 아내를 위로하고는, 아이를 안아주려 한다. 하지만 아이는 아버지의 투구 술이 흔들리는 것을 보고 겁먹어 울음을 터뜨린다. 아버지가 투구를 벗어 놓자 그제야 아버지를 알아보고 품에 안긴다. 배가 볼록하게 그려진 아기가 아빠에게 손을 내밀고 있고, 아내는 건장한 남편의 어깨에 기대어 아기를 흐뭇한 눈길로 올려보고 있다. 아름답고도 가슴 아픈 광경이다.

아킬레우스와 헥토르의 대결 기원전 490년경 앗티케 도기 그림_ 대결 장면을 그릴 때, 이기는 사람은 왼쪽에, 지는 사람은 오른쪽에 그리는 관례에 따라, 왼쪽에서 아킬레우스가 전진하고 있으며 오른쪽의 헥토르는 뒷걸음질 치고 있다. 두 사람은 모두 창을 들고 싸우는 것으로 그려졌는데 『일리아스』 22권의 묘사는 다르다. 작품 속에서는 아킬레우스는 창을 들고 싸우는 반면에, 헥토르는 창이 빗나가서 칼을 들고 대항하는 것으로 되어 있다. 또 작품에서는 이 두 사람이 모두 신이 만든 무장을 입고 있는 것으로 되어 있지만, 그림에서는 남성의 나체를 보여 주기 위해 모두 맨 몸으로 그려졌다.

헥토르의 시신을 끌고 가는 아킬레우스(1890) 프란츠 마취_ 희랍 북서부 코르푸 섬의 아킬레이온 궁(19세기 말 조성) 프레스코. 아킬레우스는 죽은 헥토르의 발목을 가죽끈으로 꿰어 마차에 묶어 끌고 자기 진영으로 돌아간다.

헥토르의 죽음을 슬퍼하는 안드로마케(1844) 보나벤투라 제넬리 _ 아킬레우스는 자기 친우를 죽인 헥토르에게 앙심을 품고서, 날마다 그의 시체를 마차에 묶어 끌고 파트로클로스의 무덤을 돌았지만, 신들의 보호로 그 시신은 훼손되지 않았다. 헥토르의 아버지 프리아모스가 아들의 시신을 구해 오자 여인들이 모두 모여 애곡한다. 이 그림에서도 그의 시신은 별다른 흠 없이 잘 보존되어 있다. 헥토르의 머리맡에 있는 여인은 안드로마케로 보이며, 그림 오른쪽 끝에 회한에 잠긴 듯한 표정을 하고 있는 여인은 헬레네로 보인다. 영웅의 면모를 강조하기 위해 헥토르의 상체를 좀 과장해 놓았다.

아킬레우스에게 나타난 파트로클로스의 혼령 자크 가믈랭(1738~1803)_ 아킬
레우스가 파트로클로스의 죽음에 슬퍼하며 장례를 지체하자, 그의 꿈속에
파트로클로스의 혼령이 나타나서 얼른 장례를 치뤄달라고 요구한다.

아킬레우스의 죽음 칼키스 암포라(기원전 540년경) 현재는 어디에 있는지 소재가 파악되지 않는 자료로서, 모사화만 전해진다. 아킬레우스는 발뒤꿈치와 등에 화살을 맞고 쓰러져 있으며, 글라우코스가 그의 발목을 묶어 끌어가려다가 아이아스의 창에 쓰러지고 있다. 파리스는 활을 당기던 자세를 유지하고 있다. 왼쪽 끝에는 아이기스를 두른 아테네 여신 이 지켜보고 있다.

트로이아의 목마 15세기 도서 삽화_ 전쟁 마지막에 희랍군은 목마 작전을 고안하여 트로이아를 함락한다. 이 그림에는 여러 시간대가 동시에 그려져 있다. 그림 앞쪽에, 희랍 영웅들이 사다리를 놓고 목마 안으로 막 들어간 듯한 모습이 그려져 있지만, 그 목마는 이미 부서진 성벽 안에 있어서 트로이아인들이 그것을 이미 성 안으로 끌어들였음을 보여 준다. 한편 그 뒤에는 성 안으로 진격하는 희랍군이 보이고, 성 안 여기저기에서 전투가 벌어지고, 집들이 불타고 있다. 성의 모습은 화가가 살던 시대의 모습대로 그려졌다.

트로이아의 함락 얀 브뢰겔(1671~1672)_ 불타는 트로이아를 뒤로 하고, 아이네이아스 가족이 탈출하고 있다. 아이네이아스는 아버지 안키세스를 어깨에 업고 아버지는 집안의 신상을 챙겨들고 있다. 아들도 신상을 들고 곁에 따라가고 있다. 트로이아 시내는 고대 로마처럼 그려졌으며, 멀리 그림 중간 오른쪽에 목마가 보인다. 아이네이아스는 이 전쟁에서 죽지 않고 나중에 트로이아 사람들을 다스리게 되리라고 『일리아스』에 예고되어 있다. 베르길리우스는 그를 로마인의 조상으로 노래했다.

〜 들어가기 전에

『일리아스』의 시인

우선 우리가 다룰 작품에 대한 기본 정보다. 제목은 『일리아스』. 만든 사람은 호메로스(라고 전해진다). 서양 최초의 문학 작품(기원전 8세기). 입에서 입으로 전해지다 문자로 기록된 시(구송시oral poetry). 반복적인 운율에 맞춰 이야기를 전해 주는 시(서사시). 분량은 약 1만 5천 행, 현대식으로는 보통 두께의 책 한 권 분량이다. 전체는 스물네 부분[권卷]으로 나뉜다. 내용은, 기원전 13세기(또는 12세기)에 있었다는 트로이아 전쟁 중에 아킬레우스라는 영웅이 분노한 사건의 전말이다.

작가에 대해 알고 싶어 하는 독자가 늘 있기 마련이니, '호메로스 문제'(Homeric Question)를 언급하지 않을 수 없다. 보통 『일리아스』와 『오뒷세이아』는 호메로스(Homeros)라는 시인이 지은 것으로 알려져 있다. 하지만 사실은, 정말로 호메로스라는 사람이 있어서 이 작품들을 지었는지, 아니면 여러 사람의 손을 거쳐 변형되어 온 작품에 그냥 '호메로스'라는 가상의 저자 이름이 붙은 것인지 아직도 확정되어 있지 않다. 200년 넘게 논란이 되고 있는 이 문제는 서양 지식인 사회에서 아주 유명한 것으로, 아예 '호메로스 문제'라는 특별한 이름이 붙어 있다.

『일리아스』나 『오뒷세이아』가 한 시인의 작품이라고 주장하는 사람들을 단일론자(Unitarian)라고 하고, 여러 사람의 작업 결과라고 하는 사람들을 분석론자(Analyst)라고 하는데, 현재로서는 대체로 앞의 입장을 지지하는 학자가 다수인 것으로 보인다. 분석론을 따르자면 호메로스라는 인물은 아예 존재하지 않았거나, 그런 사람이 있었다 하더라도 전체 작품의 아주 작은 부분에만 기여했다는 게 된다. 단일론자들은, 위의 두 작품이 정리되는 마지막 단계에 한 위대한 시인이 있었다고 믿으며, 그 시인의 실제 이름이 무엇이었든 간에 그를 '호메로스'로 보자고 제안한다.

호메로스라는 인물이 실제로 있었다고 믿는 사람들은 대체로, 그가 기원전 8세기 이오니아 지역(소아시아 반도, 현재 터키의 서해안)에서 활동했다고 보고 있다. 지중해 연안의 도시 십여 군데가 '호메로스의 고향'이라는 영예를 얻기 위해서 다투고 있지만, 가장 유력한 곳은 키오스(Chios)와 스뮈르나(Smyrna, 오늘날 터키의 이즈미르Izmir)이다.

한데 일단 단일론이 옳다 하더라도 아직 해결해야 하는 문제가 하나 더 있다. 『일리아스』와 『오뒷세이아』가 같은 시인의 작품인지 서로 다른 시인의 작품인지 하는 것이다. 같은 시인의 것이라고 주장하는 학자들은 두 작품 사이에 공통점이 너무나 많다는 걸 내세우고, 서로 다른 시인의 것이라고 주장하는 학자들은 차이점이 많다는 점을 강조한다. 양쪽 진영의 논리나 근거가 다 훌륭하고 설득력 있는 것이어서, 전문가들 중에도 확실하게 어느 한쪽으로 마음을 정하지 못하는 사람이 꽤 된다. 이 책에서는 일단 '『일리아스』 시인', '『오뒷세이아』 시인' 하는 식으로 구별하고 진행하겠다. 그 두 시인이 같은 사람인지 다른 사람인지는 그냥 두 가지 가능성을 다 열어 놓겠다.

표기법에 대하여

이 책에서는 우리가 다룰 작품의 제목은 '일리아드'나 '일리어드'가 아닌 '일리아스'로 적겠다. 이것이 원 희랍어 표기[Ἰλιάς]를 원래의 발음대로 적은 것이다. 그리고 그 작품이 배경으로 삼는 전쟁은 '트로이'(Troy) 전쟁이 아니라, '트로이아'(Troia) 전쟁이다. '트로이'는 영어식 표기다.

그리고 이 작품의 작가가 속한 나라는 '희랍'으로 적겠다. 이 나라는 보통 '그리스'라고들 부르는데 이것은 영어식 이름이고, 그 나라 사람들은 자기네 나라를 '헬라스'(Hellas)라고 부르며 그걸 비슷한 발음의 한자로 표기한 것이 '희랍'(希臘)이다. 따라서 아예 '헬라스'라고 부르거나 아니면 '희랍'이라고 부르는 게 옳다. 이 나라를 '그리스'라고 부르자는 주장은, 우리가 쉽게 '독일'(獨逸)이라고 부르고, 스스로는 '도이칠란트'(Deutschland)라고 부르는 나라를, '독일'도 '도이칠란트'도 아닌 '저머니'(Germany)라고 부르자는 것이나 다를 바 없다.

이 작품과 함께 호메로스가 썼다고 전하는 다른 서사시(Odysseia, 또는 Odusseia)는 '오뒷세이아'로 적겠다. 현재 흔히 쓰이는 작품 제목으로는 '오디세이', '오디세이아', '오뒤세이아' 등이 있지만 모두 원래의 발음, 원래의 철자[Ὀδύσσεια]와 맞지 않는 것들이다. 여기서 제일 큰 문제는, 희랍 글자 웝실론(Υ, υ)을 '이'로 적을 것인가, '위'로 적을 것인가 하는 것인데, 보통 이 글자는 로마자 y로 옮겨 적고, 따라서 한글로는

'이'로 적는 게 옳다고들 믿고 있다. 하지만 사실 이 글자는, 영어에서 그 것을 지칭하는 단어가 ypsilon이 아니라 upsilon인 것에서도 알 수 있 다시피, 로마자 u로도 옮겨 적을 수 있는 것이며, 실제로 많은 학자들이 희랍어 단어를 로마자로 표기할 때 이런 방식을 쓰고 있다. 그리고 무엇 보다, 우리가 기준으로 삼는 희랍 고전기의 발음으로 Υ은 [위] 발음이었 으므로 '위'로 적는 게 옳을 것이다. 또, 희랍어의 모든 철자를 있는 대로 다 적어 주는 게 옳다고 생각해서 중간에 나오는 시그마(σ) 두 개를 모두 옮겼다. 그 결과가 '오뒷세이아'다.

『일리아스』에 쓰인 희랍어는 여러 지역의 방언이 섞인 것이지만, 대체로 이오니아 말이 중심적으로 쓰였고, 그래서 예를 들면 '트로이아' 는 '트로이에'로, 여신 '헤라'(Hera)는 '헤레'(Here)로 표기되어 있다. 하 지만 이 책에서는 그냥 일반적인 앗티케(현재 희랍의 수도인 아테나이 근 방) 방언 형태로 적겠다. 하지만 아주 유명하지 않은 인물들은 원래의 표 기대로 이오니아 식으로 적겠다.

'호머의 『일리아드』라는 영어식 표기의 유래

누구나 자신이 맨 처음 접했던 이름이나 표기가 옳다고 믿는 경향이 있 으므로, 내가 여기서 '별난' 표기법을 내세우는 것에 반발이 있을 수도 있다. 그러니 여기서 '호머'와 '일리아드'라는 영어식 표기가 어디서 유 래했는지 설명하고 넘어가는 게 좋겠다.

우선 올바른 명칭인 '일리아스'에 대해서. '일리아스'(Ilias)는 원래 명사가 아니라, 명사에서 파생된 형용사다. 트로이아를 달리 '일리온'

(Ilion, 또는 '일리오스'Ilios)으로도 부르는데, 거기서 나온 말이다. '트로이아'는 대체로 지역 이름으로 쓰이고, '일리온'은 도시 이름으로 많이 쓰이지만 그 구별이 엄격한 것은 아니어서, 사실은 섞여서 사용된다. 이 둘 다 그 지역 조상 이름에서 나온 것으로, '트로이아'는 '트로스'(Tros)라는 조상에게서, '일리온'은 '일로스'(Ilos)라는 사람에게서 나왔다(468쪽 참조). '일리아스'는 '일리온에 대한'이란 뜻이다. 작품 이름으로 사용하자면 원래 그 다음에 '시'(poiesis)라고 덧붙여야 하는데, 너무 길어지니까 뒷부분을 생략하고서 형용사를 명사처럼 사용하는 것이다.

한편 영어와 불어에서 사용하는 일리어드(Iliad) 혹은 일리아드(Iliade)라는 표기법은, 희랍어를 로마자로 옮겨 적는 과정에서 나온 것이다. 희랍어나 라틴어같이 인도유럽어에 속하는 말들은 원래 문장 안에서 하는 역할에 따라 단어 뒷부분이 변화한다(격변화). 그래서 '일리아스'라는 말도 주어로 쓰일 때(1격)는 Ilias('일리아스가'), 소유의 의미일 때(2격)는 Iliados('일리아스의')의 꼴을 취한다. 일반적으로 1격은 s로 끝나는 경우가 많아서 원래의 어간이 드러나지 않고, 2격을 보아야 원래 어간을 알 수 있다. 그래서 2격 형태에서 어미를 떼어 버리고 어간을 드러내는 것이 라틴어와 영어 등의 관습이다. 이 관습에 따라 Iliados에서 맨 끝의 두 글자(어미)를 떼어 버리고 앞부분(어간)만 쓴 것이 영어의 '일리아드'(Iliad)이다. 그러니 '트로이 전쟁을 다룬『일리아드』'라는 표현은 영어로 쓰고 말할 때를 위해 아껴 두고, 평소 우리말로 대화하고 글을 쓸 때는 '트로이아 전쟁을 다룬『일리아스』'라고 해야 할 것이다.

지은이 이름도 '호머'로 알고 있는 사람이 있을 텐데, 이 역시 희랍어 '호메로스'(Homeros)에서 맨 끝의 두 글자를 떼어 버리고 만든 영어식 이름이다. 우리는 원래대로 '호메로스'라고 부르는 게 옳겠다.

고전 읽기를 권유함

본론으로 들어가기 전에 먼저, 내가 '아무도 읽지 않는' 고전에 대해 글을 쓰는 이유를 설명해 보겠다. 나는 되도록 많은 사람이 『일리아스』라는 작품을 읽어야 한다고 주장하는 셈인데, 이런 주장에 대해 나올 질문이 있다. 현대의 우리가 거의 3000년 전에 만들어진 작품을 읽어야 하는 이유는 무엇인지 하는 것이다. 내가 여기에 줄 수 있는 답은, '고전이기 때문에'다. 먼저, 고전 일반에 대한 변명 하나. '고전'이라는 말은 즉각 '지루함'과 연관되지만 이것은 거의 누명이다. 고전은 사실 재미있는 작품들인데, 그 재미를 끌어내는 방법을 모르는 사람들이 이런 억울한 평가를 뒤집어씌운 것이다. 이 누명을 씌운 사람들은 우리보다 먼저 읽은 (아니, 읽으려 시도했던) 사람들이다. 이들은 제대로 읽는 법을 배우지 못했고, 혼자서 애를 쓰다가 악평을 남기고 떠나갔다. 우리는 일단 그 악평을 선입견으로 물려받았고, 여전히 고전 읽는 법은 배우지 못한 상태다. 그래서 고전 작품들은 여전히 제자리를 잡지 못하고, 읽어야 한다는 의무감과 지루하다는 악평 사이에 부유하고 있다.

　고전으로 알려진 다른 작품들에 대해서는 내가 얘기할 권한이 없으니, 그냥 우리의 주제인 호메로스 서사시에 대해서만 이야기하자. 재미는 이 책을 읽어 가면서 독자 스스로 느끼게 될 터이니, 여기서는 고전을 읽는 데서 얻는 이익만 얘기하겠다.

첫째로 꼽을 수 있는 것은, 고전은 다른 작품들을 이해하기 쉽게 해 준다는 것이다. 보통 '고전'이라고 하는 것은, 어떤 뛰어난 면모를 지니고 있어서, 후대 사람들이 글을 쓸 때 모범이 되고, 다른 작품들을 평가하는 데 기준이 되는 작품들이다. 이런 고전 작품들은 예로부터 눈 밝은 사람들 사이에서 선별되고 거듭 추천되어 하나의 '체계'를 이루고 있는데, 이 책들은 시대적으로 뒤의 것이 앞의 것을 본받고, 때로는 명시적으로 때로는 은근히 전 시대의 작품을 인용하고 지시하는 것이 보통이다. 그러니 앞 시대의 책 내용을 모르면 뒷 시대의 것을 이해하기 어렵게 되고, 그 재미와 깊이를 충분히 느낄 수 없게 된다.

그 고전들 중에서도 시대적으로 맨 앞에 놓인 것이 희랍과 로마의 작품들이다. 현재 세계 문화의 주류 행세를 하는 유럽 문화는 이 희랍과 로마에 뿌리를 두고, 그 시대의 작품들을 모범으로 삼아 왔다. 그러니 서양의 고전들을 이해하자면 '고전 중의 고전'인 희랍과 로마의 작품들을 피해 갈 길이 없고, 반대로 고전적 고대(classical antiquity)의 작품들을 잘 알고 있으면 그 이후의 고전적 작품들을 이해하기가 아주 쉬워진다. 요즘 것을 이해하자면 옛것부터 챙겨 읽어야 한단 말이다.

고전 읽기의 다른 이점으로, 이런 작품들은 의사소통을 위한 공통의 기반이 되어 준다는 것을 들 수 있다. 자신이 뜻하는 바가 무엇인지 다른 이에게 이해시키려면, 상대방도 알고 있는 사례를 예로 들어야 하는데, 고전이 그런 예들의 창고 역할을 한다는 것이다. 가령, 이야기를 풀어 가는 기법을 설명하기 위해 예를 들어야 할 때, 지적인 활동에 종사하는 사람이라면 누구나 알고 있는 『일리아스』, 『오뒷세이아』의 한 토막을 인용하는 식이다. 많은 사람과 소통하고 싶은 사람이라면 일단 표준적인 목록, 즉 고전을 읽고 그것을 인용해야 한다. 숨은 보물을 찾아내어 널리 알리는 것도 가치 있는 일이지만, 그것도 타인과 소통이 될 때에야 의미가 있다.

세번째로, 고전작품들이 글쓰기, 글 짜기, 이야기 만들기의 모범 역할을 한다는 점을 지적할 수 있다. 좋은 작품은 누구나 본받고 싶어 하기 때문이다. 예를 들자면, 오늘날 대작 영화에 쓰이는 기법들은 이미 호메로스의 두 서사시에 다 나와 있다. 앞으로 자세히 살펴보겠지만, 장면마다 제 나름의 기능이 있고, 군더더기라고 할 것은 거의 없다. 얼핏 보기에 문제점인 듯한 특징들도 다 이유가 있다. 주제 자체도 그렇거니와 이야기를 짜 나가는 방식 자체가 후대에 본이 되고 있다. 그러니 이야기를 다룰 사람들은 이런 고전들을 눈여겨 볼 일이다.

어떤 이는, 책을 100권 읽으면 한 권 쓸 수 있다고 주장하던데, 그도 좋은 작품을 읽었을 때의 일이다. 적어도 제 나름의 안목을 갖추게 될 때까지는 공인된 고전들에 기초를 두고 거기서 시작하는 것이 안전하다.

구조에 대해 간단히

다른 글들에서 이미 구조에 대해 여러 차례 언급했기 때문에 여기서는 필요한 만큼만 짧게 언급하겠다(얼른 짧은 글로 읽고자 하는 사람은, 강대진, 『고전은 서사시다』, 안티쿠스, 2007의 첫 장을 참고할 것).

『일리아스』의 첫 세 권은 마지막 세 권과 짝을 이루어 '되돌이 구성'을 이룬다. 이 구성법은 시인이 직유를 쓸 때나, 등장인물의 말을 직접 화법으로 전달할 때 주로 사용하는 방법으로, 서로 짝이 되는 요소가 서로 대칭되는 위치에 나타나는 것이다. 가장 간단한 예는 A—B—A의 꼴인데, 우선 어떤 주제를 언급하고 다른 주제로 갔다가, 다시 처음 주제로 돌아가서 말을 맺는 형식이다. 이런 구성법을 아주 깊이 있게 쓰면, 앞에서부터 나온 주제들이 나중에 역순으로 다시 한 번 반복되는, 도식으로 표시하자면 A—{B—(C–D–C)—B}—A 같은 식이 된다. 물론 중간의 단위들에서도 자체적으로 되돌이 구성을 사용하여 얼마든지 깊이를 더할 수 있다. 위의 도식에서 A가 내부적으로 a—b—a의 꼴을 보인다든지 하는 것이다.

첫 세 권과 마지막 세 권의 대응관계를 당장 자세히 살펴보자면 아직 다루지 않은 작품 내용을 많이 언급해야 하니, 여러 요소를 빼고 그냥 굵직한 것만 추려서 좀 간략한 형태로 보자.

> A: 한 노인(크뤼세스)이 헤아릴 수 없는 선물을 가지고 자식(크뤼세이스)을 구하러 희랍군 진영으로 찾아온다. (1권)
>
> B: 희랍군 주요 전사들이 처음으로 소개된다. (2권, '배들의 목록')
>
> C: 메넬라오스와 파리스가 단독 대결을 벌이고 트로이아 사람들이 성벽에서 내려다본다. (3권)
>
> C: 아킬레우스와 헥토르가 대결을 벌이고 트로이아 사람들이 성벽에서 내려다본다. (22권)
>
> B: 파트로클로스의 장례식 기념경기. 희랍군 주요 전사들이 마지막으로 소개된다. (23권)
>
> A: 한 노인(프리아모스)이 헤아릴 수 없는 선물을 가지고 자식(헥토르의 시신)을 구하러 희랍군 진영으로 찾아온다. (24권)

한편 1권에 나오는 사건이 역순으로 24권에 재현되고 있다.

1권 : 아킬레우스(Ⓐ)가 테티스(Ⓑ)에게 부탁해 제우스(Ⓒ)의 뜻을 움직이
　　게 한다.
24권: 제우스(Ⓒ)가 테티스(Ⓑ)에게 부탁해 아킬레우스(Ⓐ)의 뜻을 움직이
　　게 한다.

1권에서 의사 전달 방향이 Ⓐ→Ⓑ→Ⓒ였던 것이, 24권에서는 반대로 Ⓒ→Ⓑ→Ⓐ가 되었다. 1권에서는 인간의 뜻이 지상에서 올림포스로 올라갔고, 24권에서는 신의 뜻이 올림포스로부터 지상의 인간에서 전해지고 있다. 이것은 좀더 심화된 되돌이 구성의 예라 하겠다.

첫 세 권과 마지막 세 권에 대해서는 됐다. 그 사이에 끼어 있는 부분을 보자. 이 부분은 나흘간의 전투로 짜여 있고, 이 전투들은 양쪽 군대 사이에 전세의 균형이 맞게 구성되어 있다. 첫날은 양쪽이 상당히 균형 있게 싸운다. 전체적으로 희랍군의 우세 국면과 균형 국면이 교차 배치되어 있다. 자체적으로 균형 잡힌 날이다.

나머지 사흘은 '첫날 트로이아 승리, 둘째 날 각축의 되풀이, 셋째 날 희랍군 승리'로 짜여 있다. 가운데 끼인 '각축'의 날에는 트로이아 군대가 세 번 우세를 누리고, 희랍 군대가 세 번 반격한다. 양쪽 진영이 각각 하루씩 절대적 우세를 누리고, 가운데 끼인 날은 세 번씩 전진과 후퇴를 반복하니 이 세 날 역시 일종의 균형을 보이는 셈이다. 이 균형은 양쪽 군대의 승세를 도식으로 나타내 보면 더 잘 드러난다. 희랍군이 승리하는 것을 G, 트로이아군이 승리하는 것을 T로 표시하자면, 이 세 날의 전투는 T−(G−T−G−T−G−T)−G의 꼴이 되는 것이다.

따라서 『일리아스』라는 작품을 쉽게 읽는 길은, 전체를 '전투 이전
—전투—전투 이후'로 나눠 보는 것이다. 전투 이전은 대체로 1~3권이
다. 하지만 전투 이후는 23~24권이어서, 앞에 얘기한 되돌이 구성의 짝
맞춤과 아귀가 딱 들어맞지는 않는다. 전투 나흘째는 22권까지 이어지
기 때문이다. 하지만 대체로 볼 때 '첫 세 권—나흘의 전투—맨 뒤의 세
권'으로 나누어 전체 그림을 그려 놓고, 전투의 맨 마지막 부분은 되돌이
구성과 일부 겹친다고 생각해 두면 될 것이다.

마지막으로, 각 날의 내부와 전체의 연결에 대하여

앞에서는 일단 되도록 구조를 간단히 만들어 보기 위해 전세를 기준으
로 삼았지만, 각 날의 내부를 들여다보면 전세 말고도 다른 요소들이 내
적인 구조를 이루고 있다. 가장 눈에 띄는 것은 역시 되돌이 구성이다.
간단한 예를 들어보자면, 전투 첫날은 시작 부분에 단독 대결이 하나, 마
지막에 단독 대결이 하나 등장하고, 중간에 디오메데스가 큰 공을 세우
는 부분(수훈기)이 놓여 있다. 그래서 '대결—수훈—대결'의 꼴이다. 전
투 둘째 날은 회의로 시작해 회의로 끝난다. 역시 되돌이 구성법이다.

되돌이 구성은 보통 독자나 청중에게 어떤 완결감을 주기 때문에,
이 구성법이 쓰인 부분들은 '자기 완결적' 단위로 느껴지기 쉽다. 하지만
길게 이어진 작품이 이렇게 토막토막 나뉘기만 하면 곤란하므로 전체를
하나로 이어 주는 요소들이 필요하다. 물론 내용상 처음에 설정된 목표
(이 작품에서는, 아킬레우스의 명예 회복)가 달성될 때까지 이야기가 발
전해 가므로 내용 자체가 통일성을 주긴 하지만, 그 과정에 나타나는 형

식적인 연결 장치들도 있다. 이 작품이 사용하는 연결 장치 중 중요한 것이 '반복되면서 점차 커 가는' 주제들이다.

호메로스 서사시의 구성 원리는 바로 반복이다. 구절들, 주제들, 장면들 모두가 거듭거듭 되풀이된다. 하지만 그냥 늘 같은 게 나오는 건 아니다. 매번 조금씩 변형된다. 비슷한 것이 다시 등장하면서 전과 조금 달라졌으면 사람들은 그 차이에 더욱 주목하게 된다. 따라서 이런 방식은 독자와 청중이 내용을 쉽게 받아들이게 해주면서도, 약간의 변경으로써 이야기 발전을 경제적으로 전달할 수 있다. 시인은 비슷한 주제와 장면들을 반복적으로 사용하면서 그것들을 점차 강하고 크게 만들어 나간다. 그 발전 계열의 끝에는 보통 아킬레우스가 있다. 그 전까지 조금씩 조금씩 자라 오던 장면들이 아킬레우스가 등장하는 대목에서 가장 뚜렷한 모습을 보여 주는 것이다. 우리는 앞으로 그렇게 반복되는 장면들을 확인하게 될 것이다. 어떤 장면이 앞이나 뒤에 나온 다른 장면과 어떤 점에서 유사하고 어떤 점에서 다른지 지적할 때면, 이 장면들이 전체를 연결해 주는 장치이고 점차로 성장해 가는 계열을 이룬다는 걸 생각하시기 바란다.

얘기가 약간 앞으로 돌아가는 느낌이 있지만, 시인이 사용하는 '반복 기법'과 관련해서 각 부분을 독자적인 완결체로 만들어 주는 다른 요소에 대해서도 언급해야겠다. 우리는 각각의 전투일, 그리고 다른 큰 덩어리들에 어떤 구조를 부여하는 장치로, '두 가지 주제의 배분'도 발견할 수 있다. 앞에서 잠깐 말했지만, 이 작품은 아킬레우스 분노 사건을 그리면서 트로이아 전쟁 전체를 보여 주고 있다. 따라서 중심적인 주제는 '분노'이고, 부차적인 주제는 '전쟁'이다. 그런데 기본적으로 '분노' 주제는 '전쟁'을 배경으로 삼고 있기 때문에, 처음에는 일단 '전쟁' 주제가 두드러지고, 뒤로 갈수록 '분노' 주제가 강해질 수밖에 없다. 한데 반복을 구성 원리로 삼는 우리의 시인은, 부분들이 전체를 닮게 만들었다. 그래서 각 단위들도 전반에는 '전쟁' 주제가, 후반에는 '분노' 주제가 두드러지게 꾸며져 있다. 독자들은 각 단위의 끝부분마다 이러한 주제 배분 문제를 되새기게 될 것이다.

나는 보통 호메로스 서사시를 소개할 때면 먼저, 작품을 읽는 데 장애가 되는 게 무엇인지 지적하는 걸로 시작하곤 하는데, 여기서는 바로 본문으로 들어가려 한다. 작품 첫 머리에 나오는 것들을 예로 사용하면서 진행하는 게 좋을 듯해서다. 전체의 구조에 대해서도 본문 해설 중에 조금씩 언급하고 맨 마지막에 다시 정리해 보는 것으로 하겠다.

일러두기

1 이 책은 『일리아스, 영웅들의 전장에서 싹튼 운명의 서사시』(리라이팅 클래식 11)의 개정판이다.

2 이 책이 인용한 『일리아스』의 원문은 David B. Monro와 Thomas W. Allen이 편집한 *Homeri Opera* I~II, Oxford University Press, 1920(3판)을 저본으로 옮긴 것이다.

3 인용문 가운데 굵은 글씨는 인용자가 강조한 것이다.

4 『일리아스』 원전의 권과 행은 천병희가 옮긴 『일리아스』(숲, 2007)를 따라 표기했다[예: 1권 34~40행→'(1:34~40)' 식].

5 희랍어 고유명사의 표기는 『일리아스』 원문에 쓰인 대로 이오니아 방언 형태를 좇지 않고, 좀더 일반적인 앗티케 방언의 형태를 따랐다(예: 헤레 → 헤라, 아이데스 → 하데스). 하지만 널리 알려지지 않은 이름은 더러 이오니아 형태대로 적은 경우도 있다. 희랍어를 로마글자로 병기한 경우, 장음이 들어 있으면 모음 위에 줄표를 넣었다(예: Agamemnōn). 그리고 같은 자음이 중복될 경우 둘 다 읽었다(예: Odysseus → 오뒷세우스). 그 외의 외국어 고유명사는 2002년에 국립국어원에서 펴낸 외래어 표기법을 따라 표기했다.

6 단행본·정기간행물에는 겹낫표(『 』)를, 논문·단편·영화 등에는 낫표(「 」)를 사용했다.

Ilias

I. 전투 이전

「아가멤논을 향해 칼을 뽑는 아킬레우스」, 폼페이 벽화(서기 79년 이전)
희랍군 최고의 용사이자 여신 테티스의 아들인 아킬레우스는 자신의 여
인인 브리세이스를 희랍군을 이끄는 아가멤논에게 강제로 빼앗기게 되
자 크게 분노하여 아가멤논을 향해 칼을 뽑으려 한다. 여신 아테네가 그
의 머리칼을 잡아 당겨 저지한다.

1권

서시(序詩)

> **분노를** 노래하소서, **여신이여,** 펠레우스의 아들 아킬레우스의 파괴적
> 인 분노를.
> 그것은 아카이아인들에게 헤아릴 수 없는 고통을 주었으며
> 영웅들의 수많은 굳센 혼들을 하데스에게 보내고,
> 그들 자신은 개들과 온갖 새들의 먹이가 되게 하였습니다.
> 그리고 **제우스의 뜻은 이루어졌습니다.**
> 그것을, 인간의 왕인 아트레우스의 아들과 고귀한 아킬레우스가
> 처음에 서로 다투고 갈라선 **그때부터 노래하소서.**(1:1~7)

『일리아스』의 첫 구절이다. 신화 상식이 풍부한 사람들에게는 매우
당혹스럽게도, 이 서사시는 보통 알려진 '신화' 내용에 맞게 시작되지
않는다. 많은 사람이 이 서사시의 주제를 트로이아 전쟁으로 (조금 잘
못) 알고 있고, 자신이 아는 신화의 내용이 나오기를 기대할 것이다.
즉 테티스와 펠레우스의 결혼식에 불화의 여신이 나타나서 '가장 아
름다운 이에게'라고 쓰인 황금 사과를 던지고, 여신들이 저마다 그 사

과를 자신의 것이라 주장하고, 트로이아의 왕자 파리스에게 판결이 맡겨지고, 최종 후보로 남은 세 여신이 모두 파리스에게 선물을 약속하고, 최고의 미인을 약속한 아프로디테가 사과를 얻게 되고, 그 아프로디테의 도움으로 파리스가 스파르타 왕비 헬레네를 데리고 달아나고, 희랍군이 트로이아로 쳐들어가는 것 말이다.

그런데 방금 읽은 서시를 보면 시작이 다소 '엉뚱하다'. 어떤 여신*에게 '아킬레우스(Achilleus)의 분노'를 노래해 달라고 청하는 걸로 시작하기 때문이다. 사실은 이것이 『일리아스』의 직접적인 주제다. 독자들이 기대하는 신화의 내용은 당시의 청중이 대부분 다 알고 있는 것이기 때문에 그저 배경으로 이용될 뿐이다. 위의 인용문은 원희랍어 문장의 어순을 최대한 살려서 옮겨 본 것인데, 『일리아스』 전체의 맨 첫 단어가 바로 '분노를'이고, 첫 행 마지막 단어가 '아킬레우스의'이다(희랍어는 어순이 매우 자유로워서, 강조하고 싶은 단어를, 특히 눈에 띄는 위치인 행의 맨 앞이나 맨 뒤에 놓을 수가 있다). 이 서사시는 아킬레우스의 분노가 어떻게 시작되고 어떻게 방향을 틀어서 어떤 식으로 해소되는지 노래하고 있다.

그 다음도 문제다. 아킬레우스의 분노가 수많은 희랍군을 죽게 했다니, 사정을 모르는 사람에게는 이것이 트로이아 전쟁 이야기가 아니라 무슨 난동 사건을 다룬 것처럼 보일 수도 있겠기 때문이다. 더

---

* 무사(Mousa) 여신이다. 곁에 로마자 표기가 함께 쓰였는데도 여전히 이 '무사'를 '칼잡이'(武士)로 생각하는 사람이 있는데, 이 여신은 우리나라에선 보통 영어식 표기를 좇아 '뮤즈'라고 하는, 음악과 예술의 신이다.

구나 이때 제우스의 뜻이 이루어졌다니, 대체 무슨 말인가? 희랍군이 고통을 겪고 많이 죽는 것이 제우스의 뜻이란 말인가, 아니면 그런 와중에도 제우스의 뜻대로 일이 진행되었다는 말인가? 보통은 전자로, 그러니까 제우스가 테티스에게 약속한 것이 이루어져 희랍군이 큰 타격을 받았다는 뜻으로들 보고 있지만, 이 구절이, 지금은 사라진 서사시 『퀴프리아』(Kypria)에 나오는 제우스의 '딴 뜻'을 암시한다고 보는 견해도 있다. 즉 제우스가 트로이아 전쟁을 일으킨 것은, 땅 위에 사람이 너무 많아서 대지의 여신이 불평을 하므로, 사람 숫자를 줄이기 위한 것이었단 말이다. 이쪽을 따르면, 아킬레우스 자신은 모르고 있었지만 그의 분노 때문에 수많은 희랍군이 죽는 것도, 넓게 보자면 사람의 숫자를 줄이겠다는 제우스의 장기적 계획에 부합되는 것이었단 게 된다. 하지만 이 서사시에서 그런 계획은 달리 암시되지 않으니, 그냥 '아킬레우스의 분노가 그런 큰 결과를 낳은 것은, (테티스의 청에 따라) 제우스가 거기 간여했기 때문이다'라고 보는 게 온당한 해석일 듯하다.

그리고 서시 마지막 행의 '그때부터'라는 구절에 대해서는 보통 두 가지 해석 방법이 있다. 하나는 그 구절을 '제우스의 뜻이 이루어졌다'에 붙여서 옮기는 것이고(천병희 역이 이쪽을 취했다), 다른 하나는 위에 옮겨 놓은 것처럼 '노래하소서'에 붙이는 것이다. 후자로 하면, 거기서부터 얘기를 시작해 달라고 시인이 여신에게 부탁하는 게 된다. 우리는 『오뒷세이아』의 서시에서 시인이 무사 여신에게 '아무 데서나' 이야기를 시작해 달라고 부탁하는 것을 볼 수 있는데, 그 구절이 지금 이 구절을 의식한 것이라면 아무래도 후자가 더 나은 해석인 듯하다. 참고 삼아 여기서 『오뒷세이아』의 첫 부분을 잠깐 보자면 이렇다.

> 그 남자에 대하여 내게 말씀해 주소서, 무사 여신이여, 꾀가 많은 그
> 사람, 트로이아의
> 신성한 도시를 파괴한 뒤 정말 많이도 떠돌아다닌 그 사람에 대해.
> 그는 수많은 사람들의 도시들을 보았고 그들의 마음가짐을 알았으며,
> 바다에서는 자신의 영혼과 동료들의 귀향을 구하려다가 그 마음에
> 많은 고통을 당했습니다. ……
> 이 일들에 대하여 **아무 대목이든**,
> 여신이여, 제우스의 따님이여, 우리에게도 이야기해 주소서!
> (『오뒷세이아』, 1:1~10)

희랍군에게 질병이 닥치다

서시에 이어지는 부분을 좀더 살펴보자. 이야기 구성에 대한 이론서들에 자주 인용되는 구절이다.

> 여러 신들 중에 누가 이 두 사람을 서로 싸우고 다투게 했던가?
> **레토와 제우스의 아들**이었다. 그가 왕에게 노하여 그의 진중에
> 무서운 역병을 보내니 백성들이 잇달아 쓰러졌던 것이다.
> 그 까닭은 그의 사제 크뤼세스를 **아트레우스의 아들**이
> 모욕했기 때문인즉, 사제는 자기 딸을 구하기 위하여

헤아릴 수 없이 많은 몸값을 가지고 또 손에는

멀리 쏘는 아폴론의 화환을 감아 맨 황금 홀을 들고

아카이아인들의 **날랜 함선**을 찾아가 모든 아카이아인들,

특히 백성의 통솔자인 아트레우스의 두 아들에게 이렇게 간청했

다.(1:8~16)

여기서 시간적으로 역행 구성이 쓰이고 있다. 자, 우리는 아킬
레우스의 분노에 대해 이야기를 들어야 한다. 한데 그것은 아가멤논
(Agamemnōn)과 아킬레우스가 다투는 데서 시작되었다. 그리고 그
다툼은 아폴론이 분노하여 일으킨 것이다. 한데 아폴론이 분노한 것
은 아가멤논이 자기 사제를 박대했기 때문이다. 여기까지는 아킬레
우스의 분노가 어디서부터 생겼는지를 거꾸로 추적하는 형식으로 진
행했다. 말하자면 시간의 흐름을 거꾸로 거슬러 올라가는 방식이다.
그러다가 아가멤논의 아폴론 사제 박대 사건에 이르자 다시 시간이
제대로 흘러가기 시작한다.

그리고 여기까지 읽은 독자들에게 몇 가지 걸림돌이 나타났다.
대개 내용을 요약할 때는 '아폴론', '아가멤논' 하는 식으로 고유명사
를 그냥 사용하지만, 인용문에는 그런 식으로 되어 있지 않다. 아폴론
은 '레토와 제우스의 아들'로, 아가멤논은 '아트레우스의 아들'로 표
현되어 있는 것이다. 그러니 신화의 계보에 익숙하지 않은 사람은 대
체 지금 등장한 인물이 누구인지 알 수 없을 것이고, 혹시 각주를 보
고 알더라도 너무 복잡하다고 느낄 수 있다. 이것은 물론 모든 문학

작품이 그렇듯, 같은 표현이 반복되는 것을 되도록 피하려는 성향 때문이기도 하지만, 옛 서사시만의 다른 이유도 있다. 이 서사시는 일정하게 반복되는 장단의 운율[장단단 육보격dactylic hexameter]에 맞춰서 노래되던 것이다. 그래서 때때로 그냥 고유명사를 사용하면 행 속의 그 자리가 요구하는 운율을 맞출 수가 없다. 그래서 여러 가지 돌려 말하는 표현법이 발달하였고, 방금 말한 두 사례도 그런 것이다.

한편 다른 걸림돌은, 굵은 글씨로 강조한 구절들 가운데 끝의 두 개다. 이것들은 특별한 신화지식을 요구하지는 않지만 역시 독자를 불편하게 한다. '매끄럽게' 읽히지 않기 때문이다. 우선 앞의 것, '멀리 쏘는 아폴론'을 보자. 신의 사제가 등장하는 대목에, 그 신 자체를 꾸며 주는 말로 '멀리 쏘는'은 어울리지 않아 보인다. 그냥 아무 수식어도 없이 '아폴론'이라고만 하는 게 더 낫지 않은가? 그 다음 것도 그렇다. 아카이아인들의 함선들은 지금 육지에 끌어올려져 있는 상태다. 그러니 굳이 그것이 빠르다는 걸 강조할 이유가 없어 보인다. 이 '불필요한' 수식어들은 대체 무엇인가? 이것 역시 운율을 맞추기 위해 집어 넣은 장치들이다. 그리고 이런 장치들이 자꾸 등장하는 것은 이 서사시가 문자 없이 창작되어 입에서 입으로 전해지던 시절을 겪었고, 가객도 공연할 때마다 늘 같은 내용을 똑같이 읊는 것이 아니라, 매번 다른 구절을 그 자리에서 조립해 냈기 때문이다. 그러니까 가객은 일종의 레고 블록을 가지고 있다가 필요할 때마다 즉석에서 끼워 맞춰 내놓는 형국이다. 그 레고 블록에는 큰 것도 있고 작은 것도 있다. '멀리 쏘는 아폴론'은 '멀리 쏘는'과 '아폴론'을 합친 게 아니라 그냥 한 덩어리로 늘 같이 다니는, 좀 길쭉한 '레고 블록'이다. '날랜 함선'도 두 개의 '레고 블록'을 이은 것이 아니라, 그냥 원래부터 한 덩어리인 것이다.

독자들은 앞으로도 같은 사물이나 인물이 항상 같은 구절로 표현되고 있음을 발견할 텐데, 이런 구절들을 '공식구'(또는 '정형구' formula)라고 부른다. 가장 대표적인 것이 '발이 빠른 아킬레우스'다. 이 영웅은 항상 발이 빠른 것으로 되어 있어서, 심지어 가만히 앉아 있을 때조차 이 수식어가 붙는다. 또 신들은 항상 행복한 것으로 되어 있어서, 공포에 떨 때조차도 행복한 것으로 되어 있다. 옛날 학자들은 이런 현상을 두고, 희랍인이 한 번 어떤 특징을 그 사물/인물의 본질로 파악했으면 그 사물/인물을 지칭할 때마다 항상 그 특징을 함께 밝히는 거라고 설명하기도 했었다. 하지만 구송시(oral poetry) 이론이 나온 이후에는 대체로 앞에 본 것 같은 설명이 인정되고 있다. 이 이론의 핵심은, 호메로스의 서사시가 문자 없이 창작되어 오랜 세월 입에서 입으로 전해졌으며, 가객은 운율에 맞는 부분들을 외고 있다가 매 공연마다 다르게 짜서 내놓았다는 것이다. 이렇게 보면 공식구에서 중요한 것은 내용이라기보다 운율이 된다. 실제 공식구가 나오는 구절들을 살펴보면, 앞의 이론보다는 이 구송시 이론이 '엉뚱한' 구절들을 더 잘 설명해 준다. 사실 '훌륭한 정강이받이를 댄' 것이 아카이아인들의 본질이라거나, '고운 머릿결을 지닌' 게 어떤 여신의 핵심적 특성이라고 하기는 어렵지 않겠는가?

한데 이런 공식구들은 대개는 문맥과 아무 상관이 없지만, 때로 전체 맥락에 놀랍게 맞아 들어가는 경우가 있다. 계속 몇 구절을 더 읽어 보자. 우선 앞 구절에 이어지는, 노인의 간청이다.

> "아트레우스의 두 아들과 훌륭한 정강이받이를 댄 다른 아카이아인 들이여,
> …… 제우스의 아들인 **멀리 쏘는 아폴론을 두려워하여**
> 내 사랑하는 딸을 돌려주고 대신 몸값을 받아 주십시오."(1:17~21)

아가멤논은 사제의 청을 거절하고 난폭하게 위협해 쫓아버린다.

> 이렇게 말하자 노인은 겁이 나서 그의 말에 복종했다.
> 그리하여 노인은 노호하는 바다의 기슭을 따라
> **말없이 걸어가다가 거리가 멀어지자** 머릿결이 고운 레토가 낳은 아폴 론 왕에게 이렇게 기도를 올렸다.
> "…… **은으로 된 활의 신이여**, 내 기도를 들어주소서.
> 오, 스민테우스여, ……
> …… **그대의 화살로 다나오스인들에게 내 눈물값을 치르게 하소서.**"
> (1:33~42)

여기서 우리는 앞에서부터 계속되어 온 '공식구'들이 하나의 계열을 이루어 어떤 효과를 낳고 있음을 발견할 수 있다. 사제가 '멀리 쏘는 아폴론'을 섬긴다는 것(1:14)은 시인의(또는, 무사 여신의)[*] 객관적인 서술이다. 한데 그 사제 자신이 '멀리 쏘는 아폴론을 두려워 하'라고 말할 때(1:20), 그것은 은근한 위협이 된다. 나아가 그가 기

원 속에서 자기 신을 '은으로 된 활의 신'이라고 부를 때(1:38) 그 표현은 거의 저주로, 즉 자신의 적들을 활로 벌해 달라는 요청으로 들린다. 그 다음 호칭은 그 저주를 더욱 구체적으로 만든다. 보통 '쥐의 신'이란 뜻으로 해석되는 '스민테우스'(Smintheus)라는 이름은, 그 신이 가져올 재앙을 '쥐가 옮기는 질병, 즉 페스트'라는 구체적인 형태로 만들어 준다. 마지막에 언급한 '그대의 화살'이 지닌 저주의 힘은 누구에게나 명백하다. 그래서 처음엔 중립적인 수식어같이 보이던 공식구는 점차 위협이 되고, 종당엔 저주가 되었다. 그러니 애당초 그 공식구는 중립적인 게 아니었던 셈이다. 바로 이런 점에서 학자들은 시인을 그저 구술문화 전통에 얽매인 존재가 아니라, 그 전통을 창조적으로 이용한 이라고 평가하는 것이다.

첫 부분에 너무 오래 머물고 있는 듯도 하지만, 잠깐 표현과 이미지의 상응을 보자. 사제의 기원에 이어지는 부분이다.

그가 이렇게 기도를 올리자 포이보스 아폴론이 **그의 기도를 듣고**
마음속으로 노하여 올림포스의 봉우리에서 내려왔다,
활과 뚜껑이 닫힌 화살통을 어깨에 메고서. 그가
움직일 때 성난 그의 어깨 위에서는 화살들이 **요란하게 울렸다.**

---

* 시인 자신과 무사 여신의 관점이 서로 다르고, 작품 내에서 그게 나타난다고 보는 학자도 있다. 좀 어려운 이론인데, 이 책에서는 시인이 무사 여신에게 완전히 사로잡혀 둘 사이에 간격이 전혀 없다고 전제하고 진행하겠다. 그러니 앞으로 '시인'이란 말이 나오면, '무사의 노래를 전하는 시인'이란 뜻으로 아시기 바란다.

그는 마치 밤과 같이 닥쳐 왔다.

그가 함대에서 **멀리 떨어진 곳에 앉아** 화살을 날려 보내자

그의 은활에서 무시무시한 소음이 일었다.

처음에 그는 노새들과 날랜 개들을 공격했고

다음에는 사람들 자신을 향하여 날카로운 화살을 쏘아댔다.

그리하여 시신들을 태우는 수많은 장작 더미가 쉴 새 없이 타올랐다.

(1:43~52)

아가멤논에게 박대당한 노인은 말없이 떠나간다. 해변을 따라 걸으며 자신의 신께 탄원한다. "내 기원을 들으소서." 그러자 신이 듣는다. 신은 밤과 같이 조용히 닥쳐 온다. 그가 화살들을 날리고, 이어 짐승과 사람이 쓰러진다. 기도와 응답, 소음과 고요함, 떠나감과 닥쳐 옴의 교차를 보라. 사제가 말 없듯, 그의 신도 소리 없다. 수만 병사 앞을 떠나 해변을 홀로 걷는 노인의 모습은 얼마나 쓸쓸한가. 이 사건 진행은 겨우 20행 사이에 일어난 것이다. 경탄할 만한 속도 아닌가! 『일리아스』 전체가 트로이아 전쟁을 황금 사과나 파리스의 판정에서 시작하지 않고, 전쟁 중에 있었던 한 사건 속으로 '뛰어들었'듯, '아킬레우스의 분노'라는 주제도 시간 끌 것 없이 곧장 핵심을 향해 나아간다. 바로 로마 시인 호라티우스(Horatius)가 얘기한, '사태 한가운데로' (*in medias res*)라는 원칙의 적용 사례다. 작품이 시작되면 속도감 있게 중심적인 사건 속으로 돌입하고, 차차 그 앞뒤의 일을 채워 넣는 기법이다. 그래서 독자들은 뒤로 갈수록 점점 옛날 일과 앞으로의 일들을 알게 되고, 작품이 끝날 때쯤에는 전체를 조감할 수 있게 된다.

아킬레우스가 회의를 소집하다

아흐레 동안 질병이 계속되자, 아킬레우스가 회의를 소집한다. 한데 이것은 그가 스스로 생각해 낸 게 아니라, 헤라 여신이 그의 가슴속에 이런 생각을 넣어 주어서라고 되어 있다. 그 여신은 희랍군이 계속 죽어 나가는 것을 안타깝게 생각해서 이렇게 했다는데, 이 회의 때문에 아킬레우스가 전투에서 빠지고 그래서 희랍군이 크게 희생되니, 나중 일까지 생각하면 이번 회의는 차라리 오뒷세우스를 통해 소집하는 게 더 나았을지도 모르겠다. 하지만 달리 생각하면, 아킬레우스가 이 회의 이후에 전투에서 빠짐으로 해서 트로이아군이 대담하게 밖으로 나오게 되고, 그 결과로 헥토르같이 유능한 전사가 죽어 전쟁 자체가 얼른 끝나게 되니, 여신은 이 맥락에서 드러난 것보다 훨씬 멀리 내다보았다고 할 수도 있겠다. 또 어쩌면 여기서 우리는, 등장인물의 의도와 시인의 의도를 나누어 보아야 할지도 모르겠다. 헤라 역시, 신이긴 하지만 하나의 등장인물로서 여기서는 자신의 의도 너머를 보지 못하고 있지만, 시인은 그 여신을 이용해서 자기의 작품을 펼쳐 나가려 했다고 말이다.

한데 이 작품이 신화를 잘 모르는 현대의 독자를 위해 처음부터 차근차근 설명해 주지 않고 바로 핵심으로 진입하기 때문에, '파리스의 판정'을 모르는 독자라면 왜 하필 헤라가 희랍군을 걱정하는 것인지 잘 모를 수도 있다. 앞으로 보면 알겠지만 신들도 양쪽으로 편이 갈려 있는데, 여신들 중에 헤라와 아테네는 희랍군을 편들고 아프로디테는 트로이아군을 돕는다. 이것은 파리스가 황금 사과를 아프로디테에게 주었기 때문이다. 옛날 청중들은 이 사실을 다 알고 있었기 때문에 시인은 특별히 설명하지 않고 있으며, 파리스의 판정은 24권에 가서야 겨우 몇 줄로 암시된다. 그리고 사실 아프로디테의 편향성에는 다른 이유도 있는데, 바로 트로이아군의 중요한 전사인 아이네이아스(Aeneas)가 자기 아들이라는 점이다.

그 밖에 다른 신들도 각기 다른 쪽을 편들고 있는데, 대개는 자기 자손이 포함되어 있는 쪽을 응원한다. 중요한 신들 중 포세이돈은, 옛날에 트로이아 왕인 라오메돈에게 사기를 당했던 적이 있기 때문에 그쪽을 미워한다. 한편 아폴론 역시 포세이돈과 함께 라오메돈에게 종살이도 하고 사기도 당했지만, 자기 누이 아르테미스와 함께 트로이아를 편들고 있다. 이것은 보통 이들 둘이 애당초 소아시아에서 기원한 신이기 때문이라고 설명된다. 첫 장면에서 아폴론이 자기 사제의 기원을 듣고 기꺼이 희랍군을 징벌하는 것도, 이런 평소의 성향 때문이기도 한 것이다. 다른 신들에 대해서는 20권을 설명할 때 더 얘기하기로 하자.

다시 회의 장면으로 돌아가자. 아킬레우스는, 이러다가는 전쟁을 포기하고 고향으로 돌아가야 할 지경이라면서, 왜 이런 일이 일어났는지 예언자, 사제, 해몽가 등에게 물어보자고 제안한다. 그러자 예언자 칼카스(Kalchas)가 일어나는데, 그는 자기가 아무래도 통치자를 노엽게 할 것 같다면서, 아킬레우스에게 보호해 주겠다는 약속을 하라 요구한다. 아킬레우스는, 설사 아가멤논이 화를 낸다 하더라도 자신이 보호해 주겠노라고 아폴론에게 맹세한다. 사실 이 부분에서 벌써 왕의 기분이 상하기 시작했을 것이다.

　많은 독자들이, 몇 년 전에 개봉된 「트로이」(*Troy*, 2004)라는 영화에서 본 것을 기본 지식으로 삼고 있기 때문에, 아킬레우스가 아가멤논의 부하인 줄 알고 있을 텐데, 이는 사실이 아니다. 트로이아에 모인 희랍군 영웅들은 저마다 독립된 왕국의 수장들로서 특별히 아가멤논의 명을 따를 필요가 없다. 특히나 희랍군 가운데 가장 뛰어난 전사인 아킬레우스는 더욱 그러하다. 시인은 청중이 다 알고 있는 것으로 간주하고 아무 말 없이 지나가지만, 다른 전승에 따르면 여기 모인 지휘관들은 모두 헬레네에게 구혼했던 사람들이라고 한다. 한데 구혼자들이 너무 많이 모여들어 잘못하면 큰 사고가 날 것 같아서 헬레네의 '아버지' 격인* 튄다레오스가 고심 끝에, 말을 잡아 제사를 드리고 거기 모인 모든 구혼자들을 말가죽 위에 올라서게 한 후에 맹세를 시켰다고 한다. 혹시 누가 새 남편에게서 헬레네를 빼앗아가기라도 한다면 구혼자들 모두가 모여 복수해 주기로. 그래서 헬레네가 파리스를 따라 나서자, 전에 구혼했던 사람들이 모두 전쟁에 나서게 되었던 것이다. 그렇지만 아킬레우스는 헬레네의 구혼자가 되기엔 너무 어렸고, 따라서 맹세도 하지 않았으므로 출전의 의무도 없었다. 더구나 다른 전승에 따르면 테티스는 자기 아들이 전쟁에 나가면 죽을

---

* 사실은 제우스가 헬레네의 아버지라는 게 가장 널리 퍼진 판본이다. 제우스는 백조로 변신하여 스파르타 왕비인 레다에게 접근했다고 한다. 하지만 레다의 남편은 튄다레오스이므로, 헬레네는 이따금 '튄다레오스의 딸'로 지칭되기도 한다. 인간 여성, 특히 기혼자에게서 신의 자식이 태어날 경우, 이렇게 '인간인 아버지'가 따로 있는 일이 왕왕 있다. 테세우스 역시 아이게우스의 아들이면서, 포세이돈의 자식이기도 하다.

것을 알고 여자 옷을 입혀서 스퀴로스(Skyros)의 왕 뤼코메데스의 딸들 사이에 숨겨 두었다고 한다. 한데 아킬레우스가 있어야만 전쟁에 이길 수 있다는 것을 알고 오뒷세우스가 찾아가서 그를 찾아냈고, 결국 아킬레우스가 따라나섰던 것이다(『일리아스』의 시인은 이런 이야기는 전하지 않는다). 그러니 아킬레우스가 전쟁을 그만두고 중간에 귀향한다 해도 누구 하나 말릴 수가 없고, 지금 아가멤논에게 반항적인 태도를 취해도 크게 비난할 수 없는 것이다.

어쨌든 아킬레우스의 보증을 받은 칼카스는 현재의 사태가 아가멤논 때문이라는 걸 밝힌다. 이 문제를 해결하려면 처녀를 돌려주고 사제에게 제물을 보내 제사를 드리라고. 이 말은 들은 아가멤논은 크게 분노한다.

> 그의 심장은 노여움으로 가득 차
> 검게 물들었고 그의 두 눈은 번쩍이는 불꽃과도 같았다.
> 그는 악의를 품고 먼저 칼카스를 향하여 이렇게 말했다.
> "재앙의 예언자여, 그대는 내게 좋은 말을 한 적이 한 번도 없었소."
> (1:103~106)

서사시의 인물들은 '현실보다 크게' 그려져 있어서, 무엇에건 이렇게 격렬하게 반응한다. 그는 칼카스가 자기에게 한 번도 좋은 것을 예언한 적이 없다고 비난하는데, 보통 이 구절은 희랍군이 원정을 떠날 때 있었던 일을 암시하는 걸로 해석되고 있다. 다시 신화 지식이 필요한 대목이다. 트로이아로 원정하기 위해 희랍군들이 아울리스(Aulis)라는 곳에 모였다. 하지만 바람이 불지 않아서, 또는 역풍이 불어서 배를 띄울 수가 없었다. 그래서 예언자들에게 물었더니, 아르테미스 여신이 노했기 때문이고 아가멤논의 딸을 제물로 바쳐야 문제가 해결된다는 것이었다. 결국 아가멤논은 자기 딸 이피게네이아를 바쳤고, 이에 앙심을 품은 그의 아내 클뤼타임네스트라는 나중에 자기 남편을 죽여 복수한다. 어쨌든 아가멤논의 분노와 암시적 비난 덕에 우리는 트로이아 전쟁의 전사(前史)를 알게 된다. 그러니 이것도 시인이 핵심적 사건의 앞뒤를 채워 가는 장치 중 하나인 셈이다.

아킬레우스와 아가멤논이 맞서다: 분노의 상승작용

그 다음은 드디어, 『일리아스』를 끌고 갈 '아킬레우스의 분노'가 발생하는 장면이다. 이 작품이 '전쟁 문학'이니만치 얼른 전투 장면이 나와 주었으면 하고 바라는 독자도 있겠지만, 호메로스의 작품들은 기본적으로 인간 사이의 소통에 대한 서사시이다. 이 대목에서, 시인이, 인간들 사이의 갈등이 생겨나고 커져 가는 과정을 얼마나 잘 관찰하고, 얼마나 잘 그려냈는지 확인해 보자. 그것도 묘사 없이 그저 대사만으로 보여 준 것이다. 좀 길지만 되도록 원문을 많이 인용해 보자.

칼카스에게 일단 분노를 터뜨린 아가멤논은, 자기가 사제의 딸 크뤼세이스를 자신의 아내보다 더 좋아해서 돌려주지 않은 거라고 밝히고, 그래도 백성이 다 죽는 것보다는 그녀를 잃는 게 그나마 나으니 돌려보내기는 하겠노라 선언한다(클뤼타임네스트라는 이런 소문을 듣고 남편을 죽인 것인지도 모르겠다). 다만 조건이 있다. 다들 명예의

상을 받아 가지고 있는데 자기만 빼앗길 수 없으니 당장 보상하라는
것이다.

> "나는 그녀를 나의 …… 아내 클뤼타임네스트라보다 더 좋아하오.
> …… 하나 그렇게 하는 것이 더 좋다면 내 기꺼이 그녀를 돌려주겠소.
> 나는 백성들이 죽기보다는 살기를 바라니까. 다만 그대들은
> 나를 위해 지체 없이 명예의 상을 마련하도록 하라,
> 아르고스인들 중에서 나만 혼자 상 없는 자가 되지 않도록. 그것은 적
> 절해 보이지 않으니"(1:113~119)

그러자 아킬레우스가 반발한다. 왕을 부르는 호칭에서부터 그게 드
러난다. 첫 마디는 통상적이다. "가장 위대한 아트레우스의 아들이
여." 하지만 그 다음에 우리로서는 놀라운 호격이 따라 나온다. "모든
사람 가운데 가장 탐욕스러운 자여!"(1:123) 그렇지만 그 후엔 다시
감정이 약간 가라앉은 듯, 꽤 조리 있는 논증이다.

> "가장 위대한 아트레우스의 아들이여, 모든 사람 가운데 가장 탐욕스
> 러운 자여!
> …… 아카이아인들이 어떻게 그대에게 상을 줄 수 있겠소?
> …… 노획한 전리품들은 이미 분배가 끝났으며
> 그것을 백성들에게서 다시 거둬들인다는 것은 옳지 못한 짓이오.
> 어쨌든 지금은 그 여인을 신에게 내주시오. 하지만 언젠가
> 제우스께서 …… 트로이아 성을 함락케 해주시면

그때는 아카이아인들이 그대에게 세 배 네 배의 보상을 해줄 것이오.”

(1:122~129)

시인은 인간들 사이에 일어나는 다툼을 잘 관찰하고 그것을 여기 되살렸다. 우리는 아킬레우스의 생각을 이해할 수 있다. ‘전체 지휘관답게 신중하게 처신하지 않고 제 감정대로만 행동하다가 백성들에게 큰 해를 끼쳐 놓고, 사과는커녕 자기는 조금도 손해를 볼 수 없다는 식으로 버티면서 즉시 보상을 요구하다니!’ 그래서 그의 첫 반응은 매우 감정적이다. 하지만 거의 욕설에 가깝게 말문을 열고 나자, 자기가 지휘관에게 너무 심했다는 생각이 슬며시 든다. 그래서 한 걸음 물러서 감정을 자제하고 합리적인 이유를 댄다.

하지만 아가멤논은 아무래도 아킬레우스의 첫 마디에 더 주목한 모양이다. 그 역시 차분하게 대응하지 않는다.

“신과 같은 아킬레우스여, 이렇게 꾀로써
나를 속일 생각은 하지 마오. ……
그대 자신은 상을 갖고 있으면서 나는 내 것을 빼앗기고도
가만히 앉아 있기를 바라는 게요? …… 아카이아인들이
내 소원대로 손실을 보상해 줄 만한 명예의 상을 준다면 좋소.
하나 만일 그들이 주지 않는다면 그때는 내 몸소 가서
그대의 것이나 아이아스의 것이나 오뒷세우스의 것을 가져가겠소.
…… 하나 이 문제는 차후에 다시 거론하기로 하고

우선은 검은 배를 신성한 바다에 띄우고

…… 헤카톰베를 배에 싣고 …… 크뤼세이스도 태우도록 합시다.

그리고 **아이아스든 이도메네우스든 고귀한 오뒷세우스든**

아니면 모든 인간들 중에서 가장 무서운 그대 펠레우스의 아들이든,

여러 왕들 중에서 누가 그들의 지휘자가 되어 우리를 위해

제물을 바치고 멀리 쏘는 신의 마음을 달래도록 하시오."

(1:131~147)

여기서 아가멤논이 상을 빼앗을 상대로 가장 먼저 거명한 것이 바로 아킬레우스다. 그래 놓고는 얼른 화제를 다른 데로 돌린다. 우선 제물과 크뤼세이스를 보내서 아폴론을 달래는 문제를 생각하자는 것이다. 그리고 그것을 이끌고 떠날 후보들도 죽 거명하는데, 이번에는 아킬레우스가 맨 마지막이다.

아마도 아가멤논이 다른 사람의 것을 빼앗겠다면서 이름을 댄 사람 중에, 아킬레우스 이외의 사람들은 거의 핑계일 것이다. 우선 그는 자기 바로 앞에 있는 상대에게 분노를 집중한다. 그래서 아킬레우스의 것을 빼앗겠노라고 선언한다. 그러고 나니 자기가 너무 상대를 몰아붙이는 것 같다. 그래서 다른 사람의 이름도 이어서 댄다. 제물을 이끌고 갈 사람의 이름을 댈 때도 마찬가지다. 그는 아킬레우스가 그런 명예로운 일을 맡는 걸 별로 원치 않는다. 그가 책임을 맡게 되면 왠지 자기 잘못을 더 크게 인정하는 것 같다. 그렇지만 그 후보 명단에서 아킬레우스를 빼면 자신이 편파적인 걸로 보일 수 있다. 그러니 마지막에 마지못한 듯 그의 이름을 붙여 넣기는 한다.

아가멤논이 갑자기 사절단 문제로 주의를 돌린 것도 비슷하게 설명할 수 있다. 그는 자기가 아킬레우스의 감정을 상하게 했다는 것을 느낀다. 얼른 그 화제를 피해 다른 데로 주의를 돌리고 싶다. 그래서 실무적인 다른 문제를 꺼내서 길게 늘어놓은 것이다. 우리는 이와 비슷한 초점 변경을 『오뒷세이아』에서, 알키노오스 왕이 오뒷세우스에게 나우시카아와 결혼하는 게 어떠냐고 넌지시 제안했을 때 보게 된다. 그 왕은 자기의 제안이 압력으로 느껴지지 않도록 얼른 다른 화제를 꺼내서 길게 늘어놓는다.

그리고 어쩌면 이것은 타협이기도 하다. 아가멤논은 결국 아킬레우스와 칼카스가 충고한 대로 따르기로 한 것이다. 하지만 아킬레우스는 아가멤논의 노회한 정치적 가식 뒤에서, 순간적으로 드러났다 숨어 버린 분노와 미움을 예민하게 감지한다. 아니면 그는 그저 자기 이름이 거명된 것만으로도 모욕을 느낀 것일까? 사실 그의 가슴속엔 이미 오랫동안 숨겨진 채 자라 온 불만이 있었다. 지금 이 군사 집단 내에서 각 사람의 지위가 그 능력에 맞게 주어져 있지 않다는 것이다. 가장 뛰어난 전사인 자신이 왜 아가멤논에게 복종해야 한단 말인가? 그가 자기보다 나은 것이라고는 그저 더 큰 군대를 이끌고 왔다는 점뿐 아닌가? 이 문제는 직접적으로는 전리품 배분에서 불거진다. 이제 아킬레우스의 반응은 아까보다 더 거칠어진다.

"오오, 그대 파렴치한 자여, 그대 이득만 생각하는 자여!
…… 내가 싸우려 이곳에 온 것은 트로이아의 창수들 때문이 아니오.

그들은 내게 아무 잘못도 저지르지 않았으니까. ……

그대, 파렴치한 철면피여, 우리가 그대를 따라 이곳에 온 것은

…… 그대를 기쁘게 해주기 위함이었소.

그런데도 …… 내가 피땀 흘려 얻었고 아카이아의 아들들이 내게 준

내 명예의 상을 그대가 몸소 빼앗아 가겠다고 위협하다니!

…… 나는 한 번도 그대와 동등한 상을 받아 보지 못했소.

치열한 전투의 노고를 더 많이 감당한 것은 내 팔이었지만

분배할 때면 그대의 상이 월등히 더 컸소. ……

하지만 이젠 프티아로 돌아가겠소. …… 여기서 모욕을 받아 가며

그대를 위하여 부와 재물을 길어다 줄 생각은 추호도 없소이다."

(1:149~170)

우선 상대를 부르는 말부터 수위가 높아졌다. 첫 두 구절이 모두
비난이다. 그는 자신이 트로이아에서 싸울 직접적인 이유가 없다고
선언한다. 자기가 거기 온 것은 순전히 아가멤논을 기쁘게 하기 위해
서였다, 그런데도 자기 상을 빼앗겠다니 기가 막힌다, 그는 평소에도
적절한 상을 받지 못했다, 큰 공을 세우고도 상은 항상 아가멤논보다
작았다. 그는 이제 고향으로 돌아가 버리겠다고 선언한다. 모욕을 받
아가면서까지 남 좋을 일을 할 이유가 없기 때문이다.

아가멤논도 이성을 잃고 대응한다. 아킬레우스에게 마음대로 하
라고, 가 버리라고. 그런데 그의 첫 마디는 전사의 자존심을 상하게
하는 것이다. '전장이 두려우면 도망치라!'

"그러면 도망치시오! 나도 굳이 …… 여기

머물러 달라고 간청하지 않겠소. …… 그대가 아니라도 내 명예를

높여 줄 사람들은 얼마든지 있소. ……

나로서는 …… 왕들 중에서 그대가 제일 밉소.

…… 나는 그대를 염두에 두지 않을 것이며

그대가 분개한대도 개의치 않을 것이오. ……

그리고 내 몸소 그대의 막사로 가서 그대의 명예의 상인

…… 브리세이스를 데리고 갈 것이오. 그러면 그대는

내가 그대보다 얼마나 더 위대한지 잘 알게 될 것이며 ……."

(1:173~186)

그는 아킬레우스가 떠나겠다고 한 것을 허용하는 척하면서, 그
것을 비겁한 행동으로 몰아붙인다. 하지만 여기서 왕은 정치가답지
못하게 숨겨진 자신의 미움을 노출하고 말았다. 한편 이제 앞에 나왔
던 위협이 구체화되었다. 아가멤논에게 보상을 주기 위해 자기 상을
빼앗길 사람이 아킬레우스로 확정된 것이다. 마지막 말도 아킬레우
스에겐 굴욕이다. 경쟁적인 전사 집단에서, 자기보다 강하다고 여러
사람 앞에 대놓고 뻐기는 것을 참고 들어야 하다니!

아테네가 아킬레우스를 만류하다

이제 아킬레우스는 참을 수 없는 상태가 되었다. 상대는 아킬레우스
를, 전쟁이 무서워서 도주하는 비겁한 자로 낙인찍었다, 자기는 워낙
크고 높은 존재여서 아킬레우스가 있든 없든 전혀 신경도 쓰지 않는

다며 아킬레우스에게 배정된 여인을 빼앗겠노라고 대중 앞에 선언했다, 자기보다 낮은 지위의 아킬레우스는 그것을 그냥 당하는 수밖에 없으리라고 빈정거렸다. 아킬레우스는 칼을 뽑아 아가멤논을 베어버릴까 하는 충동을 느낀다. 그가 벌써 칼을 뽑기 시작했을 때, 뒤에서 누군가가 그의 아름다운 금발을 잡아당긴다. 헤라 여신이 아테네를 보낸 것이다. 아킬레우스는 여신을 알아보지만 이미 시작한 행동을 중지할 생각이 없다. 그는 여신 앞에, 이제 아가멤논을 죽여 그의 교만의 결과를 보여 주겠다는 뜻을 밝힌다. 하지만 여신은 그를 다독인다. 칼을 뽑지 말고 말로만 꾸짖으라고, 나중에 세 배나 값진 선물을 얻으리라고.

여기서 아테네 여신은 다른 사람의 눈에는 보이지 않는 것처럼 되어 있는데, 현대적으로 보자면 이 장면은 아킬레우스의 마음속에 일어나는 갈등을 생생한 그림으로 표현한 것이 되겠다. 따라서 이런 장면이 나온 것은, 당시에 아직 인간의 마음속을 표현하는 방식이 발달하지 않아서라 할 수도 있다. 『오뒷세이아』에 가면 좀 달라지지만, 『일리아스』의 인간들은 마음속에 뭘 잘 숨기지 못한다. 안에 있는 것이 곧장 바깥으로 나오기 때문에, 어찌 보면 그들은 2차원적인 인물이다. 우리는 위대한 영웅들이 여러 사람 앞에서 울음을 터뜨리는 것을 여러 차례 보게 될 것이다. 그들은 감정을 잘 감추지 못한다. 마음속에서 혼자 이리저리 따져 보는 것도 마찬가지다. 속으로 여러 가능성과 득실을 따져 보는 걸로 그리기보다는, 여기 나온 것처럼 신의 충고에 따라 어느 한쪽을 선택하는 것으로 그리는 것이 걸맞다. 하지만 그렇다고 해서 인물들이 신들의 꼭두각시라는 것은 아니다. 우리는 신과 인간의 책임 문제를 19권에서 다시 보게 될 것이다(451쪽 참조).

여신의 충고를 따르기는 하지만 아킬레우스의 어조는 전혀 누그러지지 않는다. "그대 주정뱅이여, 개 눈에다 사슴의 심장을 가진 자여."(1:225) 아킬레우스는 상대가 한 번도 용기를 보인 적이 없다는 것을 폭로한다.

> 그대는 일찍이 백성들과 함께 싸움터로 나가려고 무장을 갖추거나
> 아카이아인들 중 으뜸인 자들과 같이 매복을 하는 걸
> 그 마음에 견뎌낸 적이 한 번도 없었소. 그대에게는 그것이 죽음인 듯
> 보이니 말이오.
> 하기야 그보다는 아카이아인들의 넓은 진영을 통하여 누구든지
> 그대에게 반대하는 자의 상을 빼앗아 가지는 편이 훨씬 낫겠지.
> 백성을 잡아먹는 왕이여! 그것도 그대가 하찮은 자들을 다스리기 때문이오.(1:226~231)

그러면서 자신이 손에 든 홀(笏)에 걸고, 이 작품의 2/3 이상 지속될 맹세를 한다. 희랍군들이 자기를 아쉬워할 날이 올 거라고, 헥토르(Hektor)가 그들을 수없이 도륙할 때 아가멤논은 그들을 구하지 못할 것이라고, 그때 가서야 그는 아킬레우스를 존중하지 않은 것을 후회하게 될 거라고.

아킬레우스는 그 홀을 땅에 던지고 자리에 앉는다. 늙은 전사 네스토르(Nestor)가 일어나서 둘 사이를 중재해 보려고 애쓴다. 그는 이

미 3세대째 왕위에 있는 매우 늙은 왕이다. 지금 이런 다툼이 트로이아인들에게 알려지면 그들이 매우 기뻐할 것이라면서, 옛날 유명하던 영웅들도 자기 말을 들었으니, 그들도 자기 말을 따라 화해하라고 권한다. 이 노인은 트로이아 전쟁보다 한두 세대 전의 영웅들과 교유했던 인물로, 틈만 나면 자기가 옛 영웅들과 어울리던 시절을 회고하며 얘기를 길게 늘어놓는 것으로 유명하다. 여기서는 테세우스와 페이리토오스 등이 켄타우로스들과 전쟁할 때 자기를 초대해서 함께 싸웠던 것을 회고한다. 이런 회고들은 트로이아 전쟁 전에 어떤 일이 있었는지를 채워 넣음으로써, 말하자면 '세계사'를 완결 짓는 역할을 한다.

노인의 충고는 작은 되돌이 구성(아가멤논―아킬레우스―아가멤논)을 이룬다. 우선 아가멤논에게 아킬레우스의 여인을 빼앗지 말라고 촉구한다. 그리고 아킬레우스에게는 왕에게 맞서지 말라며, 그가 여신의 아들이긴 하지만, 아가멤논이 더 많은 사람을 다스리니 더 지위가 높은 거라고 천명한다. 마지막 충고는 다시 아가멤논을 향한 것이다. 아킬레우스는 희랍군의 방벽이니 그에 대한 노여움을 거두라는 것이다.

이 충고는 왕에게는 아무 효력을 미치지 못한다. 아가멤논은 노인의 말이 옳다면서도, 아킬레우스가 모든 사람을 지배하려 한다고 비난한다. 한편 아킬레우스는 자신이 아가멤논의 말에 무조건 따르지는 않겠다는 입장을 다시 한 번 확인하지만, 그러면서도 처음 입장에서 약간은 양보한다. 여자를 데려가는 것까지는 막지 않겠다고, 하지만 다른 물건에 손대면 누구든 죽음을 당할 것이라고. 사실 아킬레우스는 작품 끝에 이르기까지 양보에 양보를 거듭하고 있다. 그 양보의 끝에 그는 마침내 자기 운명과 지위를 받아들이게 될 것이다.

아킬레우스가 어머니에게 호소하다

이제 회의가 끝나고 모두들 자기 막사로 돌아간다. 아가멤논이 할 일은 두 가지다. 우선 아폴론 신을 달래야 한다. 그래서 선원 스무 명을 뽑아 제물과 크뤼세이스를 싣고 그녀의 고향으로 떠나게 한다. 오뒷세우스가 그들을 지휘한다. 이들이 사제에게 가는 사이에, 아가멤논은 병사들을 정화하고 진영에서도 아폴론에게 제물을 바치게 한다. 한편 그는 다툼을 계속 이어 나가려 한다. 그래서 전령 둘을 아킬레우스의 막사로 보내, 브리세이스(Briseis)를 데려오게 한다.* 정말 고집 센 인물이다. 아킬레우스가 양보하며 선언했던 것을 못 믿는지, 혹시 그가 반항하면 자신이 더 많은 인원을 데리고 직접 가겠노라고 밝힌다. 전령들은 내키지 않는 발길로 아킬레우스의 막사로 향하여, 거기서 그를 발견한다. 조심스러워서 말도 붙이지 못한다. 하지만 아킬레우스는 그들의 곤혹스런 입장을 이해한다. 잘못은 그들에게가 아니

---

* 영화 「트로이」가 사람들의 신화 상식을 너무나 망쳐 버렸기 때문에 나도 계속 바보 같은 해명을 해야만 하겠다. 브리세이스는 영화에 나온 것처럼 헥토르의 사촌이거나 아폴론의 여사제가 아니다. 그녀는 이웃 도시에서 잡혀 왔으며, 이미 한 번 결혼한 적이 있는 여인이다. 영화에서는 이 여인의 비중이 매우 크게 설정되어 있지만, 이 서사시에서 우리는 그녀를 앞으로 한동안 보지 못할 것이다. 그녀는 19권에야 아킬레우스의 막사로 돌아와서 파트로클로스를 애도하는 대사를 하게 된다(455쪽 참조).

라, 아가멤논에게 있다고. 그러면서 파트로클로스(Patroklos)를 시켜서 여인을 데려다 그들에게 맡기게 한다. 브리세이스는 속으로 아킬레우스를 좋아했던지, 마지못해 전령들을 따라 나선다.

아가멤논이 전혀 양보하지 않고 계속 모욕을 가한 데 대해, 아킬레우스는 바닷가로 나가 자기 어머니에게 탄원한다. 우리는 여기서이 작품의 첫 장면과 유사한 장면을 보게 되는데, 처음 아폴론의 사제가 바닷가를 혼자 거닐던 모습이다(따라서 두 장면은 1권 내부의 되돌이 구성을 이룬다). 아킬레우스는 전우들을 떠나 혼자 바다 기슭에 앉아 눈물을 흘리며 기도한다. 호메로스의 서사시들은 작은 주제를 반복하며 점차 키워 나가는 기법을 쓰는 것으로 알려져 있는데, 지금 여기 나온 '여인을 빼앗김'도 그런 반복 주제 중 하나다. 트로이아 전쟁자체가 아내를 잃은 메넬라오스(Menelaos)에게서 시작되고, 『일리아스』의 사건들이 크뤼세이스 반환 문제에서 시작되듯, 아킬레우스의 분노 사건도 브리세이스라는 여인을 빼앗긴 데서 출발한다. 거절당한 사제가 홀로 바닷가를 거닐며 자기 신에게 호소하듯이, 모욕당한 아킬레우스도 홀로 바닷가에 나가 어머니 여신에게 호소한다.

그가 어머니에게 탄원하는 첫 마디는, 이 작품에서 풀어야 하는아킬레우스의 문제 중 하나와 연관되어 있다. "어머니, 당신은 나를단명하도록 낳아 주셨으니"(1:352). 이 작품은 인간들이 죽음이라는운명을 어떻게 수용하게 되었는지 보여 준다. 인간의 필멸성을 가장뚜렷하게 느끼는 사람은 아킬레우스다. 여신과 인간 남성 사이에 태어난, 신과 인간의 중간에 선 존재로서 그는 인간 조건을 누구보다 예민하게 느끼고 있다. 더구나 그는 요절하도록 운명 지어져 있다. 지금 이 대목이 그 운명에 대한 언급이 처음 나오는 곳이다.

그는 자신이 요절할 것이라면 명예라도 받아야 하지 않겠냐고 호소한다. 하지만 아가멤논은 그가 받은 상마저도 멋대로 빼앗아가고 말았다. 그러자 바다 속에서 그의 어머니 테티스가 올라온다. 아들을 쓰다듬으며 무슨 일인지 묻는다. 아킬레우스는 어머니가 다 알고 있다는 걸 알지만, 그래도 다시 모든 것을 이야기한다. 독자들은 1권 초반부터 벌어진 이야기를 약간의 보충 설명을 곁들여서 다시 듣게 된다. 이런 대목은 옛날 가객이 나중에 온 사람들을 위해 줄거리를 요약해 주는 곳이기도 하다. "우리 희랍군들은 테베라는 도시를 함락하고 전리품을 나누었고, 아가멤논에게는 크뤼세이스라는 미인이 배당되었지요. 그런데 그녀의 아버지인 아폴론의 사제가 선물을 가지고 와서 딸을 돌려주기를 간청했습니다. 다른 사람들은 모두 여인을 돌려주자 했지만, 아가멤논은 사제를 난폭하게 쫓아냈고, 아폴론이 노인의 기도를 듣고 희랍군에게 병을 보내서 여러 사람이 죽었습니다. 예언자가 그것을 알려주었고, 나는 신의 마음을 달래자고 했으나, 아가멤논이 화를 내며 나를 위협하고 그 위협을 실행했습니다. 전령들이 와서 브리세이스를 데려갔습니다." 여기서 자세히 다루기는 곤란하지만 아킬레우스는 시인이 이야기를 시작한 것보다 더 앞에서부터 이야기를 시작하고, 지난 일의 요약도 우리가 읽은 것과는 약간 다르게 전한다. 우리는 많은 작중인물들이 자기 입장에서 이야기를 요약하고 약간씩 왜곡하는 것을 보게 될 것이다.

이렇게 경과를 보고하고는, 아킬레우스는 희랍군에게 치명적인 것이 될 부탁을 어머니께 드린다. "어머니께서는 옛날에 제우스를 도와준 적이 있다고 했으니,[*] 제우스에게 가서 그 공을 일깨우며 부탁하시라, 제우스가 트로이아인들을 도와 희랍군을 도륙하게 만들도록. 그러면 희랍군은 자기들 왕의 우매함을 되새기게 될 것이고, 아가멤논은 가장 용감한 자를 모욕한 자신의 어리석음을 깨닫게 될 것"이라고(1:407~412).

아들의 호소를 들은 테티스는 눈물을 흘리며 그의 불행에 공감하고, 아들이 원하는 대로 제우스에게 청원하기로 약속한다. 다만 제우스는 지금 아이티오피아에 가 있으니 그가 돌아올 때까지 기다려야 한다.

희랍군의 진영에서 이런 일이 벌어지고 있는 사이에 오뒷세우스가 이끄는 사죄 사절단이 사제 크뤼세스의 땅에 닿는다. 사제는 희랍

---

* 여기서 아킬레우스가 상기시키는 테티스의 옛 공이란 것은 다른 전승에는 나오지 않는 이야기이다. 헤라, 포세이돈, 아테네가 제우스를 포박하려 했는데, 테티스가 팔이 백 개인 존재를 불러들여 제우스를 풀어 주고 그 곁에서 보호해 주었다는 것이다. 여기서 제우스에게 반란을 일으킨 세 신은 이 작품 안에서도 제우스의 뜻을 따르지 않고 몰래 희랍군을 돕거나, 도우려다가 실패하는데, 시인이 지금 이 이야기를 끌어들인 것도 나중에 일어날 사건들을 미리 예고하느라고 그런 것일지도 모르겠다(어떤 학자는 이 이야기가, 시인이 이 문맥에서 필요해서 임시변통으로 발명해 낸 것이라고 본다). 그리고 제우스를 도운 팔이 백 개인 존재는 신들이 부르는 이름[브리아레오스]과 인간이 부르는 이름[아이가이온]이 다른 것으로 되어 있는데, 이런 이중적 성질이 모든 구원의 장치에 공통적으로 들어 있다고 주장하는 학자도 있다. 『오뒷세이아』에서 오뒷세우스를 키르케의 마법으로부터 보호해 주는 '몰뤼'(moly)라는 약초도 신들이 부르는 이름과 인간이 부르는 이름이 다른 것으로 되어 있다.

인들을 위해 제사를 드려준다. 여기서 제사 드리는 방식이 자세히 소개되는데, 이렇게 매번 제사를 드릴 때마다 그 방식이 같은 구절로 소개되는 것은 이 서사시가 구술문화에 속한 것이라는 점 말고도, 매번 절차상 엄밀한 정확성이 보장되어야 제사가 효과를 지니기 때문일 것이다. 그러니까 여러 차례 반복되는 같은 구절은 일종의 주술로서, 절대로 틀리지 말아야 할 절차를 밝히는 것이다. 구약성서에서 늘 같은 구절로 나오는 목록들도 마찬가지 의미일 것이다.

테티스가 제우스를 찾아가다

크뤼세스에게 갔던 사절들도 돌아오고, 아킬레우스는 여전히 자기 막사에서 두문불출하는 가운데 드디어 제우스가 아이티오피아에서 돌아온다. 테티스는 아들에게 약속한 것을 이루기 위해 올륌포스를 방문한다. 제우스가 다른 신들과 따로 앉아 있는 곳에 여신이 다가간다. 그의 무릎을 잡고 다른 손으로 신의 턱을 잡는다. 희랍문화권에서 탄원자의 정형적인 자세. 무릎과 턱이 생명력을 가장 잘 보여 주는 부분이라서 그렇다는 '상징적' 설명도 있고, 전쟁터에서 적군의 무기 앞에 노출된 잠재적 희생자가 상대가 제대로 겨누지 못하게끔 자세를 흐트러뜨리고 눈길을 다른 쪽으로 돌리는 행동에서 나왔다는 '실용적' 설명도 있다.

　　그녀는 제우스에게, 자기가 그를 도운 적이 있다면 자기 소원을 이뤄 달라고 청한다. 자기 아들은 일찍 죽을 운명을 타고 났는데, 아가멤논이 그 아들을 모욕하고 상을 빼앗았으니, 희랍군이 그를 다시 존중하여 큰 경의를 표할 때까지 트로이아인들에게 승리를 내려달라는 것이다. 하지만 제우스는 얼른 대답하지 않고 묵묵히 앉아 있다. 사실 그로서는 당혹스러운 주문이다. 그의 애당초 계획이, 이 전쟁을 9년간 끌다가 10년째에 트로이아가 함락되는 것이었기 때문이다. 그런데 이제 일을 마무리 지을 때가 되었는데, 계획과는 반대로 사태를 돌리라니 곤란하게 되었던 것이다.

그러자 테티스는 은근히 제우스의 자존심을 부추긴다. "허락하든지 거절하든지 확실한 태도를 취하십시오. 그대는 누구도 두려워할 것이 없나이다." 이 말은 혹시 그가 헤라나 다른 친(親)희랍적인 신들과 마찰을 두려워하고 있을지도 모른다는 의혹의 분위기를 조성한다. 그러면서 이번엔 자학적 포즈를 취한다. 자기 청을 거절하면, "모든 신들 가운데 내가 얼마나 푸대접을 받는지 잘 알겠소이다."(1:516) 이 구절에 별다른 암시가 없는 것으로, 그냥 '나를 푸대접하지 마시오'라는 뜻으로 해석하는 학자들이 많지만, 어쩌면 이것은 제우스가 테티스를 강제로 인간과 결혼시킨 사건을 가리키는 것인지도 모른다.

다시 신화 지식이 필요한 대목이다. 『일리아스』에 나오지 않는 다른 전승에 따르면 이렇다. 아름다운 바다의 여신 테티스를 두고 제우스와 포세이돈이 서로 겨루고 있었단다. 하지만 어느 날 제우스는 무서운 예언을 듣게 되었다. 테티스가 아이를 낳으면 그 아이는 아버지를 능가하리라는 것이다(그동안 독수리에게 간을 파 먹히는 벌을 받아 오던 프로메테우스가 제우스에게 이 비밀을 가르쳐 주고 풀려났다는 것이 가장 일반적인 판본이다). 그래서 제우스와 포세이돈은 이 여신을 별로 대단치 않은 인간 남자와 강제 결혼시키기로 결정하였다. 그 신랑감으로 선택된 것이 아킬레우스의 아버지가 되는 펠레우스(Pēleus)다. 인간에게 시집갈 생각이 전혀 없었던 테티스는 그가 구혼하러 오자 여러 모습으로 변하면서 저항하였는데, 펠레우스는 그녀가 뱀, 사자 등으로 변하는데도 끝까지 붙잡고 놓지 않아 결국 굴복시켰다고 한다.

한데 이렇게 은근한 테티스의 압박에, 제우스는 헤라의 반응이 걱정된다는 사실을 숨기지 않는다. 이 작품에는 신들 사이의 정치체제가 아직 완전히 자리 잡지 못한 양, 신들 사이의 다툼도 자주 나타나고, 지배-복종 관계도 아직은 물리적 위력에 기초하고 있다. 앞(76쪽 주석)에 소개된 '반란 사건'도 그런 상황을 보여 주는 것이다. 특히 제우스에게 자주 반항하는 게 헤라인데, 어쩌면 이것은 아르고스(Argos) 지역에서 따로 높이 섬겨지던 이 여신의 지위를 반영하는 것인지도 모르겠다. 보통 희랍 지역에는 여신들 중심의 신화 체계가 있다가 인도유럽족이 도래하면서 신앙과 신화가 남성신 중심으로 재편되었다고들 설명한다. 그러니 여기서 여신 헤라가 돌출적인 모습을 보이는 것은, 그녀가 아직 새로운 신화 체계에 완전히 포섭되지 않았다는 뜻일 수도 있다.

제우스는, 그렇지 않아도 헤라가 자기에게 트로이아 편을 들고 있다고 비난하곤 했는데, 앞으로는 자주 다투게 되었다고 푸념하면서, 그래도 테티스의 요청대로 할 터이니 믿고서 떠나라 말한다. 그러면서 약속의 뜻으로 고개를 끄덕이자, "왕의 불멸의 머리에서 향기로운 고수머리가 흘러내렸고 거대한 올림포스가 흔들렸다."(1:529~530) 아름다운 표현이다.

헤라와 제우스 사이에 다툼이 생기다

테티스가 떠나고 나자 곧 제우스가 예상했던 일이 일어난다. 헤라가 그에게 시비를 건 것이다. 그녀는 처음에는 직접 테티스의 이름을 대지 않고, 그저 제우스가 늘 혼자서 결정을 내리고 자신에게는 자진해서 말해 준 적이 없다고 불평한다. 제우스의 대답은 경고와 유화책이 섞인 것이다. 그는 우선 그녀에게, 모든 것을 알 생각은 말라고 엄포를 놓는다. 하지만 곧 이어, 혹시 들어도 좋은 일이라면 누구보다 먼저 그녀에게 알리겠다고 달래듯 말한다(1:545~550).

그러자 헤라는 자신의 의혹을 좀더 구체적으로 밝힌다. 자기는 테티스가 와서 그의 무릎을 잡고 뭔가 탄원했다는 것과, 그가 고개를 끄덕여 허락한 사실을 알고 있다. 그 약속의 내용이 무엇인지도 짐작하고 있는데, 아킬레우스의 명예를 높이기 위해 희랍군을 도륙하겠다는 것 아니냐고. 정곡을 찔려 대답이 궁색해진 제우스는 위협으로 맞선다. 자꾸 그런 식으로 나를 감시하고 추측하면 내 마음은 당신에게서 더 멀어질 것이라고. 그러면서도 상대의 추측이 맞았다는 것을 인정한다. "그대가 말한 대로 된다면 내게는 즐거움이 될 것이오." 마지막에는 물리적인 폭력을 암시한다. "내가 무적의 팔을 당신에게 휘두르게 되면 모든 신이 다 힘을 합쳐도 도움이 되지 않을 것이오."

(1:561~567)『오뒷세이아』에서는 별로 그런 모습이 보이지 않지만, 이 작품에서는 마치 제우스의 통치권이 확립된 지 얼마 되지 않은 것처럼 옛 폭력의 기억들이 자주 일깨워지고, 제우스의 물리적인 우월성이 자주 언급된다.

한편 올륌포스의 으뜸신 둘이 서로 다투자, 다른 신들까지 모두 우울해진다. 여기서 헤파이스토스(Hēphaistos)가 나서서 분위기를 띄운다. 그가 하는 말의 핵심은 두 가지다. 하나는 불멸의 신들이 필멸의 인간들 때문에 다투면 잔치의 즐거움이 깨진다는 것이고, 다른 하나는 제우스가 다른 신들보다 월등하게 강하니 그에게 굴복해야 한다는 것이다. 그는 헤라에게 먼저 화해의 말을 건네도록 권하며, 자신이 옛날에 당했던 일을 회고한다. 어머니가 벌을 받으면 자신으로서도 도울 길이 없다, 옛날에도 어머니를 구하려다가 제우스에게 발목 잡혀 땅으로 던져진 적이 있다, 하루 종일 떨어져서 렘노스 섬에 닿아 숨이 끊어질 뻔했다고. 여기는 이 사건 때문에 그가 다리를 절게 되었다는 말은 없지만, 학자들은 이것이 헤파이스토스의 장애에 대한 한 가지 설명이었을 거라고 추측하고 있다. 한편 18권에는 그가 다리에 장애를 갖고 태어나서 그의 어머니 헤라가 그를 던져 버렸다는 판본이 소개된다.

그 말을 듣고 헤라가 웃음 짓고 잔을 받는다. 그러자 헤파이스토스는 돌아가면서 다른 신들에게도 술을 권하는데, 그가 이렇게 분주하게 돌아다니는 것을 보고 신들 사이에 '그칠 줄 모르는 웃음'이 일어난다. 아마도 이 대장장이신이 다리를 절며 뒤뚱거리는 모습이 우스워 보여서 그랬을 것이다. 그는 일부러 동작을 더 과장했을 것이다, 자기가 그때 땅에 떨어져 다리를 절게 되었다는 걸 강조하면서. 헤파이스토스는 자신의 옛 고난을 농담의 재료로 삼아, 스스로 낮추면서 전체 분위기를 살렸다. 거기에 아폴론의 수금 연주와 무사 여신들의 노래가 더해져 흥을 돋우었다. 해가 지자 신들은 대장장이신이 지어준 집으로 각기 돌아가고 제우스와 헤라도 잠자리에 든다.

구조적으로 이 첫 권은 마지막 권과 짝을 이루는 것이 분명하다. 1권이 인간의 장면으로 시작해서 신들의 장면으로 끝나는 데 반해, 마지막 권은 신들의 장면으로 시작해서 인간의 장면으로 끝난다. 여기서 신들은 테티스의 방문으로 서로 불화하게 되지만, 24권에서는 테티스의 방문이 화해의 분위기 속에 이뤄지는 것을 보게 될 것이다. 또, 여기서는 인간의 뜻이 테티스를 통해서 신들에게로 전해지지만, 24권에서는 신들의 뜻이 테티스를 통해 인간에게로 전달된다는 점, 이것은 앞에서 이미 언급했다.

❀ 신들의 장면이 하는 역할 ❀

『일리아스』에는 신들의 장면이 자주 등장한다. 나는 이것이, 옛 사람들이 인간사에 의미를 부여하던 장치라고 생각한다. 인간들 사이에 이러저러한 일이 일어나는데, 당사자들은 그게 무슨 의미를 가진 것인지 알지 못하지만 더 넓은 시야에서 보면 어떤 뜻이 있었다는 걸 이런 식으로 표현했단 말이다. 사실 이러한 장치는 희랍 비극에서도 발견된다. 비극에서는 같은 사건이 거의 두 번 그려지는데, 한 번은 등장인물들의 대사를 통해서고, 또 한 번은 합창단의 노래에 의해서다. 합창단은 늘, 방금 있었던 일에 대해 평가하고, 그 일과 연관된 다른 일들을 상기시키기 때문이다.

지금 이 장면은 앞으로 일어날 일들을 미리 예고하는 역할을 한다. 오늘날의 독자나 관객들은 일반적으로, 예기치 않았던 사건이 갑자기 일어나는 데서 즐거움을 찾지만, 옛 청중들은 그보다는 오히려 미리 예고된 일이 과연 일어나는지 기다리는 데서, 그리고 예고된 대로 사건이 맞아 떨어지는 데서 즐거움을 얻었다. 그래서 옛 시인은 이렇게 '스포일러'에 해당되는 것을 도처에 심어 놓았다.

그리고 이 장면은 인간들의 삶이 신들에 비해 얼마나 하찮은 것인지 보여 주는 역할도 하고 있다. 인간에 대한 걱정은 신들의 흥겨운 잔치 분위기를 깨는 정도의 의미밖에는 없는 것이다. 이제 서사가 예고한 것처럼 앞으로 수많은 전사가 쓰러지는 피의 전투가 벌어질 것이다. 하지만 신들의 장면은 일시적인 다툼에 뒤이어 '그칠 줄 모르는 웃음'으로 채워진 잔치로, 그리고 평화로운 휴식의 밤으로 끝났다.

앞에서 독자들을 '방해'하는 공식구들을 몇 개 설명했었는데, 이 장면에서 신들에게 늘 붙는 수식어들이 몇 가지 나왔다. '바다 노인의 딸 은빛 발을 지닌 테티스', '황소 눈의 여왕 헤라', '흰 팔의 여신 헤라', '장밋빛 손가락을 가진 새벽의 여신' 등이 그것이다. 이 구절들은 그것이 등장하는 문맥과는 아무 상관이 없다. 현대식으로 하자면 그저 고유명사 하나로 충분한 것이다. 특히 테티스를 수식하는 말들은 한 행 전체를 다 채우는 것인데, 시인은 이런 구절을 읊으면서 그 다음에 나올 구절을 조립할 여유를 얻었을 것이고, 청중은 자신도 따라할 수 있는 구절을 만나서 반갑고 즐거운 느낌을 가졌을 것이다.

「프로테실라오스의 상륙」, 프티오티스 테바이의 은화(기원전 302~286년)

2권의 내용은 제우스가 보낸 거짓 꿈에 속아서 아가멤논이 군대를 시험한 후, 그들을 재정렬하여 트로이아 쪽으로 진격하기 시작한 다는 것이다. 2권의 후반부 '배들의 목록'은 현재 트로이아에 있는 전사들뿐 아니라 처음 전쟁이 시작되었을 때 함께 참여했던 사람들도 소개하고 있다. 트로이아 땅에 제일 먼저 상륙했던 사람은 프로테실라오스로서, 그는 첫 공을 세우고 첫 전사자가 되었다고 한다. 은화 왼쪽에 뱃머리가 보이고, 프로테실라오스의 발 밑에는 파도가 그려져 있다. 그의 오른쪽에 대항하는 트로이아인들의 무기가 그려져 있다.

2권

제우스가 아가멤논에게 거짓된 꿈을 보내다

『일리아스』나『오뒷세이아』에서 한 권을 끝맺고 다음 권으로 넘어가는 가장 일반적인 방법은 한 권의 끝에서 날이 저물고, 다음 권의 초반에 날이 밝는 것이다. 이런 방법은 사건들이 하루 단위로 짤막짤막하게 끊어지는『오뒷세이아』에서 특히 두드러지는데, 반면『일리아스』는 하루의 전투도 여러 권에 걸쳐 묘사되는 식으로 시간 단위를 좀 길게 잡고 있어서 이 방법이 크게 두드러지지는 않는다. 하지만 1권과 2권 사이는 그런 식으로 나뉘어 있다.

첫 장면은 제우스가 잠들지 못하고, 앞으로 어떤 식으로 일을 진행시킬 것인지 궁리하는 장면이다. 그는 결국 아가멤논에게 거짓된 꿈을 보내기로 결심한다. 그는 거짓 꿈을 불러서, 이제 아가멤논에게 가서 전하라 명한다. 신들이 트로이아를 함락시키기로 결정하였으니 군사들을 무장시키라고. 그러자 꿈의 신은 아가멤논의 막사로 찾아가 제우스가 지시한 대로 전한다. 그는 여기서, 이런 꿈 장면에서 늘 그러하듯이, 인간이 알아볼 수 있는 모습을 취한다. 이번에 그가 취한 것은 아가멤논이 가장 존중하는 노(老)전사 네스토르의 모습이다.

그리고 여기서는 그냥 '지시한 대로 전한다'라고 요약하고 지나가지만, 실제로 작품을 읽어 보면 방금 제우스가 했던 말이 주어(主語)만 바뀐 채 그대로 쓰였다. 잠시 후에 우리는, 왕이 여러 사람 앞에 자기 꿈을 보고하는 장면에서도 똑같은 표현이 그대로 쓰이는 것을 보게 될 것이다. 그러니까, 같은 구절들이 제우스가 지시할 때 한 번, 꿈의 신이 전할 때 또 한 번, 그리고 꿈꾼 사람이 다른 이들에게 얘기해 줄 때 다시 한 번 나오는 것이다. 이런 방식은 이 작품이 기본적으로 문자 없이 입에서 입으로 전해지던 시기를 지나왔기 때문이다. 헤시오도스(Hesiodos, 기원전 8세기 보이오티아 출신의 시인으로 호메로스보다는 약간 나중에 활동했던 것으로 보인다. 작품으로 『신들의 계보』와 『일들과 날들』이 있다)의 서사시까지만 가도 벌써 이런 특징은 없어지게 된다.

시인은 때때로 이야기 중간에 개입하여 인물에 대해 논평을 하는데, 여기서 그는 아가멤논을 '어리석다'고 평하고 있다. 제우스의 속뜻은 희랍군에게 큰 재난을 보내자는 것인데, 그걸 모르고 방금 꾼 꿈을 액면 그대로, 길몽으로 여기고 있기 때문이다.

아가멤논이 병사들을 시험하고, 오뒷세우스가 그들을 제지하다

아가멤논은 잠자리에서 일어나 의복을 갖춘다. 인물들이 여행을 떠나는 장면이 많이 나오는 『오뒷세이아』에서는 더 두드러지지만, 이 작품에서도 한 인물이 어떤 일을 새로 시작할 때 일종의 '무장'을 갖추는 장면이 나오는 경우가 많이 있다. 특히 우리는 그런 것을 단독대결 직전에 여러 번 보게 될 것이다. 왕은 웃옷과 외투를 입고 샌들을 신고, 칼과 홀을 갖춰 든다. 그는 한편으로 군사들을 집합시키고는, 먼저 원로들만의 회의를 소집한다. 그들에게 자신이 꾼 꿈을 보고한다. 그가 전하는 내용은 꿈의 신이 했던 말 그대로다. 여기서는 주어를 바꾸는 수고를 할 것도 없이 직접화법으로 인용했다. 그러면서 원로들에게 '관례에 따라' 병사들을 말로 시험해 보자고 제안한다. 자신은 그들에게 배를 타고 떠나라고 권할 터이니, 다른 지휘관들은 그들을 제지하라는 것이다. 사실 이런 시험은 다른 데서는 보이지 않기 때문에 과연 이것이 '관례를 따른' 것인지 의심스럽다.

이 제안에 대해서 다른 사람은 아무 말이 없고, 다만 네스토르가, 꿈의 신이 자기 모습을 취한 것에 고무되어서인지, 지도자가 꾼 꿈이니 맞을 것이라면서 군사들을 무장시킬 것에 동의한다. 어쩌면 다른 지휘관들은 그 시험의 결과를 확신하지 못해 가만히 있었는지도 모르겠다. 그러자 병사들이 모여드는데, 그 모습은 봄날 수많은 벌들이 꽃 사이로 날아다니는 것에 비유되고 있다. 앞으로 병사들이 진군하는 모습에서 본격적으로 보이게 될 장대한 직유들의 전초인 셈이다.

전령들이 대중을 간신히 정돈하여 앉히고 무리가 조용해지자, 아가멤논이 홀을 들고 나선다. 여기서 그 홀이 대물림된 경위가 자세히 그려진다.

이 홀로 말하면 헤파이스토스가 공들여 만든 것으로
헤파이스토스가 …… 제우스에게 바치자

제우스는 이것을 신들의 전령인 아르고스의 살해자에게 주었다.

…… 헤르메스가 그것을 …… 펠롭스에게 주자

펠롭스는 다시 백성들의 목자인 아트레우스에게 주었다.

그래서 아트레우스가 세상을 떠날 때 …… 튀에스테스에게

물려주자 튀에스테스는 다시 이것을 아가멤논에게 물려주어

수많은 섬과 아르고스 전역을 다스리게 했다.(2:101~108)

이렇게 갑자기 긴 묘사가 나오면 눈 여겨 보아 둬야 한다. 그런 묘사를 받은 물건이라면 대개는 얼마 안 있어 중요한 역할을 하게 되기 때문이다. 영화와 비교하자면 중요 장면에서 컷을 많이 사용하거나, 특별히 길게 보여 준다거나 하는 경우가 그와 유사하겠다. 또 그 물건이 어떻게 쓰이는지 기다리는 한편, 일단 그런 묘사가 나올 때는 그 자체를 즐기며 음미하는 것이 좋다. 어찌 보자면 호메로스의 서사시들은 '하이퍼텍스트 식'으로 기술되어 있다. 이 작품에서 때로 이야기 진행을 방해하는 자세한 묘사들은, 우리가 요즘 컴퓨터 화면에서 어떤 낱말을 클릭하면 나오게 되는 말풍선이 그냥 노출되어 있는 셈이다.

한데 이 소개를 보면 아무래도 『일리아스』의 시인은 아트레우스 형제의 피비린내 나는 상쟁을 인정하지 않고, 형제간에 왕권이 평화롭게 상속된 것으로, 그리고 다음 세대로 넘어가는 과정도 평화로운 것으로 보았던 모양이다. 하지만 아이스퀼로스(Aeschylos, 기원전 5세기에 활동했던 아테나이 3대 시인 중 하나)의 '오레스테이아 3부작'에

는 전혀 다른 이야기가 나온다.* 여기서 홀이 강조되는 것은 아가멤논에게 군왕의 위엄을 부여하기 위해서인 모양이다. 하지만 그는 그 위엄에 걸맞게 행동하지 못하고, 이 홀은 오뒷세우스의 손에 들어가서야 제대로 된 효력을 발휘하게 된다.

아가멤논은 병사들 앞에서 짐짓 절망의 포즈를 취한다. 제우스께서 전에는 트로이아를 함락하게 해주겠노라고 약속해 놓고는 이제 와서 돌아가라고 명령했다는 것이다. 길몽인 듯한 꿈을 꾸고는 마치 불길한 예언이라도 받은 듯이 전한다. 제우스가 속임수를 사용한 걸 자기도 모르게 본받은 것일까? 그러면서도 그는 자기들이 트로이아인들보다 수적으로 크게 우세하다는 것을 강조한다. 자기들의 상황에 긍정적인 면도 부정적인 면도 있다는 걸 내놓고, 병사들이 이 중 어느 쪽을 더 중시하는지 시험하려는 듯하다. "희랍군은 적의 10배 이상이다. 따라서 이들을 이기지 못한다는 것은 수치스러운 일이다. 하지만 트로이아 쪽에는 동맹군들이 있어서, 아무 성과도 없이 세월이 벌써 9년이나 흘러가 버렸다. 그러니 처자가 기다리는 고향으로 돌아가자. 아무래도 트로이아는 함락할 수 없을 것 같다"고 (2:129~141).

이 말을 들은 병사들은 마치 물결 이는 바다처럼, 폭풍 만난 곡식들처럼 술렁이다가 고함을 지르며 함선을 향해 달려가고, 벌써 배들

---

* 지면의 제한 때문에 모든 신화를 자세히 설명할 수 없으니, 앞으로도 이 책에서 그냥 암시만 하고 지나가는 이야기들은 강대진 역, 『아폴로도로스 신화집』, 민음사, 2005에서 찾아보시기 바란다.

을 바다로 끌어내기 시작한다. 지휘관들이 기대했던 것과는 전혀 딴판이다. 아마 언제 어디서고 일반 병사들로서는 전쟁이 끝나는 게 소원인 모양이다.

그냥 두었으면 희랍군이 그대로 귀국하고 『일리아스』도 거기서 끝났겠지만, 여기에 신들이 개입한다(이런 식으로 신들이 개입하지 않았으면 일어나지 않았을 일들이 이 작품 곳곳에 등장한다. 신들의 장면 없이는 진행될 수 없는 것이 이 작품의 사건들이다). 헤라 여신이, 희랍군이 헬레네를 그냥 두고 떠나는 것을 안타깝게 여겨 아테네를 파견한 것이다. 아마도 여신에게 중요한 것은, 이들이 떠나버리면 자기를 모욕한 파리스를 응징할 수 없다는 점이겠지만, 앞에 말했듯 24권에 이를 때까지 '파리스의 판정'은 전혀 암시되지 않으니, 여기서도 그녀는 그저 그동안의 수고가 헛것이 된다는 점만 강조한다.

아테네는 오뒷세우스에게 다가가서 충고한다. 1권에서 헤라가 아테네를 파견하여 아킬레우스를 만류할 때와 비슷한 형국이다. 1권 사건이 트로이아 전쟁 전체를 닮은 것처럼, 이 장면은 1권의 아킬레우스 장면을 닮았다. 서사시들은 비슷한 사건들을 거듭 사용하여 진행되는 특징이 있다. 아테네는 헤라가 방금 썼던 구절들을 그대로 사용하여 오뒷세우스를 권면한다. 요즘이라면 저작권법에 걸리거나 '자기표절'이라고 공격받을 수법이지만, 사실 이것은 구술문화의 흔적이다. "수많은 희랍인이 헬레네 때문에 죽었는데 그녀를 그냥 두고 떠날 것인가? 백성들을 부드러운 말로 만류하여 배를 끌어내지 못하게 하라."

오뒷세우스는 외투를 벗어 던지고 달려 나가 아가멤논의 홀을 받아든다. 그는 우선 지휘관들을 붙잡아 달랜다. 두려움을 버리고 앉으라고, 다른 사람들도 앉히라고. 아가멤논의 진의는 백성들을 시험하자는 것이고, 마음에 들지 않는 사람들을 곧 응징할 것이라고. 방금 원로회의에서 그가 한 말을 듣지 않았냐고. 그러니 아마도 지휘관들까지도 아가멤논의 시험이 실패로 돌아간 것을 보고 그냥 떠나는 쪽에 합류한 모양이다.

그가 일반 병사들을 대하는 태도는 지휘관들을 대할 때와는 다르다. 혹시 누가 고함이라도 치는 것을 발견하면 홀로 때리고 꾸짖는다. 모두가 왕이 될 수는 없는 거라고, 왕은 한 사람이면 족하다고. 앞으로 나올 대군의 목록을 생각하자면 한 사람의 이런 노력이 얼마나 효과가 있을까 싶지만 어쨌든 그의 활약으로 병사들은 다시 회의 장소로 돌아가는 것으로 되어 있다. 그들은 파도가 외치며 해안으로 닥쳐올 때처럼 시끄럽게 떠들며 제자리로 돌아간다.

오뒷세우스가 테르시테스를 벌하다

하지만 모두가 너무 쉽게 제자리로 돌아가는 것은 있을 수 없는 일이라고 생각했던지, 시인은 악역을 한 명 등장시킨다. 『일리아스』는 지극히 귀족적인 영웅서사시로서, 모든 좋은 것은 귀족들이 독차지하는 것으로 되어 있다. 그래서 신분 높은 사람이 용모도 출중하고 부유하고 용감하고 성품도 훌륭하고, 전투도 잘하고, 회의에서 말도 잘하는 것으로 되어 있다. 그런 귀족의 대표가 바로 아킬레우스이다. 그는 여신의 아들이고 한 왕국의 왕자이며, 희랍군 중에서 가장 전투에 능할 뿐 아니라 용모도 매우 빼어나고, 가장 좋은 말을 데리고 와 있다. 그러니까 요즘 젊은이들이 사용하는 용어로 '엄마친구 아들'에 해당되는 것이 바로 아킬레우스인 것이다. 한편 그의 대척점에 온갖 나쁜 것을 모아 지닌 사람이 있으니 그가 바로 여기 등장하는 테르시테스(Thersitēs)라는 인물이다. 이 사람은 말도 제대로 못하면서 늘 떠들어대기를 좋아하고, 귀족들을 욕하는 것이 취미다. 생기기도 가장 못생겼다.

> 그는…… 안짱다리에다 한쪽 발을 절었고 두 어깨는 굽어
> 가슴 쪽으로 오그라져 있었다. 그리고 어깨 위엔 원뿔 모양의 머리가
> 얹혀 있었고 거기에 가는 머리털이 드문드문 나 있었다.(2:217~219)

혹시 영화 「반지의 제왕」(2001)에 나오는 골룸의 모습이 그 영향을 받았나 모르겠다. 그는 주제에 어울리지 않게 가장 뛰어난 사람들을 질시했던 모양으로, 전혀 상대도 되지 않는 아킬레우스와 오뒷세우스를 늘 비웃었다고 한다. 이번에 그가 공격하는 대상은 아가멤논이다. 그는 아가멤논의 막사에 전리품과 포로 여인들이 그득한데도, 왕이 계속 욕심을 부리고 있다고 비난하고, 자기들이 그에게 도움이 되는지 안 되는지 그가 알게끔 혼자 버려 두고 떠나자고 주장한다. 거기에 덧붙여 그는 이번에는 아킬레우스를 옹호한다. 아가멤논이 아킬레우스의 상을 빼앗았다는 것이다. 아킬레우스가 태연했기 망정이지 그렇지 않았으면 끝장날 뻔했다고. 이 테르시테스는 아킬레우스

를 패러디한 인물임이 분명하다.

　오뒷세우스는 테르시테스를 꾸짖는다. 그보다 못한 사람은 없으니 떠들지 말라고. 귀국할 기회를 엿보지도 말라고, 돌아가는 것이 좋은 일인지 나쁜 일인지 아직 불분명하다고. 『오뒷세이아』에서는 귀향의 의지를 가장 강하게 보이는 인물이 여기서는 이렇게 다른 이의 귀향을 막는 역할로 나온 것이 흥미롭다. 오뒷세우스는 테르시테스가 아가멤논을 조롱한 것에 대해, 그의 옷을 다 벗기고 매질로 응징하겠노라고 맹세하고, 홀로 그를 후려쳐서 그것을 실행한다. 주변 사람들은 그가 매를 맞고 눈물을 흘리며 앉는 것을 보고 다들 웃는다. 여기서 그들은 '마음이 괴로우면서도 웃었다'고 했으니, 아무래도 일반 병사들은 집으로 돌아가는 것을 더 원했고, 그런 뜻을 앞장서서 밝힌 자기 동료가 매를 맞은 것에 대해 마음이 언짢긴 했던 모양이다. 그 다음엔 주위 사람들이 오뒷세우스의 공로를 칭송하는 발언을 하는 것으로 되어 있는데, 이 구절에 유념해서인지 로마 시인 오비디우스(Ovidius)는 『변신 이야기』(Metamorphoses)에서, 아킬레우스의 무구를 놓고 오뒷세우스가 아이아스와 다툴 때, 이 사건을 자신의 큰 업적으로 내세우는 걸로 꾸몄다(『변신 이야기』, 13:216 이하).

오뒷세우스와 네스토르의 연설

병사들이 모두 모여들고 조용해진 것을 보자, 오뒷세우스는 긴 연설을 시작한다. 그의 말은 우선 아가멤논에게로 향한다. 그는 공연히 문제를 일으킨 아가멤논을 오히려 피해자인 듯 위로하고 있다. 희랍군이 그에게 트로이아를 함락해 주겠다고 약속해 놓고는 지금 그것을 이행하지 않으려 한다고. "아마 고생이 심해서 그런 모양인데, 9년이나 여기 머물렀으니 그것도 당연하다. 하지만 이렇게 오랫동안 기다렸다가 빈손으로 가는 것은 수치스러운 일이다." 그러다가 다시 병사들에게로 말을 돌린다. 조금만 더 참고 칼카스의 예언이 맞는지 보자고. 그러면서 길게 옛 일을 회고한다. 희랍군 함대가 아울리스에 모였을 때, 그들이 제사를 드리는 가운데 제단 밑에서 뱀이 나와서 곁에 있던 나무로 기어올라 참새 둥지를 습격하였고, 거기 있던 새끼 여덟 마리와 어미를 잡아먹고는 갑자기 돌로 변했다고. 그러자 칼카스가 그것을 보고, 희랍군이 9년 동안 전쟁을 치르고 10년째에 트로이아를 함락하게 될 것이라고 예언했다고. 그러니 도시를 함락할 때까지 그곳에 머물자는 것이다. 지금 이 회고는 이 문맥에서는 병사들의 용기를 북돋고 전쟁을 계속하는 뜻에서 나온 것이지만, 전체적으로 트로이아 전쟁 초반에 어떤 일이 있었는지를 밝혀 주고, 독자들이 전쟁 전체의 그림을 그리게끔, 『일리아스』가 시작되기 전의, 말하자면 남겨진 여백을 채워 주는 것이다.

병사들이 이 연설을 듣고 환호하자, 언변에서 남에게 지지 않으려는 노전사 네스토르가 일어선다. 그는 병사들이 이전에 약속과 맹세를 나눈 것을 기억하지 않는다고 비난한다. 그러면서 여기서 입씨름만 할 것이 아니라 싸움을 해야 한다고, 아가멤논에게 어서 병사들을 전장으로 이끌라고 권한다. 한두 명쯤 고향으로 향한다고 해봐야 도착하기도 전에 죽음을 맞게 되리라고. 자기들이 떠날 때 제우스께서 번개로써 좋은 징조를 보내주었으니, 그 동안 애쓴 것을 보복하기 전에는 누구도 떠나지 말자는 것이다.

여기서 노인은 "헬레네의 노고와 탄식을 앙갚음하기 전에는" (2:355~356) 돌아가지 말자고 하고 있는데, 천병희 역에는 '헬레네로 인한 노고와 탄식'으로 옮겨 놓았다. 전자를 취하면 헬레네가 타의에 의해 억지로 끌려온 것이 되고, 후자로 하면 좀더 중립적인 것이 된다. 이 작품에서 시인은 헬레네가 납치된 것인지 가출한 것인지 분명히 밝히지 않고 있으므로, 후자가 더 맞는 듯도 싶지만, 다른 한편 일반적으로 희랍군들은 파리스가 헬레네를 억지로 끌고 온 것으로 생각하는 경향을 보이고 있어서, 네스토르의 말 속에 나온 이 표현도 전자로 해석해 볼 여지가 있다.

네스토르는 전쟁에 지치고 아내가 그리운 전사들을, 도시가 함락되면 트로이아 여인들 곁에서 쉴 수 있다고 슬며시 유혹한다. 그러면서 위협을 덧붙인다. 누구든 배에 손을 대기만 하면 당장 죽음을 당할 것이라고. 그러고는 왕에게 전투 대형에 대한 조언을 한다. 아무 전략도 없이 '그냥 열심히' 싸우는 이 전쟁에서 몇 안 되는 드문 전략적 발언이다. 대단한 것은 아니다. 전사들을 부족별, 씨족별로 편성해서 서로 돕도록 하자는 것이다. 그러면 누가 용감한지 비겁한지도 알 수 있을 것이라고.

다음으로 아가멤논이 일어나서 네스토르의 언변과 좋은 조언을 칭찬한다. 그와 같은 조언자가 열 명만 있다면 트로이아가 곧 함락될 거라고. 어쩌면 이 대목에서 왕은 오뒷세우스가 보여 준 통솔력을 시기한 것일지도 모르겠다. 칭찬이 엉뚱한 사람에게로 향하고 있어서다. 네스토르는 '꿀같이 달콤한' 언변을 가진 것으로 알려져 있지만, 그가 하는 발언이 전체 문맥과 어울려서 큰 효과를 낳는 경우가 별로 없다. 그래서 '늘 실패하는 것'이 그의 특징이라고 평가하는 학자까지 있다. 여기서도 집으로 돌아가려는 군중을 잡아 앉히고 질서를 다시 세운 것은 오뒷세우스인데, 아가멤논은 그는 전혀 칭찬하지 않고 노인만 높여 주고 있다. 혹시 왕은 자기의 어리석은 시험이 공연히 혼란을 일으킨 것이 부끄러운 걸까?

왕은 여기서 슬쩍, 아킬레우스와 불화한 것을 벌써 후회하는 듯한 발언을 한다. 제우스께서 슬픔을 내려서 자신이 싸움에 말려들었다고. 한낱 여인 때문에 자신이 먼저 화를 내고 말았다고. 우리는 왕이 자기 책임을 인정하면서도 신을 탓하는 것을 19권에서 더 자세히 보게 될 것이다. 하지만 그는 아직도 간밤의 꿈을 믿는지, 전투를 준비하라고 명한다. 자신들이 한뜻이 된다면 곧 트로이아가 함락되리라고, 곧 전투를 시작할 수 있게끔 식사하고 무구를 손질하라고. 또 누구든 전장을 이탈하다가는 죽음을 당하리라고.

병사들이 진군하기 시작하다

명을 받은 병사들이 함성을 지른다. 그 소리는 거친 파도가 가파른 해안의 암벽에 부딪칠 때 같다. 병사들은 식사하고 저마다 신에게 제물을 바친다. 아가멤논도 원로들을 불러 모아 제우스께 제사를 드린다. 다른 이들은 왕이 불러서 왔지만 메넬라오스는 왕의 마음을 알아서

제 발로 간 것으로 되어 있다. 이 작품에서 형제는 서로 마음이 잘 맞는 것으로 그려진다. 아가멤논은 그날 안으로 트로이아 성이 불타고, 헥토르가 죽기를 기원하지만, 제우스는 제물만 받고서 그의 소원을 이루지 않고 오히려 고통만 늘려 주었다.

제사와 식사를 마치자, 다시 백성들을 소집한다. 아테네 여신은 이리저리 다니며 병사들에게 힘을 불어넣고, 전투를 원하는 마음을 심어 준다. 여신의 손에는 아이기스(aegis)가 들려 있다. 보통 제우스 것을 아테네 여신이 빌린 것처럼 되어 있는 이 기이한 무기는 값어치도 대단한 것이어서, 백 개의 술이 하나하나 소 백 마리만큼의 가치가 있다고 한다. 우리는 나중에 6권과 23권에서 소가 가치를 따지는 기준으로 등장하는 것을 다시 보게 될 터이다(196쪽, 550쪽 참조).

이제 병사들이 정렬하는 모습이 그려지는데, 긴 직유를 네 개나 잇달아 사용해서 마치 영화에서 '몽타주 기법'을 사용한 것처럼 되어 있다. 좀 길지만 한 번 인용해 보자.

> 마치 모든 것을 파괴하는 불길이 산꼭대기에 있는
> 광활한 숲을 태우면 그 빛이 멀리서도 보이는 것처럼
> 꼭 그처럼 그들이 앞으로 나아갈 때 수많은 청동으로부터
> 눈부신 광채가 대기를 뚫고 하늘에 닿았다.
> 마치 거위나 학이나 목이 긴 백조 따위의
> 깃털 달린 날짐승들의 큰 무리가 날개를 뽐내며
> 카위스트리오스 강변에 있는 아시아의 초원 위로

이리저리 날아다니다가 크게 소리를 지르며

잇달아 내려앉으면 온 초원이 울리는 것처럼

꼭 그처럼 전사들의 수많은 무리가 배와 막사에서

스카만드로스의 들판으로 쏟아져 나오자 대지가

사람과 말들의 발 아래 무섭게 울렸다.

이리하여 수만의 병사들이 꽃피는 스카만드로스의 초원 위에 서니

그 숫자가 제철 만난 나뭇잎과 꽃봉오리만큼 많았다.

봄철에 우유가 통(桶)을 적실 때면

북적이는 파리들의 수많은 무리가

목자의 외양간 주위로 날아다니듯, 꼭 그만큼이나

많은 장발의 아카이아인들이 트로이아인들을 향해 들판에

버티고 섰다. 그들을 갈기갈기 찢어 죽이기를 열망하며.

마치 염소떼가 목장에서 널리 흩어져 서로 뒤섞여도

염소지기들이 이들을 쉽게 가려내는 것처럼

꼭 그처럼 지휘자들은 전투에 들어가기 위해 그들을 여기저기서

따로 나누어 정렬시켰다. 그 한복판에는 통치자 아가멤논이

서 있었는데 눈과 머리는 우레를 좋아하는 제우스와 같았고

허리는 아레스와 같았으며 가슴은 포세이돈과 같았다.

마치 소떼 중에서 출중한 황소 한 마리가

가축떼 가운데서 유난히 뛰어나 보이는 것처럼.(2:455~481)

여기서 무구의 번쩍임은 기세등등한 산불로, 병사들의 분주함과 발소리는 강변 초원 위를 날다가 내려앉는 새들의 움직임과 소리로,

또 병사들의 숫자는 들판의 꽃과 잎들로, 그 쏟아져 나가는 기세는 봄철 파리떼의 움직임으로 시각-청각화되고, 그들 중 지휘관의 모습은 우뚝한 황소의 모습으로 그려졌다. 이것을 영화 장면으로 그대로 옮긴다면, 사실적인 장면 하나, 직유 하나 하는 식으로 번갈아 넣을 수도 있겠고, 달리 하자면 사실적인 장면들끼리 몰아서 여러 컷 넣고, 직유들을 몰아서 여러 컷으로 잇달아 보이는 방법도 가능하겠다. 어쨌든 이렇게 한 군데 몰려서 등장하는 직유들은 병사들의 기세를 생생하게 우리 눈앞에 펼쳐 보이고, 그럼으로써 깊은 인상을 남긴다.

배들의 목록

이 대목에서 시인은 다시 한 번 무사 여신들을 부른다. 이미 무사들의 영감을 받아 거의 입만 빌려주는 역할을 해온 시인이지만, 그 다음에 나오는 기나긴 목록을 읊기에는 힘이 달린다고 생각하는 모양이다. 시인은 우선 질문을 던진다. 희랍군의 지휘자들과 지배자들은 누구였는지. 이것은 "무사 여신들께서 가르쳐 주시지 않으면, 보통 인간으로는 열 개의 입과 지치지 않는 목소리, 청동의 심장이 있더라도 감당할 수 없는 일"이다(2:489~491).

이런 기원에 뒤이어 유명한 '배들의 목록'이 나온다. 270행 이상 이어지는 이 긴 목록은, 아킬레우스의 분노라는 주제와는 사실 아무 관련이 없다. 오히려 이것은 전쟁의 시작 부분에 놓이는 게 더 그럴싸하다. 그런 내용이 이 자리에 들어온 것은, 아마도 시인이 어떤 전체성을 추구하기 때문일 것이다. 시인은 전쟁 전체를 직접 그릴 생각은 없다. 하지만 그 막바지의 며칠만 그리면서도 전쟁 전체를 보여 줄 생각이다. 그래서 전쟁의 시작에 해당되는 것이 여기 나왔다. 우리는 3권의 대결에서도 비슷한 사태를 보게 될 것이다. 어찌 보자면 이 부분은 '역사책'과 같은 기능을 한다. 일반적으로 고대 사회에서 문학 작품과 역사 서술은 서로 대체 관계에 있는데, 희랍에서 비교적 역사기록이 늦게 시작된 것도 이렇게 역사기록을 대신하는 다른 작품이 있었기 때문일 것이다.

이 목록의 대체적인 내용은, 희랍의 어떤 지역에서 어떤 부족이 몇 척의 배로 떠났으며, 그들의 지휘관은 어떤 이들이었는지 밝히는 것이다. 도시 이름, 사람 이름이 너무나 자세히 나와 있어서 혹시 어떤 사실기록 문서가 끼어들어간 것이 아닌가 하는 추측을 불러일으킬 정도이다. 현대의 독자가 이 부분을 읽자면 좀 지루할 수도 있는데, 사실은 이런 '목록시'는 고유명사를 운율에 맞게 끼워 넣어야 하기 때문에 옛 시인들에게는 상당히 도전이 되고, 자신의 능력을 과시할 수 있는 부분이기도 했다.

다른 시대, 다른 땅에서 다른 언어로 읽는 우리로서는 이런 점을 즐길 수 없지만, 이 부분을 읽어 내는 방법도 두 가지 정도 있겠다. 하나는 자세한 지도를 찾아보면서 지금 어느 부분을 언급하는지 확인하는 것이다. 전체적으로 희랍 중동부 보이오티아 지방에서 시작하여 가까운 내륙을 시계 방향으로 돌고, 다시 해안선을 시계 방향으로 따라가서, 희랍 서쪽에 이르면 다시 시계 반대 방향으로 남쪽 크레테를 지나 소아시아 해안을 따라 북쪽으로 올라가며, 맨 마지막에는 처음 시작한 부분의 북쪽으로 와서 거기서 좀더 북쪽으로 올라가다가 서쪽 내륙으로 들어갔다가, 곧 다시 동쪽으로 돌아와서 끝맺는다. 결국 이것은 희랍군의 출발지로 알려져 있는 아울리스 부근을 시작점으로 하는 순항기*인 셈이다.

다른 읽기 방법은, 시인이 슬쩍 언급하고 지나가는 인물들의 옛 이야기를 찾아보는 것이다. 트로이아 전쟁은 헤라클레스 시대로부터 한 세대 후에 일어나는 것으로 되어 있기 때문에, 지휘관들의 부모를 보면 그 전(前)세대 유명인들의 이름이 나온다. 이들은 헤라클레스의 모험은 물론, 칼뤼돈 멧돼지 사냥이나 테바이(Thēbai) 전쟁, 테세우스의 모험 같은 희랍 신화의 핵심적인 일화에 등장하는 인물들이다.

자, 그럼, 이 목록을 조금 자세히 살펴보자. 29개의 지역에서 44명의 영웅이 배 1186척을 이끌고 오게 되는 사연이다. 특별히 할 얘기가 없는 지역은 그냥 건너뛰겠다.

희랍 중동부

시작은 보이오티아(Boiōtia)다. 왜 하필이면 이 지역에서 시작하는지에 대해, 아무래도 이런 목록시의 전통은 헤시오도스로 대표되는 보이오티아 지역에서 강하고, 이 부분도 그 영향을 받은 것이 아닌가 하는 해석이 지배적이다. 지휘관도 다섯 명이나 기록되어 있고, 행수

---

* 순항기(巡航記, periplous). 옛 지리 정보 중에는 한 지점이 다른 지점에서부터 대충 어느 방향으로 얼마 정도의 거리에 놓여 있는지 기록해 놓은 것들이 있는데, 이런 것을 '순항기'라고 한다.

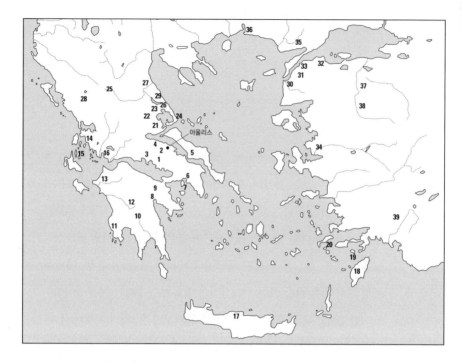

희랍·트로이아 양군의 지역별 출신인물 ('지역—출신인물'. 번호는 『일리아스』 시인이 읊은 차례대로)

희랍 중동부

1 보이오티아—페넬레오스, 레이토스, 아르케실라오스, 프로토에노르, 클로니오스
2 오르코메노스—아스칼라포스, 이알메노스
3 포키스—스케디오스, 에피스트로포스
4 로크리스—작은 아이아스
5 에우보이아—엘레페노르
6 아테나이—메네스테우스
7 살라미스 섬—큰 아이아스

펠로폰네소스

8 아르고스, 티륀스, 트로이젠, 에피다우로스—디오메데스, 스테넬로스, 에우뤼알로스
9 뮈케나이, 코린토스, 시퀴온—아가멤논
10 스파르타—메넬라오스
11 퓔로스—네스토르
12 아르카디아—아가페노르
13 엘리스—암피마코스, 탈피오스, 디오레스

희랍 중서부

14 둘리키온—메게스
15 이타케 섬—오뒷세우스
16 아이톨리아—토아스

크레테 섬과 이오니아 해안

17 크레테—이도메네우스, 메리오네스

18 로도스 섬—틀레폴레모스
19 쉬메 섬—니레우스
20 코스 섬—페이딥포스, 안티포스
21 프티아, 헬라스, 트라키스—아킬레우스
22 퓌라소스—프로테실라오스, 포다르케스
23 이올코스—에우멜로스
24 메토네—필록테테스, 메돈
25 트리케—포달레이리오스, 마카온
26 오르메니온—에우뤼퓔로스
27 텟살리아—폴뤼포이테스, 레온테우스
28 도도네—구네우스
29 펠리온 산—프로토오스

트로이아 동맹군

30 트로이아—헥토르, 프리아모스, 파리스, 뤼카온, 데이포보스, 안테노르, 아게노르
31 다르다니에—아이네이아스, 아르켈로코스, 아카마스
32 젤레이아—판다로스
33 페르코테—아드라스토스, 암피오스, 아시오스
34 라리사—힙포토오스
35 트라케—페이로오스
36 키코네스—에우페모스
37 아뮈돈—퓌라이크메스
38 알뤼베—오디오스, 에피스트로포스
39 뤼키아—사르페돈, 글라우코스

[17행]도 많이 배당되어 있다(2:494~510). 배는 50척이고, 배마다 120명씩 타고 있다고 되어 있다. 배에 탄 사람의 숫자는 트로이아에 모인 전체 병력의 숫자를 가늠하는 데 기준이 될 텐데, 이것이 좀 불확실하다. 보통 50노(櫓)선으로 생각해서 배마다 쉰 명 정도 탄다고 보면 전체는 5만 명 정도가 되고, 배마다 100명 정도로 계산하면 전체는 10만 명을 상회하게 된다.

보이오티아의 목록이 세부 지역 이름들로만 채워져 좀 무미건조한 데 비해, 길이가 짧은 오르코메노스(Orchomenos) 사람들의 목록은 세부 지명이 나오지 않는 대신, 그 지도자들인 아스칼라포스와 이알메노스의 출생 경위가 소개되어 오히려 뭔가 이야기가 들어 있다.

…… 이들은 둘 다 아레스의 아들로
아스튀오케가 아제우스의 아들 악토르의 궁전에 있을 때
정숙한 처녀의 몸으로 다락방에 올라갔다가 강력한 아레스에게서
이들을 잉태했던 것이다. 아레스가 몰래 그녀와 동침했기 때문이다.
(2:512~515)

이런 설명이 들어 있는 것은 아마 나중에 13권에서 이 아스칼라포스가 전투 중에 죽게 되기 때문일 것이다. 『일리아스』는 특히 쓰러지는 전사들 각각에게 특징 있는 일화들을 부여하여, 각 희생자를 익명적인 엑스트라가 아니라 저마다 개성을 갖춘 개별적인 존재로 만들어주고 있는데, 보통 이것은 전사가 쓰러지는 순간에 그를 소개하는 말이나, 그가 쓰러지는 모습을 그린 직유로 그려진다. 한데 이 아

스칼라포스는 그런 장치 없이 그냥 쓰러지고 다른 사람의 입으로 그 죽음이 보고된다. 아마도 그래서 미리 여기서 그를 자세히 소개해 놓은 듯하다. 아니면 반대로 여기서 소개했기 때문에 나중에는 그냥 지나가거나. 어느 쪽이든 시인은 멀리까지 미치는 넓은 시야를 갖추고 있다.

우리가 전투 장면에서 자주 보게 될 주요 전사 중에는 보통 '작은 아이아스'라고 하는 오일레우스의 아들 아이아스(Aiās)가 제일 먼저 소개된다. 로크리스인들(Lokroi)의 지도자인 그는 텔라몬의 아들 아이아스보다는 작았지만 창술이 매우 뛰어난 것으로 그려지고 있다.

희랍 고전기에 가장 중요한 도시인 아테나이(Athēnai)는 여섯번째로 소개된다. 『일리아스』는 보통 기원전 6세기에 아테나이에서 결정판이 편집된 것으로 알려져 있는데, 그렇다고 여기서 이 도시가 무슨 특별한 대접을 받고 있지는 않다.

특징적인 것은 여기 테세우스의 아들들에 대한 언급이 없다는 점이다. 다른 전승에 따르면 그들은 트로이아 전쟁에 참여하여 자기들의 할머니인 아이트라를 구해 오는 것으로 되어 있다. 나중에 다시 보겠지만, 이 아이트라는 테세우스의 어머니로서, 테세우스가 어린 헬레네를 납치했을 때 그녀를 맡아 돌보았고, 헬레네의 오라비들이 누이를 다시 찾아갈 때 함께 잡혀갔다가, 나중에는 다시 헬레네를 따라 트로이아로 간 것으로 알려져 있다. 여기서는 그런 얘기 대신, 옛 아테나이 왕인 에렉테우스(이 사람은 보통 에릭토니오스라는 인물과 혼동되는데 두 사람에 대한 사항은 『아폴로도로스 신화집』을 참고하시기 바란다)를 소개하고 있다. 대지의 여신이 낳은 아이를 아테네가 길러서 자신의 신전에 데려다 앉혔다는 것이다. 아테나이 사람들이 자신들을 '원래부터 그 땅 출신'인 것으로 자부하는 걸 반영한 대목이다. 그들의 지도자 메네스테우스는 병사들을 정렬시키는 데 뛰어나다고 되어 있다. 이 재능은, 지금 큰 혼란을 겪은 다음에는 조금 돋보일 수도 있겠지만, 『일리아스』의 전투가 무슨 작전을 쓰는 게 아니기 때문에 사실 별 효용이 있는 것은 아니다.

조금 놀라운 것이 큰 아이아스가 속한 살라미스(Salamis)의 목록이다. 달랑 2행에 걸쳐, "아이아스가 12척을 이끌고 와서 아테나이 사람들 곁에 배를 세웠다"고만 되어 있다. 이렇게 중요한 인물에게 겨우 두 줄이라니 너무 푸대접이 아닌가? 어떤 학자들은 원래 더 긴 묘사가 있었는데, 그게 줄었다고 믿는다. 그리고 여기 살라미스가 아테나이의 일부인 듯 그려진 것은, 기원전 6세기에 아테나이가 이 섬을 두고 메가라(Megara)와 서로 소유권을 주장했던 것의 반영이라고 설명한다. 정말로 그 시기에 아테나이에서 『일리아스』가 편집되었다면 이런 설명은 그럴싸하다. 하지만 그에 반대하는 학자들도 있다. 아이아스는 이 작품에서 호의적으로 그려질 때도 있지만, 때로 그렇지 않을 때도 있는데, 예를 들어 3권에서도 헬레네가 희랍군 주요 인물을 가리켜 보일 때, 이 거한(巨漢)을 겨우 한 줄로 이름만 언급하고 지나가는 게 이와 비슷하다. 어쩌면 그는 너무나 유명한 인물이어서 달리 설명할 필요가 없어 그랬다고도 할 수 있겠다.

배의 위치에 대한 설명에도 의혹이 있다. 이 아이아스는 워낙 전투에 자신감을 가진 인물이어서, 정렬된 배들의 맨 가장자리에 자신이 이끌고 온 선단을 정박시킨 것으로 되어 있다(8:224과 11:7). 다른 끝에는 아킬레우스가 자리 잡고 있다. 적의 위협에 가장 크게 노출된, 그래서 가장 명예로운 위치이다. 그러니 여기서 제대로 하자면, '아테나이인들 곁에' 아이아스의 배가 있었다고 할 게 아니라, '아이아스의 선단 곁에' 아테나이인들의 배가 있었다고 해야 할 것이다.

펠로폰네소스

그 다음은 아르고스, 티륀스, 트로이젠, 에피다우로스를 포괄하는 지역이다. 희랍 신화에 자주 등장하는 지명들이고, 현재 유적들이 집중적으로 남아 있어서 관광객들이 많이 찾는 지역이다. 그 지휘관은 스테넬로스(Sthenelos)와 디오메데스(Diomēdēs)인데, 이 둘은 사실 원래 트로이아 이야기에 속한 인물들이 아니다. 그들의 아버지들이 '테바이를 공격했던 일곱 영웅'에 속하고, 이들도 테바이를 공격하여 함락한 '후손들'(에피고노이epigonoi)에 속하기 때문이다. 디오메데스는 아킬레우스에게서 격한 성질을 빼 버린 것 같은 인물인데, 학자들은 시인이 이 사람을, 아킬레우스 없이 벌어지는 전투에서 아킬레우스의 대역으로 삼기 위해 다른 이야기 권역에서 끌어온 것으로 보고 있다.

드디어 아가멤논이 이끄는 지역이다. 뮈케나이(Mykēnai)와 코린토스(Korinthos), 그리고 시퀴온(Sikyōn)이 많이 알려진 도시이다. 특히 시퀴온을 설명하는 데는 아드라스토스의 이름이 나온다. 역시 테바이를 공격했던 사람이다. 아가멤논의 병사들이 숫자가 가장 많고 배도 100척이나 되어 가장 많은 함선을 공급한 것으로 되어 있다. 아가멤논이 전체 지휘관 노릇을 하는 것은 그가 가장 크고 강한 나라를 다스리기 때문이다. 오늘날 국제적인 군대를 조직하면 거의 언제나 미국이 실질적인 지휘권을 행사하는 것과 비슷하다.

그 다음은 당연히 스파르타(Sparta)에서 온 메넬라오스의 군대다. 이들은 헬레네의(또는, 헬레네로 인한) 노고와 탄식을 복수하기를 누구보다 열망하는 것으로 특별히 강조되어 있다.

필로스(Pylos) 지역의 네스토르의 군대를 소개하는 대목에는, 옛날 타뮈리스라는 가객이 무사 여신들을 만나 노래로 도전했다가 패배하여 눈이 먼 사연이 나온다. 어쩌면 전체 분위기와 맞지 않는 이 일화는, 네스토르의 지위에 걸맞게 목록을 늘리기 위해 들어갔는지도 모르겠다. 그는 아가멤논 다음으로 많은 배를 이끌고 왔다. 아흔 척이다.

아르카디아(Arkadia) 지역 사람들은 그곳이 워낙 산지(山地)여서 배를 다른 데서 조달하였다. 아가멤논이 60척을 제공했던 것이다. 역시 그는 자원이 풍부한 대국의 왕임에 틀림없다.

오늘날 유명한 관광도시 올륌피아가 속해 있는 엘리스 지역의 목록에는, 헤라클레스에게 외양간 청소를 시켰던 아우게이아스의 이름이 보인다. 그의 아들이 지휘관이다. 이 목록은 앞으로 다시는 나오지 않는 사람들의 이름도 포함하고 있는데, 아우게이아스의 아들 아가스테네스도 그 중 하나이다.

희랍 중서부

앞에 말했듯, 이 목록은 희랍 중동부에서 시작해서 시계 방향으로 남서쪽으로 돌아가고 있는데, 이제 희랍의 서쪽에 위치한 오뒷세우스의 고향 근처까지 왔다. 먼저 이타케(Ithake) 근처의 둘리키온(Doulichion)에서 온 메게스가 소개되고, 다음이 이타케의 오뒷세우스 차례다. 그가 다스리는 지역은 『오뒷세이아』에 나오는 섬들과는 약간 차이가 있다. 오뒷세우스는 '지혜가 제우스 못지않은' 것으로 소개되지만, 이끌고 온 배는 겨우 12척이다. 그는 나중에 『오뒷세이아』의 주인공으로 '발탁'되어, 이 배 12척과 함께 등장하게 된다. 그가 겪는 뱃사람의 모험은 원래 민담의 영역에 속한 것이고 이렇게 많은 배가 필요하지 않은데, 그만 전설적인 전역(戰役)에 참여했던 전사를 주인공으로 끌어다 쓰는 바람에 다른 부작용도 나오게 된다. 그 '불필요하게 많은' 배들을 처치하는 것이 라이스트뤼고네스인들 사건이다. 이 식인 거인들은 엄청난 바위를 던져 11척을 파괴하고, 오뒷세우스를 단 한 척의 배를 가진 '뱃사람'으로, 신드바드와 비슷한 인물로 만들어 준다.

다음으로 더 북쪽으로 올라가서 아이톨리아인들(Aitōlos)을 이끌고 온 토아스(Thoas)가 소개되고, 칼뤼돈 멧돼지 사냥 때 영웅들을 초대했던 오이네우스와 그의 아들 '외부 영혼'의 소유자인 멜레아그로스의 이름이 보인다. 이들의 일화는 9권에서 자세히 다뤄질 것(262쪽 참조)이다.

크레테와 이오니아 해안

이제 희랍 본토의 남부 지역은 다 소개되었다. 이제 목록은 동남쪽으로 이동하여 크레테 섬으로 넘어간다. 오늘날 관광객들이 많이 찾는 크노소스(Knōsos), 고르튀스(Gortys), 파이스토스(Phaistos) 같은 이름들이 나온다. 이 섬에는 도시가 백 개나 되는 것으로 알려져 있다. 그 지휘관인 이도메네우스(Idomeneus)와 메리오네스(Mērionēs)는 앞으로 자주 만나게 될 것이다.

이제 좀더 동쪽으로 이동하여 소아시아 해안 차례다. 로도스(Rhodos)를 다스리는 틀레폴레모스(Tlēpolemos)가 소개된다. 그는 헤라클레스의 아들이다. 그의 어머니에 대해서, 그리고 그가 아버지의 외삼촌을 죽이고 도주한 사연이 길게 소개된다.

> 그는 아스튀오케이아가 강력한 헤라클레스에게 낳아 준 아들이었다.
> 그녀는 헤라클레스가 …… 강자들의 수많은 도시를
> 함락했을 때 셀레에이스 강변의 에퓌레에서 데리고 온 여인이었다.
> 그런데 틀레폴레모스는 잘 지은 궁전에서 자라나 어른이 되자마자
> 그의 아버지의 사랑하는 외삼촌이며
> 아레스의 후예인 늙은 뤼킴니오스를 죽였다.
> 그래서 그는 지체 없이 배를 만들고 많은 백성들을
> 모아 바다로 달아났던 것이다. 강력한 헤라클레스의
> 다른 아들들과 손자들이 그를 위협했기 때문이다.
> 그는 떠돌아다니다가 고생 끝에 마침내 로도스에 닿았고

그의 백성들은 부족별로 갈라져 세 지역에 거주하게 되었다.
(2:658~668)

그의 이력이 이렇게 길게 소개된 것은, 그가 나중에 전사하는 인물이기 때문일 것이다. 제우스가 그에게 큰 부를 내려주었다고 되어 있지만, 그가 이끌고 간 배는 겨우 9척이다.

쉬메(Symē)라는 섬 출신의 니레우스는 가장 적은 수의 배를 이끌고 왔다. 겨우 3척이다. 그는 아킬레우스 다음으로 잘생긴 인물이지만 힘은 뛰어나지 못하다. 이 인물은 마치 이제 한동안 볼 수 없는 아킬레우스를 상기시키고 높이기 위해 동원된 인물같이 보인다.

희랍 중북부

다시 희랍 본토로 돌아와서, 아킬레우스의 고향 프티아(Phthia) 주변이 소개된다. 흥미롭게도 여기 나중에 더 넓은 의미로 쓰이는 지명들이 등장한다. 아르고스, 아카이아, 헬라스가 그것이다. 이 작품에는 희랍인 전체를 가리키는 말이 거의 나오지 않아서, 이들은 대체로 '아르고스인들', '아카이아인들'로 불리는데, 처음 희랍인들이 희랍 반도로 들어올 때 이 지역에 머물렀고, 그 지역 이름을 다른 데로 가져갔으며, 그것이 희랍 전체를 가리키는 이름으로 사용되게 되었다는 게 학자들의 일반적인 설명이다. 물론 '전 희랍인'(panhellenes)라는 말도 나오기는 하지만, 단 한 번, 작은 아이아스를 소개하는 구절에서뿐이다(2:530).

아킬레우스의 부대는 지금 자기 지휘관과 마찬가지로 전투에서 물러나 있다. 따라서 전투에 나서는 부대만 소개하는 대목이라면 나올 이유가 없지만, 지금 이 목록이 전쟁의 전모를 구성하는 중이므로 여기에 소개되었다. 그들은 배 쉰 척을 타고 왔다. 중간 이상 되는 규모다. 그리고 여기서 지금 아가멤논의 막사로 끌려가 있는 브리세이스가 자세히 소개된다. 「트로이」라는 영화가 우리 국민들에게 '상식'으로 만들어 놓은 것과는 달리, 그녀는 인근 도시가 파괴될 때 잡혀 온 포로이다.

그 다음은 이 전쟁터에 도착하자마자 죽은 프로테실라오스 (Prōtesilaos)의 부대다. 영화 「트로이」에는 아킬레우스가 제일 먼저 상륙하는 것으로 되어 있지만, 희랍 신화나 문학 작품에서 트로이아 전쟁터에 처음 상륙한 사람은 프로테실라오스로 되어 있다. 이때 아킬레우스는, 제일 먼저 상륙하는 사람이 제일 먼저 죽으리라는 어머니의 말을 듣고 조금 지체하였다고 한다. 아닌 게 아니라, 시인은 프로테실라오스가 맨 먼저 배에서 뛰어내리다가 죽었다고 노래하고 있다(2:701).* 우리는 나중에 16권에서 이 주인 없는 부대의 배가 불에

---

* 『일리아스』는 그의 아내가 '얼굴을 할퀴며 홀로' 고향에 남아 있는 것으로 그리고 있지만, 다른 전승도 있다. 남편이 죽었다는 소식이 알려지자, 그의 아내는 그를 너무나 그리워하였고, 신들은 그녀를 불쌍히 여겨 하루 동안, 또는 세 시간 동안 남편을 이승으로 보내 주었단다. 하지만 그가 떠나가자 그녀도 스스로 목숨을 끊었다고 한다. 좀더 극적인 판본에 따르면, 그녀는 남편의 형상을 만들어 껴안고 잠자리에 들었는데, 가족들이 그것을 빼앗아 불에 던지자 자신도 불 속에 몸을 던져 죽었다고도 한다. 『일리아스』의 시인은 보통 '이상한 이야기를 싫어하는' 것으로 알려져 있는데, 역시나 이 기이한 판본을 받아들이지 않고 그의 부인도 여느 전사의 미망인과 크게 다르지 않게 그려 놓았다.

탈 위기를 맞는 걸 보게 될 것이다.

희랍 본토로 돌아와서는 목록의 차례가 다시 남쪽으로 내려가는데, 다음은 아르고 호의 모험과 관련이 있는 이올코스 지역이다. 이 지역의 병사들은 아드메토스의 아들 에우멜로스가 이끌고 온 것으로 되어 있다. 에우멜로스는 전투에서는 보이지 않다가 23권에 파트로클로스 장례식 기념경기에서야 모습을 나타낸다.*

다음 목록은 필록테테스의 부대다. 그는 트로이아로 가던 도중에 물뱀에 물려 렘노스(Lēmnos)에 남겨져 있다. 이런 보고도, 현재의 맥락과 상관없이 전쟁의 초기 상황을 채워 주는 자료라 하겠다. 이 필록테테스는 나중에, 트로이아를 함락하기 위해 꼭 필요한 인물이라 하여 특별히 전장으로 불려 가는데, 그 전후의 일들이 소포클레스의 비극 작품 『필록테테스』에서 자세히 다뤄진다. 이 사람의 배는 쉰명을 태우는 것으로 되어 있어서, 전체 병력을 추정하는 데 있어 앞에 나온 것과는 다른 기준을 던져 준다.

---

* 페라이(Pherai)의 왕이었던 아드메토스와 그의 아내 알케스티스는 헤라클레스의 모험 중 하나와 관련되어 유명하다. 『일리아스』의 2권은 그냥 알케스티스가 펠리아스의 딸들 중에서 용모가 가장 뛰어나다고만 전하고 있지만, 이 여인은 남편 대신 죽으려 했던 것으로 알려져 있다. 이들의 이야기는 에우리피데스의 비극 작품 『알케스티스』에 자세히 다뤄진다. 아폴론과 친했던 아드메토스는, 누군가가 대신 죽어 준다면 자신은 죽지 않아도 좋다는 허락을 받아 두었다. 하지만 아무도 대신 죽으려 하지 않아, 아내인 알케스티스가 죽으러 나선다. 그녀가 죽는 날, 헤라클레스가 지나다가 죽음의 신과 싸워 알케스티스를 구해 낸다. 플라톤의 『향연』은, 저승의 여왕 페르세포네가 그녀의 사랑에 감동하여 그녀를 지상으로 돌려보냈다고 하는 다른 판본을 전한다.

다음은 의술의 신으로 섬겨진 아스클레피오스의 두 아들, 포달레이리오스와 마카온의 부대다. 이들은 이 작품에서 적어도 한 차례 중요한 치료를 행하는 것으로 되어 있고(4권), 나중에 필록테테스의 상처도 치유해 준 것으로 전해진다. 이들이 필록테테스 다음에 배치된 것도 맞춤하다.

목록은 텟살리아 평야로 이어지고, 그곳 사람들을 이끄는 폴뤼포이테스(Polypoitēs)는 테세우스의 평생 동지였던 페이리토오스의 아들이다. 이 페이리토오스는 테세우스와 함께 켄타우로스들과 싸웠었고, 나중에 테세우스와 함께 페르세포네를 납치하러 저승에 갔다고 한다. 더구나 이 아들은 힙포다메이아에게서 태어난 자식인데, 바로 이 여인을 켄타로우로스들이 납치하려 해서 전쟁이 났었다. 그는 이 전쟁에 동료 지휘관으로, 역시 켄타우로스 전쟁에 참여했던 카이네우스(Caineus, 원래 여자였다가 남자가 되었다는 인물이다. 그 사연과 그의 최후에 대해서는 『아폴로도로스 신화집』을 참고)의 손자 레온테우스(Leonteus)를 동반하고 있다. 이러한 사연들로 해서 한 세대 전의 '역사'가 채워진다. 그리고 여기 소개된 두 지휘관은 12권에서 방벽의 열린 문을 지키면서 주목받게 될 것이다.

목록의 끝에서 두번째를 차지하고 있는 것이 도도네 근처에 사는 자들이다. 여기서 흘러나오는 강인 티타레소스는 동쪽으로 흐르는 큰 강 페네이오스에 합류하지만, 그 둘의 흐름은 서로 섞이지 않는다 한다. 티타레소스 강이 스튁스 강의 지류이기 때문이다. 그러니까 제우스의 성지 도도네와 그 부근은 일종의 '세상 끝'처럼 되어 있는 셈이다. 전체 목록은 다시 아킬레우스의 고향 가까이로 와서 끝을 맺는다. 그의 아버지 이름과 연관이 있는 펠리온 산 부근 사람들의 목록이다.

이러한 긴 목록을 읊고 나서 시인은 다시 무사 여신의 도움을 청한다. 이렇게 모여든 사람들 중에서 가장 뛰어난 자는 누구며, 가장 좋은 말은 누구 것인지. 당연히 아킬레우스가 가장 뛰어난 인물이고, 그의 말이 가장 좋은 것이므로 이들을 제쳐 두고, 2등이 누구인지를 밝힌다. 말은 아드메토스의 아들 에우멜로스의 것이 가장 좋다. 아폴론이 그 집에서 종살이하면서 길러 준 것이기 때문이다. 전사들 중에서 아킬레우스 다음으로 뛰어난 사람은 텔라몬의 아들 아이아스다. 이런 화제를 꺼낸 것도 아킬레우스를 높이고, 앞으로 한동안 등장하지 않을 그 영웅을 사람들의 기억 속에 분명하게 새겨 넣기 위해서인 듯하다. 시인은, 그가 아가멤논에게 원한을 품고 막사에 머물고 있다는 것과 그의 부하들이 운동을 즐기고 있다는 것을 강조하며 긴 목록을 마친다.

이러한 큰 군대가 전진하자, 땅이 흔들리는데, 이것은 마치 제우스가 튀포에우스를 칠 때와 비슷한 걸로 묘사되고 있다. 이 작품은 전쟁의 시작을 상기시킬 뿐 아니라, 이 세계의 시작도 상기시킨다.

트로이아군의 목록

희랍군이 몰려온다는 소식은 곧 트로이아에 전해진다. 그 소식은 이리스가 전하는 것으로 되어 있는데, 이 신이 프리아모스의 아들 폴리테스(Politēs)의 모습을 취했다고 한 것이 얄궂다. 요즘 식으로 하자면 폴리테스가 망을 보다가 이리스의 영감을 받아 소식을 전했다고 보아야 할 텐데, 어쨌든 여기서는 신 자신이 사람의 모습으로 소식을 전하는 것으로 되어 있다. 그는 아버지에게 지금 회의나 할 때가 아니라고 급박한 상황을 전하고, 헥토르에게는 동맹군 지휘관들로 하여금 자기 백성을 정렬하게 하라고 재촉한다.

　이제 트로이아 쪽 병력도 정렬한다. 그들의 목록이 짧게 나온다. 희랍 쪽 목록이 지리적으로 상당히 정확한 데 반해, 트로이아군의 목록은 지명이 적게 등장하고, 그것도 소아시아 북서쪽 해안 근처만 정확하고 전체적으로 현실과 잘 맞지 않는 것으로 평가되고 있다. 어떤 학자는 이것도 고대의 어떤 문서에 근거해서 만들어진 것이라고 믿고 있지만, 다른 학자는 희랍인들이 이오니아로 이주한 다음에 자기들 시대의 지명들은 일부러 숨기고 좀 옛날식으로 꾸민 거라고 본다. 이 목록에는 희랍 것에 비해 강과 산 같은 자연물들이 많이 등장하는데, 이것은 희랍 쪽의 다양한 이야기에 견줄 만한 이야기가 없어서일 것이다. 이와 비슷한 수법을 우리는 로마 시인 베르길리우스(Vergilius)의 『아이네이스』(Aeneis)에서도 발견하게 된다(자세한 논의는 강대진, 『고전은 서사시다』 6장 참고).

　전체적으로 처음에는 트로이아 주변 지역이 소개되고, 다음으로 바다 건너 오늘날 희랍땅인 트라케, 키코네스, 파이오니아에서 온 사람들이, 그 다음엔 흑해를 따라 동쪽으로 가서 소아시아 반도 북동쪽 지역이 소개되고, 다음으로는 남쪽으로 내려가는 것으로 되어 있다.

트로이아군은 헥토르가 지휘한다. 다르다니에인들(Dardanos)의 지휘관은 아이네이아스다. 그는 여신 아프로디테가 앙키세스에게 낳아 준 자식으로, 나중에 트로이아가 함락될 때 죽지 않고 탈출해서 이탈리아로 이주하여 로마의 기원이 되는 나라를 세웠다는 인물이다. 그 다음엔 4권에서 메넬라오스에게 화살을 날리는 판다로스(Pandaros)가 소개된다. 그의 활은 아폴론이 준 것으로 되어 있다. 하지만 뒤에 보면 그가 산양을 잡아 활을 만든 과정이 자세히 소개된다. 물론 아폴론의 은혜에 힘입어 산양을 잡았다고 하면 말이 안 되는 건 아니다.

트로이아인들의 목록은 사실상 전사자 명단을 미리 제시한 것과 마찬가지다. 여기 소개된 인물들이 거의 다 이 작품 내에서 죽음을 당하기 때문이다. 이는 '배들의 목록'에 나오는 희랍 쪽 지휘관 중에 쓰러지는 사람이 극히 드물다는 것과는 대비되는데, 결국 이 전쟁에서 희랍 쪽이 이겼다는 것을 생각한다면 아주 이상한 일은 아닐 것이다. 물론 이 서사시가 희랍 청중을 대상으로 하는 것이기 때문에 다소간 편향성이 있다고 해도 설명은 된다.

아예 죽음이 예고되는 사람으로 아드레스토스와 암피오스가 있다. 이들은 예언자 메롭스의 아들로서, 아버지가 말리는 것을 듣지 않고 전장에 나섰으니, '검은 죽음의 운명이' 이들을 인도했기 때문이란다. 엔노모스라는 새점쟁이도 비슷한 사례라고 할 수 있다. 그는 자신의 기술로도 죽음의 운명을 피하지 못했다. 한편, 금으로 상징되는 부도 죽음을 막아 주지 못하는 것으로 나오는데, 이 목록에 들어 있는 사례로는 암피마코스 형제가 있다. 그들은 금으로 잔뜩 치장하고 나서지만 그 황금도 그들을 구하지 못해, 이들 역시 아킬레우스에게 쓰러질 운명이었다. 이 목록에서 나중에 죽으리라고 예고되는 인물들은 대부분 아킬레우스에게 희생된다.

트로이아 쪽에는 유명한 인물이 많지 않은데, 이 목록에 등장하는 인물들도 별 인상을 남기지 못하고 주로 죽는 장면에 한 번 등장하고 말기 때문에 대체로 그냥 지나쳤다. 이 소략한 목록의 마지막에는 사르페돈(Sarpēdon)과 글라우코스(Glaukos)가 있다. 이들은 가장 먼 남쪽 뤼키아(Lykia)에서 왔다. 이 둘은 앞으로도 여러 차례 등장하는 상당히 중요한 인물들로, 글라우코스는 6권에서, 사르페돈은 16권에서 매우 유명한 일화에 나옴으로써 우리 독자들 사이에 거의 불멸의 명성을 얻게 된다.

「메넬라오스에게서 도망치는 파리스」, 앗티케 적색상 잔(기원전 490년경)
전투 첫날 첫 장면이다. 3권은 파리스와 메넬라오스의 대결을 중심적으로
다루고 있다. 헬레네가 그것을 트로이아 성벽에서 바라보는 장면도 유명하
다. 전쟁으로 번진 다툼의 당사자, 즉 헬레네의 전 남편과 현 남편이 대결을
벌이나, 궁지에 몰린 파리스가 갑자기 사라진다. 『일리아스』에는 아프로디
테가 그를 구해 주는 것으로 되어 있으나, 이 그림에는 활을 가진 아르테미스
가 그를 보호하는 것으로 되어 있다. 도기 그림에서는 이기는 사람을 왼쪽에,
지는 사람을 오른쪽에 그리는 것이 관례이다.

3권

파리스가 메넬라오스에게 대결을 제안하다

자, 이제 길고 긴 목록이 지나갔다. 이야기는 다시 양쪽 군대가 서로를 향해 진군해 가는 대목으로 연결된다. 우선 2권에서 이어지는 직유들의 연속이다.

이리하여 각각의 부대들이 지휘관들과 함께 정렬되었을 때
트로이아인들은 새떼처럼 소리를 지르고 떠들며 나아갔다.
그 광경은 마치 두루미들이 겨울과 큰 비를 피하여
소리를 지르며 오케아노스의 흐름을 향하여 날아가서는
퓌그마이오이족에게 살육과 죽음의 운명을 가져다주고자
── 이들은 이른 아침부터 무자비한 싸움을 시작한다 ──
하늘 밑에서 시끄럽게 소리를 지를 때와도 같았다.
한편 아카이아인들은 노여운 숨을 몰아쉬며 조용히 나아갔고
마음속으로 서로 돕기를 열망하고 있었다.
마치 남풍이 산언덕의 목자에게는 반갑지 않지만
도둑에게는 밤보다 더 나은 안개를 내리 쏟아

돌팔매질할 수 있는 거리밖에 보이지 않을 때와도 같이
꼭 그처럼 앞으로 나아가는 그들의 발밑에서 뽀얗게 먼지가 일었고
그들은 지체 없이 들판을 가로질러 앞으로 나아갔다.(3:1~14)

이 예에서는 트로이아 병사들의 소음이, 이동하는 철새 무리가
질러대는 소리에, 그리고 두 군대가 일으키는 먼지는 짙은 안개에 비
유되었다. 이 역시 곧장 영화로 만들어서 '몽타주 기법'을 써도 좋을
대목이다. 여기서 한 가지 주의할 것은 트로이아군의 소란과 대비하
여 희랍군은 정숙하게 진군하고 있다는 점이다. 후자가 훨씬 규율이
잘 잡혀 있다는 느낌을 주고, 어느 쪽이 승리할지 예감하게 한다.

하지만 이렇게 곧 부딪칠 듯 마주 달려가던 두 군대는 작은 사건
때문에 멈춰 서게 된다. 갑자기 파리스가 튀어나와 누구든지 자기와
한 판 붙어보자고 제안했기 때문이다. 이 전쟁의 직접적인 원인 제공
자가 처음으로 등장하는 대목인데, 그는 이 서사시에서 흔히 알려진
'파리스'라는 이름보다는 '알렉산드로스'라는 이름으로 더 자주 나온
다. '알렉산더 대왕'과 같은 이름인데, 사실 '지켜주는 남자'란 뜻이니
별로 희귀한 이름도 아니다. 그는 먼 나라까지 가서 미녀를 유혹했던
사교계의 총아답게, 표범 가죽을 걸쳐서 상당히 모양을 내고 나왔다.

이 섬약한 미남의 당돌한 도전에 물실호기(勿失好機) 뛰어나간
상대는 바로 '오쟁이진 남편' 메넬라오스였다. 그가 달려 나오는 것
을 보자, 파리스는 겁이 나서 다시 동료들 사이로 도망쳐 들어간다.
이 대목에서 파리스에게는 '신과 같은'이라는 수식어가 붙어 있다. 물

론 앞에 설명한 대로 구송시의 흔적이지만, 겁이 나서 도망치는 와중에도 '신과 같다'니 좀 우스꽝스러운 효과를 일으킨다. 한편 이 광경을 본 헥토르는 못난 동생을 꾸짖는다. 헥토르도 트로이아군의 목록에 잠깐 소개되기는 했지만, 정식으로 등장하기는 여기가 처음이다. 그가 아무 소개도 없이 그냥 나오는 것을 두고, 어떤 학자는 이미 그가 희랍의 청중에게 익숙한 존재라고 보기도 하는데, 어쩌면 그는 시인이 지어낸 인물일 수도 있다(그 이름의 뜻은 대체로 '지킨다'echo에서 나온 것으로 생각되고 있다). '사태 한가운데로' 뛰어드는 것을 즐기는 시인이라면 새로운 등장인물이라도 아무 준비 없이 불쑥 내밀 수도 있겠기 때문이다.

헥토르는 동생을 크게 나무란다. 외모 멀쩡하고 여자 유혹하는 데는 능하면서, 전장에서는 전혀 용기를 보이지 못한다고. 그는 파리스가 외국에 가서 헬레네를 데려와 온 나라에 큰 고통을 준 것을 상기시킨다. 『일리아스』 이전의 일들이 채워지는 순간이다. 그러자 파리스가 메넬라오스와 단독으로 대결하겠다고 선언한다. 누가 이기든 헬레네와 그녀에게 딸린 보물을 모두 가지는 것으로 하자는 말이다.

헥토르는 이 제안에 기뻐하며 트로이아군들을 멈추게 한 후, 모두 자리에 앉힌다. 그러자 아가멤논도 뭔가 새로운 상황이 벌어진 것을 알고 자기 병사들을 정렬시킨다. 헥토르가 파리스의 제안을 전하고, 메넬라오스가 그 제안에 응한다. 여기서 두 집단은 통역 없이도 소통하고 있는데, 이런 점을 두고 어떤 학자들은 이 전쟁이 이민족 사이의 것이 아니라 사실상 희랍 민족끼리 치른 내전이라고 보기도 한다. 이 무렵에 같은 인도유럽족인 히타이트가 소아시아에 큰 나라를 유지하고 있었으니 이런 해석도 아주 무리는 아니다.

메넬라오스는 대결에 앞서, 우선 제물을 바쳐 맹약을 맺기를 제안한다. 트로이아 쪽 인물들은 믿기 어려우니 국왕인 프리아모스(Priamos)가 직접 나와서 제물을 바치라는 것이다. 그래서 양쪽에서 각기 전령들이 제물을 준비하러 떠난다.

성벽에서 바라보기

이미 1권에서 오뒷세우스가 크뤼세스에게 제물을 나르는 장면에서도 보았지만, 일반적으로 서사시에서는 시간이 오래 걸리는 어떤 일이 진행되면 그 사이에 다른 일이 일어나는 것을 그린다. 지금 전쟁의 원인 제공자라고 할 수 있는 두 사람, 메넬라오스와 파리스가 대결하기 위해 제물을 준비하는 사이에, 장면은 트로이아의 성벽으로 옮겨지고 거기서 희랍군을 내려다보는 트로이아 원로들이 그려진다. 예로부터 '성벽에서 바라보기'(Teichoskopia)라는 이름으로 불리던 부분이다.

이 장면은 이리스가 라오디케라는 여인의 모습을 하고 헬레네에게 찾아가는 데서 시작된다. 헬레네는 마침 길쌈을 하는 중인데, 이 장면이 또 헬레네의 성격을 보여 주는 것으로 되어 있다. 그녀는 옷감에다가, 자기 때문에 두 군대가 싸우는 장면을 짜 넣고 있었던 것이다. 이리스는 파리스와 메넬라오스가 대결을 벌일 참이라고 알린다. 그러자 헬레네는 불현듯 고향과 부모님에 대한 그리움이 일어 밖으로 달려 나간다. 이 대목을 보면 전쟁이 일어난 지 10년이나 된 것이 아니라, 마치 방금 희랍 군대가 도착한 것 같다. 하지만 작품이 막 시작되었으니 전쟁도 다시 시작되어야 한다. 파리스와 메넬라오스의 대결도 마찬가지다. 지금 이루어지려는 이 대결은 마치 전쟁의 초반에 있었던 것을 재현하는 듯하다. 물론 이런 해석에 반대하는 학자도 있다. 혹시 메넬라오스가 패한다면 그 먼 땅까지 찾아온 그 큰 군대가 그냥 물러가야 하는데, 수적으로 우세하고 힘도 넘치는 전쟁 초기의 군대가 과연 그런 조건에 쉽게 동의했겠냐는 것이다. 오히려 전쟁이 너무 길어지고 다들 지친 현 시점이 이런 대결에 더 적합한 상황이라고. 하지만 그래도 이 두 사람이 전쟁의 직접적인 원인 제공자들인 만큼 이들이 맞붙는 것이, 이 작품 내에서는 처음 선보이는 전투 장면의 시작으로 그럴싸하다. 마찬가지로 헬레네가 그리움에 사로잡힌 것은, 이 군대가 '이 작품에서는 처음으로' 등장한 참이기 때문이다.

이 대목에 헬레네를 수행하는 하녀 중 하나가 '핏테우스의 딸 아이트라'(3:144~145)로 되어 있어서, 이 여인이 테세우스의 어머니가 아닌가 하는 해석을 낳기도 하였다. 보통 알려지기로 테세우스는 어린 헬레네를 납치하여 자기 어머니에게 맡겨 놓고, 자신은 페이리토오스와 함께 저승으로 페르세포네를 얻으러 갔다고 한다. 하지만 그가 저승에 붙잡혀 망각의 의자에 앉아 있는 사이에, 헬레네의 오라비들인 디오스쿠로이(Dioskuroi, 역시 제우스와 레다 사이에 태어난 카스토르와 폴리데우케스 형제를 이르는 말)가 와서 헬레네를 다시 데려가면서 아이트라까지 함께 잡아갔고, 다시 헬레네가 트로이아로 올 때 그녀도 함께 오게 되었다는 것이다. 이렇게 보면 지금쯤 이 운명 기구한 여인은 상당히 늙은 몸일 터이다. 이런 이야기를 전하는 판본들은 그녀가 트로이아 전쟁에 참가한 자기 손자들에 의해 구원되는 것으로 해놓았다. 하지만 2권에 나온 '배들의 목록'에서 아테나이 군대를 이끄는 사람들이 테세우스의 아들들이 아닌 만큼, 지금 이 구절은 나중에 끼워 넣어진 것으로 보는 입장이 더 우세하다. 이 구절을 그냥 두자면, 이 아이트라는 테세우스의 어머니가 아니라 그냥 동명이인이라고 해야 한다.

헬레네가 문루에 올라가자 거기 있던 장로들은 그녀를 보고, "불사의 여신 같다"고 하면서도 그녀가 떠나 주었으면 하는 속마음을 토로한다. 하지만 프리아모스는 그녀보다는 전쟁을 보낸 신들을 원망한다며, 화제를 다른 데로 돌린다. 많은 사람이 인정하듯, 프리아모스는 점잖고 이해심 있는 인물이다. 하지만 그가 한 나라의 국왕이라는 자기 위치를 망각하고 자녀들에게 너무 관대하다고 비판하는 학자도 있다.

프리아모스가 헬레네에게 물은 것은, 희랍군 가운데 특히 눈에 띄는 한 인물이 누구인지이다. 하지만, 이미 전쟁이 일어난 지 오래되었는데 지금 여기서 희랍군 전사의 신원을 묻는 것이 이상하지 않은가? 그래서 어떤 학자는 이것 역시 전쟁 초기에 있었던 일이 이 자리로 옮겨졌다고 본다. 그러나 앞에 말한 대로, 이 작품 내에서 전쟁은 다시 시작되어야 하므로 이런 장면이 있는 게 아주 이상할 것도 없다.

이 작품에서 희랍군의 군세는 세 가지 방법으로 개관되는데, 영화 장면을 빌려 설명하자면, 이미 '배들의 목록'에 나온 것은 객관적인 통계 자료로서, 말하자면 높은 데서 원거리 항공 촬영한 모습이라고 할 수 있다. 반면 지금 여기 나오는 것은 트로이아 쪽에서 본 일종의 '시점 쇼트'이다. 우리는 잠시 후 4권에서 다른 식으로 희랍군 전체를 둘러보게 되는데, 아가멤논이 정렬해 있는 자기 군대를 죽 살피며 둘러보는 장면이다. 이것은 지휘관의 눈을 통해 자기 군대를 보는 것으로 우리는 마치 '들고찍기'로 카메라가 진중을 돌아다니는 것 같은 느낌을 받게 된다.

헬레네는, 자기가 이 땅에 오기 전에 차라리 죽었더라면 좋았을 거라고 자책하고, 늙은 왕의 질문에 답하기 시작한다. 방금 프리아모스가 가리켜 보인 사람은 바로 아가멤논이다. 전쟁이 이미 9년 이상 되었는데, 상대 지휘관조차 알아보지 못한다니 아닌 게 아니라 이상하긴 하다. 여기서 아가멤논이 다른 이들보다 체격부터 큰 것으로 되어 있는 것은 이 작품이 귀족적인 영웅서사시라는 점을 다시 한 번 일깨운다. 노인은 아가멤논이 이끄는 군대가 많은 것에 감탄한다. 마치 희랍군을 처음 대하는 듯한 태도다.

그 다음 질문의 대상으로 가리켜진 사람은 오뒷세우스다. 그는 아가멤논보다 머리 하나만큼 작지만 어깨와 가슴은 더 넓어 보이는 것으로 되어 있다. 아가멤논을 기준으로 보자면 조금 불균형한 체형이라고도 할 수 있을 텐데, 이런 점을 두고 오뒷세우스는 어쩌면 '지중해 인종'이라고 할 별도의 종족에 속할지도 모른다고 생각하는 학자도 있다. 헬레네가 오뒷세우스의 지혜와 재능에 대해 소개하자, 곁에서 듣던 안테노르(Antēnōr)라는 원로가 그를 기억해 낸다. 예전에 오뒷세우스가 메넬라오스와 함께 사절로 트로이아에 왔었다는 것이다. 그는 서 있을 때보다 앉았을 때 더 위엄 있어 보였고, 한 번 입을 열면 누구도 그 언변과 겨룰 수 없을 정도였다는 것이다. 지금 이 회고는 이미 전쟁 초기에 어떤 협상이 있었다는 사실을 암시해 준다.

다음으로 지목된 인물은 큰 아이아스다. 이미 '배들의 목록'에서 푸대접을 당한 그는 이번에도 그냥 단 한 줄로 지나쳐지고, 다음으로 헬레네가 자진해서 이도메네우스를 소개한다. 그러다가 그녀는 이들 가운데 자기 형제인 카스토르와 폴뤼데우케스가 없는 것을 이상히 여긴다. 혹시 자기가 부끄러워 전투에 나서지 않은 것인가 하고. 이 대목에 시인이 끼어들어 이들은 이미 죽어서 고향땅에 묻혔다는 것을 밝혀 준다(『오뒷세이아』에서 오뒷세우스는 저승에서 레다를 만난 것을 보고하면서 이 '제우스의 쌍둥이'에 대해서는 언급하면서도 헬레네에 대해서는 전혀 언급하지 않는다. 지금 이 대목을 상기시키면서도, 『일리아스』에서 중심적으로 다룬 것은 일부러 피해 가려는 의도인지도 모른다).

맹약을 맺다

전령들은 제물을 준비해 나가다가 프리아모스에게 들른다. 파리스와 메넬라오스가 대결을 하게 되었다는 소식을 전하며, 들판으로 내려가서 의식을 진행하라고 권한다. 프리아모스는 아들에게 무슨 일이 닥칠까 두렵긴 하지만, 안테노르와 함께 전차를 타고 들판으로 나간다. 우리는 24권에 노인이 단 한 사람만을 동반하고 헥토르의 시신을 나르러 떠나는 걸 보게 될 터인데, 그때 동행하는 사람은 지금 제물을 날라 가고 있는 전령 이다이오스이다.

그들이 도착하자, 희랍군 쪽에서는 아가멤논과 오뒷세우스가 나서서 제의를 집전한다. 손을 씻고, 제물이 될 양의 머리 터럭을 잘라 여러 장수들에게 나눠주고, 제우스와 여러 신들께 기도를 드린다. 태양과 강물, 대지의 신들, 저승의 신들이 그 대상이다. 기도 내용은 어느 쪽이 이기든 그에게 헬레네와 보물들이 속하게 해달라는 것이다. 그리고 만일 메넬라오스가 이겼는데도 트로이아 쪽이 약속을 이행하지 않으면, 죗값을 받아낼 때까지 거기서 싸우겠다고 맹세한다.

그런 다음 양의 목을 베어 잡고, 술을 부어 바치며 다시 신들께 기원한다. 어느 쪽이든 먼저 맹약을 깨는 자들과 그 자손들의 골이 그 술처럼 땅에 쏟아지게 하라는 것이다. 이것은 왜 맹세할 때 술을 부어 바치는지 설명하는 구절이고, 기원을 따지자면 일종의 공감 주술, 즉 비슷한 것끼리 서로 영향을 주고받는다는 믿음이다. 그리고 여기서 서약의식이 길게 묘사된 것은, 곧 이어 4권에 나올 판다로스의 위약 행위를 더욱 비겁하고 신의 없는 것으로 만들기 위해서일 것이다. 또 이 서약의식이 준비 과정부터 자세히 묘사된 것은, 이 대결이 전쟁의 시작을 알리는 제의 성격을 갖기 때문이라고 설명할 수 있다.

하지만 심약한 노인 프리아모스는 자기 아들이 죽을 수도 있으므로, 대결을 차마 보지 못하고 성안으로 돌아간다. 그래서 그가 안테노르와 함께 전차에 오르는데, 그 전에 제물로 잡은 양을 전차에 싣는 대목이 있다. 사실 신에게 바친다고 양을 잡았으면 그 자리에서 태우든 요리하든 어떤 식으로 처리하는 게 당연할 텐데, 여기서 양을 다시 성안으로 가져가는 것은 좀 이상하다. 물론 사실적으로 따져본다면 지금 큰 군대가 서로 싸우려고 맞서 있는 상태이고, 그 전에 양쪽의 대표가 대결을 치르려고 하는 순간이니, 거기서 양을 굽거나 달리 요리하는 것은 어울리지 않을 것이고, 물자가 부족하던 그 옛날에 식량이 될 짐승고기를 버리고 갈 리도 없으니, 원래 있던 데로 그것을 다시 가져가는 게 마땅할 것이다. 하지만 이야기란 원래 전체 줄거리에 큰 상관이 없는 세부는 그냥 생략하고 넘어가기 마련인데, 이런 세부를 특별히 밝혀 놓은 것이 좀 특이하다. 그래서 이 부분에 주목한 어떤 학자는 이것이, 나중에 프리아모스가 헥토르의 시신을 다시 실어 갈 것을 예고하는 장면으로 해석한다. 옛 서사시들에서는 많은 일들이 되풀이해 일어나는 경향이 있는데, 지금 이 장면이 나중에 일종의 '인신희생'이 되는 헥토르의 죽음을 미리 보여 주는 것이란 말이다.

노인들이 떠나고 나자, 헥토르와 오뒷세우스가 나와서 싸울 장소를 재고, 대결할 두 사람 중 누가 먼저 공격할 것인지 제비뽑기를 한다. 영화에 나오는 것처럼 그냥 서로 무기를 들고 상대를 노리다가 틈이 나면 공격하는 걸로 하면 될 듯 싶지만, 옛 방식이라는 것이 순서를 정해서 한 번씩 공격을 교환하기로 되어 있었던 모양이다.

그리고 나중에 7권에도 비슷한 것이 나오겠지만, 옛 제비뽑기는 각 사람이 자기 제비를 투구에 넣은 다음 흔들어서 하나를 뽑는 것이다. 그래서 자기의 표식이 있는 제비가 뽑히면 그 사람이 말하자면 '당첨'된 것이다. 다른 이야기에는 물통에 각자 자기 제비를 넣고 어느 한 사람이 손을 넣어 제비를 뽑는 것으로 되어 있기도 한데, 여기서는 손을 넣지 않고 그냥 투구를 흔들어서 바깥으로 먼저 튀어나오는 것이 말하자면 '당첨'이다. 여기서 고개를 돌리고 투구를 흔들어 추첨을 집행하는 사람은 헥토르이다. 그에게는 자주 '빛나는 투구의'라는 수식어가 붙으니, 꽤 적절한 역할을 맡은 셈이다. 이 추첨에 의해 먼저 공격하는 순서는 파리스에게 돌아간다.

두 사람이 대결하다

자, 이제 대결을 위해 우선 무장을 갖추는 장면이다. 우리는 앞으로도 한 영웅이 큰 공을 세우러 나가는 순간에 무장을 갖추는 것을 몇 번 보게 될 것이다. 여기서는 두 당사자 중 파리스의 무장만 자세히 다뤄진다. 나로서는 이 장면이 잠시 후에 패배를 맛볼 파리스에게 일종의 보상을 해주는 것이라고 해석하고 싶다. 대결에서의 승리라는 영광은 메넬라오스에게 돌아가지만, 시인과 독자의 관심은 패자에게 주어지는 방식이다.

무장 장면에는 늘 정해진 패턴이 있어서, 그것을 벗어나면 시인이 뭔가 강조하고 싶은 것이라고 생각하면 된다. 무장은 아래에서 위로 향하는 순서로 되어 있다. 먼저 다리에 정강이받이를 대고, 다음으로 가슴받이를 두르고, 어깨에 청동 칼을 메고 방패를 걸친 다음 마지막으로 투구를 쓰고 창을 집어 든다. 여기서 주의할 것은 투구를 쓰기 전에 방패를 '걸친다'는 점이다. 『일리아스』는 오랜 세월에 걸쳐 발전되어 온 서사시이기 때문에, 무기 체계도 좀 뒤섞여 있다. 그래서 방패도 옛것과 새것이 함께 나오고 있는데, 구식 방패는 '몸 방패'(body shield)라는 것으로, 여러 겹의 가죽을 겹친, 몸 전체를 가릴 만큼 큰 것이고, 신식 방패는 '손 방패'(hand shield)라는 것으로 요즘 전투경찰들이 사용하는 것과 크게 다르지 않아서, 안쪽에 팔걸이와 손잡이가 있는 것이다. 전투 장면을 보면 이 두 가지가 모두 등장하지만, 큰 대결 장면이나 중요 인물 묘사에는 거의 언제나 옛 방식의 몸 방패가 등장한다. 그래서 지금 여기 나온 것도 그런 방패이다. 이 방패는 어깨띠를 대어 몸에 걸치게 되어 있기 때문에 투구를 쓰기 전에 착용해야 한다. 그렇지 않으면 높직한 투구의 술에 걸려서 일이 귀찮아지기 때문이다. 그냥 손 방패를 사용한다면 맨 마지막에 방패를 들면 될 것이다.

그리고 무장 장면마다 강조되는 부분이 있기 마련인데, 이 장면에서는 파리스가 동생인 뤼카온(Lykaon)의 가슴받이를 빌려 걸쳤다는 사실이 강조되었다. 방금 파리스는 표범 가죽을 걸친 모습이었으므로 정식 대결을 하자면 누군가의 물건을 빌릴 수밖에 없을 텐데, 물건을 빌려준 사람이 좀 문제다. 뤼카온이란 인물은 나중에 아킬레우스에게 아주 인상적인 죽음을 당하게 될 것이기 때문이다. 그런 인물의 물건을 빌렸다는 것 자체가 벌써 이 대결의 결과를 짐작하게 한다. 이런 '화려한' 무장 장면과는 대비되게도 메넬라오스의 무장은 겨우 한 줄에 그치고 마니, 역시 시인은 양쪽의 체면을 균형 있게 맞추는 모양이다. 우리는 나중에 아주 엉뚱하게 메넬라오스의 무장을 확인하게 되는데, 4권에서 그가 판다로스의 화살에 다치는 장면에서다. 그가 어떤 장비를 갖췄는지는, 상처를 확인하기 위해 무장을 하나씩 들춰보는 데서, 말하자면 '피에 젖은 채' 하나씩 소개되고 있다.

드디어 대결이 시작된다. 독자들은 대결 장면도 앞으로 여러 차례 보게 될 터인데, 무기를 사용하는 순서도 늘 같다. 창, 칼, 돌의 순서다. 여기서는 돌을 사용하는 데까지는 가지도 못하는데, 두 전사의 전투력이 너무 차이가 나서 그렇다. 사실 파리스는 원래 궁수이니 그럴 만도 하다. 대결 과정은 이렇다. 우선 파리스가 창을 던지지만 그것은 상대의 방패를 뚫지 못하고 창끝이 구부러지고 만다. 다음으로 메넬라오스가 제우스께 기도한 후 창을 던져 상대의 방패를 맞힌다. 그 창은 방패를 지나 가슴받이까지 뚫고 들어가지만, 파리스는 몸을 틀어서 부상을 모면한다. 다시 메넬라오스가 칼로 상대의 투구를 내리치지만, 투구 뿔에 걸려서 칼이 부러지고 만다. 그래서 투구장식을 잡아서 자기 편 쪽으로 끌고 가려 했더니, 이번에는 그만 아프로디테의 개입으로 투구 끈이 끊어져 상대를 놓치고 만다. 메넬라오스가 자신의 불운을 개탄하며 다시 창으로 공격하려는 순간, 홀연히 파리스가 사라져 버림으로써 대결이 중단된다. 아프로디테가 파리스를 침실로, 헬레네에게로 데려가 버린 것이다. 메넬라오스는 제법 잘 공격하다가도 매번 결정타를 놓치는 걸 보면, 역시 운이 없는 사람이고 부인을 빼앗길 만도 하다. 물론 그는 나중에 죽지 않고 낙원에서 살게 되었다니 말년운은 좀 있는 것 같지만.

아프로디테가 헬레네에게 동침을 강요하다

여기서 장면은 트로이아 성내로 바뀐다. 아프로디테는 파리스는 집에 데려다 두고는, 양털실 잣는 노파의 모습으로 헬레네를 데리러 간다. 헬레네는 우리가 마지막 보았을 때 성벽 위에 있었는데, 대결이 중단된 지금도 여전히 그곳에 머물러 있다. 여신은 파리스가 지금 침실에 와 있는데, 춤추러 나가려는 사람 같다고 전한다. 이 작품 안에서 춤은 항상 에로틱한 성질과 연관되어 있다. 하지만 여신의 가장(假裝)이 완전치 않았던지 헬레네는 상대의 신분을 알아본다. 아름다운 목과 가슴, 빛나는 눈 때문이다. 혹시 헬레네는 나중에 『오뒷세이아』에서 본격적으로 보이게 되는 '마녀 같은' 통찰력을 벌써 보여 주는 것일까? 그녀는 여신이, 이제 메넬라오스가 대결에서 이겨 자기를 데려갈 때가 되니까, 또 다른 땅으로 그녀를 빼돌리려고 속이러 나타난 게 아닌가 의심한다. 그러면서 인간으로서 감히 여신에게 이렇게 말해도 좋을까 싶게 심한 말을 하는데, "파리스가 그렇게 좋으면 계속 봉사해서, 그의 아내나 노예가 될 기회를 잡으시라"고 쏘아붙인 것이다. 그러자 여신도 화를 내며 위협으로 맞선다. 지금 자신이 헬레네에게 주고 있는 애정만큼의 미움을 주면, 그녀는 트로이아인과 희랍군 모두에게 미움을 받을 것이고 결국 비참한 죽음을 당할 것이라고. 사실 여신이 은총을 철회하기만 해도 그녀는 모든 아름다움을 잃을 터이니, 그녀는 더 이상 '아름다움의 화신'이 아니게 될 것이고, 존재 이유도 없게 될 것이다.

여신의 위협에 겁이 난 헬레네는 집으로 돌아온다. 여신은 그녀를 달래려는 듯 손수 앉을 자리를 보아 주며 시중까지 들지만, 그녀는 파리스를 냉랭히 대한다. 차라리 전장에서 죽지 그랬냐고, 다시 나가서 싸우는 게 어떠냐고. 그러다가 마음이 풀리는지, "하지만 나로서는 메넬라오스와 무모하게 싸우는 건 말리고 싶다"고 말한다. 잠깐씩 다투지만 근본적으로는 서로를 걱정하는 부부의 모습이다. 시인은 부부 사이의 싸움까지도 자세히 관찰하고 여기 그것을 옮겨 놓았다.

파리스는, 이번에는 메넬라오스가 아테네의 도움으로 자기를 이겼지만, 다음에는 자기도 신의 도움으로 그를 이길 일이 있을 것이라며 헬레네에게 동침을 청한다. 지금처럼 욕망이 자기를 사로잡은 적이 없다고, 둘이 처음 도망쳐서 처음 사랑을 나눌 때보다 더하다고. 우리는 비슷한 말을 14권에서 제우스가 헤라에게 하는 것을 보게 될 것이다. 어쩌면 여기서 헬레네는 파리스를 유혹하여 트로이아군의 전력을 약화시키는 역할을 하는 것일지도 모른다. 하지만 그것은 아프로디테의 강요에 의한 것이니, 여신은 자기의 이익을 스스로 해한 셈이다.

한편 전장에서는 메넬라오스가 갑자기 사라진 파리스를 찾느라 분주하다. 오쟁이진 남편다운 일이다. 자기 아내는 다른 남자의 품 안에 있는데 말이다. 아가멤논도 자기 동생의 승리를 선언하고 헬레네와 보물들을 내놓으라 요구하지만, 찬성하는 것은 희랍군뿐이고 트로이아 쪽에서는 반응이 없다.

❀ '파리스의 수치'와 명예의 균형 ❀

이제 3권이 끝났다. 여기서 본 대결은, '배들의 목록'과 '성벽에서 바라보기'처럼, 전쟁 초기 사건을 재현하고 그럼으로써 전쟁 전체를 보여 주기 위해 이 자리에 놓였을 것이다. 그래서 여기에, 전쟁의 원인이 된 불행한 '연애'도, 아프로디테의 개입도, 트로이아 쪽의 배신적 행위도 모두 다시 한 번 나타난다. 그리고 이 대결의 결과는 앞으로 있을 전투 전체의 결과를 예고한다. 이 대결은 이 작품에서 처음으로 나오는 전투 장면이고, 그 승패는 전쟁 전체의 승패를 대표하는 셈이다.

파리스가 패했다는 사실은, 공식적인 선언이 없더라도 모두에게 명백하다. 그가 단한 번 창으로 공격하고, 그나마 아무런 타격도 주지 못한 반면에, 메넬라오스는 연거푸세 번의 공격을 퍼부어 상대를 거의 제압했기 때문이다. 사실 파리스로서는 조금 억울할수도 있다. 그의 장기는 활쏘기인데 너무 표준적인 대결에 말려들었기 때문이다. 우리는 앞으로도 궁수들이 활을 놓고 대신 창을 들었을 때 비슷한 재난을 당하는 것을 보게 될 것이다.

여기서 파리스는 대결의 패배자이자, 신성한 서약의 파기자로서 불명예를 짊어지게 되었다. 물론 엄밀히 말하자면, 처음 조건대로 어느 한쪽이 다른 쪽을 죽일 때까지 대결이 진행되지 못하고 중도에 무산되었기 때문에 서약 파기까지는 아니고, 그저 비겁하다는 비난을 받을 정도다. 하지만 이것도 '수치의 문화'에 속한 사회에서는 엄청난 피해이다. 그러나 그는 나름대로 몇 가지 보상을 챙겼다. 독자의 시선을 끌어당기는 긴 무장 장면도 그렇고, 추첨에 의해 먼저 창을 던지게 된 것도 그렇다. 먼저 공격하는 쪽이 당연히 유리하기 때문이다. 또 메넬라오스가 이 대결 직후 판다로스의 화살에 의해 부상을 입는 것도 파리스 쪽에서 보자면 일종의 보상이다. 그 사건은 승자의 기쁨과 성취감에 일격을 가하는 것이다.

무엇보다도 직접적으로 주어진 보상은 헬레네와의 동침이다. 조금 전의 대결이 여자를 사이에 둔, 전 남편과 현재 남편의 대결이기 때문이다. 대결 전에 했던 약속을 지킨다면, 파리스는 내기에 졌으므로 이미 아내를 잃은 셈이다. 그러나 실질적으로는 여전히 그가 남편이다. 이 동침은 여자가 여전히 자기 것이라는, 남편으로서의 권리확인 절차인 것이다. 더욱이 이 동침을 특별히 명예로운 것으로서 만들어 주는 게 '성벽에서 바라보기'이다. 헬레네가 성벽 위에 나타난 것은, 『오뒷세이아』에서 페넬로페가 활쏘기 시합 직전에 구혼자들 앞에 '상'으로 모습을 드러낸 것과 마찬가지다. 그녀는 이 대결이 걸고 싸우는 상이다. 그리고 그 '상'의 가치를 높여 주는 것은, 성벽에 나타난 그녀의 아름다운 모습을 보았을 때, 성의 장로들이 하는 말이다.

> 트로이아인들과 훌륭한 정강이받이를 댄 아카이아인들이
> 저런 여인 때문에 오랫동안 고초를 겪었다는 것은 나무랄 일이 아니오.
> 그 모습이 놀라우리 만큼 불사의 여신을 닮았으니 말이오.(3: 156~158)

파리스는 대결에서 수치를 당했다. 그러나 이러한 수치는 '여신과 같은' 헬레네 곁에 눕는 명예에 의해 상쇄되었다. 이와 같은 '명예의 균형'을 우리는 이 작품 도처에서 발견하게 될 것이다.

Ilias

II. 전투 첫날
: 균형 잡힌 전세

트로이아 전쟁 전투 장면, 펠릭스 마그달레나(J. M. Felix Magdalena)의 목조 작품
4권은 크게 세 부분으로 나누어 볼 수 있다. 판다로스가 화살을 날려 메넬라오스를 부상시키는 장면, 아가멤논이 자기 군대를 순시하는 장면, 그리고 드디어 두 군대가 맞부딪히는 장면이다. 18세기에 존 플렉스먼(John Flaxman)이 그린 『일리아스』 그림에서 영감을 받아 현대에 제작된 작품이다.

4권

아테네가 전투를 재개시키다

우리는 조금 전에, 희랍군이 큰 패배를 맛보게 한다는 제우스의 계획이 이루어지나 보다 하고 기대하는 순간 파리스가 엉뚱한 대결을 제안하고, 『일리아스』라는 서사시 자체가 아예 사라질 위기에 처한 것을 보았다. 처음 약속대로 대결의 승자가 헬레네를 데려가 버리면 전쟁은 여기서 끝나는 것이고, 『일리아스』도 얘깃거리가 없어지겠기 때문이다. 이제 중도 무산된 대결 다음에 대체 어떻게 해야 하는지 확실치 않은 순간에, 신들의 장면이 끼어들어 끊어진 이야기를 이어 준다.

먼저 도발하는 것은 제우스다. 그는 여러 신들 앞에서, 메넬라오스에게 헤라와 아테네라는 후원자가 있는데도, 아프로디테의 후원을 받는 파리스가 죽음을 피했다고 빈정거린다. 그러면서도 이번 대결의 승자는 메넬라오스라고 선언하고, 여기서 전쟁을 끝낼지 말지를 생각해 보자고 짐짓 제안한다. 트로이아의 멸망을 원하고 있던 헤라가 화를 내자, 제우스는 이번에는 그녀가 트로이아를 해치도록 양보하겠지만 나중에 자신도 원하는 대로 도시들을 파괴하겠노라고 미리 선언해 둔다. 그러자 헤라 역시, 자기가 사랑하는 도시들을 마음대로 파괴하라고 허락한다. 신들 사이에서 인간들의 운명이 거래되는 무서운 순간이다.

이제 제우스는 아테네를 파견하여 다시 전투가 재개되게끔 일을 맡긴다. 트로이아인들로 하여금 먼저 맹약을 깨도록 만들라는 것이다. 이 작품 전체에서 트로이아 쪽이 도덕적으로 문제가 있다는 것이 여러 차례 암시되고 있는데, 지금 이 대목도 그런 것이다. 신이 시켜서 하는 일이라도 인간이 그 책임을 면할 수 없는 것이다. 우리는 19권에서 이 문제를 다시 살펴볼 것이다(452쪽 참조).

판다로스가 메넬라오스를 활로 쏘아 맞히다

아테네는 라오도코스라는 인물의 모습을 하고 판다로스를 찾아 나선다. 그녀는 그에게 메넬라오스를 향해 화살을 날리도록 부추긴다. 메넬라오스를 쓰러뜨리면 틀림없이 파리스의 총애를 얻게 될 거라면서. 그러자 그는 활을 꺼내는데, 이 활을 어떻게 얻게 되었는지가 6행에 걸쳐 자세히 나와 있다.

> 이것은 예전에 그가 손수 가슴 밑을 쏘아 맞힌 산양 뿔로 만든 것으로
> 그가 잠복처에 숨어서 기다리고 있다가 바위에서 나오는 것을
> 그대로 가슴을 꿰뚫어 바위 위에 벌렁 나자빠지게 했던 것이다.
> 그것의 머리에는 열여섯 뼘이나 되는 뿔들이 나 있어
> 이것을 뿔 세공인이 교묘하게 이어 붙이고 나서
> 전부를 반들반들하게 닦고 끝에는 황금 고자를 씌웠다.(4:106~111)

앞에서도 말했지만 이렇게 긴 묘사를 받는 물건은 대개, 얼마 안 있어 중요한 역할을 하게 된다. 판다로스는 활을 꺼내서는, 동료들의 방패 뒤에 숨어서, 아폴론께 제물을 약속하며 화살을 날린다. 그가 활을 당기는 과정도 아주 길게 묘사되어 있다. 사라질 뻔했던 『일리아스』가 되살아나는 중대한 순간이기 때문이다. 또 이것은 트로이아의 부도덕함을 재현하는 순간이기도 하다. 한편 그가 방패 뒤에 숨어 화살을 쏘는 모습은, 나중에 나올 테우크로스의 모습과 더불어 궁수들의 '비겁함'을 보여 주는 대목이기도 하다. 고대 사회에 궁수는 평판이 안 좋아서, 심지어 옛 수사학 연습 문제에 '활도 영웅이 쓸 만한 무기인가?'라는 것도 있었다고 한다. 물론 헤라클레스가 활을 사용했으므로, 대항 논리는 만들 수 있었을 것이다.

> 그는 화살통의 뚜껑을 열고 검은 고통의 근원인
> 아직 한 번도 쓰지 않은 깃털 달린 화살을 꺼냈다.
> 그러고는 쓰라린 화살을 지체 없이 시위에 끼우고 나서 ……
> 화살의 오늬와 쇠 힘줄로 만든 시위를 함께 잡고
> 시위가 가슴에 닿고 쇠가 활등에 닿도록까지 당겼다.
> 그가 힘껏 당겨 큰 활이 하나의 원을 이루었을 때
> 뿔이 울리고 시위소리 요란한 가운데 예리한 화살은
> 껑충 뛰어 맹렬한 기세로 무리들 사이로 날아갔다.(4:116~126)

하지만 아테네는 자신이 부추겨 놓고는 그 화살을 슬쩍 비켜나게 만든다. 시인은 이따금 등장인물을 직접 부르는데, 대개는 시인이 좋아하는 인물에게 그러는 것으로 알려져 있다. 여기도 그런 구절이 있다. "하지만 메넬라오스여, 불사의 신들께서 그대를 잊지 않았도다!"(4:127~128) 아테네는 그 화살을 아예 빗나가게 하지는 않고, 메넬라오스의 몸에 맞기는 하되, 가장 방비가 잘 된 곳으로 가게끔 인도한다. 앞에서 파리스와 대결할 때 그가 무장하는 장면을 굳이 넣지 않은 것은, 어쩌면 지금 이 장면을 위해 아껴 두자는 것이었는지도 모른다. 바깥쪽에서부터 보자면 그 부상처는 우선 혁대(zoster)와 가슴받이(thorex)가 겹치는 곳이다. 그 밑에는 화살을 막기 위해 동판으로 만들어진 배띠(mitre)가 있다. 뒤에 보면 허리옷(zoma)까지 거기 있었으니, 삼중, 사중의 방비를 뚫고 화살이 꽂힌 셈이다.

그의 상처에서는, 상아에 자줏빛 물감을 칠할 때처럼 피가 흘러내린다. 그것을 본 아가멤논은 혹시나 치명상일까 봐 몸을 부르르 떤다. 영화 「트로이」에서는 더 그렇지만, 원전 안에서도 아가멤논은 상당히 거친 성품인 것으로 되어 있다. 하지만 우애는 좋았던지 자기 동생을 상당히 아낀다. 메넬라오스도 처음에는 큰 부상이 아닐까 걱정했지만, 화살의 미늘이 살 속까지 들어가지 않은 것을 보고는 안심한다. 이로써 맹약은 완전히 깨진 것이 되었다.

하지만 아가멤논은 아직 부상 정도를 확인하지 못하고서, 일단 트로이아인들의 신뢰 없음을 비난하고, 또 메넬라오스가 죽으면 자신이 얼마나 슬플지, 적들이 얼마나 좋아할지 탄식한다. 그러면서 신들이 이 불경스러움을 언젠가는 복수해 주셔서 트로이아가 멸망하고야 말리라고 선언한다. 사실 신들은 영원히 사는 존재여서 인간들과는 시간 관념이 다르고, 따라서 한 세대가 저지른 잘못을 몇 세대 다음에 벌할 수도 있다. 우리는 트로이아에 이미 이전 세대부터 쌓여 온 다른 죄들이 있는 것을 나중에 보게 될 것이다. 그렇지만 메넬라오스가 자기 상처가 대단치 않다는 것을 알리고, 의사 마카온이 와서 그를 치료하자 소동은 일단 가라앉는다.

아가멤논이 군대를 둘러보다

이제 트로이아인들도 다시 다가오기 시작했고, 희랍군들도 다시 전열을 정비한다. 아가멤논은 자기 군대를 다시 한 번 둘러보며 지휘관들을 격려하고 질책한다. 앞서 말한 것처럼, 이 작품에서는 희랍군이 세 가지 방법으로 개관되는데, 이것이 그 세번째 것이다. 이번에는 카메라가 장면을 멀리서 잡지 않고 아가멤논을 따라다니는 식으로 되어 있다.

왕은 주요 지휘관 중, 우선 크레테인들을 이끌고 있는 이도메네우스를 만나 칭찬하고 격려한다. 그 다음 두 아이아스에게는, 아예 격려할 필요도 없다며 칭찬한다. 그가 네스토르의 군대에 이르렀을 때, 이 역전의 노장은 규모 있게 대열을 정비하는 중이다. 맨 앞에는 전차들을 배치하고, 후미에는 용감한 보병들을 세우고, 용기 없는 자들은 중간에 넣어서 어쩔 수 없이 싸우도록 한 것이다. 그러고는 전차병들에게 너무 앞서 나가지 말고 물러서지도 말고, 혹시 전차에서라도 적을 공격할 수 있으면 창을 던지라고 지시하고 있다.

아가멤논은 그의 경륜에 감탄하면서, 그가 더 젊었더라면 하는 불가능한 소망을 피력한다. 노인은 그의 버릇대로 잠깐 과거의 영광을 회상하고는, 그렇지만 지금이라도 자신이 조언으로 도울 수 있다고 자부한다.*

그 다음은 오뒷세우스 차례인데, 그 곁에는 메네스테우스가 이끄는 아테나이인들의 부대가 나란히 서 있다. 이들은 전투가 재개된 것을 모르고 있었고, 따라서 아직 움직이지 않고 있다. 그러자 아가멤논이 오뒷세우스와 메네스테우스를 신랄한 말로 비난한다. 왜 뒤에 처져 있냐는 것이다. 이 비난에 대해 오뒷세우스가 맞서고 나선다. 자기들은 결코 태만한 것이 아니며, 곧 사람들은 자기들이 선두에서 싸우는 것을 보게 될 것이라고. 그러자 아가멤논도 웃으며 자기 말을 취소한다.

왜 여기서 아가멤논이 그렇게 심한 말로 오뒷세우스를 비난했는지에 대해서, 학자들은 보통 오뒷세우스의 지혜와 계략이 때때로 의혹을 불러 일으켰기 때문이라고 해석하지만, 좀더 짓궂은 해석에 따

---

* 네스토르의 전열 구성과 작전 지시는 특이한 일이다. 다른 데서는 이런 사례가 없다. 『일리아스』에 나오는 전쟁의 특징은 '아무 작전도 없다는 것'이다. 이런 특징은 이 서사시에 지형이 전혀 언급되지 않는 것과 연관이 있을 것이다. 지형이 나와야 작전이 있을 것 아닌가? 어떤 이는 『일리아스』를 『삼국지』와 비교하는 게 어떠냐고 제안하지만 그러기 곤란한 것이 『삼국지』는 서기 3세기의 일을 그린 것으로, 기원전 13세기경에 있었던 트로이아 전쟁과는 양상이 너무나도 다르다. 동서양의 차이도 있지만, 약 1500년 사이에 전쟁 방법이 많이 달라진 것이다. 그리고 네스토르가 전차를 부대 단위로 운용하는 것도, 전차 위에서 직접 창을 던지라고 지시하는 것도 특이한 일이다. 이 작품에서 전차는 각 영웅의 소유로 각자가 알아서 타고 오갈 뿐이고, 싸울 때는 항상 내려서 맞서는 것으로 되어 있다. 사실 여기서 지시는 이렇게 내려졌지만, 앞으로 이 지시가 실행되는 것을 독자들은 전혀 발견하지 못할 것이다.

르면 아가멤논이, 2권에서 자기는 전체를 통솔하는 데 실패한 반면, 오뒷세우스가 오히려 더 큰 통솔력을 보였기 때문에 질시해서 그랬다는 것이다. 그 밖에 좀 중립적인 해석으로, 전쟁터에서는 칭찬과 비난이 모두 수사적 과장을 보이기 마련이라는 설명도 있다.

다음으로 아가멤논은 디오메데스와 스테넬로스가 전차 위에 서 있는 것을 본다. 그는 다시 디오메데스를 비난한다. 옛날 디오메데스의 아버지 튀데우스를 회상하면서 아버지와 아들을 비교한다. 튀데우스는 혼자서 테바이에 사절로 가서는 그곳 사람들의 도전을 다 받아냈고, 나중에 그들이 복병을 묻어 기습하였을 때도 그들을 거의 전멸시켰는데, 아들은 전혀 아버지를 본받지 못한다는 것이다. 앞에 '배들의 목록'에서 말했지만, 디오메데스는 원래 테바이 이야기에 속한 인물인데, 아킬레우스가 빠진 전투에 아킬레우스 대역 노릇을 하라고 끌어들인 사람이다. 그의 역할 중 하나는, 자기 아버지와 자주 비교됨으로써 트로이아 전쟁 이전에 있었던 일들을 복원하고 '역사서의 빈 곳'을 채우는 것인지도 모르겠다.

앞으로 디오메데스가 보여 줄 활약상을 생각하면 아가멤논의 비난은 전혀 근거 없는 것인데, 이에 대해 디오메데스 본인은 가만히 있고, 곁에 있던 스테넬로스가 반박한다. 그는 역시 테바이를 공격했던 카파네우스의 아들로서, 자기들이 아버지들보다 더 낫다고 주장한다. 아버지들은 테바이를 함락하지 못하고 모두 죽었지만, 자기들은 그것을 차지했기 때문이다. 이 반박에 아가멤논이 대답하기도 전에 디오메데스가 나서서 동료를 만류한다. 전투의 승패에 가장 크게 영향을 받는 것은 왕이니 이해해야 한다는 논지다. 이 디오메데스는 아킬레우스에게서 격한 성격을 빼버린 인물이라는 평을 받는다. 전투에는 능하지만 겸손하고 온화하다. 그는 '아킬레우스의 대역'이기 때문에 아킬레우스가 등장하면 무대 뒤로 물러나고, 아킬레우스가 다시 물러나면 전면에 나선다.

첫날의 전투가 시작되다

많은 독자들이 이 작품을 읽으면서 어렵게 느끼는 점 중 하나는 전투 장면이 너무 많다는 것이다. 작품의 맨 앞과 맨 뒤의 몇 권을 제외한 중간 어디를 펼쳐도 대개는 전투가 벌어지고 있어서, 도대체 자기가 어디까지 왔는지 위치 파악이 안 되는 것이다(더구나 처음 보는 이름들이 대다수이니 전사가 쓰러져도 지금 어느 쪽이 타격을 입은 것인지도 알 길이 없다). 하지만 사실은 이 전투들이 겉보기처럼 그렇게 무질서한 게 아니다. 거기에는 어떤 숨은 질서가 있는데, 이 질서는 전투 장면들을 날짜별로 나누어 볼 때 분명하게 드러난다. 그래서 나는 늘 독자들께, 길을 잃지 않도록, 미리 날짜별로 나눠서 표시를 해놓고 읽으라고 권하고 있다.

책의 첫머리에 약간 언급했던 전투 장면의 구조를 조금 더 자세히 보자. 전투 묘사가 차지하는 분량은 많지만 날짜로 따지면 전투가 벌어지는 건 나흘뿐이다. 전투 첫날(3~7권)은 전황이 매우 균형 있게 펼쳐지는 날이다. 여기서 균형이란, 양쪽 군대가 계속 대등하게 싸웠다는 뜻이 아니라, 장면들의 배치가 그렇다는 말이다. 군중 전투는 다섯 번 정도로 나눠 볼 수 있는데, 양군이 거의 대등하게 싸우는 장면과 희랍군 우세 국면이 교차되어 나온다. 대등한 것을 E, 희랍군이 우세한 것을 G로 표시하면, 대충 E―G―E―G―E의 꼴이다(여기서 '대충'이란 말을 쓴 것은 전세를 한 마디로 평가하기 어렵기 때문이다. 예를 들면 전체적인 전세는 희랍군에게 불리한 것으로 그려졌는데, 정작 구체적인 장면 묘사에서는 트로이아군이 더 많이 쓰러지는 경우도 있다. 나는 대체로 희생자의 숫자를 기준으로 삼았다). 한편 개별 전사의, 눈에 띄는 활동을 기준으로 보더라도 이날 전투는 어떤 균형을 보인다. 우선 우리가 이미 본 것처럼, 맨 앞에 파리스와 메넬라오스의 단독대결이 자리 잡고 있다. 중간은 디오메데스가 대활약을 보이는 부분('수훈기' aristeia)으로 되어 있고, 마지막에는 헥토르와 아이아스의 단독대결이 놓여 있다. 그러니까 두 대결이 중간 부분을 감싸고 하루의 시작과 끝에 놓여서 균형추 같은 역할을 하고 있는 것이다(대결―수훈기―대결). 나는 이 하루의 전투가 지나간 9년 동안의 전투를 요약해서 보여주는 것이라고 믿는다. 전체적으로 희랍군이 유리하지만 트로이아군이 어떻게든 버텨가며 균형을 이뤄 온 전쟁이란 말이다.

나머지 사흘은 하루씩 양쪽이 번갈아 가며 승리하는 날들로 되어 있다. 겨우 한 권(8권)으로 되어 있는 짧은 둘째 날은 희랍군이 크게 패배하는 날이다. 다음날(11~17권)은 전체적으로 희랍군이 몰리는 가운데서도, 서로 세 번씩 우세 국면을 맛보는 날이고, 마지막 날(19~22권)은 아킬레우스의 출전으로 희랍군이 대승을 거두는 날이다. 그래서 이 세 날은 '트로이아 승리―각축―희랍군 승리'로 도식화

할 수 있다. 앞에서 파리스와 메넬라오스의 대결에 어떤 명예의 균형이 있다고 했었는데, 이 군중 전투에도 그런 균형이 보인다. 나는 이것이 『일리아스』 전체의 구성 원리라고 믿고 있다.

일단 4권 막바지에 시작되는 군중 전투를 보자. 우선 다시 장대한 직유들을 동원하여 두 군대가 마주치는 것을 그리고 있다. 여기서 다시 양군의 규율이 침묵과 소음으로 대비되고 있다. 희랍군은 바람에 일어난 파도처럼 몰려나간다. 하지만 그들은 모두들 말이 없다. 반면에 트로이아군들은 젖을 짜달라고 울어대는 양떼처럼 시끄럽게 여러 언어로 떠들어대며 진군한다. 트로이아군은 아레스가, 희랍군은 아테네가 격려하고, 양군에는 공포와 패주, 불화가 들쑤시고 다닌다.

『일리아스』의 전투에서 일반적인 양상은 잘 그려지지 않는다. 초점은 거의 언제나 개개의 영웅들에게 맞춰져 있다. 하지만 여기서는 대군이 처음 마주치는 순간이니만치 일단 일반적인 묘사가 나온다.

그리하여 한 곳으로 달려와 서로 마주치자
그들은 청동으로 무장한 전사들의 용기와
쇠가죽과 창을 서로 맞부딪쳤다. 장식 붙인
방패들이 서로 맞닿았고 큰 소음이 일었다.
거기서 신음소리와 환성이 죽이는 자들과 죽는 자들로부터
동시에 울렸고 대지에는 피가 내를 이루었다.(4:446~451)

이런 일반적인 전투 묘사에서 곧 개인의 수훈으로 초점이

옮겨간다. 첫 공을 세우는 명예는 네스토르의 아들 안틸로코스(Antilochos)에게로 돌아간다. 우리는 그가 거의 마지막 공을 세우는 것도 보게 될 것이다. 그는 어쩌면 『일리아스』의 모델이라고 할 이야기(『아이티오피스』*Aethiopis*)의 주인공이다. 자세한 것은 17권에서 이야기하자(427쪽 참조).

> 먼저 안틸로코스가 무장한 트로이아 전사를, 선두대열에 선
> 고귀한 이를 죽이니, 곧 탈뤼시오스의 아들 에케폴로스였다.
> 안틸로코스가 먼저 그의 말총 장식이 달린 투구의 뿔을 맞혀
> 창을 이마로 밀어 넣자 청동 창끝이 뼈 속으로
> 뚫고 들어갔다. 그리하여 어둠이 그의 두 눈을
> 덮자, 그는 격렬한 혼전 중에 탑처럼 쓰러졌다.(4:457~462)

여기서 ①안틸로코스라는 희랍군 전사가 ②에케폴로스라는 트로이아 전사를 ③창으로 공격하여 ④이마를 맞혔고, 그는 ⑤탑처럼 쓰러진 것으로 묘사되었다. ①누가 ②누구를 ③무엇으로 ④어디를 쳐서, ⑤희생자가 어떻게 쓰러졌는지가 보통 나오는 요소들이다.

앞에서 『일리아스』의 전차 사용법에 대해 잠깐 얘기했는데, 그와 마찬가지로 전투 자체도 매우 개인적인 것이어서 일사불란한 부대 단위의 행동은 나오지 않는다. 그래서 각 전사들은 상대를 쓰러뜨리고는 곧 그가 걸친 무장을 노획한다. 물론 이 작업은 방금 공을 세운 전사가 아니라 그의 동료가 수행하는 경우도 많이 있다. 그리고 이런 '후반 작업'은 상대에게 허점을 노출하여 공격을 당할 수 있는 위험한

것이기도 하다. 안틸로코스의 공에 뒤이어 희생자를 끌어내던 엘레페노르가 적의 공격에 쓰러진다. 그는 이 작품 내에서 희랍 쪽 첫 전사자다. 한편 트로이아 쪽 첫 공로자는 아게노르(Agēnōr)이다. 우리는 이 이름을 21권 끝 부분에, 트로이아인들이 전면적으로 퇴각하는 장면에서 보게 될 것이다. 아폴론이 그의 모습을 취하여 아킬레우스를 다른 데로 유인하는 것이다. 트로이아 쪽에서 첫 공을 세운 전사도 마지막 공을 세우러 다시 등장하는 꼴이다. 일종의 되돌이 구성이다.

이 서사시에서 동료의 시신을 빼앗기는 것은 큰 수치로 되어 있고, 반대로 적의 시신을 빼앗는 것은 상대에게 수치를 안기는 행동이기 때문에, 여기서 방금 쓰러진 두 시신을 놓고 양쪽 군대가 혼전을 벌이게 된다. 그러다가 다시 개별 영웅의 수훈이 그려진다. 그 다음 장면도 설명할 것이 있으니 좀 인용해 보자.

이때 텔라몬의 아들 아이아스가 안테미온의 아들인 혈기 왕성한
젊은이 시모에이시오스를 맞혔다. 이 자는 일찍이 그의 어머니가
이데 산에서 내려오는 길에 시모에이스 강둑에서
낳았다, 그녀의 양친을 따라 양떼를 보러 갔었다가.
그래서 사람들은 그를 시모에이시오스라고 불렀다.
그러나 그는 사랑하는 부모님들에게 길러 준 은공도 갚지 못했고,
기상이 늠름한 아이아스의 제압하는 창 아래 그의 삶은 짧게 스러지
고 말았다.
그가 먼저 앞으로 나오는 순간 아이아스가 그의 오른쪽 가슴 위

젖꼭지 옆을 맞혔던 것이다. 그래서 청동 창이 그의 어깨를
뚫고 나가자, 그는 땅 위 먼지 속에 쓰러졌다,
큰 늪의 풀밭에서 미끈하게 자라난 백양나무처럼.
그런데 맨 꼭대기에만 가지가 나 있는 이 버드나무를
어떤 수레 제조공이 훌륭한 수레의 바퀴 테를
구부려 쓸 양으로, 번쩍이는 쇠로 베어 넘겼다.
그래서 지금은 강둑에 누워 시들어지고 있다.
꼭 그처럼 안테미온의 아들 시모에이시오스를 죽였다,
제우스의 자손 아이아스가.(4:473~489)

여기서도 앞에 말한 요소들이 모두 등장하긴 하지만, 다른 요소
가 더 눈에 띄게 되어 있다. 우선 앞에 없던 요소가 하나 들어왔다. 희
생자의 어머니와 조부모, 그의 출생 경위, 그가 이름을 얻은 경위가
자세히 그려진 것이다. 이러한 '생애 소개'(biography)는 각 사람을
익명의 엑스트라가 아니라 개성을 가진 한 인간으로 만들어 준다. 특
히 이런 소개를 받는 사람은 다른 데서는 전혀 나오지 않고 등장하는
순간 바로 죽는 경우가 많기 때문에, 이런 장치가 없으면 그냥 전쟁의
배경처럼 아무 인상도 남기지 못하고 사라지기 쉽다. 『일리아스』의
시인은 전장에서 스러지는 인물들을 그냥 소모품으로 버리지 않았
다. 그리고 대개 이런 대목에서 독자의 동정심과 어떤 정서적 반응을
일으키게 되어 있는데, 여기서는 희생자의 어머니가 언급된 만큼, 그
가 일찍 죽어 부모님의 은혜를 갚지 못한다는 것도 강조되었다. 나중
에 다른 울림을 주는 소개들도 보기로 하자.

군중 전투의 진행 상황

이것이 우리가 만난 첫 군중 전투이니만치 다시 한 번 전황을 정리하고서 이야기를 이어 가자. 얘기가 복잡하니 희생자의 소속을 트로이아군은 T, 희랍군은 G로 나타내 보겠다. 앞에서 우리는 에케폴로스(T), 엘레페노르(G)가 잇달아 쓰러지고 혼전이 벌어지는 것을 보았다. 그 다음엔 시모에이시오스(T)가 큰 아이아스에게 죽었다. 다음으로 오뒷세우스의 동료 레우코스(G)가 죽는다. 오뒷세우스는 분해서 프리아모스의 서자인 데모코온(T)을 쓰러뜨린다. 아폴론이 트로이아군을 격려하고, 아테네는 희랍군의 사기를 북돋운다. 이어 페이로스(T)가 돌로 디오레스(G)를 쳐서 죽인다. 또 토아스(G)가 페이로스를 죽인다.

전체를 정리하면 희생자의 연쇄는 (T−G)−(T−G−T)−(G−T)의 꼴이다. 척 보기에도 균형이 잡혀 있다. 하지만 희생자 숫자는 트로이아 쪽이 한 명 많다. 희랍군이 근소하게 우세한 셈이다. 더구나 희랍군 쪽에서는 벌써 중요한 인물들이 여럿 등장했다. 안틸로코스, 아이아스, 오뒷세우스, 토아스 등이다. 이것도 희랍군이 우세하다는 인상을 주는 데 일조한다.

아직 전투 초반이고 매 장면이 비슷비슷하기 때문에 독자들은 눈치 채기 힘들겠지만, 지금 벌어지고 있는 전투는 1권에서 제우스가 약속했던 것과는 전혀 다르게 진행되고 있다. 곧 희랍군이 큰 패배를 당할 것 같았지만, 첫날 전투가 끝날 때까지 그 기대는 채워지지 않는 것이다. 1권의 약속이 지켜지는 것은 둘째 날이 되어서다. 첫날의 전투는 매우 균형 잡혀 있고, 중간에는 디오메데스의 수훈기가 들어 있어서 전체적인 희생자 숫자를 헤아려 보면 희랍군이 오히려 더 나은 성적을 거둔 셈이다. 그래서 나는 이 첫날의 전투가, 지난 9년 동안 양쪽 군대가 어떻게 싸웠는지를 보여 주기 위해 들어간 것이라고 해석한다. 지나간 세월을 재현하는 것이, 말하자면 이날의 존재 이유이다. 그러자면 아킬레우스가 그 동안 얼마나 잘 싸웠는지 보여 줄 인물이 필요하다. 그것이 디오메데스다. 우리는 그의 활약을 5권에서 보게 될 것이다.

그리고 첫날이 지난 9년 동안의 전투의 대강을 보여 주듯, 위에 요약한 이날의 첫 전투 역시 이 하루 전투의 큰 흐름을 드러내는 역할을 하고 있다. '여인을 빼앗김'이라는 주제가 트로이아 전쟁 전체의 시발점이 되면서, 또한 작게는 『일리아스』 내의 사건들을 촉발하는 데서도 볼 수 있듯이, 시인은 같은 주제를 여러 차례 반복적으로 사용하는 경향이 있다. 첫날 전투에 어떤 대표성이 있는 것처럼, 첫날 중에서도 첫 국면에 어떤 대표성이 보이는 것 역시 같은 흐름이다. 우리는 여기서 앞으로 중요하게 쓰일 모든 주제를 거의 다 발견할 수 있다. 시신쟁탈전, 동료의 죽음에 분노해서 복수하는 것, 어떤 목표를 겨냥했는데 다른 사람이 맞는 것, 신들이 격려하는 것 등등.

그뿐 아니라 이 부분에는 구조적인 대표성도 보인다. (T—G)—(T—G—T)—(G—T)로 도식화되는 희생자의 연쇄가 벌써 아름다운 되돌이 구성을 보이고 있지 않은가! 명예와 동정심의 균형도 있다. 긴 소갯말과 긴 직유를 받은 희생자는 모두 트로이아 쪽 인물이다. 전체적으로 형세가 희랍군에게 우세하므로, 시인이 패자 쪽에 다른 식의 보상을 주고 있는 것이다. 4권 마지막은 양편의 희생자가 나란히 누워 있는 장면이다. 이것은 우선 어느 한쪽을 편들지 않는 시인의 공평성을 드러내 주는 것이다. 그리고 시인은 한 매듭이 지나갈 때마다 어떤 강세를 주는 경향이 있는데, 이 장면 역시 우리에게 어떤 울림을 주고 있어서 그런 강세 역할을 한다고 하겠다.

한편 이 첫 장면에서 개인적인 명예의 균형도 이루어지는데, 바로 오뒷세우스가 공을 세우는 장면이다. 그는, '아킬레우스 다음'인 큰 아이아스에 뒤이어, 마치 '넘버3'인 듯 공을 세운다. 이 오뒷세우스는 아가멤논의 순시에서 이유 없이 비난을 당했었다. 아마도 시인은 조금이라도 빨리 그의 진면목, 전사다운 참모습을 보여 주고 싶었던 듯하다.

앞에서 전사의 죽음을 그려 주는 요소로 꼽은 것 다섯 가지(①누가 ②누구를 ③무엇으로 ④어디를 쳐서, ⑤희생자가 어떻게 쓰러졌는지) 중, ③과 ④는 대개 그냥 넘어갈 수밖에 없는데, 방금 나온 게 첫 전투 장면이니만큼 여기서 조금 정리해 보자.

이 장면에서 쓰인 무기는 대부분 창이고, 그 밖에는 돌이 한 번 쓰였을 뿐이다. 『일리아스』 전체를 보더라도 창이 가장 많이(150회 정도) 사용되며, 다음이 칼(20회 정도), 마지막이 돌과 활(둘 다 10회 남짓)이다. 부상 부위는 이마, 옆구리, 가슴, 사타구니, 관자놀이, 다리, 배 등이 나왔는데, 이렇듯 우리가 아는 신체 부위가 거의 다 동원되고 있으며, 나오는 차례에는 특별히 정해진 순서가 없는 것으로 보인다.

이따금 등장하는 끔찍한 부상의 사례도 벌써 하나 나왔는데, 다시 돌아가 인용하자면 이렇다. 디오레스가 죽는 장면이다.

> 무자비한 돌이 두 힘줄과 뼈를
> 박살내 버리자, 그는 먼지 속에 뒤로 나자빠졌다,
> 사랑하는 전우들을 향하여 두 손을 내밀며,
> 목숨을 토해 내며. 그래서 그를 맞힌 페이로스가
> 그에게 달려들어 창으로 그의 배꼽을 찌르자 창자가 모두
> 땅 위로 쏟아졌고 어둠이 그의 두 눈을 덮었다.(4:521~526)

우리는 앞으로, 이마에 돌을 맞아 눈알이 땅으로 떨어지는 경우(13:617)나, 심장을 창에 찔리고 쓰러진 전사에게서 그 창이 심장 뛰는 데 따라 꿈틀대며 움직이는 것(13:443~444) 같은 기이한 장면들도 만나게 될 것이다. 전체적으로 호메로스의 전투 묘사는 피가 튀고 살이 찢기는 것을 가까이 관찰하고 기록한 '해부학적인' 것으로 알려져 있다. 이런 장면이 계속되면 현대의 독자들은 좀 지루하다고 생각할 수도 있는데, 오늘날 우리가 자세히 묘사된 전투 장면을 '리얼하다'고 감탄한다는 점을 생각해 보면 옛 청중이 이런 장면에서 가졌을 경탄의 감정을 조금은 이해할 수 있을 것이다(나는 스필버그의 영화 「라이언 일병 구하기」의 첫 30분을 예로 자주 들고 있다).

✿ 직유와 인물 소개 ✿

시모에이시오스의 죽음을 묘사하는 대목에는 직유가 매우 확장되어 있다. 앞에 인용한 첫 희생자 에케폴로스의 경우에도 '탑처럼' 쓰러졌다고 짧은 직유로 표현되긴 했지만, 여기 나온 것은 거의 하나의 이야기라고 할 만큼 긴 것이다. 이런 직유는 보통 살벌한 전투 장면에서 일시적으로 숨을 돌리게 해주는 장치로 알려져 있는데, 나로서는 이것이 시인이 작품의 전체성을 확보하는 장치라는 점을 강조하고 싶다. 서시에서 밝힌 것처럼 이 서사시는 한 사람의 감정, 즉 분노에서 시작한다. 그렇지만 '분노' 사건을 따라가다 보면 트로이아 전쟁의 전모를 알 수 있게 되어 있다.

한데 거기서 그치는 것이 아니라, 이 작품은 전쟁을 넘어 평화로 범위를 넓혀 간다. 한데 그런 확장을 방해하는 요소가 있으니, 바로 『일리아스』가 택하고 있는 상황이다. 이 작품은 전쟁터에서 젊은 남성 전사들 사이에 벌어지는 며칠 사이의 일을 다루기 때문에, 시간, 공간, 등장인물의 성별과 연령에 있어서 매우 제한적이다. 여러 배경에서 진행되는 평화로운 일상생활이나, 여자, 노인, 어린아이 들은 등장할 길이 없는 것이다. 이런 조건 하에서도 『일리아스』가 인간의 전체상을 보여 줄 수 있는 것은 바로 직유가 있기 때문이다. 그리고 앞에 설명한 인물 소개 역시 부분적으로 이런 기능을 수행한다. 이런 장치들을 통해 중심 이야기에 부족한 다른 면들이 채워지는 것이다.

어찌 보면 작품 전체를 뒤덮고 있는 전투 장면들은 서로 잘 구별되지 않는 '흑백 화면'같이 느껴진다. 그 사이사이를 뚜렷한 '컬러 영상'으로 채워 주는 것이 직유와 인물 소개이다. 많은 학자들이 직유와 인물 소개를 구성하는 구절들이 좀더 뒷 세대에 형성된 것으로 보고 있다. 그렇다면 거기 그려진 것은 시인이 다루고 있는 기원전 13세기의 모습이 아니라, 시인 자신이 살고 있던 기원전 8세기의 모습일 가능성이 크다.

✿ 희랍어 이름엔 뭔가 특별한 것이 있다 ✿

익숙하지 않은 이름들이 계속되는 것 때문에 괴로워할 독자도 틀림없이 있을 텐데, 여기서는 두 가지를 기억하는 것이 좋겠다. 하나는 희랍어 이름들은 대개 뜻이 있다는 것이다. 그래서 그 이름이 상황에 맞게 적절하게 쓰이는 경우가 있는데, 가장 대표적인 것이 16권에서 희랍군의 배에 불이 붙는 위기 상황에 파트로클로스가 출전하여 처음 쓰러뜨리는 트로이아 쪽 전사의 이름, 퓌라이크메스('불의 창', 16:287)다. 그를 쓰러뜨렸다는 것은 불의 기세를 꺾었다는 뜻이 된다. 그리고 앞에서는 그냥 지나쳤지만, 『일리아스』 내에서 처음으로 쓰러지는 트로이아 전사 에케폴로스의 아버지 이름도 의미 있게 되어 있다. 그의 아버지 탈뤼시오스의 이름은 '추수감사제'(thalysia)을 변형해서 만든 것이다. 그러니 첫 희생자는 일종의 제물인 셈이다.

다음으로 기억할 것은, 이 서사시가 문자 없던 시대에 일종의 '역사책' 역할을 했을 수도 있다는 것이다. 옛 청중들은 거기서 자기 고장 사람, 자신이 아는 이름들이 나오기를 기대하고, 그것이 나올 때면 예상이 맞아 들어간 것에 희열을 느꼈을 것이다.

「아레스를 공격하는 디오메데스」, 존 플랙스먼(John Flaxman, 1755~1826)

5권은 디오메데스의 수훈기라고 할 수 있다. 그는 전차로 강한 적을 제압해 간다. 이 그림에서는 디오메데스가, 아테네 여신이 모는 전차를 타고서 아레스를 공격하고 있다. 아레스는 상대의 눈에 자신이 보이는 것을 모르는 모양이다.

5권은 전체적으로 두 부분으로 나눠 볼 수 있다. 전반부에는 군중 전투에서 희랍군이 우세하고, 이런 전세는 판다로스의 죽음으로 대표된다. 그리고 트로이아 쪽에서 아이네이아스와 아프로디테가 부상을 당한다. 후반부에는 군중 전투에서 트로이아군이 우세하고, 이런 전세는 틀레폴레모스의 죽음으로 대표된다. 하지만 트로이아 쪽에서도 사르페돈이 부상당하고, 마지막에는 아레스가 부상을 당한다. 두 부분 모두 트로이아 쪽 '신의 아들'과, 트로이아를 응원하는 신의 부상이 치유되는 장면으로 끝맺음된다.

디오메데스가 적을 쓰러뜨리기 시작하다

5권으로 들어서자 디오메데스가 대활약을 펼치기 시작한다. 이렇게 한 전사가 특별한 공을 세우는 부분을 전통적으로 '수훈기'(Aristeia)라고 불러왔다. 디오메데스의 이 수훈기는 작은 것에서 시작해서 점차 그 성취도가 커져 가는 것이다. 우선 인간을 쓰러뜨리고, 다음엔 좀 약한 신, 마지막에는 엄청나게 강한 신과 상대한다. 신들이 등장하기 때문에 그런지, 트로이아 쪽에서 중심적으로 싸우는 전사도 신의 아들들이다. 아프로디테의 아들인 아이네이아스와, 제우스의 아들인 사르페돈이 그들인데, 이 둘 다 부상을 당하는 것은 트로이아를 응원하는 신들이 부상을 당하는 것에 상응한다.

영웅이 큰 공을 세우는 장면은 거의 언제나 신이 그에게 힘을 불어넣어 주는 것으로 시작된다. 여기서도 아테네가 디오메데스에게 힘을 주는 것이 출발점이다. 그러자 그의 투구와 방패는 시리우스같이 찬란한 빛을 발한다. 우리는 이와 비슷한 장면을 22권에서 아킬레우스가 등장할 때 보게 될 것이다(512쪽 참조). 이것은 이 두 사람에게만 국한된 현상으로서, 디오메데스가 아킬레우스가 없는 동안, 그의 역할을 대신하는 자라는 것을 보여 준다.

그는 우선 헤파이스토스의 사제인 다레스의 두 아들과 마주친다. 두 사람을 동시에 상대한다는 것은 두 사람 몫의 힘과 용기가 있다는 뜻이 되므로, 이로써 4권에서 아가멤논이 그에게 퍼부었던 비난이 옳지 않았다는 게 분명하게 드러났다. 디오메데스는 여기서 두 상대 중 하나인 페게우스를 죽이는데, 이 싸움은 앞에 나왔던 것들처럼 한쪽의 일방적인 공격으로 결정되는 게 아니라 양쪽이 모두 공격을 시도하는 것이라 좀 주목해야 한다. 우리는 앞으로도 중요한 고비마다 중요한 전사들이 일대일 대결을 펼치는 것을 몇 번 보게 될 터인데, 그런 대결들에는 늘 등장하는 요소들이 있다. 서로 위협이나 자랑을 주고받는 것도 그 중 하나이다. 하지만 지금 이 '대결'은 말하자면 '축소판'이어서 위협은 나오지 않는다. 우선 페게우스가 창을 던지지만 그것이 빗나가고 디오메데스의 창은 그를 쓰러뜨린다. 일반적으로 먼저 공격하는 사람이 희생되는 것이 패턴이다. 한편 그 자리에 함께 있던 다레스의 다른 아들 이다이오스는 헤파이스토스가 구해 낸다. 이들의 아버지가 자기 사제라는 점을 고려했던 것이다. 이렇듯 『일리아스』에 등장하는 신들은 일관되게 어느 한쪽만 지지하는 게 아니라, 경우에 따라서 달리 행동한다. 그리고 이렇게 신이 개입함으로 해서 디오메데스의 성공은 부분적인 것이 되고 말았는데, 이는 잠시 후에 그가 아이네이아스와 마주쳤을 때도 마찬가지다. 상대를 부상시키지만 신의 개입으로 결정타를 놓치게 되는 것이다. 이런 식으로 『일리아스』의 큰 영웅들은 수훈기의 초반에 실패를 겪는 것이 일반적이다. 하지만 그는 결국 뒤에 다른 신의 도움을 받아 신까지 부상시키게 될 것이다.

아테네가 아레스를 달래어 다른 곳으로 인도하다

여기서 잠깐 아테네와 아레스의 장면이 끼어든다. 아테네가 트로이아 쪽을 돕고 있던 아레스에게, 어느 쪽이 이기든 신경 쓰지 말고 물러서자고 제안하여 뜻을 이룬 것이다. 명분은, 섣부른 행동으로 제우스의 노여움을 사지 말자는 것인데, 이 대목에서 여신은 이 전쟁신의 손을 잡고 달래는 것으로 되어 있으며, 아레스는 싸움터를 떠나 강변에 가서 앉아 있게 된다. 그 틈을 이용해서 희랍군이 상당한 전과를 올리게 되니, 어찌 보면 전쟁의 신이 너무 순진하고 거의 어리석은 게 아닌가 하는 생각까지 들게 한다.

이 이해하기 힘든 장면에 대해서, 근동신화의 영향을 의심하는 학자들이 있다. 여기 나온 아레스는 우가릿(Ugarit, 기원전 1500년경에 번성했던 시리아 북부의 도시) 신화의 바알(Baal)과 같은 성격을 가졌으며, 그를 달래는 여신의 역할은 아낫(Anat)의 것을 빌려왔다는 말이다. 여기서 자세히 다루기 곤란하지만 여신이 손을 잡는 것에 대해서도 같은 설명이 적용된다. 앞으로 아레스가 등장하는 다른 장면에서 더 얘기하기로 하자(186쪽 참조).

방금 디오메데스의 공을 한 가지 보여 준 시인은 그의 대활약을 보여 주기 전에, 우선 희랍군 주요 영웅들의 활약을 소개한다. 한 영웅의 수훈은 전체 전세를 대표하는 것이기 때문에, 이렇게 다른 전사들의 활약이 수반되는 것이 자연스럽다. 수훈기의 묘사 패턴은 일단 중심 전사의 공을 한 가지 보여 주고, 그의 동료들의 활약을 보여 준 다음, 다시 중심 전사에게로 돌아가는 것이다. 『일리아스』의 대표적인 수훈기 중 하나인 이 장면도 같은 패턴을 따라가고 있다.

이 장면에서 공을 세우는 인물은 아가멤논, 이도메네우스, 메넬라오스, 메리오네스, 메게스, 에우뤼퓔로스 등이다. 이 장면은 '배들의 목록'이나 '성벽에서 바라보기'처럼 희랍 쪽 등장인물들을 소개하는 의미가 있다. 이미 4권 마지막 부분에 아이아스와 오뒷세우스, 그리고 토아스가 나왔고, 여기서는 그들을 제외한 다른 영웅들의 실전 모습을 보여 주는 것이다. 우리는 나중에 7권에서 헥토르의 도전에 맞서 희랍 쪽의 영웅 아홉 명이 일어서는 것을 보게 될 텐데, 거기 나올 사람 중, 작은 아이아스를 뺀 전부가 등장했다.

쓰러지는 트로이아 전사들은 등을 맞는 사람이 많고, 전차에 올라타려다가 죽는 경우가 많은 것으로 보아 전체적으로 전세가 트로이아에게 불리한 상황이다. 전차는 멀리 떨어진 최전선과 자기 진영 사이를 오가는 '출퇴근용'이기 때문에 전차에 타려다가 죽는 사람이 많다는 것은 후퇴 국면이라는 것을 보여 준다. 희생자들의 인물 소개를 보면, 아르테미스에게 직접 사냥법을 배운 훌륭한 궁수, 파리스에게 배를 만들어 주었던 훌륭한 목수, 존경받는 사제의 아들 등이 포함되어 있다. 앞에 말했듯 청중에게 파토스를 불러일으키고, 다른 한편 일상의 모습을 보여 주는 대목이기도 하다.

여기 나온 희랍 전사 중에 메리오네스는 특히 이상한 부위를 공격하는 사람으로 되어 있는데, 첫 등장부터 그런 특징이 보인다. 메리오네스가 페레클로스를 죽이는 장면을 보자.

> 그의 오른쪽 엉덩이를 치자 창끝이 곧장 방광을
> 지나 뼈 밑으로 뚫고 나왔다. 그래서 그는 비명을 지르며
> 무릎을 꿇고 쓰러졌고 죽음이 그의 주위를 내리 덮었다.(5:66~68)

고대 사회에서 호메로스는 모든 분야에 박식한 사람으로 되어 있었는데, 그가 이런 평판을 얻은 이유 중 하나가 바로 전투 장면에 나오는 해부학적 지식들 때문이다. 방금 인용한 구절도 그렇고, 메게스가 적을 쓰러뜨리는 장면도 그렇다.

> 날카로운 창으로 머리의 힘줄을 치자 청동이

이빨 사이로 뚫고 나가며 혀 뿌리를 잘랐다.

그래서 그는 차가운 청동을 이빨로 깨문 채 먼지 속에 쓰러졌다.

(5:73~75)

디오메데스가 활약을 시작하다

초점은 다시 디오메데스에게 돌아온다. 이번에는 공을 세운 게 아니라 부상을 당한 것이다. 영웅들의 수훈기는 이렇게 '실패'로 시작하는 경우가 많다. 겨울철에 불어난 강물처럼 트로이아군의 대열을 휩쓸던 그를 향해 판다로스가 다시 화살을 날린 것이다. 시인은 한 사람의 명예가 지나치게 커지는 것을 경계하는 듯하다. 4권에 나왔던, 아가멤논의 이유 없는 비판도 아마 비슷한 의미이리라.

그를 맞힌 판다로스는 자기가 희랍군 가운데서 가장 뛰어난 자를 맞혔다고, 그가 곧 쓰러지리라고 으스댄다. 하지만 디오메데스는 곧 동료 스테넬로스에게 치료를 받고, 아테네에게 자기를 도와달라고 기원하여 여신의 응답을 받는다. 여신 자신이 그의 사지를 가볍게 해주고, 곁에 찾아와 도움을 약속한 것이다. 여기서 여신은 자기가 영웅의 눈앞에 있던 안개를 걷어 주었으므로, 그가 신과 인간을 분간할 수 있을 것이라고 가르쳐주고, 다른 신들과는 싸우지 말고 다만 아프로디테가 나타나면 그녀를 창으로 공격하라고 지시한다. 황금 사과를 빼앗긴 앙심은 참 질기고 오래도 간다.

이제 디오메데스는 용기가 세 배가 되어 다시 전열로 뛰어든다. 그는, 부상을 입어서 오히려 더 날뛰게 된 사자에 비유된다. 잇달아

네 쌍의 전사들을 쓰러뜨린다. 이들은 아마도 하나는 전사, 하나는 마부로 늘 같이 다니는 짝일 것이다. 마부는 따로 무장을 갖추지 않기 때문에 자기 짝인 전사가 죽으면 같이 희생되는 경우가 많다. 디오메데스는 힘이 넘치는지 첫 희생자 중 하나는 아예 어깨를 목과 등으로부터 갈라 놓고 만다. 그 다음 희생자들은 꿈풀이하는 노인의 아들들로 아버지의 예지력은 아무 효험이 없었다. 다음 희생자들을 소개하는 구절도 파토스가 대단한 구절로 꼽힌다.

> 이들은 둘 다 늘그막에 얻은 자식으로 아버지는 비통한 노령에
> 괴로워하고 있었고, 달리 재산을 물려줄 아들도 낳지 못했다.
> 이제 디오메데스가 이들을 둘 다 죽여 소중한 목숨을 빼앗고
> 그들의 아버지에게는 애통과 슬픔만 남겨 주었으니
> 그는 싸움터에서 살아서 돌아오는 자식들을 환영할 수
> 없었기 때문이다. 그래서 그의 재산은 친척들이 나누어 가졌다.
> (5:153~158)

이처럼 디오메데스가 트로이아인들을 도륙하는 것을 보고 아이네이아스가 행동을 시작한다. 몇 안 되는 트로이아 쪽 중요 전사 중 하나가 등장한 것이다. 그는 판다로스를 찾아가, 디오메데스를 좀 쏘아 맞히라고 재촉한다. 방금 그가 화살로 메넬라오스를 맞히는 것을 본 모양이다. 판다로스는 자기가 이미 상대의 어깨를 맞혀서 그를 쓰러뜨릴 것으로 알았지만 희망대로 되지 못했다며, 자기에게 전차가 없는 것을 아쉬워한다. 그는 워낙 말들을 아끼는 사람이어서 명마들

을 고향에 두고 왔던 것이다. 그는 자기가 두 번이나 적들 가운데 중요 인사를 맞혔지만 결과가 좋지 않은 것으로 보아, 아무래도 활을 활걸이에서 내린 시간이 불운한 때였던 것 같다고 탄식한다. 그러면서 활을 태워 버리겠노라고 다짐한다. 아이네이아스는 자기 말이 좋은 것이라며 함께 전차를 타고 디오메데스에게 맞서자고 제안한다. 그래서 결국 아이네이아스가 전차를 몰고 판다로스가 창을 잡아, 둘이 함께 디오메데스와 맞서게 된다.

디오메데스와 판다로스가 맞서다

이제 디오메데스와 판다로스는 곧 대결을 벌이게 되는데, 이 대결은 전투 중에 나오는 대결 중 첫번째 것이고, 따라서 앞에 살펴본 첫 군중 전투만큼이나 중요한 의미를 갖는다. 대결 당사자의 특성도 중요한데, 디오메데스는 앞에도 지적했듯 아킬레우스의 대역이다. 한편 판다로스는 4권 초반에 맹약을 어기고 화살을 날렸던 인물로서, 궁수 파리스가 옛날에 신뢰를 배반했던 것을 상기시키는 인물이고, 그래서 파리스의 대역이라 할 수 있다. 앞으로 우리는 파리스가 화살을 날려 아킬레우스를 쓰러뜨리리라는 것을 듣게 될 터인데, 여기서 이미 '파리스'(판다로스)가 '아킬레우스'(디오메데스)에게 화살을 날린 셈이다.

 이런 대결 장면은 일반적으로, 도전을 받는 쪽에서 두려움을 느끼는 것으로 시작된다. 트로이아 쪽의 두 전사가 닥쳐오는 것을 보고 먼저 반응을 보인 사람은 디오메데스의 전차를 몰고 있던 스테넬로스다. 그는 상대편이 명궁인 판다로스이고, 그가 여신의 아들 아이네이아스와 동행하고 있다는 사실을 안다. 그래서 그는 디오메데스에게 후퇴하자고 권한다. 디오메데스는 그 제안을 거부하며 자신감을 표현한다. 아무래도 방금 나타났던 아테네 여신은 디오메데스에게만 보였던 모양이다. 디오메데스는 자기가 적들을 쓰러뜨리면, 상대편의 말이나 잘 챙기라고 지시한다. 방금 아이네이아스가 자기 말들이 얼마나 훌륭한지 자랑했었는데, 여기서 그 말들의 유래가 설명된다. 이들은 제우스가 프리아모스의 삼촌인 가뉘메데스를 데려가면서 그 보상으로 준 말들의 자손으로, 아이네이아스의 아버지가 자기 암말을 몰래 교미시켜 얻은 것들이다.

이제 양쪽이 가까워졌다. 먼저 판다로스가 "화살에 이어 쓰라린 창 맛을 보라"고 위협하며 창을 던진다. 이렇게 전사들끼리 마주치면 위협이나 욕설, 또는 자기 신분과 능력에 대한 자랑을 주고받는 게 관례이다. 힘보다 먼저 말로 상대를 제압해야 하는 것이다. 그의 창은 디오메데스의 방패를 뚫고 그의 가슴받이를 맞힌다. 판다로스는 자신이 치명상을 입힌 것으로 생각하여 으스대지만, 아무래도 이 사람은 빗맞히고 자랑하는 것이 특징인 모양이다. 디오메데스는 상대의 공격이 실패한 것을 비웃으며, 상대편 둘 중 하나는 쓰러지리라고 위협하고 창을 던진다. 아테네는 그 창을 인도하여 판다로스의 얼굴을 맞히고 차례로 이와 혀, 턱을 꿰뚫게 한다.

이 대결의 결과는 이미, 원래 궁수인 판다로스가 자신의 정체성이라고 할 수도 있는 활을 저주했을 때, 그리고 주 무기인 활을 내려

놓고 창을 들었을 때 예상할 수 있었던 것이다. 우리는 조금 전에 같은 궁수인 파리스가 역시 활을 놓고 대신 창을 들었다가 패배하는 것을 보았던 터이다. 이런 패배는 사실 당사자들이 대결 전에 주고받는 말에서도 예고된다. 앞에서는 그냥 지나왔지만 아이네이아스가 말을 몰기로 한 것도, '혹시 그들이 도망쳐야 할 경우 원래의 말 주인이 전차를 더 잘 몰 것'이라고 해서 그렇게 된 것이었다. 이와 대조적으로 디오메데스는 다가오는 상대들의 말을 보고 그것을 잡을 계획을 말하고 있었으니, 양쪽 다 이런 결과를 예감했는지도 모르겠다. 시인은 독자와 청중으로 하여금 어떤 사건의 결과를 예상할 수 있도록 전조와 예고를 사용하고 있다.

한편 이 결과는, 희랍군 전체의 입장에서 보자면, 판다로스가 신성한 서약을 어기고 메넬라오스에게 부상을 입힌 데 대한 보복이라고 할 수 있다. 특히 혀가 잘린 것은, 신성한 약속을 어긴 자가 당하는 징벌로 적절하다. 또 디오메데스의 입장에서도 방금 당한 부상을 되갚았다고 할 수 있다. 『일리아스』의 시인은 세부적인 보복이 즉각 이뤄지게 장면을 짜고 있다.

그리고 이 장면에서 디오메데스가 입는 작은 부상은, 앞으로 여러 번 반복될 다른 부상들이 이루는 계열의 출발점이라 할 수 있다. 디오메데스가 작품 전반부에서 아킬레우스의 대역 노릇을 한다는 것을 생각한다면, 그의 부상과, 뒤에 보게 될 다른 대역 파트로클로스의 죽음, 그리고 궁극적으로는 아킬레우스의 죽음에 이르기까지 일련의 오르막 진행이 형성되기 때문이다. 즉, '디오메데스의 작은 부상(5권)

—디오메데스의 큰 부상(11권)—파트로클로스의 죽음(16권)—아킬레우스의 죽음'이 그것이다. 시인은 이렇게 같은 요소들을 반복적으로 사용하면서 점차로 규모를 키우고 핵심으로 다가가는 기술을 사용하고 있다.

디오메데스가 아프로디테를 부상시키다

대개 전사가 죽으면 마부는 달아나려다가 죽는 것이 일반적인데, 아이네이아스는 원래 마부 아닌 전사여서 그런지, 쓰러진 자기 동료의 시신을 지키러 나선다. 하지만 아직도 힘이 넘치는 오늘의 주인공 디오메데스는 엄청난 돌을 들어 아이네이아스의 허리를 가격한다. 여기서 아이네이아스는 거의 죽을 지경까지 간다. 그의 두 눈을 "밤의 어둠이 내리덮었"던 것이다. 이것은 흔히 죽음의 순간을 표현하는 구절이다. 하지만 아이네이아스는 여신의 아들이어서 일이 그렇게 쉽게 끝나지 않는다. 여신이 자기 아들을 구하러 전장으로 뛰어들었던 것이다. 그녀가 아들을 끌어내는 사이, 초점은 잠깐 스테넬로스가 아이네이아스의 명마들을 챙기는 장면에 맞춰진다. 한쪽에서 시간이 많이 걸리는 일이 벌어지고 있으면 그 사이에 다른 일이 묘사되는 서사시의 관행대로다. 한편 디오메데스는 이미 아테네에게 지시를 받았던 터라, 아프로디테에게 달려든다.

> …… 튀데우스의 아들은 날카로운 창을 내밀었고
> 그녀를 향해 덤벼들며 그녀의 연약한 손끝을 찔렀다.

그리하여 창은 카리스 여신들이 손수 그녀를 위해 짜 준
향기로운 옷을 곧장 지나 손목 위의 살 속으로 뚫고 들어갔다.
그러자 여신의 불멸의 피가, 축복받은 신들의 체내에
흐르는 것과 같은 그러한 영액이 흘러내렸다.(5:335~340)

이 대목에서 신들의 해부학이 등장한다. 피가 흐르지 않고, 특이
한 액체[ichor]가 흘러나왔던 것이다. 시인은 그 이유를, 신들은 곡식
도 먹지 않고, 포도주도 마시지 않기 때문이란다. 이렇게 여신이 위기
에 처했을 때 아폴론이 달려와 그녀를 돕는다. 그는 우선 아이네이아
스를 받아 검은 구름으로 싸서 감춘다. 그 사이 디오메데스는 여신에
게 경고한다. 연약한 여자들이나 속이고, 전장에는 나서지 말라고. 헬
레네를 유혹해서 가출하게 한 것을 빈정거리는 말이다. 이 여신을 구
하기 위해 다른 신들도 등장하는데, 우선 이리스가 그녀를 조용한 데
로 데려갔고, 그녀는 아레스를 발견하여 전차를 빌린다.
　이 대목에서 지상의 일이 어떻게 되었는지는 잠시 미뤄 두고 아
프로디테의 행적이 좀더 묘사된다. 올림포스에 도착한 그녀는 어머
니 디오네의 품에 쓰러지고, 어머니는 딸에게 누구의 짓인지 묻는다
(보통 아프로디테는 바다의 거품에서 태어난 것으로 알려져 있지만, 이상
한 이야기를 좋아하지 않는 『일리아스』 시인은 그녀를 그냥 제우스와 디
오네 사이의 딸로 해놓았다. 제우스의 소유격이 '디오스'dios이니 '디오네'
는 결국 제우스의 여성형이다. 하지만 디오네가 그저 문학적인 존재였던
것은 아니어서, 도도네에서는 제우스의 배우자로 섬겨지기도 했었다). 그

런 다음, 그녀는 다른 신들의 사례를 들어 딸을 위로한다. 전에 아레스도 인간의 두 아들에게 잡혀서 청동 독 안에 열석 달 동안 갇혀 있다가 죽을 뻔했는데, 헤르메스가 빼돌렸다고. 또 헤라와 하데스도 헤라클레스의 화살에 맞아 고통을 겪었다고. 이어서 그녀는 아테네를 비난하고, 디오메데스를 저주한다. 그리고 딸의 팔에서 피에 해당되는 것을 닦아 내자, 상처가 낫고 아픔도 가라앉는다. 그것을 보고 있던 아테네가, 이번에도 아프로디테가 여자 하나를 꼬이려다가 브로치에 다친 모양이라고 비웃는다. 그러자 제우스는 어느 쪽도 편들지 않고, 단지 아프로디테에게, 전쟁은 그녀에게 어울리지 않으니 결혼과 관련된 일에나 신경 쓰라고 충고한다. 제우스는 늘 분쟁을 조정하고, 할 일이 있으면 직접 나서지 않고 다른 신을 파견하는 것으로 되어 있다. 이 대목에서 아레스가 전에 죽음의 고비를 넘겼다는 것도 근동신화의 영향을 받은 것으로 해석된다. 아레스의 특징은 자주 패배를 겪는 것이다.

다시 지상의 장면이다. 디오메데스는 여신까지 부상시키고 나서 자신감이 넘쳤던지, 다시 아이네이아스에게 덤벼든다. 아폴론이 그를 보호하고 있는 것을 알았지만, 신을 직접 공격하는 것은 아니니 아테네의 경고와는 별 상관이 없다고 생각했던 모양이다. 그는 세 번이나 달려들었다가 세 번 다 아폴론에게 막혀서 공격에 실패하는데, 네 번째에 아폴론이 소리를 질러 그를 제지한다. 신들은 인간과 같은 종족이 아니라고. 이렇게 아폴론을 공격하는 것은, 아킬레우스와 그의 다른 두 대역(디오메데스와 파트로클로스)에게 모두 나타나는 현상이다. 일반적으로 이렇게 되풀이되면서 점점 규모가 커지는 요소들은 아킬레우스에게서 정점을 이루는 경향이 있다.

아폴론의 경고를 받고 디오메데스가 물러서자, 신은 아이네이아스를 자기 신전이 있는 페르가모스(Pergamos)로 옮겨간다. 그러자 레토와 아르테미스가 그를 치유한다. 한편 아폴론은 전장에 아이네이아스의 허상을 만들어 놓았고, 사람들은 그것을 둘러싸고 공방전을 벌이고 있다. 아폴론은 아레스를 찾아가 디오메데스를 공격하라고 촉구한다. 이미 디오메데스가 자기와 아프로디테를 공격했다고. 아레스는 전열로 뛰어들어, 아이네이아스를 구해 내자고 트로이아인들을 격려하는 것으로 활동을 시작한다.

여기서 아폴론이 아이네이아스의 허상을 둘러싸고 싸움이 벌어지게 한 것은, 이 영웅의 죽음을 대신하는 것이란 인상을 준다. 우리는 전장에서 쓰러진 전사의 시신을 둘러싸고 사람들이 서로를 죽이는 장면을 여러 번 보게 될 텐데, 지금 이 허상도 그런 시신과 같은 역할을 하고 있다. 나중에 보면 알겠지만, 아이네이아스는 트로이아에서 죽지 않는 것으로 운명에 정해진 인물이다. 하지만 그 역시 다른 많은 영웅들처럼 '죽음 비슷한 것'을 겪는다. 그 '죽음'은 사르페돈의 경우와 비슷한데, 우리는 이들이 모두 두 번씩 '죽음'을 겪는 걸 보게 될 것이다.

사르페돈이 헥토르를 질책하고, 아이네이아스가 복귀하다

신들의 수준에서 일어난 일은 인간의 수준에서 되풀이된다. 아폴론이 아레스를, 아레스가 트로이아군을 독려했듯이, 사르페돈이 헥토르를 꾸짖어 앞서게 하고 헥토르는 자기 동료들을 독려한 것이다. 사르페돈은, 이전에 헥토르가 동맹군 없이도 싸울 수 있다고 호언했으면서도 거기 걸맞게 나서지 않는 것을 질책한다. 자기들은 아내와 어린 아들과 큰 재산을 고향에 두고 떠나와서 이렇게 싸우는데, 이 땅의 거주자들은 다 어디로 갔느냐고. 이런 식으로 하면 도시가 함락되고 말 것이라고. 여기 사르페돈의 말에서 자식이 언급된 것은 특이한 일이다. 『일리아스』의 기이한 특징 중 하나는, 이 전쟁터에 전사들이 대부분 젊은 가장들로 고향에 어린 자식을 두고 왔을 법한데, 그 자식에 대한 언급이 매우 드물다는 점이다. 쓰러지는 전사를 소개할 때도 고향의 늙은 부모가 주로 언급되고, 홀로 남겨질 아내도 이따금씩은 언급되는 데 반해 아이가 거론된 것은 손으로 꼽을 정도다. 오뒷세우스가 맹세하면서 두 번 텔레마코스를 언급한 것(2:260과 4:354)과 지금 여기 사르페돈의 말에 나온 것이 거의 전부이다. 사르페돈은 아무래도 특별한 희생자로 특별한 조명을 받는 듯하다. 그는 이 작품 내에서 죽을 사람이다(텔레마코스가 언급되는 것은 좀 설명하기 어려운데, 아마도 이 작품이 완결될 무렵에는 이미 『오뒷세이아』의 이야기도 알려져 있었던 게 아닌가 하는 추측이 벌써 고대의 주석에 나와 있다).

사르페돈의 질책을 들은 헥토르가 전투를 독려하자, 싸움이 다시 불붙어 사람들은 타작할 때처럼 먼지를 뒤집어쓰고 싸운다. 한편 아폴론은 이제 놀랍게 치유된 아이네이아스를 전장으로 복귀시킨다. 다른 쪽에서는 희랍의 영웅들이 자기 편을 격려하고 있다. 한데 이렇게 등장하는 지휘관들이 늘 같은 사람이니, 독자들로서는 애당초 이 트로이아 전쟁이라는 것이 그저 소수의 전사들 사이에 일어난 일을 부풀려 전하는 게 아닌가 하는 의혹을 가질 수도 있겠다. 앞에도 말했듯, 전투 첫날의 싸움이 균형 잡혀 있다고는 하지만, 사실은 희랍군 우세 국면과 양군이 균형 있게 싸우는 장면이 번갈아 나온다. 우리가 당도한 이 장면은, 5권 들어 두번째로 그려지는 군중 전투로서, 균형 국면(또는 트로이아의 우세 국면)이다. 아가멤논은 자기 부하들을 독려하면서 다른 사람 앞에서 체면을 잃지 말라고 부추긴다. 이런 구절들 때문에, 희랍 문화가 '죄의식의 문화'(guilt culture)보다는 '수치의 문화'(shame culture)에 가깝다는 진단이 나오는 것이다.

이런 균형 장면에서는 늘 서로 상대를 순차적으로 죽이는 '연쇄 반응'이 나온다. 일종의 '피의 복수'(vendetta)가 그 구성 원리이다. 먼저 그 연쇄를 시작하는 것은 아가멤논이다. 그는 아이네이아스의 동료 하나를 쓰러뜨린다. 그러자 아이네이아스도 희랍 쪽의 두 사람을 죽인다. 유서 깊고 부유한 가문의 형제들이다. 메넬라오스가 복수에 나서고, 안틸로코스가 그를 보조한다. 아이네이아스는 이들을 피하고, 그 둘은 트로이아 쪽 영웅과 그의 마부를 죽인다. 그 마부는 전차에서 떨어지면서 깊은 모래 위로 머리를 박고, 한동안 그렇게 서 있다가 넘어진다. 기이한 장면 중 하나이다.

『일리아스』 전투 장면의 특징 중 하나는, 희랍군의 우세를 보여줄 때는 구체적인 사례들이 나오다가, 트로이아 쪽이 유리하게 되면 그냥 일반적인 묘사로 넘어간다는 점이다. 이제 헥토르가 아레스와 에뉘오의 호위를 받으며 다가오자, 디오메데스조차 두려움에 떨며 동료들에게 후퇴를 종용한다. 전세는 그 순간에 어떤 신이 거기 있는지와 관련이 있는데, 이렇게 트로이아를 돕는 신들이 몰려오는 순간에 아테네는 그곳을 떠난 것으로 되어 있다.

하지만 세부 묘사는 여전히 연쇄반응 중이다. 헥토르의 승점, 아이아스의 복수. 헥토르에게 쓰러진 이들은 두 사람이다. 아이아스에게 쓰러진 사람은 인물 소개를 받는다. 희생자 숫자와, 독자에게 받을 동정심의 대결이다. 아이아스는 자기가 쓰러뜨린 자의 무장을 벗기지 못하고 물러선다. 상대편의 공격이 워낙 드세서다. 이 큰 영웅의 후퇴는 희랍군 전체의 불리함을 대표하는 것이다.

틀레폴레모스와 사르페돈의 대결

어느 한쪽의 승세는 자주 대표적인 영웅의 활약으로 보여지는데, 지금 다시 우세를 타고 있는 트로이아군의 기세를 보여 주는 것이, 5권에서 활약하는 두번째 '신의 아들' 사르페돈이다. 그는 틀레폴레모스라는 희랍군 전사와 대결하여 승리한다. 이 작품의 인물들은 서로 비슷한 점들이 있고, 그래서 그들이 등장하는 장면들은 우리가 작품 거의 끝에서 보게 될 큰 영웅들 사이의 장면을 미리 예고하는 기능을 하고 있다. 지금 볼 이 대결은 파트로클로스를 연상시키는 인물과, 헥토르와 유사한 인물 사이의 것이다. 우선 틀레폴레모스는 살인을 저지르고 고향을 떠난 사람이다. 마치 파트로클로스 같다(23:84 이하). 사르페돈은 아내와 아들에 대해 자주 언급하는 사람이다(5:480과

5:687 이하). 이것은 6권에서 확인할 헥토르의 특징이다.

희랍군이 조금씩 후퇴하는 와중에 이 두 사람이 마주 달려 가까워진다. 먼저 틀레폴레모스가 자기 아버지 헤라클레스의 업적을 자랑하며, 사르페돈이 제우스의 자식이란 말이 거짓이라고 비난하고, 그가 자기 손에 쓰러지리라고 위협한다. 사르페돈도 맞받아친다. 헤라클레스가 옛적에 트로이아를 함락했던 것은 라오메돈이 어리석었기 때문일 뿐이라고. 상대야말로 자신에게 죽으리라고. 그리하여 두 사람이 동시에 창을 던져 서로에게 상처를 입히나, 틀레폴레모스가 입은 부상은 치명적인 것이었다. 목에 창을 맞아 죽음을 당한 것이다. 한편 사르페돈은 왼쪽 허벅지에 창을 맞아 뼈까지 스쳤으나, 제우스의 도움으로 목숨만은 잃지 않게 된다. 이 큰 신은, 틀레폴레모스의 비방과는 달리, 사르페돈이 자기 아들이라는 것을 보여 주고자 한 것일까?

현대의 독자는 지금 이 장면까지 읽어야지 결과를 알 수 있지만, 사실 옛 청중은 두 사람을 소개하는 대목에서 벌써 대결 결과를 예상했을 것이다. 죽음을 당한 틀레폴레모스는 헤라클레스의 아들 즉, '제우스의 손자'인 반면, 사르페돈은 '제우스의 아들'이라서 후자의 혈통이 더 높기 때문이다. 이 서사시가 계급 사회를 반영한다는 것, 그래서 혈통이 전사의 우열을 결정한다는 것을 아는 독자에게, 이 대결의 결과는 너무나도 뚜렷이 예측가능한 것이다. 그러나 둘 다 훌륭한 혈통인 만큼, 근소한 차이로 대결도 진행되고(동시에 창을 던진다), 근소한 차이로 결말이 난다. 대결 뒤에 받는 보살핌도 비슷하다. 보통은 큰 전사가 쓰러지면 그의 시신을 에워싸고 공방전이 벌어지기 마련인데, 여기서는 죽지 않은 쪽까지 큰 부상을 입어서 그런지, 양쪽에서 각자 자기 편 영웅을 후송하는 것으로 되어 있다. 이들이 후송되는 모습은 똑같은 표현(5:664와 5:669)으로 묘사되고 있다.

여기서 헥토르의 성격의 한 단면을 보여 주는 듯한 일화가 나오는데, 후송되던 사르페돈이 그에게 도움을 청하지만, 헥토르가 아무 대답도 없이 그 곁을 지나 달려갔던 것이다. 물론 시인은 그가 어서 적들을 공격하려 했기 때문이라고 해명하고 있지만, 어떤 학자들은 헥토르의 이런 반응이 조금 전에 사르페돈이 그를 비난했던 것에 대한 일종의 보복이라고 해석하기도 한다. 영화 「트로이」의 영향을 강력하게 받은 국내의 독자들은 헥토르의 좋은 점만을 기억하고 있겠지만, 사실 그는 현실적 인간으로서 장점들 못지않게 단점도 지닌 사람이었다. 다른 것은 나중에 보겠지만, 지금 이 장면도 그의 성격을 보여 주고 있다.

워낙 큰 전사가 죽었기 때문일까? 시인은 틀레폴레모스가 쓰러진 직후, 오뒷세우스가 분노하여 적들에게 달려들고 순식간에 일곱 명을 처치하는 것으로 그려 놓았다. 청중에게 심리적 보상을 해주자는 의도일 것이다. 하지만 전체적으로 희랍군은 헥토르의 기세에 눌려 계속 물러서게 된다. 헥토르는 희랍군 여섯 사람을 연거푸 죽인다. 이런 국면 변화는 늘 같은 패턴으로 진행된다. 중심적인 영웅이 전체 전세를 대표하여 보여 주는 것이다. 희랍군의 우세는 디오메데스의 수훈기로 표현되었다. 그는 여신의 격려를 받고 나섰으며, 그의 돌진에는 홍수의 직유가 붙었었다. 한편 헥토르는 사르페돈의 질책을 받고 나섰으며, 그가 나서자 디오메데스는 격류 앞에 선 나그네처럼 물러선다. 5권의 전반부에서 아이네이아스의 퇴각이 희랍군의 우세를 보여 주었듯이, 뒷부분에서는 틀레폴레모스의 죽음이 희랍군의 패세를 반영한다.

부분적인 전투의 득실보다 독자들이 신경을 써야 하는 것은 시인이 이런 복잡한 장면을 그려 나가는 방식이다. 굉장히 영화적이다. 짧은 시간 사이에 여러 컷을 이어 붙인 듯한 양상이다. 멀리서 잡은 장면도 있고, 가까이서 클로즈업으로 잡은 장면도 있다. 객관적인 쇼트도 있고, 주관적이라 할 쇼트도 있다. 대결이 끝난 직후의 모습을 다시 보자.

카메라의 위치는 대체로 양쪽 군대의 중간쯤이다. 우선 카메라가 트로이아 쪽을 잡는다. 사르페돈의 전우들이 그를 끌어낸다. 그는 창이 허벅지에 박힌 채로 질질 끌려간다. 그 다음엔 카메라가 희랍군 쪽으로 향한다. 틀레폴레모스의 전우들이 그의 시신을 끌어내는 것이 보인다. 그러다가 카메라가 오뒷세우스를 잡는다. 그가 달려 나가 적들을 도륙한다. 다시 카메라가 트로이아 쪽, 헥토르에게 향한다. 그가 달려 나온다. 카메라가 헥토르와 사르페돈을 함께 잡는다. 사르페돈에게 클로즈업. 사르페돈이 헥토르에게 도움을 청한다. 사르페돈의 시점 쇼트로 헥토르를 보여 준다. 헥토르가 그냥 달려가 버린다. 카메라가 조금 멀리서, 사르페돈의 동료들이 그를 나무 밑에 누이고 창을 뽑는 장면을 보여 준다. 다시 사르페돈에게 클로즈업. 사르페돈이 죽는 것처럼 고개를 떨군다. 그러다가 잠시 후에 다시 숨을 쉬며 회생한다. 이런 장면들이 수도 없이 나온다. 오늘날 영화를 만드는 데 쓰이는 기법들이 벌써 저 옛날에 쓰였던 셈이다. 복잡한 장면들이 나올 때마다 이런 식으로 재구성해 보라. 읽어 가기가 훨씬 수월하고 재미도 있을 것이다.

디오메데스가 아레스를 부상시키다

한편 헤라는 아레스가 트로이아군을 돕는 것을 알고 아테네를 불러, 전투에 개입하자고 제안한다. 이런 장면은 자주 일종의 '무장' 장면으로 시작된다. 여기서는 헤라의 전차가 아주 자세히 묘사된다. 굴대, 바퀴살, 테, 윤철, 바퀴통, 차체, 난간, 채, 멍에, 말 가슴띠 등등. 이 부품들은 귀금속으로 되어 있고, 바퀴살은 여덟이다. 보통 옛 전차들은 바퀴살이 네 개로 그려지는데, 신들의 여왕이 나서니 특별하게 그려졌다. 아테네의 무장에서는 그녀의 아이기스와 투구가 자세히 그려진다.

> 그녀는 양쪽 어깨에다 술이 달린 무시무시한 아이기스를
> 걸쳤는데, 그 가에는 빙 돌아가며 공포가 새겨져 있었고
> 그 안에는 불화와 용기와 소름끼치는 추격이
> 그려져 있었으며 중앙에는…… 제우스의 전조인
> 무서운 괴물 고르고의 무시무시하고 끔찍한 머리가 새겨져 있었다.

그리고 머리에는 양쪽에 뿔이 나고 네 개의 혹이 달린

황금 투구를 썼는데 그 위에는 일백 도시의 전사들이 새겨져 있었다.

(5:738~744)

일반적으로 아테네는 아레스에 비해 합리적인 신으로 알려져 있
지만, 사실 이 여신에게는 무서운 측면이 있고, 나아가 피에 굶주린
듯한 야만적인 특성도 얼핏얼핏 드러난다. 어떤 학자는 이것을 근동
의 영향으로 해석하기도 한다. 앞에 얘기했던 우가릿 신화의 아낫이
비슷한 특성을 갖추고 있다.

두 여신이 전차에 올라타고 나서자 하늘 문이 저절로 열린다. 그
들은 지나가다가 제우스가 올림포스 꼭대기에 있는 것을 발견한다.
헤라는 그 앞에서 아레스와 아폴론을 성토한다. 그러면서 혹시 자기
들이 아레스를 공격한다면 노하겠냐고 묻는다. 제우스는 아테네로
하여금 그를 치게 하라고 허락한다. 그는 늘 아테네에게 관대하다. 여
신들은 하늘을 날아 전장 가까이로 접근하고, 말들을 강가에 세운다.
짙은 안개로 감싼다. 강의 신이 말들을 위해 신들의 음식이 돋아나게
한다.

헤라는 디오메데스 주위에 모여 싸우는 희랍군 전사들을 질책하
며 격려한다. 일반적으로 신들은 특별한 인물에게만 본 모습으로 나
타나고, 보통 사람들에게는 그들이 아는 다른 사람의 모습을 취하여
나타나는데, 헤라는 여기서 목소리가 큰 스텐토르라는 인물의 모습

을 빌렸다. 한데 그녀가 질책하는 말 속에서 『일리아스』가 시작되기 전에 있었던 전투의 양상이 드러난다. 아킬레우스가 싸울 때는 트로이아인들은 성문 밖으로 나오지도 못했었다는 것이다.

헤라가 대중 전체를 질책하고 격려하는 데 반해, 아테네는 디오메데스 개인을 격려하는 식으로 역할을 분담하고 있다. 그는 마침 전열에서 물러나서 전에 화살 맞은 자리를 식히는 중이다. 여신이 치료는 해주지 않고 그저 격려만 했었기 때문일까? 상처가 다시 아파 오는 참이었다. 여신은 그를 짐짓 조롱한다. 튀데우스의 아들답지 못하다는 것이다. 디오메데스는 그 질책을 받아들인다. 자신이 아버지만 못하다고 인정한다. 하지만 여신의 명령대로 행했고, 지금도 두렵거나 태만한 것이 아니라고 항변한다. 아테네는 아프로디테 이외의 신과는 싸우지 말라고 했는데, 지금 아레스가 나타났기 때문에 후퇴했다는 것이다. 이제 여신은 이전의 충고를 변경한다. 신들을 두려워하지 말라고, 자신이 곁에서 돕겠노라고, 아레스는 배신자라고. 그러면서 스테넬로스를 밀쳐내고 스스로 마부 노릇을 자임한다. 그들은 아레스를 향해 전차를 몰아간다.

아레스는 페리파스라는 희랍군 전사를 쓰러뜨리고는 무장을 벗기는 중이다. 그에게 접근하면서 여신은 하데스의 투구를 써서 자신이 보이지 않게 만든다. 마법을 싫어 하는 것으로 알려진 『일리아스』 시인으로서는 특이한 선택이다. 아레스는 디오메데스가 다가오는 것을 보고는 마주 달려 나가 먼저 창으로 찔러 공격한다. 하지만 아테네가 그것을 잡아채어 던져 버린다. 뒤이어 여신은 디오메데스가 내지른 창을 아레스의 아랫배로 밀어 넣는다. 사실 이것도 다른 데서는 없는 일이다. 이 서사시에서 전사들은 늘 전차에서 내려서 공격을 주고받기 때문이다. 사태가 이런 식으로 된 것은 아레스가 아직 전차에서 내리지 않은 디오메데스를 먼저 공격했기 때문이다. 물론 이 군신은 상대가 자기를 볼 수 있다는 사실을 몰랐을 것이다. 디오메데스로서는 전차에 타고 있다가 공격을 받고 거기에 대응한 것뿐이다.

부상을 입은 아레스는 만 명 정도가 외치는 것 같은 엄청난 비명을 지르며 올림포스로 달아난다. 여기서 좀 특이한 직유가 쓰이는데, "폭풍이 일 때 구름 사이로 칠흑 같은 어둠이 보이는 것처럼" 아레스도 구름 사이를 지나 올림포스로 올라갔다고 되어 있다(5: 864~865). 이 장면에도 근동신화 속 바알의 모습이 드러난 것으로 해석된다. 바알은 제우스와 아레스를 섞은 것 같은 존재여서, 전쟁의 신이면서 폭풍의 신이기도 하다.

아레스가 부상을 당하기 직전에 인간을 죽이고 직접 무장을 벗기던 것도 아주 특이한 일인데, 합리적으로 설명하자면, 어떤 전사(이를테면 헥토르)와 아레스가 함께 한 일을 이런 식으로 표현했다고 볼 수도 있겠다. 그리고 이런 '인간적인' 행동은 그 다음에 일어날 일을 예고하는 것이기도 하다. 그는 여기서 물리적 부상을 당하는 것이 이상하지 않을 만한, 물리적인 행동을 하고 있었던 것이다. 사실 여기에 등장하는 두 신은 모두 거의 물리적 존재가 되어 있다. 아레스는 직접 전투로써 인간을 죽이고, 아테네는 직접 전차에 올라타 말을 몬다. 마차는 신의 무게에 삐걱거리고, 아레스는 아랫배를 찢기고 비명을 지른다. 아레스는 이 부상 이후로, 인간 사이에는 나타나지 않는다.

디오메데스와 아레스의 대결은 신과 인간이 맞싸운다는 점에서, 그리고 인간이 이긴다는 점에서 특이하다. 물론 이 결과는 다른 신이 거의 대신 싸워 주었기 때문이다. 사실 이 대결은 21권에서 보게 될 아킬레우스와 스카만드로스의 대결과 같은 성격의 것이다. 두 대결 모두 사람과 신의 대결로 시작하지만, 신끼리의 대결로 종결되기 때문이다. 또 이것은 21권 '신들의 전투'에서 아테네와 아레스가 직접 맞붙는 것의 전주곡이기도 하다.

아레스가 치료를 받다

이 길고 긴 5권의 마지막 부분은 신들의 장면으로 채워져 있다. 부상 당한 아레스가 돌아오고, 뒤이어 헤라와 아테네도 돌아오는 것이다.

우선 부상당해 돌아온 아레스가 제우스에게 불평한다. 제우스의 분별없는 딸 때문에 자신이 괴로움을 당하고 있다고. 그런데도 제우스는 늘 그녀를 너그럽게 봐 준다고. 이번에도 자기가 조금만 느렸으면 "시체들 사이에서 오랫동안 고통을 받았거나, 아니면 살았다 하더라도 창에 맞아 병신이 되고 말았을 것"이라고.

제우스는 뜻밖에도 격하게 아레스를 꾸짖는다. "이 배신자여, 투덜대지 말라. 나는 올림포스에 사는 모든 신들 중에서 네가 가장 밉다. 너는 밤낮 싸움질과 전쟁과 전투만 좋아하니 말이다." 이 구절 역시 우가릿 신화에서 최고신인 엘(El)과 전쟁의 신 바알 사이의 불화로 설명할 수 있다. 하지만 여기서 우리가 주목할 것은 시인이 한 집단 내의 갈등을 어떻게 그렸는지이다. 제우스는 위의 말에 뒤이어, 지금 이 충돌을 헤라가 부추겨서 일어난 것으로 규정짓고, 그 헤라가 아레스의 어머니라는 것을 상기시킨다. 사실 여기서 제우스는 자기가 늘 아테네를 편애한다는 비난을 슬쩍 피해 가면서, 갈등의 원인은 아레스의 어머니인 헤라라고 떠넘기는 참이다. 시인은 인간들 사이의 불화를 잘 관찰하여, 그것을 신들에게 적용했다. 1권의 아킬레우스와 아가멤논의 다툼 장면 못지않게 미묘한 부분이다. 하지만 제우스는 곧 누그러진다. 그래도 그가 자기 자식이니 그냥 보고 있지는 않겠다고. 그러면서 다시 단서를 단다. "만일 네가 다른 신의 자식으로 태어나 이렇듯 난폭하게 굴었더라면 벌써 우라노스의 아들들보다 더 깊은 곳에 가 있었으리라." 아레스에게 전형적으로 나타나는 감금과 죽음의 모티프이다.

그러고서 제우스는 파이에온을 시켜 그를 치료하게 한다. 나중에 의술의 신 역할은 아폴론에게 주어지지만, 『일리아스』에서는 그것이 아직 별도의 신에게 맡겨져 있다. 의술의 신은 그의 상처에 약을 바르고, 상처는 "우유에 무화과 즙이 섞이면 굳는 것처럼" 그렇게 얼른 나았다. 이어 아레스는 헤베의 도움을 받아 목욕을 마치고, 우아한 옷을 입고서 영광을 즐기며 제우스 곁에 앉았다. 다른 신의 도움이 있긴 했지만, 인간의 손에 부상을 당했다는 것은 신에게는 말할 수 없는 수치이다. 전쟁의 신이라면 더더욱 그렇다. 하지만 그는 금방 보상을 받았다. 이것은, 인간이 이룰 수 있는 최고의 전공도 잠깐의 치료로 무효가 된다는 것, 인간이 전력을 다해야 이룰 수 있는 일도 신에게는 그저 장난에 지나지 않는다는 것을 보여 준다. 이 일화는 인간과 신 사이의 간극을 보여 주는 것이다.

이렇게 아레스의 부상을 둘러싼 소동이 그치고, 아테네도 제우스의 궁전으로 돌아오는 데서 5권이 끝난다. 이 긴 권의 전투 상황을, 단독 대결을 중심으로 돌아보자면, 첫 번에는 디오메데스(G)가 판다로스를 이겼고, 두번째에는 아이네이아스(T)가 틀레폴레모스를 이겼다. 세번째 대결은 신과 인간의 대결이라는 특이한 것으로서, 승리의 영광은 다시 희랍군 쪽인 디오메데스(G)가 얻었다. G—T—G의 꼴이다. 이 대결들에서는 매번 승자든 패자든 어느 한쪽이 신에게 특별한 치료를 받는 것으로 되어 있다. 그 치료의 정도는 뒤로 갈수록 점점 강하고 자세히 다뤄졌다. 이 서사시에서 특정 요소들이 반복되면서도 뒤로 갈수록 강해지는 것이 여기서도 확인된다.

✨ 디오메데스 수훈기에 나타난 '부상과 치유' ✨

디오메데스의 수훈기에서 단계마다 특징적으로 나타나는 요소가 부상과 치유이다. 1단계에는 디오메데스 자신이 부상을 입어, 스테넬로스에 의해 치료를 받는다. 2단계에서는 여신의 아들 아이네이아스와, 여신 자신이 부상을 입는다. 여신은 이리스에 의해 올림포스로 옮겨져, 어머니 디오네의 치료를 받는다. 한편 아이네이아스는 아폴론에 의해 페르가모스로 옮겨져, 레토와 아르테미스의 치료를 받는다. 3단계에서는 아레스가 부상을 당해 올림포스로 가, 파이에온의 치료를 받는 것을 보게 된다. 부상자와 치유자도 전체적인 틀과 마찬가지로 점차로 커지고 강해지고 있다.

한편 여기서 아이네이아스가 신들에게 치료 받는 장면은 트로이아 쪽에 명예를 부여하고 패세를 보상해 주는 의미가 있다. 한데 우리는 여기서, 이득이 양쪽에 서로 다른 식으로 주어지는 것을 확인할 수 있다. 아이네이아스가 신들의 도움과 치료를 받음으로써 얻은 것은 상징적인 명예다. 반면에 디오메데스는 상대의 말을 노획함으로써 아주 현실적인 이득을 얻는다. 이와 같이 희랍군이 실질적인 이득을, 트로이아군이 상징적인 이득을 얻는 것이 이 작품에 보이는 일반적인 경향이다. 파리스와 메넬라오스의 경우에만 그 반대 현상이 보였는데, 어쩌면 이들의 대결이 진짜 영웅들 사이의 전투가 아니라, 일종의 패러디이기 때문일지도 모르겠다.

✨ 바알, 근동신화 속 전쟁의 신 ✨

근래 서양 고전 연구의 중요한 흐름 중 하나는 희랍 작가들에게 나타나는 근동의 영향을 찾는 것이다. 헤시오도스의 『신들의 계보』와 『일들과 날들』에 대해서는 이미 상당히 연구가 진행되었으나, 상대적으로 『일리아스』와 관련해서는 그런 연구가 아직 미약한 편이다. 그래도 몇 가지 성과들이 있으니, 이따금 얼핏 보기에 좀 이상한 내용들이 근동신화와 연결시킬 때 잘 설명된다는 점이다. 본문에서 아레스와 바알이 상당한 유사성을 갖는다는 걸 몇 차례 지적했으니, 여기서는 바알에 대해 조금만 설명해 보겠다.

이 신은 셈족 중에서 북서쪽에 사는 사람들 사이에 섬겨지던 존재다. 원래 뜻은 '주인'이며, 레반트(지중해 동부) 지역 여러 도시의 수호신에게 이 칭호가 붙어 있다. 비와 천둥, 농업과 풍요를 관장하며, 대개는 최고신 엘의 아들로 엘보다는 약한 신으로 되어 있지만, 카르타고에서는 바알-함몬(암몬)으로 최고신의 지위를 누리기도 했다(카르타고 사람들은 바알을 좋아해서, 한니발, 하스드루발 같은 이름들에 들어가기도 했다).

많은 근동신화에서 최고신은 약간 관심에서 벗어나 있고 그 다음 세대의 전사─신(warrior god)이 훨씬 비중 있게 다뤄지는데, 바알 역시 가나안 지역 신화에서 최고신 엘보다 크게 다뤄졌다. 특히 그가 얌(Yam)이라는 바다신과 로탄(Lotan)이라는 바다괴물을 제압한 이야기는 구약성서에 나오는 야훼의 바다괴물(Leviathan) 제압 이야기(시편 74:14, 욥기 3:8, 이사야 27:1 등)가 발전하는 데 영향을 끼친 것으로 알려져 있다. 바닷물은 태초의 무질서를 재현하는 것으로 새 세대의 신은 무질서를 다시 질서로 돌려놓는 역할을 한다. 메소포타미아 신화에서 전사─신인 마르둑(Marduk)이 바다 여신 티아맛(Tiamat)을 제압하는 것도 마찬가지다(어쩌면 『일리아스』 21권에 강물이 넘치며 아킬레우스를 공격하다가 불의 신에게 제압되는 데도 그런 신화가 영향을 끼쳤는지 모르겠다).

한편 바알과 깊이 연관된 여신은 아낫(Anat, 처녀)으로, 그녀는 바알의 누이이자 '연인'이다. 『일리아스』에서 아낫 격인 아테네가 아레스에게 이따금 다정한 모습을 보이는 것이 바로 이 때문이라고 설명되기도 한다.

「헥토르 가족의 마지막 만남」, 아풀리아 적색상 도기(기원전 370~360년경)

6권은 두 개의 유명한 장면에 의해 양분되어 있다시피 하다. 전반에는 디오메데스와 글라우코스의 '무장교환' 장면이 들어 있고, 후반에는 헥토르와 안드로마케의 만남이 있다. 헥토르가 투구를 벗자 아들 아스튀아낙스가 아버지를 알아본다. 헥토르 가족의 만남은 우리에게 영웅들의 가정생활을 들여다 볼 기회를 준다. 어린 아들은 아버지의 투구 술이 흔들리는 것을 보고 무서워서 울음을 터뜨린다. 아버지가 투구를 벗자 그제야 그를 알아보고 품에 안긴다. 이어 아버지는 아들의 장래를 위해 기원하고, 부부는 서로 상대를 걱정하며 위로와 충고를 주고받는다. 독자의 가슴을 따뜻하게 하는 정경이지만, 이들이 누리는 순간적인 행복은 곧 스러지고 말 것이다. 아버지는 이 작품이 끝나기 전에 죽을 것이고, 이어 성이 함락되면 아이는 성벽에서 던져져 죽을 것이며, 어머니는 타국으로 노예가 되어 끌려갈 것이다.

6권

희랍군의 승세가 계속되다

우선 5권에서부터 계속되던 전투가 한동안 지속된다. 신들이 모두 떠났으므로 인간들끼리 싸운다. 다른 영향이 없으면 희랍군이 우세하다. 그래서 다시 희랍 쪽 주요 영웅들의 활약이 시작된다. 우리는 이제 곧 디오메데스의 활약이 끝나는 것을 보게 될 터인데, 그것이 시작될 때처럼 끝나는 부분에서도 다른 희랍 영웅들의 활약이 동반되고 있는 것이다. 그러니 디오메데스의 활약상은 전체적으로 희랍군에게 유리한 국면을 한 영웅에게 집중하여 보여 준 셈이다. 사실 이것이 오늘날 할리우드 영화들도 사용하는 방법인데, 이따금 (설정 쇼트, 또는 마스터 쇼트라고 하는 것으로) 전체적인 전투 상황을 보여 주다가도, 주인공의 행동에 초점을 맞춰서 이야기를 진행하는 것이다.

여기서는 전투의 급박함이 각 행에서 죽는 사람의 숫자가 점점 늘어나는 것으로 표현되고 있다. 처음에는 7행이 진행되는 동안에 한 사람이 죽지만, 곧 이어 8행 동안 두 사람, 9행 동안 네 사람, 마지막에는 8행 동안 7명이 죽는 것이다. 또 여기서는 상처 부위의 설명조차 없다. 희랍군의 공세는, 아가멤논 형제가 아드레스토스(Adrēstos)

를 애원에도 불구하고 죽이는 장면으로 끝난다.

　이 장면의 시작과 끝부분에 배치된 희생자는 특별한 사연을 가진 자들로 특별히 길게 언급되고 있다. 우선 첫 희생자인 아카마스는 5권에서(5:460~462), 아레스가 그 모습을 빌어, 프리아모스의 아들들을 격려했던 그 인물이다. 시인은 일부러, 방금 적의 대공세를 야기한 자를 여기서 죽게 한 것 같다. 트로이아 전쟁을 일으킨 쪽이 응징을 당해야 하듯, 작은 전투를 불러일으킨 자도 응징을 당하는 것이다. 두번째 희생자는 큰길가에 살면서 오가는 나그네를 잘 대접하던 사람이다. 하지만 지금 그를 위해 도움을 주는 사람은 없다. 파토스를 불러일으키는 구절이면서, 이 전쟁이 파리스가 손님-주인 관계를 해친 데서 발생했음을 상기시킨다. 세번째 희생자는 샘물 요정의 자식들이다. 그들의 아버지는 양을 치다가 요정과 사랑으로 맺어졌다. 트로이아 쪽 희생자들은 이렇게 자연과 긴밀하게 연관된 인물이 많다. 이 전투 막바지에 쓰러지는 전사도 '아름답게 흐르는' 그 지역 강가에서 살았던 것으로 나와 있다. 로마의 시인 베르길리우스(Vergilius Maro)는 『아이네이스』(Aeneis)에서 이와 유사한 특성을, 외래 문명인들에 의해 쓰러지는 이탈리아 원주민에게 부여하고 있다.

　한편 이 부분에서 마지막으로 희생되는 아드레스토스는 말이 나무에 걸려 사로잡힌 후, 헤아릴 수 없는 몸값을 약속하며 죽이지 말기를 탄원하여 메넬라오스의 마음을 움직이는 데까지는 성공하지만 결국, 트로이아인 전체를 몰살해야 한다는 아가멤논의 주장에 따라 죽임을 당한다. 이 사람의 이름 뜻은 '도망칠 수 없는 자'이다. 이 작품

내에서 트로이아 전쟁이 끝나는 것은 아니지만, 우리는 이런 장면들을 통해 나중에 어떤 일이 있을 것인지 알아가게 된다. 이 작품은 앞쪽에서는 주로 전쟁 전체에 대해서, 뒷부분에서는 주로 (아킬레우스의 분노와 관련해서) 인간의 운명에 대해서 다루는 경향이 있다.

희랍군의 전과가 이렇게 한동안 보고된 다음 네스토르가 동료들에게, 전리품을 챙기느라 뒤에 처지지 말고 일단 전투를 다 이기고 나중에 처리하자고 권고하며 격려하는 데서 일반적인 묘사가 끝난다.

헥토르가 성을 향해 떠나다

희랍군의 대공세를 당하여 트로이아 쪽에 새로운 전략을 제공한 것은 새점장이 헬레노스다. 이 사람은 다른 서사시에서 복잡한 역할을 수행하는 사람인데, 여기서는 그런 얘기가 없다(파리스가 죽은 후 헬레네를 차지하려다 실패, 희랍군의 포로가 되어 트로이아 함락에 필요한 조건들을 가르쳐 준다든가, 도시 함락 후 희랍 서북부 지역으로 가서 안드로마케와 함께 새로운 도시를 건설한다든가 하는 내용).

그는 아이네이아스와 헥토르에게 일단 병사들의 용기를 북돋우라고 충고한다. 그리고 헥토르에게 제안한다, 성안으로 들어가서 여인들을 시켜 아테네 여신을 선물로 달래고, 디오메데스의 기세를 눌러 주도록 기원케 하라고. 우리는 디오메데스의 활약이 전체적 승세를 반영한 것이라고 해석했지만, 작품 내에서는 그런 승세가 디오메데스라는 영웅 하나의 힘 때문인 것으로 되어 있는 셈이다. 희랍군 전체를 물리쳐 달라는 것도 아니고 그저 한 영웅을 제지해 달라고 기원할 정도로. 이것은 디오메데스 수훈기의 절정이라 할 수 있는데, 이 사실은 잠시 후에 어떤 물건, 즉 글라우코스(Glaukos)에게서 받게 되는 황금 무장으로 표현된다. 헥토르는 헬레노스의 제안을 받아들여, 일단 동료들을 다시 돌아서 싸우게 한다. 이런 영웅의 행동은 늘 즉각적인 효과를 보이는 것으로 되어 있으니, 트로이아군은 마치 어떤 신이 내려와서 자기들을 돕는 듯한 느낌을 받은 것으로 그려졌다. 어찌 보면 영웅시대 인간의 능력에 대한 과장이고, 어떻게 보면 사람이 몇 안 되던 시절의 전투에 대한 기억이 남아 있는 것 같기도 하다. 전열이 조금 안정되자 헥토르는 성을 향해 떠난다.

현실적으로 보자면 이 짧은 여행은 좀 이상한 것이다. 지금 트로이아군이 몰리는 상황이고 잘 싸우는 트로이아 쪽 전사가 몇 되지도 않는데, 거기서 가장 중요한 인물을 뺀단 말인가? 사실 이 장면의 목적은 어찌 보자면, 이 작품 내에서 죽음을 당할 헥토르로 하여금 마지막으로 가족을 만나 보게 하자는 것인 듯하다. 물론 이날 전투가 끝나고도 헥토르는 집으로 돌아갔을 터이니, 사실적으로는 이 만남이 마지막이 아니겠지만 우리가 부부의 만남을 보는 것은 이게 마지막이다. 그래서 거의 부부간의 작별 장면 같은 것이 나오게 된다.

디오메데스가 글라우코스에게서 황금 무장을 얻다

앞에서도 보았지만 시간이 약간 걸리는 어떤 일이 진행되고 있으면 그 사이의 일을 다른 사건 서술로 메우는 것이 서사시의 기법이다. 그래서 여기서도 헥토르가 도착할 때까지 빈 시간을 다른 사건이 채운다. 저 유명한 갑옷 교환 장면이다. 일단 이야기는 늘 보던 식의 두 영웅 사이의 대결처럼 시작된다. 전장에서 두 전사가 마주친다. 한쪽은 5권에서 엄청난 위력을 보여 준 디오메데스고, 다른 쪽은 사르페돈의 동료인 글라우코스다.

디오메데스는 방금 자신이 신에게 폭력을 가한 것을 의식하고 있는지 좀 조심스럽다. 혹시 디오네가 그를 향해 저주를 퍼부은 것을 알아챈 걸까? 그는 이번에 마주친 상대와는, 혹시 신이 아닐까 해서 곧장 전투에 돌입하지 않고 우선 신분을 묻는다. 전에는 본 적이 없다며, 혹시 신이라면 싸우고 싶지 않고. 디오뉘소스를 박해하다가 결국 눈이 멀게 된 뤼코오르고스처럼 되고 싶지는 않다고(이 부분은 호메로스의 작품에서 디오뉘소스가 등장하는 몇 안 되는 구절 중 하나다).

그러자 글라우코스가 답하는데, 그 이야기가 자못 길어서 어떤 학자는 이것이 그의 두려움을 반영한다고 해석하기도 한다. 그 첫 부분이 인간의 운명에 대한 유명한 구절이니 한 번 인용해 보자.

그대는 어찌하여 내 가문을 묻는가?
인간의 가문이란 나뭇잎의 그것과도 같도다.
잎들도 어떤 것은 바람이 땅 위에 흩어 버리나, 봄날이
돌아오면 또 다른 것들을 나무가 피워 내어 번성하듯이,
인간의 가문도 어떤 것은 피어나고 어떤 것은 시들어지는 법이다.
(6:145~149)

하지만 이렇게 쓸데없는 질문하지 말라는 듯 운을 떼어 놓고는,

그래도 상대가 물었으니 대답해 주겠노라며 세상에 널리 알려진 자기 가문의 역사를 이야기한다. 그는, 유명한 사기꾼이자 저승에서 끝없이 바위를 굴려 올리는 벌을 받고 있다는 시쉬포스의 자손이다. 사기꾼이라 하면 우리 생각으로는 큰 욕 같지만, 고대에는 남을 속이는 것도 기술로 인정받았고 헤르메스 같은 신의 은총이 있어야 그런 재능을 얻는 것으로 되어 있다. 여기서도 그는 그저 '꾀 많은' 사람으로 소개되고 있다.

하지만 글라우코스가 강조하는 조상은 유명한 희랍 영웅 중 하나인 벨레로폰테스(Bellerophontēs, 보통 '벨레로폰'이라고 알려져 있지만, 이렇게 긴 이름꼴도 있다)다. 우리에게는 날개 달린 말 페가소스를 차지했던 일화로 더 많이 알려져 있지만, 여기서는 그가 '보디발 모티브'(Potiphar's motive)에 걸렸던 일화에서 시작된다. 아르고스 왕 프로이토스의 아내인 안테이아가 이 멋진 젊은이를 유혹하려다가 실패하고는 자기 남편에게 모함하였던 것이다. 젊은이가 자신을 넘보았다고. 왕은 분노하였지만 집안 손님을 해치는 게 내키지 않아서, 그를 처치하는 일을 자기 장인에게 떠넘긴다. 젊은이에게 '재앙의 표시들, 생명을 죽이는 많은 것들'이 새겨진 서판을 주면서 뤼키아에 살고 있는 자기 장인을 찾아가도록 시킨 것이다.

사위에게서 온 손님을 아흐레 동안이나 성대하게 접대한 이오바테스는 열흘째에야 그 서판을 보자 했고, 그 편지의 의미를 알고는 이 젊은이를 이루지 못할 일을 하도록 보낸다. 그 일은 키마이라(Chimaera)라는 괴물을 퇴치하는 것이었다. 그것은 앞은 사자, 뒤는 뱀이고, 가운데는 염소로 되어 있었다고 한다. 사자나 뱀은 무섭겠지만, 염소는 별로 무서울 것 없다고 생각할 수도 있는데, 사실은 이 부분이 이 괴물의 핵심이다. 염소 머리에서 불을 뿜기 때문이다. 보통은 벨레로폰테스가 페가소스를 이용하여 불길이 닿지 않을 만큼 높이 날면서 화살, 또는 창으로 그 괴물을 제압한 것으로 전하지만, 이 작품에서는 날개 달린 말 같은 이상한 마법은 언급하길 피하여, 그저 신들의 도움으로 괴물을 처치했다고 전할 뿐이다.

젊은이가 살아 돌아오자 이오바테스는 계속 어려운 일을 생각해냈는데, 여기서 글라우코스는 다음 이야기들은 좀 짧게 전한다. 우선 소아시아 남동부에 살고 있던 솔뤼모이인들과의 전쟁이고, 그 다음엔 아마조네스와의 싸움이다. 그가 이런 과업을 다 해치우자 마지막엔 용감한 전사들을 매복시켜 기습하게 했지만 벨레로폰테스는 이들마저 모조리 해치운다. 결국 이 젊은이가 신들의 당당한 후예임을 확인한 이오바테스는 자기 딸과 결혼시키고, 자기 명예의 절반을 그에게 주었다. 그는 2남1녀를 두었는데, 그 딸에게서 사르페돈이 태어나고, 한 아들에게서 글라우코스가 태어난 것이다.

하지만 글라우코스는 여기서 그치지 않고 벨레로폰테스의 불행한 노년까지 전한다. 신의 미움을 받아 자식도 둘이나 잃고 고통 속에 외롭게 떠돌아다니게 되었다는 것이다. 좀더 자세한 다른 전승에 따르면 그는 페가소스를 타고서 올림포스로 올라가려다가 떨어져서 다리를 절게 되었고 다른 불행들도 당하게 되었다고 하는데, 여기 나온 이야기는 페가소스를 완전히 배제하고 있기 때문에 그가 왜 신들과 버성기게 되었는지는 언급하지 않고 있다.

이렇게 자기 가문을 소개한 글라우코스는, 자기 아버지가 전장으로 떠나는 자기에게 늘 뛰어난 자로 행동하라고, 가문을 욕되게 하지 말라고 당부했다고 선언한다. 사실상 장광설인데 아무래도 글라우코스는 상대에게 강한 인상을 심어 주려 한 것 같다. 더구나 신들의 도움, 신에 대한 경의 같은 것을 계속 강조하는 걸 보면, 상대가 신들 앞에 조심하려는 낌새를 채고 거기서 뭔가 이득을 보려는 것 같다. 한데 이런 이야기를 들은 디오메데스는 기뻐하며 자기들의 집안이 옛적부터 서로 친구 사이라는 것을 밝힌다. 자기 할아버지 오이네우스가 벨레로폰테스를 대접한 적이 있다는 말이다. 아무래도 유명한 '칼뤼돈 멧돼지 사냥'이 계기인 것 같은데 여기서 그런 것은 설명되지 않고 있다. 그 사냥 이야기는 9권에서 다시 다뤄질 것이다(262쪽 참조).

이 장면은 두 사람이 무장을 교환하는 것으로 끝난다. 하지만 시인은 이 교환에서 디오메데스가 크게 이득을 보았음을 지적한다. 그가 내놓은 무장은 청동으로 된 것이어서 소 아홉 마리의 가치뿐이었지만, 상대의 것은 황금으로 된 것이어서 소 백 마리의 가치를 지닌 것이었다. 이렇게 손해 보는 교환을 했어도 글라우코스로서는 다행이라 할 수 있다. 신까지 퇴장시킨 엄청난 전사와 마주쳤는데 그냥 대화를 나누고 좋게 헤어졌으니 말이다. 사실 그의 경제적 손실은 목숨 값이라고 해도 좋을 것이다. 한편 디오메데스가 얻은 황금 무장은 힘과 명예의 상징이다. 부상당하는 것으로 시작된 그의 수훈기는 영광스런 황금 무장으로 완결되었다.

여기서의 두 영웅 사이의 무장교환 사건은, 한편으로는 디오메데스의 또 하나의 승리를, 한편으로는 우리가 20권과 24권에서 볼 것과 같은 문명성을 보여 준다.

우선 디오메데스의 또 하나의 승리라는 데 대해. 디오메데스의 전투는 아킬레우스가 앞으로 그럴 것처럼, 여러 상대를 만나 쓰러뜨리다가 마지막에 한 상대를 만나 길게 싸우는 양상을 보이고 있다. 이렇게 볼 경우 글라우코스는, 아킬레우스 수훈기의 헥토르에 해당되고 이 만남은 마지막 '대결'이 되는 셈인데, 여기서 디오메데스는 "과거를 단순하게 밖에 볼 줄 모르는" 글라우코스에게 '지적인 승리를 거두고', 황금 무장은 바로 그 승리를 물질화한 것이 된다. 사실, 손님-주인 관계를 위반한 데서 비롯된 이 전쟁은, 이제 와서는 이런 손님 관계의 확인, 이런 우정의 약속으로는 멈출 수가 없게 되었다. 그러나 디오메데스가 이미 무너져 버린 보편원칙을 설파했는데도, 글라우코스는 (제우스가 분별력을 빼앗았으므로) 정신이 나가 그에게 무장을 넘겨준 것이다. 그러니 디오메데스는 전투로도 꾀로도 트로이 아군을 완전히 이긴 셈이다.

한편 이 승리는 디오메데스가 인간으로서의 한계를 자각한 결과이다. 그는 놀랍게도 전쟁의 신까지 제압하고 승리를 얻었지만, 필멸의 존재로서 그의 한계는 이미 여러 차례 확인되었다. 우선 그것은 5권 첫 머리에서 헤파이스토스가 개입하여, 그의 승리 절반을 '빼앗아' 갔을 때 암시되었다. 또 아이네이아스를 보호하던 아폴론의 경고에 의해서도 분명하게 드러났다. 디오메데스는 그 경고를 의식한 듯,

다시는 신과 싸우지 않기 위해 낯선 상대를 신중하게 대한다. 그 결과 얻은 것이 황금 무장이고, 이 무장은 그의 총체적 우월성, 즉 힘과 꾀의 뛰어남에, 인간의 한계에 대한 의식까지 더해진 상태를 반영하듯, (흔히 전장에서 얻는 것들처럼 피 묻은 것이 아니라) 선물로 주어진 말끔한 것, 완벽한 승리를 상징할 만한 것이다.

이 무장 교환의 다른 측면은 그것이 보이는 문명성이다. 이 장면은 그 직전에 있었던 아드레스토스 장면의 야만적 잔인성과는 완전히 대비되는 것이다. 우리는 이러한 개명된 분위기를, 20권의 아킬레우스와 아이네이아스의 만남, 그리고 24권의 아킬레우스와 프리아모스의 만남에서야 다시 보게 될 것이다. 따라서 여기서 디오메데스가 얻은 명예도, 뒤에 아킬레우스가 헥토르의 시신을 돌려줌으로써 얻을 '새로운 명예'처럼, 완전히 새로운 종류의 것이라 할 수 있다.

그러나 아마도 24권이 끝난 뒤의 장면이 그러할 것처럼, 여기서도 전쟁은 계속된다. 이러한 모순성은 이 화해 장면 직전의 장면들에서도 보인다. 우선 디오메데스 자신이 항상 나그네를 접대해 온 사람인 악쉴로스를 죽이며, 아드레스토스는 트로이아인들이 '손님'인 메넬라오스의 집에서 저지른 잘못을 빌미로 죽임을 당한 것이다. 손님 관계를 확인하는 장면 직전에, 손님-주인 관계의 무익함, 또는 나쁜 손님-주인 관계를 보여 주는 장면들이 놓인 셈이다. 어쩌면 이것은, 결국은 화해로 끝날 이 서사시가 그 전에 수많은 살육을 거쳐야 하는 것과 상응하는지도 모른다.

헥토르가 어머니와 헬레네를 만나다

이 장면이 벌어지는 사이 다른 장소에서 또 유명한 장면이 벌어진다. 잠시 트로이아 성안에 들어간 헥토르가 아내 안드로마케를 만나 작별 인사를 한다. 이제 곧 영영 이별하게 될 가족이 마지막 행복을 누리는 모습이 따뜻하고도 애잔하게 그려져 있어서 유명한 장면이다.

우선 헥토르가 성 앞에 도착하는 장면이다. 여인들이 몰려나와 그를 맞이하며 저마다 자기 식구의 안부를 묻는다. 헥토르는 그 질문에 답하기보다는 그들 하나하나에게 신들께 기도를 드리라고 권한다. 그러고는 일단 프리아모스의 궁전으로 향한다. 거기는 우선 돌로 지은 침실이 쉰 개나 있다. 프리아모스의 아들들이 자기 아내들과 자는 곳이다(지금은 많이 죽었지만 아들이 원래 50명이었다). 안마당 안쪽엔 다른 건물이 있어서 역시 돌로 지어진 열두 개의 침실이 있다. 그의 사위들이 머무는 곳이다. 결혼한 딸이 열둘인 모양이다.

헥토르는 이 방문에서 세 여인을 차례로 만나게 되는데, 처음 마주치는 것이 자기 어머니 헤카베(Hekabē)이다. 어머니는 아들이 전세가 불리해서 제우스께 빌기 위해 들어온 것으로 생각한다. 그녀는 아들을 위해 꿀처럼 달콤한 술을 가져오려 한다. 제우스와 다른 신들께 그것을 바치고, 헥토르 자신도 마시게 하려는 것이다. 하지만 그는 그것을 거절한다. 자신이 마시면 힘과 용기를 잃을 수 있고, 신들께 바치자니 지금 손이 피와 먼지로 너무 더럽혀진 상태다. 그는 어머니께, 자신의 주된 귀가 목적을 밝힌다. 나이 많은 부인들을 불러 모아서, 함께 제물들과 우아한 옷을 가져다가 아테네께 바치며 디오메데스를 물리쳐달라고 기원하라는 것이다.

그러자 헤카베는 별 말 없이 아들의 지시를 이행한다. 그녀가 택한 것은 시돈(Sidōn) 출신 하녀들이 짠 의복이다. 헬레네가 파리스와 함께 트로이아로 오던 길에 시돈에 들러 그녀들을 데리고 왔던 것이다(하지만 텍스트를 고쳐서, 파리스가 여자들을 직접 데려온 것이 아니라 옷감만 가져온 것으로 읽으려는 학자들도 있다). 이 대목 역시 트로이아 전쟁 이전 이야기를 채워 주는 부분이다. 파리스는 메넬라오스의 집을 떠나서 트로이아로 돌아오면서, 아마도 추격이 두려워 다른 길로 돌았고 그 행로에서 고향땅과는 완전히 다른 방향인 지중해 남동쪽의 시돈에까지 이르렀던 것이다. 사실 이런 설명은 왠지 아테네에게 드리는 제물에 대한 것으로는 불길한 예감을 갖게 한다. 아테네는 파리스의 판정에서 모욕을 당했는데, 그 여신을 달래자고 파리스가 준비한 의복을 바친단 말인가! 더구나 그것이 곧장 '파리스의 판정'을 상기시키는 헬레네 납치와 관련된 것인데! 곧 이어 시인이, 여신이 그것을 거절했다고 보고하는 것도 당연하다.

도시의 여인들이 아테네를 향해 소득 없는 탄원을 드리는 동안, 헥토르는 파리스의 집으로 향한다. 그를 다시 전장으로 데려가려는 것이다. 파리스는 프리아모스의 아들들 중에서도 특별한 지위를 누리고 있었던지 그의 집은, 프리아모스 자신의 궁전과 헥토르의 집처럼 따로 지어져 있는 것으로 되어 있다. 헥토르가 그 집으로 들어갔을 때, 파리스는 아름다운 무장을 손질하고 있었고, 헬레네는 그 곁에서 하녀들과 함께 길쌈을 하고 있었다. 헥토르가 이 집을 방문하는 것은 헬레노스의 충고에는 들어 있지 않던 것이지만, 헥토르는 이미 헤카베를 만날 때 파리스에게 가겠다고 예고했었다. 그리고 헤카베가 아테네에게 바친 의상을 소개할 때 파리스 부부와의 연관이 슬쩍 소개된 것은 지금 이 장면으로 연결시키는 장치로 그럴싸하다. 이 두 장면은 말하자면 연상 작용에 의해 연결된 것이다.

헥토르가 파리스를 대하는 태도는 유화적이다. 시인 자신은 그가 아우를 "모욕적인 말로 꾸짖었다"(6:325)고 해놓았지만, 말 자체를 보면 전혀 꾸짖는 것이 아니다. "여보게, 이런 분노를 마음속에 품는 것은 결코 잘하는 일이 아니네."(6:326) 그에 대한 파리스의 대답도 좀 이상하다. "제가 이렇게 침실에 앉아 있는 것은 트로이아인들에 대한 분노나 원한 때문이 아니라, 실컷 슬퍼하고 싶었기 때문입니다."(6:335~336) 대체 여기서 언급되는 '분노'란 무엇이란 말인가? 보통 구송시 이론을 따르는 학자들은, 이 작품에서 전사가 전투를 거부하는 것은 늘 어떤 분노와 관련되어 있어서, 여기서도 그것이 나타났다고 본다. 하지만 이렇게 보면 시인이 너무 기계적으로 작품을 만들고 있다는 인상을 준다. 한편 어떤 학자는 파리스가 전사들을 패러디하는 인물이므로, 여기서 아킬레우스의 분노를 모방하고 있다고 말한다. 다른 해결책은 여기 나온 '분노'가, 파리스가 다른 사람들을 향해 가진 것이 아니라, 다른 사람들이 파리스를 향해 품은 것이라고 보는 것이다. 그러면 파리스는 그 분노를 의식해서 자기도 섭섭한 마음을 품거나, 부끄러워서 밖에 나가지 않는 것이 된다. 논리적으로 보자면 맨 나중 것이 제일 낫지만, 시인은 아마 앞의 설명들에 있는 효과도 노리고 이런 구절을 지었을 것이다.

파리스는 헥토르에게, 아내도 방금 전장으로 복귀하라 했었고 자기도 그럴 생각이었다면서, 자기가 무장을 갖출 동안 기다리든지, 아니면 먼저 가고 있으라고 말한다. 헥토르가 망설이는 사이, 헬레네가 끼어든다. 그녀는 자신이 불행을 몰고 온 것을 자책하면서도, 책임을 일부 신들에게 돌린다. 그리고 자기 남편이 유약한 것을 비난한다. 헬레네가 자기 남편과 함께 등장할 때면 늘 나오는 불평이다. 그러면서도 자기들이 후세 사람들에게 노래로 남게 되리라고 내다본다. 어쩌면 시인은, 사람들에게 명성도 오명도 부여할 수 있는 자신의 능력을 이 기회에 과시하고 싶었는지도 모르겠다.

그녀는 헥토르에게 잠깐 앉아 쉬기를 권한다. 헥토르가 만나는 두번째 여인의 초대이고, 그 대답은 전처럼 거절이다. 시간이 급하다고, 파리스를 재촉해 자기 뒤에 보내라고, 자기는 잠깐 집에 들러보겠다고, 자기가 전장에서 쓰러져 다시는 귀가할 수 없을지도 모른다고.

헥토르와 안드로마케의 만남

하지만 헥토르가 자기 집에 도착했을 때, 아내는 집에 없었다. 이것은 특이한 일이다. 『일리아스』에서 영웅들이 원하는 것이 곁에 없는 일은 매우 드물다. 어떤 학자는 영웅이 상대를 돌로 치려고 마음먹으면 '늘 돌이 곁에 있다'고까지 말한다. 그런데 안드로마케가 집에 없는 것이다. 그녀는 남편이 걱정이 돼서 아이를 안고 성탑에 올라가 전장을 내려다보며 눈물 짓고 있는 참이다. 그녀의 이런 행동은 부부가 성문 앞에서 만날 기회를 만들어 준다. 안과 밖이 마주치는 경계점이다. 헥토르는 식구들 보기를 포기하고 전장을 향해 다시 달려간다. 그때 다시 집으로 돌아오고 있던 아내와 마주친다. 시인은, 그녀의 고향과 아버지를 잠깐 소개한다. 마치 그녀가 죽음을 앞둔 전사이기라도 것 같이. 우리는 이 작품이 끝나기 전에 그녀의 '죽음'을 보게 될 것이다.

헥토르는 미소를 지으며 말없이 아이를 들여다본다. 그 아이를 꾸며 주는 말이 한 행 가득하다. "아름다운 별과도 같은 헥토르의 사랑스런 아들"(6:400)이다. 그 사이 아내는 남편의 죽음을 예감하며 슬퍼한다. 그의 용기가 그를 죽게 하리라고. 자기 고향은 이미 아킬레우스에게 멸망하여 아버지와 오라비들이 모두 한날 죽었다고, 그러니 헥토르는 자기에게 부모이자 오라비이기도 하다고. 나중에 소포클레스(Sophoklēs)가 『안티고네』(Antigone)에서 빌려 쓸 표현이다. 이어지는 것은 충고다. 밖에 나가서 싸우지 말고, 안에서 성벽의 가장 약한 곳을 지키라는 것이다. 한데 놀랍게도 이 평범한 주부는 자기 도시의 취약점이 어디인지 정확히 알고 있고, 희랍군 전사들이 그곳을 자주 노렸다는 사실도 알고 있다. 더구나 어떻게 알았는지 "두 아이아스와 유명한 이도메네우스와 아트레우스의 아들들과 튀데우스의 용감한 아들"(6:435~436) 같은 희랍군 주요 인물의 이름까지 줄줄 나온다. 어떤 학자는 이것을, 시인이 자주 구사하는 '응급대처용 발명'(ad hoc invention) 구절이라고 해석하기도 하지만, 때때로 시인은 독자가 아는 지식을 등장인물에게도 부여하는 기법을 사용하고 있기 때문에 그녀가 적장들의 이름을 다 알고 있다 해도 그리 이상할 것이 없으며, 여자가 남자에게 전술을 '지도'하는 것도, 나중에 22권에서 헤카베가 헥토르에게 같은 당부를 하는 것에 비추어볼 때 아주 이상한 일은 아니다. 더구나 지금 이들이 있는 곳은 안과 밖의 경계이고, 여자는 남자의 영역인 바깥쪽에서 막 돌아오는 길이 아닌가!

헥토르는 영웅의 행동지침에 따라, 전장에서 물러서기를 거부한다. 자신이 전장을 떠나면 겁쟁이로 보이게 될 것이고, 그러면 체면을 잃게 된다는 것이다. 특히 그는 여기서, 그럴 경우 자기가 트로이아 남자들과 '여자들' 앞에 면목 없게 될 것이라고 말하고 있는데, 어떤 학자들은 이것을 두고 헥토르가 늘 여자들과 좋은 관계라는 것을 강조한다. 우리는 그의 죽음 직후와 장례식 직전에 여인들이 그를 위해 애곡하는 것을 보게 될 것이다.

하지만 헥토르는 이 전쟁에 대해 비관적인 전망을 가지고 있다. 그는 언젠가 트로이아가 멸망하리라고 생각한다. 그날을 생각할 때 그에게 가장 가슴 아픈 것은 아내가 겪게 될 고통이다. 부모님보다 형제보다 그녀가 걱정이다. 이 구절은 안드로마케가 헥토르를 자신의 온 가족이라고 했던 것에 대응하는 것이다. 이 부부는 『오뒷세이아』 시인이 이상으로 놓았던 '한마음'이다. 그는 그녀가 노예가 되어 남을 위해 일하며 남들이 그녀의 죽은 남편에 대해 수군거릴 것을 예상하고, 그날이 오기 전에 흙더미 속에 묻히기를 기원한다. 그러면서도 그는 아들에 대해서는 희망을 가지고 있다. 절망과 희망이 교차하는 것이 '사람의 아들' 헥토르의 특징이다(자신에게 닥칠 운명을 직시하고 있는 '여신의 아들' 아킬레우스와는 크게 차이가 나는 대목이다).

그는 아이를 안아 올리려 한다. 아이가 그를 알아보지 못하고 비명을 지르며 유모 품으로 파고든다. 유명한 장면이다.

> 그러나 아이는 사랑하는 아버지의 모습에 놀라
> 소리를 지르며 …… 유모의 품속으로 파고들었으니
> 청동과 투구의 정수리에서 무시무시하게 흔들리는
> 말총 장식을 보고 겁을 먹었던 것이다.
> 그러자 사랑하는 아버지와 어머니가 웃음을 터뜨렸고
> …… 헥토르는 즉시 머리에서 투구를 벗어
> 온통 번쩍거리는 그것을 땅에 내려놓았다.(6:467~473)

잔인한 전쟁의 한가운데, 마치 먹구름 사이로 잠깐 비친 햇살을 쐬듯 다사롭고 행복한 순간이고, 곧 닥쳐올 폭풍에 스러지고 말, 작은 기쁨이 아름답게 묘사된 장면이다.[*] 헥토르는 아들을 안고서 신들께 기원한다. 자기 아들이 아버지만큼 훌륭한 전사가 되어 어머니에게 기쁨을 드리게 해달라는 것이다. 하지만 이 대목을 듣는 청중들은 알고 있었을 것이다. 이 작품이 끝나기 전에 헥토르는 죽을 것이고, 얼마 안 있어 트로이아도 함락될 것이다. 그러면 여자는 이국땅에 노예로 끌려갈 것이고, 아이는 성벽에서 동댕이쳐져 죽을 것이다. 아내는

---

[*] 이 구절을 포함해 몇몇 문장은 내가 전에 『고전은 서사시다』에 썼던 것을 '토씨 하나 바꾸지 않고' 그대로 옮겼다. 주로 안드로마케가 등장하는 대목이고, 내가 가장 좋아하는 부분들이다. 새로 문장을 만들려 해도 이전 것이 저절로 나오니, 독자들은 나의 '자기표절'을 용서하시기 바란다.

그것을 예감한다. 헥토르에게 아이를 받아 안을 때 미소를 짓긴 하지만 눈에는 눈물이 글썽인다. 남편은 아내를 위로한다.

> 그러자 그녀는 향기 그윽한 가슴에 아이를 받아 안고
> 눈물을 글썽이며 미소를 지었다. 남편은 그녀를 보자
> 가엾은 생각이 들어 손으로 쓰다듬고 이름 부르며 말했다.
> "아내여, 제발 마음속으로 너무 슬퍼하지 말아 주오.
> 어느 누구도 내 운명을 거슬러 나를 하데스에게로 보내지는 못할 것이오.
> 하지만 운명으로 말하면 겁쟁이든 용감한 사람이든
> 일단 태어난 이상은 인간 가운데 아무도 피하지 못했소.
> 그러니 그대는 집으로 돌아가 베를 짜든 실을 잣든
> 그대가 맡은 일을 보살피고 하녀들에게도 일에
> 힘쓰도록 이르시오. ……"
> …… 그래서 그의 사랑하는 아내는 집을 향해 떠났으나
> 자꾸만 뒤돌아보며 그칠 줄 모르고 눈물을 흘렸다.(6:483~496)

우리는 22권에서 헥토르가 죽는 순간에 그녀가 남편의 지시대로 일하고 있는 것을 발견하게 될 것이다. 이제 남편은 투구를 집어 들고 떠난다. 아내는 집으로 향하면서도 자꾸만 뒤를 돌아본다. 그녀의 눈에서 눈물이 끝없이 흐른다. 이 부분은 인간이 전쟁으로 잃게 되는 것이 무엇인지를 보여 준다. 바로 전쟁으로 파괴될 문명의 내부이다. 길이 넓은 도시와 안락한 궁전, 그 안의 평화롭고 윤택한 생활, 그

리고 무엇보다도 가족. 여기에 헥토르의 어린 아들이 등장하는 것도 의미 깊다. 지금 트로이아 전쟁터에 와 있는 젊은 전사들은 이십대 후반에서 삼십대 초반이기 쉬우니, 집에 어린 아이들이 있으련만, 기이하게도 두고 온 아이가 언급되는 일이 거의 없다. 가족에 대한 언급이라면 주로 (인물 소개에 등장하는) 늙으신 아버지에 대한 것이다. 그런 점에서 헥토르 가족의 만남(또는 이별) 장면은 이곳에 모인 모든 전사들이 집을 떠날 때 겪었던 일을 다시 보여 주고, 이들을 전사에서 한 집안의 가장으로 되돌려주는 것이다.

한편 이 만남의 배경에는 다른 대비가 놓여 있다. 두 여인, 안드로마케와 헬레네 사이의 대비, 그리고 그들 부부간의 대비이다. 일찍이 『일리아스』에서 도덕적 교훈을 찾아내려 했던 시절부터 지적되어 온 것이다. 3권에서 헬레네는 성벽으로 올라가기 전, 집 안에서 옷감을 짜면서 그 안에 전투 장면들을 짜 넣고 있었다(6:128). 22권의 안드로마케도 역시 천을 짜고 있는데, 그녀가 천에 짜 넣고 있었던 것은 여러 가지 꽃무늬다(6:441). 조금 전에 보았던 헥토르 가족의 만남에서 아내는 헥토르에게 전장으로 돌아가지 말고, 성안에 머물면서 방어에 전념하기를 권한다. 반면에 헬레네는 남편이 집에 돌아와 있는 것을 꾸짖는다(3:427 이하). 한편 우리는 두 부부가 움직이는 방향도 서로 엇갈리고 있음을 본다. 3권의 끝에, 파리스는 집 안에 있고 여신은 성벽 위에 있는 헬레네를 불러온다. 반면에 6권에서, 헥토르는 아내가 집 안에 없는 것을 보고, 그냥 전장으로 돌아가려다가 성문 앞에서 그녀와 마주친다. 한쪽에는 도시를 지킬 의무를 느끼고 있는 남편과, 그 남편을 걱정하며 집안을 조용히 돌보고 있는 아내로 이루어진 한 쌍이 있다. 다른 쪽에는 다소간 호전적이고 남편을 전장에 세우려는 아내와, 춤판에 더 어울리는, 전장에서 물러나와 아름다운 무장이나 다듬고 있는 남편으로 이루어진 다른 쌍이 있다. 한 집안의 남편은 도시를 걱정하여 아내도 보지 않고 전장으로 가려 하고, 그 아내는 남편을 걱정하여 성벽에 가 있다. 다른 집안의 아내는 전장을 보려고 성벽에 가 있고, 남편은 그 전장을 떠나 집 안에 틀어 박혀 있다. 한 부부는 서로 걱정하고 위로한다. 다른 부부는 서로 비난하고 다툰다. 두 부부의 대비로 시인은 인물의 성격을 드러내는 기술을 보여 준다. 이 장면으로 해서 헥토르의 영웅적 면모가 뚜렷해졌다. 그도 아킬레우스에 걸맞은 대항자로서 개성을 갖추게 된 것이다.

부부가 '마지막 인사'를 나누는 동안 파리스가 출전 준비를 마치고 달려온다. 늘 강물에서 목욕하고 좋은 먹이를 먹던 수말이 마구간에서 뛰쳐나가 들판으로 달려가듯 의기양양한 모습이다. 호기롭게 껄껄 웃으며 형을 지체시킨 것을 사과한다. 헥토르는 그의 용기를 인정해 준다. 일부러 피운 게으름을 슬쩍 지적하고, 다른 이들의 평판을 걱정해 준다. 함께 트로이아의 자유를 위해 싸우자고 격려한다.

⚜ 헥토르는 왜 성을 방문하였나: 다른 의미들 ⚜

우리는 곧 헥토르와 아이아스의 대결 장면을 보게 될 터인데, 헥토르가 성안을 방문하는 장면을 그것과 연결시켜 생각해 볼 수 있다. 즉, 헥토르가 아내와 아들을 만나는 장면은, 그가 곧 아이아스와 싸워 겪게 될 패배에 대한 보상이기도 하다는 것이다. 사실 그가 성안에서 만나고 오는 아내는, 첫 대결에서 헬레네가 그랬던 것처럼 이 대결의 상 역할을 하는 것이다. 어쩌면 안드로마케가 성탑 위에 올라갔던 것도 헬레네처럼 자신을 상으로 선보이기 위한 것이라고 해야 할지도 모르겠다. 우리는 『오뒷세이아』에서도 오뒷세우스의 아내 페넬로페가, 활쏘기 시합에 상으로 등장하는 것을 발견하게 될 것이다.

물론 이 귀가의 의미도 복잡하다. 이 사건은 한편으로 헥토르의 죽음을 준비하는 의미가 있다. 그는 우선 자신의 죽음을 복수해 줄 사람(파리스)을 전장으로 불러낸다. 우리는 나중에 16권에서 파트로클로스가 죽으며, 자신의 죽음을 아킬레우스가 복수해 주리라고 예언하는 것을 보게 된다. 마치 주술적으로 자기의 복수자를 부르는 것 같다. 한편 22권에서는 헥토르가 아킬레우스의 죽음을 예언하는 것을 보게 된다. 거기에 파리스의 이름이 등장한다. 이 복수자가 준비되는 대목이 바로 방금 본 부분이다.

또 그의 귀가는, 그의 죽음을 위해 사람들이 미리 애곡할 기회가 되어 주기도 한다. 안드로마케가 집으로 돌아가 곡을 하자, 그 집안의 모든 여자들이 아직 살아 있는 헥토르를 위해 애곡하기 때문이다(우리는 비슷한 사건을 18권에서도 발견할 수 있다. 아킬레우스가 파트로클로스를 위해 우는 것을 보고, 바다의 여신인 그의 이모들이 아직 살아 있는 그를 위해 애곡하는 것이다. 이 역시, 같은 사건이 반복되는 『일리아스』의 경향에 맞는다). 또한 이 기회에 우리는 이 '도시의 방어자'가 여성들과 얼마나 친밀한 관계인지도 알게 된다. 그가 만나는 세 여성은 서로 다른 세 유형을 대표하는 격이다. 어머니 헤카베, 매혹하는 미녀 헬레네, 아내인 안드로마케다. 그래서 헥토르는 '여성과의 관계에 의해 규정되는 인물'로 불리기도 한다. 이러한 그에게 패배에 대한 보상이 여성이란 형태로 주어지는 것도 당연하다.

포이닉스에게 이끌려 돌아가는 아이아스와 프리아모스 손에 이끌려 돌아가는 헥토르(기원전 480년경 도기)

7권에서 제일 중요한 사건은 헥토르와 아이아스의 대결이다. 그 뒤에 희랍군이 방벽을 구축하는 사건이 덧붙는다. 아이아스와 헥토르가 단독대결을 마치고 서로 선물을 교환하고 있다. 아이아스와 헥토르가 단독 대결을 마치고 서로 선물을 교환한 후, 헤어지고 있다. 왼쪽의 아이아스는 칼을, 오른쪽의 헥토르는 아름다운 가죽 띠를 각기 상대에게서 받았다.

7권

헥토르가 파리스와 함께 전투에 복귀하자, 트로이아군의 반격이 시작된다. 디오메데스의 황금 무장 획득이 그의 수훈의 최고점이라고 했는데, 우리가 보게 되는 장면은 그 직후여서 그런지 트로이아군이 수세에 몰려 있다. 그래서 헥토르 형제가 나타나자, 그들은 노 젓기에 지친 선원들에게 순풍이 나타난 듯, 이들의 귀환을 반긴다.

이제 파리스가 공을 세운다. 헥토르도 뒤따라 적을 쓰러뜨린다. 글라우코스도 적을 하나 쓰러뜨린다. 이렇게 트로이아군이 기세를 올리는 순간, 신들이 개입한다. 우선 아테네가 희랍군을 돕기 위해 올림포스로부터 달려나간다. 이것을 알아챈 아폴론이 마주 달려간다. 이제 다시 양쪽이 신들의 격려를 받아 가며 난전을 벌이겠구나 하고 예상하게 되지만, 아폴론은 여신에게 예상 밖의 제안을 한다. 오늘 전투는 이제 그만하고, 양 편에서 한 명씩 나서서 대결을 벌이도록 하자는 것이다. 아테네도 거기에 동의한다. 이러한 신들의 합의를 트로이아의 예언자 헬레노스가 알아채고, 헥토르에게 권고한다. 자신이 신들의 음성을 들었다며, 죽음을 두려워하지 말고 희랍군에게 대결을 제안하라고.

헥토르가 일대일 대결을 제안하다

헥토르가 나서서 트로이아군을 제지하고 정렬시켜 앉힌다. 창의 한 가운데를 잡았다(7:54~56). 이날 전투 초반인 3권에서 했던 행동 그대로다(3:76~78). 이제 이날의 일정을 아침과 저녁 양쪽에서 균형 잡아 줄 또 하나의 대결이 시작될 참이다. 헥토르의 행동을 보고 아침 일을 생각했던지 아가멤논도 자기 편을 모두 앉힌다. 헥토르가 중간에 서서 말한다. "제우스께서 맹약을 이뤄 주지 않은 걸 보면, 둘 중 한 편이 끝장날 때까지 싸움을 시키려는 의도인 것 같다. 하지만 어쨌든 대표가 나와서 겨뤄 보자." 여기서 특이하게도 헥토르는 자신이나 대결 상대가 죽을 경우, 시신을 어찌 할지에 대해 상당히 길게 얘기한다. 자기가 죽으면 시신을 돌려보내 화장하게 하라고, 상대가 죽어도 자신이 매장을 허락하리라고. 예언자는 그가 아직은 죽지 않을 것이라고 확언했건만, 그는 그것이 못 미더웠던 것일까? 어쨌든 그는 늘 자기 시신에 관심을 가진 것으로 그려져 있다. 우리는 24권에서 그의 시신이 신들과 인간 사회에서 큰 쟁점으로 떠오르는 것을 보게 될 터이다. 어쩌면 시인은 독자들에게 그것을 미리 준비시키는 것인지도 모르겠다.

상대쪽 최고 전사가 죽음까지 감수하겠다며 대결을 청하자, 희랍 쪽 영웅들은 위축되어 두려워한다. '도시와 가족을 지키는 자'로서의 기세가 엄청나다. 그리고 사실 이 두려움은 아킬레우스가 빠짐으로 해서 생긴 힘의 공백을 보여 주는 것이기도 하다. 아무도 나설 기색이 보이지 않자 메넬라오스가 일어난다. 동료들의 용기 없음을 비난하고 자기가 나서겠다고 무장을 걸치기 시작한다. 하지만 사실 그가 일어선 것은 책임감 때문이지 자신이 있어서가 아니다. 그는 헥토르의 상대가 될 만큼 실력 있는 전사가 못 된다. 시인도 그것을 의식했던지 그의 이름을 부르며 논평을 끼워 넣는다.

"하지만 메넬라오스여, 이때 만일 아카이아인들의 왕들이
달려와 그대를 제지하지 않았던들 헥토르의 손에서
그대는 인생의 종말을 보게 되었으리라. 그는 그대보다 훨씬 강하니
까."(7:104~106)

시인은 이따금 이렇게 등장인물을 직접 부르는 습관이 있다. 대개는 시인이 동정하거나 애정을 품고 있는 인물이다. 헥토르는 때때로 너무나 약한 것으로 그려지고 있어서, 시인이 그를 좀 부당하게 대하는 것이 아니냐는 논문까지 있다. 그런데도 그가 메넬라오스보다는 훨씬 강한 것으로 그려져 있으니 두 사람의 전투력 차이가 크긴 큰 모양이다. 여러 사람이 그를 만류하는 가운데 특히 아가멤논이 강한 어조로 꾸짖는다. 그는 헥토르의 능력을 과장해서, "아킬레우스조차도 그를 두려워했다"고 주장한다. 대개 이런 종류의 과장된 칭찬은 패배하는 전사에게 부여되고 있다. 나로서는 이것이, 곧 있을 대결에서 패배할 헥토르에게 미리 주어지는 언어적인 보상이라 생각한다.

메넬라오스가 이성을 되찾아 물러서자, 노인 네스토르가 나서서 젊은이들을 꾸짖는다. 이 노인은 늘 자신이 이전에 얼마나 큰 전사였는지 과시하는 버릇이 있는데, 이번에는 아르카디아의 전사 에레우

탈리온을 쓰러뜨린 일화를 들려준다. 그가 도전해 오자 자기 편의 모든 전사들이 두려움에 떨었으나, 나이도 가장 어린 자신이 나서서 그를 쓰러뜨렸다는 것이다(지금 여기 나온 헥토르의 도전이나, 네스토르의 회고 속의 도전은 다윗과 골리앗의 대결에 나온 것과 유사하다). 노인은 자신이 그때의 기력을 유지하지 못하는 것을 한탄한다. 그러자 이 말에 자극을 받아 9명의 영웅이 자원한다. 일어서는 순서는 아무래도 한 집단 내의 '쪼는 순위'(pecking order)인 것 같다. 위세가 강한 사람부터 소개되는 느낌이다. 먼저 아가멤논, 다음이 디오메데스, 그리고 두 아이아스, 이도메네우스, 메리오네스, 에우뤼필로스, 토아스, 오뒷세우스의 순이다. 이들은 대부분 이날 전투의 첫 장면에서 활약상이 소개된 사람들이다. 오뒷세우스는 가장 늦게 일어나고 있는데, 혹시 이 꾀 많은 인물이 이 정도면 자기가 직접 싸우지는 않아도 되리라고 생각해서 면목이나 세우자고 나섰을지도 모르겠다.

이렇게 자원자가 많자 네스토르는 추첨을 제안한다. 가장 쉽게 떠오르는 생각은 승리할 가능성이 큰 사람을 내보내는 것이지만, 아마도 노인은 모든 후보의 위신을 고려한 듯하다. 임의로 전투력이 가장 나은 것으로 보이는 사람을 선택하면 이 경쟁적인 전사 집단 내에서 어떤 불만이 나올지 알 수 없는 일이다. 하지만 대중은 누가 헥토르보다 더 나을지 대충의 짐작은 하고 있으므로, 아예 특정인의 이름을 부르며 신들께 기원한다. 그들이 원하는 것은 아이아스나 디오메데스, 아니면 아가멤논이다. 세번째 선택지는 혹시 앙심, 또는 어떤 은밀한 소망을 담고 있는지도 모르겠다. 자기들을 전쟁터로 끌고 온

대왕이 책임을 져 주기를, 그럴 수 없다면 차라리 죽어 주기를 말이다
(아니면 실제로 아가멤논이 대단한 전사인데 너무 심하게 읽는 것일까?
11권 초반의 아가멤논의 수훈기를 보면 그가 상당한 전사라는 것은 사실
이다).

　　이제 추첨이다. 저마다 자기 이름을 표시한 제비를 투구 안에 넣
고, 진행자가 그것을 흔들어서 제일 먼저 밖으로 튀어나오는 제비의
주인이 당첨되는 방식이다. 네스토르가 진행자로 나선다. 아이아스
의 제비가 튀어나온다. 대중의 소원대로 되었다. 아이아스는 기뻐한
다. 자신감을 표현하면서 동료들에게, 자기가 무장을 갖추는 사이 제
우스께 기도를 드리라고 명한다. 시인은 사람들이 기도하는 것을 직
접 화법으로 옮겨 놓았다. 마치 시인 자신이 기도를 드리는 것 같다.

> "이데 산을 다스리시는 가장 영광스럽고 가장 위대하신 아버지
> 제우스여, 아이아스에게 승리를 내리시어 그가 영광스러운 명성을
> 얻도록 해주소서. 그러나 그대가 헥토르도 사랑하시고 염려하신다면
> 두 사람에게 똑같은 힘과 영광을 내려주소서."(7:202~205)

　　오늘날 종교 집회에서 들을 수 있는 기도와 거의 같은 형식이다.
한데 마지막의 두 행은 좀 놀랍다. 아마도 시인의 공평함을 보여 주는
대목이리라.

　　그 사이 아이아스는 무장을 갖추고 나선다. 이제까지 전투를 해
온 사람이 갑자기 무장을 갖춘다니 좀 이상한데, 기계적으로 설명하
자면 일대일 대결에는 늘 무장 장면이 들어가기 마련이므로 여기도

이렇게 짰다고 할 수도 있고, 어쩌면 군중 전투 때는 전차를 타야 하기 때문에 좀 가볍게 무장했었다고 보아야 할지도 모르겠다. 아이아스가 대결을 위해 나서는 모습은 매우 인상적으로 그려져 있다.

> 그 모습은 마치 …… 전사들을 향하여
> 거대한 아레스가 싸움터로 걸어 들어가는 것 같았다.
> 그와 같이 아카이아인들의 방벽인 거대한 아이아스는
> 험상궂은 얼굴에 미소를 지으며 벌떡 일어서더니,
> 그림자 긴 창을 휘두르며 발걸음을 성큼성큼 옮겨 놓았다.
> (7:208~213)

그의 구체적인 무장 장면은 생략되어 있고, 대신 그가 든 방패가 특별히 강조되어 있다. 이 전사는 아주 옛날 방식의 '탑처럼 생긴' 방패를 이용하는 것으로 유명하다.* 쇠가죽 일곱 장을 겹치고, 맨 바깥

---

* 옛것과 새것이 뒤섞여 있다는 점은 『일리아스』의 주요 특성 중 하나로 꼽힌다. 아마도 이 서사시가 문자로 정착되기 전에 아주 오랜 세월 입에서 입으로 전해져 왔기 때문일 것이다. 예를 들어, 희랍의 주요 무기는 찌르는 창 하나에서 투창 두 개로, 그리고 다시 찌르는 창 하나로 변해 왔다. 마지막 단계는 중무장 밀집대형이 쓰이게 된 암흑기 이후이다. 그런데 『일리아스』에서 우리는 때로는 (아킬레우스처럼) 찌르기 창 하나만 지닌 것을, 때로는 (3:18의 파리스나 11:43의 아가멤논처럼) 투창 두 자루를 지닌 것을 보게 된다. 그러나 이마저도 일관되지 않아서 두 자루 창을 들고 나간 전사가 마치 창이 하나뿐인 것처럼 행동하는 것도 보게 된다. 예를 들면 파트로클로스는 창 두 자루를 갖고 나갔으나(16:139), 그가 죽는 장면(16:801)에서는 창이 하나뿐인 것같이 그려져 있다. 방패도 옛날 것은 아이아스의 것(7:219; 11:485; 17:128)처럼 몸 전체를 감싸는 반구형 혹은 8자형이었는데, 나중에는 안쪽에 왼팔을 끼우고 손으로 손잡이를 잡는 둥근 것으로 바뀌었다. 이러한 방패의 묘사도 마찬가지로 혼란되어 있어서 다른 경우에는 둥근 '손 방패'를 지닌 듯 그려지다가, 어떤 때는 갑자기 '몸 방패'인 것처럼 그려진다(예를 들면, 6:117의 헥토르, 15:645의

쪽에 청동을 입힌 것이다. 그가 나오는 것을 보고 이번에는 헥토르가 갑작스런 두려움을 느낀다. 아이아스는 여기서 자신을 아킬레우스 다음 가는 전사로 소개한다. 아킬레우스는 전투에서 빠져 있지만, 이렇게 도처에서 다른 인물들에 의해 상기되고 있다.

아이아스와 헥토르의 대결

이 대결은 이 작품에 등장하는 대결 중에서 타격 교환 횟수가 가장 많은 것이다. 그 진행 과정을 자세히 살펴보면 형세는 아이아스 쪽에 유리하게 기울어 있다. 헥토르는 아이아스가 나서는 것을 보고 갑작스런 두려움을 느끼지만, 물러서지 않고 상대의 위협에 응수한다. 자기를 여자나 어린아이 취급하지 말라고. 한데 여기서 그가 제 자랑으로 늘어놓는 말들에 약간 주목할 점이 있다. 그는 자신이 전투법을 잘 알고 있다면서, 전차로 돌진하는 법, 접근전에서 몸 놀리는 법 등을 예로 드는데, 그 가운데 방패를 오른쪽 왼쪽으로 돌릴 줄 안다는 말이 들어 있어서다. 이것은 '몸 방패'와 구별되는 '손 방패'의 사용법으로서, 시인이 이 작품을 만들 때는 이 방패가 도입된 지 얼마 되지 않은 시기여서, 이런 전투 기술이 소개된 게 아닌가 하는 추측을 불러일으킨다.

어쨌든 대결의 공식에 따라 두 사람이 각기 위협을 가한 후에, 먼

페리페테스). 반대로 아이아스는 '몸 방패'를 걸치고 나섰는데, 갑자기 둥근 방패를 든 것처럼 그려지기도 한다(7:267, 한복판에 배꼽이 있으면 둥근 손 방패다).

저 헥토르가 창을 날린다. 하지만 그것은 상대의 방패에 막힌다. 저 유명한 아이아스의 방패의 마지막 한 겹을 뚫지 못한 것이다. 다음으로 아이아스가 던진 창은 좀더 점수를 얻는다. 그것은 헥토르의 방패를 뚫고 가슴받이마저 뚫고서 웃옷까지 찢은 것이다. 하지만 부상을 입히지는 못했다. 헥토르가 조금 전에 자랑했던 기술을 발휘하여, 춤추듯 몸을 틀면서 창끝을 피했기 때문이다. 사실 바깥에 방어 장비를 겹겹이 두른 상태에서 몸을 트는 것이 가능한지 의심스럽지만, 창이 맞기 전에 몸을 돌려서 상처가 나지 않을 쪽이 찢어졌다는 뜻으로 보면 안 될 것도 없다.

이제 두 사람은 각기 자기 창을 뽑아서 다시 공격을 시도한다. 이번에는 좀더 거리가 가까워진 모양이다. 찌르기 기술을 이용한다. 헥토르가 상대의 방패 한가운데를 찌른다. 왜 틈을 노리지 않고 방패를 찌르나 의문이 들 수도 있겠지만, 아이아스의 것은 몸 방패임이 분명하니 방패 밖으로 드러난 데가 없어서, 힘으로 방패를 뚫어야 상대에게 부상을 입힐 수 있다. 하지만 방패에 막혀서 창끝이 구부러지고 만다. 청동 창이니 그러기 쉽다. 아이아스도 상대의 방패를 찌른다. 그것은 방패를 뚫고 헥토르의 목을 스친다. 검은 피가 솟는다.

헥토르는 물러서지 않고 곁의 돌을 들어 던진다. 아이아스의 방패에서 청동이 요란하게 울린다. 아이아스는 더 큰 돌을 집어 들고 빙빙 돌리다 상대의 방패를 향해 던진다. 방패가 찢어지고 돌은 헥토르의 무릎을 내리친다. 그는 쓰러지지만 아폴론의 도움으로 다시 일어난다. 두 사람이 칼로 맞서려는 순간 양 진영에서 달려온 전령들이 개입한다. 두 사람 다 제우스의 사랑을 받는 훌륭한 창수들이고, 밤이 다가왔으니 대결을 그치라는 것이다. 아이아스는 헥토르의 결정에 따르겠다고 말하고, 헥토르는 선물을 교환하고 헤어지자고 제안한다. 그러면서 그는 칼과 칼집, 그리고 가죽끈을 건네준다. 아이아스는 답례로 자줏빛 혁대를 준다. 두 사람이 각자 자기 진영으로 돌아가자, 헥토르의 동료들은 그가 살아 돌아온 것을 기뻐하고, 아가멤논은 아이아스가 승리한 것을 기뻐한다. 공식적으로는 누가 이겼다는 판정이 없었지만 사람들이 보기에도 아이아스가 우세했던 모양이다.

이 대결에서 두 사람은 매번 같은 방식으로 상대를 공격했다. 한데 헥토르는 항상 상대에게 별 타격을 주지 못하는 반면에, 아이아스는 언제나 약간은 타격을 입혔다. 그래서 이 대결은, 지나간 9년간의 전쟁이 아마도 그러했을 것처럼, 대체로 균형을 이루는 가운데서도 전체적으로 희랍군이 유리한 것으로 그려진 이날 전투의 마무리로서 잘 어울린다. 또한 쓰러질 듯 쓰러질 듯하면서도 끝까지 버티는 헥토르의 모습에서, 우리는 불리한 가운데서도 결코 굴복하지 않는 트로이아의 끈질김을 본다. 한편 헥토르가 창에 목을 스친 것은 불길한 조짐이다. 이는 그가 앞으로 당할 죽음을 미리 보여 주는 것이다. 우리는 22권에서 그가 목 부근에 치명상을 입고 쓰러지는 것을 보게 될 것이다.

두 사람이 주고받은 선물은 후대에 좀 안 좋은 이야기로 발전했다. 소포클레스의 비극 『아이아스』에 따르면, 헥토르는 아이아스에게

서 받은 가죽끈에 발목이 꿰어 마차에 묶인 채로 끌려다니다 죽었다
하며, 아이아스 자신은 헥토르에게 선물 받은 칼로 자결하게 되는 것
이다. 그래서 이 일화는 원수에게서 받은 선물은 선물이 아니라는 속
담의 근원이 된다. 이것은 후대에 나온 얘기니까 그렇다 하고, 지금
이 부분에서 그 선물들에 의미를 부여하자면 우선 이것이 승패의 상
징이라 할 수 있을 듯하다. 헥토르가 전사의 생명이라 할 칼을 상대에
게 내어 준 반면에, 아이아스는 별로 중요한 무장이라 할 수 없는 아
름다운 혁대를 선물했기 때문이다. 우리는 23권에서도 아이아스와
디오메데스가 무장 모의대결을 벌이고, 분위기로 보아 승자가 되었
을 법한 디오메데스가 상으로 칼을 받는 걸 보게 될 것이다. 반면에
혁대는 이미 4권에서 좀 안 좋은 인상을 얻었는데, 메넬라오스 부상
장면에서 그의 혁대가 피 묻은 채 등장했기 때문이다.

그리고 아이아스가 받은 선물은 단순히 육체적인 힘의 우위만을
보여 주는 것은 아니다. 이것은 희랍군 쪽의 아량을 보이는 것이기도
하다. 대결을 계속하자고 고집해서 헥토르를 제거할 수도 있었는데,
그냥 거기서 그쳤기 때문이다. 이날의 마지막에 놓인 이 대결이 화해
로 끝나는 것은, 『일리아스』 전체가 화해로 끝나는 것과 일치하는데,
사실 이날은, 그 중심 부분을 차지하는 디오메데스의 수훈기도 글라
우코스와의 화해로 끝나고 있어서, 부분들과 전체가 닮은꼴이다. 그
런데 『일리아스』의 시인이 새로운 덕으로 내세우는 이 아름다운 화
해들은 모두 물건으로 외형화되어 우리 앞에 나타난다. 아이아스가
받은 칼, 디오메데스가 얻은 황금 무장, 아킬레우스가 받은 헤아릴 수

없는 선물이 그것이다. 이 화해들은 희랍 영웅이 우월한 상황에서, 아량으로 허락한 것이다. 그래서 제우스는, 아킬레우스의 화해를 '영광'(24:110)이라 칭한다. 이 영광은 이전에 없던 새로운 종류의 것이다.

이 대결은 구조적으로 앞뒤를 연결한다

이 대결은 전투 첫날의 마지막에 놓인 것으로, 메넬라오스와 파리스 사이에 벌어졌던 첫 대결과 짝을 이루어, 이날의 앞뒤에서 중간의 전투를 감싸고 균형을 잡아 주는 역할을 한다. 그러니까 이 대결은 등장인물들이 뭔가 원하는 바가 있어서라기보다는, 독자와 청중을 위해 벌어진 것이란 말이다. 사실 구조를 생각하지 않는다면, 현실적으로 같은 날 두 번이나 약정 대결이 벌어진다는 건 이해하기 힘들다. 이상한 일 아닌가? 첫 대결에서 트로이아 쪽이 맹세를 어겨 놓고 막판에 다시 약정 대결을 하자는데 왜 아무 반발도 나오지 않는가? 신에게 그 책임을 떠넘기는 것(헥토르의 말, 7:69)으로 충분하단 말인가? 또 이날 전투가 너무나 격렬해서 다음날은 시신 수습을 위해 서로 휴전을 해야 할 정도인데, 여기서 아무 상도 걸지 않고 그저 힘을 겨뤄 보자는 게 이상하지 않은가? 그러나 이 대결이 있음으로 해서 아주 근사한 구조가 생겨났다. 그걸 생각한다면 모든 부자연스러움을 감수하고라도 이런 대결을 끼워 넣을 만하다(사실 조금 너그럽게 생각하자면, 영웅들의 세계에는 늘 명예 다툼이 있기 때문에, 실리와 무관하게 물리적으로 도전하고 응전하는 게 아주 이상하진 않다).

　이 대결이 첫 대결과 짝이 된다는 것을 세부적으로 좀더 살펴보

자. 이 대결은 우선 그것이 제안되고 준비되는 과정에서 첫 대결과 많은 유사점을 보이고 있다. ①트로이아 쪽에서 먼저 대결을 제안한다, ②희랍 쪽에서 제안을 받아들이자 이번에는 제안자가 두려움을 느낀다, ③제비를 뽑는다, ④군사들이 기도를 드린다 등등. 그러나 이 대결에서는 희랍군이 처음엔 망설이고 두려워한다는 점, 무장 장면이 특별히 길게 다뤄지지 않고, 거리 재기와 공격 순서 정하기가 생략된다는 점 등으로 해서 첫 대결과 너무 유사해지는 것은 피할 수 있었다. 물론 앞의 대결은 전쟁 원인을 제공한 당사자들 사이의 것이고, 뒤의 것은 전쟁을 이끌어 가는 사람들 사이의 것이란 차이도 있다. 그러니 이 대결은 앞의 것과 같고도 다른 것이다.

한편 내걸린 조건으로 보자면 이 대결은 『일리아스』 전체의 마지막 대결(아킬레우스와 헥토르)과 연관되어 있다. 여기서 헥토르가 패자의 시신을 장례 지내도록 돌려주자고 제안한 것은, 22권에서 그가 아킬레우스에게 치명상을 입고 나서 요구하는 것과 같다. 사실 시신을 반환하자는 제안은, 대결 결과로 보나 애당초 대결을 제안하게 된 과정을 보나, 이 대결에서는 아무 쓸 데 없는 것이다. 이 대결은 서로 끝장을 보기 전에 중단되는 데다가, 헥토르가 죽지 않으리라는 것은 이미 신이 보장했기 때문이다. 따라서 사실상 현재의 맥락에서는 필요 없는 이 제안이 여기 놓인 것은 시인이 이 대결을 뒤의 일들과 연관시키려 했기 때문이다. 시인은 이렇게 사건들을 앞뒤로 연결하여 전체를 하나로 묶고 있다.

희랍군이 방벽을 세우다

긴 전투를 마친 이들은 제우스께 제물을 바치고 식사한다. 아가멤논은 아이아스에게 쇠고기의 특별한 부분을 상으로 준다. 전체적으로 보자면 이날의 가장 큰 수훈자는 디오메데스인데, 마지막 대결의 인상이 너무나 강했기 때문일까? 어쩌면 이 시상(施賞)은 1권에서 아킬레우스가 이미 지적한 바 있는 불공평한 분배를 다시 보여 주는 것인지도 모른다. 아킬레우스의 대역인 디오메데스는 아킬레우스처럼 특별한 상을 받지 못하고 그 큰 공이 무시되었다.

식사 후에 네스토르는 다소 놀라운 제안을 한다. 날이 밝으면 전투를 쉬고, 이날 쓰러진 전사들의 시신을 모아 화장하자는 것이다. 거기까지는 이해가 되는데, 정말 놀라운 것은 그 다음 말이다. 화장한 유체를 모아 묻고 봉분을 만든 다음에, 거기에 의지하여 탑들을 세우고 그 바깥에는 호를 파서 적의 접근을 막자는 것이다. 튼튼한 문을 달고 전차길을 만들자는 것을 보니 그 탑들 사이를 울타리로 연결하자는 것 같다. 아니, 이제까지 9년 동안 희랍군은 울타리도 없이 지내왔단 말인가? 그리고 이날의 전투를 상당히 성공적으로 치렀는데 갑자기 방어 수단을 갖추자는 것은 대체 무슨 의도에서인가? 우리는 이 장면도, 전쟁의 시초에 있었던 일을 재현하는 것으로 보아야 할 것이다. 앞에서도 말했지만 작품이 새로 시작되었으니 전쟁도 다시 시작되어야 하는 것이다. 하지만 다른 설명도 불가능한 것은 아니다. 이전까지는 아킬레우스라는 엄청난 전사가 있었기 때문에 희랍군은 아무 걱정을 할 필요가 없었다. 트로이아군은 거의 성 밖으로 나오지도 못했던 것이다. 한데 이제 저 최고의 전사가 출전을 거부하였으니, 앞으로는 일이 그렇게 쉽지 않을 것이다. 그러니 희랍군의 뒤늦은 방벽 구축은 『일리아스』가 시작되고 나서 생긴 상황의 변화를 반영하는 셈이다.

좋은 작품에서 일어나는 사건은 여러 층위를 갖고 있어서 아주 다양한 해석의 가능성을 제공하는데, 지금 이 사건도 그렇다. 희랍군의 방벽은 희랍군 진영을 일종의 도시로 만들어 준다. 우리는 이 작품에서 트로이아의 함락을 볼 수 없기 때문에 도시가 직접 공격당하는 모습을 볼 수 없다. 한데 앞으로 벌어지는 전투의 새로운 국면에 이 방벽이 공격을 당함으로써, 트로이아 공격 장면의 대용이라 할 것이 나오게 된다. 그러니 이제 곧 벌어질 축성 공사는 전투의 새 국면을 준비하는 것이다.

한편 트로이아 성내에서도 회의가 열리고 있다. 안테노르가 제안한다. 헬레네와 그녀에게 딸린 보물들을 내어 주자고, 자기들은 맹약을 어겼다고. 이 인물은 트로이아의 현자로서, 나중에 이탈리아 북부로 옮겨가 새로운 왕국을 세웠다고 전해지기도 한다. 그러자 파리스가 반대하며 다른 제안을 한다. 헬레네는 돌려줄 수 없으나 재물만큼은 보낼 수 있으니, 다른 것까지 덧붙여서라도 보내자고. 항상 자식들에게 관대한 프리아모스는 파리스의 제안을 지지한다. 날이 밝는 대로 전령을 보내 희랍군의 의사를 물어보기로 하고, 시신들을 장례 지낼 때까지 휴전하자는 제안을 덧붙여 보낸다.

다음날 전령 이다이오스가 희랍군들에게 가서 전날의 결정을 전한다. 디오메데스가 나서서 거절을 통보한다. 재물만 받는 것은 말도 되지 않으며, 헬레네를 돌려주겠다 해도 이제는 이미 늦었다는 것이다. 트로이아인들이 곧 멸망하리라는 것이 누구의 눈에도 분명하기 때문이란다. 어제의 전투에서 가장 큰 공을 세운 전사이니 이런 낙관적인 전망을 갖는 것도 당연하겠다. 어떤 학자는 이 작품 내의 전투 장면이 세 단계로 되어 있는데, 지금 이 대목에서 그 두번째 단계가 뚜렷하게 드러난다고 보기도 한다. 그런 설명에 따르면 세 개의 대결이 그 세 단계의 상징이다. 첫 대결에서 우리는 헬레네와 그녀의 재물이 대결의 상으로 놓인 것을 보았다. 두번째 대결인 아이아스와 헥토르의 대결에서는 그것과 무관하게 오로지 명예만이 승리의 상으로 놓였다. 이제 전투는 전사들이 명예를 놓고 다투는 단계로 들어섰다는 것이다. 그리고 그것이 명시적으로 드러난 것이 바로 지금 디오메데스의 이 발언이라는 것이다. 세번째 단계는 서시에 제시되었던 복수 주제가 전면에 드러나는 시기이다. 우리는 마지막 대결에서 헥토르의 목숨이 대결의 상으로 놓이는 것을 보게 될 것이다.

디오메데스의 이 발언은 동료들의 지지를 받고, 아가멤논이 마지막으로 나서서 정리하는 발언을 한다. 시신을 거두어 화장하자는 제안에는 동의한다고. 그래서 양쪽 군대는 전몰자의 유해를 수습하기 시작한다. 알아볼 수도 없게 흙먼지로 더러워진 시체들을 물로 씻어 실어 온다. 장작더미에 올려 놓고 태운다.

다음날 날이 밝기도 전에 화장장에 모인 희랍군은 거기 흙을 덮어 큰 무덤을 만들고 거기 의지하여 방벽을 쌓는다. 바깥에는 호를 파고 그 안에 말뚝을 박아 넣는다. 올림포스의 신들이 그것을 내려다보고 있는 중에, 포세이돈이 불평한다. 그의 불만은 두 가지다. 하나는 희랍인들이 신들께 헤카톰베(hekatómbê, 희생제물 백 마리를 바치는 제사)도 바치지 않고 성을 쌓기 시작했다는 점이다. 다른 하나는 이 방벽 때문에 자기와 아폴론이 쌓은 트로이아 성의 명성이 잊히리라는 것이다. 제우스는 포세이돈에게, 희랍인들이 떠나고 나면 그 방벽을 흔적도 없이 쓸어 버리라고 허락한다. 아마도 호메로스 당시에 희랍군의 방벽이 흔적도 없었다는 것에 대한 원인 설명으로 들어간 구절이리라. 물론 인간들의 노력이 장기적인 관점에서는 거의 헛일이라는 인식도 여기 들어가 있을 것이지만.

희랍인들은 하루 만에 공사를 끝내고 잔치를 벌인다. 특이하게도 여기서 고대 사회의 교역의 흔적이 드러나는데, 렘노스를 다스리고 있는 이아손의 아들 에우네오스가 청동이나 쇳덩이, 가축, 짐승가죽, 포로 등을 값으로 받고서 이들에게 술을 제공했다는 것이다. 트로이아 전쟁 한 세대 전에 있었던 아르고 호의 모험이 슬쩍 암시되는 순간이기도 하고, '고대사'가 보충되는 대목이기도 하다. 하지만 제우스는 잔치를 벌이는 이들에게 우레를 쳐서 이제 자신이 어떤 일을 할 것인지 예고했고, 모두가 두려움에 질린다.

⬥ 그들은 친구로 헤어졌다 ⬥

헥토르와 아이아스의 대결은 22권을 넘어 그 뒤의 일들과도 연결되어 있다. 헥토르는, 자신이 이기더라도 상대의 시신을 돌려줄 것이라 약속하고, 상대의 무덤이 자기에게 명예를 주리라고 자신한다. 후세 사람들이 그것을 보고 '영광스런 헥토르에게 죽임 당한 자'의 무덤이라고 말하리라는 것이다. 그러나 우리는 24권 끝에서 그 자신의 시신이 반환되고 그의 무덤이 만들어지는 것을 보게 된다. 그는 또 선물 교환을 제안하면서 후대 사람들이 '헥토르와 아이아스가 친구로 헤어졌다'고 말하리라고 하는데, 이 말은 거의 묘비명같이 들린다. 작품 마지막에 묘비명 받을 상태에 처하는 것은 그 자신이다.

대결이 끝맺는 방법도 이 서사시의 끝을 생각하게 한다. 이 대결은 한쪽 당사자의 죽음으로 끝나지 않고, 누가 더 강한지 서로 견주어 보는 운동경기같이 끝맺고 말았다. 이런 결말은 아킬레우스와 프리아모스의 화해를 보여 주는 24권을, 그리고 그 직전에 희랍군 영웅들 사이의 화해를 보여 준 23권을 생각하게 한다. 아킬레우스는 아이아스와 오뒷세우스의 레슬링 대결 중간에, '둘 다 승자'(23 : 736)라고 선언하고 경기를 중단시키는데, 이는 '둘 다 훌륭한 창수'(7 : 281)라고 말하며 대결을 중단시키는 이다이오스의 행동과 유사하다. 그러니 결국 첫 대결이 전쟁의 시작을 보여 주는 것처럼, 이날 끝 대결은 이 서사시의 끝을 보여 주는 것이다. 이 작품의 앞 부분에서는 트로이아 전쟁이라는 보조적 주제(일반 주제)가, 뒷부분에서는 아킬레우스의 분노라는 중심 주제(특수 주제)가 두드러지는 경향이 있다.

사실 첫 대결은 『일리아스』라는 작품에겐 거의 치명적인 것이다. 전쟁이 거기서 끝나서, 이 서사시가 펼쳐질 기회가 사라질 수도 있었기 때문이다. 반면 뒷대결과 거기 딸린 사건은 『일리아스』를 있게 한다. 우리는 곧이어 트로이아 쪽에서 헬레네의 재물을 돌려주겠다고 제안하는 것을, 그리고 디오메데스가 앞장서서 그 제안을 거부하는 것(7 : 400 이하)을 보게 된다. 헬레네 문제의 당사자라고 할 수 있는 메넬라오스는 이런 논의에서 배제된다. 전쟁은 이제 자체 동력으로 전진하기 때문이다. 메넬라오스가 헥토르와 대결할 후보 명단에서 재빨리 제거된 것을 보라!

Ilias

Ⅲ. 전투 둘째 날
: 희랍군 패주의 날

「벼락을 던지는 제우스」, 도도네 출토 청동상(기원전 470년경)

전투 둘째 날 희랍군이 공포에 질려 퇴각하는 가운데, 디오메데스는 네스토르와 함께 트로이아 쪽으로 진격하려 한다. 하지만 제우스는 벼락을 던져 그의 앞을 막는다. 전투 첫날은 아킬레우스 없이도 잘 넘어갔지만, 둘째 날에는 희랍군이 큰 패배를 겪고 후퇴한다. 이 둘째 날은 제8권, 단 한 권에 그려져 있다. 더구나 가장 짧은 권이다. 어쩌면 시인은 희랍군이 패배하는 장면을 길게 그리고 싶지 않았는지도 모른다. 혹은 이미 들판 전투는 충분히 그렸다고 생각했을 수도 있다.

～～ 8권 ～～

제우스가 다른 신들의 간여를 금하다

8권은 신들의 회의로 시작된다. 제우스는 신들을 모아 놓고 협조를 당부한다. 그는 자기가 어떤 일을 하려는지는 확실히 밝히지 않고, 다만 자신이 "이 일을 되도록 빨리 실현할 수 있게"(8:9~10) 하라고 만 말한다. 혹시 누가 트로이아군이나 희랍군을 도우려다가 눈에 띄게 되면 수치스럽게 매를 맞거나, 아니면 타르타로스(Tartaros)로 던져질 것이라고 경고한다. 그곳은 대지 아래 있는 가장 깊은 심연으로, 문은 무쇠요 문턱은 청동이며 땅이 하늘에서 떨어진 만큼 하데스로부터도 더 내려간 곳으로 되어 있다. 그러면서 제우스는 자기가 다른 신들보다 얼마나 강한지를 과시한다. 황금 밧줄을 하늘에 걸어 놓고 모든 신이 땅 쪽에 매달리고, 자기가 하늘에서 그것을 당기면 모두가 딸려 올라오리라는 것이다. 여기 등장하는 타르타로스의 깊이나 황금 밧줄 이야기는 고대부터 유명하던 것이다.

　　다른 신들은 모두 침묵을 지키는데, 아테네만 대꾸한다. 제우스의 명대로 전쟁에는 참여하지 않겠지만, 혹시 희랍군이 전멸하지 않게끔 조언을 해주어도 되겠냐는 것이다. 늘 아테네에게 상냥한 제우스는 그것을 허락한다. 그러고서 제우스가 '출정'한다. 그의 말들은 황금 갈기에 청동 발굽이다. 제우스는 황금 옷을 입고, 황금 채찍을 들고 나선다. 그는 대지와 하늘 사이를 날아 이데 산에 도착한다. 말을 세워 짙은 안개로 두르고, 자신은 산정에 앉아 트로이아 도시와 희랍군의 함선을 내려다본다. 1권에서 테티스에게 했던 약속이 이제야 실행될 참이다.

희랍군의 패주

이날 전투의 전반부는 일반적인 묘사만으로 되어 있어서, 우열도 그려지지 않고 그저 오전 내내 전투가 치열했다고만 되어 있다. 그러나 해가 중천에 이르자 제우스가 양군의 운명을 저울에 달고, 희랍군의 운명이 땅에 처진다. 우리로서는 무거운 쪽이 이기는 것으로 생각하기 쉽지만, 땅은 죽음의 방향이기 때문에 땅으로 처지면 죽음을 당하는 것으로 되어 있다. 그리고 우리는 앞으로도 이 저울이라는 요소를 몇 차례 더 만날 터인데, 여기서는 일반적인 전세를 결정(혹은 공표)하기 위해 나오지만, 점차로 강하게 개인들과 연결되게 될 터이다. 이 저울이 어디서 유래했는지는 나중에 다시 보기로 하자. 우선 여기서는 혹시 이것이 이집트에서 온 것이 아닌가 하는 의혹이 있다는 것만 지적하자. 참고로 이집트에는 마트(Maat)라는 신이 있어서 죽은 자의 심장을 자신의 깃털과 비교해서 달아 보고, 그 심장이 자기 깃털보다 가벼우면 그 죽은 자를 곁에 있던 괴수가 삼키는 것으로 되어 있다.

이제 제우스는 희랍군들 사이로 천둥과 벼락을 보낸다. 이에 희랍의 영웅들이 모두 두려워 물러선다. 고대인들은 신의 전조에 민감하다. 다만 늙은 전사 네스토르만 버티고 있는데, 사실은 그가 특별히 용기가 있어서가 아니라, 그의 말이 파리스의 화살에 다쳤기 때문이었다. 이 장면은 특별한 조명을 받고 자세히 묘사되어 있다.

> …… 그의 말은 맨 앞쪽 갈기털이 두개골 위에
> 나 있는 정수리를 맞았는데 이곳은 치명적인 급소이다.
> 그리하여 화살이 골 속으로 들어가자 말은 괴로워서 뛰어올랐고
> 청동 활촉 주위로 몸부림치며 다른 말들을 당황케 했다.(8:83~86)

첫날 첫 단독 대결에서 수치를 당했던 파리스는, 사람이 아니라 말을 맞힌 것이긴 하지만, 이날의 첫 수훈자가 되었다. 말 주인인 노인은 곤경에 빠졌다. 노인이 말고삐를 칼로 끊으려 애쓰는 사이, 헥토르까지 그에게로 닥쳐온다. 다행히도 디오메데스가 그를 발견한다. 어제의 수훈자였지만 이 전체적인 후퇴 국면은 혼자 힘으로 거스를 수 없다고 생각한 것일까? 그는 오뒷세우스를 불러 함께 맞서기를 청한다. 하지만 오뒷세우스는 그걸 듣지 못하고 그냥 지나가 버린다. 어떤 사람은 여기서 꾀 많은 오뒷세우스가 일부러 못 들은 척하고 지나간 것으로 읽기도 한다. 어쨌든 오뒷세우스의 체면이 약간 손상되는 순간이다.

디오메데스는 일단 노인을 구해 냈지만, 곧장 돌아서지 않는다. 노인의 전차는 그의 마부와 자기 마부에게 맡겨 놓고, 자신은 노인과

한 조를 이루어, 다가오는 적들과 맞선다. 이런 선택은 노전사의 위신을 높여 주는 의미가 있다. 실제 전투에서라면 젊은 스테넬로스가 디오메데스의 동반자로 더 도움이 될 것이다. 그렇지만 그 자신의 회고담 속에서와는 달리, 작품 속 전투에서 실제로는 한 번도 공을 세운 적 없는 네스토르에겐 보조자로서라도 활약할 기회가 필요하다. 더구나 그는 방금 말을 한 마리 잃어서, 희랍군 중 유일하게 피해를 당한 사례로 기록되지 않았던가?

이제 두 사람은 헥토르에게로 달려간다. 디오메데스는 그를 향해 창을 날리나 약간 빗나가서 헥토르의 마부를 쓰러뜨린다. 헥토르가 마부 역할을 해줄 다른 사람을 찾는 사이에 디오메데스는 전세를 뒤집어 보려고 한다. 전체적인 후퇴 국면에 겨우 한 사람 쓰러뜨린 것으로 전세를 뒤집으려 한다는 게 좀 우스울 수도 있지만, 헥토르는 늘 전체 전세를 대표하는 사람이다. 그리고 어쩌면 이 이야기는 겨우 몇 사람이 전투하던 옛날 상황을 기반으로 한 것일지도 모른다. 중요한 사람이 상당한 타격을 당하면 곧장 전세에 영향이 간다(현대의 축구 경기를 생각하면 쉽게 이해가 갈 것이다).

하지만 제우스는 디오메데스 앞에 번개를 던져 자신의 뜻을 알린다. 그러자 노인이 그를 설득한다. "오늘은 아무래도 헥토르의 날인 것 같다. 다음을 기약하자"고. 디오메데스는, 자기를 쫓아 버렸다고 헥토르가 자랑할 것을 염려하지만 결국 후퇴 대열에 합류한다. 아닌 게 아니라 헥토르가 뒤쫓으며 모욕을 가한다. 디오메데스는 자기를 여자에 비기는 이 모욕에, 참지 못하고 돌아서 반격하려 하지만,

제우스가 세 번이나 우레를 울려 그것을 막는다. 바로 엊그제 신까지 제압하고 빛나던 디오메데스의 명예는 이제 보잘 것 없이 실추되고 말았다. 한데 놀라운 것은 이 '패배 국면'에 희랍군의 그 어떤 실질적인 피해도, 트로이아 쪽의 그 어떤 전공도 구체적으로 그려지지 않는다는 점이다. 이 패주는 단지 모든 희랍군이 제우스의 뜻을 알아챈 데서 비롯된 것일 뿐이다.

헥토르는 방벽과 해자를 비웃고, 이제 함선을 불태울 것을 생각한다. 그는 자기 말들을 격려한다. 그는 남들과 달리 네 마리 말이 끄는 전차를 타고 있다. 하나하나 이름을 부르며, 자기 아내가 그들을 돌보던 정성을 기억하라고 부추긴다. 19권에서 아킬레우스가 자기 말들을 꾸짖는 장면과 비견될 대목이다. 그는 네스토르의 황금 방패와, 헤파이스토스가 만들었다는 디오메데스의 가슴받이를 빼앗을 기대에 부풀어 있다.

> "크산토스여, 그리고 너 포다르고스여, 그리고 아이톤과 고귀한 람포스여,
> 이제야말로 너희를 먹인 값을 하라. 마음이 너그러운 에에티온의 딸
> 안드로마케가 얼마나 잘 먹여 주던가. 그녀는 맨 먼저
> 너희들 앞에 마음을 즐겁게 해주는 밀을 갖다 놓았으며,
> 또 그녀의 마음이 내킬 때면, 마시라고 포도주도 섞어 주곤 했지.
> 그것도 그녀의 건장한 남편임을 자부하는 나보다도 먼저 말이다."
> (8:185~190)

이날 전투에서는 말들이 크게 주목을 받고 있다. 조금 전에 쓰러진 것은 네스토르의 보조마이다. 평소에 두 마리가 끄는 전차에 말 한 마리를 더 달고 나갔는데 그 말이 희생된 것이다. 우리는 16권에서도 파트로클로스의 보조마가 쓰러지는 것을 보게 될 텐데, 이 두 말은 양 진영 간에 희생이 교환되는 긴 연쇄의 출발점이 되고 있다. 우리는 방금 말 한 마리가 희생되는 것을 보고, 이어 상대편의 마부가 쓰러지는 것을 보았다. 우리는 16권에서도 같은 일이 벌어지는 것을 보게 될 것이다. 지금 이 말의 죽음은, 두 진영의 마부와 창수가 잇따라 보복 살해되고, 하나가 다른 이의 죽음을 예고/예시하는 긴 계열의 시작인 것이다. 그리고 디오메데스가 네스토르에게 맡기는 자기 말들은 첫날 전투에서 아이네이아스에게 빼앗은 것이다. 어쩌면 말과 사람의 교환은 이미 거기서부터 시작된 것인지도 모르겠다. 사실 이것은 당연한 것으로, 이 서사시에서 말들은 거의 사람 같은 대접을 받고 있기 때문이다. 방금 본 것처럼 헥토르의 말들은 포도주까지 마시며 지냈다. 16권에서 파트로클로스의 말은 사람처럼 오른쪽 어깨(16:468)에 창을 맞아 쓰러진다. 헥토르가 자기 말들을 격려하는 위의 인용문은 사르페돈이 글라우코스를 격려할 때(12:309~321)와 같은 표현으로 되어 있다.

한편 이렇게 희랍군이 급박하게 쫓기고 있는 상황에 분노한 헤라는 제우스의 뜻을 거슬러 볼까 시도한다. 그녀는 포세이돈을 부추겨서, 전세를 희랍군에게 유리하게 돌리고 제우스를 제지하려 하지만, 포세이돈은 제우스와 다투기를 거부한다. 남자들은 힘의 우열에 민감하다.

호 앞의 전투

이제 희랍군은 모조리 호(壕)의 안쪽에 갇히게 되었다. 아가멤논은 자줏빛 큰 옷을 들고 진영의 중앙에 선다. 그것을 흔들어 동료들의 주의를 끌려는 모양이다. 오뒷세우스의 배가 있는 곳이다. 이곳에서 외치면 진영 양끝에 있는 아킬레우스의 막사와 아이아스의 막사까지 소리가 잘 들리기 때문이다(시인은 진영이 어떻게 배치되어 있는지 미리 그려 놓지 않고 필요할 때마다 조금씩 드러내는 기법을 쓰고 있다. 마치 '미니멀리즘' 영화 같다).

그는 부하들의 수치심을 자극한다. "어제 잔치 때는 포도주를 마시며 큰소리치더니, 지금은 헥토르 한 사람에 쫓겨 배가 불에 탈 위기에 처했는가." 그러고는 자신들의 목숨을 위해 제우스에게 기원을 드린다. 눈물을 흘린다. 이미 1권에서 보았지만, 『일리아스』의 영웅들은 이렇게 곧잘 눈물을 흘린다. 제우스는 그를 측은히 여겨 전조를 보낸다. 제우스의 상징인 독수리가 사슴 새끼를 차고 가다가 제우스 제단 앞에 떨어뜨린다. 이것을 보고서 용기를 얻은 희랍군 전사들은 반격을 시작한다.

먼저 디오메데스가 나서고 그 뒤에 다른 대표적인 전사들이 떨치고 나서니, 그 중 일곱이 전날 헥토르와 대결하겠노라고 나섰던 아홉 명에 들어 있던 인물이다. 토아스와 오뒷세우스가 빠지고, 메넬라오스와 테우크로스(Teukros)가 대신 들어갔다. 아무래도 이들이 희랍군의 대표 선수급인 모양이다. 테우크로스는 자기 형 아이아스의 방패 뒤에 "마치 어린애가 어머니 밑에 숨듯이"(8:271) 몸을 숨기고 화살을 날려 연거푸 8명의 트로이아 전사를 쓰러뜨린다. 이런 다소 '비겁해 보이는' 전술을 사용한 것이, 고대에 궁수들에 대한 평가가 좋지 않게 된 이유 중 하나이다.

아가멤논은 이 불리한 국면에 제법 두드러진 성과를 내는 그를 격려한다. 그는 헥토르를 향해서도 거푸 화살을 날리나 그 화살은 계속 다른 사람들에게만 날아간다. 그 희생자 중 하나는 프리아모스의 아들 고르귀티온인데, 그가 죽는 장면 또한 자주 인용되는 것이다.

> 이 자는 아이쉬메에서 출가해 온 그의 어머니, 용모가
> 여신과도 같은 아름다운 카스티아네이라가 낳은 아들이었다.
> 마치 양귀비가 정원에서 자신의 열매와 봄비의 무게를
> 못 이겨 한쪽으로 고개를 숙이듯이, 꼭 그처럼
> 그는 투구의 무게를 못 이겨 한쪽으로 고개를 숙였다.(8:304~308)

다시 날린 화살에 헥토르의 마부가 쓰러진다. 헥토르는 다시 새로운 마부를 구하러 나선다. 그래서 새 임무를 맡은 것이 16권에서 꽤 중요하게 다뤄질 케브리오네스(Kebriones)다. 이제 헥토르는 전차에서 뛰어내리며 돌을 집어 테우크로스에게 던진다. 마침 시위를 당기려던 그의 쇄골을 가격하니, 시위가 끊어지고 손목이 마비되면서 활을 놓치고 무릎을 꿇는다. 아이아스가 급히 방패로 가려 주자,

동료들이 그를 후방으로 실어 간다.

　이제 이날 전투에서 가장 큰 조명을 받던 전사가 퇴장했다. 우리가 방금 본 장면은 사실상 테우크로스와 헥토르의 대결을 좀 넓게 펼쳐 놓은 것이다. 여기서 테우크로스가 쓰러뜨리는 작은 전사 10명은 원래 목표인 헥토르의 대용이다. 헥토르는 나중을 위해 아껴 두어야 하므로 시인은 대신 다른 작은 전사 여럿이 쓰러지게 했다.

　한편 여기서 테우크로스가 부상당하며 활시위를 끊어뜨리는 사건은, 15권에서 그가 역시 헥토르를 겨냥했다가 시위가 끊어지는 일과 연결시켜 생각해야 할 것이다. 이로써 헥토르는 두 번이나 활의 위험을 벗어나게 되는데, 이것은 아킬레우스의 대리인 디오메데스가 먼저 판다로스의 화살에, 그리고 나중에 파리스의 화살에 부상당하는 것(11:369 이하)과 대조된다. (디오메데스가 그 역할을 대신하고 있는) 아킬레우스는 화살에 쓰러질 운명인 반면에, 헥토르의 운명은 활에 죽을 것이 아니기 때문일까? 아킬레우스와 그의 대역은 화살에 약한 반면, 헥토르는 화살에 '면역'이 있다! 한편 8권 내에서 벌써 두 번이나 헥토르의 마부가 죽었다는 사실은 새로운 마부 케브리오네스의 죽음을 예고하고, 최종적으로는 헥토르 자신의 죽음을 예고하는 것으로 보인다. 헥토르의 약점은 그의 마부다!

헤라가 전투에 개입하려다가 실패하다

한 중심적인 전사가 전체의 전세를 대표하는 관습에 따라서, 테우크로스의 부상은 다시 한 번 트로이아군에게 대(大)공세의 기점이 된다. 희랍군은 다시 호 안쪽으로 밀리고, 헥토르는 맨 뒤에 처진 자를 계속 죽이며 추격한다. 희랍군은 이제 다시 전열을 정비하고 버텨 보려 한다(한데 이 대목에서 그들이 '말뚝들과 호를 지나 배들 곁에' [8:343~345] 멈춘 것으로 되어 있어서 의구심을 자아내고 있다. 호와 함대 사이에 있어야 하는 방벽이 언급되지 않았기 때문이다. 어떤 학자는 한번 방벽을 쌓은 다음에는 시인이 그것이 없는 듯 진행한다고 주장하는데, 셋째 날 전투를 보면 방벽이 무너지는 대목이 있어서, 이런 주장이 꼭 옳은 것은 아니다).

여기서 장면은 신들의 세계로 옮겨간다. 헤라는 제우스의 노여움을 사서 곤란을 겪더라도 희랍군을 돕는 게 옳지 않겠냐고 아테네를 부추긴다. 제우스의 '사랑받는 딸' 아테네도 불만을 터뜨리며 동조한다. 자기가 제우스의 아들 헤라클레스를 도와주었는데도, 제우스는 그걸 기억치 않고 자기의 소망을 무시한다는 것이다. 약간 아이러니가 있는 대목이다. 그 헤라클레스를 곤경에 빠뜨렸던 것은 바로 헤라이기 때문이다. 어쨌든 아테네가 헤라와 함께 희랍군을 도우러 나서기로 한다.

자, 이제 여신의 무장 장면이 펼쳐진다. 5권에서 아테네가 아레스를 부상시키기 전에 나왔던 무장 장면을 약간 줄여서 그대로 옮겼다. 하지만 이들이 이렇게 나서는 것을 알아챈 제우스는 이리스를 보내서 위협을 전한다. 자기가 벼락을 던져서 그녀들의 말들을 불구로 만들 것이고, 그들 자신도 벼락을 맞아 그 상처가 십 년 안에는 아물지 않으리라고. 여기서 먼저 물러서는 것은 헤라다. 인간들 때문에 제우스와 싸우지는 말자고, 운수대로 각 사람이 죽고 살게 버려 두자고. 이 결론은 1권에서 헤파이스토스가 했던 말과 같은 내용이다. 헤라는 아들의 권고를 가슴 깊이 새겨 두었던 모양이다. 이들은 마음이 불편했지만, 다시 올림포스로 돌아가고 만다. 아마도 이렇게 중도에 포기될 출전이었기 때문에 시인도 무장 장면에 큰 힘 쓸 것 없이, 우리가 보기엔 좀 무성의하게 앞의 것을 그대로 옮겨 붙인 모양이다.

이들에 뒤이어 제우스도 올림포스로 돌아온다. 포세이돈이 그의 말을 풀고 수레 위에 천을 덮는다. 말과 마차에 대한 관심이 지극한 권이다. 아테네와 헤라는 멀리 떨어져 앉아 트로이아인들을 해칠 계획을 나누고 있다. 제우스는 자기 힘을 다시 한 번 과시하며, 그들이 자기 말을 듣지 않았더라면 벼락을 맞아서 다시는 올림포스로 돌아오지 못했으리라고 위협한다.

이번엔 헤라가 나서서, 아침에 아테네가 했던 말을 반복한다. 희랍군이 전멸하지 않도록 조언하는 정도는 허락해 달라는 것이다. 하지만 제우스는 아테네에게 부드럽게 답했던 것과는 달리 헤라를 약 올리듯 내일 일을 예고한다. 내일은 트로이아군이 더 크게 희랍군을 도륙할 것이라고. 하지만 이것은 그저 약 올리자고 하는 말이 아니다. 여기서 그의 계획이 드러난다. 이것은 곧 시인의 계획이기도 하다. 그 계획이 그대로 실행되겠기 때문이다. 요즘 식으로 보자면 '스포일러'지만, 옛 사람들이 즐기던 '서스펜스'를 준비하는 장치다. 제우스의 예고는 이렇다.

"……헤라여, …… 내일 아침 …… 이 크로노스의 아들이
아르고스 창수들의 큰 군세를 더 많이 도륙하는 것을 보게 되리라.
사나운 헥토르는 결코 싸움을 그치지 않을 테니까,
걸음이 날랜 펠레우스의 아들이 함선 옆에서 일어설 때까지는.
그날은 함선의 고물 사이에서 그들이 무서운 궁지에 몰려
죽은 파트로클로스를 둘러싸고 싸우게 될 것이오.
이것이 운명의 뜻이오."(8:470~477)

그러니까 희랍군은 함선 곁에까지 몰릴 것이고, 파트로클로스가
죽음을 당할 것이며, 결국 아킬레우스가 출전하게 되리라는 것이다.
다만 한 가지 세부만 여기 빠져 있는데, 바로 제우스의 아들 사르페돈
의 죽음이다. 우리는 그것을 14권에 '제우스 속임' 장면 직후에 듣게
될 것이다. 이제 하루 해가 저문다. 위기에 몰리던 희랍군에게는 다행
이고, 트로이아군에게는 아쉬운 일이었다.

이제 양쪽 군대는 회의를 연다. 헥토르는 어둠이 내려 희랍군을
완전히 몰아내지 못한 것을 아쉬워한다. 그들은 이제 들판에서 식사
하고 야영할 것이다. 아킬레우스 때문에 성 밖으로 거의 나오지도 못
하던 이전과 비교하면 엄청난 변화다. 더욱이 그들은 불을 많이 밝혀
희랍군이 쉽게 도주하지 못하게끔 막으려 한다. 간다면 적어도 큰 피
해를 입고서 쓰라린 기억을 안고서 가게 될 것이다. 또 시내에서는 소
년들과 노인들이 탑 위에서 야영하며 경계하고, 여인들은 집에 불을
크게 밝혀 놓고 파수를 든든히 세워 남자들이 성을 비운 사이에 복병

이 들지 않도록 방비하게 한다. 이 작품 안에 나온 가장 자세한 작전 지시이다.

이제 헥토르는 병사들을 격려한다. 내일이면 배들 곁까지 쳐들어가서, 희랍군을 몰아내리라고, 자신이 디오메데스를 쓰러뜨리게 되리라고(이제 디오메데스의 역할은 끝났는데, 앞을 내다보지 못하는 헥토르는 아직도 그를 주적으로 여기고 있다). 여기서 헥토르의 자신감은 하늘을 찌른다. 그는 자신이 "언제까지나 죽지도 늙지도 않고, 아테네와 아폴론처럼 존경받"기를 희망한다(8:540~541). 그는 언제나 희망과 절망 사이에 요동하는 보통 사람이다.

이제 트로이아군은 화톳불을 피우고 밤새 야영한다. 그 장면을 멀리서 바라보는 듯, 그 화톳불을 하늘에 빛나는 뭇별에 비유한 것이 8권의 끝 대목이다.

☙ 둘째 날의 특징들 ❧

이날의 전투를 요약하자면 결국, 제우스의 저울이 기울자 희랍군이 겁에 질려 후퇴하고, 그러는 가운데 수많은 이름 없는 희랍 전사들이 죽었다는 것이다. 여기서 자세한 묘사는 단지, 디오메데스가 후퇴하는 것은 결코 두려워서가 아니라 반격 능력과 의사가 있음에도 제우스의 뜻에 가로막혔기 때문이라는 것, 그리고 희랍군이 후퇴하는 가운데서도 상당한 반격을 가했다는 것을 보여 주고 있을 뿐이다. 전반적으로는 희랍군이 후퇴하는 국면이지만 세부 묘사를 보면 희랍군의 공이 더 많이 기록되어 있어서, 어찌 보자면 시인이 희랍군을 편드는 것으로 볼 수도 있고, 달리 보자면 이것 역시 시인의 균형 감각이 드러난 것이라 할 수 있겠다.

이 둘째 날은 몇 가지 점에서 첫날과 유사성을 가지고 있다. 우선 첫 전과와 마지막 전과가 그날의 승패를 상징적으로 보여 주고 있다는 점이다. 전날은, 첫 대결부터 희랍 영웅이 승리하는 걸로 시작해서 마지막 대결에서 다른 희랍 영웅이 승리하는 걸로 끝났다. 반면에 이날 전투는 트로이아 영웅이 상대편 말을 부상시키는 데서 시작해서, 다른 영웅이 상대방 궁수를 부상시키는 것으로 끝났다. 이날의 첫 수훈자는 트로이아 전쟁의 원인 제공자 파리스이고, 마지막 수훈자는 '분노' 주제의 초점인 헥토르이다. 그러니 이날도 첫날처럼 (그리고 다른 날들처럼) 『일리아스』 전체와 비슷한 특성을 보인 셈이다. 또 전날의 트로이아군이 디오메데스 한 사람에 떨듯이, 이날의 희랍군은 헥토르 한 사람의 위력에 고전한다. 도식화하면 이렇다.

첫째 날: 대결에서 희랍 쪽 승리(파리스 등장, 일반 주제) ― 대결에서 희랍 쪽 승리(헥토르 등장, 특수 주제)

둘째 날: 희랍 쪽 말이 화살에 부상(파리스 등장, 일반 주제) ― 희랍 쪽 궁수 부상(헥토르 등장, 특수 주제)

한 권 안에 끝나는 이 짧은 둘째 날은, 신들의 장면이 많이 끼어들어 전투 장면이 더욱 적어졌다. 그런데 이 신들의 장면도, 한편 전체를 되돌이 구성으로 만들고, 다른 한편 이날을 전날과 유사하게 만든다. 우선 이날의 맨 앞과 맨 뒤에 신들의 회의가 있다. 전날 엔 시작과 끝에 인간의 회의가 있었다. 또한 이날 신들의 회의에서, 아침엔 그날로 신들 의 개입을 금지하는 제우스의 엄명이 있었고, 저녁엔 앞으로 있을 일에 대한 제우스의 꽤 자세한 예언이 있다. 전날 인간들의 회의에서도, 첫번엔 아가멤논이 그날 희랍군의 사 기를 시험해 보겠다는 의사를 밝혔고, 둘째 번엔 앞날을 위해 방벽과 호를 구축하기로 결정되었었다. 도식화하면 이렇다.

첫째 날: 인간의 회의(군대 시험 계획) — 인간의 회의(방벽 쌓기 계획)
둘째 날: 신들의 회의(개입 금지) — 신들의 회의(앞일 예언)

그 밖에도 이날은 많은 요소들로 되돌이 구성을 보여 준다. 아침엔 제우스가 친히 말 을 몰고 나서고, 저녁엔 헤라와 아테네가 출전 준비를 갖추고 나서다가 돌아선다. 신들의 회의 석상에서, 아침엔 제우스와 아테네가 대화를 나누고, 저녁엔 제우스와 헤라의 대화 가 그 자리에 들어가 있다. 신들의 장면과 인간들의 장면 사이의 상응도 있다. 디오메데 스가 세 번 돌아서기를 시도하다가 제우스의 세 번의 천둥에 물러서듯, 신들에게서도 몇 차례 저항(헤라와 포세이돈, 헤라와 아테네)이 시도되고 있는 것이다.

되돌이 구성은 아니지만 첫날과 이날의 끝부분 사이에 유사점이 더 있다. 인간들의 잔치가 있다는 점이다. 첫날엔 희랍군이, 둘째 날엔 트로이아군이 잔치(또는 잔치와 유사 한 것)를 벌인다. 남은 두 날의 끝엔, 이 두 날과는 대조적으로, 죽은 자에 대한 애곡이 있 게 될 것이다.

그러니까 이 작품은 부분마다 되돌이 구성으로 독자적 완결성을 갖추면서, 한편 다 른 부분들과 호응하고, 거기에 인간 세계와 신의 세계 사이의 호응까지 얹어 복합적으로 전체를 엮어 나가는 것이다.

「아킬레우스를 찾아온 사절들」, 알렉상드르 이바노프 그림(19세기)

전투 둘째 날 희랍군이 대패하게 되자, 희랍 지휘관들은 밤중에 아킬레우스의 막사로 사절들을 보내서 그를 달래려 한다. 그림 전면에, 의자에 앉은 아킬레우스의 팔을 잡고 노인 포이닉스가 간청하고 있다. 그의 발 밑에는 전령의 지팡이가 놓여 있어서, 그가 사절 자격으로 이곳을 방문했음을 보여 준다. 문 쪽의 두 인물 중 앞에 보이는 사람은 오뒷세우스고, 긴 수염에 투구를 쓴 사람은 아이아스로 보인다.

9권은 전투가 전혀 나오지 않는 특이한 권이다. 전체가 회의와 대화로만 이루어져 있어서, 빨리 사건들이 진행되기를 원하는 독자에게는 자칫 지루하게 여겨질 수도 있다. 하지만 이날의 사건이 이 작품을 '아킬레우스의 비극'으로 만들어 주기 때문에 결코 생략할 수 없는 곳이다. 그리고 구조적으로 아주 잘 짜인 부분이어서, 많은 학자들이 9권을 1권, 24권과 더불어, 작품을 최후에 손질한 큰 시인이 거의 새로 만든 것으로 보고 있다. 전체는 맨 앞과 뒤에 희랍군 지휘관들의 회의가 있어서 되돌이 구성으로 되어 있고, 중간은 세 쌍의 연설로 되어 있다. 희랍군 사절 세 사람이 각기 아킬레우스를 설득하려 긴 연설을 하고, 거기에 아킬레우스가 답하는 것이다.

희랍군 지휘관들의 회의

우선 아킬레우스에게 사절들이 파견되게 된 경위부터 살펴보자. 트로이아군이 야영하는 사이에 희랍군 진영은 절망에 빠져 있다. 특히 아가멤논은 걱정이 되어 한밤중에 회의를 소집한다. 혹시나 병사들이 동요할까 염려가 되었던지, 전령을 각 사람에게 보내어 따로 하나씩 부르게 한다. 전체적인 분위기로 보아 모든 병사가 다 모인 것은 아니고 지휘관들만 모인 것 같은데, 아직은 소집 범위가 상당히 넓어서 중간 지휘관들까지 포함된 듯하다. 모두 모이자 아가멤논이 일어선다. 마치 벼랑에서 물을 쏟아 내는 샘처럼 눈물을 흘린다. 제우스가 자신을 속였다고, 이제 수많은 백성을 잃은 채로 고향에 돌아가라 한다고. 그는 트로이아 함락이 이미 틀린 일이라고 생각한다. 동료들에게 고향으로 돌아가자고 제안한다.

첫날에는 아가멤논의 이유 없는 질책을 참고 견디던 디오메데스가 나선다. 그는 왕이 신에게서 권력만 받았지 용기는 받지 못했다고 공격한다. "원한다면 혼자서 가시오. 다른 사람들은 머물 것이오. 아니 다른 사람들마저 다 돌아간다 해도 나는 스테넬로스와 함께 남아 트로이아를 함락할 것이외다." '겸손한 아킬레우스'로 꼽히는 이 인물은 나중에 아킬레우스가 파트로클로스에게 할 말과 비슷한 말을 미리 하고 있다. 그는 이 전쟁이 왜 시작되었는지 짐짓 무시하고, 이제 트로이아 함락에 남자의 명예가 걸린 것으로 간주한다. 그의 말에 다른 사람들이 찬동한다.

하지만 노인 네스토르가 일어나서, '젊은이' 디오메데스의 말이 불완전하다면서 나이 많은 자기 말을 들어보란다. 일단 그의 말은 크게 중요한 내용이 없는 것이다. 우선 식사를 하고 파수병을 세우자는 것이다. 그러면서 2차적인 회의를 소집하라고 권고한다. 특히 아가멤논은 자기 비용으로 원로들을 접대해야 한다고. 그는 일단 아가멤논의 체면을 세워 주고, 뭔가 좀더 좁은 범위의 지휘관들만 모여서 특별논의를 하자는 모양이다. 그래서 그의 제안에 따라 젊은 지휘관들 일곱 명이 각자 백 명씩 인원을 이끌고 호와 방벽 사이 공간에 나가 자리를 잡고 각기 불을 피운다. 아마도 네스토르의 의도는 되도록 젊은 지휘관들을 배제하고 원로들끼리 의논하자는 것인 듯하다.

식사를 마치자 네스토르가 제안한다. 그는 아가멤논의 권위를 인정하는 발언을 상당히 늘어놓은 다음, 또한 그의 책임을 강조한다. 1권의 아킬레우스나 방금 본 디오메데스에 비해 훨씬 노련한 방법이다. 그는 아가멤논이 브리세이스를 빼앗은 걸 비판한다. 지금이라도 선물과 상냥한 말로 그를 달랠 방도를 강구하라고 권한다.

아가멤논은 자신의 어리석음을 인정한다. 제우스가 한 사람의 명예를 높이고자 희랍군을 치고 있다는 사실을 그도 알고 있다. 그는 자기의 잘못을 보상하기 위해 어떤 선물을 보낼 것인지 나열하기 시작한다. 사용한 적이 없는 세발솥 일곱 개, 황금 열 탈란톤, 가마솥 스무 개, 날랜 말 열두 필, 일솜씨가 뛰어나고 아름다운 여인 일곱. 이렇게 통상적인 선물 뒤에 드디어 브리세이스가 언급된다. 그녀는 방금 말한 여인 일곱 가운데 들어가는 것 같기도 하고, 아닌 듯도 하다. 전자로 하면 브리세이스가 대단할 것 없다는 표시가 될 것이다. 아가멤논은 자신이 브리세이스에게 손을 대지 않았다고 맹세한다.

1권 초반에 아가멤논이 크뤼세이스를 보내는 대가로 아킬레우스가 제시한 보상 수준이나, 아킬레우스에게 아테네가 약속한 보상 수준으로 보아, 보통 대등한 사람끼리는 보상 액수가 손실액의 서너 배 되는 것이 상례인 듯하니, 지금 나온 것만 해도 사실 지나치게 많은 감이 있다. 9권의 전체적인 분위기는 자신의 부와 관대함을 강조하는 '포틀래치'[*]의 냄새를 풍긴다. 이렇게 당장 전달할 선물 목록만 해도 대단한데, 거기에다 아가멤논은 트로이아를 함락한 후에, 그리고 고향에 돌아가서 줄 선물의 목록을 덧붙인다. 트로이아가 함락되면 아킬레우스는 황금과 청동으로 배를 가득 채울 것이고, 직접 고른 여자 스무 명을 받을 수 있다, 희랍땅으로 돌아가서는 아가멤논의 사위가 되어 아들인 오레스테스와 동등한 대우를 받을 것인데, 그것도 세 딸 중 하나를 원하는 대로 고를 수가 있다, 지참금은 이제까지 누구도 준 적이 없는 만큼 주겠다, 그리고 그에게 번영하는 도시 일곱을 얹어 주겠다. 여기서 아가멤논은 도시 이름들을 대는데 모두 필로스 근처에 있는 것들이어서, 어떤 학자는 의문을 표시하기도 한다. 거기는 네스토르의 영역이기 때문이다.

아킬레우스가 노여움을 거둔다면 자기가 이 모든 선물을 주겠단다. 하지만 여기에 덧붙는 그의 말이 좀 문제다. 하데스는 굽힐 줄 모르고 양보할 줄 모르고, 그래서 인간들이 가장 미워한다, 그러니 아킬레우스도 양보하는 게 좋다. 그의 마지막 말은, 그가 지금 급해서 아

---

[*] potlatch. 주로 아메리카 대륙의 북서부 지역에 사는 원주민들 사이에서 발견되는 풍습으로, 한 집안이나 한 부족이 엄청난 잔치를 벌이고 다른 집단 유력자들을 초대하여 융숭하게 접대하며 큰 선물을 준다. 심지어 자신들의 부가 얼마나 큰지 과시하기 위해 재물들을 쌓아 놓고 불을 지르기까지 한다. 그 불길이 뜨겁다고 물러앉으면 손님은 주인의 부에 자기가 압도되었음을 자인하는 게 된다. 초대된 손님들은 자기 집단으로 돌아가서 더 큰 잔치를 준비하고 상대방을 초대할 수도 있다. 이와 같이 노동력과 부를 낭비해 가면서까지 자신이 상대보다 우월하다고 내세우는 풍습이 포틀래치이다.

킬레우스를 청하는 것뿐이지, 이전 태도를 바꾼 게 전혀 아니란 사실을 보여 준다. "나는 역시 더 위대한 왕이고, 나이로 보더라도 그보다는 손위라고 자부하는 터이니까."(9:160~161) 우리는 사절로 떠난 오뒷세우스가 이 모든 말을 다 옮기지는 않는 것을 보게 될 것이다. 하지만 아킬레우스는 '유능한 외교관' 오뒷세우스가 그대로 옮기지 않아도, 거만한 아가멤논이 어떤 말을 했을지 다 알고 있는 듯하다. 그리고 아가멤논이 나중에 주겠노라 약속하는 선물들은 아킬레우스로서는 가당치 않은 것이다. 그는 트로이아가 함락될 때까지 살아남을지도 불분명하기 때문이다. 어쨌든 그는 고향으로는 돌아가지 못할 운명이다.

아가멤논이 발언을 마치자, 네스토르가 그의 관대함을 칭찬한다. 그러면서 자기가 사절을 선택하겠다고 선언한다. 포이닉스(Phoinix)와 아이아스, 그리고 오뒷세우스다. 이 세 사람을 두 전령, 오디오스와 에우뤼바테스가 이끌고 갈 것이다. 모인 사람들은 식사를 마치는 의식을 치르고 모임을 파한다. 사절들은 아가멤논의 막사를 나선다.

사절들이 아킬레우스의 막사에 닿다

바로 이 대목에 유명한 문제가 등장한다. 지금 정식 사절은 세 사람이고, 두 명의 전령을 포함해서 전체는 다섯 명인데, 이 대목에서 '두 사람'이 포세이돈께 기도를 드리면서 아킬레우스에게 가는 것으로 되어 있기 때문이다.

그리하여 두 **사람은** 노호하는 바다의 기슭을 따라 걸어가며

아이아코스의 손자의 …… 마음을 쉽게 설득할 수 있도록 해달라고

대지를 떠받들고 대지를 흔드는 신에게 열심히 기도를 올렸다.

그들이 뮈르미돈인들의 막사와 함선이 있는 곳에 이르러 보니

그는 맑은 소리가 나는 수금으로 마음을 달래고 있었다.

…… 전사들의 영광을 노래하고 있었고

그 맞은편에는 파트로클로스가 말없이 혼자 앉아

아이아코스의 손자가 노래를 그치기를 기다리고 있었다.

그래서 두 **사람은** 앞으로 나아갔고 고귀한 오뒷세우스가 앞장섰다.

그들이 그 앞에 멈춰 서자 아킬레우스는 깜짝 놀라

수금을 든 채로 …… 자리에서 벌떡 일어섰다.(9:182~194)

희랍어에는 단수, 복수 외에도, 두 사람이나 물건 두 개를 나타내는 수(쌍수, dual)가 따로 있는데, 지금 이 대목에서 여덟 번이나 그 수가 쓰이고 있다(이 수는 동사와 명사 어미로 표현되기 때문에 우리말 번역에 아주 잘 드러나진 않는다). '두 사람'이 앞으로 나아갔고, 아킬레우스가 '두 사람'을 맞이하는 것이다. 사실 이것은 『일리아스』는 여러 사람의 부분 작업 결과를 대충 편집한 것'이라고 주장하는 학자들에게 좋은 근거가 되어 준다. 그들은 원래 아이아스와 오뒷세우스가 사절이었는데, 나중에 포이닉스가 도입되었으며, 이전에 만들어졌던 구절이 수정되지 않은 채 남아서 이렇게 되었다고 주장한다. 그렇지만 그 학설을 따라서 포이닉스를 완전히 제거한다고 해서 문제가 해결되지는 않는다. 무엇보다도 전체적인 연설의 균형이 무너져서다.

현재는, 오뒷세우스가 상당히 긴 연설을 하고 나면, 포이닉스가 더 긴 연설을 하고, 마지막으로 아이아스가 짧게 한마디 하는 것으로 되어 있다. 그런데 만일 포이닉스의 연설을 전부 없애 버린다면 아이아스의 말이 너무 짧아 전체적으로 균형이 맞지 않게 되는 것이다.

그렇지만 사실 포이닉스가 이 사절단에 낀 것도 좀 문제다. 그는 앞에서는 전혀 언급되지 않았었으므로 아가멤논의 회의에 갈 만큼 중요 지휘관이라고 볼 수 없다. 더구나 그는 아킬레우스의 가족 같은 사람이니 전투에 참여하지도 않았을 것이고, 아킬레우스를 떠나서 혼자 그 막사에 가 있을 이유가 없다. 그러니 시인이 이 인물을 만들어 냈거나, 다른 데서 차용했거나 간에, 이전부터 있던 두 명의 사절 대목에 끼워 넣었다는 것은 사실일 듯하다. 그 와중에 어찌 되었든 문맥에 맞지 않는 구절이 그대로 남아서 문제거리가 되고 말았다. 한데 또 놀라운 것이, 어느 순간 이 쌍수가 사라진다는 점이다. 특히 나중에 포이닉스는 다른 이들과 함께 돌아가지 않고 아킬레우스의 막사에 남는데, 쌍수가 쓰이기 좋은 바로 그 대목이 그냥 복수로 표현되어 있는 것이다. 그래서 학자들은 이 쌍수가 우연히 부분적으로 쓰인 것이니 너무 크게 무게를 두지 말자고 제안하기도 한다. 아마도 시인은 두 명의 전령, 또는 두 사절이 길 가는 걸 표현한 옛 구절들을 가져다 여기 사용한 것 같다. 어쩌면 처음에는 사절을 단지 둘로 짰다가 나중에 셋으로 바꿨는지도 모르겠다. 어찌 되었든 이 부분은 호메로스가 어떤 식으로 작업을 해서 자기 작품을 만들었는지 그 과정을 보여 주는 대목으로 꼽히고 있다. 진화 과정이 기록된 희귀한 화석이라고나

할까? 그 밖에도 이 쌍수가 앞에 가는 두 전령을 언급한 것이라고 하는 설명도 있고, 포이닉스가 먼저 갔고 뒤에 아이아스와 오뒷세우스가 따라왔는데 그 두 사람을 가리킨 것이라는 설명도 있지만, 그들을 보고 아킬레우스가 놀라고 있기 때문에, 누가 많이 앞서 간다는 설명은 별로 받아들여지지 않고 있다.

일행이 도착했을 때 아킬레우스는 사현금(forminx)을 연주하며 전사들의 영광을 노래하는 중이다. 아마도 전문적인 가객이 생기기 전에, 귀족들이 직접 이전 세대 영웅들의 행적을 노래하던 관습이 남은 게 아닌가 해석되는 장면이다. 그 곁에는 파트로클로스가 함께 있다. 사절들이 다가가자 아킬레우스는 깜짝 놀라 일어선다. 그는 자기가 가장 사랑하는 친구들이 왔다고 반긴다. 그들을 막사로 인도해 들이고 접대한다. 식사를 준비하여 손님을 대접하는 전형적인 구절들이 길게 펼쳐진다. 이들은 조금 전에 아가멤논의 막사에서 충분히 음식을 먹고 왔으니 사양할 법도 하건만, 서사시의 영웅들은 먹어야 할 필요가 생기면 또 먹을 능력도 생기는 모양이다. 우리는 24권에서 아킬레우스도 마찬가지로 행동하는 것을 보게 될 것이다.

오뒷세우스의 연설과 아킬레우스의 답변

식사를 마치자, 예절 바른 아이아스가 먼저 노인 포이닉스에게 발언하라고 고갯짓을 한다. 하지만 오뒷세우스가 먼저 끼어들어 발언 기회를 잡는다. 그는 자신들이 큰 파멸의 두려움에 사로잡혔다며, 아킬레우스가 나서지 않으면 배들이 어찌 될지 알 수 없다고 털어놓는다. 그는 특히 헥토르의 자신감을 크게 강조하여 아킬레우스의 경쟁심을 부추기려 한다. 때를 놓치면 그에게도 슬픔이 될 것이니, 늦기 전에 일어서라는 것이다. 그러면서 아킬레우스의 아버지 펠레우스가 아들을 떠나보내며 했던 당부를 상기시킨다. 대체 오뒷세우스가 어떻게 그런 것까지 알고 있나 의구심을 품을 독자도 있겠지만, 보통 아킬레우스를 참전시킨 것은 오뒷세우스로 되어 있으니 충분히 가능성이 있는 일이다. 어쨌든 펠레우스는 아킬레우스에게, 거만한 마음을 억누르고 다툼을 피하라고 권했단다.[*]

곧장 선물 목록으로 돌입했던 아가멤논과는 달리, 이 현명한 사절은 먼저 동지들이 처한 곤경을 밝히고, 아킬레우스의 경쟁심을 부

---

[*] 여기서 잠깐 아킬레우스의 출전에 대한 다른 전승을 다시 보자. 앞에 1권 해설에서 얘기했듯이, 아킬레우스는 전쟁에 가지 않으려고 스퀴로스 섬에 있는 뤼코메데스의 궁정에 숨어 있었다. 아들이 전쟁에 나가면 곧 죽으리라는 것을 미리 안 테티스가 그렇게 시켰던 것이다. 하지만 그가 있어야지 전쟁을 이길 수 있다는 것을 알고, 희랍군들을 오뒷세우스를 시켜서 아킬레우스를 데려오게 한다. 아킬레우스는 이때 여자 옷을 입고 지냈다고 하는데, 희랍땅 최고의 미남인 이 청년은 어찌나 잘생겼던지 여자들 속에서 구별이 되지 않았단다. 하지만 꾀 많은 오뒷세우스가 방물장수로 변장하고 방문하였고, 아킬레우스는 본성을 숨기지 못하고 많은 물건 중에 하필이면 칼을 집어 들어 정체를 들키고 말았다고 한다. 일설에 따르면 밖에서 전쟁 나팔을 불어, 아킬레우스가 급히 칼을 집어 들었다고도 한다. 어쨌든 아킬레우스는 전쟁에 자기가 필요하다는 말을 듣고는 스스로 참전을 택했다고 한다. 이 이야기를 방금 오뒷세우스가 들려준 이야기에 맞춰 넣으면 아킬레우스는 일단 고향으로 돌아가서 아버지를 만나 뵙고 충고도 듣고 떠난 것이 된다. 하지만 이런 식으로 하면 나중에 파트로클로스가 회고하는 것과는 조금 맞지 않게 되니, 또 어려움이 있다. 어쩌면 시인은 다른 전승으로 알려진 이야기는 완전히 무시하고 자기 식의 이야기를 펼치는 것인지도 모르겠다.

추기고, 아버지의 당부를 상기시킨 다음에야 선물의 목록을 제시한다. 목록들의 내용은 조금 전에 아가멤논이 읊었던 것 그대로다. 구송시의 특징이다. 목록을 마치면서 그는 다시 동료들을 불쌍히 여기라는 권고로 돌아간다. 혹시 중간에 아킬레우스의 안색을 살핀 것일까? "아가멤논과 그의 선물이 미울지라도"라는 말을 덧붙인다. "희랍군을 구해 내면 우리는 그대를 신과 같이 섬길 것이오. 그리고 헥토르를 잡을 기회도 되오. 그는 누구도 자신을 당할 수 없다고 믿고서 바짝 다가올 것이외다." 전체적으로 오뒷세우스의 연설은 선물 목록을 가운데 둔 되돌이 구성으로 되어 있다. 뒷부분에 반복되지 않은 것은 아버지의 당부뿐이다.

아킬레우스는, "가슴속에 품은 생각과 하는 말이 서로 다른 사람은 하데스의 문만큼이나 밉소"라는 말로 답변을 시작한다. 이 말은 보통 아가멤논을 겨냥한 것으로 해석되지만, 어쩌면 은근히 오뒷세우스를 겨냥하고 있는지도 모른다. 그리고 하데스에 대한 언급은 아가멤논의 발언에 나온 것을 오뒷세우스가 빼 놓고 전했는데, 어찌 된 일인지 마치 아킬레우스가 그것을 직접 들은 듯이 여기 다시 이용하고 있다. 서로 미워하는 두 사람은 어쩌면 서로 통하는 것일까?

아킬레우스는, 아가멤논도 다른 누구도 자기를 설득하지 못하리라고 선언한다. 그는 1권에 했던 불평을 되풀이한다. 누구도 자기에게 고마워하지 않는다, 앞에 나가서 열심히 싸우나 뒤에 남아 놓고 있으나 몫은 똑같다. 그는 자신을, 새끼들을 위해 먹이를 구하러 다니는 어미새에 비유한다. 자기는 바다로 열두 도시를, 육지로 열한 도시를 파괴하여 노획물을 아가멤논에게 갖다 바쳤지만, 그는 그 대부분을 자신이 차지하고 다른 이들에게는 조금씩만 나눠 주었다, 다른 지휘관들과 왕들은 특별한 상을 받아 모두 그것을 간직하고 있는데, 유독 자기에게서만 사랑하는 여자를 빼앗아 갔다, 자기가 트로이아에 온 것은 메넬라오스의 아내 때문인데, 그들만 아내를 사랑한단 말인가? 아킬레우스는 자기도 브리세이스를 진심으로 사랑했다고 주장한다. 그런데 아가멤논이 그녀를 빼앗고 자기를 속였으니, 그의 성품을 잘 알고 있는 자신을 더 이상 속이려 하지 말라는 것이다.

그러면서 그는 그동안 있었던 일을 약간 빈정거리는 어조로 돌이켜본다. 그들은 방벽도 쌓고 호(濠)도 파고 많은 일을 했다, 그래 봐야 헥토르를 막지는 못할 것이다. 그는 이전에는 헥토르가 성에서 멀리 나오지도 못했다고 주장한다. 그러면서 자기는 헥토르와 싸울 생각이 없다고 선언한다. 오뒷세우스가 깊이 생각해서 덧붙인 부분에 대한 거절이다. 그는 내일이라도 고향으로 떠나겠노라고 공표한다. 순탄하게 항해할 경우 사흘이면 자기들은 고향땅에 닿을 것이다, 거기에 많은 재산이 있고, 그동안 분배받은 재물도 상당하다. 그러다가 그의 생각은 다시 아가멤논에게로 돌아간다. "가서 전하라, 그가 다시는 누구도 속이지 못하게끔." 자기는 그의 선물이 죽음처럼 싫단다. 그가 가진 재산과 앞으로 모을 재산의 열 배, 스무 배를 준다 해도, 심지어 문이 백 개인 이집트 도시 테바이의 모든 재산을 준다 해도, 모래나 먼지만큼 준다 해도 그가 모욕의 대가를 치르기 전에는 설득되지 않으리라는 것이다.

그는 아가멤논의 선물들을 목록을 들어가며 거부한다. 특히 사위가 되는 것은 싫다. 그의 말은 아이러니로, 빈정거림으로 가득하다.

"그리고 나는 …… 아가멤논의 딸을 아내로 삼지 않겠소.
설사 그녀가 황금의 아프로디테와 아름다움을 다투고
빛나는 눈의 아테네와 솜씨를 겨룬다 할지라도. 그래도 나는 그녀를
아내로 삼지 않을 것이오. 그자는 다른 아카이아인을 고르도록 하라.
누구든 그에게 어울릴 나보다 더 왕자다운 자 말이오."(9:388~392)

그는 오뒷세우스가 내세웠던 아버지의 충고에 대해서도, 그 노인이 했던 다른 충고로 대응한다. 펠레우스는 그에게 적당한 여자와 결혼하여 재산을 즐기라고 권했다는 것이다. 여기서 가장 비영웅적인 발언이 나온다. 그에게는 이전에 트로이아가 갖고 있었다는 모든 재산도, 델포이의 성역에 쌓여 있는 모든 보물도 자기 목숨만큼 중요하진 않다는 것이다.

"사람의 목숨은 일단 이빨의 울타리 밖으로 나가면
약탈할 수도 구할 수도 없어서 다시는 돌아오지 않는 법이라오."
(9:408~409)

다음에 이어지는 것은 저 유명한 '아킬레우스의 선택'이다.

"나의 어머니 …… 테티스가 내게 말하기를
두 가지 상반된 운명이 나를 죽음의 종말로 인도할 것이라고 했소.

내가 만일 이곳에 머물러 트로이아인들의 도시를 포위한다면

고향으로 돌아갈 길은 막힐 것이나 내 명성은 불멸할 것이오.

하나 내가 만일 사랑하는 고향땅으로 돌아간다면

나의 높은 명성은 사라질 것이나 내 수명은 길어지고

죽음의 종말이 나를 일찍 찾아오지는 않을 것이오." (9:411~416)

그동안 그는 이름 없는 안락함 속에 장수하는 것보다, 불멸의 명성을 선택하여 여기 와 있었다. 이제 그는 자신의 선택을 변경하겠다고 선언한다. 다른 사람에게도 그것을 권한다. 제우스의 보호를 받는 트로이아를 함락하진 못할 것이라고. 그리고 배와 백성을 구할 다른 방도를 찾아보라고. 그러면서 포이닉스에게 권고한다. 아가멤논에게 돌아가지 말고 거기 머물다가 함께 고향으로 떠나자고.

포이닉스의 연설과 아킬레우스의 답변

아킬레우스가 포이닉스를 거명한 것은 이 노인에게 발언의 기회를 준다. 다들 아킬레우스의 격렬함에 놀라 할 말을 잃고 있는데, 노인이 눈물을 흘리며 연설을 시작한다. 그의 연설은 세 부분으로 되어 있다.

우선 자기 생애에 대한 회고이다. 그는 자신이 아킬레우스와 떨어져서 혼자 트로이아에 남고 싶은 생각이 없다고 말한다. 펠레우스가 그를 아킬레우스와 함께 보냈기 때문이다. 그에게 전쟁이나 회의에 대해 가르친 것도 자기다(다른 전승에 따르면 케이론이 아킬레우스를 기른 것으로 되어 있으나, 『일리아스』의 시인은 반인반마 같은 기이한

존재들을 끌어들이고 싶지 않은 모양이다). 포이닉스는, 신들이 다시 젊음을 돌려준다 해도 혼자 남기는 싫다고 말한다. 여기서 이야기는 그의 젊은 시절로 이어진다. 그는 희랍 북동부 프티아 주변에 있는 헬라스 출신이다. 아버지와 불화해서 집을 떠났다. 그의 아버지 아뮌토르가 첩을 들이자, 그의 어머니는 모욕을 당했다고 생각해서 젊은 아들을 부추겨 그 첩과 정을 통하도록 사주했다. 젊은 여인이 젊은 남자를 사귀어 노인과 멀어지게 하자는 것이었다. 젊은 포이닉스는 어머니의 말을 따랐고, 얼마 안 있어 아버지에게 발각되어 저주를 받게 된다. 그 저주의 내용은 아들이 자식을 보지 못하게 해달라는 것이었다. 한데 지하의 신들이 그 저주를 이루어 주었다. 그래서 포이닉스는 아버지에게 노여움을 품었고, 한때는 그를 직접 살해할까 하는 마음까지 먹었었다. 결국 마음을 고쳐먹긴 했지만, 아버지 집에 도저히 머물러 있을 수가 없었다. 하지만 친구와 친척들이 몰려와서 그를 만류하며 날마다 잔치를 열어 주고, 돌아가며 파수를 보아 그를 잡아 두었다. 하지만 열흘째에 그는 문을 부수고 탈출할 수 있었다. 그 후로 그는 펠레우스에게 의탁하여 지내게 되었다. 왕은 그에게 많은 재산과 백성들을 나누어 주고 외아들처럼 사랑해 주었다. 그래서 그는 프티아 변경에 살면서 돌롭스족(Dolops)을 다스렸다. 그리고 아킬레우스를 정성을 다해 키웠다. 어찌나 정이 깊었던지 어린 아킬레우스는 다른 사람에게서는 음식을 받아먹으려 하지 않을 정도였다. 그가 이렇게 정을 준 것은 자기가 자식을 낳지 못하리라는 걸 알고 있었기 때문이다. 늘그막에 아킬레우스가 자기를 지켜주리라고, 자기 아들 노릇을 하리라고 기대했던 것이다.

여기서 이야기는 우화, 또는 알레고리로 넘어간다. 사람은 무자비한 마음을 품어서는 안 되고, 다른 사람이 잘못을 저지르고 사죄하면 마음을 돌려 먹어야 한다, 신들조차도 제물과 기도에 마음을 돌리기 때문이다. 여기서 유명한 알레고리가 나온다(추상적인 개념이 구체적인 형상으로 그려지는 것을 알레고리라 한다). 사죄의 여신들(Litai)과 미망(迷妄)의 여신(Ate) 이야기이다.

> "사죄의 여신들은 위대한 제우스의 따님들이지만
> 절름발이이고 주름투성이고 두 눈은 사팔뜨기여서
> 미망의 여신 뒤를 열심히 따라다니는 것이 그들의 일이오.
> 그러나 미망의 여신은 힘이 세고 걸음이 날래므로 사죄의 여신들을
> 크게 앞질러 온 대지 위를 돌아다니며 인간들에게 해를 끼치오.
> 그러면 사죄의 여신들이 이를 고치기 위해 뒤따라간다오.
> 이때 가까이 다가오는 제우스의 딸들을 공경하는 자에게는
> 그들이 큰 이익을 주고 기도도 들어주지만,
> 어떤 자가 그들을 따돌리고 완강히 거부할 때는
> …… 제우스에게로 가서 그자가 넘어져 죗값을 치르도록,
> 미망의 여신이 그를 따라다니게 해달라고 간청한다오."(9:502~512)

이것을 조금 쉽게 풀면 이렇다. 사람은 자주 미망에 빠져서 잘못을 저지르게 마련이다. 그 후에 상대에게 사죄를 하게 되는데, 사죄는 아무리 일러도 늦기 때문에, 여기에 절름발이로 형상화되었고, 따

라서 발 빠른 미망을 도저히 따라잡을 수 없다. 그리고 잘못을 저지른 사람은 눈을 제대로 들어 상대를 정면으로 보지도 못하기 때문에 사죄의 여신도 사팔뜨기로 되어 있다. 아마도 울면서, 아니면 적어도 울상을 하고서 사죄하는 게 보통이기 때문에, 사죄의 여신의 얼굴은 울그러져 주름 잡힌 것으로 되어 있다. 하지만 이 사죄의 여신도 제우스의 딸이기 때문에 그녀의 애원을 무시하면 벌을 받게 된다. 이번에는 용서를 거부한 사람에게 미망이 찾아오게 되는 것이다.

포이닉스는 아킬레우스에게 사죄의 여신들을 공경하여 마음을 굽히라고 권고한다. 그들은 선물까지 약속하지 않았던가! 더구나 지금 찾아온 사람들은 아킬레우스와 가장 친한 사람들이다. 여기서 포이닉스의 이야기 세번째 부분이 시작된다. 가장 친한 사람들이 선물로써 설득하려 했던 옛 영웅 멜레아그로스의 이야기이다.

이야기는 사건의 발단부터가 아니라, 일단 '사태 한가운데로' 들어가는 형식으로 되어 있다. 『일리아스』의 시작 부분과 비슷하게 처음에는 시간을 거슬러 올라가다가 어느 순간부터 시간이 제대로 흘러가는 방식이다. 쿠레테스족(Kourētes)과 아이톨리아인들이 칼뤼돈(Kalydōn) 시를 둘러싸고 전쟁을 한 적이 있다. 그 전쟁은 어쩌면 아르테미스가 보낸 재앙이라고 할 수 있다. 그녀가 분노한 이유는 칼뤼돈 왕 오이네우스가 다른 신들에게 모두 추수감사제를 드리면서도 자기만 빼놓았기 때문이다. 그래서 그녀는 거대한 멧돼지 한 마리를 보내서 과수원들을 쑥밭으로 만들게 한다. 그러자 오이네우스의 아들 멜레아그로스가 여러 도시에서 사람을 모아 멧돼지를 죽인다. 하지만 그 멧돼지의 머리와 가죽 때문에 두 도시 사이에 전쟁이 나게 된 것이다.

노인은 여기서 이야기를 좀 건너뛰고 있는데, 다른 전승에 따르면 이렇다. 그 사냥 도중에 많은 희생이 있고 처음에는 별 성과가 없었는데, 결국 여자 사냥꾼인 아탈란테가 처음으로 멧돼지에게 부상을 입히고, 뒤이어 멜레아그로스가 치명상을 안겨서 그 돼지가 쓰러진다. 사냥이 종결된 후 누가 가장 공을 크게 세웠는지가 참가자들 사이에 논쟁거리가 되는데, 멜레아그로스는 아탈란테에게 마음이 있어서 그녀에게 멧돼지의 머리와 가죽을 넘겨준다. 여기에 그의 외삼촌들이 분노한다. 공이 가장 큰 것은 멜레아그로스이니 자신이 그 상을 받든지, 아니면 가족의 권리에 따라 외삼촌들에게 선물을 넘겨야지 왜 다른 사람에게 주냐는 것이다. 그러다가 다툼이 커져서 멜레아그로스는 그만 외삼촌들을 죽이고 만다.

그러자 자기 오라비들의 죽음에 분노한 어머니가 아들을 저주한다. 자기 아들에게 죽음을 내려 달라는 기도를 드린다. 그 기도를 복수의 여신이 들어준다. 그래서, 다른 도시의 중요 인사를 죽였기 때문에 두 도시 사이에 전쟁이 벌어졌는데도, 멜레아그로스는 어머니의 저주에 심기가 상해서 전쟁에 나가지 않는다. 멜레아그로스가 싸우는 동안은 상대가 성 밖으로 제대로 나오지도 못했지만, 그가 어머니에게 분노를 품고 자기 아내 클레오파트라 곁에 눕자 전세가 뒤집혀서 도시가 함락될 지경에 이른다.

이 대목에서, 모든 것을 자세히 이야기하는 시인은 (또는 시인의 의도에 따르고 있는, 포이닉스 노인은) 클레오파트라의 부모님에 대해서 우리에게 알려준다. 클레오파트라의 어머니 마르펫사는 아폴론에게 납치된 적이 있었으며, 이다스라는 영웅이 아폴론과 겨뤄서 빼앗아냈다는 것이다. 다른 전승에 따르면 둘이 다투자 제우스가 마르펫사에게 남편을 택하도록 했고, 그녀는 영원히 사는 신보다는 자기처럼 필멸의 존재인 이다스를 택했다고 한다.

전쟁이 급박한 상황인데, 멜레아그로스는 클레오파트라 곁에 누워서 시간을 보내고 있다. 하지만 상황이 급박해지고, 여러 사람이 그를 찾아와 싸워 달라고 간청한다. 처음에는 도시의 원로들이 사제들을 보내어 선물을 약속한다. 가장 기름진 땅의 포도밭과 곡식밭을 주겠다는 것이다. 다음으로 아버지와 누이들과 어머니까지 나서서 간청한다. 그리고 그와 가장 가까운 친구들도 빌지만 그의 마음을 움직일 수 없다. 그의 침실이 난타당하고, 적들이 도시에 불을 지르기 시작했을 때, 아내인 클레오파트라가 눈물로 간청한다. 도시가 함락되면 어떤 슬픔이 있을지 열거한다. 남자들은 죽고 아이와 여자들은 다른 도시로 팔려갈 것이다. 이런 얘기를 듣고서야 그는 전투에 나서게 된다. 하지만 그때는 도시 사람들이 그에게 처음에 약속했던 선물을 주지 않았다.

이런 이야기 끝에 포이닉스가 하는 충고는, 선물을 줄 때 나가서 싸우라는 것이다. 그리고 배에 불이 붙고 나면 구하기가 어려우리라는 것이다. 나중에 선물도 없이 전쟁을 막아 주면 명예가 같은 게 아니라고. 영웅시대의 명예는 외적으로, 선물로 표현되기 때문에 이왕이면 선물을 받는 것이 전사의 명예를 더욱 뚜렷하게 해준다.

지금 이 이야기의 내용은 『일리아스』의 핵심과 상당 부분 비슷하다. 아킬레우스도 멜레아그로스처럼 분노해서 전투를 거부하고 있다. 여러 사람이 그를 찾아와 선물을 제시하며 달래고 있다. 우리는 앞으로, 다른 사람의 권고를 모두 물리치던 아킬레우스가 파트로클로스의 애원을 듣고 마음을 조금이나마 돌리는 걸 보게 될 것이다. 지금 여기 탄원자들의 순서는 점차 친밀도가 강해지는 순서로 되어 있는데, 아킬레우스에게도 이미 '가장 친한 사람들'과 거의 '아버지'에 해당되는 인물까지 찾아왔다. 이제 남은 것은 '아내'에 해당되는 사람뿐이다. 한데 여기 멜레아그로스의 아내로 등장하는 클레오파트라(Kleo-patra, '아버지의 영광')의 이름은, 아킬레우스의 친우 파트로클로스(Patro-klos)의 이름 앞뒤 부분을 서로 바꾼 것이어서 주목을 받고 있다. 분노했던 아킬레우스도 후에 파트로클로스 때문에 출전하게 되니, 이 두 이야기는 비슷한 데가 있다. 그리고 이런 유사성은 아킬레우스와 파트로클로스가 사실은 동성애 관계였다고 주장하는 학자들에게 한 근거가 되어 준다. 파트로클로스는 아킬레우스의 '아내'였다는 것이다.

한편 이 일화는 아킬레우스의 운명에 대한 거울 역할도 한다. 『일리아스』에 나오지 않는 다른 이야기에 따르면 멜레아그로스는 전투 중에 죽는데, 포이닉스는 그 얘기는 생략했었다. 이 멜레아그로스 이야기는 '외부영혼'(external soul)의 한 사례로 유명하다. 그가 태어났을 때 운명의 여신이 나타나서 타고 있는 장작을 가리키며, 그 장작이 다 타버리면 아이가 죽으리라고 예언했단다. 어머니는 그 장작을 거두어 잘 보관했지만, 나중에 자기 오라비들이 죽은 데 분노하여 그것을 불에 던졌으며, 그 장작이 다 타버리는 순간 멜레아그로스도 죽었다는 것이다. 『일리아스』 시인은 마법을 싫어하므로 이런 이상한 얘기는 옮기지 않았지만, 아킬레우스 역시 멜레아그로스처럼 전투 중에 죽게 될 것이다.

이제 다시 아킬레우스의 답변이다. 그는 노인 앞에서, 자기에게는 그런 명예가 필요 없다고 밝힌다. 자기 운명이 정한 만큼의 명예는 충분히 얻었다는 것이다. 그러면서 아가멤논을 위해 울면서 괴롭히면, 자신의 사랑이 미움으로 변할 수도 있다고 경고한다. 그러니 자기 편으로 남아 거기 머물러 쉬라고 권한다. 여기서 그는 중요한 양보를 하는데, 날이 새거든 고향으로 떠날지 아니면 여기 계속 머물지 생각해 보자는 것이다. 오뒷세우스의 연설 뒤에, 내일이면 떠나겠다고 엄포를 놓은 것에 비하면 한 발 물러선 셈이다. 그러면서 그는 파트로클로스에게 눈짓을 보내 포이닉스의 잠자리를 마련해 주도록 한다. 다른 사람들은 그만 돌아가라는 신호다.

아이아스의 연설과 아킬레우스의 답변

한데 여기서 마지막으로 아이아스가 발언한다. 아킬레우스를 향한 것이 아니라, 오뒷세우스를 향한 것이다. "찾아온 목적은 이루기 힘들 듯하네. 얼른 가서 그 소식이나 전하자구. 아킬레우스는 아직도 자신의 거만한 마음이 날뛰는 걸 방치하고 있으니 말일세." 그러다가 그는 아킬레우스에게 방향을 돌린다. "자기 형제나 자식을 죽인 사람에게도 보상금을 받고 마음을 가라앉히는 것이 보통인데, 그대는 겨우 여자 한 명 때문에 분노하고 있군. 여자를 일곱이나 주겠다고 하는데도 말일세. 우리는 가장 가까운 사이로 이 집에 손님으로 왔으니, 이 집을 존중해서라도 마음을 누그러뜨리게나."

한데 이렇게 단순한 발언에 아킬레우스가 호의적으로 반응한다. 자기도 아이아스와 같은 생각이라고. "하지만 아가멤논이 나를 아무 명예도 없는 거류민처럼 대했던 것을 생각할 때마다 분노가 솟구친다네." 그러면서 다시 한 번 양보한다. 헥토르가 뮈르미돈인들의 막사와 함선 있는 데까지 와서 배를 불사르기 전에는 전투에 참여하지 않겠다는 것이다. 하지만 아킬레우스의 이러한 두 단계의 양보는 아가멤논에게 전달되지 않는다. 이것은 그저 그가 혼자서 마음속에 정해 놓은 인내의 한계점 역할을 할 뿐이다.

이제 사절들은 오뒷세우스를 앞세우고 돌아간다. 아킬레우스의 전우들과 하녀들은 포이닉스 노인을 위해 잠자리를 보아 주고, 모두가 잠자리에 든다. 여기에, 아킬레우스와 파트로클로스가 동성애 관계라는 주장에 반박이 될 만한 구절이 있으니, 그 둘이 각기 여인을 데리고 잠자리에 들었다는 내용이다. 아킬레우스의 짝은 디오메데이고, 파트로클로스의 짝은 스퀴로스 출신인 이피스인데, 혹시 시인은 여기 약간 짓궂은 농담을 넣었는지도 모르겠다. 디오메데라는 이름은 아킬레우스의 대역인 디오메데스를 상기시킨다. 우리는 곧 디오메데스가 내일도 힘을 내서 싸우자고 용기를 북돋는 것을 보게 될 것이다. 하지만 그의 역할은 이미 끝났다. 그는 곧 부상당하고 전장에서 물러날 것이다. 한편 파트로클로스의 짝이, 스퀴로스라는 섬을 함락하고 데려온 여자라는 것은, 시인이 아킬레우스가 스퀴로스에 숨겨졌었다는 전승을 무시하고 그것을 놀려먹기 위해 넣은 구절인 듯도 여겨진다.

사절들이 지휘관들에게 결과를 보고하다

모두들 결과를 기다리고 있는 가운데, 사절들이 돌아온다. 일이 어떻게 되었는지 아가멤논이 묻는다. 오뒷세우스는 아킬레우스의 첫 대답만 기억하는지, 그가 떠나겠다고 위협했다고 전한다. 하지만 아킬레우스가 분노를 가라앉히지 않고 선물을 거들떠보지도 않는다는 것만큼은 제대로 전했다.

　다들 놀라서 말이 없는데 디오메데스가 나선다. 공연히 선물을 제안해서 아킬레우스의 거만함만 키워 주었다고. "그가 떠나든 말든 신경 쓰지 말고 놓아 둡시다. 그가 내키면 언제든지 다시 싸움터로 나올 것이오." 그러면서 그는 내일 아침 당장 전열을 짜고서, 아가멤논이 앞장서서 싸우라고 권한다. 이제 다른 방도가 없어서 그런지, 모두들 찬성하고 모임을 파한다.

🌑 아킬레우스의 과실 🌑

9권의 끝부분에 상황은 처음과 크게 달라지지 않았다. 희랍군은 여전히 곤경에 처해 있고, 아킬레우스는 여전히 전투를 거부하는 중이다. 따라서 9권은 당장의 사건 진행에는 큰 영향을 끼치지 못한다. 여기서 우리가 주목해 볼 것은 사람들 사이에 의사소통이 이루어지는 방식, 감정이 드러나고 숨겨지는 방식이다. 그것은 의외로 미묘하다. 아가멤논에게는 후회와 미움이 반반이다. 처음엔 차분하게 공식적인 입장을 밝히지만 어느 순간 뒤에 숨어 있던 미움이 갑자기 분출한다. 사절단의 중심인물인 오뒷세우스는 노련하고 현명하다. 왕의 개인적인 감정은 숨기고 공식적인 입장만 전달한다. 그 전에 상대의 마음을 움직일 다른 요소들을 내놓는다. 아킬레우스 역시 의외로 민감한 사람이다. 오뒷세우스가 외교적인 화법으로 숨겨 놓았어도 여전히 그 뒤에서 아가멤논의 감정을 식별해 낸다. 크게 보아 『일리아스』가 원시적 심성을 보여 준다는 건 맞을지 몰라도, 이 부분엔 '원시성'이란 말에서 거의 떠올리기 어려운 미묘함과 섬세함이 있다.

이 부분은 『일리아스』가 아킬레우스의 비극이 되는 데 중요한 고리이다. 뒤로 갈수록 그가 조금씩 양보하고는 있지만, 결정적인 화해는 거부하기 때문이다. 16권의 재난은 이 거부의 결과이다. 어쩌면 여기서 아킬레우스가 내린 결정은, 아리스토텔레스가 비극의 한 요소로 꼽은 주인공의 '과실'(hamartia)이라 해야 할지도 모르겠다. 어쨌든 9권은 이야기 전체의 방향을 결정짓는 중요한 부분으로 평가되고 있다.

「돌론을 사로잡는 오뒷세우스와 디오메데스」, 루카니아 적색상 크라테르(기원전 380년경)

거의 모든 학자에 의해 맨 나중에 덧붙여진 것으로 간주되는, 『일리아스』 10권에 그려진 일화이다. 밤중에 적진으로 염탐을 나간 오뒷세우스와 디오메데스는, 마침 그쪽에서 정탐하러 나온 돌론이란 자를 사로잡는다. 캄캄한 밤중에, 짐승 가죽으로 된 장비를 갖추고 시체들 사이를 배회하는 이 인물들은 일종의 '늑대인간'들이다.

10권

아가멤논이 주요 지휘관들을 깨워 모으다

10권의 시작 부분은 2권과 비슷하게 되어 있다. 1권 끝에 모든 신들이 잠자리에 드는 것으로 되어 있고 제우스도 그랬는데, 2권을 보면 사실은 제우스가 잠들지 못하고 이런저런 생각을 하고 있다. 여기서도 마찬가지다. 9권 끝에서 모든 사람이 잠자리에 드는 것으로 되어 있는데, 10권 초반을 보면 사실 아가멤논은 잠들지 못하고 생각에 몰두해 있는 것이다.

그는 트로이아 앞의 수많은 화톳불과 소음에 거듭거듭 놀란다. 자기들의 함선 쪽으로 시선이 향할 때마다 신음한다. 그러다가 네스토르를 찾아가 의논해 보기로 한다. 9권의 시작 부분과도 유사하다. 700행이 넘는 9권이 다 지나갔는데도, 9권 앞부분에서 벗어나지 못한 듯한 느낌이니, 정말 이 밤은 길기도 하다. 그는 옷과 신발을 갖추고, 사자 가죽을 걸친 후 창을 들고 나선다. 일종의 '무장'이다. 우리는 10권에 등장하는 거의 모든 인물이 짐승 가죽을 걸치는 것을 보게 될 것이다.

한편 메넬라오스도 걱정이 되어 잠들지 못하고 있었다. 그 역시

'무장'을 걸치고 나선다. 그의 표징은 표범 가죽이다. 그는 형을 깨우러 가다가, 밖에 나와 있는 자기 형을 발견한다. 그는 형에게, 혹시 정탐꾼을 내보내려는 것인지 묻는다. 아무도 나가려 하지 않을까 봐 두려워한다. 아가멤논은 제우스의 마음이 바뀐 것을 개탄하고, 헥토르가 엄청난 공을 세웠다고 과장해서 말한다. 그러면서 여러 지휘관을 부르기 위해 역할을 분담한다. 아우가 아이아스와 이도메네우스를 부르는 동안, 자기는 네스토르를 부르겠다고. 그는 노인과 함께, 밖에 배치해 둔 파수병들에게 뭔가 명령을 내릴 생각이다. 마침 파수병들을 지휘하기 위해 네스토르의 아들 트라쉬메데스와 이도메네우스의 동지 메리오네스가 나가 있으니, 이들을 통해 명령을 내리면 수월하리라고. 그러면서 아가멤논은 아우에게 지휘관들을 부를 때 예의를 다하도록 충고한다.

> "어디로 가든지 큰 소리로 부르되 각자 그 혈통에 따라
> 부칭(父稱)을 부르면서 눈을 뜨라 명할 것이며
> 누구에게나 경의를 표하고 마음속으로 잘난 체하지 말라.
> 우리들 스스로 애쓰도록 하자. 제우스께서 우리들에게
> 태어났을 때부터 이토록 무거운 노고를 지워 주셨으니까."
> (10:67~71)

영웅들의 세계에서는 보통 자기를 내세우기 위한 경쟁이 극심한 걸로 되어 있지만, 그것은 사정이 좋을 때 얘기고, 상황이 불리해지면 갑자기 협동이라는 가치가 전면에 부상한다. 지금 우리가 보는 10권

이 그런 상황의 대표 격이다. 우리는 앞으로도 한동안 그런 상태가 지속되는 걸 보게 될 것이다. 지금 여기 아가멤논이 아우에게 내린 행동 지침도 그런 사정을 반영한다.

아가멤논은 네스토르의 막사로 찾아간다. 큰 왕의 막사에 보초도 없는지, 노인이 직접 아가멤논에게 누구인지, 무슨 용건인지 묻는다. 아가멤논은 자신의 걱정을 토로하며, 함께 파수꾼들에게 내려가 보자고 청한다. 그러자 네스토르는 다른 지휘관들도 함께 깨워 가자고 제안한다. 디오메데스, 오뒷세우스, 작은 아이아스, 메게스 등을 언급하고, 마지막에 큰 아이아스와 이도메네우스를 덧붙인다. 그러면서 메넬라오스를 비난한다. 형은 고생하고 있는데 신경을 쓰지 않는다고. 방금 노인이 마지막으로 언급한 이들을 부르러 메넬라오스가 떠난 것을 알고 있는 독자로서는 약간 재미있는 대목이다.

아가멤논은 메넬라오스가 이따금 소극적인 때가 있으니 그럴 때 책망하라면서, 지금은 오히려 아우가 자기를 깨우러 왔더라고 두둔하고, 바로 네스토르가 언급한 사람들을 부르러 갔다고 말한다. 역시 어려운 상황이라서인지 서로 대하는 품이 점잖고 온화하다. 이제 노인도 '무장'을 갖춘다. 두껍고 두 겹으로 된 자줏빛 외투가 강조된다. 그들은 거의 방금 언급된 순서대로 지휘관들을 찾아간다. 먼저 오뒷세우스다. 그는 방패를 메고 따라 나선다. 디오메데스를 찾아가서 깨우자, 젊은이들은 어디 가고 노인이 돌아다니는지 개탄하고 또 감탄한다. 그는 노인의 청을 받아서, 작은 아이아스와 메게스를 깨우러 나선다. 그가 걸치는 것은 사자 가죽이다.

정탐꾼을 파견하기로 결정하다

이들 일행이 파수병들 있는 곳에 가 보니 그들은, 가축 지키는 개들처럼 충실하게 파수를 보고 있다. 트로이아군이 움직이는 소리가 들릴 때마다 그쪽으로 몸을 돌리고 있다. 이제 지휘관들이 모두 모였다. 그들은 호를 지나 최전방까지 가서 공터에 자리를 잡는다. 주변에는 시신들이 아직도 쓰러져 있다. 네스토르는 혹시 트로이아군 쪽으로 가서 적정을 염탐할 사람이 없는지 묻는다. 포로를 잡든지 얘기를 엿들어서, 적들이 다시 도시로 물러가려는지 아니면 도시에서 멀리 배 곁에 머물려는지 알아보자는 것이다. 그러면서 염탐꾼이 받을 상으로 명성과 선물을 약속한다. 선물은 젖먹이가 딸린 검은 암양 한 마리씩이다. 그리고 그는 잔치에도 초대되리라고 약속한다. 검은 암양이라니! 저승의 신에게 바치는 선물 같다. 이 컴컴한 밤 시체 사이로 나가는 사람에게 어울리는 상이다. 디오메데스가 나선다. 하지만 누군가 한 명만 더 같이하는 게 좋겠단다. 그 이유로 대는 구절이 꽤 들을 만하다.

> "두 사람이 같이 가면 한 사람이 다른 사람보다 먼저
> 무엇이 유익한지 알 수 있으나, 혼자서는 무엇을 안다 하더라도
> 그의 지각은 느리고 그의 계략은 허술한 법입니다."(10:224~226)

그러자 여러 사람이 자원한다. 몇 사람 모이지 않았으니, 거의 전부다. 두 아이아스, 메리오네스, 트라쉬메데스, 메넬라오스, 오뒷세우스 등. 아가멤논은 디오메데스에게 선택하게 한다. 무엇보다 능력을

보아 선택하기를 권한다. 신분이나 가문, 상대의 체면은 고려할 것 없다. 시인은 아가멤논의 이런 발언이 메넬라오스를 데려갈까 봐 걱정이 되어서라고 설명하고 있다. 디오메데스는 오뒷세우스를 선택한다. 그는 여기서 오뒷세우스를 매우 칭찬하는데, 앞으로 두드러지게 보여질 『오뒷세이아』적인 면모가 두드러진다. 즉, 그의 용기와 열성, 아테네의 사랑을 받는다는 점, 그리고 그의 지혜 등이다. 오뒷세우스는 그 칭찬을 막으며 어서 출발하자고 재촉한다. 이미 밤이 2/3 이상 지났고, 1/3만 남았기 때문이다.

이제 두 사람은 무장을 두른다. 진영 내에서 활동한다는 전제하에 간단한 무장만 걸치고 나왔으므로, 다른 사람들의 것을 빌려서 전투 태세를 갖춘다. 디오메데스는 트라쉬메데스에게서 칼과 방패를 빌린다. 투구는 쇠가죽으로 된 것이다. 오뒷세우스는 메리오네스에게서 활과 화살통, 칼을 빌리고 돼지 이빨이 바깥에 촘촘히 박힌 펠트 투구도 빌린다. 이 투구는 오뒷세우스의 외할아버지인 아우톨뤼코스가 포이닉스의 아버지 아뮌토르에게서 훔쳐서 다른 이에게 선물로 준 것인데 그것이 돌고 돌아 외손자에게까지 온 것이다. 이제 이들의 투구와 '갑옷'은 모두 짐승 가죽으로 된 것이다. 이들은 시체들이 널려 있는 들판을 가로지를 것이다. 밤에 '시체들 사이로' 움직이는 이들은, 짐승의 특징을 갖추고, 일종의 '늑대인간'으로서 거기 걸맞게 행동한다.

그들이 길을 떠나자 아테네 여신은 길 오른쪽에 왜가리를 한 마리 배치해서 울음소리로 좋은 전조를 보내준다. 밤중이어서 시각적인 전조를 보낼 수 없으므로 청각을 이용한 것이다. 오뒷세우스는 그 것을 듣고 아테네에게 기도를 드린다. 언제나 자기를 도와준 것처럼 이번에도 성공을 달라고. 디오메데스 역시 여신이, 혼자서 테바이에 사절로 간 자기 아버지 튀데우스를 도왔던 것처럼 자기를 도와달라 면서, 암송아지 한 마리를 제물로 약속한다.

> 그리하여 두 사람은……살육과 시체와 무장과 검은 피 사이를 지나 두 마리 사자와도 같이 어두운 밤을 헤치고 나아갔다.(10:297~298)

돌론과 마주치다

한편 트로이아 진영에서도 비슷한 회의가 진행되고 있다. 헥토르는 임무를 밝히지 않고 먼저 상을 약속한다. 전차 한 대와 좋은 말 두 필 이 그 상이다. 한데 이 말들은 아직 트로이아군의 것이 아닌, 희랍군 것이다. 그것을 빼앗으면 주겠다는 말이다. 아가멤논이 아킬레우스 에게 약속했던 선물의 후반부와 같다. 그 다음에야 임무가 나온다. 정 탐이다. 희랍군이 제대로 배를 지키고 있는지, 아니면 달아날 궁리를 하는지, 그리고 혹시 파수 보기를 원치 않는지 등. 아마 끝에 말한 상 황이라면 야간 기습이라도 할 모양이다.

다들 조용한 가운데 돌론(Dolōn)이란 자가 자원한다. 그는 전령 의 아들로 재산도 상당한 사람이었다. 외모는 흉했지만 걸음이 빨랐 다고 되어 있다. 『일리아스』에는 용모가 흉한 사람이 거의 소개되지 않고 있으니, 그는 희랍군의 테르시테스와 비슷한 특이한 존재이다.

그의 죽음을 준비하는지 시인은, 그가 다섯 누이 사이의 외아들이라는 것을 밝혀 놓고 있다.

그가 정탐 임무를 자임하는 발언 첫 부분은 디오메데스가 자원할 때의 첫 마디와 같다. 하지만 그는 우선 헥토르에게서 맹세를 받아내려 한다. 나중에 자기에게 아킬레우스의 말과 전차를 달라는 것이다. 정말 대단한 꿈이고 대단한 자기 평가다. 그와 아킬레우스 사이에는 발이 빠르다는 것 외에는 공통점이 없다. 그런데 감히, 여신의 아들이자 가장 잘생기고 가장 잘 싸우는 전사의, 가장 빠른 불사의 말을 원하다니! 그는 결국 헥토르의 맹세를 받아낸다. 하지만 시인은 여기서, 헥토르의 맹세가 헛된 것이라고, 돌론이 돌아가지 못할 운명이라고 논평하고 있다. 이제 돌론이 무장한다. 어깨에 활을 메고, 늑대 가죽을 걸친다. 족제비 가죽 투구를 쓴다. 적진으로 향한다.

오뒷세우스가 먼저 누군가 다가오는 기색을 알아챈다. 확실히 두 사람이 한 사람보다 낫다. 그는 디오메데스에게 상대가 자기들을 지나쳐 조금 더 희랍군 쪽으로 가도록 기다렸다 덮치자고 제안한다. 그들은 길을 벗어나서 시체들 사이에 눕는다. 이제 이들은 완전히 '늑대인간'이 된 셈이다. 돌론은 멋모르고 그 곁을 지나친다. 그들 사이가 밭고랑 길이만큼 떨어졌을 때, 두 사람이 돌론의 뒤를 쫓는다. 돌론은 처음에는 헥토르가 명령을 취소해서 동료들이 자기를 부르러 오는 것으로 생각해서 멈춘다. 하지만 상대가 창 던질 만한 거리만큼 다가왔을 때, 적군이라는 것을 알고 도망치기 시작한다.

마치 사냥에 능한 날카로운 이빨의 개 두 마리가

수풀이 우거진 곳에서 새끼 사슴이나 토끼를 계속해서

바싹 뒤쫓고 토끼는 그 앞에서 비명을 지르며 달릴 때와 같이

(10:360~362)

두 사람은 계속 돌론의 퇴로를 차단하며 추격한다. 돌론은 어쩔 수 없이 배들이 있는 쪽으로 도망친다. 이제 곧 파수병들이 있는 곳에 닿을 참이다. 더 이상 가면 다른 사람에게 공을 빼앗기겠다고 생각한 디오메데스가 상대를 위협하여 발을 멈추게 한다. 서지 않으면 창에 목숨을 잃을 것이라고. 그러면서 일부러 조금 빗나가게 창을 던진다. 창이 어깨를 넘어 땅에 꽂히자, 돌론은 겁에 질려 걸음을 멈춘다. 대단한 추격전이다.

돌론은 헤아릴 수 없는 몸값을 약속하며 목숨을 구걸한다. 그러자 오뒷세우스가 상대를 안심시킨다. 죽음은 생각하지 말라고, 그저 사실대로 모든 것을 이야기하라고. 그의 목표는 무엇인지, 약탈인지 정탐인지, 헥토르가 시켰는지, 스스로 결정한 것인지. 돌론은 사실대로 말한다. 자신이 헥토르에게서 아킬레우스의 말과 전차를 약속받고 정탐을 나왔다고. 오뒷세우스는 그가 원했던 선물에 대해 듣고는 미소 짓는다. 아마 속으로는 한참 웃었을 것이다. 보잘것없는 인간이 감히 불사의 말들을 원하다니! 그는 이어, 헥토르가 지금 어디 있는지, 트로이아인들의 보초와 잠자리는 어떻게 배치되었는지, 계속 배들 가까이 머물려 하는지, 아니면 도시로 돌아갈 예정인지 묻는다.

"헥토르는 일로스의 무덤 곁에서 회의 중이오. 특별한 보초가 진영을 지키지는 않소. 불을 피운 곳에서는 주위를 경계하긴 하오. 동맹군들은 파수를 트로이아 쪽에 일임하고 자고 있소." 전시에 경계가 얼마나 중요한지 배운 적이 있는 사람이라면 참 한심하게 여기겠지만, 우리가 희랍군 지휘관들이 모일 때 보았듯, 희랍군도 더 나을 건 없다.

오뒷세우스는 동맹군들에 대해 계속 묻는다. 그들이 트로이아군과 섞여 자는지, 따로 자는. 여기서 돌론은 '동맹군들의 목록'이라 할 것을 내어 놓는다. 어느 쪽에 어떤 종족이 배치되어 있는지. 그러다가 마지막에 새로 도착한 트라케인들(Thrēix)과 그 지도자 레소스(Rhesos)에 대해 언급한다. 돌론이 말에 관심이 많아서 그런지, 레소스의 말과 전차에 대한 언급이 장황하다. 아름답고 크고 날랜 백마에 대해, 금과 은으로 장식된 전차에 대해, 그리고 덧붙여 그의 황금 무장에 대해. 그러면서 빨리 자기를 배들 곁으로 데려 가거나, 밧줄에 묶어 그 자리에 남겨 두고 가서 자기 말이 사실인지 확인해 보라고 재촉한다.

그러나 결과는 예상 밖의 것이다. 디오메데스가 그를 위협한다. 그를 살려주면 언젠가는 다시 염탐하러 올 것이라고, 지금 죽이면 다시는 해를 끼치지 못할 것이라고. 돌론이 그의 턱을 잡고 탄원하려는 순간, 디오메데스가 칼을 휘둘러 목을 날려 버린다. 그의 머리는 아직도 무엇인가 중얼거리면서 땅으로 떨어진다. 훗날 로마의 시인 오비디우스가 자주 쓰게 될 그로테스크한 장면이다. 디오메데스는 돌론의 무장을 챙기고 아테네께 그것을 선물로 바치노라고 선언한다, 이제 적진으로 잠입할 터이니 그때에도 보호해 달라고. 사실 지금 벌어진 이 일은 요즘의 눈으로 보면 정당치 못한 행동이다. 그래서 그런지 단테(Alighieri Dante)는 『신곡』(*Divina Commedia*)에서 지옥의 거의 맨 밑바닥에 이 두 사람을 함께 배치해 두었다.

레소스의 진영을 기습하다

그들은 노획물을 근처 나무에 얹고 표시해 둔 후, 다시 적진 쪽으로 나아간다. '무장과 검은 피 사이를' 지난다. 드디어 트라케 군대의 막사에 다다른다. 내부에는 무장과 말들이 질서 있게 정리되어 있다. 규율이 잘 잡힌 것 같은 이 '내무반'에 결여된 것은 '경계 규율'뿐이다. 오뒷세우스는 디오메데스더러 말을 풀든지, 전사들을 죽이라고 한다. 디오메데스가 자는 자들을 도륙한다. 막사는 금방 피바다가 된다. 디오메데스가, 잠에 취해 저항 없는 전사들을 치면, 오뒷세우스는 희생자의 발을 잡아 한쪽으로 치운다. 나중에 말을 끌어내기 쉽게 하려는 것이다. 열두 명이나 죽고 나서, 드디어 레소스 차례이다.

> 한편 튀데우스의 아들은 왕에게 다가가서 열세번째로
> 그의 달콤한 목숨을 빼앗았다. 그는 숨을 헐떡이고 있었는데
> 그 까닭은 그날 밤 그의 머리맡에 아테네의 계략에 의해
> 오이네우스의 손자라는 악몽이 서 있었기 때문이다.(10:494~497)

매우 특이한 묘사이다. 여기 쓰인 '악몽'이란 단어는 사실적인 것인가, 은유적인 것인가? 레소스가 헐떡이는 건 죽느라고 그런 것인

가, 아니면 가위눌려서 그런 것인가? 레소스가 마침, 지금 일어나는 것과 똑같은 내용의 꿈을 꾸고 있었던 것 같기도 하고, 그저 죽는 장면을 그렇게 묘사한 것 같기도 하다. 이게 꿈이라면 정말 특이한 꿈이다. 일반적으로 서사시에 나오는 꿈들은 신이 보낸 전조이기 때문에, 꿈꾸는 사람과 잘 아는 어떤 이가 나타나서는 어떤 지시를 내리는 것이 보통이다. 한데 지금 여기에서는 악몽과 현실이 일치하고 있다!

그 사이 오뒷세우스는 말들을 끈으로 한데 묶어, 활로 때려서 몰고 나간다. 전차에 아름다운 채찍이 있었는데 미처 그것까지 챙기지는 못했다. 한편 디오메데스는 전차를 끌고 갈까, 아니면 번쩍 들고 갈까, 그것도 아니면 그냥 적들을 더 많이 죽일까 망설이고 있다. 거기서 아테네 여신이 그에게 돌아가기를 종용한다. 그러다가는 트로이아군이 깨어나서 쫓겨 가게 될지도 모른다고. 그러자 그는 얼른 말에 뛰어 올랐고, 오뒷세우스가 활로 말들을 때리자 그것들은 함선 쪽으로 달리기 시작한다.

이 10권이 맨 나중에 덧붙여진 것으로 간주되는 이유 중 하나가, 여기서 말에 매달리는 장면이 등장한다는 점이다. 『일리아스』에서 말은 늘 전차를 끄는 데 이용되지, 말 등에 타는 장면은 나오지 않기 때문이다. 하지만 여기서 디오메데스가 전차를 들어서 옮길까 망설이는 걸 보면 아직 전차의 특성을 잘 모르는 것 같기도 하다. 그렇다면 말이 이용된 지 얼마 안 된 시기일 테니, 『일리아스』 완성 이후도 아닌 듯하다. 물론 당시에는 전차가 상당히 가볍게 만들어져서 이런 궁리가 나왔다고 하면 별 문제가 아닐 수도 있다.

이들이 달아나는 순간, 아테네 여신이 걱정하던 사태가 실제로 벌어진다. 아폴론이 레소스의 친척 한 사람을 깨우고, 그의 비명소리를 들은 트로이아군들이 몰려들었기 때문이다. 요즘 식으로 하자면 동료 중 한 사람이 이상한 기척에 깨어나는 것을 신이 깨운 것으로 그렸다고 할 수 있겠다. 고대인들이 볼 때, 시기에 딱 맞게 일어난 일들은 모두 '신적인' 사건들이다.

두 정탐꾼이 귀환하다

현실적인 이득에 민감한 희랍인들은 자기들의 노획물을 결코 잊지 않았다. 엄청난 소득을 얻었으니, 소소한 것쯤은 그냥 지나칠 만도 하건만, 돌론에게서 빼앗은 무장들을 잊지도 않고 챙겨간다. 물건들을 얹어 두었던 나무 곁에 다다르자, 오뒷세우스가 말을 세웠고 디오메데스는 내려서 물건을 챙긴 다음, 다시 말에 오른다. 말 등에 탄 것이 그냥 일시적으로 급해서 그런 게 아니라, 상당히 익숙한 눈치다. 오다 보니 말을 타는 것도 괜찮다고 생각한 걸까? 후자라면 이것은 인류가 어떻게 말 등에 올라타게 되었는지 그 기원을 보여 주는 문서이다. 오뒷세우스가 다시 활로 말들을 때리자 말들도 기꺼이 배들 쪽으로 간다. 좀 희랍에 편향된 서술이다.

그들이 돌아오는 것을 제일 먼저 알아챈 사람은 노인 네스토르다. 그는 두 정탐꾼이 말을 몰아오는 것이기를 기대하면서도, 혹시 무슨 변이 생긴 건 아닌가 걱정한다. 하지만 말이 끝나기도 전에 그들이 도착한다. 네스토르는 그들이 이끌어온 말들에 감탄한다, 전에 본 적이 없는, 햇빛처럼 빛나는 그 말들을 어디서 얻었는지. 그런 좋은 말은 신이 내린 것이 틀림없다면서. 오뒷세우스는 자기들의 전공을 보고한다. "디오메데스가 적 열세 명을 죽였고, 트로이아 정탐꾼도 한 명 만나서 죽였소." 그 말들은 디오메데스의 막사로 끌어다가 구유 앞에 묶어 놓고, 오뒷세우스는 돌론의 물건들을 아테네께 바칠 준비를 한다. 바다에서 몸을 간단히 씻고, 욕조에서 다시 씻어낸다. 식사가 준비되고, 아테네께 술을 바친다.

🐚 10권이 후대에 쓰였다는 또 다른 증거 🐚

10권은 다른 『일리아스』 구성 부분보다 늦은 시기에 덧붙여졌다는 것이 거의 정설이다. 다른 부분에 안 나오는 공식구를 많이 사용한다는 점도 그렇고, 그려지는 행동들도 10권에만 나타나는 것들이 있다. 야간 기습을 나가는 것이라든지, 말을 타고 달리는 것 따위다. 가장 크게 의혹을 일으키는 것은, 여기서 거둔 전과가 이후에는 전혀 언급되지 않는다는 점이다. 좋은 말을 노획했는데, 이후에 그 말들이 전장에서도, 장례식 경주에서도 이용되지 않는 것이다. 장례식 경기에는, 5권에서 디오메데스가 빼앗은 아이네이아스의 말들도 출전하고(23:291), 파트로클로스가 사르페돈에게서 벗긴 무장도 상품으로 나오는데(23:800), 유독 10권의 노획물만 등장하지 않으니 사실 이상하다. 그래서 이 장면은, 어떤 가객이 앞 장면들과 모순되지 않게끔 잘 만들어서, 그게 독립적으로 낭송되어 오다가 어느 시기엔가 이 자리에 끼워 넣어진 것으로 여겨지고 있다. 하지만 그 구성 요소들을 보면, 완전히 새로운 것들은 아니다. 예를 들면 오뒷세우스가 쓰고 나가는, 펠트 바탕에 돼지 이빨을 꿰어 두른 투구는 아주 옛날식 무구로 알려져 있다(실제로 그런 투구를 착용한 전사를 새긴 공예품이 전해지고 있다). 특이한 공식구들이 쓰이는 것도 상황 설정 자체가 워낙 특이해서 그런 것이라고 하면 그럭저럭 설명이 된다. 그래서 대체적인 결론은, 이 부분이 만들어진 시기는 다른 부분보다 늦을지 몰라도, 표현이나 내용에 있어서는 전통적인 요소들을 사용했다는 것이다.

10권에만 등장하고 다른 부분에는 나오지 않는 내용 중 하나는, 오뒷세우스가 활을 지니고 간다는 점이다. 『일리아스』와 『오뒷세이아』의 차이 중 하나가 오뒷세우스가 활을 사용하는지 여부이다. 『오뒷세이아』에서는 명사수로 되어 있는 그가 『일리아스』의 다른 부분에서는 활에 손도 대지 않는다. 그러니 10권은 매우 『오뒷세이아』적이다. 여기 등장하는 오뒷세우스의 모습도 그렇다. 흔히 오뒷세우스는 꾀가 많은 인물로 알려져 있지만 『일리아스』에서는 특별히 그런 특성이 두드러지지 않고, 그저 남들보다 침착하고 현실적 지혜를 지닌 인물로 나오는 정도이다. 그런데 이 10권에서 우리에게 널리 알려진, 거의 '교활한' 오뒷세우스의 모습이 소개된다. 돌론에게서 정보를 캐내고, 처음 약속과는 달리 죽여 없애기 때문이다(물론 직접 칼을 휘두른 사람은 디오메데스이다). 이런 '어두운' 측면은 사실 등장인물들의 차림새에서부터 두드러진다. 이 밤의 정찰을 위해, 디오메데스는 청동 투구 대신 쇠가죽 투구를 썼으며, 오뒷세우스 역시 돼지 이빨로 겉을 두른 투구를 썼다. 한편 상대쪽의 돌론은 늑대 가죽을 걸치고 족제비 가죽 투구를 썼다. 앞에 지적한 것처럼 늑대인간들의 형상이다.

하지만 이 10권은 지금 이 자리에 맞춤하게 들어가 있다. 우선 다음날 아가멤논의 수훈으로 시작되는 전투를 위하여 이 '야간 기습'이 일종의 전환점 역할을 하고 있다는 점에서, 전체적 흐름에 잘 들어맞는다. 그리고 10권이 9권과 구조적으로 유사하게 짜였다는 점도 지적되고 있다. 두 권이 모두 야간에 걱정스런 지휘관들이 회의를 하는 것으로 시작해서, '두 사람'이 임무를 수행하기 위해 떠나는 중간 부분을 거쳐, 돌아와 보고하는 것으로 끝나기 때문이다. 더 넓게 보자면 이런 구조는 11권에서 16권에 이르는 '파트로클로스의 정탐'에서도 나타나기 때문에, 10권을 여기 끼워 넣은 시인은 이 작품의 구조에 대해 깊은 이해를 가진 사람임이 분명하다.

이 부분에 대한 설명을 마치기 전에, 10권의 주된 희생자 레소스에 대해 조금 정리해 두자. 다른 전승에 따르면, 그가 참전하면 트로이아 쪽이 승리한다는 예언이 있었다고 한다. 하지만 그는 전투에 나가보지도 못하고, 도착한 날 밤에 바로 죽음을 당했다. 그의 죽음을 다룬 비극 작품으로『레소스』라는 것이 있는데, 에우리피데스의 것이라고 전해지지만 많은 학자들이 위작(僞作)으로 보고 있다.

Ilias

IV. 전투 셋째 날
: 여섯 번의 진퇴

'아가멤논'의 황금 가면(기원전 16세기)
하인리히 슐레만이 뮈케나이에서 1876년에 발굴한 자료이
다. 전투 셋째 날, 희랍군은 아가멤논이 큰 공을 세우면서 우
세하게 전투를 시작한다. 하지만 곧 주요 전사들이 모두 부
상당하고, 큰 위기에 처하게 된다.

11권

셋째 날 전투 시작

이날은 많은 사건이 짧은 시간에 일어나기 때문인지, 전투 시작 부분에 등장하는 많은 전형적인 요소들, 즉 회의, 식사, 제사, 격려 연설 등이 생략되어 있다. 전투가 시작되자 한동안은 희랍군이 큰 우세를 누리는데, 8권에서 이미 제우스가 이날 희랍군이 패배할 것이라고 예고해 놓았기 때문에 이 승세는 예정된 패배 앞에 놓인 일시적인 것이다. 이렇게 희랍군이 우세한 장면으로 하루를 시작하는 것은, 한편으로 희랍인인 시인이 아무래도 희랍군을 편드는 성향이 있다는 걸 보여주기도 하지만, 다른 한편 전체적으로 전진-후퇴의 균형을 맞추기 위해서라고 볼 수도 있다.

11권의 시작은, 독립적으로 공연되던 한 도막의 첫 부분이라 해도 좋을 정도로, 새로운 전투가 시작될 때의 분위기를 강하게 풍긴다. 이제 아침이 온다. 제우스가 불화의 여신을 배들 사이로 보낸다. 여신은 함대 중앙에 서서 함성을 질러 전사들의 가슴에 전의를 불어넣는다. 아가멤논은 병사들에게 무장 갖추기를 명하고, 자신도 무장을 갖춘다. 그는 전날 밤 디오메데스의 권고를 기억하는 듯 단단히 무장한다. 이 작품에 몇 차례 등장하는 긴 무장 장면 중 하나다. 우선 그의 가슴받이가 특별한 주목을 받는다. 구원의 장치들에는 교묘한 무늬가 있는 경우가 많다고 주장하는 학자가 있는데, 그 경우에 들어맞는다.

> 그 안에는 열 줄의 검푸른 법랑 줄무늬와 열두 줄의
> 황금 줄무늬와 스무 줄의 주석 줄무늬가 들어 있었다.
> 그리고 그 양쪽에는 한쪽에 세 마리씩 검푸른 구렁이가 목을 향하여
> 기어오르고 있었으니, 그 모습은 필멸의 인간들에게
> 전조를 보이고자 크로노스의 아드님이 구름 속에다 세우는 무지개와
> 도 같았다.(11:24~28)

여기서 계속 인용하지는 않겠지만, 이런 식으로 방패와 방패띠도 자세히 묘사된다. 이런 묘사로 인해 독자와 청중은, 아가멤논이 이날 최고 수훈자가 되리라는 강한 예감을 얻게 된다. 특히 그의 창에서 '빛이 멀리 하늘까지 비치'는 대목이 그러하다. 우리는 이런 묘사를 수훈을 앞둔 거의 모든 전사의 무장 장면에서 볼 수 있다(파트로클로스의 경우에만 그것이 빠져 있는데, 이는 그가 죽음을 당하기 때문이다).

전차들이 정렬되고, 무장을 갖춘 전사들이 그 앞에서 전진하기 시작한다. 전차들이 따라간다. 앞에서도 말했지만 전차는 공격용이 아니라 이동용이기 때문에 혹시 후퇴할 경우를 대비하여 여기 따라가는 중이다. 제우스는 피 섞인 이슬을 뿌려, 이날 수많은 영웅들이 저승으로 향할 것을 예고한다.

이렇게 희랍군의 정렬된 모습을 보여 주던 시인은, 장면을 바꾸

어 트로이아군이 어떻게 준비하는지를 알려 준다. 그쪽 지휘관들의 짧은 목록이 등장한다. 자주 등장하지 않는 인물로 안테노르의 세 아들이 주목을 받는다. 그 중 하나인 아게노르는 다음날 아킬레우스와 맞서서 트로이아군으로서는 거의 마지막 공을 세우게 될 것이다. 이날 세 차례 대공세의 주역이 될 헥토르 역시 상당한 묘사를 받는다. 그는 빛나는 시리우스가 구름 속에 숨었다가 나타났다가 하는 듯이 대열 속을 누비는데, 그의 빛나는 무장은 제우스의 번개에 비견된다.

이제 군중 전투가 시작된다. 무수한 희생이 생긴다. 전사들은 추수할 때 곡식 다발 쓰러지듯 넘어진다. 어느 쪽도 후퇴할 기색이 없다. 불화의 여신만이 날뛰고, 다른 신들은 제우스를 원망하며 올림포스에 머물러 있었기 때문이다. 제우스는 멀리 떨어져 앉아 전투를 내려다보고 있다.

아가멤논이 큰 공을 세우고 부상당하다

아침나절엔 백중하던 전투가 점심때쯤 되자 다나오스인들(희랍군의 별칭)의 공세로 전환된다. 여기서 시인은 재미있는 표현을 사용한다.

나무꾼이 키 큰 나무를 베느라고
두 손에 힘이 빠져 일에 싫증이 나고
맛있는 음식을 먹고 싶은 욕망이 간절하여
산골짜기에서 식사 준비를 할 무렵이 되자……(11:86~89)

문맥에 맞춰 이 표현의 의미를 생각하자면, 이제 병사들이 슬슬 지쳐 갈 때가 되었다는 말이리라. 하지만 이런 대목에서 우리는 당시 사람들의 생활상을 엿볼 수 있다. 혹시 시인은 이 자리에서 전투 중인 병사들이 원래 있을 곳은, 여기 그려진 것과 같은 한적한 시골이란 말을 하고 싶은 것일까?

다시 전투 장면으로 돌아가자. 제일 먼저 아가멤논이 적의 전열로 뛰어들어 연거푸 세 쌍의 전사를 죽인다. 디오메데스의 수훈기도 이런 식으로 시작되었었는데, 이같이 쌍으로 된 희생자들은 무질서한 전투장면에 다소간의 질서를 부여해 준다.*

---

* 여기쯤 왔으면 이제 독자 중에는, 자세한 전투 묘사는 별 관심 없고 그저 대체적인 상황이나 알고 넘어가자 할 사람이 많아졌겠다. 그래도 '대왕'의 전공이니 그냥 지나갈 수는 없고, 주석으로 인쇄하여 읽을 사람이나 읽게 하자.
아가멤논에게 희생된 자들 중 두번째 쌍은 프리아모스의 두 아들로서, 이들의 죽음은 트로이아 왕가의 점차적인 붕괴를 상징하는 듯하다. 이들은 전에 아킬레우스에게 잡혔다가 값을 치르고 풀려난 자들이다. 우리는 앞으로 뤼카온이 아킬레우스에게 죽는 대목에서 비슷한 사연을 보게 될 것이다(반복되며 커 가는 주제들의 정점은 다시 아킬레우스이다). 한편 세번째 쌍인 안티마코스의 아들들은, 자신들을 잡아 몸값을 받기를 간청하다가 죽음을 당한다(11:131~135). 우리는 이미 전투 첫날의 아드레스토스가 죽을 때 비슷한 장면을 보았었다(6:46~50). 탄원이라는 주제 역시 여러 차례 등장하면서 점층적으로 자라나는 것을 확인하게 될 것이다. 여기서 특히 아가멤논은 히폴로코스의 두 팔과 목을 잘라 몸뚱이가 굴러다니게 하는데, 이런 끔찍한 죽음은 아가멤논의 상대에게서 자주 나타나며, 연속적인 장면들의 맨 마지막에 강세를 주는 요소로 쓰이고 있다.
이 부분에서 아가멤논의 전공은 뒤로 갈수록 점점 길게 묘사되어 일종의 점층적 구성을 보이는데, 마지막에는 그가 울창한 숲에 번진 불길같이, 밤에 소떼를 덮친 사자같이 트로이아군을 쫓으며 수많은 전사를 죽였다는 일반적 묘사로 넘어간다. 나중에 아킬레우스의 공격 모습도 비슷하게 그려지니, 이날 초반의 아가멤논은 일종의 '아킬레우스'인 셈이다. 그리고 여기서 그의 전투 모습을 그리는 데 쓰인 표현은(11:178), 전날 헥토르가 패주하는 희랍군을 뒤쫓던 때와 똑같은 구절이다(8:342). 어제 헥토르가 첫날의 디오메데스의 공을 무효로 만든 것처럼, 여기서도 아가멤논의 기세에 밀려 어제 헥토르가 거두었던 성공은 거의 아무것도 아닌 듯 되어 가고 있다.

결국 아가멤논은 성벽 가까이까지 다다른다. 트로이아 성 앞에 닿으려면 우선 일로스의 무덤과 무화과나무를 지나고, 아마도 큰 참나무 있는 곳을 지나면 트로이아의 스카이아이 문에 닿는 듯하다. 전체적으로 지리적 상황이 불분명한 것처럼 트로이아 성도 전체가 어떻게 생겼는지는 확실하게 그려지지 않는다. 그저 여기 나온 네 가지 요소가 여러 번 언급되고, 나중에 프리아모스의 여행에서도 나오게 될 것이다.

한데 아가멤논이 도시의 성벽 아래 닿으려는 순간, 제우스는 이리스를 불러 헥토르에게 명을 전하게 한다. 일단 아가멤논이 부상할 때까지 물러서 있다가, 그가 부상당하면 그때부터는 반격을 시작하라고, 그날 해가 저물 때까지는 자기가 힘을 주어 적을 도륙하게 해주겠노라고. 여기서 다시 청중들은 일종의 '스포일러'에 노출된 셈이다. 아가멤논의 승리의 시간은 이제 거의 지난 모양이다. 그 명을 받은 헥토르는 전열을 정비하고 희랍군도 전열을 추스른다. 여기서 다시 전투가 처음 시작되는 듯이 그려진다. 하지만 아가멤논의 승훈이 아직은 조금 더 남아 있다.

시인은 누가 제일 먼저 아가멤논과 맞붙었는지 무사 여신에게 묻는다. 그 답은 '이피다마스'(Iphidamas)다. 위협이라는 요소가 빠진 작은 대결이 펼쳐진다. 아가멤논과 이피다마스가 마주 달려가고, 왕이 먼저 창을 던지나 빗나간다. 이어 이피다마스가 그를 공격하지만, 창이 상대의 혁대를 뚫지 못하고, 오히려 자신이 딸려가 칼에 목을 베인다.

다시 아가멤논의 공훈이 계속될 것인가? 이때 이피다마스의 형 코온이 동생의 죽음을 목격하고는 슬픔과 분노를 품은 채 몰래 옆쪽에서 다가온다. 아가멤논의 팔뚝 한가운데를 창으로 찔러 불의의 일격을 가한다. 아가멤논은 심상찮은 부상임을 느꼈지만, 반격한다. 동생의 시신을 끌어가며 동료들을 부르는 코온을 추격한다. 창으로 상대의 방패 밑을 찌른다. 코온은 쓰러진다. 목이 베인다. 이 접전은 두 개의 연속된 작은 대결이고, 이것이 아가멤논 수훈기의 절정이자 최후이다. 아가멤논은 부상에도 불구하고 계속 싸우고자 한다. 한참 대열 사이를 누비고 다니지만, 결국 고통을 이기지 못하고 진영으로 물러나고 만다. 한창 기세가 오를 때 그는 들불에, 사자에 비유되었지만, 지금 물러서는 그에게 닥친 고통은, 출산하는 여인이 당하는 고통에 비유되고 있다.

여기까지 펼쳐진 아가멤논의 수훈은 상승의 세 전투와 하강의 두 전투로 구성되어 있다. 앞의 세 전투는 길이가 점점 길어지는 오르막 형태다. 한편 뒤의 두 전투는 앞의 세 전투처럼 함께 행동하는 형제 전사 둘을 잇달아 상대한 것으로, 사실상 하나의 전투를 늘려 놓은 것이다. 따라서 길이만 본다면 여전히 오르막이 지속되는 것처럼 보인다. 하지만 앞의 전사들이 저항 없이 쓰러진 데 반해, 마지막 두 전사는 그에게 공격을 감행하고 두번째에는 부상까지 입힌다. 그러니 내용상으로는 상승이 아니라 오히려 아가멤논의 하락세를 보여 준 셈이다.

이 아가멤논의 퇴장은 희랍군이 수세로 전환하는 기점이 된다. 아가멤논도 그것을 느낀 것일까? 그는 떠나가면서 동료들에게 계속 잘 싸우기를 당부하는데, 그 내용을 보면 계속 진격하라는 게 아니라, 부디 배를 지켜내라고 부탁하는 것이다(11:276~279). 사실 독자와 청중은 이미, 이리스가 헥토르에게 와서 아가멤논이 물러갈 때까지 기다리라고 했을 때, 이후의 추세가 이렇게 되리라는 걸 알고 있었다. 그러니 여기서 아가멤논은 나름대로 통찰력을 보여 준 셈이다.

이 장면에서도 시인은 희생자들에게 동정심을 보이는데, 그것은 이피다마스의 경우에 가장 뚜렷하다. 그의 삶은 두 번으로 나뉘어 소개된다. 우선 아가멤논과 마주치는 순간 그의 어린 시절과 결혼, 참전 과정을 소개한다. 쓰러진 뒤에는 그의 결혼과 젊은 아내를 언급한다.

…… 그는 당당하고 큰 사나이로
양떼의 어머니인 기름진 트레케 땅에서 자랐다.
볼이 예쁜 테아노를 낳은 그의 외할아버지 킷세우스가
어릴 적부터 그를 자기 집에서 길렀던 것이다.
그리하여 그가 마침내 영광스런 청춘의 나이가 되었을 때,
킷세우스는 그를 그곳에 붙들어 두려고 자기 딸을 아내로 주었다.
그러나 그는 갓 결혼한 신랑의 몸으로 신방을 뛰쳐나와서는
아카이아인들의 소문을 좇아 부리처럼 생긴 배 12척을 이끌고 왔다.
하지만 그 후에 그는 균형이 잡힌 배들은 페르코테에 남겨 두고
그 자신은 걸어서 일리오스까지 왔던 것이다.(11:221~30)

이것으로도 모자랐는지 시인은 '가엾게도'(11:242)라는 주관적
인 표현까지 사용해 자기 감정을 드러낸다.

…… 그는 **가엾게도** …… 아내의 곁을 멀리 떠나 도시의 백성들을
돕다가 그곳에 쓰러져 청동의 잠을 자게 되었던 것이다.
그 아내에게 그는 재미도 보지 못하고 많은 구혼 선물만 주었으니
먼저 그는 소 백 마리를 주었고 다음에는 그가 수없이 갖고 있던
염소와 양을 합쳐 천 마리를 주기로 약속했던 것이다.(11:241~245)

헥토르가 반격을 가하고 전세의 균형이 이루어지다

아가멤논이 물러가자, 제우스는 약속대로 헥토르에게 영광을 내린
다. 그는 사냥꾼이 자기 개들을 격려하듯 병사들을 격려하고, 바다의
폭풍같이 내달려, 잇달아 희랍군 지도자 아홉을 죽이고, 많은 병사들
을 죽인다. 여기서 트로이아군의 기세가 헥토르로 대표되듯, 희랍군
의 큰 희생도 지도자들의 죽음으로 대표된다. 시인은 스스로, 헥토르
가 맨 먼저 죽인 자가 누구인지, 맨 나중에 죽인 자는 누구인지 질문
을 던지고는, 3행에 이르는 전사자 목록을 풀어 낸다.

하지만 아직은 전면적인 반전이 아니다. 곧 오뒷세우스와 디오
메데스가 반격에 나서고, 쫓기던 희랍군이 숨을 돌리게 된다. 여기서
헥토르의 기세가 잇따라 나오는 세 개의 직유로 표현되는 것은, 곧 트
로이아군의 대공세가 있을 것을 예고한다. 조금 전에 아가멤논이 치
고나갈 때도 그렇지 않았던가! 여기서 일단 희랍군이 트로이아군의

첫 공세를 막아 내긴 했지만, 희랍군 역시 전세가 달라진 것을 느끼는 모양이다. 오뒷세우스가 디오메데스를 부르는 대목에서 배들을 빼앗길 가능성이 있다고 언급하기 때문이다(11:315).

지금 이 장면에서 오뒷세우스와 디오메데스의 반격에 쓰러지는 트로이아인 중 가장 중요한 인물은 '메롭스의 두 아들'이다. 이들의 이름은 이미 2권 후반 '트로이아군의 목록'에 나온 바 있는데, 아드레스토스와 암피오스이다. 아버지의 예언을 무시하고 참전한 이들은 이름부터가, 테바이 서사시의 아드라스토스와 암피아라오스에서 따온 듯 되어 있다. 이들도 저 희랍의 영웅들처럼 패배를 맛볼 것이다. 한데 여기서 희생자의 이름이 직접 나오지 않고 아버지의 이름만 나온 이유는 무엇일까? 아마도 시인은 쓰러지는 전사 자신보다는 그들을 잃은 아버지의 고통에 중점을 두고 싶었던 모양이다.

디오메데스의 부상

전투는 일시적으로 평형 상태이다. 디오메데스는 트로이아 전사 하나를 쓰러뜨린다. 그것을 보고 헥토르가 고함치며 달려온다. 디오메데스는 그 기세에 두려움을 느낀다. 자신들에게 파멸이 다가오는 것으로 생각한다. 5권에서도 비슷한 상황이 있었다. 그가 아이네이아스와 판다로스를 만났을 때, 그의 동료 스테넬로스가 두려움을 표현했었던 것이다. 이번에는 그의 동료가 아니라 디오메데스 자신이 직접 공포를 느끼고 있으니, 전보다 더 위험한 순간이다. 그렇지만 그는 그때처럼 여기서도 물러서지 않는다. 창을 날린다. 헥토르의 투구를 맞힌다. 창은 투구를 뚫지 못하고 튕겨나갔지만, 헥토르는 죽음 같은 충격을 느낀다. 동료들 속으로 후퇴한다. 무릎을 꿇고 주저앉으며 손으로 땅을 짚는다. 그의 '두 눈에 검은 밤이 내리 덮'인다(11:356). 전사의 죽음을 표현하는 구절이다. 아마도 시인은 우리에게 그의 죽음이 임박했음을 알리려는 듯하다. 하지만 디오메데스는 멀리 날아간 창을 찾으러 다른 방향으로 향하고, 헥토르는 전차에 올라 후방으로 피한다. 아직은 그의 죽음이 그렇게까지 다가오진 않았다. 앞으로 이런 일은 몇 번 더 있을 터이니, 그것을 번호를 붙여 가면서 헤아려 보자. 조금 전 것이 말하자면 '헥토르의 죽음 1'이다.

자, 적군의 최강자가 격렬하게 닥쳐오는 것을 저지하고, '죽음'을 안겼으니 디오메데스로서 상당한 명예를 얻은 셈이다. 하지만 그는 곧 대가를 치른다. 디오메데스가 전리품을 챙기는 사이, 파리스의 화살이 그의 발바닥을 꿰뚫었기 때문이다. 이제 그도 전장에서 물러나게 되었다.

사실 헥토르와 디오메데스의 조우는 전날 저녁부터 예정된 것이다. 8권 마지막 부분(8:532~534)에 헥토르가 그날 전투를 마무리하면서 승리감에 들떠서, 디오메데스와 대결할 것을 공언했기 때문이다. 그러니 이 장면으로 해서 아킬레우스의 대리인 디오메데스와 헥토르 간의 대결이, 가능한 마지막 순간에 이루어진 셈이다. 이 장면은 여러 가지 점에서 아킬레우스와 헥토르의 대결을 떠올리게 한다. 우선 디오메데스의 창이 (헥토르의 투구에 맞은 후) 다른 데로 날아간 것, 그리고 디오메데스가 창을 던진 후 곧바로 칼을 쓰지 않은 것이다. 이와 같은 일이 22권 아킬레우스와 헥토르의 대결에서도 나타날 것이다. 헥토르를 빗맞힌 후에 디오메데스가 욕설을 퍼붓는 것(11:362~367)도, 아킬레우스와 헥토르의 첫 만남 장면(20:449~454)에 나오는 것과 같다.

　　헥토르가 죽은 뒤에 곧 아킬레우스가 활에 맞아 죽음을 당하듯, 여기서도 헥토르가 '죽음'을 당한 후 곧 이어 디오메데스가 활에 부상을 입는다. 더구나 그 부상의 부위(발바닥)는 아킬레우스가 화살을 맞았다는 자리(발목)에 가깝다. 파리스는 디오메데스를 부상시키고는 조롱을 퍼붓는데, 이런 말은 보통 죽은 사람에게만 하는 것이다. 그러니 디오메데스 역시 일종의 '죽음'을 당한 것이다. 사실 앞으로 우리는 그를 전장에서 다시 볼 수 없으니, 이것이 전사에게 내려진 일종의 사망선고라 해도 틀리지 않을 것이다. 디오메데스가 파리스에게 응수하는 말도, 파트로클로스나 헥토르가 죽어 가며 던지는 말을 연상시킨다. 파리스는 겨우 조금 다치게 했을 뿐이지만, 자기라면 화살로 상대를 절명시켰으리라는 것인데, 다른 전승에 따르면 파리스는 필록테테스의 화살에 죽었다니, 이 역시 일종의 죽음의 예언이다. 우리는 앞으로, 죽어 가는 전사들이 상대의 죽음을 예언하는 것을 몇 차례 보게 될 것이다.

　　디오메데스는 오뒷세우스의 엄호를 받으며 후퇴하는데, 이 역시 나중에 아킬레우스의 시신구출 장면에 있었다는 일이다. 따라서 방금 본 장면은 헥토르와 디오메데스의 '약화된 죽음'을 보여 준다 할 수 있다. 이 '죽음'들은 어떤 의미에서는 자신의 죽음이고, 자기를 닮은 사람의 죽음을 예고하는 것이기도 하다. 헥토르는 그 자신이 죽는 모습을 미리 보여 주었다, 디오메데스는 전사로서 '죽었'고, 다른 한편 그가 대신하는 인물(아킬레우스)의 죽음을 미리 보여 주었다. 그러니까 우리는 여기서, 헥토르의 죽음, 아킬레우스의 죽음을 차례로 보고, 파리스의 죽음까지 들은 셈이다.

오뒷세우스의 부상

이제 희랍군 주력 전사들 중에서 둘이나 부상을 당하고 물러났다. 현재 최전선에는 오뒷세우스 혼자뿐이다. 오뒷세우스는 피해야 할지 혼자서라도 계속 버텨야 할지 고심한다. 그러다가 그런 걸 고심하는 자신을 책망한다. 전투에 으뜸인 자답게 버텨야 하리라고 다짐한다. 하지만 그에게, 사냥개와 사냥꾼 무리가 멧돼지를 에워싸듯 적들이 몰려든다.

그는 잇달아 다섯 명의 적을 쓰러뜨린다. 그러나 일련의 희생자 중 마지막에 쓰러진 카롭스를 구하러, 그의 형제 소코스가 달려오고, 오뒷세우스는 그에게 불의의 일격을 당하게 된다. 이 무명의 전사가 오뒷세우스의 곁에 바짝 다가와, 위협을 가한다. 창을 휘둘러 방패를 뚫고 오뒷세우스의 옆구리에 부상을 입힌다. 하지만 치명상은 아니다. 아테네가 도왔기 때문이다. 『오뒷세이아』까지 이어질 여신의 도움이 여기서도 함께 한 모양이다.

오뒷세우스는 상대에게 위협을 되돌려준다. 상대는 "명성은 오뒷세우스에게, 영혼은 하데스에게” 줄 것이라고. 달아나려 몸을 돌리는 소코스의 등에 창을 꽂는다. 조롱이 이어진다. 그는 부모님이 치뤄 주는 장례를 받지 못하고 새들의 밥이 될 것이다. 이렇게 상대를 쓰러 뜨리고 나서야 그는 자기 상처를 수습한다. 그러고는 소리쳐 동료들을 부른다. 그의 외침을 들은 메넬라오스와 아이아스가 달려온다. 이제 그는 안전을 확보했다.

오뒷세우스는 여기서 상대를 죽이기는 했으나, 전에는 언급된 적이 없는 작은 전사에게 부상을 당했다. 중요한 전사가 이런 식으로 물러나는 게 타당한 것인가? 그런데 우리는 여기서 놀랍게도 무명전사 소코스에게 ‘신과 같은 자’(11:428)이란 수식어가 붙어 있는 것을 발견한다. 이 수식어는 보통 상당한 지위에 있는 지도자급에게만 붙는다. 그러니 소코스는 꽤 높은 지위를 부여받은 셈이고, 그만큼 오뒷세우스의 불명예도 줄어들게 되었다. 하지만 큰 영웅인 오뒷세우스가 이런 무명의 전사와 대결을 벌이고 물러가게 된다는 사실 자체가 희랍군의 난경을 보여 주는 것이다.

이 장면은 아가멤논이 부상당하는 장면과 유사하게 되어 있다. 여기서 소코스는 자기 형제 카롭스의 죽음을 복수하느라 오뒷세우스에게 부상을 입히고 자신은 죽음을 당하는데, 아가멤논 때도 사람만 달랐지 상황은 같았다. 이렇게 영웅의 부상 장면이 이전 것을 반복하는 반면에, 그의 구조 장면은 뒤에 나올 것을 예시한다. 그의 외침을 듣고 구하러 오는 두 사람(메넬라오스와 아이아스)이, 17권에서 파트로클로스의 시신을 구해 내는 네 전사에 속하기 때문이다. ‘동료 구하기'라는 소주제도 점점 커 가면서 파트로클로스와 아킬레우스의 죽음을 향하고 있다.

한편 이 장면에서 오뒷세우스가 고립 속에서도 굳게 버티기로 결정하는 것은 8권에서 그가 잃어버린 체면을 다시 세워 주는 역할을 한다. 그는 전날, 디오메데스가 네스토르를 돕자고 부르는데 못 듣고 그냥 지나쳤었다. 혹시 '영악한' 오뒷세우스가 동료의 청을 모른 척한 게 아닐까 의심을 불러일으키는 대목이었는데, 지금 여기서 혼자서 적들 가운데서 버팀으로써 그가 대단히 용기 있는 전사라는 것이 입증된 셈이다.

마카온과 에우뤼퓔로스의 부상

메넬라오스와 아이아스가 오뒷세우스를 구하러 달려왔을 때는, 마치 부상당한 사슴을 승냥이떼가 에워싸듯 트로이아군이 부상자 주위로 몰려와 있다. 하지만 사자가 나타나면 승냥이들은 물러서는 법. 아이아스의 모습이 보이자 트로이아군은 흩어진다. 아이아스의 활약이 시작된다. 그는 프리아모스의 서자 하나를 죽이고 연거푸 네 사람을 친 후, 마치 불어난 강물같이 들판을 휩쓴다. 그러나 여기서는 상대를 '쳤다'는 말만 나오고 '죽였다'는 말이 나오지 않고, 별다른 묘사 없이 희생자의 이름만 짧게 기록되어 있다. 상황이 급박하니 묘사도 건조해진다.

한편 싸움터의 왼쪽에서는 헥토르와 네스토르, 이도메네우스가 싸우고 있다. 여기서 파리스는 의사인 마카온에게 부상을 입힌다. 방패 바깥에 노출되어 늘 위험한 부위, 오른쪽 어깨다. 헥토르는 그 사이 디오메데스에게서 받은 충격에서 회복된 모양이고, 파리스 역시 디오메데스와 오뒷세우스가 있던 데서 헥토르가 있는 쪽으로 이동한 모양이다. 이도메네우스는 부상당한 마카온을 후송하는 일을 네스토르에게 맡긴다. '의사가 만군만큼의 가치가 있'으니 얼른 안전한 데로 데려가는 게 좋다.

여기서 초점은 헥토르 일행에게 맞춰진다. 케브리오네스는 헥토르에게 아이아스 쪽으로 이동하기를 권한다. 그쪽에서 트로이아군이 몰리고 있기 때문이다. 헥토르는 그 제안을 따라 그리로 달려가지만, 아직은 아이아스와 직접 맞서기를 피한다. 그러나 트로이아군에게 승리를 안기기로 결심한 제우스가 아이아스에게 두려움을 불어 넣는다. 아이아스도 할 수 없이 배 쪽으로 물러선다. 방패를 등에 메고 주위를 살피며 천천히 물러서다가, 이따금 돌아서서 적들의 동태를 살핀다. 여기서 그는 마지못해 물러가는 사자로, 고집 센 당나귀로 그려진다.

> 마치 게으른 당나귀가 들을 지나다가 소년들에게 반항할 때와 같이
> (당나귀는 이미 막대기가 수없이 부러지도록 매를 맞은 경험이 있어
> 소년들이 막대기로 치는데도 우거진 곡식밭으로 들어가
> 곡식을 마구 뜯어 먹는다. 소년들의 힘이 약하기 때문이다.
> 그래서 꿀을 실컷 먹은 다음에야 소년들은 간신히 끌어낸다.)
> (11:558~562)

전투 장면에서는 동물이 이런 식으로 주인에게 맞서는 경우가 보이지 않는다. '돌로 치려 하면 돌이 늘 곁에 있'듯이, 동물들은 늘 주인이 이끄는 대로 말을 듣는 모양이다. 하지만 직유 속에서는 다르다. 동물들은 제 뜻대로 행동한다. 훨씬 현실적이다. 그래서 시인이 살던 시대의 일상을 더 잘 보여 준다.

이제 아이아스도 위기에 처한다. 당나귀에게 쏟아지는 매 타작처럼, 창과 화살이 빗발치듯 쏟아진다. 에우뤼퓔로스가 그를 도우러 간다. 적을 하나 쓰러뜨린다. 아무리 급해도 전리품을 챙기는 것은 사양치 않는다. 하지만 그러다가 넓적다리에 화살을 맞는다. 이번에도 파리스다. 그는 자신의 안전보다 아이아스를 걱정하여, 그를 도와주라고 동료들에게 외친다. 그들은 밀집 대형을 짜고, 아이아스도 여기 합류하여 대항한다.

파트로클로스, 아킬레우스의 명으로 네스토르와 에우뤼퓔로스를 만나다

여기서 이야기는 '아킬레우스의 분노'라는 주제로 이어진다. 멀리서 전투의 추이를 관찰하고 있던 아킬레우스가 누군가 부상당해 후송되는 것을 보고는 파트로클로스를 파견하여 그게 누군지 알아보도록 시켰기 때문이다. 우리가 마지막으로 본 부상자는 에우뤼퓔로스지만, 시간은 잠깐 앞으로 돌아가서, 현재 진영으로 돌아오고 있는 것은 마카온이다. 아니, 어쩌면 에우뤼퓔로스가 부상당하는 순간에, 마카온은 진영으로 들어서고 있었을 터이니, 시간이 되돌아간다기보다는 '카메라'가 순간 이동한 것처럼 되어 있다는 게 더 옳겠다. 이 심부름은 결국 파트로클로스의 출전, 그리고 궁극적으로는 아킬레우스 자신의 출전으로 이어질 터이다.

희랍군의 곤경을 보는 아킬레우스의 심정은 일단 기쁨이다. 자기 의도대로 희랍군이 몰리고 있으니, 저들은 곧 그에게 와서 사죄하고 출전을 간청할 것이다. 하지만 그는 그저 기다리지 않고, 소식을 알아보게 파트로클로스를 파견한다. 그는 혹시 파트로클로스가 가서 애원자들을 데려오길 바란 것일까?

파트로클로스가 달려가는 사이, 네스토르와 마카온은 네스토르 노인의 막사에 도착한다. 그를 섬기는 여인 헤카메데가 아름다운 잔에 꿀 음료를 준비하여 두 사람을 접대한다. 그들이 환담하고 있는 사이에 파트로클로스가 들어선다. 네스토르는 그에게 일단 앉으라 권하지만, 젊은이는 마음이 급하다. 부상자의 신원은 자기가 직접 확인했고 아킬레우스는 엄한 사람이니, 얼른 돌아가겠다는 것이다. 하지만 언제나 길게 옛날을 회고하는 버릇이 있는 노인은 그를 쉽게 놓아주지 않는다. 우선 다른 부상자들이 많다는 것을 전한다. 우리가 본 순서와는 약간 다르게 디오메데스, 오뒷세우스, 아가멤논의 순서다. 그리고 어떻게 알았는지 에우뤼필로스의 부상 사실까지 덧붙인다. 아무래도 독자의 지식을 등장인물에게 전가하는 기법이 쓰인 듯하지만, 진영으로 들어설 무렵 뒤를 돌아보고 멀리서 사실을 알아챘을 수도 있겠다.

그는 아킬레우스가, 배가 불타고 희랍군이 차례차례 죽기를 기다리는 것인지, 비난을 섞어 묻는다. 여기서 노인의 장기가 나온다.

좋았던 옛날에 대한 회고다. 자기는 옛날 엘리스에서 못 받은 빚 대신 소떼를 빼앗아 돌아오다가, 앞을 가로막는 이튀모네우스를 쓰러뜨리고 수많은 전리품을 얻었단다. 그 전리품을 분배하는 과정을 그려 보이는 도중에, 넬레우스가 헤라클레스에게 자식들을 모두 잃은 일, 아우게이아스가 경마 대회에 나온 넬레우스의 말을 빼앗은 일 등이 회고되고, 다음날 쳐들어온 에페이오이족과 싸운 이야기가 이어진다. 자기는 아버지의 반대를 무릅쓰고 나가서 물리오스라는 장수를 쓰러뜨리고, 잇달아 전차 50대를 빼앗고, 전차마다 두 명씩을 죽였다는 것이다. 마지막에는 아킬레우스에 대한 비판이 뒤따른다. 자기는 그렇게 전공을 세우고 찬양을 받았건만, 아킬레우스는 용기를 혼자서만 즐기려 한다는 것이다.

자신의 과거 업적을 모범으로 내세운 것으로는 부족하다고 생각했는지, 노인은 파트로클로스가 고향에서 떠날 때 그의 아버지 메노이티오스가 그에게 당부했던 말을 일깨운다. 자신이, 아킬레우스와 파트로클로스의 참전을 권하기 위해 오뒷세우스와 함께 펠레우스의 궁전에 갔을 때, 거기서 들은 것이다. 이런 장치를 통해서 시인은 슬그머니 다른 판본을 부정한다. 스퀴로스에 숨어 있던 아킬레우스를 방물장수로 변장한 오뒷세우스가 찾아냈다는 얘기 말이다. 여기는 그냥 노련한 모병관이 철없는 젊은이들을 부추겨서 전쟁터로 데려가는 것처럼 되어 있다.

그리고 어찌 된 일인지, 이 이야기 속에서는 파트로클로스의 아버지도 펠레우스의 궁전에 와 있다. 물론 아들이 전쟁에 나간다는 소식을 듣고 거기 찾아왔을 수는 있다. 그는 아들에게 당부했단다. 혈통과 힘은 아킬레우스가 앞서지만 나이는 파트로클로스가 더 위이니, 아킬레우스를 지혜로운 말로 잘 타이르고 이끌라고. 노인은 이런 당부를 일깨우고는, 아킬레우스를 설득해 주기를 청한다. 그러면서 혹시 설득에 실패할 경우에 대비해서 두번째 선택지를 내놓는다. 혹시 아킬레우스가 무슨 신탁을 두려워하고 있다면, 파트로클로스만이라도 뮈르미돈 군대를 이끌고 나서라고, 그리고 아킬레우스의 무장을 빌려 걸치고 나서라고, 그러면 적들이 그를 아킬레우스로 착각하고 물러설 테고 희랍군은 잠시 숨을 돌릴 수 있을 거라고.

이런 부탁에 마음이 흔들린 채 파트로클로스는 돌아선다. 그는 진영의 중앙부인 오뒷세우스의 함선 옆을 지나다가, 이번에는 에우뤼퓔로스와 마주친다. 마침 장소는 희랍군의 회의장 겸 재판정이고 신들의 제단을 모셔 놓은 곳이다. 이런 장치로 해서 희랍군의 진영은 일종의 도시가 된다. 시인은 한꺼번에 전체 지도를 내놓지 않고, 잠시 후에 벌어지게 될 '공성전'을 앞두고 조금씩 필요한 요소를 채워 가고 있다.

에우뤼퓔로스는 온 몸이 땀에 젖은 채, 상처에서 피를 흘리고 있다. 파트로클로스는 그를 동정하면서도, 전선의 새 소식을 묻는다. 아직 헥토르를 막아 내고 있는지, 다들 죽어 가고 있는지. 에우뤼퓔로스는 미래에 대해 비관적이다. 모두가 함선 사이에서 쓰러지리라고, 이미 최고의 전사들이 여럿 부상당했다고. 그러면서 자기를 부축하여 옮기고 치료해 달라고 청한다. 아킬레우스가 케이론에게서 의술을 배웠고, 파트로클로스는 아킬레우스에게 배웠음을 알고 있기 때문이다. 희랍군의 두 유명한 의사 중, 마카온은 부상당해 후송되었고 포달레이리오스는 전투를 수행하느라 정신이 없는 상태이다. 파트로클로스는 심부름이 급하긴 하지만 일단 그를 치료하기로 한다. 치료 과정이 꽤 자세히 나오고 효과도 금방 나타난다.

⚜ 다섯 영웅의 부상 장면 ⚜

이제까지 나온 다섯 영웅의 부상 장면은, 장면 묘사의 규모도 그렇고 희랍군의 전투력도 점점 줄어드는 내리막형으로 되어 있다.

① 아가멤논의 경우, 장면 묘사가 매우 길고, 부상당하는 부분에서도 두 번의 작은 대결이 나온다.

② 디오메데스는 오뒷세우스와 협력해서야 겨우 균형 국면을 이루며, 헥토르에게 충격을 주어 피하게 한 것으로 상승 국면을 대체하고 있다. 벌써 웅장함이 많이 줄어들고 있다.

③ 오뒷세우스는, 부상 직전에 혼자 여러 적을 쓰러뜨리는 공을 세우기는 하지만, 그 장면에는 직유도 소갯말도 없어 묘사가 매우 줄어들어 있다.

④ 마카온의 경우는 아예 자신이 공을 세우는 장면이 없고, 아이아스가 상대편을 여럿 부상시키는 것으로 대신하고 있다.

⑤ 에우뤼퓔로스의 경우에는 부상 전에 단지 한 사람을 쓰러뜨리는 것으로 되어 있다. 이러한 내리막은, 영웅들이 연쇄적으로 부상당함으로써 희랍군의 전력이 점차 약화되고 있다는 사실과, 전세가 점차 불리해지고 있음을 보여 주는 것이다.

그런데 이 내리막은 트로이아 쪽에서 보면 오르막이고, 특히 파리스의 입장에서는 이 부분이 거의 그의 '수훈기'라고 할 수 있다. 이로써 그가 첫날 첫 대결에서 당한 수모와 헥토르에게 꾸짖음을 당해서 받은 수치는 거의 잊혀졌다. 그리고 이렇게 다시금 대전투의 날 초반에 트로이아 전쟁 전체와 관련된 파리스가 등장하는 것은 그럴싸하다. 더구나 아킬레우스의 분노를 처음 일으켰던 아가멤논도 부상으로 퇴장하면서, 그 분노를 넘겨 주기라도 하듯이 헥토르에게 자리를 비켜 주고 있다. 『일리아스』에서 작은 이야기 단위들은 큰 이야기 단위와 같은 성격으로 되어 있는데, 이날도 첫날처럼 『일리아스』 전체와 유사한 모양으로 되어 있는 것이다.

「트로이아 전쟁 전투 장면」, 『암브로시안 일리아드』의 삽화

『일리아스』의 한가운데를 차지하는 12, 13권은 특별한 사건이 없기 때문에 독
자들이 좀 지루해질 수도 있다. 어쩌면 시인은 아킬레우스의 지루한 기다림을
이런 식으로 표현했는지도 모른다. 그림은 피아를 구별하기 어려운 군중 전투
장면을 보여 주고 있다. 12권에서 두 군대는 방벽을 사이에 두고 이런 식의 전투
를 치루고 있다.

⚡ 12권 ⚡

12권은 방벽 앞에서 벌어진 전투를 보여 준다. 장면은 다시 전장으로 돌아간다. 이제 전선은 호 앞에까지 밀려와 있다. 시인은 여기서 잠깐 시선을 돌려, 사람보다는 방벽과 호에 초점을 맞춘다. 그것들은 희랍군을 보호해 주지 못할 운명인데, 처음부터 그것을 지은 사람들이 신들에게 헤카톰베를 바치지 않았기 때문이란다. 한데 여기서 그치지 않고, 이 방벽 자체가 신들의 뜻을 거슬러서 지어졌으며, 결국에는 다 파괴될 것이라고 예고한다. 이것은 『일리아스』가 다루지 못하는 트로이아 함락 이후에 대한 설명이다. 트로이아 전사들이 다 죽고, 트로이아 성이 함락된 다음에 희랍군이 고향으로 다 돌아가고 나면 포세이돈과 아폴론이 강물을 그리 끌어들여 모든 것을 쓸어버릴 것이다. 비가 억수같이 쏟아지고 아흐레 동안 주변의 모든 강이 그쪽으로 함께 흘러 방벽을 쓸어버리고, 그 일대가 평평해질 것이다. 우리라면 이 파괴 작업을 자연적 원인으로 설명하겠지만, 시인은 그것을 신들의 작용으로 그리고 있다. 비는 제우스가 내리고, 강을 한데로 모은 것은 아폴론이며, 나무와 돌의 기초를 파도에 넘겨 줄 이는 포세이돈이라고. 그런 다음 강들은 원래의 물길로 돌아가 흐르게 될 것이다. 인간들이 애써 이룬 일도 신들의 관점에서는 사소한 일이고, 언제든 원점으로 돌아갈 수 있다는 뜻이리라.

트로이아군이 호를 건너다

하지만 그것은 먼 훗날의 일이고 지금은 아직 방벽들이 꽤 튼튼하게 버티고 서서 트로이아군의 공격에 견디고 있다. 이제 희랍군은 방벽 안으로 쫓겨 들어오고, 트로이아군은 호 앞에까지 와서 공격을 퍼붓고 있었다. 전체의 전세가 한 사람의 기세로 표현되는 관습에 따라, 시인은 헥토르의 기세를 사자 직유로 그려 보인다. 하지만 그 직유가 좀 얄궂다.

> 그 모습은 마치 개떼와 사냥꾼들에게 둘러싸인
> 멧돼지나 사자가 자신의 힘을 뽐내며 빙빙 돌 때와도 같았다.
> 사냥꾼들은 탑 모양으로 밀집 대형을 이루고
> 그와 맞서 손에서 창을 빗발치듯 내던진다.
> 그러나 그의 영광스런 마음은 조금도 동요하거나
> 두려워하지 않으니 **결국 그의 용맹이 그를 죽이고 만다.**(12:41~46)

헥토르는 여기서 적을 포위하고 있는 것이 아니라, 포위를 당한 것처럼 되어 있다. 더구나 '그의 용맹이 그를 죽게' 한다니! 이것은 6권에서 안드로마케가 그에게 했던 말(6:407) 아닌가! 이 직유는 그의 기세를 보여 준다는 현재의 맥락을 넘어서 작품 마지막 부분을 가리키는 것이다.

희랍군은 이제 방벽 안으로 철수했건만, 트로이아군은 아직 방벽에 바짝 다가서지는 못하고, 호 앞에서 우왕좌왕하고 있다. 말들은 가파른 호 앞에서 겁이 나서 물러서고, 트로이아군은 그것을 건널 방법을 모색하는 중이다. 이때 풀뤼다마스(Poulydamas)가 나선다. 이 사람은 헥토르와 같은 밤에 태어난 동갑내기로, 그에게 좋은 충고를 해주는 사람이다. 하지만 때때로 헥토르는 그의 조언을 거부하고, 그래서 곤경에 빠진다. 풀뤼다마스는 전차를 탄 채로 호를 건너려는 시도는 힘들고도 위험하다는 것을 지적한다. "호 안에 말뚝이 있으니 그대로 건널 수도 없고, 건넌다 하더라도 호와 방벽 사이의 공간이 너무 좁아서 마음껏 싸울 수가 없다. 더구나 전세가 뒤집어지기라도 하면 호 때문에 후퇴하기가 매우 어려울 것이다. 그러니 호 앞에 말들을 붙들어 두고, 보병으로 공격하는 게 좋겠다."

트로이아군은 이 현명한 충고를 따르기로 한다. 이제 그들은 다섯 개의 부대로 나뉘어 전진한다. 여기서 잠깐 트로이아군의 목록이 펼쳐진다. 우리는 비슷한 것을 뮈르미돈인들이 출전하는 대목에서 발견할 것이다. 새로운 국면이니 새로운 목록이 필요한 것이다. 첫 부대의 주요 인물은 헥토르, 풀뤼다마스, 그리고 케브리오네스다. 둘째 부대에는 파리스와 아게노르가 속해 있고, 셋째 부대에는 헬레노스와 데이포보스, 그리고 아시오스(Asios)가 있다. 아시오스라는 사람은 별로 유명한 인물이 아닌데, 잠시 후에 상당한 조명을 받기 때문에 여기 꽤 자세히 소개되고 있다. 넷째 부대는 아이네이아스, 그리고 안테노르의 두 아들이 속했고, 다섯째 부대는 동맹군들로 이루어져 있어서 사르페돈, 글라우코스, 아스테로파이오스(Asteropaios)가 이끌고 있다. 사르페돈은 5권에서 큰 부상을 입은 것으로 되어 있는데, 여기 슬그머니 다시 나왔다. 역시 '신의 아들'이라 금방 회복된 것일까? 그리고 마지막에 언급된 아스테로파이오스는 21권에서 아킬레우스에게 맞서서 상당히 잘 싸우는 것을 보게 될 것이다. 이들은 밀집 대형을 이루어 전진한다.

열린 문으로 아시오스가 쳐들어가다

하지만 트로이아군에도 풀뤼다마스의 충고를 따르지 않는 사람이 있었으니, 셋째 부대에 속한 아시오스다. 그는 전차를 탄 채로 방벽 쪽으로 접근한다. 시인은 그를 어리석다고 평하고, 그가 거기서 죽어서 트로이아로 돌아가지 못할 운명이라고 예고한다. 이도메네우스의 창에 죽으리라는 것이다. 상당한 '스포일러'지만 이 일이 이루어지려면 앞으로 한참 있어야 하니, 어쩌면 시인은 여기서 약간의 트릭을 쓰고 있는지도 모르겠다. 그는 함대 왼쪽으로 달려갔는데, 그곳이 희랍군이 말을 몰고 드나드는 곳이었다(왼쪽 오른쪽이 누구의 관점에서 본 것인지는 좀 불분명한데, 트로이아군의 입장에서가 아니라, 희랍군이 트로이아 쪽을 바라볼 때를 기준으로 한다는 것이 학자들의 중론이다).

다른 사람들은 모두 전차를 탄 채로 호를 넘어가는 것이 상당히 어렵고 위험하다고 판단했는데, 이 사람은 어떻게 건넜는지 자세히 나와 있지 않다. 물론 어디나 기술 좋은 사람은 하나쯤 있기 마련이니, 어떻게 말뚝이 허술한 부분을 찾아서 교묘하게 건너갔을 수는 있겠다. 그곳으로 접근해서 보니, 문 하나가 그냥 열려 있다. 사실 아시오스는 상당히 눈치가 빠른 사람인 듯하다. 그쪽으로 희랍군이 후퇴하는 것을 눈여겨 보고, 거기라면 접근로가 있으리라고 판단한 모양이다. 희랍군은 뒤늦게 후퇴하는 전사들을 받아들이기 위해서 문을 열어 놓고 기다리는 중이다.

그것을 본 아시오스는 마차를 탄 채 그리로 쳐들어가고, 그의 부대도 뒤따른다. 여기서 다시 한 번 시인은 그들이 어리석다고 평한다. 그들 앞에 두 용감한 전사가 막아섰기 때문이다. 그들은 라피타이족(Laipithai)에 속하는 두 영웅, 폴뤼포이테스와 레온테우스이다. 둘 다 '배들의 목록'에 꽤 자세히 소개된 인물로, 전자는 테세우스의 친구로 유명한 페이리토오스의 아들이고, 후자는 켄타우로스와 싸웠던 카이네우스의 손자다. 그들은 두 그루 참나무같이 버티고, 한 쌍의 멧돼지같이 싸운다. 방벽 위의 병사들도 가만히 보고만 있지는 않는다. 적들을 향해 돌들을 내리 던진다. 그 돌들은 쏟아지는 눈송이에 비유된다.

그러자 돌들이 마치 눈송이와도 같이 땅 위로 떨어졌다.
사나운 바람이 그림자를 던져 주는 구름을 몰고 가며
풍요한 대지 위에 펑펑 내리 쏟는 눈송이와도 같이.(12:156~158)

시인이 희랍군으로 하여금 갑자기 방벽을 짓게 한 것은, 그들의 진영을 일종의 도시로 만들어서 공성전을 보여 주기 위해서인 듯하다. 11권 마지막 부분에 나왔듯이, 시장과 재판정, 제단까지 갖췄으니 이 진영은 하나의 도시다. 옛날, 누구든 자기를 스스로 지켜야만

하던 시절에, 사람들이 성벽으로 둘러싸인 도시에서 느끼던 기분을 오늘날의 우리는 느끼기 어려울 것이다. 그 든든하고 보호받는 느낌. 그리고 그것이 위협 받을 때 느끼는 불안감도 우리로서는 실감하기 힘들다. 한데 지금 그런 도시가, 성벽이 위협받고 있는 것이다.

그리고 여기서 전투의 배경이 되고 있는 문은 희랍군 중에 아직 퇴각하지 못한 사람들을 받아들이기 위해 열려 있었다. 이것은 22권에서 프리아모스가, 아킬레우스 앞에서 도망치는 병사들을 위해 되도록 늦게까지 문을 열어 잡고 기다리게 하는 것과 유사하다. 어찌 보면 이 장면은 트로이아 성벽 공방전을 희랍군 진영으로 옮겨다 보여주는 셈이다. 늘 성벽을 위협 당하던 트로이아 쪽에서 보자면 그 동안의 고통을 똑같이 갚아 주는 것이다.

하지만 아직은 희랍군이 그렇게까지 몰리는 것은 아니다. 방벽은 아직 튼튼하고, 두 영웅은 활약을 계속하고 있다. 처음 생각처럼 쉽게 공격이 이뤄지지 않자 아시오스는 탄식한다. 그는 두 영웅을, 새끼들을 지키려 분투하는 벌떼에 비유한다. 이어 두 영웅의 전공이 보고된다. 폴뤼포이테스는 다마소스의 투구를 꿰뚫고 두개골을 부순다. 이어 두 명의 적을 더 쓰러뜨린다. 레온테우스는 창을 던지고 칼을 휘둘러 다섯 명을 잇달아 해치운다. 이 전공은 희랍군의 전체적 위기를 상쇄해 주는 균형추이다.

여기서 트로이아군 전체의 방침을 어기고 제멋대로 행동하는 아시오스는, 여기 예언된 대로 뒤에 이도메네우스에게 죽게 되며, 그 지휘관을 따르는 이 부대의 지휘관들은 이후 모두 죽음을 당한다. 시인은 두 차례나 이들의 어리석음을 탄식했는데, 이렇게 풀뤼다마스의 충고를 무시한 자들이 쓰러지는 것은, 곧 이 풀뤼다마스의 새로운 충고를 무시할(12:230 이하와 18:284 이하) 헥토르에게도 같은 운명이 닥칠 것을 미리 보여 준다 할 것이다.

방벽 전투

장면은 다른 쪽으로 넘어간다. 헥토르와 풀뤼다마스가 이끄는 부대다. 그들은 호 앞에서 아직 망설이고 있었는데, 그 이유는 안 좋은 전조가 나타났기 때문이다. 독수리 한 마리가 뱀을 잡아 왼쪽으로 날아가는데, 뱀이 아직 죽지 않아서 잡힌 채로 독수리를 공격하고, 독수리는 어쩔 수 없이 그것을 떨구고 간 것이다. 자기 부대 가운데로 뱀이 떨어진 것을 본 풀뤼다마스는 불길한 예언을 한다. 지금 자기들이 방벽 안으로 쳐들어간다 해도 결국은 허겁지겁 도망치게 되리라는 것이다. 하지만 헥토르는 새점의 효력을 부인한다. 자신은 그런 것은 믿지 않는다고, 최선의 새점은 조국을 위해 싸우는 것이라고. 그러면서 풀뤼다마스의 비겁함을 비난한다. 그런 식으로 싸움을 회피하다가는 자기에게 죽으리라고 위협한다.

이제 헥토르가 앞장서고 모두들 그의 뒤를 따른다. 제우스는 함선 쪽으로 바람을 보내 먼지를 일으킨다. 본격적인 방벽 공격이다. 하지만 별다른 공성기도 없이, 그저 힘으로 벽을 허물려 한다. 이용되는 도구라고는 겨우 지레 정도다. 벽이 조금 헐리면 희랍군은 방패로 그 틈을 막으면서 바깥쪽의 적들에게 공격을 퍼붓는다.

여기서 공격을 막아 내는 주된 영웅은 두 아이아스다. 이들 중 특히 '큰 아이아스'는 승세를 탈 때보다는 위기를 당했을 때 큰 역할을 하는 사람이다. 그들은 병사들을 독려한다. 영웅들은 전세가 유리할 때는 경쟁에 돌입하고, 불리해지면 협력을 강조하는 경향이 있다. 여기서도 어느 한 영웅의 활약보다는 전체의 합심과 인내가 긴요하다. 하급의 병사들이 갑자기 중요해지는 순간이다.

사르페돈이 방벽을 부수다

눈송이처럼 돌들이 분분히 나는 가운데, 트로이아군은 별다른 성과를 내지 못하고 있다. 그 순간 제우스는 자기 아들 사르페돈에게 특별한 힘을 준다. 이 대목에서는 아무 말도 없지만 어쩌면 제우스는 자기 아들이 곧 죽으리라는 것을 알고, 그에게 되도록 큰 영광을 내리려는 것 같다. 그의 아름다운 방패가 강조된다. 그는 사자처럼 돌진한다. 다시 좀 불길한 직유다.

> 마치 산속에서 자란 사자와도 같이 앞으로 나아갔다.
> 그것은 …… 목자들이 …… 창을 들고
> 개떼와 함께 양들을 지키고 있는 것을 발견하더라도,
> 공격도 안 해보고 그냥 우리에서 쫓겨 달아나려고 하지 않고
> 결국은 달려들어 양을 빼앗거나 아니면 선두 대열에서
> 강한 팔이 내던지는 창에 **그 자신이 쓰러지고 만다.**(12:299~306)

비슷한 직유를 받은 헥토르가 결국 죽는 것처럼, 사르페돈도 죽

음을 당할 것이다. 그는 자기 동료 글라우코스를 격려한다. 그 말은 귀족 계급의 가치관과 의무감을 보여 주는 것으로, 오늘날에도 상류층의 의무(*noblesse oblige*)가 어떤 것인지 모범 사례로 쓰일 만한 것이다. 사람들이 그들에게 남다른 존경을 보이며 잘 대접하고, 아름답고 큰 영지를 준 이유는, 전장에서 선두에 서서 싸우라는 뜻이었다고. 어차피 인간은 죽음을 피할 수 없으니, 남에게 명성을 주든, 아니면 자신들이 명성을 얻든 나가서 싸우자는 것이다. 그리고 이 구절은 불멸의 명성을 추구하여 거의 죽음으로 돌진하는 『일리아스』 영웅들의 가치관을 보여 주는 것이기도 하다.

> "친구여, 만일 우리가 이 싸움을 회피함으로써
> 영원히 늙지도 죽지도 않을 것이라면,
> 나 자신도 선두 대열에서 싸우지 않을 것이며
> 또 남자의 명예를 높여 주는 싸움터로 그대를 내보내지도 않을 것이오.
> 하나 죽어야 할 인간으로서는 면할 수도 피할 수도 없는
> 무수한 죽음의 운명이 여전히 우리를 위협하고 있으니
> 자, 나갑시다, 우리가 남에게 명성을 주든 아니면 남이 우리에게 주든."(12:322~328)

이제 두 사람은 메네스테우스가 지키는 탑으로 함께 쳐들어간다. 메네스테우스는 그들을 당해 낼 자신이 없다. 그는 두려움에 사로잡혀 두 아이아스를 부른다. 하지만 그들에게는 그 소리가 닿지 않는다. 전투가 워낙 치열하고 소음이 그토록 컸기 때문이다. 할 수 없이

그는 전령을 보낸다. 두 아이아스가 다 왔으면 좋겠지만, 여의치 않으면 큰 아이아스와 테우크로스만이라도 와달라고. 소식을 들은 큰 아이아스는, 있던 곳을 작은 아이아스와 뤼코메데스에게 맡기고 자신은 동생 테우크로스와 함께 다른 쪽으로 이동한다. 테우크로스는 8권에서 상당히 큰 부상을 당했었지만, 다른 영웅들이 이따금 그러하듯 여기서 슬그머니 다시 기용되고 있다. 전에 죽은 사람이 슬그머니 다시 나오는 적도 있으니, 아주 놀랄 일도 아니다.

여기 나오는 메네스테우스와 뤼코메데스는, 간간이 작은 역할을 수행하기는 하나, 한 번도 전공을 세운 적 없는 2진급 지휘관이다. 이처럼 별로 중요하지 않은 인물들이 중요한 사람처럼 나오는 것은 희랍군의 위기 상황을 보여 준다 할 것이다.

아이아스와 테우크로스가 호출되었으니, 당연히 두 사람의 활약이 펼쳐질 차례다. 아이아스는 사르페돈의 전우 하나를 돌로 쳐서 머리를 박살낸다. 그 사람은 탑에 올라섰다가 잠수부처럼 곤두박질치게 된다. 테우크로스는 화살을 날려 사르페돈의 친우 글라우코스의 어깨를 맞힌다. 부상당한 글라우코스는 상대에게 자랑의 기회를 주는 게 싫어서 그냥 조용히 전열에서 빠져나간다. 그는 16권에 이르러서야 다시 전장으로 돌아올 것이다. 동료들을 잃은 사르페돈이 가만히 있지 않는다. 희랍군 전사 하나를 쓰러뜨려 보복한다. 그런 다음 억센 손으로 흉벽을 잡아당겨 무너뜨린다. 이제 트로이아군이 방벽 안으로 쳐들어갈 통로가 열렸다.

하지만 아이아스 형제가 그를 막아선다. 테우크로스는 그에게 화살을 날린다. 제우스의 보호 덕택에 그 화살은 멜빵을 맞히는 데 그친다. 아이아스는 그의 방패를 찌른다. 그것을 뚫지는 못한다. 사르페돈은 약간 비틀거리다 회복된다. 시인은 그를 여기서 죽게 할 생각이 없다. 그는 파트로클로스의 영광을 위해 아직 아껴 두어야 한다. 사르페돈은 자기 부하들을 질책하고 격려한다. 자기 혼자서는 방벽을 돌파할 수 없다고, 여럿이 하는 일이 더 훌륭하다고. 일이 잘 풀리지 않을 때는 이렇게 협력이 강조된다. 우리는 심지어 아킬레우스도 비슷한 말을 하는 걸 보게 될 것이다.

이제 방벽을 사이에 두고 양쪽 군대가 기를 쓰고 싸운다. 그들은 마치 토지 경계를 두고 다투는 사람들처럼 맞서고, 전세는 꼼꼼한 품팔이 여인이 저울에 양털을 달 때처럼 평형을 이룬다. 전체 전세는 다른 쪽에서 결정된다. 다른 부분에서 싸우고 있던 헥토르가 엄청난 돌을 던져 문을 부순 것이다. 그에게 영광을 내리기로 결심한 제우스가 그 돌을 양털 뭉치처럼 가볍게 해주었기 때문이다. 문과 빗장이 자세히 묘사된다. 헥토르가 돌을 던지는 동작 묘사도 자세하다. 돌이 문에 맞고 문이 산산조각 나며 이리저리 튀는 모습도 자세히 그려진다. 모든 것이 '슬로우 모션'처럼 그려졌다. 문 안으로 뛰어드는 헥토르의 얼굴은 "빨리 지나가는 밤"과 같고, 몸에 두른 청동이 무섭게 빛난다. 그의 선도와 격려에 힘입어 트로이아군이 안으로 물밀듯 쏟아져 들어간다. 희랍군은 배 있는 쪽으로 달아나고 그칠 줄 모르는 소음이 일어난다.

13권에서는 전투 자체보다는 양군의 전략이 더 중요하게 다뤄지고 있다. 우선 방벽 안으로 진입할 것인지에 대한 트로이아 쪽의 논의가 있고, 아이아스가 희랍군을 격려하는 장면과, 사르페돈이 트로이아군을 격려하는 장면이 잇따르고, 희랍군 쪽에서 서로 도움을 청하고 응하는 사건이 보고되고 있다.

이 부분의 특징은 전투 장소의 이동에 있다. 전투가 지형적 특징이 별로 없는 들판에서 이루어질 때와는 달리, 부분들을 나누어 말할 수 있는 좁은 장소에서 이루어지기 때문이다. 다섯 부대로 나뉜 트로이아군은 각기 문과 방벽을 맡아 공격하고 있다. 제일 먼저, 열린 문에서의 공방이 그려지고, 다음으로 방벽 공방, 그리고 방벽이 무너진 사건이, 마지막으로 잠긴 문이 깨어지는 사건이 묘사되고 있다. (서술의 순서가 문—방벽—방벽—문의 순이다.)

각 전투는 차례로, 아시오스가 이끄는 셋째 부대, 헥토르가 이끄는 첫째 부대, 그리고 사르페돈과 글라우코스가 이끄는 다섯째 부대에 의해 치러지며, 마지막으로 다시 헥토르의 부대로 돌아와서 12권이 끝난다. 트로이아군의 이 공격들은 점층적인 것으로, 처음 아시오스는 격퇴되나, 사르페돈은 거의 성공하고, 헥토르에 와서는 확실한 성공이다. 각 지휘관은 공동의 노력을 강조하지만, 세부 전투의 묘사는 여전히 영웅들의 활약에 중심이 놓여 있어서, 특별한 공성기나 공동 작업은 그려지지 않는다.

여기서 희랍군은 큰 패배를 당하는 것처럼 되어 있으나 정작 희생자를 따져 보자면 사르페돈에게 쓰러진 사람 하나뿐이다. 한편 희랍 쪽에서 공격한 결과는 상대가 경미한 부상을 당하거나 약간 충격을 입는 정도이니, 이 역시 전세를 반영한 것이라고 할 수 있겠다. 그러나 그 공격의 대상이 상대쪽의 지휘관이라는 점은 희랍군의 저항이 만만치 않음을 보여 준다.

「희랍군을 격려하는 포세이돈」, 흑색상 퀼릭스(540년경)

희랍군이 곤경에 처하자 포세이돈이 달려와 그들을 격려한다. 13권은 방벽 안에서 벌어지는 전투를 보여 준다. 이 13권과 다음의 14권은 끔찍한 부상과 죽음이 몰려 있는 곳이다. 명확한 목표가 있는 12권(방벽), 15권(배), 17권(파트로클로스 시신) 등과는 달리 이 부분에는 개별 전투만 나온다. 따라서 시인은 이 개별 전투들을 좀더 다채롭게 만들 장치가 필요했을 것이다. 영웅들이 제 자랑을 늘어놓는 장면도 이 부분에 몰려 있다. 그 말들에 복수라는 개념이 많이 나타나는 것도 13, 14권의 특징이다. 이야기는 '아킬레우스의 복수'라는 주제를 향해 상승하는 중이다.

13권

포세이돈이 희랍군을 격려하다

13권에 들어서자 제우스가 눈길을 딴 데로 돌린다. 어떤 신도 전투에 참견하지 못하리라 생각했기 때문이라는데, 시인은 희랍군에게 반격의 기회를 주기 위해 이런 장치를 이용한 것 같다. 이제 제우스의 주의가 느슨해진 틈을 이용해서, 포세이돈이 말을 준비하고 전장으로 나아간다. 그는 트로이아가 건너다보이는 사모트라케의 봉우리에서 전투의 추이를 주시하고 있었던 것이다. 그는 우선 발길을 자기 궁전으로 옮긴다. 그의 발밑에서 산과 숲이 떤다. 네 걸음 만에 궁전에 도착한 그는 말들을 수레에 맨다. 제우스의 말들처럼 청동 발에 황금 갈기를 지닌 것들이다. 자신은 황금을 몸에 두르고 황금 채찍을 쥐고서 수레에 오른다. 그가 나아가자 바다 짐승들이 주위에서 뛰고, 바다도 기뻐 갈라선다. 청동 굴대는 물에 젖지도 않는다. 그림으로 자주 그려지는 모습이다. 테네도스와 임브로스 사이의 바다 속에 넓은 동굴이 있다. 거기에 말들을 세우고 먹이를 던져준다. 하지만 다른 곳으로 가지 않도록 발에는 황금 족쇄를 채운다.

　이 장면은 둘째 날 앞부분의 제우스의 '출정' 장면, 그리고 14권에서 제우스를 속이려고 혜라가 준비하는 장면에 상응한다. 신들의 경우에도 인간들처럼, 큰 공을 세우기 전에 무장 장면이 자세히 묘사되는 격이다. 시인은 헥토르를 앞세운 트로이아의 공세를 신이 아니면 막을 수 없다(12:465)고 말했었는데, 그게 다 지금 이 장면을 염두에 둔 것이었던 모양이다.

포세이돈은 칼카스의 모습과 목소리를 취하여 영웅들을 격려한다. 1권 이후로 모습이 보이지 않던 예언자로서는 오랜만의 등장이다. 그는 특히 두 아이아스를 북돋는다. 12권에서 우리가 마지막 보았을 때 그들은 서로 다른 곳에서 싸우고 있었는데, 이제 적들이 방벽 안으로 밀려들어오니 한군데로 모인 모양이다. 포세이돈-칼카스는 헥토르의 광란하는 기세가 걱정된다면서, 짐짓 어떤 신이 격려해주시기를 기원한다. 자기가 왔다는 걸 알아주기를 바라는 모양이다. 그러고는 "그렇게 되기만 하면 설사 제우스가 헥토르를 지원한다 해도 물리칠 수 있으리라"고 거의 신성모독적인 격려사를 덧붙인다. 그는 제우스가 멋대로 하는 것이 마음에 들지 않는 모양이다. 그저 말로만 돕는 것이 아니라, 두 사람을 지팡이로 쳐서 용기와 힘을 넣어 준다. 마법을 싫어하는 『일리아스』의 시인으로서는 특별 수단을 쓴 셈이다(물론, 희랍인들이 보기에 신의 작용은 마법과는 달리 자연계 질서의 일부였다). 그런 다음 매가 높은 데서 들판 위로 내리꽂히듯 신이 떠나간다. 작은 아이아스가 그의 발과 정강이 움직임을 보고서, 방금 왔던 이가 신이라는 걸 알아챈다. 마치 『오뒷세이아』의 한 장면 같다. 큰 아이아스도 힘과 용기가 넘치는 것을 느끼고, 헥토르와 일대일로 맞서고자 하는 의욕을 보인다.

포세이돈의 활약은 계속된다. 함선 있는 곳까지 물러서서 파멸을 두려워하며 눈물을 흘리고 있는 희랍군에게 찾아가 격려한다. 여기서 남은 전사들의 짧은 목록이 등장한다. 테우크로스, 토아스, 메리오네스, 안틸로코스 등이다.

신은 그들을 질책한다. 누군가 야단맞는 장면은 현실에서나 작품에서나 거의 언제나 지루하다. "이전에는 트로이아군이 포식자 앞의 암사슴떼같이 대항할 줄 몰랐는데, 지금은 배 곁까지 왔구나. 이는 모두 지도자의 무능함과 백성들의 태만 탓이다. 아가멤논이 아킬레우스에게 잘못한 것이 크지만, 그래도 싸움을 포기해서는 안 된다." 마지막에는 상대를 약간 띄워 준다. 그래야 질책이 먹히는 법이다. "그대들이 약한 자라면 꾸짖지도 않겠다. 수치심과 의분을 품으라."

이런 질책과 격려에 힘입어 주도적인 전사들은 밀집 대형을 구성한다. 그래서 "방패는 방패를, 투구는 투구를, 사람은 사람을 밀었다."(13:130) 어떤 학자는 이것이 고전기의 중장 보병이 쓰던 대형[phalanx]이 아닐까 생각하기도 하지만, 대체로 아직 그 정도까지는 아니고, 일시적인 진형이라는 해석이 주류이다.

트로이아군도 역시 밀집 대형을 짜고 닥쳐온다. 헥토르는 겨울철 홍수에 굴러가는 바위같이 돌진하다가 희랍군의 밀집 대열과 마주쳐 저지된다. 그는 자기 부하들을 독려한다.

희랍군의 분발(중앙 전투)

이제 양쪽 군대를 대표하여 두 전사가 맞붙는다. 희랍 쪽의 메리오네스와 트로이아 쪽 데이포보스다. 먼저 메리오네스가 데이포보스의 방패를 노리다가 찌른다. 하지만 데이포보스는 그것을 알아채고 방패를 앞으로 내밀어 창을 막았고, 창은 목이 부러지고 만다. 메리오네스는 억울해하며 다른 창을 가지러 자기 막사로 달려간다. 이렇게 무승부로 끝난 첫 접전은 전체적으로 양쪽 군대가 균형 있게 싸우고 있다는 의미로 읽힌다.

어쨌든 양군은 함성을 질러대며 싸움을 계속한다. 먼저 테우크로스가 프리아모스의 사위 임브리오스를 창으로 찔러 쓰러뜨린다. 그는 프리아모스의 친자식 같은 존재이다. 다음으로 헥토르가 테우크로스를 향해 던진 창이 암피마코스의 가슴에 맞는다. 헥토르가 그의 무장을 벗기려 뛰어나오자, 아이아스가 헥토르에게 창을 던지지만 그의 방패 배꼽에 맞아 물러서게 하는 데 그친다. 하지만 시신은 둘 다 희랍군이 차지하여, 암피마코스는 후송하고, 임브리오스는 목 베어 그 머리를 헥토르 앞으로 던져 버린다. 잔인한 장면이다.

이 장면에서 쓰러지는 인물은 상당히 의미 있게 설정되어 있다. 희랍 쪽 희생자 암피마코스는 포세이돈의 손자이다. 13권의 첫 장면은 거의 포세이돈의 수훈기라고 할 수 있는데, 바로 그 장면 초입에 '수훈자'의 손자가 희생되고 있는 것이다. 이 작품에서 수훈을 앞둔 영웅들은 작은 부상을 당하는 것이 보통이다. 한데 그런 '법칙'은 신에게도 예외가 아닌 모양이다. 포세이돈은 자손의 죽음에 '상처'를 받는다. 한편 트로이아 쪽 희생자 임브리오스는 프리아모스 집안이다. 그러니 양군이 모두 '지도자'와 강한 감정적 연대를 갖고 있는 사람을 잃은 셈이다. 그리고 이 두 사람의 시신은 두 군대 사이에 쟁탈의 대상이 되는데, 우리는 앞으로 점차 그 규모가 커져 가는 시신쟁탈전을 보게 될 것이다. 이전까지는 쟁탈의 대상이 보통 한 명의 시신이었는데 여기서 그 대상이 둘이 되었다. 앞으로 점차 중요한 인물이 그 대상이 될 것이다.

여기서도 조금 전 방벽 전투에서 사르페돈에게 그랬듯이, 트로이아의 중심적 영웅인 헥토르에 대한 공격은 별다른 성과 없이 단지 그를 조금 뒤로 물러서게 하는 데 그친다. 이렇게 두 번이나 별 득점을 못하는 걸 보면 지금 상황이 얼마나 어려운지가 드러난다 하겠다.

이도메네우스의 수훈기(왼쪽 전투)

자기 손자 암피마코스의 죽음에 분노한 포세이돈은 또 다른 전사를 격려하러 달려간다. 그는, 화살에 부상당한 동료를 후송하고 전장으로 돌아가던 이도메네우스를 만난다(이제 유명한 전사를 더는 퇴장시킬 수 없어서 그런지, 시인은 그 부상자가 누구인지 밝히진 않고 있다). 이번에 포세이돈이 취한 모습은 토아스의 것이다. 그는 이도메네우스를 질책하고는, 함께 힘을 합쳐 싸우자며 먼저 싸움터로 돌아간다. 우리는 짧게 지나가지만, 포세이돈-토아스와 이도메네우스 사이의 '질책—응수—격려'는 별 내용도 없으면서 20행에 이르는 긴 것이어서 거의 지루하단 느낌까지 준다. 이 긴 격려의 의미는 곧 드러난다.

이제 이도메네우스는 막사로 가서 다시 무장을 갖춘다. 조금 이상한 일이다. 조금 전까지 전장에 있다 잠깐 돌아온 사람이 무슨 무장을 다시 갖춘단 말인가? 이 장면은 사실 그가 곧 큰 공을 세우리라는 예고이다. 수훈기 앞에는 늘 그런 무장 장면이 나타나기 때문이다. 이 수훈은 이미 12권에서, 아시오스가 그의 창에 죽으리라고 예언되었을 때부터 시인의 계획에 들어 있던 것이다. 그가 포세이돈에게서 긴 격려를 받은 것도 다 수훈을 준비하는 것이다. 그래서 그의 무장 장면에는 빛이 강조된다. 그의 모습은 제우스의 번개 같고, 그의 가슴에서는 청동이 번쩍인다.

그러나 그의 수훈은 금방 이어지지 않는다. 그가 막사 앞에서 메리오네스와 마주쳤기 때문이다. 여기서 약간 우스운 장면이 전개된다. 서로 상대에게, 자신이 겁이 나서 후방으로 물러선 게 아니라고 해명을 하기 때문이다. 우리는 조금 전에, 메리오네스가 창목을 부러뜨리고 다른 창을 가지러 가는 모습을 보았으니 사정을 다 알고 있지만, 이도메네우스로서는 그가 왜 거기 있는지 의아했을 것이다. 그는 상대가 부상을 당했는지, 아니면 무슨 전갈을 가지고 왔는지 묻는다. 메리오네스가 창을 가지러 왔다고 하자, 자기 막사에 여러 개 있다고 하는데, 약간 말에 가시가 있는 듯하다. 그것들은 다 전리품인데, 그 이유는 자기가 적과 멀리 떨어져서 싸우는 사람이 아니기 때문이란다. 메리오네스도 자기 역시 전리품이 많이 있으며, 그것은 자기가 늘 선두에서 싸우기 때문이라고 응수한다. 약간 무안해진 이도메네우스는 상대의 용기를 잘 알고 있노라고 다독인다. 누가 용기가 있는지

없는지 잘 알 수 있다고 길게 늘어놓는다. 메리오네스라면 다치더라도 뒤가 아니라 정면에 부상을 입을 것이라고. 포세이돈의 격려 못지않게 길고(45행이나 된다) 다소 지루한 부분이다. 시인은 전황을 다급하게 만들어 놓고, 별 긴요치 않은 장면을 중간에 넣어 독자와 청중의 애간장을 태우고 싶었던 듯하다. 그리고 긴장된 전투 장면이 계속되면 청중이 너무 힘들 수 있으니, 이런 느슨한 장면이 중간 중간 들어가는 것이 좋다. 공연의 리듬이다.

이제 둘은 함께 전장으로 나선다. 이들은 마치 아레스와 포보스(Phobos, 패주敗走의 신)같이 나아간다. 중앙에서는 두 아이아스와 테우크로스가 잘 싸우고 있으니, 왼쪽으로 가기로 결정한다. 그러니까 우리가 조금 전에 보았던 전투는 중앙에서 벌어지고 있었던 것이다. 이렇게 『일리아스』의 전투들은 먼저 전체 그림을 주고 세부를 묘사하는 것이 아니라, 독자와 청중이 세부들을 모아서 전체를 구성하도록 주어지고 있다. 그리고 여기서 아이아스에게 대단한 찬사가 주어지고 있는 점도 주목할 만하다. 방어의 영웅이면서도 별 칭찬을 받지 못하는 이 불운한 전사를 위해 시인은, 꽤 지루한 장면 뒤, 사람들이 별로 주목하지 않을 곳에 슬쩍 찬사를 끼워 넣었다. 그는 '인간 앞에서는 결코 물러서지 않는' 전사이다.

이제 이들 주위에서, 폭풍에 먼지 일듯 격전이 벌어진다. 이 전투가 두 신에게 힘을 얻어 이루어지는 것이니만치, 시인은 두 신이 양쪽 군대 위에 "부술 수도 풀 수도 없는 전쟁의 밧줄을 잡고 번갈아 당기"는 것에 비유했다. 벌써 머리가 희끗희끗한(13:362) 늙은 영웅 이도메네우스는 연달아 트로이아 영웅들을 쓰러뜨린다. 먼저 캇산드라에게 구혼한 오트뤼오네우스, 다음으로 진작부터 죽음이 예고되어 있었던 아시오스(우리는 그가 '왼쪽' 문으로 접근하는 것을 보았었고, 지금 '왼쪽' 전투를 보고 있다). 이도메네우스는 오트뤼네오스를 쓰러뜨리고는 그가 프리아모스의 사위가 되려 한 것을 조롱한다. 아가멤논에게도 딸들이 있으니, 희랍군을 위해 싸우라고, 잘해 주겠다고. 이런 조롱은 이날 전투에 특히 많이 나온다.

이도메네우스와 함께 안틸로코스도 활약을 한다. 이 젊은이는 아시오스의 마부를 죽인다. 12권에 어리석게 전차를 몰고 호를 건너왔던 두 사람은 이제 '징벌'을 당했다. 늘 있는 '연쇄반응'에 따라, 데이포보스가 아시오스의 죽음을 복수하려 한다. 이도메네우스가 피한 그의 창은 휩세노르라는 희랍 전사에게 맞는다. 데이포보스도 조롱을 퍼붓는다, 원수를 갚았다고. 안틸로코스는 쓰러진 휩세노르를 가리고 구해 낸다.

다시 이도메네우스에게로 초점이 맞춰진다. 앙키세스의 사위 알카토오스를 쓰러뜨린다. 알카토오스는 포세이돈에게 현혹되어 몸을 움직이지 못하고 있다가 이도메네우스의 창에 맞는다. 16권에서 파트로클로스가 당할 일과 비슷하다. 그리고 여기서 '놀라운 부상' 중 하나가 나온다. 그가 심장에 창을 맞은 채 쓰러졌을 때, 아직 심장이 뛰고 있었으므로 그 고동에 맞춰 창자루 끝이 흔들렸던 것이다. 이도메네우스는 다시 데이포보스를 조롱한다, 희랍 전사 한 명 대신 트로이아 쪽 세 명을 죽였지만 아직 충분치 않다고.

이 장면은 처음과 마지막에 의미 있는 희생자가 배치되어 있다. 첫 희생자인 오트뤼오네우스는 캇산드라의 구혼자이며, 마지막 희생자는 앙키세스의 사위이기 때문이다. 그래서 프리아모스 왕가의 친척들이 양쪽에서, 중간의 중요 지휘관 아시오스의 죽음을 감싸고 있는 형국이 되었다. 한편 이 장면에서 쓰러지는 아시오스의 마부는 유일하게 이름이 안 나오는 희생자인데, 이는 조금 전에 이도메네우스가 후송했던 이름 없는 부상자에 상응한다.

왼쪽 전투가 균형을 이루다

이어 이도메네우스는 데이포보스에게 대결을 제안한다. 자기에게 조롱을 퍼부었으니 싸움으로도 맞서는 것이 당연하다고. 이도메네우스는 자기가 제우스—미노스—데우칼리온으로 이어지는 고귀한 혈통임을 자랑한다. 데이포보스는 망설인다. 모험을 할 것인가, 동료를 부를 것인가. 그는 뒤에 처져 있는 아이네이아스를 찾아간다. 아이네이아스는 앞에서 다섯 부대를 소개할 때, 네번째 부대를 이끄는 것으로 이름만 나오고 전투에서는 보이지 않았었다. 이렇게 소외된 전사는 보통 '분노'하거나, '원한을 품은' 것으로 되어 있다. 여기서도 아이네이아스가 프리아모스의 푸대접에 원한을 품고서 뒤에 처진 것으로 되어 있다. 하지만 첫날 전투에서는 잘 싸우고 있었으니, 이 설명은 그저 핑계인 듯 보인다.

데이포보스는 아이네이아스에게, 그의 매부(알카토오스)가 쓰러졌다는 것을 알린다. 어릴 적에 그를 길러 준 분이다. 그러니까 시인이 앞 장면의 마지막에 앙키세스의 사위를 배치한 것도 아이네이아스를 등장시키기 위함이었다. 비보에 격분한 아이네이아스는 이도메네우스에게로 달려간다. 그러자 혼자서 멧돼지처럼 버티던 이도메네우스도 자기 동료들을 부른다. 그는 무엇보다 상대의 젊음이 두렵다. 다시 밀집 대형을 짠다. 트로이아 쪽에서도 숫양을 따르는 양떼처럼 더 많은 사람이 몰려와서, 알카토오스의 시체를 둘러싸고 접전이 벌어진다. 이 장면의 사태 전개는, 방벽 앞 전투에서 사르페돈과 글라우코스가 공격해 오자, 메네스테우스가 아이아스 형제의 도움을 청할 때와 유사하다.

현재 이 부분 전투에서 중심 전사는 이도메네우스와 아이네이아스다. 그들은 서로를 노린다. 일종의 대결이다. 아이네이아스가 창을 던진다. 이도메네우스가 피한다. 이도메네우스가 공격한다. 트로이아의 오이노마오스가 쓰러진다. 하지만 이도메네우스는 상대의 무장을 벗기지 못한다. 사방에서 적들이 공격해 와서다. 이 늙은 전사는 이제 다리가 잘 움직여 주지 않는다. 포세이돈-토아스가 넣어 준 힘이 이제 효력을 다한 모양이다. 그는 한 걸음씩 물러선다. 데이포보스가 끈질긴 원한을 품고 창을 던진다. 아레스의 아들 아스칼라포스가 맞는다. 2권 '배들의 목록'에서 자세히 소개된 전사다.

그의 시체를 둘러싸고 싸움이 계속된다. 데이포보스가 아스칼라포스의 투구를 벗기는 것을 메리오네스가 팔을 찌른다. 데이포보스는 구조되어 도시로 후송된다. 그는 여기서 떠나야만 한다. 그(혹은 그의 '환영')는 22권에서 할 일이 있다. 아테네 여신이 나중에 그의 모습을 하고서 헥토르를 속이기 때문이다. 전투가 계속 이어지지만 우리는 중간중간 단락을 나눠볼 수 있다. 일반적으로 "함성이 쉴 새 없이 일었다"는 말이 나오면 그곳이 한 단락이 끝나는 곳이다.

다시 개별 전사의 '득점과 실점'이 거의 '중계방송'된다. 아이네이아스가 희랍군 한 사람을 쓰러뜨린다. 안틸로코스가 적을 하나 쓰러뜨린다. 끔찍한, 또는 동정할 만한 죽음이다.

> 안틸로코스는 토온이 돌아서는 것을 지켜보고 있다가
> 그에게 덤벼들며 찔러 그의 핏줄을 모두 끊어 버렸다.
> 이 핏줄은 등줄기를 타고 계속 달려서 목에까지 이르는 것인데
> 이것을 모두 끊어 버리자 그는 먼지 속에 뒤로 벌렁
> 나자빠지며 사랑하는 전우를 향해 두 손을 내밀었다.(13:545~549)

안틸로코스에게 공격이 쏟아진다. 그 사이, 늘 상대에게 이상한 죽음을 안기는 메리오네스는 이번에도 역시 특이한 부분을 공격한다. 안틸로코스를 공격하려다 실패하고 돌아서는 트로이아의 아다마스를 공격하는데, 샅과 배꼽 사이다. 시인은 이곳에 입은 부상이 가장 고통스럽다고 덧붙인다. 그렇지만 희랍군만 계속 승점을 올리는 것은 아니다. 트로이아 예언자 헬레노스가 희랍군 데이퓌로스를 쓰러뜨린다. 그것을 보고 메넬라오스가 뛰어나가자 헬레노스도 마주 달려가 대결 양상이다. 하지만 헬레노스의 화살은 메넬라오스의 가슴받이에서 튕겨나간다. 타작마당에서 풍구 앞에 콩이 날려 떨어지듯

한다. 다시 잠깐 일상이 전투 장면에 끼어들었다. 메넬라오스는 창을 날려 헬레노스의 손을 맞힌다. 헬레노스는 동료들 사이로 물러나 치료를 받는다. 헬레노스도 여기서 죽으면 안 되는 인물이다. 다른 전승에 따르면, 그는 나중에 희랍군에게 사로잡혀서, 트로이아를 함락하려면 어떤 방책을 써야 하는지 알려주게 된다.

다음으로 트로이아의 페이산드로스가 메넬라오스에게 달려든다. 다시 대결 양상이다. 페이산드로스의 선공이다. 하지만 창목이 방패에 막혀 부러진다. 메넬라오스는 칼을 빼어들고 달려든다. 그의 창은 방금 헬레노스의 손에 맞아 떨려갔으니, 다른 무기를 쓴 것이다. 페이산드로스는 도끼를 꺼내든다. 『일리아스』 전체에서 딱 두 번만 등장하는 무기다. 메넬라오스의 승리다. 상대의 코줄기와 이마가 만나는 곳을 친다. 뼈가 부서지며 두 눈알이 땅에 떨어진다. 이 작품에 몇 번 등장하는 '불가능한' 부상 중 하나이다. 메넬라오스는 20행 가까이나 되는 연설을 늘어놓는다. 자랑과 위협, 기원이 섞인 것이다.

메넬라오스를 향해 다른 전사 하르팔리온이 닥쳐온다. 그의 방패를 찌른다. 또 실패다. 아주 좋은 방패였을까? 돌아서는 그에게 메리오네스가 화살을 날린다. 또 이상한 부위다. 화살이 엉덩이에 맞아 방광을 꿰뚫고 치골 밑으로 나온 것이다. 시인의 해부학적 지식이 다시 빛난다. 그리고 메리오네스는 이미 5권 초반에 창으로 똑같은 부위에 부상을 입혔었다. 이 부분은 '호메로스도 이따금 존다'는 주장의 근거가 되는 곳이기도 하다. 여기서 죽은 하르팔리온을 파플라고네스인들이 끌어내고 그의 아버지 퓔라이메네스가 눈물을 흘리며 따라

가는 것으로 되어 있는데(13:656 이하), '파플라고네스인들의 지휘관 퓔라이메네스'는 이미 5:576 이하에서 죽었기 때문이다. 이따금 앞에 죽은 전사의 이름이 다시 등장하는 경우도 있지만, 다른 것은 동명이인이라고 생각하고 넘어갈 수 있는데, 이 경우는 종족 이름까지 나오는 바람에 곤란하게 되었다. 하지만 문자로 창작하는 게 아니라, 문자 없이 머릿속에서 모든 것을 지어 내려면 이런 일이 생기는 게 오히려 당연할 것이다.

이 부분은 이도메네우스뿐 아니라, 메리오네스와 메넬라오스의 수훈기 역할도 하고 있다. 『일리아스』에 등장하는 주요 영웅들이 모두 활약 장면을 하나 정도 가져야 하니, 이 부근에 조금 약한 전사들의 수훈기를 이런 식으로 배치한 것이다. 하지만 이 부분에서 수훈기들 사이의 경계는 흐려져 있다. 우선 조금 전에 활약을 시작한 이도메네우스가 계속 초점 안에 있다. 그는 여기서 데이포보스에게 대결을 제안하기까지 한다. 물론 이 대결은 성사되지 않았다. 한데 이렇게 무산될 대결을 시인이 굳이 넣은 것은, 영웅의 수훈기에는 거의 언제나 대결이 있으므로 여기에 이런 '약화된 대결'이라도 넣은 것이다. 그는 대결을 치르지 않지만, 대신 그를 향해 적들이 여러 번 공격하고, 그것이 번번이 실패하고, 그가 반격하여 성공하는 일련의 공방이 나온다. 그리고 이 장면에서 약한 수훈기를 누리는 메넬라오스는 헬레노스와, 그리고 페이산드로스와 잇따라 두 번의 작은 대결을 펼친다. 승리 후의 자랑도 상당히 길게 들어가 있다.

한편 메리오네스는 매번 한 대목이 마무리될 무렵이면 등장하여 공을 세우고 있다. 그가 창을 부러뜨리고 새 창을 가져온 것이 말하자면 이 수훈기를 위한 '무장 장면'인 셈이다. 이로써 7권에서 헥토르의 대결 제안에 처음에 나섰던 메넬라오스와 그 다음에 나선 아홉 영웅 중에서, 토아스를 제외한 모든 사람이 일종의 수훈기를 갖게 되었다(토아스는 포세이돈이 그의 모습을 하고 여러 영웅들을 격려하고 있으므로, 이미 충분히 영광을 얻었다.) 이 영웅들의 명단은 둘째 날의 후퇴 국면(8:261~266)에서 호를 건너 반격했던 아홉 영웅과도 대체로 일치하고 있다. 다만 두 아이아스는 이후에도 계속 희랍의 수호자 역할을 하게 될 것이므로 별도의 수훈기가 필요하지 않아 보인다. 반면에 12권 초반에 소개된 트로이아의 다섯 부대 지휘관 중 다수가 여기서 쓰러지거나(알카토오스, 아시오스), 부상당한다(헬레노스, 데이포보스). 이들은 앞에 나온 다섯 부대 중, 방벽 공격전에 나오지 않았던 두 부대(둘째와 넷째)의 지휘관들이다. 여기서 희랍 쪽 희생자로 등장하는 인물들은 9권 초반에 야간 보초의 지휘관 목록으로 소개되었던 이들(아스칼라포스, 아파레우스, 데이퓌로스)인데, 그런 식으로 이름들의 목록이 나오면 대개 거기 나온 사람이 나중에 희생되는 게 하나의 패턴이다.

트로이아군이 중앙에 집결하다

함대 왼쪽에서 위와 같은 전투가 벌어지는 사이에, 다른 쪽에서는 헥토르가 저쪽 전황을 모르고서 싸우고 있었다. 그곳은 작은 아이아스와 프로테실라오스가 배를 끌어올린 곳, 즉 함대 전체의 중앙 가까운 곳이다(오뒷세우스가 맨 가운데 있는데, 10권을 보면 작은 아이아스는 오뒷세우스를 부르러 가는 길에 함께 부르는 것으로 되어 있다. 큰 아이아스는 함대 맨 끝에 자리 잡고 있다). 그쪽은 방벽이 가장 낮게 축조되어 있어서 특히 거기서 큰 접전이 일어나고 있었던 것이다. 희랍의 유명한 종족들 이름과 지휘관들의 이름 목록이 다시 나온다. 하지만 전투를 이끄는 것은 두 아이아스다. 이들은 함께 밭을 가는 두 마리 황소에 비유되고 있다.

트로이아군이 좀처럼 이기지 못하자, 풀뤼다마스가 헥토르에게 충고한다. 자기들은 방벽 안으로 들어온 다음에 여기저기 흩어져서 다수의 희랍군과 싸우고 있으니, 지휘관들을 불러 모아 대책을 세워 보자는 것이다. 헥토르는 그 충고에 따라 지휘관들을 모은다. 하지만 이미 우리가 본 대로 다수가 죽거나 다쳐서 물러갔다. 헥토르는 남은 전사들을 모아 함께 싸우러 나선다. 아이아스가 그를 보고, 가까이 와서 싸워 보자고 도전한다. 헥토르는 자기가 희랍군에게 파멸을 안길 것이 확실하다고 공언하는데, 여기서 약간 신성모독의 기미가 보이는 발언을 덧붙인다. 자기가 제우스와 헤라의 자식이고, 아폴론과 아테네만큼 존경을 받았으면 좋겠다는 것이다(그는 이와 비슷한 발언을 8:538 이하에서도 한 적이 있다).

이렇게 서로 위협을 주고받은 두 영웅은 동료들을 이끌고 마주쳐간다. 이런 장면의 끝은 언제나 그렇듯 고함소리가 하늘까지 닿는 것으로 되어 있다. 하지만 우리가, 이 두 사람이 대결을 펼치는 것을 보려면 아직도 400행 정도 기다려야 한다.

✿ 그림자 헥토르와 그림자 아킬레우스 ✿

지금 전체적으로 희랍군이 불리하게 되어 전투가 방벽 안쪽에서 벌어지고 있긴 하지만, 이 장면에서는 일시적인 균형이 이루어지고 있다. 그래서 희생자의 숫자도 엇비슷하고, 같은 표현을 이웃해서는 잘 쓰지 않는 시인이, 양군의 전사가 차례로 쓰러지는 장면에서 같은 구절을 사용하고 있다. 트로이아의 오이노마오스와 희랍 쪽의 아스칼라포스가 잇달아 쓰러져, 손으로 땅바닥을 움켜쥐는 장면이 그것이다. 또 앞 장면의 끝에 있었던 트로이아의 알카토오스의 시신을 둘러싼 접전에 곧장 뒤이어, 이 장면에서 희랍 전사인 아스칼라포스의 시신쟁탈이 잇따르는 것도 그렇다. 여기서도 시신쟁탈전은 점점 규모가 커지고 있다.

이 장면 마지막 부분에는 헥토르를 연상시키는 인물과 아킬레우스를 연상시키는 인물이 배치되어 있다. 전자는 하르팔리온이다. 그의 아버지는 눈물을 흘리며 아들 시신 뒤를 따라 가고 있다. 헥토르의 시신 반환 장면과 비슷하다. 시인은 뒤에 일어날 일을 이런 식으로 청중에게 미리 보여 주고 있다. 후자는 파리스에게 쓰러진 에우케노르다. 그는 고통스러운 병으로 집에서 죽거나, 아니면 트로이아에서 죽으리라는 예언을 받았는데, 전장에서 죽기를 택하여 이곳에 왔다(물론 언제나 물질적 이익에 민감한 우리의 시인은, 그가 전쟁에 참가하지 않았더라면 벌금을 물었어야 했다는 것도 덧붙이고 있다). 아킬레우스처럼 선택에 직면했고, 아킬레우스처럼 파리스에게 죽는다. 이와 같이 잇따른 상호보복 살해의 끝에 아킬레우스와 유사성을 가진 자가 죽는 것은, 『일리아스』의 큰 줄기를 작은 규모로 보여 주는 것일 수도 있다(사실은 알카토오스가 신의 현혹을 받는 것이나 시신쟁탈전이 두 번 벌어지는 것도 파트로클로스의 죽음에서 보게 될 것들이다).

이와 연관해서 데이포보스의 부상과 퇴장도 주목할 만하다. 그는 부상당하고 '크게 신음'(13:538)하며 후송된다. 우리는 14권에서 헥토르가 그러는 것을 보게 될 것(13:432)이다. 이런 준비를 거쳐 데이포보스는 22권에서 마지막 신의 속임수, 혹은 헥토르의 마지막 '환상'의 수단이 될 것이다. 세 장면은 다소 느슨한 연상으로 연결되어 있다. '데이포보스가 신음하며 후송된다 — 헥토르가 신음하며 후송된다 — 데이포보스(아테네)가 헥

토르에게 도움을 주겠다며 나타난다.'

이 장면 끝에서 파리스는 자신의 손님을 위해 복수하고 있어서, 트로이아 전쟁 전체의 진행을 상기시킨다. 이 마지막 부분에는 '아킬레우스의 분노'라는 주제가 예고되고, 트로이아 전쟁이라는 전체 배경이 상기되었다. 이렇게 때로는 작은 전투 장면에도 일반 주제와 특수 주제의 교차가 나타난다.

「제우스를 속임」, 시칠리아 셀리누스 신전 부조(기원전 450년경)

14권의 핵심은 헤라가 제우스를 유혹한 사건이다. 헤라는 희랍군을 돕기 위해 제우스를 유혹한다. 아름답게 꾸민 헤라가 짐짓 오케아노스를 찾아가겠노라고 알리자, 제우스는 그녀를 잡고 동침을 청한다. 여기서 제우스가 헤라와 함께 잠든 사이 희랍군은 트로이아군에게 반격을 가한다. 이 사건은 포세이돈의 활약과 동시에 진행되고 있는데, 신들이 이렇게 애쓰는 사이에 인간들도 전투를 진행하고 있으므로 여러 사건이 동시에 일어나는 셈이다. 시인은 이렇게 동시적인 사건들을 순차적으로 보여 줄 수밖에 없는데, 이것들이 동시에 벌어지는 일이라는 걸 보이기 위해 좀 특이한 장치를 동원하고 있다.

$$\text{⋙}\text{─ 14권 ─}\text{⋘}$$

부상당한 지휘관들이 병사들을 격려하기로 하다

방금 우리는 양 진영이 전열을 정비하고 다시 맞붙으려는 것을 보았다. 하지만 시인은 우리의 시선을 다른 쪽으로 끌어간다. 11권 끝부분에서 파트로클로스를 설득했던 네스토르에게다. 그는 부상당한 마카온과 함께 자기 막사에 있다가, 함성을 듣고 창과 방패를 챙겨 밖으로 나온다. 그가 보니 바깥에서는 수치스러운 일이 벌어지고 있었다. 방벽은 이미 허물어졌으며 희랍군은 쫓기고 트로이아군이 그 뒤를 쫓고 있었던 것이다. 우리가 13권을 떠나 14권으로 들어서는 그 잠깐 사이에 전세가 바뀐 것일까? 하지만 아무 계기도 없었으니 그렇게 보기는 곤란하다. 그러면 이 장면은 13권 끝이 아니라 그 앞의 어딘가에 이어 붙여야 한다. 사실 이어 붙일 만한 곳은 여러 군데다.

시인이 엄청난 함성이 일어나는 장면을 여기저기 넣어 놓았기 때문이다. 그 중에서 희랍군이 쫓기는 장면을 찾으면 된다. 그 후보는 두 군데다. 하나는 12권 맨 마지막에 방벽이 무너지고 트로이아군이 희랍군 진영으로 뛰어드는 시점이고, 다른 하나는 13권 초반에 포세이돈이 막 희랍군 진영에 도착하여 지휘관들을 격려하기 시작한 시점이다. 그 중 어느 쪽이 나을까? 사실은 선택을 할 필요가 없다. 그 둘이 같은 시점이기 때문이다. 그러니까 포세이돈은 제우스가 트로이아군에게 승리를 안기는 것을 보고, 준비를 갖춰서 희랍군 진영을 향해 떠났고, 그가 여행하는 사이에 방벽이 무너진 것이다. 그리고 네스토르는 포세이돈이 출발할 무렵에 마카온을 데리고 전장을 떠나 진영으로 돌아와서, 곧 파트로클로스를 만나 설득하고 조금 더 시간을 보내다가 방벽이 무너지는 순간에 밖으로 나선 것이다. 우리는 그 다음에 방벽 안에서 싸우는 장면을 한참 보았으니, 여기서 시간적으로 상당히 과거로 돌아간 셈이다. 우리가 마지막으로 들은 함성이 13권 끝의 것이고, 네스토르가 함성을 듣고 막사에서 나서기 때문에 두 장면이 곧장 이어지는 듯한 착각을 주지만 사실은 그렇지 않다. 이런 기법은 사실 현대의 영화에서도 쓰는 트릭이다. 예를 들어 어떤 범죄 영화에서 수사관들이 범인이 있을 것으로 생각되는 어떤 집을 기습하는 장면을 보여 주고, 곧 이어서 범인의 시점에서 문이 벌컥 열리는 장면이 이어지면, 관객은 드디어 수사관들이 그 집에 들이닥쳤구나 하고 생각하게 되지만, 그 다음 장면을 보면 수사관들은 엉뚱한 집에 들이닥친 것으로 판명되고, 범인의 집에서는 다른 이유로 문이 열린 것이다.

그러니까 『일리아스』의 시인은 동시에 일어난 일을 마치 순차적으로 일어난 일인 양 묘사해 놓고, 매 장면의 끝에 큰 함성이 들리는 것으로 해서 그 동시적 사건들을 연결해 놓은 것이다(『일리아스』의 시인이 같은 시간에 일어난 일을 아무 표시 없이 마치 순차적으로 일어난 일인 양 병렬한다는 것은 이미 고대 주석에서부터 지적되었다. 아리스토텔레스는 이것이 서사시를 장대하게 만드는 요인임을 이미 『시학』[1459b 22 이하]에서 지적하고 있다. 현대에 이 현상을 널리 알린 것은 질린스키T. Zielinski라는 학자이다).

네스토르는 이제 직접 전투에 참여할지, 아니면 아가멤논을 찾아갈지 망설이다가 후자를 택한다. 상황은 10권 초반과 비슷하게 되었다. 네스토르는 이미 부상당해 물러선 주요 지휘관들과 마주친다. 아가멤논과 디오메데스, 오뒷세우스다. 시인은 우선, 방벽 안에서 전투가 벌어지고 있는데도 이들이 있는 곳에서는 싸움이 벌어지지 않는 이유를 설명한다. 배들이 여러 줄로 뭍에 끌어올려져 있고, 방벽은 육지 가장 안쪽에 끌어올려진 배들 바깥에 구축되었으며 물에서 방벽까지는 상당한 거리가 있었던 것이다. 그러니 방벽 바로 안쪽에서 전투가 벌어지고 있으면 물에 가까운 쪽은 상당한 후방이 되는 셈이다. 이런 식으로 처음부터 '설정 쇼트'를 주지 않고, 필요할 때마다 조금씩 공간 배경을 덧붙여 마지막에야 전체 그림을 완성할 수 있게 해주는 것이 『일리아스』 시인의 기법이다.

아가멤논은 네스토르를 보고서 절망에 빠진다. 그가 전장을 떠난 것이 어떤 원한 때문이라고 지레 짐작한 탓이다. 그는 이제 헥토르의 공언대로 함선이 불타고 희랍군이 다 죽으리라고 비관한다(헥토르가 8권 회의에서 했던 말을 아가멤논이 어떻게 알았을까? 사실 시인은 독자가 아는 것을 등장인물에게 알게 하는 습관이 있다). 이 심약한 지도자는 다시 9권과 10권 초반의 상태로 돌아가 있다. 네스토르는 지혜를 짜 보자고 권고한다. 아가멤논은 바다 가까이에 있는 배들을 물로 끌어내려 두었다가 그날 밤으로 도주하자고 제안한다. 하지만 오뒷세우스가 반발한다. "이미 큰 고초를 겪었는데, 그냥 떠난다는 것은 말도 되지 않소. 그리고 배를 지금 끌어내면 희랍군은 도망만 생각하고 싸우지 않을 터이니 더욱 불리해질 것이오." 그는 아가멤논이 이끄는 군대의 규모와 명성에 어울리지 않는 말을 했다고 비난한다. 3권에서 아가멤논이 자기를 이유도 없이 꾸짖은 것을 마음에 두고 있어서일까? 거의 아킬레우스가 했던 정도의 비난을 퍼붓고 있다. 이러한 반발에 직면하여 아가멤논은 자기 제안을 철회한다. 대신 더 나은 계략이 있으면 말하라 청한다.

디오메데스가 나선다. 자기가 나이는 적지만 말하겠다고, 그러면서 프로테우스—오이네우스—튀데우스로 이어지는 자기 집안의 역사를 꽤 길게 늘어놓는다. 아무래도 6권에서 글라우코스가 그러는 것을 보고 영향을 받은 모양이다. 그는 자기들이 부상을 당한 채로 다시 전장으로 복귀하는 것은 사실 어려우니, 전열에서 떨어져 나온 사람들을 격려하여서 다시 돌려보내는 역할을 하자고 제안한다. 아마도 그가 혈통을 길게 늘어놓은 것은, 자기가 전장으로 다시 복귀하지 않으려는 것이 두려움 때문은 아니라는 걸 보이려는 의도에서인 듯하다.

이들이 나아가는 사이에 포세이돈이 그들에게 다가온다. 그는 늙은 전사의 모습을 취하였다. 먼저, 지금 아킬레우스가 즐거워하고 있으리라고 비난하고, 이제 곧 트로이아군들이 도주하게 될 것이라고 예언한다. 그러고는 들판으로 내달리며 고함을 지르는데, 만 명 정도의 전사가 지르는 함성과 같았단다. 5권에서 부상당한 아레스가 지르던 고함을 묘사한 구절과 같다. 이제 상황은 5권의 상승세로 돌아가는 듯하다.

헤라가 제우스를 속여 잠들게 하다

이제 독자와 청중의 관심은, 아가멤논을 위시한 지휘관들의 격려가 얼마나 먹힐 것인지로 쏠리는데 시인은 다시 한 번 방향을 틀어, 올림포스 장면을 펼친다. 동시에 여러 곳에서 여러 사건이 벌어지니 시인도 바쁘다. 그 사이에 다른 곳의 사건들은 '얼어붙어' 있다. 파트로클로스는 아직도 에우뤼퓔로스를 치료하는 중이고, 헥토르와 아이아스는 대결 직전에 있으며, 부상당한 지휘관들은 병사들을 막 격려하는 참이다. 하지만 오늘날의 영화도 자주 이런 기법을 사용하고 있으니, 이제는 꼭 '얼어붙었다'는 표현을 사용하지 않아도 될 것 같다.

이제 우리가 볼 장면은 전통적으로 '제우스 속임'(*Dios Apate*)이라는 이름으로 불리어 온 것이다. 독자와 시인은 11권부터 여기까지 거의 전장을 떠나지 않았었는데, 이 부분에서는 잠시 전투를 잊을 수 있으니, 이 장면은 길고 긴 전투 장면에 지친 독자와 청중에게 숨 돌릴 기회가 될 것이고, 긴 패배 국면을 견뎌 온 희랍군에게도 일종의 휴식 시간이 될 것이다.

헤라는 포세이돈이 희랍군을 격려하고 다니는 것을 보고, 자기도 뭔가 기여하고자 궁리한다. 그녀가 생각해 낸 방도는, 제우스를 유혹하여 동침한 후 잠들게 하는 것이다. 이것은 일종의 대결이므로, 먼저 '무장'이 필요하다. 아닌 게 아니라 그녀는 곧 자신을 치장하기 시작한다.

그 방으로 들어가 그녀는 번쩍이는 문짝을 닫았다.
그러고 나서 그녀는 암브로시아로 매력적인 몸에서
때를 말끔히 씻어 낸 다음 신들만이 쓰는 부드럽고
향기 그윽한 올리브 기름을 몸에 듬뿍 발랐다.
이 기름으로 말하면, 문턱이 청동으로 된 제우스의 궁전에서
조금만 흔들어도 그 향기가 대지와 하늘에까지 퍼졌다.
이 기름을 그녀는 아름다운 살갗에 바르고 나서
머리를 빗고 그녀의 불멸의 머리에서 흘러내리는
아름답고 향기롭고 번쩍이는 머리털을 두 손으로 땋았다.
그런 다음 그녀는 아테네가 그녀를 위해 솜씨 있게 짜 준
여러 가지 무늬를 아로새긴 향기로운 의상을 몸에 두르고
그것을 황금 브로치로 가슴 위에 고정시키고 나서
백 개의 술이 달린 허리띠를 그 위에다 둘렀다.
이어서 보기 좋게 오디 모양의 구슬이
셋 달린 귀걸이를 다니 거기에는 매력이 넘쳐 흘렀다.
그러고 나서 여신들 중에서도 고귀한 그녀는 머리에다
마치 태양처럼 빛나는 아름다운 새 면사포를 쓰고
번쩍이는 발 밑에는 아름다운 샌들을 매어 신었다.(14:169~186)

이렇게 치장을 마치자, 여신은 아프로디테를 따로 한쪽으로 불러낸다. 그녀에게 매혹의 허리띠를 빌려 달라 청한다. 물론 둘은 서로 다른 진영을 후원하는 것으로 되어 있으니, 혹시 상대가 자기 말을 들어줄지 아니면 거절할지 먼저 확인한 다음이다. 아프로디테는 상대가 여신들 가운데 으뜸이라는 것을 고려하여 청을 들어주겠노라고 미리 약속한 바 있다. 그녀로서는 헤라가 어떤 생각을 하고 있는지 알 수 없었으리라. 그리고 헤라가 요구하는 물건도 그냥 띠로 되어 있지 않고, '욕망과 애정'을 빌려 달라고 하는 것으로 되어 있다. 핑계는, 자신을 길러 준 오케아노스와 테튀스(Tethys, 원초적인 바다의 여신으로, 아킬레우스의 어머니 테티스Thetis와는 다른 신이다)의 갈등을 풀어 주겠다는 것이다. 이 두 신이 레아에게서 헤라를 받아다가 길렀다니, 역시 『일리아스』 시인은 헤시오도스와는 달리, 크로노스가 자식들인 제우스의 형제자매를 모두 삼켰다는 판본을 인정하지 않는 모양이다. 그게 아니라면 크로노스의 뱃속에서 나온 다음에 그렇게 키웠다는 것일까? 물론 제우스가 티탄들과 싸우는 사이 다른 곳에 피신시킨 것일 수도 있다.

아프로디테는 제우스의 부인께, "애정과 욕망과 사랑의 밀어와 설득이" 들어 있는 띠를 가슴에서 풀어 준다. 어떤 학자는 모든 구원의 장치에는 성적인 특성과 더불어 교묘한 무늬들이 나타난다고 보는데, 이 허리띠가 (아킬레우스의 방패와 더불어) 그런 장치의 대표적인 예로 꼽힌다. 그 띠를 가슴에서 풀어 준다니 성적인 의미가 더욱 두드러진다.

정교하게 만든 그 띠 안에는 그녀의 모든 매력이 들어 있었으니
그 안에는 곧 애정과 욕망과 아무리 현명한 자의
마음도 호리는 사랑의 밀어와 설득이 들어 있었다.(14:215~217)

이런 무장을 갖추고서 그녀는 우선 렘노스 섬으로 잠의 신을 찾아간다. 헤파이스토스가 만든 아름다운 보좌를 선물로 주겠다며 협조를 부탁한다. 자신이 제우스를 유혹하고 나면 그를 잠들게 하라는 것이다. 잠의 신은 처음에는 개입을 꺼린다. 이미 전에도 헤라클레스가 트로이아를 함락하고 돌아갈 때 헤라의 요청대로 제우스를 잠들게 했다가 혼이 났던 적이 있기 때문이다. 헤라는 그 사이에 돌풍을 일으켜 헤라클레스를 다른 데로 표류하게 했고, 나중에 깨어난 제우스는 크게 분노하여 마구 폭력을 휘둘렀는데, 잠의 신은 밤의 여신에게 구원을 청하여 겨우 위기를 모면했던 것이다. 하지만 헤라는 이번에는 경우가 다르고, 제우스는 그때만큼 열심히 트로이아를 돕지는 않으리라고 다독인다. 게다가 카리테스(Charites, 쾌락·아름다움·우아함 등을 관장하는 세 여신) 중에서 잠의 신이 늘 원하던 아름다운 파시테에를 아내로 주겠다고 약속한다. 잠의 신은 헤라에게 스튁스와 티탄들에 걸고 맹세하도록 요구한다. 그녀가 그대로 행하자, 그는 헤라를 따라 이데 산으로 제우스를 찾아간다.

헤라가 제우스에게 다가간다. 제우스는 그녀를 보자마자 애욕에 사로잡힌다, 마치 처음 그들이 동침하던 때같이. 그녀에게 수레도 없이 어디로 가는지 묻는다. 헤라는 아프로디테에게 했던 거짓말을 되

풀이한다. 오케아노스와 테튀스에게 갈 계획이고, 말들은 이데 산 기슭에 세워 두었다고. 자기가 아무 예고도 없이 여행을 떠나 버리면 나중에 제우스가 화를 낼까 봐 여기 들렀노라고. 제우스는 그 일을 뒤로 미루고 자기와 사랑을 즐기자고 청한다. 이 부분은 약간 우습게 짜여 있다. 제우스가, 자기가 지금 얼마나 애욕에 사로잡혔는지를 설명하느라, 자기 연애 상대 목록을 늘어놓고, 그녀들보다 지금의 헤라에게 더 끌린다고 주장하기 때문이다. 천하의 바람둥이가 '질투의 화신' 헤라 앞에 무용담을 늘어놓은 꼴이다. 그 목록에는 다나에, 에우로페, 세멜레, 알크메네 같은 인간 여성들뿐 아니라, 데메테르와 레토 같은 여신들도 포함되어 있다.

하지만 헤라는 지금 상대의 기분을 상하게 하면 목적을 이룰 수 없으므로, 남편이 바람 피운 역사를 늘어놓는데도 그냥 못 들은 척한다. 다만 그녀가 원하는 것은 제우스를 다른 곳으로 유인하는 것이다. 다른 신이 보고 소문을 내면 자기가 수치를 당할 수도 있으니, 정 원한다면 올림포스의 자기들 방으로 가자고 제안한다. 하지만 제우스는 자신만의 방도가 있다. 다른 곳으로 가지 않아도, 크고 두터운 황금 구름으로 덮어서 다른 이의 눈을 피할 수 있다고, 태양도 그것을 꿰뚫어 볼 수 없다고. 제우스가 아내를 안고 눕자 그 밑에서는 온갖 풀과 꽃들이 돋아난다.

그러자 그들 밑에서 신성한 대지가 이슬을 머금은 클로버며
크로커스며 히아신스 같은 싱그러운 새 풀들을 부드럽고 두텁게

돋아나게 했으므로 이것이 그들을 땅에서 높이 들어 올려 주었다.

그 속에서 그들이 누워 아름다운 황금 구름을 두르니

그 구름에서 반짝이는 이슬이 방울방울 떨어졌다.(14:347~351)

이제 헤라와의 약속에 따라 잠의 신이 행동할 때지만, 그가 별도로 어떻게 했다는 말은 나오지 않고 제우스가 잠과 사랑에 압도되어 잠들어 버리는 것으로 그려진다. 잠의 신의 역할은 다른 데 있다. 그는 희랍군 진영에 있는 포세이돈에게 달려가 마음껏 희랍군을 도우라고 전한다. 자신과 헤라가 제우스를 잠들게 했다는 것이다. 그는 그저 가까이에 있기만 해도 영향을 줄 수 있는 모양이다.

여기 이 장면은 그냥, 여신이 자기가 편드는 진영을 위해 전세를 바꿔 보려고 최고신을 상대로 속임수를 쓴 사건처럼 보이지만, 사실은 겉보기보다는 깊은 의미를 갖고 있다. 이것은, 태초에 하늘과 땅이 결합하여 만물이 생겨난 사건을 재현하는 '성스러운 결혼'(*hieros gamos*; sacred marriage)의 한 예이기 때문이다. 두 신이 잠자리에 들자, 그 밑에서 풀과 꽃들이 피어나 일종의 '쿠션'을 만들어 주는 장면이 이를 입증한다. 생산성의 화신이 나타나면 이렇게 풀과 꽃들이 피어난다. 헤시오도스의 『신들의 계보』(*Theogonia*)에서도, 아프로디테 여신이 처음 퀴프로스에 도착하자 꽃들이 피어난 것으로 되어 있고, 보티첼리(Sandro Botticelli)의 저 유명한 그림 「비너스의 탄생」(1485년경)은 그걸 꽃비가 날리는 것으로 표현해 놓았다. 이 사건으로 해서 전쟁은 더 길어지고, 인간들은 더 많이 죽을 터이니, 모든 것을 태어나게 하고 살게 하는 '결혼'과 성이 일시적으로 죽음을 더 많이 불러오는 수단으로 쓰였다. 아이러니다.

희랍군 전사들이 무장을 서로 바꾸다

이 기회를 이용하여 희랍군이 다시 반격에 나선다. 우선 포세이돈이 앞으로 나가서 외치며 전사들의 경쟁심을 자극한다, 헥토르에게 영광을 주지 말자고. 그리고 제안한다, 각자 능력에 따라 무구를 교환하자고. 약간 소강 상태이긴 하지만, 전투가 급한데 싸움을 그치고 무장을 바꾸자니, 그게 가능한 일인가? 그래서 이 부분은 질이 떨어진다고 혹시 후대에 덧붙여진 게 아닌가 의심하는 학자들도 있다. 하지만 위기에는 경쟁보다 협력이 강조되니, 이런 교환이 아주 불가능한 일은 아니다. 더 나아가 여기에 적극적인 의미도 부여할 수 있다. 누가 전투를 게을리하면 그는 열등한 자로 평가되어 좋은 무장을 남에게 넘기게 될 터이니, 이런 수치를 피하고자 각 사람이 더 열심히 싸울 것이다. 그러니 이 이상한 작전은 경쟁유발 수단으로 볼 수도 있다.

그리고 이는 또 전형적인 새 출전 묘사에 해당되는 사건이라 할 수 있다. 우리는 조금 전에 네스토르가 막사를 떠날 때 창과 방패를 새로이 드는 것을 보았다. 사실 7권 대결을 앞둔 아이아스도, 수훈기를 앞둔 13권의 이도메네우스도 이미 무장하고 있었을 텐데도, 다시 무장을 갖추지 않았던가. 또 궁수라서 평소에는 큰 무장을 하지 않았던 테우크로스도 수훈기의 공식에 따라, 활시위가 끊어진 후에 무장을 갖추는 것으로(15권) 되어 있었다. 그러니 이제 희랍군 전체가 수훈을 향하여 새로이 무장을 갖추고 새로운 각오로 나아가는 셈이다. 포세이돈이 무시무시한 칼을 들고 앞장선다. 그 번개 같은 칼은 전사들에게 공포를 불러일으키고, 상대는 뒤로 물러선다.

전세가 반전되어 트로이아군이 퇴각하다

이제 동시적인 사건들은 모두 언급되었다. 13권 마지막에 서로 위협의 말을 교환한 다음에 '얼어붙어' 있었던 아이아스와 헥토르는 이제야 맞붙을 수 있게 되었다. 하지만 개별 전사의 전투를 묘사하기 전에 늘 그렇듯, 먼저 일반적인 기세가 그려진다. 희랍군과 트로이아군이 함성을 지르며 마주 달려간다. 그 소음은 북풍에 일어난 파도와, 숲을 태우는 산불과, 사납게 울부짖는 바람의 소리보다 더 큰 것으로 그려진다.

이제 대결이다. 헥토르가 먼저 창을 던진다. 일반적으로 대결에서 패배하는 쪽이 먼저 공격하는 경우가 많다. 먼저 공격하고 승리하는 사례는 아킬레우스에게서만 발견된다. 헥토르의 창은 하필이면 아이아스의 방패 멜빵과 칼끈이 교차하는 곳에 맞는다. 공격에 실패한 헥토르가 돌아서는 순간, 아이아스가 돌을 들어 가격한다. 그것은 방패 가장자리를 넘어 목에 가까운 가슴 부위에 맞는다. 그 충격에 헥토르는 몸이 빙그르 돈다. 시인은 그것을 팽이가 도는 것에 비유한다. 그는 벼락 맞은 참나무처럼 쓰러진다. 제우스의 총아가, 제우스의 벼락에 맞은 제우스의 나무(참나무)처럼 쓰러진다는 것은 아이러니다. 손에서 창이 떨어지고, 방패와 투구가 그 위로 넘어진다. 청동 무장이 요란하게 울린다. 보통은 전사가 죽는 순간에 쓰이는 표현들이다. 희랍군이 그를 끌어내려고 달려 나간다. 하지만 트로이아 전사들이 그를 에워싸고 보호하며, 들어 올려 후송한다.

그는 '크게 신음하며' 도시를 향해 실려 간다. 하지만 크산토스 강의 여울에 닿자, 동료들은 그를 마차에서 내리고 그에게 물을 끼얹는다. 그는 일단 눈을 뜨고 깨어난다. 하지만 무릎을 꿇은 채로 피를 토하다가 뒤로 쓰러진다. "그의 두 눈을 검은 밤이 덮"는다. 보통 이런 표현이 나올 때는 전사가 죽는 순간이다('헥토르의 죽음 2'). 이런 묘사를 받고도 죽지 않은 사례는 아이네이아스와 지금 이 순간의 헥토르뿐이다(우리는 나중에 안드로마케에게 같은 표현이 쓰이는 것을 보게 될 것이다).

헥토르가 물러가자 희랍군은 기세를 올리며 역습을 가한다. 자주 그렇듯 한 전사에게서 전체의 전세가 대표적으로 나타나기 때문에 헥토르의 부상은 전세가 뒤집혔다는 표시가 된다. 이어지는 전투의 승자를 G(희랍)와 T(트로이아)로 표시해 보자.

G: 아이아스가 트로이아군을 하나 쓰러뜨린다. 희생자는 샘물 요정의 아들이다. 트로이아의 자연이 쓰러지는 셈이다.

T: 트로이아 쪽에서는 풀뤼다마스가 희랍군 전사를 쓰러뜨린다. 전세가 균형을 이룰 때 잘 나타나는 '연쇄반응'의 시작이다. 풀뤼다마스의 자랑이 희랍군의 마음을 아프게 한다.

G: 아이아스가 그를 향해 창을 던진다. 그 곁의 아르켈로코스가 맞는

다. 머리와 목이 이어지는 부분의 두 힘줄이 끊어지고, 머리와 입, 코가 먼저 땅에 닿으며 쓰러진다.

T: 그의 형제 아카마스가 곁에서 시신을 지키다가 그것을 끌어가려는 희랍군 전사를 쓰러뜨린다. 이렇게 친족이 남아 있어야 복수를 할 수 있다고 외친다.

G: 페넬레오스가 아카마스를 노리고 달려들다 일리오네우스를 죽인다. 눈 밑을 찔러 눈알이 빠지고 창은 목덜미로 꿰뚫고 나간다. 페넬레오스는 칼로 상대의 목을 벤다. 머리는 투구와 함께 땅에 떨어진다. 페넬레오스가 그것을 양귀비 꽃봉오리처럼 들어 보인다.

이제 트로이아군은 두려움에 사로잡힌다. 시인은 무사 여신에게 희랍군 중에 누가 제일 먼저 전리품을 얻었는지 묻는다. 아이아스, 안틸로코스, 메리오네스, 테우크로스, 그리고 다시 한 번 아이아스가 공을 세우고, 14권을 끝낸다. 이 장면에서는 헥토르의 부상에서 트로이아군의 패퇴가 예고되고, 한동안은 양쪽이 팽팽하게 맞서는 듯하지만 결국 희랍군의 대공세와 트로이아군의 퇴각으로 끝났다.

자주 그렇듯 각 부분의 마지막에 특별한 인물이나 묘사로 강세가 주어졌다. '연쇄반응'의 마지막에 놓인 희생자 일리오네우스는 일리온과 연관된 이름을 가진 자로서, 끔찍한 죽음, 소갯말, 직유, 상대의 자랑이 모두 나오는 특이한 예이다. 트로이아 쪽 희생자는 대개, 13권 끝부분에 트로이아군이 재정비될 때 소개(13:789~794)되었던 자들이다. 희생자 중 마지막인 휘페레노르는, 상처로 영혼이 빠져나가는 것이 상세하게 그려져, 역시 마지막 강세를 주고 있다.

이어 아트레우스의 아들은 백성들의 목자 휘페레노르의
옆구리를 찔렀다. 그리하여 청동이 찢고 들어가 그의 내장을
쏟아져 나오게 하자 영혼은 찔린 상처를 통해
재빨리 빠져나갔고 그의 두 눈은 어둠이 덮었다.(14:516~519)

다시 전체를 보자면, 이 장면은 트로이아군의 패퇴가 예고되는
첫 부분과, 일시적 균형 상태인 둘째 부분, 그리고 트로이아군이 본
격적으로 패퇴하는 셋째 부분으로 되어 있다(A—B—A). 패퇴를 예
고하는 것은 트로이아의 중심 영웅인 헥토르의 부상이다. 이것은 헤
라와 제우스의 대결 결과를 인간 세계의 판본으로 번역한 것이라 할
수 있다. 제우스가 '죽음의 형제'인 잠의 신의 영향 아래 있는 동안 헥
토르는 거의 '죽음'을 겪는 것이다. 제우스가 딴 데 정신을 팔고 있는
이 장면에서 우리는 그와 관련된 아이러니도 발견할 수 있는데, 예를
들면 포세이돈이 휘두르는 칼은 제우스의 무기인 번개처럼 빛나고
(13:386), 제우스의 사랑을 받는 헥토르는 "제우스의 벼락에 맞은 참
나무처럼" 쓰러진 것이다.

'연쇄반응' 부분의 특징은 희랍군 쪽에서 던진 창이 빗나가서 다
른 사람에게 맞는 사건이다. 이는 전공을 세우면서도, 전체적으로 방
벽 안에 몰려 있기 때문에 별로 자랑할 것이 없는 희랍군의 상황과 잘
어울린다. 여기서 트로이아 희생자들은 끔찍한 죽음을 맞이하고 있
다. 아르켈로코스는 머리와 목이 연결되는 부분을 맞아, 머리 부분이
하체보다 먼저 땅에 닿는다. 일리오네우스는 창으로 눈을 꿰뚫린 후

투구 쓴 채 목이 베이고, 상대는 그 목을 주워 들고 자랑한다. 이것은 사실 앞으로 점차 강하게 나타날 시체 훼손 주제의 한 단계이다. 이미 13권 이하에서 임브리오스의 목을 던진 사건이 있었는데, 여기서는 처음부터 그러려고 의도한 것이 아니지만, 나중에 우리는 헥토르가 파트로클로스의 머리를 의도적으로 베어 내려 하는 것(18권), 그리고 아킬레우스가 데우칼리온의 목을 실제로 베는 것(20:478 이하)처럼 점차로 야만적인 행동이 나타나는 것을 보게 될 것이다.

✹ 빗나간 공격 ✹

13~14권에 걸쳐 벌어진 방벽 안 전투는 빗나간 공격을 중심으로도 정리할 수 있다. 처음에는 희랍군의 공격이 빗나가거나, 상대의 부상에 그치는 사례가 나타난다. 다음으로 트로이아군의 공격이 빗나가면서도 집요하게 계속되는 국면이 전개된다. 그 다음엔 희랍군의 공격이 목표를 빗나가나, 주변의 다른 사람을 맞히는 일이 거듭되고, 최종적으로 희랍군의 총공세가 이루어진다. 이는 방벽 안으로 몰린 희랍군이 포세이돈의 개입으로 점차 전세를 회복해 가는 과정을 그대로 반영한 것이다.

공격하다가 창이 부러지는 사건은 공격자에게 큰 좌절을 안기기 마련인데, 그런 사건이 이 방벽 안 전투에서 두 번 일어난다. 처음에는 희랍군(메리오네스)이 트로이아군을 공격할 때였고, 두번째는 트로이아 쪽(페이산드로스)에서 공격할 때였다. 이 역시 점차적인 전세 변화를 암시적으로 보여 준다 하겠다. 이런 변화를 보여 주기는 헥토르의 부상도 마찬가지이다. 그는 전체 전세를 대표해서 보여 주는 역할을 떠맡고 있다. 헥토르는 이 방벽 안 전투에서 아이아스에게 두 번 공격을 받는데, 첫 단계에 헥토르는 단지 약간 충격을 받고 물러서는 정도였지만, 최종 단계에 그는 후방으로 실려 가고, (잠시 후에 볼 것처럼) 피를 토하고 쓰러진다. 이것은 모두 이 방벽 안 전투가 희랍군의 점차적인 기세 회복을 보여 주는 오르막형으로 짜여 있기 때문이다. 이는 11권에서 희랍군의 주요 영웅들이 부상당하면서 점차 몰리게 되는 과정에 내리막형 서술이 나타났던 것과 대비되는 점이다.

Ⓐ 희랍군의 창이 빗나간다→트로이아군의 창이 빗나간다→희랍군의 창이 목표 옆을 맞힌다.

Ⓑ 희랍군의 창이 부러진다→트로이아군의 창이 부러진다.

Ⓒ 헥토르가 약간 충격을 받고 물러선다→헥토르가 피를 토하고 쓰러진다.

「배를 둘러싼 전투」, 희랍 석관 부조(225~250년경)

15권은 제우스가 잠에서 깨어나면서 희랍군이 다시 위기에 몰리게 되는 과정을 보여 준다. 제우스가 잠에서 깨어나자 다시 희랍군의 패배 국면이 재개된다. 이번에는 방벽을 지나 배 앞에까지 적들이 닥쳐와 전투가 벌어진다. 파트로클로스의 출전 직전, 아이아스만이 배를 지키기 위해 고군분투하고 있다.

15권

제우스가 깨어나 자기 계획을 밝히다

트로이아군은 호를 건너 들판 쪽으로 후퇴한다. 거기서 일단 걸음을 멈추고 전열을 정비한다. 그 순간 제우스가 잠에서 깨어난다. 그는 트로이아군이 곤경에 처한 것과, 그들을 뒤쫓는 희랍군들 가운데 포세이돈이 끼어 있는 것, 그리고 헥토르가 땅바닥에 쓰러져 피를 토하는 것을 본다. 그는 자신이 속았다는 것을 깨닫고서 헤라를 꾸짖고 위협한다. 그는 이미 전에도 그녀를 허공에 매달았던 적이 있다. 발에는 두 개의 모루를 매달고, 손은 황금 사슬에 묶었던 것이다. 헤라가 헤라클레스를 폭풍으로 몰아서 바다 한가운데로 보내 버렸을 때의 일이다. 이제 그는 여신을 매질할 수도 있다고 위협한다.

헤라는 얼른 자기가 포세이돈과 공모하지 않았다는 것을 맹세한다. 자기는 포세이돈에게, 제우스가 시키는 대로 다른 데로 가도록 권하고 싶다고 덧붙인다. 제우스는 헤라에게 자기와 한마음이 되어 달라며, 이리스와 아폴론을 불러달라고 청한다. 목적도 밝힌다. 이리스를 부르는 건 포세이돈을 돌려보내기 위해서고, 아폴론에게는 헥토르의 고통을 없애 주고 용기를 넣어 주며, 희랍군에게 공포를 일으키도록 시키려는 것이다. 제우스는 말 나온 김에, 자신이 앞으로 어찌할지 계획한 바를 모두 밝힌다. 사실 이것은 시인의 계획이기도 하다. 우리는 앞으로 어떤 일이 일어날지 구체적으로 듣게 된 것이다. 우선 희랍군은 아킬레우스의 배 있는 곳까지 달아나게 될 것이다.

> "…… 그러면 아킬레우스가
> 그의 전우 파트로클로스를 일으켜 세울 것이고 파트로클로스는
> 내 아들인 고귀한 사르페돈을 포함하여 많은 젊은이들을 죽인 다음
> 일리오스 앞에서 영광스런 헥토르의 창에 죽게 될 것이오. 그러면 또
> 고귀한 아킬레우스가 그 때문에 화가 나 헥토르를 죽일 것이오.
> 바로 그 순간부터 나는 함대로부터 새로운 추격을 야기할 것인즉,
> 아카이아인들이 여신 아테네의 계략에 의하여
> 험준한 일리오스를 함락할 때까지 이 추격은 끊임없이 계속될 것이
> 오."(15:65~71)

이제 파트로클로스의 출정과 사르페돈의 죽음, 그리고 파트로클로스의 죽음에 뒤이은 아킬레우스의 출정, 헥토르의 죽음과, 아마도 목마 계략에 의한 일리오스의 함락이 모두 언급되었다. 제우스는 이렇게 해서, 테티스가 청하고 자기가 약속한 것을 이루리라고 덧붙인다. 이런 식으로 아킬레우스의 소망을 이루리라고. 하지만 파트로클로스가 죽는 것은 아킬레우스가 바랐던 것이 아니다. 그리고 여기 한 가지 미래의 중요한 사건이 언급되지 않았으니, 바로 아킬레우스 자신의 죽음이다. 아킬레우스는 희랍군의 죽음을 바랐다. 그 소망은 자

기 친우를 죽게 할 것이고, 곧 이어 자신의 죽음을 부를 것이다. 이제 작품 절반이 넘어선 시점에 인간의 소원과는 구별되는 제우스의 계획이 모두 드러났다.

헤라는 올림포스로 달려간다. 제우스를 유혹한 것이 모두 속임수였다는 게 드러났으니, 굳이 오케아노스 부부에게 가는 척할 필요가 없나 보다. 이 부분에서 철학 전공자들이 좋아하는 직유가 나온다. 여신이, "현명한 사람이 마음속으로 여러 계획을 세울 때 그의 생각이 질주하듯이"(15:80~82) 재빨리 날아갔다는 것이다. 우리가 일상에서 접하는 것 중에 가장 빠른 게 생각이고, 헤라는 그 생각만큼이나 빠르게 움직였다는 것이다. 그녀가 도착하자 모두들 나와 맞이한다. 테미스가 잔을 권한다. 왜 그녀의 얼굴에 놀란 빛이 있는지 묻는다, 혹시 제우스가 그녀를 놀라게 했는지. 헤라는 제우스의 오만함을 비난하며, 그가 사악한 행동을 예고했다고 전한다. 아무래도 그녀는 제우스의 계획의 앞부분에만 주목하는 모양이다.

그녀는 제우스가 신들 각각에게 불행을 보내더라도 참으라며, 먼저 트로이아군을 편들기 좋아하는 아레스의 불행을 전한다. 그의 아들 아스칼라포스가 죽었다는 소식이다. 그가 죽은 것은 13권이어서, 독자들은 거의 잊을 정도인데 자다가 막 깨어 돌아온 헤라는 그것을 잘도 기억한다. 제우스의 계획이 트로이아 쪽 신들에게도 불행을 준다는 걸 확실히 하고 싶었던 모양이다. 그 말을 듣고 아레스가 일어서려 한다. 제우스의 벼락에 맞는 한이 있더라도 아들의 원수를 갚겠다는 것이다. 아스칼라포스는 희랍군 전사이니, 일이 좀 얄궂게 되었다. 평소에 트로이아를 편들던 아레스가 갑자기 희랍군을 편들게 된 것이다. 신들은 사실 이렇게 변덕스럽다. 아레스만이 아니다. 다른 신들도 대체적인 편향성만 정해져 있지, 개별적인 세부로 들어가면 누구든 자기와 관련된 전사를 돕고 구해 내려 한다. 우리는, 보통은 희랍군을 편드는 헤파이스토스나 헤르메스, 포세이돈 등이 트로이아 쪽 전사를 구해내는 장면들도 볼 수 있다.

어쨌든 아레스가 희랍군을 돕는 희귀한 장면을 보려는 순간, 아테네가 그를 붙잡는다. 그를 분별없고 정신 나간 자로 몰아붙이며, 무기를 빼앗고 다시 앉힌다. "그 때문에 제우스가 분노하면 다른 신들에게도 화가 미칠 수 있다. 그리고 그의 아들보다 더 뛰어난 자들도 이미 많이 쓰러졌고, 앞으로도 쓰러질 것이다. 모든 인간을 구하기는 어렵다." 이 마지막 논변은 이 작품 전체를 관통하는 것이다. 우리는 16권에서 제우스가 같은 논변에 굴복하는 것을, 그리고 24권에서 프리아모스가 거의 같은 논변에 위로받는 것을 보게 될 것이다. 여기서 아테네가 아레스를 제어하는 것은 어쩌면, 근동신화에서 그 두 신이 긴밀한 관계인 것과 관련이 있을지도 모른다. 5권에 설명했듯이 아레스에게는 바알의 특성이 보이는데, 아테네에게는 그와 관련된 여신 아낫의 모습이 있어서다.

한편 헤라는 이리스와 아폴론을 제우스에게로 보낸다. 제우스는 이리스에게, 포세이돈을 얼른 바다로 돌려보내라 명하고, 말을 듣지 않으면 자기 위협을 전하라 한다. 이리스는 북풍에 눈 날듯, 우박 떨어지듯 포세이돈 있는 곳으로 날아 내린다. 『일리아스』와 『오뒷세이아』의 차이 중 하나가, 신들의 전령 노릇을 누가 하는지이다. 보통 많은 신화 독자들에게는 헤르메스가 신들의 전령으로 알려져 있지만, 『일리아스』에서 그 역할을 하는 것은 이리스다.

이리스는 포세이돈에게 제우스의 명을 전한다. 이런 전갈에는 명을 받을 때와 똑같은 구절이 쓰이는 게 상례이고, 이런 특징은 보통 구송시의 유산으로 해석되고 있는데, 여기서 이리스는 제우스가 하지 않은 말까지 덧붙이고 있다. 포세이돈이 명을 거부하면 제우스가 직접 그와 싸우기 위해 오겠다고 했다는 것이다. 물론 제우스는 포세이돈이 거부하면, 그가 자기 공격에 맞서는 일이 없도록 잘 생각하라고 전하도록 했었다. 전체적인 뜻은 대충 맞지만 이리스는 좀더 강한 어조로 뜻을 전하고 있다. 포세이돈은 제우스의 거만함에 역정을 낸다. 그들 형제는 세계의 세 영역을 각자 관장하기로 했지만, 땅과 올림포스는 공동 관리 구역이기 때문이다. 한데 자기 자식도 아닌 그를 왜 위협하냐는 것이다.

하지만 현명한 전령 이리스는 그저 양쪽을 오가며 말을 그대로 전하는 이가 아니다. 그녀는 복수의 여신들은 연장자를 돕는다며 포세이돈에게 생각을 바꿔 보기를 권한다. 그녀의 사려 깊은 충고에 포세이돈도 마음을 돌린다. 그는 마지막으로, 제우스가 그와 대등한 몫을 가진 자기에게 성내고 꾸짖는 게 분하다고 토로하고, 제우스가 희랍군에게 승리를 주지 않으면 다른 신들도 노여움을 거두지 않을 것이라고 선언한다. 하지만 이 말은 아마 제우스에게 전달되지 않을 것이다.

포세이돈이 할 수 없이 바다로 돌아가는 것을 보고 제우스가 아폴론에게 다음 일을 지시한다. 아마도 이 지시는 제우스가 이리스를 떠나보낸 직후에 있었을 것이다. 아폴론을 불러 놓고는, 이리스에게 명한 것이 제대로 수행되는지 주시하느라고 그를 우두커니 세워 두지는 않았을 테니 말이다. 하지만 거의 동시에 일어난 일을 이런 식으로 순차적으로 보여 주는 것이 서사시의 방법이다. 그래도 이것은 짧은 간격을 두고 나오기 때문에 독자가 별 문제를 느끼지 않을 수도 있는데, 『오뒷세이아』에서는 거의 같은 시점에 파견된 두 신이 네 개의 권을 사이에 두고 명령을 실행하는 경우까지 등장한다(물론 명령을 내린 지 너무나 뒤에 그것이 실행되기 때문에 다시 한 번 명령을 내리는 것으로 해놓았다). 제우스는 포세이돈과의 직접 충돌을 피한 것에 안도하며, 아폴론에게 할 일을 일러준다. 희랍군에게 공포를 심어 주고, 헥토르에게는 힘을 넣어 주라는 것이다. 그는 여기서도 헤라에게 밝힌 앞으로의 계획을 조금 드러내는데, 일단 희랍군이 바닷가의 배들 있는 곳까지 달아나게 되면 그 다음엔 자신이 희랍군이 숨 돌릴 방도를 생각하겠다는 것이다.

이제 제우스 몰래 희랍군을 돕던 포세이돈은 떠나가고, 제우스의 금지 명령에 따라 이제까지 전장을 떠나 있던 아폴론이 트로이아를 돕기 위해 투입되었다. 이제부터 희랍군은 더 큰 곤경에 처하게 될 것이다. 다른 경우도 그렇지만, 이날의 전투는 신이 함께 하느냐 떠나가느냐에 따라 전세가 변화하고 있다. 사실 13, 14권의 희랍군의 반격은 포세이돈의 수훈기같이 되어 있었다. 그는 영웅이 무장하듯 준비를 갖추고 나서서, 희랍군을 독려하다가, (제우스를 대신하는) 이리스와 대결같이 설전을 벌이고 퇴장한 것이다.

희랍군에게 불리하게 전세가 반전하다: 희랍군의 두번째 퇴각

아폴론은 우선 헥토르를 찾아간다. 그는 그 사이에 제우스의 뜻에 따라 다시 소생되어 있다. 아폴론은 짐짓 헥토르에게 무슨 일이 있었는지 묻는다. 헥토르는 상대가 신이라는 것을 알아보고, 자기가 아이아스의 돌에 맞아 죽을 뻔했다는 것을 보고한다. 이 부근에서는 신들의 활약이 많이 나와서 그런지, 신들이 인간에게 나타날 때 별다른 가장을 하지 않는 것처럼 되어 있다. 포세이돈도 그렇고, 아폴론도 마찬가지다. 여기서 아폴론은 한 걸음 더 나아가, 아예 자기 신분을 밝힌다. 그러고는 헥토르에게 전차를 배 쪽으로 몰아가라고 지시한다. 길은 자신이 열겠다고.

헥토르가 다시 전장으로 복귀하는 모습은 6권 후반에 파리스가 복귀하는 모습과 유사하게 그려져 있다. 그는 "배불리 먹은 말이 고삐를 끊고 우쭐대며 들판을 질주할 때같이", 혹은 개떼와 사냥 나온 농부들을 쫓아버리는 사자같이 달려간다. 트로이아군을 추격하던 희랍군들은 헥토르의 모습을 보고 갑자기 기가 꺾인다.

토아스가 나선다. 분명히 헥토르가 죽어 가는 것을 보았는데, 이제 기적이 나타났다고, 그는 제우스의 도움을 받는 것 같다고. 그러면서 주요 전사들이 전열을 지어 방어하고, 그 사이에 병사 대중은 질서 있게 함대 쪽으로 퇴각하게 하자고 제안한다. 13권에서 포세이돈이

토아스의 모습을 취했었는데, 이제 신이 사라진 공간에 그 신에게 모습을 빌려주었던 인물이 대신 들어선 셈이다. 이들이 물러서는 사이에 헥토르는 트로이아군을 이끌고 전진하고, 그 앞에는 아폴론이 아이기스를 들고 나아가고 있다. 보통 아테네 여신이 갖추고 다니는 이 무장은 '염소'라는 말과 연관이 있을 듯하고, 그것이 어디서 왔는지에 대해 여러 전승이 있는데, 여기서는 헤파이스토스가 제우스를 위해 만든 것으로 되어 있다. 시인은 역시 마법을 싫어하는 모양이다.

다시 전투 시작이다. 늘 그렇듯 처음에는 일반적인 묘사가 나온다. 양 진영이 창과 화살을 날린다. 양쪽에서 병사들이 쓰러진다. 그러나 아폴론이 아이기스를 흔들고 고함을 질러대자, 희랍군의 사기가 꺾이고 전열은 무너지고 만다. 목자 없는 소떼나 양떼가 한 쌍의 야수에게 공격을 당한 것같이 희랍군은 도주하기 시작한다. 이제 트로이아 영웅들의 승훈이 보고된다. 헥토르와 아이네이아스를 위시하여, 풀뤼다마스, 파리스 등이 적을 쓰러뜨린다.

이 장면은 첫번째 방벽 안 전투 마지막에 희랍군이 총공세를 펴던 것에 정반대되는 장면이다. 부상당해 퇴장했던 헥토르도 돌아오고, 짧은 구절 안에 많은 희랍군이 별다른 수식도 받지 못한 채 쓰러지는 것이다. 여기서 아이네이아스에게 쓰러지는(15:334) 메돈은 살인 후 고향을 떠난 인물이다. 우리는 이제 이와 비슷한 내력을 가진 인물인 뤼코프론과 에페이게우스(16:571)가 쓰러지는 것을 볼 텐데, 이들이 여기 몰려 등장함으로써 이들과 비슷한 경력을 가진 파트로클로스의 등장이 강력하게 예고되는 셈이다(23:84 이하 참고). 이 장면에서 주목할 만한 점은 파리스의 활약이다. 그는, 직전 장면에서 작은 아이아스가 그랬듯, 도망치는 상대편 병사들을 뒤에서 공격하고 있다. 이런 장면으로 해서 이 장면은 앞에 일어난 사건의 정반대 방향 진행이 된다.

희랍군이 배 앞까지 밀린 후 균형을 이루다

헥토르는 전리품을 놓아 둔 채 계속 공격해 가도록 명령하고, 트로이아군은 말을 몰아 진격한다. 아폴론은 이들을 위해 호를 메우고, 아직도 상당 부분 남아 있던 방벽을 어린이가 모래성을 부수듯 쉽게 부순다. 여기서 트로이아군이 첫번째 진입 때와 달리 말을 몰고 들어가는 것은 일단 아폴론의 충고(15:258 이하)에 따른 것이지만, 다른 한편 트로이아군이 갑작스런 전세 반전에 그만큼 자신감이 생기고 조심성이 없어졌다는 걸 보여 주는 일이기도 하다. 앞서는 진입이 조심스러웠던 만큼 후퇴도 근소했지만, 다음 번 퇴각은 이러한 부주의에 걸맞게 엄청난 피해를 수반할 것이다. 이렇게 신의 충고를 따랐는데도 나쁜 결과에 봉착한다는 것은 헥토르의 불운을 보여 준다 하겠다.

이제 배 곁에까지 몰린 희랍군은 신들에게 도움을 간청한다. 특히 네스토르가 제우스께 기도를 올리자, 제우스는 크게 우레를 친다. 기도하는 사람으로서는 길조로 해석할 만한 일이지만, 트로이아군은 우레 소리를 듣고 오히려 기가 살아 더욱 맹렬히 공격한다. 이들은 뱃전에 파도치듯 전차를 탄 채 밀려들고, 아카이아인들은 배에 올라가 긴 장대를 들고 싸운다.

여기서 장면은 잠깐 파트로클로스에게로 옮겨진다. 앞에서, 동시에 진행되는 모든 일이 다 언급되었다고 했지만, 사실은 한 가지 일만큼은 이제까지 언급되지 않고 있었다. 파트로클로스의 심부름이 어찌 되었는지 하는 것이다. 우리가 그를 마지막으로 본 것은 11권 마지막 부분으로, 부상당한 에우뤼필로스와 마주쳐 치료하는 장면이었다. 그는 이제 트로이아인들이 방벽을 뛰어넘는 소리와 희랍군이 도주하는 소리를 듣고서, 사태가 급하다고 생각해 그 막사를 떠난다.

여기서는 트로이아군이 두번째로 방벽 안으로 진입한 다음에 그가 떠나는 장면이 나오기 때문에, 그가 이 두번째 진입 소음을 들은 것으로 해석할 수밖에 없지만, 그렇게 보면 그는 부상자를 치료하는 데 시간을 너무 많이 쓴 것이 된다. 아니면 제우스가 너무 짧게 잠들었던 것일까? 그리고 그는 막사 밖에서 전투가 벌어지고 있는 것도 몰랐단 말인가? 혹은 그 막사는 전투 장소에서 그렇게 멀리 떨어져 있었던 것일까? 전투 소음이 가까운 데서 나다가, 멀리 벌판으로 밀려갔다가, 다시 돌아올 때까지 모를 정도로? 그것도 아니라면 지금 파트로클로스가 들은 소음은 첫번째 진입 때 난 소리일까? 지금 들은 것이 첫 진입 소음이라면 그가 돌아가서 아킬레우스를 비난하고 설득하는 데 시간이 너무 많이 걸린 게 된다. 어느 쪽을 택해도 문제가 있다. 하지만 『오뒷세이아』에서도 시간 계산이 맞지 않는데 그냥 진행하고 있으니, 여기서도 이런 식으로 진행해도 크게 탓할 수 없을 것이다. 아니 문자가 없던 시대에 가객이 공연을 하고 있으면 청중은 그런 모순점은 크게 느끼지 못했을 것이다.

이제 16권의 파트로클로스 출전을 위해 준비를 해두었으니, 장면은 다시 두 군대가 맞서는 곳으로 돌아간다. 싸움은 팽팽하다. 희랍군은 상대를 몰아내지 못하고, 트로이아군도 막사와 함대 사이로 들어가질 못한다. 마치 먹줄이 목재를 곧게 하듯 평형을 이루고 있다. 헥토르와 아이아스는 같은 배를 두고 맞서고 있다. 헥토르는 불을 지르지 못하고, 아이아스는 그를 밀어낼 수가 없다. 다시 '연쇄반응'의 시작이다. 다시 승자를 G(희랍)와 T(트로이아)로 표시해 보자.

> G: 헥토르의 사촌 칼레토르가 불을 날라 오다가 아이아스의 창에 쓰러진다.
> T: 헥토르가 아이아스를 향해 던진 창이 그의 시종 뤼코프론에게 맞는다. 그는 살인을 저지르고 아이아스의 집에 가서 살던 사람이다.
> G: 아이아스의 부름을 받은 테우크로스가 화살을 날려 클레이토스를 맞힌다. 그는 풀뤼다마스의 마부다.

다음으로 테우크로스가 헥토르를 겨냥하지만 활시위가 끊어지고, 화살은 엉뚱한 데로 날아가 버린다. 그날 아침에 새로 맨 시위다. 아이아스는 아우에게 창을 들고 싸우라고 권한다. 그 권고에 따라 테우크로스는 막사로 달려가 무장을 갖춘다. 활을 내려 놓고 방패, 투구, 창을 갖춘다.

헥토르는 테우크로스의 활시위가 끊어진 것을 좋은 징조로 해석하고 동료들을 격려한다. 희랍군을 몰아붙여서 고향으로 돌아가게 하는 것이 조국을 지키는 길이라고. 아이아스도 전우들을 일깨운다.

배가 불타면 돌아갈 수 없다고. 이제 양쪽 병력이 많이 소진되어서 그 런지, 이 장면에서는 양군의 공훈에 뒤이어 양쪽 지휘관의 반응이나 격려가 나오는 것으로 다양성을 부여하고 있다.

이 장면은 세 단계로 나뉘어 있는데, 우리가 방금 본 첫 단계에는 다음 단계에 거듭될 불 나르기가 시작되며, 두 대표 영웅이 마치 의식 을 치르듯 희생 교환을 반복한다. 처음 불을 가져오다 쓰러지는 칼레 토르는 헥토르의 사촌이며, 희랍 쪽의 첫 희생자 뤼코프론은 아이아 스의 시종이고 살인을 저지르고 나서 아이아스에게 가서 살게 된, 파 트로클로스를 연상시키는 인물이다. 한편 트로이아 쪽의 다음 희생 자 클레이토스는 헥토르의 '다른 반쪽'인 풀뤼다마스의 친구이자 마 부이다. 따라서 여기서의 교환을 조금 과장해서 말하자면, '헥토르― 파트로클로스―다른 헥토르'가 되는 셈이다.

테우크로스의 활시위가 끊기는 장면은 8권에 나왔던 것과 비슷 한데, 이 역시 희랍군이 패세에 몰린 걸 보여 준다고 할 수 있다. 여기 서 그는 새로운 무장을 갖추었는데, 사실 그는 궁수이므로 그동안 따 로이 무장이 필요 없었고, 그래서 그의 수훈기 때도 별도의 무장 장면 을 받지 못했었다. 그러니 그때 나왔어야 했던 무장 장면이 이제 이 기회에 나온 셈이다.

두 지휘관이 각기 자기편을 격려하고 다시 전투가 이어진다. 두 번째 단계다. 헥토르가 먼저 포키스 사람 스케디오스를 죽이는데 (15:515~516), 이 사람은 17권(17:307)에서 다시 죽는 것으로 나와서 문제가 되고 있다. 시인으로서도 너무 많은 사람이 나오니 어떤 이름을 사용했는지 혼동할 수 있겠다. 일일이 세부를 적을 수 없으니 승자의 이름만 적고 넘어가자. 헥토르―아이아스―풀뤼다마스―메게스―메넬라오스, T―G―T―G―G의 꼴이다. 이 중에 마지막 싸움은 희랍군 영웅 둘이 관련된 것이다. 메게스와 트로이아의 돌롭스가 서로 공격을 한 번씩 시도했는데, 상대의 가슴받이와 투구에 가로막히는 것으로 되어 있고, 두 물건이 꽤 자세히 묘사된다. 하지만 그 사이에 메넬라오스가 몰래 접근해서 돌롭스를 찔러 쓰러뜨린다.

헥토르가 멜라닙포스를 불러 꾸짖는다. 프리아모스에게 친자식 같은 대접을 받으면서, 친척이 죽었는데 왜 가만히 있느냐는 것이다. 아이아스가 이에 맞서서 동료들을 격려한다. 전사로서 명예를 지키려 애쓰면 오히려 목숨을 구할 기회가 많다고. 메넬라오스는 안틸로코스를 격려한다. 발 빠르고 젊은 그가 나가서 아무나 치라고. 젊은이는 달려 나가 창을 던진다. 하필이면 방금 헥토르의 질책을 받은 멜라닙포스에게 맞는다. 시인은 여기서 특이하게도 멜라닙포스의 이름을 부르고 있는데, 일반적으로 특별히 2인칭을 사용한 경우 학자들은 시인이 그 인물에게 애착을 갖고 있는 것으로 해석한다. 혹시 시인은 헥토르의 부름을 받은 젊은이가 공도 세우지 못하고 "잠자리에서 뛰쳐나온 어린 사슴"같이 희생되는 것을 안타깝게 생각한 걸까?

이 전투는 서로 희생을 주고받다가 헥토르의 친족이 죽는 것으로 끝났다. 맨 마지막에 메넬라오스에게 죽은 돌롭스나, 안틸로코스에게 죽은 멜라닙포스 모두 헥토르의 사촌이다(다른 전승에는 헤라클레스의 침공 때 프리아모스의 형제들이 다 죽은 것으로 되어 있지만, 여기 프리아모스의 조카들이 등장하는 것을 보면 『일리아스』 시인은 그 전승을 인정하지 않는 모양이다). 헥토르의 최대 성공 직전에 거의 트로이아 왕가의 몰락이라 할 수 있는 양상이 펼쳐지는 것은, 혹은 아이러니라고 할 수도 있고, 혹은 헥토르의 영광을 위해 치르는 트로이아 편의 대가라고 할 수도 있겠다.

막사 옆에서의 전투: 최악의 국면

방금 쓰러뜨린 멜라닙포스의 무장을 벗기려던 안틸로코스는, 헥토르가 마주 달려오는 바람에 물러서고 만다. 마침내 트로이아인들이 사자떼처럼 배를 향해 쳐들어간다. 시인은 여기서 제우스의 계획을 거듭 강조한다. 제우스는 헥토르에게 영광을 베풀기 원하는데, 그래야 배에 불이 붙고 테티스의 소원이 이뤄지기 때문이라고. 한데 여기에 테티스의 소원은 '제 몫을 넘어서는' 것으로 묘사되어 있어서 (15:598), 처음부터 그녀의 요구가 잘못된 것이란 인상을 주고 있다. 그리고 일단 배에 불이 붙고 나면 트로이아군을 격퇴시키고 희랍군에게 영광을 줄 계획이란 것도 명시되고 있다.

이제 헥토르는 제우스의 도움을 받아, 아레스처럼, 산불처럼 날뛴다. 입가에는 거품이 있고, 두 눈이 번쩍거려 뭔가 신에 들린 듯한 모습으로 그려졌다. 제우스가 그에게 영광을 베풀려는 것은 테티스의 소원을 들어주려는 것이기도 하거니와 그가 곧 죽을 운명이라는 점도 고려 대상이다. 하지만 희랍군은 파도 앞의 암벽처럼 버티고 있어서 그들을 돌파하기가 쉽지 않다. 그렇지만 헥토르가 계속 거센 파도처럼, 사나운 사자처럼 달려들자, 결국 희랍인들은 달아나고 만다. 여기까지의 트로이아군의 대공세는 이날의 첫 번 공세 때의 사건들, 그러니까 11권 뒷부분의 들판 전투, 12권의 방벽 전투, 13권의 방벽 안 전투가 짧은 시간 안에 다시 되풀이된 것과 같은 양상이다. 그리고 트로이아의 공격은 자주 파도에 비유되고 있는데, 희랍군들이 이 땅으로 배를 타고 온 것을 생각하면 그들을 향한 위협이 파도로 나타나는 것은 그럴싸하다.*

아르고스인들은 뭍에 끌어올려진 배들의 첫 줄 뒤로 물러난다. '설정 쇼트'가 주어져 있지 않기 때문에 진영 전체의 배치가 어떻게 되어 있는지 불분명하지만, 이 장면을 보면 막사들은 배들의 첫 줄보다는 바다 쪽에 있는 것 같다. 그러니까 아마도 방벽이 만들어지기 전까지는 육지 맨 안쪽에 끌어올려진 배들이 일종의 울타리 노릇을 해

---

* 『일리아스』에서 전체적인 전투 상황과 세부 묘사는 서로 엇나가는 경우가 많은데 지금 이 순간 헥토르의 공훈도 그런 경향을 보여 준다. '제우스의 명예와 영광을 받았'다는 헥토르가 쓰러뜨린 것은 단지 페리페테스 한 사람뿐이기 때문이다(이 사람은 에우뤼스테우스의 명을 받아 헤라클레스에게 전해 주던 코프레우스의 아들이다. 다시 트로이아 전쟁 한 세대 전의 역사가 채워진다). 더욱이 그 한 사람도, 헥토르가 잘 공격해서가 아니라, 자신의 실수로 방패에 걸려 넘어지는 바람에 헥토르가 기회를 잡은 것이었다. 자신의 실수로 (마치 전사자처럼) 투구를 울리며 쓰러졌으나, 그는 용기 있는 자들이 마땅히 그래야 하는 대로 가슴에 창을 맞는다. 이렇게 헥토르에게는 작은 명예만 주어지는 반면에, 이 페리페테스에게는, '아버지보다 나은 사람'이라는 드문 칭찬이 주어지고 있다. 영웅 세계에서 아버지보다 나은 아들은 매우 드물기 때문에 이것은 아주 눈에 띄는 상찬이다. 그러므로 이 장면은 트로이아군의 공격이 격렬하다는 것과 함께, 희랍군의 저항이 완강하다는 걸 보여 주며, 동시에 헥토르의 한계를 드러낸다 하겠다. 이는 앞 장면에서, 그의 격려를 받은 멜라닙포스가 곧장 안틸로코스에게 쓰러진 것과 같은 함축을 갖는다.

주었던 모양이다. 이제 희랍군은 막사 옆에 다시 정렬하고, 서로 격려한다. 네스토르가 이들에게 호소한다. 체면을 생각하여 사나이답게 행동하라고, 자식과 아내와 재산과 부모님을 생각하라고. 그 순간 아테네는 그들의 눈에서 어둠의 구름을 거두어 주고, 그들은 멀리 적들이 어떻게 움직이고 있는지 뚜렷이 보게 된다(지금 여신은 올륌포스에 있지만 멀리서도 어떤 힘을 발휘하는 듯 그려졌다. 사실 희랍인은 어떤 놀라운 일이 있으면 그것을 바로 신에게 돌리니, 어쩌면 이것은 갑자기 시야가 밝아진 사건을 그냥 이렇게 묘사한 것인지도 모르겠다).

이때 아이아스는 다른 동료들 사이에 있지 않고, 배 위로 올라가 그것을 지키려 한다. 그는 마치 달리는 말 위에서 묘기를 부리는 사람처럼 배들 위를 건너뛰며 고함치고 지휘한다. 헥토르 역시 무리 속에 머물지 않고 새들을 덮치는 독수리처럼 배를 향해 내닫는다. 제우스는 그를 등 뒤에서 밀어준다. 희랍군은 이미 죽음을 각오한 상태다. 반면 트로이아군은 배에 불 던지기를 갈망하고 있다. 이제 근접전이다. 헥토르는 프로테실라오스의 배를 붙잡고서, 이제 복수의 날이 왔노라고 불을 가져오라 외친다. 승리에 들뜬 그는, 그동안 자기가 배 곁에서 싸우지 못한 것은 원로들과 백성들이 말렸기 때문이라고 큰소리친다. 사람이라면 대개 이런 식으로 행동하지만, 그의 영광이 이날 하루뿐이라는 것을 아는 독자로서는 연민을 느낄 수밖에 없는 대목이다. 이런 헥토르를 맞아, 아이아스도 동료들을 독려한다. 상대의 기세에 조금 물러서지만 배를 포기하지는 않는다. 싸움 밖에는 구원이 없다고 동료들을 꾸짖고 일깨운다. 특히 그는 배에 불이 붙는 것을 경계하여, 불을 가져오는 자마다 공격해 잇달아 12명을 쓰러뜨린다.

여기서, 트로이아 앞에 처음 도착해서 배에서 뛰어내리다가 죽은 영웅 프로테실라오스의 배가 위험에 처한 것은 유의할 만하다. 주인이 죽었으니 그의 배가 가장 위험하고 불타기 쉬울 것이다. 어찌 보자면 주인의 죽음은 배가 불타는 사건의 전조라고 할 수 있을 것이고, 뒤집어 보자면 배의 소실은 주인의 죽음의 완결이라 하겠다.

개개인의 전투보다는 전체적인 전세 묘사에 치중하고 있는 이 장면은, 헥토르에 대한 직유가 많다는 것이 특징이다. 이 직유는 헥토르로 대변되는 트로이아군의 기세를 나타내는 것으로 보아야겠다. 여기서 희랍군은 완강히 저항하다가 상대방의 기세에 밀려 한 번 물러서고, 다시 대오를 추슬러 저항을 시작하는 식으로 싸우고 있다. 시인은 이 급박한 상황을 당하여, 희생자를 꼽을 생각은 아예 하지도 않는 듯하다. 지금 이 장면에서 중요한 것은 희랍군 최후의 안전 보장책인 배인 것이다.

15권의 전투는 트로이아의 대공세로 시작해 배 앞에서의 팽팽한 전투, 그리고 희랍군이 조금 물러나서 막사 옆에서의 팽팽한 전투, 마지막 아이아스의 분투로 끝난다. 여기서 헥토르와 맞서는 가장 중요한 영웅은 아이아스이다. 이 둘은 개인이라기보다 양 편의 지도자로서의 역할이 두드러진다. 전투가 집단적 양상을 띠는 만큼 개별전투에 잘 나오는 뽐내기 대신 자기 편을 격려하는 연설이 많이 나온다.

「사르페돈의 죽음」, 앗티케 적색상 화분형 크라테르(기원전 510년경)

파트로클로스가 출전하여 희랍군이 대반격을 가하는 권이다. 하지만 마지막 부분에 파트로클로스가 죽으면서 다시 희랍군의 후퇴가 시작된다. 파트로클로스의 최대 전공은 제우스의 아들 사르페돈을 쓰러뜨린 것이다. 혈통이 전과에 그대로 반영되는 귀족적 영웅 서사시에서 이것은 유례없는 사건이다. 헤라의 반대에 밀려 아들을 구하지 못한 제우스는 잠과 죽음을 시켜 그의 시신을 고향 뤼키아로 옮겨 가도록 한다.

16권

파트로클로스가 아킬레우스를 설득하다

파트로클로스는 이 최악의 국면에 막사로 돌아온다. 그는 11권에서, 희랍 영웅들의 부상 장면 직후 아킬레우스에 의해, 방금 후송된 부상자의 신원을 확인하도록 파견되었었다. 거기서 그는 네스토르의 설득을 받고, 또 도중에 역시 부상당해 돌아오던 에우뤼필로스를 만나 돌봐 주느라고 이제까지 지체했었다. 그는 눈물을 흘리며 아킬레우스에게 다가선다. 아킬레우스는 그를 가엾게 생각하면서도 짐짓 놀리듯 묻는다.

> 무슨 일로 이렇게 울고 있는가, 파트로클로스여,
> 마치 어머니 옆을 쫄쫄 따라다니는 어린 계집아이가
> 어머니에게 안아달라고 졸라대며 가지도 못하게 고운 옷을 부여잡고
> 안아 줄 때까지 눈물어린 눈으로 어머니를 쳐다볼 때처럼.(16:8~10)

"혹시 고향에서 무슨 나쁜 소식이라도 왔단 말인가? 하지만 우리의 두 분 아버님은 여전히 살아 계시지 않은가?" 그러다가 마지막에야 진짜 가능성 있는 이유를 댄다. "아니면 혹시 희랍군이 자기들 잘

못 때문에 죽어 가는 것을 슬퍼하는 것인가?" 그러자 파트로클로스는 자기가 알아 온 상황을 펼쳐 놓으며 비난을 덧붙인다. "디오메데스에 오뒷세우스, 아가멤논에 에우뤼필로스까지 모두 다쳤다네. 의사들이 그들을 돌보고 있는데, 그대 아킬레우스는 고칠 도리가 없는 사람일세."

> "무정한 자여, 진정 그대의 아버지는 기사 펠레우스가 아니고
> 그대의 어머니도 테티스가 아니며 번쩍이는 바다와 가파른 벼랑이
> 그대를 낳았음이 분명하오. 그만큼 그대의 마음은 완고하오."
> (16:33~35)

아킬레우스의 부모님 이름이 사실은 은유라고 주장하는, 재미있는 공격이다. 펠레우스는 아마도 원래 펠리온 산의 산신이었던 듯하니 산을 뜻하고, 테티스는 바다의 여신이니 바다를 뜻한다. 그러니 아킬레우스는 무생물에게서 태어난 무정한 존재라는 것이다.

뒤이어 파트로클로스는 네스토르가 제기했던 의혹을 전한다. 만약에 아킬레우스가 무슨 신탁 때문에 전투를 피하는 것이라면 자신이 부대를 이끌고 출전하겠다는 것이다. 물론 네스토르의 제안대로 아킬레우스의 무장을 빌려 가장하고 나서겠다고. 네스토르는 젊었을 때의 자기 모습을 아킬레우스의 모범으로 제시했는데, 그 효과는 엉뚱하게 파트로클로스에게 나타났다. 그는 젊은 네스토르를 본받아 자신이 싸우러 나설 참이다. 여기서 시인은 잠깐 이야기에 끼어들어 파트로클로스의 어리석음을 개탄한다.

이렇게 말하고 간청하는 그야말로 참으로 어리석도다!

스스로 사악한 죽음과 죽음의 운명을 간청한 결과가 되었으니.

(16:46~47)

여기서 파트로클로스는, 1권에서 테티스를 만났을 때의 아킬레우스처럼 눈물을 쏟고 있다. 그를 엄마에게 칭얼대는 계집아이에 비유하는 아킬레우스의 말은, 이 장면을 곧장 1권의 아킬레우스의 행동으로 연결시키며, 두 사람 사이의 유사성을 강화한다. 파트로클로스의 이 간청에 대한 시인의 논평("스스로 죽음과 파멸을 간청하고 있다") 역시 아킬레우스에게 잘 맞아 들어간다. 그러나 파트로클로스의 간청의 근원은, 아킬레우스와는 대비되게, 동정심과 연민이다.

한데 아킬레우스는 '신탁'에 대한 암시에 민감하게 반응한다. 자기가 혹시 죽음이 두려워서 싸움을 피하는 것으로 여겨진다면 참을 수 없다. "나는 신탁 같은 것에는 관심도 없고, 아는 바도 없다네. 내가 전투를 거부한 것은 슬픔 때문인데, 어떤 자가 권력이 강하다고 동등한 내게서 명예의 상을 빼앗아 갔고, 그래서 마음에 고통을 겪었던 것일세. 상대는 나를 명예 없이 엎혀사는 사람 취급했지 않나." 하지만 여기서 아킬레우스는 조금 양보한다. 언제까지나 화를 낼 수는 없는데, 자기는 전투가 자기 배에 이르기까지는 싸우지 않겠다고 이미 선언했다, 그러니 파트로클로스가 병사들을 이끌고 나가서 싸우라.

자신을 모욕한 아가멤논을 벌하고자 전투를 거부하고, 희랍군이 지게 해달라고 어머니께 부탁까지 했던 아킬레우스지만, 친우인 파트로클로스가 동료들의 희생을 슬퍼하며 눈물로 호소하자 출전을 허락한 것이다. 이제 9권 '포이닉스의 연설' 속에 나온 여러 탄원 중 마지막 것('아내'의 탄원)이 등장하고, 설득에 반쯤 성공했다. 아킬레우스 자신이 나서는 것은 아니니 완전한 설득은 아니다. 하지만 파트로클로스가 죽으면 결국 아킬레우스가 나설 터이니, 이제 완전한 설득도 멀지 않았다.

아킬레우스는 적들이 배 가까이 왔으며, 희랍군은 아주 좁은 지역만 유지하고 있다는 것을, 파트로클로스의 보고 없이도 잘 알고 있다. 그리고 적들이 대담해진 것이 자기가 전장에 없기 때문이라는 점도 알고 있다. 그는 아가멤논이 자기에게 친절했더라면 그런 일이 없었을 것이라고 분개한다. 하지만 9권에서 아가멤논은 그를 달래려 하지 않았던가? 물론 겉으로만 양보하는 척한다는 걸 아킬레우스가 꿰뚫어보고 있긴 하지만.

그는 그동안 디오메데스가 잘 싸웠다는 것도, 11권에서 아가멤논이 상당한 전과를 올렸다는 것도 다 알고 있다. 하지만 이제는 헥토르의 고함소리만 들린다. 이렇게 전세를 개관하다가, 아킬레우스는 파트로클로스의 출전을 준비하기 시작한다. 배가 불에 타서 귀국 수단을 잃는 일이 없게끔 나가 싸우라고. 그러면서 한 가지 꼭 지킬 일을 이른다. 배에서 적들을 몰아내는 대로 돌아오라는 것이다. 그래야 희랍인들이 아킬레우스에게 브리세이스를 돌려주고 선물을 덧붙여 주리라는 것이다. 아킬레우스는 선물을 거부하고, 멜레아그로스처럼 마지막 순간에야 나가서 싸우려고 생각하는 듯했는데, 그의 마음 한 구석에는 여전히 선물에 대한 생각이 있었나 보다. 물론 영웅들의 세계에서 다른 사람들이 바치는 명예와 존경은 물건으로 외형화해야만 하기 때문에, 선물에 대한 고려가 없을 수는 없다. 하지만 아킬레우스의 생각이, 자기가 챙길 이익에만 쏠려 있는 것은 아니다. 그는 혹시 파트로클로스가 전투에 도취되어 너무 멀리까지 진격할까 걱정하는데, 그것은 신들 중 누가 개입하고 그래서 파트로클로스가 무슨 변을 당할지도 모른다는 염려 때문이다. 그는 특히 아폴론이 트로이아군을 아낀다는 사실을 지적한다. 사실상 이것은 '반대 예언'이다. 파트로클로스는 아킬레우스가 하지 말라는 바로 그 일을 할 것이고, 아킬레우스가 조심하라는 바로 그 아폴론에게 죽음을 당할 것이다.

그러면서 아킬레우스는 신들을 부르며 탄식한다. 트로이아인도 모두 죽고, 희랍군도 모두 전멸하여, 자신과 파트로클로스 단 둘이서만 트로이아를 함락했으면 하는 것이다. 적군뿐 아니라 자기 군대까지도 미워하는 마음과, 이와 대비되는 파트로클로스에 대한 과도한 애정이 드러나는 대목으로서, 아킬레우스와 파트로클로스가 동성애 관계였다고 해석하는 학자들이 즐겨 인용하는 구절이다. 아킬레우스는, 막 사랑에 빠진 연인들이 자주 그러듯, 두 사람만의 세상을 꿈꾸고 있다!

파트로클로스가 뮈르미돈 사람들을 이끌고 출전하다

아킬레우스가 위와 같이 당부하는 사이에 희랍군은 『일리아스』 내에서 최악의 상황에 직면하게 된다. 이렇게 한쪽에서 구원병이 나서려는 장면 다음에, 다른 쪽에서 상황이 급박해지는 장면을 이어붙이는 것은 오늘날의 영화에서도 자주 쓰는 기법이다(나는 그리피스David Griffith의 「국가의 탄생」*The Birth of a Nation*을——정치적으로는 역겹지만——자주 예로 든다). 희랍군 전체의 상황은 '방어 영웅' 아이아스에 의해 대표된다. 그는 쏟아지는 화살과 창을 막아 내며 고군분투 중이다. 빗발치는 창과 살에 투구가 계속 울리고, 저 유명한 방패를 걸고 있는 왼쪽 어깨는 지쳐 간다. 그는 숨 돌릴 틈도 없이 싸운다. 이렇게 급한 순간이므로, 시인은 무사 여신을 부른다. 어떻게 배 안에 불이 던져졌는지 말해 주기를 청한다.

이제 결정적인 순간이다. 헥토르가 들이닥쳐 칼로 아이아스의 창을 내리친다. 창 목이 맥없이 잘린다. 아이아스는 신들의 개입을 느낀다. 이제 인력으로는 어찌 할 수 없다. 그는 몸을 떨며 물러선다. 트로이아군은 마침내 배 안에 불을 던져 넣는다.

이 순간에 장면은 다시 아킬레우스와 파트로클로스에게 돌아간다. 배에 불이 붙은 것을 보자, 아킬레우스가 파트로클로스를 재촉한다. 적들이 배를 다 차지하기 전에 나서야 한다. 파트로클로스에게 무장을 갖추라 이르고, 자신은 병사들을 집합시킨다.

파트로클로스의 무장 장면이 이어진다. 전형적인 장면이다. 정강이받이, 가슴받이, 칼, 방패, 투구, 두 자루 창. 무구를 모두 아킬레우스에게 빌렸지만 특히 가슴받이가 아킬레우스 것이란 점이 강조된다. 나중에 그것이 벗겨지면서 죽음을 당하게 되기 때문일까? 그리고 창만큼은 아킬레우스 것이 아니란 점도 강조된다. 원래 케이론이 펠레우스에게 선물로 준 그 창은 오직 아킬레우스만 휘두를 수 있어서, 빌리지 못하는 것이다. 대개 다른 영웅의 무장 장면에는 그 무구들에서 찬란한 빛이 뻗치는 것으로 되어 있는데, 여기서는 빛에 대한 언급이 있을 자리에, 창을 빌리지 못한 이유가 대신 들어가 있다. 서사시의 관행을 아는 사람의 눈에는 불길하게 보일 대목이다.

아우토메돈이 파트로클로스의 마부 역할을 맡기 위해 대기한다. 저 유명한 아킬레우스의 두 마리 말이 전차에 묶인다. 서풍신 제퓌로스(Zephyros)에게서 태어난 크산토스와 발리오스다. 한데 여기서 이 불사의 말들 곁에 다른 말이 하나 묶이고 있으니, 곁말 페다소스다. 시인은 이 말이 필멸의 존재라는 것을 강조한다. 신의 아들 아킬레우스 대신 출전하는 파트로클로스를 상징하는 듯하다. 이 말은 곧 죽으며 파트로클로스를 위험에 빠뜨릴 것이다.

그 사이 아킬레우스는 자기 부대원을 소집한다. 그들은 날고기 먹는 이리떼같이 몰려든다. 배가 든든히 찬 짐승들처럼 두려움이 없다. 이제 새 부대가 출전하게 되었으니, 이런 대목이면 늘 나오는 대로 부대의 목록이 등장한다. 아킬레우스가 이끌고 온 배는 모두 50척인데, 각각의 배에 50명씩 타고 왔다. 아킬레우스는 전체를 다섯 부대로 나누고 지휘관을 세운다. 첫 부대의 지휘관은 강물신의 아들이고, 둘째 부대 지휘관은 헤르메스의 아들이다. 그 다음 지휘관 페이산드로스는 창 쓰는 데 있어 파트로클로스 다음가는 사람이다. 마지막 두 부대는 포이닉스와 알키메돈이 지휘한다. 포이닉스는 상당히 나이 든 사람이란 인상이 있는데, 약간 의외의 선택이다. 물론 네스토르도 아직 전장을 누비고 있으니 아주 이상할 건 없다. 여기서 부대가 다섯 단위로 나뉜 것은 방벽 진입 직전 트로이아군이 다섯 부대로 편성되어 있었던 것에 상응하는 조치로 보인다.

아킬레우스는 그들을 보내기 전에 격려 연설을 한다. 그동안 그들은 출전 못한 것 때문에 아킬레우스를 비난해 왔으니, 이제 고대하던 전투에 임하여 마음껏 싸우라는 것이다. 뮈르미돈인들은 밀집대형을 이루고 그의 말을 경청한다. 이제 드디어 나가나 싶은 순간에, 아킬레우스는 다른 것을 생각해 낸다. 파트로클로스를 위해 특별한 기원을 드리겠다는 것이다. 그는 막사로 들어가 처음 트로이아로 올 때 테티스가 함께 실어 보낸 함을 연다. 그 안에는 속옷과 외투와 담요들이 차곡차곡 쌓여 있다. '어머니' 테티스의 걱정과 애틋한 마음이 느껴진다. 여신인 어머니도 다른 어머니들과 다를 바 없다. 안드로마케가 헥토르를 위하여 속옷과 목욕물을 준비하는 장면 못지않게 파토스가 있는 장면이다.

아킬레우스는 거기서 다른 때는 쓰지 않던 잔을 꺼낸다. 아킬레우스 자신만 사용하고, 제우스께만 술을 바치던 잔이다. 그 잔을 꺼내 유황으로 정성껏 닦는다. 물로 씻어 내고 자신도 손을 씻고 거기에 술을 담는다. 제의를 집전하듯 하나하나 꼼꼼히 행하고, 시인도 그것을 꼼꼼히 기록했다. 이어서 그는 제우스께 술을 부어 바치며 기도한다. 특히 제우스를 '도도네를 다스리는 신'으로 부른다. 그동안 자신의 소원을 듣고 희랍군을 징계했으니, 이번에도 들어달라고, 파트로클로스가 승리를 얻고서 무사히 돌아오게 해달라고. 특히 여기서 그가 무장을 고스란히 지닌 채 돌아오기를 기원하는데, 우리는 여기서 강조된 바로 그 무장이 적의 수중에 들어가는 것을 보게 될 터이다.

언제나 '스포일러'를 제공하기에 게으르지 않은 시인은, 제우스가 그 기원의 일부만 들어주고 일부는 거절했다는 것을 밝힌다. 파트로클로스는 배에서 적들을 몰아내기는 하겠지만, 무사히 돌아오지는 못하리라는 것이다. 아킬레우스는 잔을 다시 거두어 막사 안에 보관하고 바깥으로 나와 선다. 전투가 어찌 되는지 보고 싶기 때문이다. 이제 뮈르미돈인들은 새끼들을 보호하려는 말벌떼처럼 쏟아져 나간다. 여기서 직유가 꽤 길게 나온다. 이런 말벌들은 철없는 어린아이들이 집을 들쑤실 때면 이렇게 몰려 나가고, 많은 사람이 공동으로 화를 입게 된다는 것이다. 시인은 헥토르가 '철없는 어린아이'라고 생각했던 것일까? 어쨌든 그는 제우스의 장기적인 뜻을 모르고서 일시적인 승리에 도취해 있었으니, 철없어 보이긴 한다. 하지만 파트로클로스 역시 그와 비슷하게 '철없이' 행동하게 될 것이다.

전세가 트로이아에 불리하게 반전하다: 트로이아군의 두번째 퇴각

트로이아인들은 새로운 부대의 선두에서 아킬레우스의 무장이 번쩍이는 것을 보고는 동요한다. 아킬레우스가 출전한 줄 알았던 것이다. 네스토르의 계략이 성공을 거두는 듯하다. 수훈기의 '공식'에 따라서 먼저 파트로클로스의 개인적인 공훈 하나가 보고된다. 적들을 배에서 몰아내는 것이 제일 큰 목적이므로, 파트로클로스는 적들이 가장 많이 몰려 있는 프로테실라오스의 배 쪽으로 창을 던진다. 그것은 퓌라이크메스라는 이름 맞힌다. 악시오스 강변에서 온 사람이다. 그가 쓰러지자 그의 동료들부터 달아나기 시작한다. 그 빈 공간으로 희랍군이 밀려들어가고, 곧 배의 불이 꺼진다. 이제 대반격이다. 여기서 희랍군은 트로이아군을, 이리떼가 새끼 양들을 덮치듯 거의 아무 저항도 받지 않고 도륙하고 있다. 이 기세는 제우스의 이름이 들어 있는 세 개의 폭풍 직유로 표현된다. 기세가 급한 만큼, 처음에는 파토스를 주는 직유도 소갯말도 없이 끔찍한 묘사들이 이어진다. 이 장면은 제우스가 잠 깬 직후에 있었던 트로이아의 대공세와 같은 유형으로, 반대 방향으로 균형을 잡아 가는 것이다.

수훈기의 공식에 따라, 우선 전투 전체에 대한 일반적인 묘사가 나오고, 희랍군의 주도적 전사들이 공을 세우기 시작한다. 파트로클로스, 메넬라오스, 메게스, 안틸로코스, 트라쉬메데스의 순서다. 특히 안틸로코스와 그의 형제 트라쉬메데스의 전공이 자세히 묘사된다. 쓰러진 사람도 형제이고, 사르페돈의 동료들이다. 그들의 아버지는 불을 뿜는 괴물 키마이라를 길렀다고 한다. 방금 배에 불이 붙었었으니 적절한 희생자 배정이다. 파트로클로스가 쓰러뜨리는 첫 상대 퓌라이크메스도 이름이 '불의 창'이란 뜻으로, 불로 상징되는 이 위기 상황에 잘 어울리는 이름을 갖고 있다.

파트로클로스의 수훈에 수반된 다른 영웅들의 활약 중에서 한 가운데를 차지하는 것은, 흔히 파트로클로스의 모델이라고 알려진 안틸로코스와 그의 형제이다. 그들은 사르페돈의 동료인 형제 전사를 쓰러뜨리는데, 이는 곧 파트로클로스와 마주칠 사르페돈의 운명을 예고하는 것인지도 모른다. 그리고 이 형제의 죽음만큼은 파토스를 일으키는 표현을 받고 있다.

이처럼 이 두 사람은 두 형제의 손에 쓰러져
에레보스로 갔다.(16:326~327)

이제 급한 불을 껐기 때문일까? 이 대목부터는 묘사가 길어지고 있다. 작은 아이아스가 적의 목을 베자, 그의 칼은 피로 뜨거워진다. 거의 있을 수 없는 일이고 과장이지만, 끔찍한 인상을 주는 데 효과적이다. 작은 대결도 하나 나온다. 희랍의 페넬레오스와 트로이아의 뤼콘이 맞서는 장면이다. 이들은 서로 창을 던져 둘 다 빗맞힌 후, 둘 다 칼을 빼들고 달려든다. 뤼콘은 상대의 투구를 쳤으나 칼이 부러지고, 결국 상대에게 목을 맞아 절명한다. 이 장면 역시 끔찍한 묘사를 받는다. 뤼콘의 목이 덜 베어서 가죽이 한쪽은 붙어 있는 채로, 머리가 한쪽으로 넘어간 것이다. 보통 이런 작은 대결들은 전세의 전환점 근처에 자리 잡고 있는데, 이것 역시 그렇다. 전공은 메리오네스, 이도메네우스로 이어진다. 이미 끔찍한 장면들이 꽤 나왔지만, 한 단락의 끝에 자주 강세가 주어지는 관행에 따라서, 마지막 희생자는 더욱 끔찍한 죽음을 당하는 것으로 그려진다. 턱 밑을 창에 찔려 이가 박살나고, 입과 코로 피를 뿜으며, 눈까지 피로 가득해지는 장면이다. 카메라를 이쪽저쪽으로 돌리고, 밀고 당기다가 마지막에 클로즈업을 쓴 셈이다.

이 반격 국면에 '방어 영웅'인 큰 아이아스의 공은 특별히 언급되지 않는데, 그는 여전히 헥토르를 상대하고 있었기 때문이다. 헥토르는 전세가 바뀌었다는 것을 느꼈지만, 여전히 동료들을 보호하려 애쓰고 있다.

파트로클로스가 수훈을 세우기 시작하다

파트로클로스가 나타남으로 해서 조금 밀리게 되어, 일단 배들 있는데서 물러섰던 적들은, 이제 희랍 쪽 전사들의 선전에 놀라 무질서하게 호를 건너 패주하기 시작한다. 헥토르마저 호를 건너 달아나고, 많은 트로이아군이 호에 빠져 희생된다. 아폴론이 준비해 놓은 평탄한 곳으로 모두 철수하기에는 너무 많은 숫자가 한꺼번에, 너무 급히 퇴각했던 모양이다. 희랍군은 그들을 추격하고, 말들은 트로이아 도시를 향해 질주한다. 먼지가 하늘까지 닿는다. 아킬레우스의 준마들은 전차를 끌고서 호를 훌쩍 뛰어넘는다(말 등에 탄 것도 아닌데 이게 가능한지 모르겠다). 파트로클로스는 헥토르를 상대하고 싶지만 그 역시 날랜 말들을 갖고 있어서 이미 달아나 버린 상태다. 여름날 폭우에 급류가 산에서 쏟아져 내리듯, 말들은 그렇게 요란하게 달린다. 이 부분에서는 말들이 크게 강조되고 있다. 곧 말과 마부들이 교환되고 말이 슬픔을 표현할 텐데, 그 장면들을 준비하는 중이다.

여기서 우리는 희랍군의 첫번째 후퇴에 대칭적인 짝을 이루는 트로이아군의 후퇴를 본다. 우리는 이미 14권 끝에서 포세이돈의 개입으로 희랍군이 반격에 나서고, 이어 15권 초입에서 트로이아군이 호를 건너 패주하는 것을 보았었다. 그러나 신의 개입에 의한 이 전세

역전은 곧 바로 더 큰 신의 뜻에 의해 아폴론이 개입함으로 해서 원상 복구된다. 아폴론은, 그 직전에 포세이돈이 직접 희랍군 앞에 뛰어나가 전투를 독려했듯이, 직접 헥토르에게 말을 걸며 격려하고, 직접 트로이아군의 앞에 서서 이들을 이끌고 나아간다. 따라서 신의 개입에 의한 이 두 전진—후퇴는 서로 짝이 된다. 반면에 이번에 파트로클로스가 출전한 데서 비롯된 트로이아군의 패퇴는 신의 직접 개입 없는 첫번째의 패퇴로서, 11권 끝부분에서 희랍군이 방벽 안으로 후퇴하던 장면과 근사하게 짝이 맞고 있다.

이제 파트로클로스는 적들을 따라잡았다. 그들의 앞을 가로막고 이미 죽은 자신의 동료들에 대한 피값을 받아 낸다. 이런 전술을 우리는 앞으로 21권 초반에 아킬레우스가 채택하는 걸 보게 될 것이다. 하지만 파트로클로스는 벌써 아킬레우스의 충고를 잊고 있다.

먼저 누구, 다음 누구, 그 다음 누구 하는 식으로 전개되는 이 수훈기에서, 제일 먼저 쓰러지는 것은 프로노오스('미리 앎')이고, 그 다음은 그의 마부 테스토르('예언자')이다. 파트로클로스의 수훈기 시작에 놓인 이들의 이름은 예언자가 가질 법한 것이다. 비슷한 일은 이미 (역시 아킬레우스의 대역인) 디오메데스의 수훈기 시작 부분에도 있었다. 꿈풀이하는 노인의 두 아들 아바스와 폴뤼이도스('많이 앎', 5:148~149)가 그 희생자들이다. 앞으로 우리는 죽음을 내다보면서도 거기로 돌진하는 아킬레우스의 모습을 볼 터이니, 그의 대역들 앞에 자기 죽음을 '예견'하는 인물들이 놓여 있는 것도 그럴싸하다.

처음에는 파트로클로스에게 쓰러지는 인물들이 꽤 길게 소개되더니, 너무 많은 전사가 그에게 쓰러져서 그런지 뒤로 가면 그냥 이름들만 연달아 나온다. 그리고 이런 큰 공은 언제나 그렇듯 상대편 누군가의 관심을 끈다. 여기서 그 상대는 사르페돈이다.

파트로클로스가 사르페돈을 쓰러뜨리다

사르페돈은 트로이아 쪽 군사들을 도륙하고 있는 장수가 누구인지 궁금해하며, 그와 대결하고자 나선다. 아니, 그의 빛나는 무장을 보고서 그냥 아킬레우스로 생각하지 않고 정체를 궁금해한단 말인가? 아마도 이제 파트로클로스의 가장(假裝)은 효력을 잃어 가는 모양이다. 잠시 후에는 그 가장이 완전히 무효가 되는 것을 우리는 볼 것이다.

둘이 각자 전차에서 뛰어내린다. 그들이 두 마리 독수리처럼 소리를 지르며 서로에게 다가가는 사이, 큰 대결에서 자주 그렇듯 신들의 장면이 끼어든다. 헤라와 제우스의 대화 장면이다. 제우스는 자기 아들 사르페돈이 파트로클로스에게 죽을 운명인 것을 슬퍼한다. 그는 자신이 사랑하는 사르페돈이 죽도록 두어야 할지, 아니면 산 채로 고향땅으로 옮겨 놓아야 할지 마음을 정하지 못했다. 헤라는 제우스가 한낱 인간을 위해 운명을 거스르는 것을 반대한다. 그러는 이유도 논리적으로 들이댄다. 제우스가 '모범'을 보이면, 다른 신들도 모두 그런 식으로 자기 자식을 구하려 할 것이다. 그러면서 타협안을 제시한다. 사르페돈을 죽도록 그냥 두되, 그가 죽은 뒤에는 고향땅으로 옮겨 장례를 받도록 해주라는 것이다. 이 합당한 제의에 제우스도 물러선다. 그는 이국땅에서 죽게 된 아들을 위해 마지막 명예를 내린다. 피같이 붉은 비를 내린 것이다. '비의 신' 제우스가 자기 아들의 죽음에 뿌리는 눈물이고, 그의 장례에 바치는 자신의 '피'다. 우리는 아킬레우스가 파트로클로스를 위해 비슷한 일을 하는 것을 볼 것이다.

다시 인간들의 장면이다. 이런 대결 장면에는 우선 위협이나 자랑을 주고받는 게 보통인데, 파트로클로스와 사르페돈은 그마저 생략하고 바로 전투로 돌입한다. 이 대결은 두 부분으로 되어 있다. 우선 첫 부분에서는 말과 마부가 '교환된다'. 둘이 마주 달려가서 거리가 가까워지자, 파트로클로스가 먼저 창을 던진다. 상대의 마부 역할을 하는 이가 쓰러진다. 사르페돈도 창을 던진다. 그 창은 목표를 비껴 파트로클로스의 곁말을 맞힌다. 그 말은 마치 사람처럼 오른쪽 어깨에 창을 맞는다. 쓰러진 말의 고삐를 끊어내느라 잠깐 지체한 후에, 대결의 두번째 부분이 이어진다. 이번에는 사르페돈이 먼저 창을 던진다. 그것은 빗나가 멀리 날아가 버린다. 파트로클로스가 창을 던진다. 상대의 심장 곁을 맞힌다. 『일리아스』의 대결들은 오래 계속되지 않는다. 준비에는 한참이 걸리지만 일단 대결에 돌입하면 순식간에 결판이 나는 것이다.

조금 전에 파트로클로스와 대등하게 맞서 독수리같이 싸우던 사르페돈은 이제 큰 나무처럼, 사자에게 기습당한 당당한 황소처럼 쓰러진다. 하지만 그는 곧바로 죽지 않는다. 친구 글라우코스를 불러 유언을 남긴다. 이제 작품 전체의 3/4에 이르렀지만, 이런 장면은 처음이다. 우리는 이제 이런 유언 장면을 앞으로도 두 번 더 보게 될 것이다. 유언을 남기는 사람은 모두 죽고 죽이는 관계로 얽혀 있다. 사르페돈은 글라우코스에게 동료들을 격려하여 자신의 시신을 보호하고, 무장을 빼앗기지 않도록 해달라고 유언한다. 하지만 글라우코스는 당장은 그를 돕지 못한다. 부상을 당한 상태이기 때문이다. 그가 친구의 시신에서 멀리 떨어져 있는 사이에 파트로클로스가 창을 회수하고, 그의 부하들은 사르페돈의 말을 끌어간다.

여기서 두 영웅은 우선 서로 상대의 일부 혹은 상징이라고 할 수 있는 것을 죽였다. 사르페돈은 마부를, 파트로클로스는 말을 잃었다. 사람과 말의 교환이니 불공정하다고 해야 할까? 하지만 쓰러진 말은 파트로클로스를 상징하는 것이다. 불사의 말들과 함께 묶인 보통 말이기 때문이다. 마치 아킬레우스 곁의 파트로클로스 같지 않은가? 사르페돈의 마부의 죽음이 주군의 죽음을 예고하는 것처럼, 이 말의 죽음은 그것이 상징하는 파트로클로스의 죽음을 예고하고, 나아가 아킬레우스 자신의 죽음까지 예고하는 것이다.

여기서 파트로클로스가 얻은 승리는 사실 영웅들의 세계에선 거의 있을 수 없는 엄청난 예외이다. 이 세계에서 승패를 결정하는 것은 다른 무엇보다 전사의 혈통이기 때문이다. 그것을 잘 보여 주는 사례가, 5권에 나온 사르페돈과 틀레폴레모스의 대결이다. 그들은 각각 제우스의 아들이고, 제우스의 손자다. 그래서 당연히 전자가 이겼다. 혈통이 신에게 더 가깝기 때문이다. 그러니 여기서 파트로클로스의 승리는, 그가 아킬레우스를 대신하고 있다는 점에서만 설명될 수 있다. 한편 이 대결의 패자인 사르페돈이 보상으로 받는 명예 또한 거의 유례없는 것이다. '아버지' 제우스의 망설임, 그의 '눈물'이라고 할 수 있는 초자연적인 비, 그리고 이미 헤라가 제안했던 특별한 장례 등. 더구나 신은 그 장례를 위해 아들의 시신을 특별한 방법으로 구해 낼 것이다.

여기서 사르페돈의 죽음은, 그와 많은 유사성을 가지고 있는 헥토르의 죽음을 상당 부분 미리 보여 주고 있다. 사르페돈은 이미 두 차례나 아내와 아이에 대해 언급했고(5:471~492와 5:684~688), 영웅의 명예에 대해서도 언급했다(12:290~328). 6권에서 우리가 본 헥토르의 모습과 유사하다. 비슷한 점은 더 있다. 사르페돈이 유언을 남긴 점, 그리고 자신의 시신에 큰 관심을 갖고 있는 점이다. 우리는 이미 7권 대결에서 헥토르가 시신에 대해 걱정하는 것을 보았고, 22권의 대결에서도 대결 전과 후에 두 번이나 그런 관심을 표명하는 것을 보게 될 것이다. 제우스의 특별한 관심을 받는다는 점도 마찬가지다. 우리는 제우스가 어찌 할지 망설이는 것도, 신이 개입하여 시신을 구하는 것도 각각 22권과 24권에서 다시 보게 될 것이다. 이 모든 점에서 사르페돈의 죽음은 헥토르의 죽음을 강력하게 예고한다.

사르페돈의 시신을 놓고 쟁탈전을 벌이다

친구의 유언을 들은 글라우코스는 괴롭다. 그는 우리가 12권에서 본 대로 팔에 화살을 맞은 상태이다. 그는 특히 자기 고향 뤼키아와 관련이 있는 아폴론에게 기원한다. 자신을 치유하여 친우의 시신을 지킬 수 있게 해달라고. 신은 그 기원에 재빨리 응답하여, 그의 고통을 가라앉힌다. 글라우코스는 동료들을 격려하여 사르페돈의 시신을 지키도록 하고는, 헥토르를 찾아 나선다. 헥토르가 동맹군들을 돕지 않는 것을 비난하고, 사르페돈이 죽었다는 것을 알린다. 여기서 약간 놀라운 것은 글라우코스가 "파트로클로스가 사르페돈을 쓰러뜨렸다"고 전한다는 점이다. 아무래도 이제 파트로클로스의 가장은 거의 벗겨진 모양이다.

트로이아 전사들은 이 소식에 큰 충격을 받는다. 트로이아 쪽에는 여러 번 등장하는 인물이 그리 많지 않기 때문에, 사르페돈 정도면 거의 '빅4'나 '빅5'에 들어갈 수준의 전사다. 그보다 자주 나온 사람이라고 해야, 헥토르, 파리스, 아이네이아스 정도고 풀뤼다마스가 아마 그와 비슷한 정도의 중요성을 가질 것이다.

헥토르는 이 죽음에 분노하여 앞으로 나선다. 좀 길게 그려진 '연쇄반응'이 시작될 참이다. 멀리서 헥토르를 보고서 파트로클로스가 두 아이아스의 분발을 촉구한다. '방벽 안으로 가장 먼저 뛰어든' 사르페돈의 시신을 빼앗아 모욕하자는 것이다(약간 과장이다. 가장 먼저 뛰어든 것은 헥토르다). 오늘날의 시각에서 보자면 치졸한 행동 같지만, 영웅들의 세계에서는 적에게 모욕을 가하고 자신은 내세우는 것이 관례이니 나무랄 건 없다. 그리고 이 장면은 17권 끝 부분에 이르기까지 일곱 번이나 반복되는 꾸짖음 장면의 하나로서, 일종의 장면 구성법으로 동원된 것이다. 따라서 이 장면에 곧장 이어 나올 법한 두 아이아스의 전공이 여기 그려지지 않는다.

이제 양편은 사르페돈의 시신을 둘러싸고 격렬한 전투를 벌인다. 제우스는 그들 위에 어둠을 내린다. 아들에 대한 마지막 애도다. 이 전투는, 파트로클로스의 시신을 둘러싸고 벌어질 17권 전투의 예고가 된다. 우리는 그 전투도 어둠에 휩싸이는 것을 보게 될 것이다.

방금 달려오던 기세가 있어서 그런지 처음에는 트로이아군이 우세하다. 헥토르가 에페이게우스를 쓰러뜨린다. 이 사람은 파트로클로스와 공통점이 있다. 사촌을 죽이고서 펠레우스를 찾아왔다가 트로이아 전장에 왔기 때문이다. 이어 파트로클로스가 방금 쓰러진 동료의 죽음을 복수한다. 여기서 특이한 것은 헥토르와 파트로클로스 둘 다 돌을 사용하고 있다는 점이다. 돌이 사용되는 경우는 『일리아스』 전체에서 10번이 채 안 되고, 돌을 쓰는 인물은 모두들 큰 영웅이다. 다음은 글라우코스 차례다. 그는 말하자면 헥토르를 '초대'하여 지금 이 전투를 '주최'한 사람이기 때문에, 이 장면에서만큼은 트로이아 쪽 '넘버2' 역할을 하고 있다. '연쇄반응'의 '규칙'에 따라 다음은 희랍군 쪽 득점이다. 메리오네스가 공을 세우고, 희생자는 '제우스의 이데 산 사제'다. 제우스는 오늘 이데 산 위에서 트로이아군을 돕고 있는데 놀라운 일이다. 아마도 이제 제우스가 전투에서 손을 뗄 때가 다가오는 모양이다.

이제 나무 벨 때처럼 소음이 일며, 시신 주위에는 우유통 주위에 파리 꾀듯 사람이 모여, 사르페돈의 시신은 누구도 알아보지 못할 정도로 더러워진다. 여기서 제우스는 생각에 잠긴다. 그의 계획은 어느 시점엔가 파트로클로스를 죽게 하는 것이다. 그 시점을 언제로 하느냐가 문제이다. 사르페돈을 막 죽인 이 시점, 아니면 조금 더 뒤로 할까? 제우스는 파트로클로스로 하여금 트로이아인들을 좀더 살육하게 하자고 마음을 정한다. 헥토르의 마음속에 두려움을 넣어 준다. 헥토르가 달아난다. 시인은 여기서 특이한 표현을 사용한다. 헥토르가 달아난 것은, 그가 '제우스의 신성한 저울'을 알았기 때문이라는 것이다. 우리는 앞으로 이 저울이 실제로 등장하는 것을 보게 될 것이다. 트로이아인들의 패주가 시작되고, 사르페돈의 직속 부하라 할 수 있는 뤼키아인들까지 도망친다. 희랍군은 사르페돈의 무장을 벗긴다.

여기서 사르페돈의 시신이 더러워지는 것은 시신 훼손 주제가 계속 커 가는 과정의 한 단계이다. 그의 시신은 먼지에 덮이고, 말하자면 상해서 그 주위에 '인간 파리떼'가 모여 들었다. 앞으로 우리는 17권에서 파트로클로스의 시신이 헥토르에 의해 목 베일 위험에 처하는 것을, 그리고 22권에서 헥토르의 시신이 먼지 속에 끌려가, 먼지 속에 처박히고, 부패해 버릴 위험에 처하는 것을 보게 될 것이다.[*]

인간들 사이에서 시신쟁탈전이 한 매듭을 짓자, 신들이 움직이기 시작한다. 제우스는 아폴론을 불러서 명한다. 사르페돈의 시신을 옮겨다가 강물로 닦은 후, 암브로시아를 바르고 해지지 않는 옷을 입혀서 잠의 신과 죽음의 신에게 맡기라고. 조금 전에 헤라와 의논했던

---

[*] 사르페돈의 시신을 둘러싼 이 전투는, 트로이아군에게 있어서는, 희랍군의 방벽 전투와 같은 역할을 한다. 트로이아군이 공포에 휩싸인 채 배 있는 곳에서부터 패주한 이래 처음으로 저항다운 저항을 하기 때문이다. 이 전투는 그 역할에서뿐 아니라, 구성 요소들에서도 방벽 전투를 연상시킨다. 여기 등장하는 인물인 사르페돈과 글라우코스, 두 아이아스, 그리고 방벽에 대한 언급(사르페돈은 '방벽 안으로 처음 뛰어든 자'이다) 등은 모두 12권에도 등장했던 것들이다.

사항이 실행되려는 것이다. 아폴론은 그 명령을 수행하고, 잠의 신과 죽음의 신은 그 시신을 뤼키아 땅으로 옮겨간다. 이러한 '장례'는 앞으로 파트로클로스, 헥토르, 아킬레우스가 받을 것이다. '연쇄반응'으로 한데 묶인 이 네 사람은 죽는 방식도, 죽은 후에 받는 대접도 서로 비슷하다.

파트로클로스가 성벽을 공격하다

파트로클로스는 이제 말들과 마부를 격려하며 적을 추격하고, 제우스는 그의 가슴에 용기를 불어 넣어, 그가 죽기 전에 적들을 무수히 죽이도록 한다. 여기서 시인은 파트로클로스의 어리석음을 탄식("바보 같으니라구!", 16:686)하고 있는데, 앞에서 헥토르가 아폴론의 충고에 따라 전차를 탄 채로 방벽 안으로 진입하였다가 큰 해를 입은 것처럼, 여기서 파트로클로스가 실수하는 데도 신의 의지가 작용하고 있다. 그가 아킬레우스의 명을 잊고 지나치게 나아간 것은 그 자신이 마음의 눈이 멀어서이기도 하지만, 제우스가 그에게 용기를 넣어 주었기 때문이기도 한 것이다.

파트로클로스는 죽기 전에 엄청난 전공을 세운다. 희생자들의 이름이 아무 수식어도 없이 계속 이어진다. 이럴 때면 무사 여신을 부르는 것이 상례이건만, 시인은 여기서 파트로클로스 자신을 불러 묻고 있다, 그가 처음 죽인 자와 맨 나중에 죽인 자가 누구인지. 잇달아 아홉 명의 이름이 나오고 파트로클로스는 마침내 트로이아 성에 다다른다. 그는 성벽에 오르려 애를 쓴다. 그러나 아폴론 자신이 그를 세 번이나 직접 막고, 네번째 시도에는 그에게 소리쳐 꾸짖는다. 이 장면은 5권에서 디오메데스가 아이네이아스에게 세 번 달려들어 매번 아폴론에게 막히고, 네번째에는 꾸짖음을 받고 물러서는 장면 (171쪽 참조)과 유사하다. 디오메데스의 경우에는 큰 피해 없이 일이 끝났지만, 여기서는 곧 비극적인 결과가 닥칠 것이다. 호메로스의 작품에서는 흔히, 비슷한 일이 처음에는 비극적 결과 없이 나오고, 두번째는 운명의 울림을 갖고 나오는 것으로 알려져 있다.

아폴론이 파트로클로스를 꾸짖는 말에는 미래에 대한 예언이 담겨 있다. 트로이아 성은, 파트로클로스에 의해서는 물론이고, 아킬레우스에게도 함락되지 않으리라는 것이다. 모든 사람이 다 죽고 파트로클로스와 자신만 남아서 트로이아 성을 함락하고 싶다던 아킬레우스의 소망은 이렇게 엉뚱한 데서 반향을 얻었다.

파트로클로스와 헥토르의 대결

이 무렵 헥토르는 스카이아이 문 앞에 서서, 전투에 다시 뛰어들지 아니면 백성들을 성 안으로 후퇴시킬지 망설이고 있었다. 그때 외삼촌의 모습으로 나타난 아폴론이 그를 질책하고 격려한다. 모권이 강한 사회에서 외삼촌은 부권제 사회에서 아버지와 같은 역할을 하기 때문에, 이것은 상당히 의미 있는 전략이다. 인간으로 가장한 신은 자신의 이름으로 헥토르를 부추긴다. 아폴론이 그에게 영광을 줄지도 모른다고. 혹시 아폴론은 전차를 몰고 방벽 안으로 들어가게 해서 트로이아군에게 큰 피해를 입힌 걸 후회하고 보상하려는 것일까?

이제 헥토르는 케브리오네스에게 명하여 전차를 전장으로 몰아가게 한다. 그는 다른 사람은 상대도 하지 않고 파트로클로스를 향하여 닥쳐 간다. 파트로클로스도 그를 보고 전차에서 뛰어내려서는, 큰 돌을 집어 들어 상대가 전차에서 내리기도 전에 던진다. 이 돌은 헥토르의 마부 역할을 하고 있던 케브리오네스의 이마에 맞는다. 헥토르의 이복형제인 그는 먼저 두 눈알을 땅에 떨구고 이어 자신이 전차에서 땅으로 고꾸라진다. 파트로클로스는 전차에서 떨어지는 그를 굴따는 잠수부에 비유하며 조롱한다. 이 조롱 장면을 시인은 그냥 3인칭으로 묘사하지 않고, 파트로클로스의 이름을 부르며 2인칭으로 묘사했다. 아무래도 시인은 그를 애틋하게 여기고 그의 죽음을 아쉬워하는 것 같다.

이어 그는 케브리오네스의 시신에 달려든다. 그의 기세는 사자에 비유되는데, 이 사자는 "자신의 용기 때문에 죽어 가는" 사자다. 이 직유를 받은 전사는 모두 죽게 되니 불길하다. 헥토르도 뛰어내려 이에 맞서고, 둘은 죽은 사슴을 놓고 다투는 두 마리 사자처럼 시신을 붙잡고 다툰다. 헥토르는 시신의 머리 쪽을 잡은 반면, 파트로클로스는 시신의 다리를 붙잡고 있다. 이런 장면은 상징적인 의미를 지니는 경우가 많으니, 여기서 두 사람이 각기 잡은 부분으로 둘 사이의 힘의 우열이 드러난다고 보아도 큰 잘못은 아니리라.

하지만 다툼의 결과는 밝혀지지 않은 채 군중 전투가 이어진다. 두 군대는 강풍에 흔들리는 나무들이 서로 부딪듯 그렇게 부딪쳐 싸우고 있다. 그 한가운데 케브리오네스는 모든 것을 잊고 누워 있다.

…… 하지만 그는 전차를 모는 재주도 잊어 버린 채

먼지의 회오리바람 속에 널찍하게 자리를 차지하고 누워 있었다.

(16:775~776)

여기까지는 파트로클로스가 사르페돈을 만나 쓰러뜨릴 때까지의 양상을 되풀이한 셈이다. 즉 파트로클로스가 여러 적을 죽이는 장면, 그리고 상대방 쪽 영웅에 의해 도전을 받고 대결하는 장면, 시신 쟁탈전 등.

이제 길고 긴 하루의 해가 기울고 소의 멍에를 풀 시간이 되었다. 희랍군들은 정해진 몫 이상으로 우세해지기 시작한다. 불길한 표현이다. 희랍인들은 언제나 적절한 정도를 넘어서는 것을 우려한다. 이제 희랍군들은 케브리오네스의 시신을 끌어내어 무장을 벗긴다. 이 순간 파트로클로스는 마지막으로 엄청난 공을 세운다. 무서운 함성을 지르며 세 번이나 적들에게 달려들어, 매번 아홉 명씩이나 죽인 것이다. 하지만 그가 네번째로 달려드는 순간, 죽음이 다가온다. 시인은 다시 한 번 파트로클로스의 이름을 부르고 그에게 아폴론이 맞서 왔다고 밝힌다. 아폴론은 파트로클로스의 눈에 보이지 않는다. 신이 짙은 안개로 가리고 다가왔기 때문이다. 신은 뒤에서 갑자기 파트로클로스의 등을 내리친다. 이 타격에 의해 파트로클로스는 정신적으로도, 신체적으로도, 또 장비에 있어서도 무장 해제된다. 우선 첫 타격에 정신이 나가 버린다. 이것은 외적으로 눈이 돌아가는 것(16:792)으로 표현된다. 이어서 보통 무장을 갖추는 순서의 역순에 가깝게 그의 무장들이 풀어진다. 먼저 아폴론은 그의 투구를 쳐 내고, 그것은 땅으로 떨어져 먼지 속에 구른다. 그의 손에서는 웬일인지 창이 산산이 부서져 내린다. 어깨에서는 방패가 땅으로 떨어져 내린다. 가슴받이도 풀어진다. 마치 느린 화면(slow motion)을 보는 것 같다. 그와 함께 사지도 풀리고, 그는 미망(ate)에 분별을 잃고 멍 하니 서 있다.

　무방비 상태의 그를 이번에는 트로이아군 전사 하나가 공격한다. 에우포르보스라는 이름의, 이전에는 한 번도 언급되지 않았던 사람이다. 그가 양 어깨 사이 등을 창으로 찌른다. 아폴론이 가격한 자리다. 그러나 에우포르보스는 그를 완전히 제압하지는 못한 채 물러선다. 상대는 조금 전까지 전장을 휘젓던 용사가 아닌가? 이 에우포르보스는 파리스와 매우 닮은 인물이다(이름부터가 '좋은 목동'이니 양을 치다가 세 여신을 만났다는 파리스와 유사하다. 그리고 그는 창 다루기, 말 다루기, 달리기에서 동년배들을 능가하는 것으로 그려져 있는데, 다른 전승에 따르면, 어려서 버려졌던 파리스도 운동경기에 출전하여 모든 종목에서 모든 젊은이를 제압하고 자신이 왕자임을 입증했다고 한다). 이 사람 때문에 파트로클로스의 죽음은, 그가 대신했던 아킬레우스의 죽음과 비슷한 것이 된다. 시인은, 이 에우포르보스가 이날 처음 출전했지만 이미 스무 명이나 쓰러뜨렸다고 보고하는데, 아무래도 자기가 만들어 낸 인물을 이런 식으로 소개하는 것 같다. 그는 17권이 시작되자마자 제거되는데, 물론 파트로클로스를 좋아하는 시인이 얼른 그의 죽음을 복수하고 싶어 그랬을 수도 있지만, 혹시 자기가 만들어 낸 인물을 얼른 치워 버리려는 뜻도 있는 게 아닌가 모르겠다.

파트로클로스에게 마지막 타격을 가한 것은 헥토르다. 그는 파트로클로스가 부상을 입은 채 물러서는 것을 보자 달려 나와, 앞을 가로막는다. 그의 창에 치명상을 입고, 파트로클로스는 사자와 겨루다 패배한 멧돼지처럼 쓰러진다. 그러나 이것이 끝은 아니다. 헥토르는 쓰러진 자와 그를 보낸 아킬레우스를 조롱한다. 자기가 버티고 있는데도 감히 트로이아를 함락할 생각을 한 것에 대해, 아킬레우스가 파트로클로스를 돕지 못하는 것에 대해. 쓰러진 자 역시 말로써 반격한다. 자기를 쓰러뜨린 것은 제우스와 아폴론이고, 그 다음은 에우포르보스고, 헥토르는 세번째일 뿐이라고. 그리고 그는 아킬레우스의 복수를 당하게 될 것이라고. 거기까지 말하고 그는 숨을 거둔다. 그의 영혼은 힘과 젊음을 뒤에 남기고 운명을 통곡하며 하데스로 날아간다. 이미 죽은 파트로클로스 앞에서 헥토르가 의혹을 표현한다.

"파트로클로스여, 그대는 왜 내게 갑작스런 파멸을 예언하는가?
머리결이 고운 테티스의 아들 아킬레우스가 먼저
내 창에 맞아 목숨을 잃게 될지 누가 아는가?"(16:859~861)

이 헥토르의 독백이, 길게 펼쳐진 대결 장면의 끝이다. 그는 늘 희망과 절망 사이에서 흔들리는 인물이고, 그런 점에서 우리 보통 사람들의 모습을 가장 잘 대변하는 존재이다. 이제 그는 시신에서 창을 뽑아들고, 그동안 파트로클로스의 마부 역할을 해온 아우토메돈을 향해 달려간다. 하지만 불사의 말들이 마부를 실은 채 달아나 버린다.

🐾 파트로클로스의 죽음 🐾

방금 우리가 본 사건은 이 작품에서 헥토르의 죽음 다음으로 중요한 사건이다. 앞으로 일어나는 일들은 모두 이 때문에 발생한다. 17권의 시신쟁탈전도, 18권의 아킬레우스의 무장 준비도, 19권 끝의 아킬레우스의 출전과 그 이후의 모든 살육도, 23권 전체를 차지하는 장례식도. 어찌 보면 이 모든 것은 이 대결의 패배자 파트로클로스에게 주어지는 보상이다. 물론 결국 헥토르의 죽음이 가장 큰 보상이 될 것이지만. 그리고 이 대결 장면은 다른 것들과는 비교도 되지 않게 확장되어 있다. 그것은 아폴론을 포함하여 세 명을 잇달아 상대한 것이니, 파트로클로스는 게뤼온과 맞섰던 헤라클레스처럼 일종의 '삼중인간'과 맞선 셈이다. 또 그는 결국 패배했지만 어쨌든 적어도 상대의 일부(마부)를 죽였다.

파트로클로스의 수훈기를 세 단계로 나누어 보자면, 사르페돈을 쓰러뜨린 첫 단계, 케브리오네스를 쓰러뜨린 둘째 단계, 그리고 자신이 죽음에 이르는 셋째 단계라 할 수 있는데, 방금 본 마지막 단계도 그 앞의 두 단계와 같은 양상으로 전개되었다. 우선 그는 상대편에 엄청난 피해를 입힌다. 다음으로 대결을 치른다. 끝으로 시신을 둘러싼 전투가 벌어진다. 앞의 둘째 단계에서도 첫 단계보다 장면 전체의 분량이 줄어 있었지만, 이 마지막 단계에는 그 분량이 더욱 줄어 있다. 그의 마지막 공적도 희생자의 이름 없이 숫자만 제시되고, 마지막 대결도 잇따른 타격만으로 되어 있는 것이다. 따라서 파트로클로스의 출전기는 내리막형으로 짜여 있다고 해야 할 것이다. 다만 그의 시신쟁탈전은 희랍군의 전체적 후퇴 장면과 연관되어 매우 길게 늘어나 있다. 사실 앞의 시신쟁탈전은 모두이 길고 긴 쟁탈전의 예고편인 것이다.

파트로클로스가 죽을 때 먼저 무장이 벗겨진 것은 주목할 만한 일이다. 애당초 아킬레우스의 무장은 헤파이스토스 신이 만든 것이기 때문에 뚫릴 수 없는 것이다. 그래서 그것을 입은 사람이 죽기 위해서는 먼저 그것이 벗겨져야만 한다. 우리는 신이 만든 무장을 걸친 사람이 모두 쓰러지는 것을 보게 되는데, 파트로클로스의 것을 벗겨 입은 헥토르와, 헤파이스토스가 새로 만든 무장을 걸친 아킬레우스가 그 당사자이다. 결국 신이 보낸 선물은 인간의 운명을 막아 주지 못한 셈이다.

「파트로클로스의 시신 구출」, 적색상 크라테르(기원전 500년경)
파트로클로스는 결국 아폴론, 에우포르보스, 헥토르의 연속 공격에 쓰러진다. 그의 시신을 동료들이 간신히 구해 내어 자기네 진영으로 옮겨 가고 있다. 위쪽에는 작게 그려진 파트로클로스의 영혼이 아쉬운 듯 뒤를 돌아보며 떠나가고 있다.

17권

17권은 희랍군이 어렵사리 파트로클로스의 시신을 지키며 후퇴하는 장면을 보여 준다. 사실 전체 전세는 케브리오네스가 죽을 무렵에 이미 희랍군에게 불리하게 돌아서기 시작했었다. 이미 그때 아폴론이 희랍군에게 공포를 불어 넣었기 때문이다. 따라서 파트로클로스의 마지막 전공들은, 이미 전세가 반전되었는데도 희랍군 쪽에서 마지막 안간힘을 쓴 것이라고 할 수 있다. 그런 점에서 파트로클로스의 죽음은 전세 반전의 상징이기도 한 것이다.

이미 사르페돈과 케브리오네스가 죽은 뒤에도 자세히 그려진 시신쟁탈전이 이제는 17권 전체를 차지한다. 이 쟁탈전은 이 작품 후반부 구성 원리로 쓰이고 있어서 어찌 보자면 22권부터 작품 끝까지도 헥토르의 시신쟁탈전을 좀 다른 형태로 길게 확장해 놓은 것이라 할 수 있다. 이제 더 이상 양쪽 군대의 주요 인물을 죽게 할 수 없으므로, 질책-격려와 도움 청하기가 반복된다. 전투 장면과 별도로 이뤄지고 있는 행동도 결국 '아킬레우스에게 도움 청하기'라 할 수 있다.

현재 전장은 셋으로 나뉘어 있다. 파트로클로스가 죽은 곳(장소 1), 아이아스가 싸우는 곳(장소 2), 안틸로코스가 싸우는 곳(장소 3).

세 장소를 연결하는 사람은 메넬라오스다. 그는 파트로클로스의 시신을 지키다가(행동 1), 아이아스를 불러오고(행동 2), 안틸로코스를 아킬레우스에게 파견한다(행동 3). 마지막 행동 때문에 장소가 하나 더 필요하다. 안틸로코스에게 소식을 전해 들을 아킬레우스가 있는 곳이다(장소 4).

행동 1: 메넬라오스가 에우포르보스를 쓰러뜨리다

파트로클로스가 죽었으니, 희랍군 주요 전사의 면면은 다시 파트로클로스 출전 이전과 비슷한 상태로 돌아가 버렸다. 이제 그동안 뒤편으로 물러나 있던 2진급 전사들이 전면에 나선다. 처음 초점에 들어온 것은 메넬라오스이다. 그는 파트로클로스가 쓰러지는 것을 보고 달려온다. 그는 파트로클로스의 시신을, 마치 어미소가 처음 낳은 송아지 주위를 맴돌듯 돌며 지킨다. 여기에 에우포르보스가 파트로클로스의 무장을 차지하고자 다가온다. 말하자면 파트로클로스에게 첫 부상을 입힌 자의 권리 주장이다.

　대결 상황의 관례에 따라, 두 사람은 먼저 서로 위협을 주고받는다. 에우포르보스는 자기가 파트로클로스에게 처음 창을 맞힌 사람이라고 으스대며 물러서기를 요구한다. 메넬라오스는 에우포르보스가 계속 버틴다면 그의 형제 휘페레노르처럼 쓰러뜨리고 말리라고 위협한다. 그의 형 휘페레노르는 14권의 막바지에, 포세이돈 때문에 희랍군이 유리해진 상황 속에 메넬라오스에게 죽었던 것이다. 시인은 방금 에우포르보스가 이때 처음 출전했다고 말했건만, 어찌 된 일인지 죽어 가는 파트로클로스도 그의 이름을 알고, 메넬라오스는 그의 아버지와 형제까지 알고 있다. 이 모든 것은 시인이 독자의 지식을 등장인물에게 넘겨 주는 기법을 사용하고 있기 때문이다.

이제 에우포르보스는 상대가 자기 형제를 죽였다는 사실을 알게 되었다. 그는 그 원수를 갚겠노라고 달려든다. 그러나 결국 그는 폭풍에 뽑힌 올리브나무처럼 쓰러지고 만다. 그의 창이 상대의 방패 안에서 구부러진 데 반해, 상대의 창은 그의 목을 꿰뚫었던 것이다. 파트로클로스를 쓰러뜨린 전사의 죽음치고는 좀 허망하다. 『일리아스』의 대결들은 항상 짧게 끝나기 때문에, 긴 준비 과정에 비하면 거의 섭섭하단 느낌까지 준다. 시인이 보여 주려는 것은 싸움이 물리적으로 어떻게 진행되는지가 아니다. 그보다는 오히려 거기 얽힌 인간들의 감정과 그들의 운명이 주된 관심사다. 에우포르보스의 죽음을 그리는 직유는 특히 파토스 넘치는 것으로 알려져 있으니 한 번 인용해 보자.

> 마치 물이 많이 솟아오르는 탁 트인 장소에
> 농부가 심어 놓은 올리브나무의 튼튼한 묘목이
> 사랑스럽게 무럭무럭 자라나 온갖 바람의 입김이
> 이를 흔들어도 흰 꽃을 가득 피우는 것을
> 어느 날 갑자기 큰 태풍이 세차게 불어 닥쳐
> 그것을 구덩이에서 뽑아 땅 위에 길게 눕히듯이……(17:53~58)

이 대결은 독자적인 의미를 가진다기보다는 파트로클로스의 죽음의 뒤처리라고 보아야 할 것이다. 우리는 그 죽음에 책임이 있는 헥토르 역시 곧 보복을 당하리라고 짐작할 수 있다. 한편 여기서 복수자 역할을 하고 있는 메넬라오스는 17권 내내 두드러진 활약을 한다. 이는 아마도 메넬라오스가 파트로클로스와 유사한 점이 많아서일 것이다. 그는 『일리아스』에서, 현대의 영화들이 그리는 것처럼 우락부락하고 거친 사람이 아니라, 파트로클로스와 비슷하게 온화한 성격인 것으로 그려져 있다.

여기서 메넬라오스가 중요 인물로 부각되는 데는 『일리아스』 전체의 흐름도 관련이 있다. 이제 아킬레우스의 분노는 아가멤논에게서 헥토르에게로 방향을 바꿀 것이고, 따라서 트로이아 전쟁 전체보다는 '아킬레우스의 분노'라는 주제가 좀더 중요해질 것이다. 전쟁 전체와 관련된 인물 메넬라오스는 첫날 전투 직전 대결에서 상당한 조명을 받았었다. 이제 전체 흐름이 『일리아스』만의 '특수 주제'로 향하려는 순간, 거의 마지막으로 트로이아 전쟁이라는 '일반 주제'의 중심 인물이 다시 한 번 조명을 받은 것이다. 따라서 방금 본 대결은 일반 주제를 특수 주제와 얽는 장치라 할 수 있다. 이제 '일반 주제'의 중심 인물인 메넬라오스가 '특수 주제'의 중요 고리인 인물을 위해 복수하고 있으며, 17권 전체에 걸쳐 그의 시신을 구하는 데서도 큰 역할을 할 것이다.

행동 2: 메넬라오스가 아이아스를 불러오다

다음 전투는 아폴론의 두 번의 격려에 의해, 둘로 나뉘어 있다. 첫 단계다. 에우포르보스가 쓰러지자 트로이아군은 겁에 질린다. 이제 메넬라오스가 그의 무장을 챙기는 것이 순서인데, 아폴론이 방해한다. 직접 개입한 것은 아니고 헥토르를 불러온 것이다. 헥토르는 그 사이 아킬레우스의 말을 잡으려고 멀리 나가 있다. 아폴론은 '키코네스족의 지휘관 멘테스'의 모습을 하고서 헥토르를 만류한다. 그가 뒤쫓는 말들은 아킬레우스 외에는 누구도 쉽게 다룰 수 없는 것이니 포기하라는 것이다. 물론 지금은 아우토메돈이 몰고 있지만, 아마도 주인을 알아보는 말들이 그 주인의 대리들의 말도 듣는 모양이다(한데 아무래도 이 대목은, 나중에 『오뒷세이아』 시인이 끌어다가 약간 농담거리로 삼은 듯하다. 『오뒷세이아』에서는, 오뒷세우스가 트로이아를 떠나서 귀향길에 우선 '키코네스인'들을 노략질하는 것으로 되어 있다. 한편 그의 아들 텔레마코스는 '멘테스'라는 인물로 가장한 아테네의 충고를 받는 것으로 되어 있다. 『일리아스』 끝부분에 나오는 두 요소가, 『오뒷세이아』의 두 주인공의 경력 초기에 등장하는 게 좀 수상하지 않은가? 어쩌면 『오뒷세이아』를 만든 시인은 『일리아스』 시인에게 경쟁심을 갖고 있었는지도 모른다. 아니면 나이든 호메로스가 자기 자신의 젊은 시절 작품을 비트는 것이거나).

헥토르는 전투가 벌어지는 곳을 돌아보고 에우포르보스가 쓰러진 것을 알고는, 고함을 지르며 메넬라오스에게로 돌진한다. 메넬라오스는 고민에 빠진다. 다수의 적에게 둘러싸여 고립된 전사가 보여 주는 전형적인 모습이다. 파트로클로스의 시신을 버리고 도망치면 동료들의 비난과 불명예에 직면할 것이고, 혼자 싸우자면 포위당해 위험에 빠질 것이다. 이런 고심은 늘 마지막에 전형적인 구절을 동반한다. '한데 내 마음은 무엇 때문에 이런 생각을 하고 있을까?' 결국 그가 내리는 결론은 '신이 돕는 자와 맞서는 사람은 재앙을 만난다'는 것이다. 그러니까 그는 신들이 헥토르를 돕고 있다는 걸 느낀 모양이다. 하지만 그래도 그는 타협책을 생각해 낸다. 큰 아이아스를 찾아서 둘이서 신의 뜻을 거슬러서라도 파트로클로스의 시신을 구해 내야겠다는 것이다. 그는 사람들에게 쫓긴 사자처럼 아쉽게 물러난다.

여기 그려진 메넬라오스의 고민은, 11권에서 디오메데스가 부상당한 다음에 혼자 남은 오뒷세우스가 하는 고민과 거의 같은 형태이다. 여기서 문제되는 것은 후퇴했을 때의 수치와, 남아 버틸 때의 죽을 위험이다. 앞에서 오뒷세우스가 싸우기로 결심하는 데 반해, 여기 메넬라오스는 일시적으로 퇴각하기로 결정한다. 두 사람의 성격 차이가 드러나는 대목이다. 즉 오뒷세우스가 강하고 개성적인 데 반해, 메넬라오스는 좀더 친근한 반면 아무래도 좀 유약하다는 것이다. 여기서 메넬라오스가 후퇴하는 것은 비겁하게 보일 수도 있지만, 이것은 17권의 중심 주제인 '도움 청하기'의 패턴을 따라 가는 것이라고 설명할 수 있다. 가능한 다른 설명은, 이 메넬라오스의 도피가 전세 반전의 표시라는 것이다. 우리는, 예를 들어 헥토르가 부상당해 물러나는 것, 또는 그가 회복하여 돌아오는 것이 전세 반전의 표시로 사용되는 것을 보았다. 여기서도 방금 상대편의 큰 영웅을 쓰러뜨려 가치가 상승한 영웅이 후퇴함으로써, 전체 전세가 어떤지 보여지고 있는 것이다.

메넬라오스는 큰 아이아스를 찾는다. 아이아스는 싸움터 왼쪽(장소 2)에서 공포에 질린 동료들을 독려하고 있다. 메넬라오스는 아이아스에게 파트로클로스의 시신을 지키자고 청한다. 사실은 이 부분이 조금 이상하다. 제대로 하자면 파트로클로스가 죽었다는 소식을 먼저 전하는 것이 옳을 텐데 말이다. 마치 아이아스도 이미 파트로클로스의 전사 소식을 알고 있는 것처럼 말하고 있다. 더구나 아직 헥토르가 파트로클로스의 무장을 벗겨 가지기 전인데, 벌써 그 일이 일어난 것처럼 말하고 있다. 물론 자기가 파트로클로스를 버리고 떠나왔으니 헥토르가 무장을 벗기는 것은 당연지사이기 때문에 이렇게 말했다고 보면 별 문제는 없다. 어쨌거나 이 부분은 예로부터 누군가가 끼워 넣은 부분이라고 의심을 샀던 대목이라는 것만 지적하고 넘어가자.

그 사이 헥토르는 파트로클로스의 무장을 벗기고 시체를 끌고 가는 중이다. 그의 목을 자르고 그 시체를 개들에게 줄 작정이었던 것이다. '점점 커 가는' 시신 훼손 주제의 한 고리이다. 그리고 빼앗은 무장은 성안으로 가져가도록 동료들에게 맡긴다.

한데 이때 아이아스가 메넬라오스와 함께 나타난다. 새끼들을 지키려 나서는 사자 같은 기세다. 그것을 본 헥토르는 동료들 사이로 물러나서 전차에 올라탄다. 달아날 태세다. 이를 글라우코스가 비난한다. 파트로클로스의 시신을 차지하면 사르페돈의 시신과 교환할 수도 있는데, 지난 번엔 사르페돈을 버리고 가더니 이번 기회도 그냥 흘려보내려는 것이냐는 요지다. 여기서 글라우코스가 시신 교환을 언급하는 것은 이 두 영웅의 죽음이 매우 유사하다는 점을 강조하는 효과가 있다. 다른 전승에 따르면, 글라우코스는 아킬레우스가 죽은 뒤에도, 그의 시신을 끌어가려 애쓰다가 죽는 것으로 되어 있다. 어쩌면 글라우코스는 자기 친우 사르페돈이 고향땅으로 옮겨진 것을 그 때까지도 모르고서, 그 시신이 여전히 희랍군 수중에 있는 것으로 생각하고 있었는지도 모르겠다.

헥토르는 글라우코스가 자기를 겁쟁이로, 아이아스보다 훨씬 못한 자로 비난하는 것을 듣고는 분개한다. 그는 자기가 얼마나 용기 있게 행동하는지 잘 보라면서, 방금 노획한 아킬레우스의 무장을 입으러 달려간다. 제우스는 이 광경을 보고 헥토르의 운명을 탄식한다. 죽음이 임박했는데도 그걸 전혀 생각지 않고 있기 때문이다. 그는 큰 영웅의 친우를 죽이고는, 어울리지 않게도 불멸의 무장까지 걸치고 있다. 제우스는 헥토르가 그 무장을 집으로 가져가지 못하리라고 예언한다. 그런 그를 측은히 여겨 다른 것으로 보상하고자 한다. 그에게 큰 힘을 내려준다. 그러자 그 무장은 그의 몸에 꼭 맞게 되고, 그의 사지에는 힘이 넘친다. 어쩌면 원래는 이 무장 자체가 마법의 무기여서 입는 사람은 누구나 힘과 용기로 가득 차는지도 모르겠다. 『아르고호 이야기』에서 이아손이 메데이아에게 받은 약을 몸에 발랐을 때도 비슷한 일이 있었다. 그의 몸이 외적으로 불과 무기로부터 보호받을 뿐더러, 안에서 힘이 넘쳐났던 것이다.

헥토르가 아킬레우스의 무장으로 나타나자 그는 마치 아킬레우스 자신처럼 보인다. 파트로클로스가 처음 그 무장을 입었을 때 같다.

그는 말하자면 '아킬레우스로 가장'한 셈이다. 하지만 파트로클로스가 결국 본 모습으로 돌아가서 죽은 것을 생각하면 이 헥토르의 '가장'도 불길하다. 신이 보낸 선물이 운명을 넘어서 인간을 구하진 못하기 때문이다.

이제 헥토르는 동료들을 불러 모은다. 그들의 짧은 목록이 나온다. 그는 특히 동맹군들을 격려한다. 그리고 파트로클로스의 시신에 현상금을 건다. 자기 전리품의 절반을 주겠다는 것이다. 트로이아 전사들이 몰려나가는 순간에 시인은 그들이 어리석다고 개탄한다. 파트로클로스의 출전 무렵부터 자주 나오는 개탄이다. 아이아스는, 아무래도 자기들만으로는 역부족이라 생각해, 메넬라오스에게 동료들을 부르게 한다. 이번에는 몰려오는 희랍군의 목록이 펼쳐진다. 새로운 국면에 늘 있는 현상이다. 하지만 작은 아이아스와 이도메네우스, 메리오네스를 꼽고는, 그치고 만다. 시인은 다른 사람의 이름을 일일이 어찌 다 기억할 수 있겠냐고 묻지만, '배들의 목록'까지 읊은 시인이 그런 것을 못할 리는 없다. 사실 희랍군도 쓸 수 있는 자원이 얼마 남지 않았으니, 이 목록을 채우기도 좀 힘들었을 것이다.

트로이아인들은 절벽을 향해 가는 파도처럼 밀려간다. 희랍군은 배를 타고 거기 왔기 때문에 이들에게 파도는 큰 적이고, 그들의 위기를 표현할 때는 자주 파도 직유가 나온다. 희랍군은 방패로 벽을 쌓고 버틴다. 이때 제우스는 파트로클로스를 애도하여 그 주위에 짙은 어둠을 내려 준다. 그의 의도는 시신이 개들의 밥이 되지 않게 하는 것이다. 이 어둠은 사르페돈의 시신 위에 내렸던 것과 같다. 하지만 전세는 처음엔 트로이아군에게 우세하게 돌아간다. 그들은 파트로클로스의 발목에 끈을 묶고 끌어내기 시작한다. 하지만 곧 희랍군이 반격을 가한다.

여기서 제우스가 파트로클로스에게 명예를 주고 그의 시신이 빼앗기지 않도록 돕는 것은, 이제 이날 내내 지속되던 제우스의 도움이 헥토르에게서 물러가고 있음을 보여 준다. 파트로클로스가 쓰러지기 직전에 엄청난 전공을 세우듯, 헥토르도 쓰러지기 직전에 최고의 전공을 얻었고, 이제 그것이 이울기 시작한 것이다. 그는 곧 지금 파트로클로스가 당하듯 발목을 묶이고, 끌려가게 될 것이다.

여기서 헥토르가 무장하는 장면은 대개는 영웅의 수훈기 앞에 놓이는 무장 장면을 대신한다. 그가 이 무장을 걸치기 전에 글라우코스에게 반박하는 말(17:176~178) 속에는, 파트로클로스가 전투에 취해 격렬하게 나아갈 때 시인이 탄식하면서 사용했던 것과 같은 표현(16:688~690)이 들어 있다. 헥토르는 이제 같은 무장을 걸치고, 똑같이 현혹된 상태에 들어가는 셈이다. 더구나 그는 앞으로도 거듭 아킬레우스의 불사의 말을 쫓느라 시신쟁탈전에서 떠날 터인데, 그의 의도는 아킬레우스의 말까지 얻어서 적어도 외양에 있어서는 신의 아들같이 되고자 하는 것이다. 그러나 이후 그의 전공은 보잘 것 없다. 제우스가 헥토르에게 영광을 주기로 했다지만, 그는 세 번(17:304~311에서 아이아스, 17:525~529에서 아우토메돈, 17:608~619에서 이도메네우스)이나 목표를 빗맞힌 끝에, 겨우 둘(17:308~311에서 스케디오스, 17:608~619에서 코이라노스)을 쓰러뜨리고, 하나(17:601~604에서 레이토스)를 부상시키는 데 그친다.

다시 전투 장면으로 돌아가자. 승자의 소속을 G, T로 표시하는 도식을 다시 써 보자.

G: 힙포토오스라는 인물이 파트로클로스의 발목을 끈으로 묶어 끌고 간다. 아킬레우스와 닮은 인물들은 이상하게 발목을 잡히거나 묶이는 경향이 있다. 하지만 힙포토오스는 곧 아이아스의 창에 투구가 박살나며 머리가 깨져 죽는다. 여기서부터 다시 '연쇄반응'이 시작된다.

T: 헥토르가 아이아스를 겨냥하여 창을 던지지만, 스케디오스의 쇄골 부위에 맞는다.

G: 아이아스가 포르퀴스를 쓰러뜨린다. 트로이아군이 물러서고 희랍군이 방금 쓰러진 두 시신을 끌어낸다. 이 장면에서 가장 강조되는 희생자는 맨 처음에 쓰러지는 힙포토오스이다. 그는, 아킬레우스처럼, 부모 은혜를 갚지 못하고 요절한다.

트로이아군이 물러서려 하자, 아폴론이 다시 개입한다. 벌써 두 번째다. 그는 전령 페리파스의 모습을 취하여 아이네이아스를 부추긴다. 트로이아 쪽이 이기는 것이 제우스의 뜻이라고. 아이네이아스는 아폴론을 알아본다. 그는 헥토르를 독려한다. 어떤 신이 제우스의 뜻을 전했다고. 17권의 '구성 원리'인 질책과 격려가 또 하나 나왔다.

T: 그러고는 아이네이아스가 뛰어나가 희랍군 하나를 죽인다.

G: 방금 전우를 잃은 뤼코메데스가 트로이아 쪽 전사를 하나 죽인다. 쓰러진 자는 아스테로파이오스의 동료다. 아스테로파이오스의 이름은 이 부근부터 점점 자주 보이고 있다.

시인은 다른 쪽으로 장면을 바꾼다(장소 3). 파트로클로스의 시신 주변은 어둠에 싸여 있지만, 다른 데는 햇빛이 비치고 있다. 일부는 전투에서 빠져나와 쉬기도 하지만 중심적인 전사들은 계속 싸워 지쳐 가고 있다. 그들 중에는 트라쉬메데스와 안틸로코스가 있다. 네스토르가 그들을 그쪽으로 보냈기 때문이다. 시인이 특별히 이쪽 전선을 언급하는 것은 곧 안틸로코스를 '사용'하기 위해서다.

이렇게 준비를 해놓고 나서 장면은 다시 파트로클로스의 시신이 있는 곳(장소 1)으로 돌아온다. 양쪽 전사들은 황소 가죽을 기름에 담가 두었다가 잡아당기듯이 시신을 서로 끌어가려 잡아당긴다. 이것은 사르페돈의 시신이 알아볼 수 없게 먼지에 뒤덮였던 것이나, 케브리오네스의 시신이 먼지 속에 누웠던 것보다 더 격렬해진 모습이다. 시신은 이제 인간이 아니라 하나의 물건이 되었다.

이제 그동안 잊혔던 인물에게로 시선이 향한다(장소 4). 아킬레우스다. 그는 친우가 죽은 것을 알지 못한다. 그는 파트로클로스가 성벽 밑에까지 갔다고 생각하고, 그쪽 문에 갔다가 곧 돌아오려니 하고 있었다. 그가 혼자서 성을 공격하지는 않으리라고 믿었기 때문이고, 어머니 테티스도 파트로클로스가 죽을 것이라고는 말하지 않았기 때문이다.

17권은 두 가지 행동 목표를 가지고 있다. 우선 파트로클로스의 시신을 빼앗기지 않는 것, 그리고 파트로클로스의 죽음을 아킬레우스에게 알리는 것. 이 목표가 이뤄지는 것을 보이기 위해 필요한 장소는 세 군데다. 우선 파트로클로스의 시신이 있는 곳(장소 1), 파트로클로스의 전사 소식을 전할 사람이 있는 곳(장소 3), 그 소식을 받을 사람이 있는 곳(장소 4). 이제 세 장소가 모두 준비되었다.

파트로클로스의 마부가 전투에 가담하다

그 사이 아킬레우스의 말들은 전장에서 벗어나 있다. 파트로클로스의 죽음을 슬퍼하며 비석처럼 움직이지 않는 것이다. 아우토메돈은 그들을 때리기도 하고, 달래기도 위협하기도 해본다. 하지만 그들은 배 있는 곳으로 돌아가려 하지도 않고, 전장으로 가려 하지도 않는다. 말들은 눈물까지 흘린다. 말에 대한 언급이 여러 차례 나오고, 말들이 인간처럼 그려져 온 과정의 거의 절정이다. 이제 이들이 인간처럼 입을 열어 말을 하는 장면만 남았다(이 사건은 19권에 나온다).

제우스는 이들을 내려다보고 측은히 여긴다. 불사의 말들을 인간에게 선물한 것을 후회한다. 그는 그 말들에게, 헥토르가 그들을 차지하는 일은 없으리라고 보증한다. 그러면서 그들에게 힘을 불어넣어 주며, 아우토메돈을 전장으로 데려다 주라고 명한다. 그제야 그들은 다시 움직이기 시작한다. 아우토메돈은 적들을 추격한다. 하지만 그들을 쓰러뜨릴 방도가 없다. 전차를 몰면서 동시에 공격을 할 수는 없기 때문이다. 이 문제를 해결해 준 것은 알키메돈이다. 아우토메돈은 그에게 고삐를 맡기고, 자신은 창수로서 싸움에 나선다. 이렇게 우선 아킬레우스의 마부(파트로클로스)가, 다음으로 파트로클로스의 마부(아우토메돈)가 잇달아 창수로 전투에 나서고 있으니, 헥토르의 마부가 잇달아 죽는 것과는 진행 방향이 반대다.

한편 헥토르는 이들을 보고 다시 말에 욕심을 낸다. 그는 아이네이아스를 부추겨서 이 말들을 빼앗고자 달려온다. 헥토르에게는, 단지 도시와 가족을 지키는 진지한 면모뿐 아니라, 명예를 좇고 허영심을 드러내는 '영웅적' 양태도 있다. 아우토메돈은 알키메돈에게, 말의 입김이 자기 등에 닿을 정도로 뒤에 가까이 따라오라고 부탁한다. 전세가 불리해질 때의 전형적인 요구다. 급하면 전차에 올라타고 후퇴하자는 것이다. 그렇지만 자기들끼리 싸우지 않고 두 아이아스와 메넬라오스를 부른다. 그러고는 창을 던져 헥토르의 부하 하나를 쓰러뜨린다. 헥토르도 대응하지만 그의 창은 빗나가 버린다. 그때 두 아이아스가 달려오고, 헥토르 일행은 물러선다. 이번에도 말을 차지하는 데 실패했다.

이 장면에서, 이미 '아킬레우스의 마부'라고 소개된 아우토메돈이 활약하는 것은 아킬레우스의 재등장을 강하게 예고한다. 우리는 매 장면마다 신의 격려를 발견하는데, 여기서는 제우스가 말들에게 힘을 주는 것으로 대체되어 있다. 앞 장면에서 파트로클로스에게 명예를 주는 정도에 그쳤던 제우스는, 여기서는 조금 더 강하게, 그러나 아직은 인간에게가 아니라 일단 희랍 쪽의 말들에게 힘을 주고 있다. 우리는 잠시 후, 그가 아테네에게 희랍군 돕기를 허락하는 걸 보게 될 것이다. 그러나 아직은 트로이아군의 승리 국면이 지속된다.

　이제 장면은 다시 전투의 중심이라고 할 수 있는 파트로클로스
의 시신 근처(장소 1)로 돌아왔다. 역시 이곳이 초점이기 때문에, 시
인의 묘사는 다른 곳으로 갔다가도 금방 이곳으로 돌아온다.

　이제 제우스의 생각이 바뀌어, 8권 초입 이후에는 제우스의 금지
때문에 전장에 들어올 수 없었던 아테네가, 무지개 같은 자줏빛 구름
에 싸여 나타난다. 여신은 포이닉스의 모습을 취하여 메넬라오스를
독려한다. 파트로클로스의 시신을 빼앗기면 치욕과 비난을 면치 못
하리라고. 그러자 메넬라오스는 아테네 여신께서 힘을 주시기를 기
원한다. 아테네는 기뻐하며, 그에게 힘을 주고 대담성을 불어넣는다.
한데 거기 붙는 직유가 얄궂다.

　　그래서 그녀는 …… 그의 가슴속에 쇠파리의 대담성을 불어넣었다.
　　쇠파리란 놈은 사람의 몸에서 쫓기고 쫓겨도
　　계속해서 물려고 덤비니 그에게는 사람의 피가 달콤하기 때문이다.
　　(17:569~572)

　이렇게 힘을 충전한 메넬라오스는 헥토르의 친구인 포데스를 쓰
러뜨린다. 그러나 아테네의 도움은 전세 전반을 바꿀 만큼 위력적인
것은 아니었다. 그것은 단지 파트로클로스의 시신을 희랍군의 무리
속으로 끌어들일 수 있을 만큼만 도움이 되었을 뿐이다. 혹시 직유가
우스꽝스러운 것도 이와 연관이 있을까? 그것은 오히려 이제 곧 패주

가 다가온다는 신호가 되었다. 아테네가 힘을 준 메넬라오스는 이 패주 속에서도 파트로클로스의 시신을 지키기 위한 수단인 것이다.

여기서 메넬라오스는 헥토르의 친우를 쓰러뜨리는데, 그 죽음이 헥토르에게 고통을 준다는 것이 강조되고 있다. 이것은 아킬레우스가 느낄 고통을 축소해서 미리 보여 주는 것으로서, 안틸로코스가 파트로클로스의 죽음을 전했을 때 아킬레우스의 고통을 표현한 것(18:22)과 같은 구절("슬픔의 검은 구름이 그를 덮었다", 17:591)이 여기도 쓰이고 있다.

아폴론이, 헥토르의 손님 중 그와 가장 친한 파이놉스의 모습으로 헥토르를 찾아가 포데스의 죽음을 전하며 질책한다. 17권에서 세 번째 개입한 것이고 헥토르에게만 두번째다. 그러고 나서 아폴론은 아이기스를 흔든다. 희랍군의 패주가 시작된다. 이날 전투의 다섯번째 반전이다. 너무 전투가 오래 계속되어서일까? 트로이아군이 공격을 하지만 상대를 쓰러뜨리지는 못하고 조금씩 다치게만 한다. 이런 전세 반전 장면에 자주 동반되는 작은 대결이 하나 벌어진다. 이도메네우스가 헥토르를 공격한다. 그러나 그의 흉갑에서 창이 부러지고 만다. 원래 아킬레우스에게 속한 이 무장의 위력이 여기서 슬쩍 드러난다. 헥토르도 이도메네우스에게 창을 던진다. 그것은 메리오네스의 마부 코이라노스에게 맞는다. 그는 이도메네우스를 구하러 다가왔다가 자신이 대신 죽고 말았다. 하지만 땅에 떨어진 고삐는 메리오네스가 얼른 주워 노인 이도메네우스에게 건네 준다. 그리고 그에게 함선 쪽으로 달아나라고 충고한다. 이제 전세는 완전히 뒤집어졌다.

이 부분에서 친한 친구의 모습이 반복적으로 등장한다. 이는 아킬레우스—파트로클로스 관계의 거듭되는 변주라고 할 수 있다. 메리오네스의 마부 역할을 하던 코이라노스가 쓰러지는 것도 마찬가지 의미이다. 이 장면에서 여러 영웅이 부상당하는 것은 11권 후반 주요 영웅들이 부상당하는 장면의 속편 격이다. 여기서 코이라노스의 죽음은 일반적으로 메리오네스가 상대편에 가하는 끔찍한 타격을 그대로 본떠 묘사된다. 그는 귀 밑 턱을 맞아 이가 튕겨 나가고, 혀가 잘리고 있는데, 이 마부는 자기 동료가 한 일에 대한 보복을 당한 셈이다. 한편 이 죽음은 일련의 죽음들의 끝에 놓여 강세를 주는 것이다.

행동 3: 안틸로코스가 아킬레우스에게 죽음을 알리러 달려가다

여기부터 장면은 희랍 전사끼리의 대화와, 구체적 타격 장면 없는 일반적 묘사만으로 이루어져 있다. 아이아스는 전세가 바뀐 것을 알고 그것이 제우스의 도움 때문이라는 사실도 알고 있다. 적들이 던진 창은 모두 목표를 맞히는데, 자기들의 무기는 중간에 떨어지기 때문이다. 그래도 그는 파트로클로스의 시신을 지키려 한다. 그는 우선 누군가를 보내 아킬레우스에게 파트로클로스의 죽음을 알리고자 한다. 하지만 주위가 어두워서 보낼 만한 사람이 어디 있는지 알 수가 없다. 그래서 그는 제우스에게, 자신들을 죽이더라도 밝은 데서 죽게 하라고 호소한다. 매우 유명한 구절이다.

"아버지 제우스여, 아카이아인들의 아들들을 어둠에서 구해 주소서.

그리고 하늘을 밝게 하시고 눈으로 볼 수 있도록 해주소서.

우리가 죽는 것이 그대의 기쁨일진대 제발 밝은 데서 죽이소서!"

(17:645~647)

눈물을 흘리는 그를 불쌍히 여겨 제우스가 안개를 거둔다. 이것은 제우스가, 슬퍼하고 있는 불사의 말들을 측은히 여겨 힘을 준 것과 거의 같은 것이다. 제우스가 트로이아 쪽에 주던 도움을 거두는 것은 이렇게 조금씩, 그러나 빈번하게 희랍군 쪽에 동정을 보내는 것으로 나타난다.

이제 밝은 데서 멀리 볼 수 있게 된 아이아스는 메넬라오스에게, 안틸로코스를 찾아 아킬레우스에게 보내라고 한다. 메넬라오스는 "모든 사람에게 친절했던" 파트로클로스의 시신을 결코 포기하지 말라고 거듭 당부하고는 안틸로코스를 찾아 나선다. 독수리처럼 주변을 살피던 그는 곧 전장 왼쪽(장소 3)에 있는 안틸로코스를 발견한다. 아이아스가 있던 곳도 '전장의 왼쪽'이니 좀 이상할 수도 있지만 들판이 워낙 넓으니 가까운 왼쪽도 있고 먼 왼쪽도 있겠다. 신기한 것은 '전장 오른쪽'은 잘 나오지 않는다는 점이다. 아마도 공식구가 그렇게 발전한 모양이다. 메넬라오스는 파트로클로스의 죽음을 알리고, 이를 아킬레우스에게도 전하라고 말한다, 혹시 아킬레우스가 파트로클로스의 시신을 구해 낼지도 모른다고. 안틸로코스는 파트로클로스의 죽음에 크게 놀란다.

…… 안틸로코스는 그의 말을 듣고 몸서리를 쳤다.

한참 동안 그는 말문이 막히고 두 눈에는

눈물이 가득 고였으며 그 풍부한 음성도 메고 말았다.(17:695~697)

그는 무장을 동료에게 맡기고는 맨 몸으로 달려간다. 여기서, 파트로클로스와 닮은 데가 있는 메넬라오스는, 어쩌면 파트로클로스의 모델인 안틸로코스에게 소식 전하는 일을 맡긴다.

희랍군이 파트로클로스의 시신을 들고 후퇴하다

메넬라오스는 안틸로코스의 빈 자리를 트라쉬메데스에게 잘 채우도록 하고, 자신은 다시 파트로클로스 옆으로 돌아간다. 그는 아킬레우스가 무장이 없어서 시신을 구하러 올 수 없을 터이니, 다른 방도를 생각하자고 말한다. 아이아스의 제안에 따라 메넬라오스와 메리오네스가 시신을 들어 나르고, 두 아이아스가 뒤에서 추격자들을 저지하기로 한다. 이제 방벽을 향하여 고통스러운 후퇴가 시작된다. 사실 이럴 작정이었다면 안틸로코스를 파견한 것은 실익이 없는 듯도 하다. 어차피 전장에 있는 사람끼리 시신을 옮겨야 하니 말이다. 시인은 다른 효과를 노린 것 같다. 시신보다 먼저 도착한 죽음의 소식에 아킬레우스가 어떤 반응을 보이는지를 그리려는 것이다. 물론 아킬레우스가 고함을 쳐서 실질적인 도움을 주기는 하지만…….

이 부근에는 직유가 촘촘하게 배치되어 있다. 트로이아인들은 부상한 멧돼지를 추격하는 개떼처럼 파트로클로스의 시신을 뒤쫓고,

전투는 불길같이 격렬해진다. 시신을 든 두 사람은 산길에서 목재를 끄는 노새들처럼 애쓰고, 그들을 지키는 두 사람은 홍수의 흐름을 막는 언덕처럼 버틴다. 이 시신쟁탈전의 내용은 『오뒷세이아』에 그려진 아킬레우스 시신쟁탈전과 거의 같다(『오뒷세이아』 5권에서 뗏목이 파선될 지경이 되자 오뒷세우스는 그 쟁탈전을 회고하며 자기가 거기서 죽는 게 나았으리라고 말한다. 『오뒷세이아』 24권에서는 아가멤논의 혼백이 아킬레우스의 혼백에게 더욱 자세히 그 다툼을 묘사해 준다). 프로클로스(Proclos)가 정리한 『아이티오피스』 요약본에는 오뒷세우스가 적들을 막고, 아이아스가 아킬레우스의 시신을 들어 나르는 것으로 되어 있다. 호메로스는 그 장면을 옮겨다 여기 사용하면서, 사람 수를 늘리고 직유를 많이 써서 이 장면을 이 긴 하루의 절정으로 만들었다. 대신 인물들은 더 작은 영웅, 좀더 개인적인 인간으로 바뀌어 있다.

한편 다른 희랍군들은 아이네이아스와 헥토르 앞에서 매 앞의 새떼처럼 달아나고 있다. 여기 중첩된 직유들은 전투 첫날 '배들의 목록' 앞의 것과 유사하다. 첫날 여러 직유를 받으며 당당하게 진군하던 희랍군은 이제 곤경에 처한 모습이 여러 직유로 묘사되는 가운데 후퇴하고 있다. 그러나 시신을 지켜야 하는 만큼, 이 후퇴는 무질서하지 않고 때때로 적에게 반격을 가하는 가운데 서서히 이루어지고 있다.

다시 돌아보면, 17권 전체는 파트로클로스를 거듭 상기시킨다. 그와 비슷하게 자주 시인에 의해 호격으로 불리는 메넬라오스와, 파트로클로스의 모델 격인 안틸로코스가 주 임무를 맡고 있으며, 전투는 동료의 마음에 고통을 일으키는 희생들로 구성되어 있다.

🐚 안틸로코스, 작은 아킬레우스 🐚

여기서 굳이 파트로클로스의 죽음을 전하러 갈 사람으로 안틸로코스가 선택되는 것은, 시인이 『아이티오피스』라는 사라진 서사시의 이야기 내용을 알고 있기 때문이라고 보는 학자도 있다. 『일리아스』에 이어지는 내용을 다루는 『아이티오피스』에서, 아킬레우스는 안틸로코스와 매우 친한 사이로 되어 있다. 한데 안틸로코스의 아버지인 네스토르가 트로이아 동맹군 멤논과 마주쳐 위기에 처하자, 안틸로코스가 아버지를 구하기 위해 싸우다 죽는다. 그러자 아킬레우스는 멤논을 죽이면 다음엔 자기가 죽게 된다는 걸 알면서도 나가서 친구의 원수를 갚고 자신도 파리스의 화살에 죽는다. 여기서 멤논을 헥토르로, 안틸로코스를 파트로클로스로 바꾸면 이 이야기는 『일리아스』의 줄거리와 매우 유사한 게 된다. 그래서 『아이티오피스』에 나오는 이야기가 『일리아스』 이야기의 모델이 되었다고 믿는 학자(신분석론자)들이 있다. 상당히 그럴싸한 주장인데, 이런 주장이 맞는다면 17권의 상황은 좀 묘한 것이다. '파트로클로스의 모델'인 인물(안틸로코스)이 파트로클로스의 죽음을 알리러 간 사이에, '파트로클로스와 닮은' 인물(메넬라오스)이 파트로클로스 자신의 시신을 지키는 셈이니 말이다.

하지만 여기서 시인이 염두에 둔 것은 『일리아스』 이후에 일어날 일과의 연관성이라기보다는, 인물들 사이의 닮음 관계가 아닌가 싶다. 시인의 의도와 등장인물들의 의도는 서로 다를 수가 있는데, 작중 인물인 아이아스와 메넬라오스가 안틸로코스를 선택한 이유는 아무래도 '그가 발이 빨라서'였던 듯하다. 메넬라오스가 그를 찾을 때, '발 빠른' 토끼를 찾는 독수리에 비유되고(17:676〜678) 있기 때문이다. 한데 이 안틸로코스는, 『오뒷세이아』에 보면 이 전쟁에서 죽은 것으로 되어 있다. '트로이아 전쟁에서 죽은, 발이 빠른 젊은이'. 바로 아킬레우스 아닌가! 처음 파트로클로스의 죽음을 전해 들었을 때, 경악으로 말문이 막히기도 두 사람이 마찬가지(17:695〜696과 18:22〜27)이다. 안틸로코스는 '작은 아킬레우스'인 셈이다.

「아킬레우스의 새 무장」, 기원전 5세기 적색상 도기

18권은 거의 전적으로, 파트로클로스가 죽었다는 소식을 들은 뒤에 아킬레우스가 보이는 반응과, 그의 새로운 무장 만들기에 바쳐진다. 파트로클로스가 아킬레우스의 무장을 걸치고 나가 죽으면서 헥토르에게 빼앗겼기 때문에, 테티스는 헤파이스토스를 찾아가 새로운 무장을 만들어 온다. 이 무장 중에서 특히 방패의 그림이 매우 정교하고 아름다운 것으로 되어 있다. 자료에서는 그것을 모두 반영할 수 없으므로 간단한 그림으로 대체하였다.

~~~ 18권 ~~~

아킬레우스에게 파트로클로스의 죽음이 전해지다

아이아스 일행이 고통스럽게 파트로클로스의 시신을 옮겨 오고 있는 사이에, 아킬레우스는 멀리서 희랍군이 패주하는 걸 보고 불길한 예감에 휩싸인다. 어머니 테티스에게서 들었던 어떤 예언을 떠올렸기 때문이다. 자기가 살아 있는 동안 뮈르미돈인들 가운데 가장 용감한 자가 트로이아인의 손에 목숨을 잃으리라는 것이었다. 아까는 파트로클로스가 죽을 것이라는 예언은 없었다고 하지 않았나? 아마 지금 이 장면은 아까 그 생각을 하는 장면에 바로 이어 붙여야 할 것이다. 파트로클로스의 이름을 적시하지는 않았지만, 누군가 뮈르미돈 사람 가운데 뛰어난 자가 죽을 거란 예언이 뒤미처 생각났던 것이다.

그는 이제 친구가 죽었으리라고 반쯤 확신한 상태. 헥토르와 싸우지 말라고 했는데 파트로클로스가 말을 듣지 않은 모양이라고 안타까워한다. 사실 파트로클로스를 보낼 때 헥토르 얘기는 없었는데, 어쩌면 시인이 여기서 일종의 '점프커트'를 쓰는 것일 수도 있다. 앞에서는 그 장면을 생략하고, 지금 이 장면을 보아 생략된 장면을 채워 넣게 하는 것이다. 전체적 공간 배치도 비슷한 방식으로 조금씩 채워지게 해온 걸 보면, 사실 이상한 일도 아니다. 물론 더 심하게 해석하는 방법도 있다. 여기쯤 오면 아킬레우스도 시인도 그때 뭐라고 말했었는지 잊은 거라고. 하지만 가객의 노래를 듣는 청중도 이미 세부는 잊었을 테니 큰 문제는 없다.

그때 안틸로코스가 눈물을 흘리며 다가선다. 파트로클로스가 죽었다고 전한다. 그러자 '슬픔의 검은 구름이' 아킬레우스를 덮고, 그는 먼지를 머리에 뿌리고 땅에 뒹굴며 머리를 쥐어뜯는다. 여기서 안틸로코스가 눈물을 흘리는 장면은, 16권에서 파트로클로스가 눈물을 흘리며 희랍군의 곤경을 전하는 장면과 닮아 있다. 이 두 눈물은 모두 자신의 죽음을 예고하는 것이기도 하고, 이 두 영웅 사이의 긴밀한 관계를 보여 주는 것이기도 하다. 안틸로코스는 소식을 전하러 달려가기 전에 자신의 무장을 동료에게 맡긴다. 이제 그는 죽은 파트로클로스처럼 무장이 벗겨진 맨몸이 되었다. 그는 전차가 곁에 있지만 타지 않고, 달린다. 슬픈 소식이 전해지는 장면의 효과를 위한 것일 수도 있으나, 이로써 그는 15권 끝부분에 아킬레우스의 막사로 달려가던 파트로클로스와 더 비슷해졌다.

하녀들이 몰려나와 함께 울고, 안틸로코스는 혹시 아킬레우스가 자결할까 봐 그의 손을 꼭 잡고 있다. 「트로이」라는 영화에는 아킬레우스가 파트로클로스의 죽음을 전하는 사람을 발로 걷어차고 있지만, 아킬레우스는 그런 폭력적인 사람이 아니다. 그가 혹시 폭력을 행한다면 자기 자신을 향해서다.

한편 바닷속 깊은 곳에서는 테티스가 비명을 지른다. 멀리서도 무슨 일이 일어나고 있는지 알아챘기 때문이다. 그러자 그녀의 자매들이 모두 모여든다. 10행에 이르는 여신들의 목록이다. 그녀들은 모두 함께 통곡한다. 테티스는 자매들에게 자신의 고통을 호소한다. 자기가 영웅들 중에서도 가장 뛰어난 자식을 낳아 잘 키워서는 전장으로 보냈는데, 그는 고향으로 돌아가지 못할 것이고, 살아 있는 동안에도 자기가 도와주지 못한다고. 그러면서 아들에게 무슨 슬픔이 닥쳤는지 알아보겠노라고 떠난다. 이 장면에서 여신들의 슬픔은 좀 과해 보인다. 아킬레우스가 죽었다면 모를까, 그의 친구가 죽어서 아킬레우스가 슬퍼한다고 이렇게 울다니! 아닌 게 아니라 학자들은 이 장면이 원래 아킬레우스의 죽음을 슬퍼하는 장면이었는데, 이런 식으로 변형되어 쓰인 것이라고 설명한다. 이 작품에서는 아킬레우스가 죽는 장면까지는 가지 않기 때문에 파트로클로스의 죽음으로 아킬레우스의 죽음을 대신하고 있다는 것이다. 우리는 아킬레우스가 죽은 뒤에 비슷한 장면이 있었다는 것을 『오뒷세이아』 24권에서 확인할 수 있다.

이제 바다의 여신들이 아킬레우스의 막사에 당도한다. 테티스가 아들의 머리를 껴안고 묻는다. 무슨 슬픔이 생긴 것인지, 제우스께서 소원대로 해주지 않았냐고. 아킬레우스는 파트로클로스가 죽었다는 것, 무장을 빼앗겼다는 것을 알린다. 그는 자기가 헥토르를 죽여서 파트로클로스의 죽음을 복수하지 않으면 인간들과 어울려 살 수 없다고 말한다. 어머니는 아들이 이제 곧 죽을 것을 걱정한다. 헥토르가 죽으면 그 다음 차례는 아킬레우스라는 것을 알고 있기 때문이다.

아킬레우스는 당장이라도 죽기를 원한다. 친구가 도움을 필요로 할 때 그는 돕지 못했다, 그러니 그는 이제 고국으로 돌아가지 않을 것이다. 그 사이에 너무 많은 일이 일어나서 독자들은 잊었을지도 모르겠는데, 아킬레우스가 고향으로 돌아갈지 말지 '내일 생각해 보자'고 한 게 바로 그 전날이다. 지금 17권은 9권 밤에 이어지는 날 저녁인 것이다. 혹은, 옛날에는 해가 진 다음부터는 그 다음날로 계산하는 방식도 있었는데, 거기 맞춰 생각하면 아킬레우스에게 사절이 온 것과 파트로클로스가 죽은 것은 같은 날이다. 따라서 지금 여기서 아킬레우스가 고향에 돌아가지 않겠다고 한 것은, 그가 지난 밤에 양보를 거듭하면서 맨 마지막에 설정했던 질문의 최종적인 답이다. "고향으로 돌아갈 것인가, 말 것인가?" "돌아가지 않는다."

여기서 그는 자기가 진작 나서서 다른 동료들을 구하지 않은 것을 후회한다. 그는 이제 불화와 노여움을 저주한다. 아가멤논이 자기를 노엽게 했지만, 이제는 그 노여움을 흘려 버리고 감정을 억제하겠다 한다. 그는 헥토르를 향해 나아갈 것이고 죽음은 신들이 원하는 아무 때에나 받겠다고 다짐한다. 그가 여기서 모범으로 놓는 것은 헤라클레스다. 제우스의 사랑을 가장 많이 받은 그 영웅마저도 죽음은 피하지 못했다, 그러니 자신도 죽음을 받겠다, 하지만 그 전에 훌륭한 명성을 얻고야 말겠다, 트로이아 여인들에게 눈물과 통곡을 안기겠다. 그는 어머니에게 자기 출전을 막지 말라고 말한다.

어머니는 더 이상 아들을 막지 않는다. 다만 그의 무장이 적의 수

중에 있으니, 좀 기다려야 한다. 헥토르가 그 무장을 오랫동안 뽐내지는 못할 것이고, 곧 죽음을 당하리라는 것을 테티스도 알고 있다. 이제 그녀는 아들을 위해, 새로운 무장을 구하러 헤파이스토스를 찾아간다. 아침까지는 돌아올 것이다.

아킬레우스가 고함을 질러 파트로클로스의 시신을 구하다

그 사이 밖에서는 후퇴하는 전열이 배 가까이까지 다가와 있다. 헥토르는 집요하게 따라 붙고 두 아이아스는 그를 떼어 놓지 못해 애쓰고 있다. 헥토르는 죽기 직전의 파트로클로스가 트로이아 성에 대해 그랬듯이, 세 번 달려들어 파트로클로스의 발을 잡았다가 세 번 격퇴된다. 그는 굶주린 사자가 먹잇감에서 떨어지지 않으려 하는 것에 비유되고 있다. 이때 이리스가 헤라의 명에 따라 아킬레우스에게 와서, 파트로클로스의 시신을 구할 것을 권한다. 그는 헥토르가 파트로클로스의 머리를 베어 내어 개들의 장난감으로 주려 한다고 전한다. 그러면 아킬레우스에게는 큰 수치가 될 것이다. 아킬레우스는 상대가 누구인지 알아본다. 이리스의 이름을 부르며, 누가 그녀를 사자로 보냈는지 묻는다. 그리고 무장이 없으니 어떻게 전장에 나갈지도 묻는다. 이리스는 무장이 없더라도 호 곁으로 나가서 모습을 보이면 적들이 겁먹고 물러가리라고 대답한다.

이제 아킬레우스는 여신의 권고에 따라 일어선다. 아테네는 그의 어깨에 아이기스를 걸쳐 주고, 그의 머리에 황금 구름을 둘러 불길이 타오르게 해준다. 아킬레우스의 머리에서 뻗치는 광채는, 포위당한 도시에서 한밤에 피워 올린 봉화에 비유된다. 그는 방벽 밖 호 옆에 섰지만, 어머니의 말을 기억하고 전투로 뛰어들지는 않는다. 시인은, 아킬레우스가 어려서 스튁스 강물에 담겼었고, 그래서 발뒤꿈치를 제외하고는 부상을 입지 않는다는 이야기를 믿지 않는 것이 분명하다. 우리는 그가 살짝 다치기까지 하는 걸 보게 될 것이다. 그는 거기 서서 세 번 고함을 지른다. 아테네 여신도 멀리서 함께 소리 질러 공포를 일으킨다. 그 소리는 전쟁 나팔소리처럼 울려퍼지고, 트로이아 전사들은 가슴이 서늘해진다. 말들도 마음에 고통을 느껴 전차를 돌린다. 마부들은 아킬레우스의 머리에서 솟는 불길을 보고 정신이 혼란된다. 이 혼란 통에 자기들 창에 찔리거나 자기네 마차에 치여 죽은 전사가 열둘이나 된다. 이런 이변에 힘입어 희랍군은 파트로클로스의 시신을 적의 공격권에서 끌어내어 들것에 싣는다. 전우들은 통곡하며 그것을 에워싸고, 아킬레우스도 뜨거운 눈물을 흘리며 뒤따른다. 이제 헤라는 얼른 해가 지게 만들고, 이렇게 해서 기나긴 하루가 끝난다.

이 긴 하루는 아킬레우스의 출전을 준비하는 기적으로 끝났다. 여기서 아킬레우스는 벌써 신이 넘겨준 '무장'을 걸쳤다. 아테네가 둘러준 아이기스다. 이는 신의 아들이란 지위에 걸맞고, 죽어 숭배되는 영웅의 지위에도 알맞다. 그는 직접 전투에 뛰어들지 않고도 소리만으로, 파트로클로스가 죽기 직전에 이룬 최고의 전공과 유사한 것을 이루었다.

17권의 초반부터 조금씩 나타나던 신들의 개입은 이 장면에 와서는 너무나 분명한 것이 되었다. 테티스와 헤라, 아테네, 그리고 두 여신의 보냄을 받은 이리스에 덧붙여, 앞으로는 헤파이스토스의 도움까지 받게 될 것이다. 그리고 우리는 다음날 더 많은 신들로 전장이 북적이는 걸 보게 될 것이다. 한편 파트로클로스의 죽음을 전해 듣고 땅에 뒹굴며, 마치 쟁탈전 가운데 누워 있는 시신 같은 모습을 보여준 아킬레우스는, 다음날 자신의 죽음을 향해 출전할 것이다. 친구의 죽음을 복수하러 나선 그의 전투는 일련의 자살 과정같이 보이게 될 것이다.

폴뤼다마스가 퇴각을 제안하나 헥토르가 거절하다

트로이아인들은 회의를 연다. 아킬레우스가 모습을 드러냈으니 이제 다음날이면 전장에 나타날 것이다. 폴뤼다마스가 먼저 입을 연다. 그는 헥토르와 같은 밤에 태어난 사람으로 현명하고 언변이 뛰어나다. 헥토르는 창 쓰는 재주가 뛰어나니, 두 사람은 보완적인 존재이다. 그는 새벽이 되기 전에 도시로 퇴각하자고 제안한다. 아킬레우스가 아가멤논에게 분노하는 동안은 싸우기가 편했고, 자기도 배 곁에까지 다가가서 야영하는 것이 즐거웠다는 걸 인정한다. 하지만 "이제는 아킬레우스가 나타난 것을 보니 두렵소. 그는 들판에서 싸우는 정도가 아니라 성을 공격할 것이오. 그러니 성으로 들어갑시다. 그렇지 않으면 새와 개의 밥이 될 것이오. 성을 지키고 있으면 훨씬 유리한 위치에서 싸울 수 있소"라고.

하지만 헥토르는 완강히 반대한다. 폴뤼다마스를 비난한다. "성

안에 갇히는 것은 싫증이 났소. 이전에는 도시가 매우 부유했으나 이제 보물들도 다 팔려나갔지 않소. 하지만 지금은 제우스의 뜻에 따라 희랍인을 바닷가에 가두었으니 이대로 돌아갈 수는 없소." 그는 들에서 야영하고 다음날 바로 배를 공격하길 원한다. 그는 아킬레우스가 원한다면 그와 당당하게 싸우겠다고 선언한다. 자기는 피하지 않겠노라고, 그가 이길지 자신이 이길지 보겠노라고. 하지만 우리는 다음날 헥토르가 아킬레우스 앞에서 도주하는 것을 보게 될 것이다.

트로이아 병사 대중은 헥토르의 주장에 동조한다. 시인이 이것이 어리석은 결정이며, 아테네 여신이 그들의 지혜를 빼앗았기 때문이라고 설명한다. 희랍인들은 이렇게 사람의 행동 동기를 이중적으로 설명한다. 인간이 어떤 결정을 내린 것은 그 사람의 책임이기도 하면서, 신의 작용이기도 하다.

아킬레우스가 파트로클로스의 죽음을 슬퍼하다

희랍군 진영에서는 밤새 파트로클로스의 죽음을 애도하고 있다. 아킬레우스는 새끼 잃은 사자처럼 비통하게 신음하고 통곡한다. 그는 자기가 파트로클로스의 아버지에게 한 약속을 지키지 못한 걸 슬퍼한다. 그의 아들이 트로이아를 함락한 후에 전리품을 갖고 돌아가게 해주겠노라 약속했었기 때문이다. 그는 이제 자기들 두 사람이, 같은 트로이아 대지를 피로 물들일 운명이라고 생각한다. 자신은 이 땅에서 죽기로 되어 있기 때문이다. 그는 곧 파트로클로스를 따라갈 것이다, 하지만 헥토르의 시신을 끌고 오기 전까지는 파트로클로스를 장례 치르지 않을 것이다. 여기서 아킬레우스는 헥토르의 '머리'를 가져오겠다고 약속한다. 그뿐 아니다. 트로이아의 고귀한 자제 열두 명의 목을 벨 것도 약속한다. 아킬레우스는 이제 야만적인 단계, 거의 짐승의 수준으로 다가가고 있다.

아킬레우스는 자기가 복수할 때까지 일단 포로 여인들의 애곡을 받고 있으라고 말하고는, 시신을 씻길 준비를 한다. 이 과정은 의례의 전 과정을 꼼꼼히 기록하는 시인의 습관에 따라 세부가 자세히 묘사되어 있다. 물을 데워 시신을 씻고, 올리브기름을 바르고, 상처에는 9년 동안 숙성시킨 연고를 채워 넣는다.

이 대목에 신들의 장면이 한 자락 끼어든다. 제우스가 헤라에게 비꼬듯 말한다. 마침내 아킬레우스를 일어나게 했으니 그녀의 뜻이 이루어졌다고. 헤라는, 인간들도 남에게 원하는 바를 행하는데 여신 중 으뜸인 자기가, 자기를 노엽게 한 트로이아인들에게 재앙을 계획해서 안 될 바 있냐고 항변한다. 인간들의 고통과 슬픔은 신들에겐 큰 의미가 없다. 그들은 자신들이 원하는 대로 인간들에게 베풀 뿐이다.

헤파이스토스가 아킬레우스를 위해 새로운 무장을 만들다

인간들이 혹은 슬퍼하고, 혹은 앞일을 의논하는 사이에, 그리고 신들이 서로 빈정거리는 사이에, 어머니 테티스는 아들을 위해 헤파이스토스를 찾아간다. 별처럼 반짝이는 그의 궁전은 이 대장장이신이 직접 지은 것이다. 그녀가 찾아갔을 때 그는 땀을 뻘뻘 흘리며 열심히 풀무들 사이를 오가고 있다. 그가 만들고 있는 것은 바퀴달린 세발솥으로, 신들의 회의장으로 저절로 오가는 것이다. 일종의 자동 기계인데, 이렇게 스스로 움직이기까지 하는 것은 아니지만 바퀴가 달린 세발솥이 실제로 발견되기는 했다. 헤파이스토스는 그 솥들을 거의 다 완성했고 이제 손잡이 다는 일만 남았다. 그래서 그는 손잡이를 갖다 대고 연결쇠를 두드리는 중이다.

이렇게 마치 테티스가 작업장에 직접 들어간 것처럼 묘사되었지만, 사실 그녀가 그 집에 들어갔을 때 먼저 맞이한 이는 헤파이스토스의 아내인 카리스(Charis, '우아함'의 여신)였다. 아마도 이 대장장이신이 만들어 내는 물건들이 우아하기 때문에 그의 아내를 이런 식으로 설정한 듯하다. 『오뒷세이아』의 시인은 헤파이스토스의 아내를 아프로디테로 설정하고, 그녀가 아레스와 바람 피우는 것을 그려놓았는데, 『일리아스』 시인이 따르는 판본은 그것과 다르다.

카리스는 테티스를 반가이 맞이하고 남편을 불러온다. 테티스가 용건을 말하지 않았는데도, 그녀가 자기보다는 남편에게 볼 일이 있다는 것을 어떻게 알고 있다. 다시 '독자가 아는 것을 등장인물에게 알게 하는 기술'이 쓰였다. 헤파이스토스는 그녀에게 큰 존경을 표한다. 헤라가 절름발이 아기인 헤파이스토스를 내다 버렸을 때, 테티스가 맡아서 보살펴주었기 때문이다. 그래서 그는 아무도 모르는 오케아노스 곁 동굴 속에서 9년 동안 여러 장신구들을 만들었다(다른 전승에 따르면 그는 어머니 헤라에게 앙심을 품고서 잠금 장치가 되어 있는 아름다운 의자를 만들어 보냈고, 헤라가 거기에 앉았다가 일어나지 못하는 바람에 그를 겨우겨우 달래서 올륌포스로 데려다가 헤라를 풀어 주게 했다고 한다). 이제 그는 아내에게 여신을 잠시 접대하게 하고 자신은 연장들을 치우러 돌아간다. 우리는 잠시 후에 그가 다시 작업에 들어갈 것을 알지만, 그래도 일단 여기서는 하던 일을 정리해야 하는 모양이다.

그는 풀무를 치우고 연장을 정리하여 넣은 다음, 몸을 닦고 돌아온다. 황금으로 만든 하녀들이, 다리를 저는 그를 부축한다. 이들은 일종의 사이보그(혹은 안드로이드)로 진짜 소녀처럼 보이고, 생각도 말도 할 줄 알며, 여러 기술도 가지고 있다. 이제 헤파이스토스는 테티스에게, 원하는 것이 무엇인지 묻는다. 테티스는 앞에 자기 자매들에게 했던 것과 거의 같은 이야기를 펼쳐놓는데, 그 시작은 좀더 먼 과거로 잡았다. 트로이아 전쟁 전에 있었던 자신의 결혼부터 이야기를 시작한 것이다. 『일리아스』 내에서 이야기를 들려주는 등장인물들은, 그 맥락에서 필요한 것보다 먼 데서부터 이야기를 시작하는 경향이 있다. 사실은 1권에서 아킬레우스도 아가멤논과의 다툼을, 자기들이 이웃 도시들을 약탈한 데서부터 이야기했었다. 그러니까 『일리아스』 전체의 시작보다 더 먼 과거로 돌아가는 것이다.

테티스의 이야기는 이렇다. 그녀는 제우스의 뜻에 따라 인간과 원치 않는 결혼을 했다. 남편은 지금 노령에 지쳐 누워 있는데 그녀에게 다른 슬픔이 생겼다. 뛰어난 아들을 낳아 잘 길러서는 트로이아 전장으로 보냈는데, 그는 집으로 돌아가지 못할 운명이다. 그리고 살아 있는 동안에도 그가 고통을 당하는데 자신이 도와줄 수가 없다. 아가멤논이 그의 상을 빼앗아 갔고 그는 상심해 있다. 트로이아인들이 희랍군을 공격해서 배 있는 곳에 가두었다. 희랍의 원로들이 선물을 약속하고 도와달라 했으나, 아킬레우스가 거절하고, 파트로클로스에게 자기 무장을 입혀 내보냈다. 그는 도시를 함락할 기세였으나 아폴론이 파트로클로스를 죽이고 헥토르에게 영광을 내렸다. 그러니 "아킬레우스를 위하여 무구를 만들어 주시오. 그의 것은 파트로클로스가 죽으면서 빼앗기고 말았으니."(18:429~461)

헤파이스토스는 흔쾌히 수락한다. 그러면서 자기가 아킬레우스를 죽음의 운명으로부터 숨길 수 있었으면 좋겠다는 소망을 표현한다. 물론 신들도 정해진 운명은 어쩌지 못한다.

이제 헤파이스토스는 작업에 들어간다. 풀무들을 불 쪽으로 돌려 놓고 일을 하라 명령한다. 풀무들이 저절로 움직여 각기 강도가 다른 바람들을 불어 넣는다. 주인이 원하는 대로 일을 돕고 필요하면 저절로 멈춘다. 그는 청동, 주석, 금, 은 따위를 불 속에 넣었다가 모루에 올려 두드린다. 차례로 테티스가 요구한 무장들을 만드는데, 가장 길게 묘사된 것은 방패이다. 우선 전체 모습이 묘사된다. 가장자리에 빛나는 세 겹 테를 두르고, 은으로 멜빵을 단다. 방패는 다섯 겹인데 여러 그림을 새겨 넣는다. 그 그림에는 온갖 인간사의 장면들이 들어가서 온 세계의 축소형으로 유명하다. 여기 묘사된 방패는, 나중에 헤시오도스의 작품이라고 알려진 (하지만 위작일 가능성이 높은)『헤라클레스의 방패』, 그리고 베르길리우스의 『아이네이스』 속에 나오는 아이네이아스(아이네이아스를 라틴어 식으로 부른 것이 '아이네이스'다)의 방패의 모범이 된다.

이 솜씨 좋은 대장장이신은 우선 땅, 하늘, 바다와 해, 달, 별들을 새겨 넣는다. 특히 예부터 중요시되던 별무리들이 거기 들어 있다. 플레이아데스, 휘아데스, 오리온자리, 큰곰자리 등.

다음으로 그는 두 도시, 평화를 누리는 도시와 전쟁에 처한 도시를 그린다. 평화의 도시에서는 우선 결혼잔치가 벌어지고 있다. 사람들은 횃불을 들고 신부를 인도하며 노래를 부른다. 젊은이들은 빙글빙글 돌며 춤을 춘다. 아낙들은 문간에서 감탄하고 있다. 그리고 어떻게 그려 넣었는지 피리와 수금 소리가 높이 울려 퍼진다고 되어 있다. 혹시 시인이 일부러, 지금 그림을 묘사하고 있다는 사실을 무시하고 현실에서 실제로 일어나는 일을 슬쩍 집어 넣었는지도 모르겠다. 시인은 자기가 어디서 틀려야 하는지 알고 있다! 이 도시의 다른 쪽에서는 재판이 벌어지고 있다. 살인을 저지른 사람이 자기는 보상금을 치렀다고 주장하고, 다른 쪽은 받지 못했다고 주장한다. 사람들은 두 편으로 나뉘어서 각기 자기 편을 응원하고, 전령은 사람들을 제지한다. 노인들은 둥글게 앉아 차례로 홀을 받아들고 판결을 내린다. 그들 가운데는 가장 공정한 판결을 내릴 사람에게 상으로 줄 황금이 놓여 있다. 재판에서 다투는 사람들이 그려질 수는 있겠지만 그 송사가 살인죄에 대한 것인지는 어떻게 표현했나 모르겠다. 희랍 도기 그림에는 인물의 이름을 적어 넣는 관행이 더러 있는데, 혹시 어떤 글자를 넣었는지도 모르겠다. 혹시 만화에서 사용하는 말풍선 비슷한 것을 썼을까?

다음은 전쟁에 처한 다른 도시다. 양쪽 군대가 서로 대치하고 있다. 포위한 자들은 두 가지 계획을 가지고 있으니, 하나는 도시를 노략하자는 것이고, 다른 하나는 도시의 재물을 둘로 나누자는 것이다. 사실 이것도 그림으로 어떻게 표현될지 좀 의문이다. 포위당한 도시민들은 포위군에 맞서 매복을 나가려고 무장을 갖춘다. 성벽 위엔 여인들과 아이들, 노인들이 있다. 8권에서 트로이아가 택한 전술이 그대로 나와 있다. 그들은 도시 밖으로 나가는데, 인간들보다는 조금 크게 황금으로 그려진 아레스와 아테네가 그들을 인도한다. 그들은 가축이 물 마시러 오는 냇가에 매복하고 정탐꾼을 내보낸다. 두 목자가 피리를 불며 소떼를 이끌고 오는 것을 기습하여, 목자들은 죽이고 가축들을 약탈한다. 이제 그림 묘사는, 이것이 포위된 도시라는 것을 거의 잊은 모양이다. 물론 적들은 가축까지 몰고 쳐들어 왔거나, 아니면 서로 싸우는 두 도시가 아주 가까울 수는 있겠다. 한편 포위한 자들은 회의장에 있다 소음을 듣고 달려온다. 전열을 정비해 강둑에서 서로 싸운다. 이것은 잠시 후 실제로 일어날 사건과 비슷하다, 아킬레우스가 강둑에서 싸울 것이므로. 여기에서 그림은 알레고리화(畵)로 바뀐다. 전투 속에 '불화'와 '소음'과 '죽음의 운명'이 섞여서, 마치 살아 있는 사람인 양 포로들을 잡고 죽은 자의 발을 끌고 다닌다.

이제 두 도시가 완성되자, 그 다음으로는 시골을 그린다. 우선 밭 갈이다. 농부들이 소를 몰고 밭 경계까지 갔다가 돌아서려 하면 한 사람이 다가와 포도주를 한 잔씩 준다. 그러면 사람들은 흥이 나서 열심히 밭을 간다. 밭은 뒤쪽으로 갈수록 점점 검어져서 황금으로 새겼는데도 진짜 밭같이 보인다. 다음은 곡식 베기다. 일꾼들이 베면, 아이들이 그것을 나르고, 다른 사람들이 단으로 묶는다. 왕은 밭가에서 흡족하게 보고 있고, 멀리 나무 밑에서 소를 잡아 잔치가 준비되고 있다. 그 다음은 포도 수확이다. 포도밭이 그려지고, 바구니에 포도를 나르는 사람들이 그려지고, 한 소년이 수금을 들고 노래를 부르며 다른 사람들이 거기 맞춰 춤을 추고 있다. 여기서도 마치 소리가 들리는 듯 묘사되어 있다. 시골의 모습 마지막은 목장이다. 달려가는 소들, 목자들, 개들, 그리고 사자들까지 그려져 있다. 사자들은 황소를 기습하여 끌어가고 개와 젊은이들이 그 뒤를 쫓아간다. 사자는 황소를 찢어먹고 목자들은 그것을 막지 못한다. 이 마지막 장면은 마치 파트로클로스의 시신쟁탈전에 쓰인 직유 같다. 두 사자는 두 아이아스고, 그것을 따르는 목자와 개들은 트로이아인들 격이다. 그리고 시골이 네 부분으로 나뉜 것은, 혹시 네 권으로 구성된 베르길리우스의 『농경시』(Georgica)에 영향을 주지 않았나 하는 생각도 든다. 그 시의 각 권은 곡식 농사, 과일 농사, 목축, 벌 치기로 구성되어 있다.

이러한 평화의 장면은 정적(靜的)으로, 동적(動的)으로 다시 한 번 반복된다. 한편에 평온하고 아름다운 초원과 축사가 있고, 다른 편에 젊은이들의 활기 있는 춤추기가 있다. 아름답게 묘사된 춤 장면은 직접 보기로 하자.

유명한 절름발이신은 또한 무도장을 교묘하게 새겨 넣었는데
다이달로스가 머리를 곱게 땋은 아리아드네를 위하여
일찍이 넓은 크놋소스에서 만든 것과 비슷한 것이었다.

무도장 안에서는 총각들과, 구혼 선물로 소를 받는
처녀들이 서로 손목을 잡고 춤을 추고 있었다.
처녀들은 고운 린넨 옷을 입고 있었고 총각들은
기름을 먹여 윤이 나는 곱게 짠 겉옷을 입고 있었다.
그리고 처녀들은 아름다운 화관을 쓰고 있었고
총각들은 은띠에 매달린 황금 칼을 차고 있었다.
그들은 때로는 마치 도공들이 자기 손에 맞는
녹로 옆에 앉아서 그것이 잘 도는지 시험할 때와도 같이
능숙한 걸음걸이로 경쾌하게 원을 그리며 돌았고
또 때로는 줄을 지어 서로 마주 달려가곤 했다.
많은 군중들이 둘러서서 이 사랑스런 춤을 재미있게
구경하고 있었다. 그들 사이에서 신과 같은 가인이
수금을 뜯고 있었다. 그리고 두 곡예사가
노래를 지휘하며 그들 한가운데서 빙글빙글 돌았다.(18:590~606)

마지막으로 맨 바깥에 오케아노스 강이 둘린다. 이 마지막 부분
은 춤, 구경꾼, 오케아노스 등 앞에 나왔던 요소들을 되풀이하고 있어
서 전체적으로 되돌이 구성과 비슷하게 되어 있다.

이 방패 그림이 어떻게 배치되어 있었는지는 학자마다 의견이
다르다. 어떤 이는 동심원 구성이었으리라고 보고, 어떤 이는 방패 표
면을 대충 네 부분으로 나눠서 그렸으리라고 보기도 한다. 어쩌면 이
설명은 실제의 작품을 앞에 두고 그것을 옮겨 묘사한 것[ekphrasis]
일 수도 있는데, 실제로 이런 그림을 넣자면 같은 사람이 다시 등장하

기도 하는 일종의 '칸막이 없는 만화'처럼 구성하는 수밖에 없을 것이다. 어쨌든 시인은 자기 시대 훨씬 전에 있었다는 영웅들의 시대보다는 자기 시대, 자신이 직유에서 그렸던 시대를 다시금 그리고자 했던 것이 분명하다. 그리고 여기서 전체적으로 전쟁에 처한 도시가 가장 자세히 그려지긴 했지만, 그래도 시인이 강조하는 것은, 방패를 만드는 이유(전쟁)와는 다소 모순되게, 평화의 장면이라는 점도 분명하다.

이렇게 방패를 다 만들고는 흉갑과 투구, 정강이받이를 만드는 과정이, 각각 한두 줄씩 짧게 묘사된다. 헤파이스토스가 이것들을 완성하여 테티스 앞에 내놓자, 그녀는 그것을 들고 올륌포스에서 매처럼 뛰어내리는 것으로 되어 있다. 도착했을 때는 접대 절차가 자세히 그려졌지만 돌아올 때는 작별 인사조차 그려지지 않는다. '사태 한가운데로' 진입하여 핵심만 말하는 시인의 습관대로다.

Ilias

V. 전투 넷째 날
: 아킬레우스의 날

「아킬레우스」, 적색상 암포라(기원전 450년경)
현대 희랍에서 우표 도안으로도 쓰인 적이 있는 아킬
레우스의 모습이다.

19권의 핵심은 아킬레우스와 아가멤논의 화해 장면이다. 거기 나오는 아가멤논의 변명은 희랍인의 사고방식을 설명할 때 자주 인용되는 유명한 대목이다. 19권 마지막에는 드디어 아킬레우스가 전장으로 나서게 된다. 전투 넷째 날의 시작이다.

아킬레우스가 아가멤논과 화해하다

새벽이 막 다가오려는 순간 테티스가 그 아름다운 무장을 가지고 배 곁으로 돌아온다. 아킬레우스는 아직도 파트로클로스 몸 위에 쓰러져 우는 중이다. 여신은 그의 손을 잡고, 파트로클로스가 신의 뜻에 따라 죽은 것이라고 위로하며 무장을 전한다. 여신의 손을 떠난 무장이 요란하게 울리며 바닥에 놓이는 순간, 다른 이들은 모두 감히 똑바로 보지도 못하고 몸을 떤다. 하지만 아킬레우스는 그것을 보자 더욱 큰 분노에 사로잡혀 눈을 번쩍이면서도, 무구의 아름다움과 정교함에 흡족해한다.

한데 그에게는 다른 걱정거리가 있다. 혹시 파트로클로스의 시신에 벌레가 생길지도 모른다는 것이다. 다시 시신 훼손 주제가 돌출했다. 테티스는 자신이 파리떼를 쫓아주겠노라고, 그의 피부는 일 년이 지나도 온전할 것이며 오히려 지금보다 상태가 좋아지리라고 약속한다. 테티스는 아들에게, 그 문제는 자신에게 맡기고 우선 아가멤논을 향한 분노를 거두고 어서 무장을 갖추라고 충고한다. 그러고는 파트로클로스의 콧구멍에 암브로시아와 넥타르를 넣어 준다. 보통 이것은 신들이 먹고 마시는 물질로 되어 있지만, 여기서는 거의 특별한 향유 같은 기능을 하고 있다. 앞에서는 헤라의 화장품 기능을 했었으니 이상할 것도 없다. 현대에도 이따금 광고에 등장하는 '먹을 수 있는 화장품'의 원조다.

이제 아킬레우스는 해변을 따라 걸어가며 고함을 지른다. 모든 이들이 회의장으로 모여든다. 오랜만에 등장한 아킬레우스를 보기 위해서다. 부상자들도 모두 모이고, 마지막으로 아가멤논이 온다. 아킬레우스는 아가멤논을 향해, 자신들이 여자 하나 때문에 불화한 것을 개탄한다. 그러면서 이제 상황이 안 좋으니 감정을 억제하자고 제안한다. 자기도 분노를 거두겠노라고, 화해를 거부하고 계속 화를 낸다는 것은 옳지 않다고. 아가멤논에게 희랍군을 일으켜 전투에 내보내라고 권한다. 자기도 나가서 싸우겠노라고.

희랍군들은 아킬레우스가 분노를 거둔 것을 기뻐한다. 하지만 아가멤논은 자리에서 일어나지 않은 채 말을 시작한다. 자기가 부상당했다는 것을 방패 삼고 있기는 하지만, 여전히 자신의 지위가 더 높다는 것을 내세우고 싶은 모양이다. 그는 아킬레우스에게 직접 대답하지 않고 희랍군 대중을 향해 말한다. 사람들은 아킬레우스가 전투에 나오지 않는 것에 대해 아가멤논에게 책임이 있다고 하지만 사실은 신들의 책임이라고. 희랍인의 사고방식을 설명할 때 자주 인용되는 중요한 논변이 나올 차례다.

아가멤논은 책임을 제우스와 운명의 여신(모이라), 그리고 복수의 여신(에리뉘스)에게 돌린다. 자기가 아킬레우스의 여자를 빼앗은 것은 그 신들이 자기에게 '아테'를 보냈기 때문이란다. 이 아테라는 것은 보통 '미망'(迷妄)으로 옮겨지며 좀더 자세히 말하자면 '정신적으로 눈먼 상태'를 나타낸다(때로는 좀더 넓은 의미로 '피해, 손해'라는 뜻으로 쓰이기도 한다). 아가멤논은 아테의 행태를 자세히 설명한다.

> "아테는 제우스의 맏딸로 모든 사람을 눈멀게 하는
> 파괴적인 여신이오. 그녀의 발은 가벼워 결코 땅을 밟고 다니는
> 일이 없소. 그녀는 사람의 머리를 밟고 다니며 사람들을
> 넘어뜨리는데 둘 중에 한 사람은 걸려들게 마련이오."(19:91~94)

그는 이 여신의 힘 앞에는 신들도 어쩔 수 없다는 걸 입증하기 위해서 제우스를 예로 든다. 아가멤논이 들려주는 이야기는 이렇다. 헤라클레스가 태어나던 날 밤에 제우스는 기분이 좋아서 그날 밤에 자기 피를 이어 받은 영웅이 하나 태어날 것인데 그가 주변 사람들을 다 다스리게 될 것이라고 선언했다. 제우스의 바람기를 늘 못마땅해 오던 헤라는 제우스에게 그 말이 틀림없이 이루어지리라는 걸 맹세하게 한다. 제우스가 맹세하고 나자, 헤라는 헤라클레스의 출산은 지연시키는 한편, 아직 일곱 달밖에 되지 않은 에우뤼스테우스를 먼저 태

어나게 하고 제우스에게 달려와서 약을 올린다. 제우스의 혈통을 받은 에우뤼스테우스가 주변을 모두 다스릴 것이라고. 제우스는 헤라의 꾀에 넘어간 것을 알고는 아테가 다시는 올림포스와 하늘로 돌아오지 못하리라고 맹세하면서 그녀를 인간세상으로 던져 버린다. 그러면서 자신도 바로 그 제우스와 같이 아테에 의해 눈이 멀었었다고 주장한다.

이것은 왜 인간들 사이에 미망이 존재하게 되었는지를 설명하는 이야기로, 여기 등장하는 아테는, 9권 포이닉스의 이야기에 나오는 사죄의 여신(리타이)과 더불어 『일리아스』에 나오는 가장 유명한 두 가지 알레고리이다. 그리고 이 이야기에서 헤라가 출산 시기를 뜻대로 조절할 수 있는 것은 출산의 여신 에일레이튀이아가 그녀의 딸이기 때문이다. 아마도 원래는 헤라 자신이 결혼을 관장하는 여신으로 출산도 관장했을 텐데, 그 기능이 독립해서 그녀의 딸로 형상화된 듯하다.

하지만 그렇다고 아가멤논이 자신의 책임을 완전히 부인하는 것은 아니다. 희랍인들은 늘 인간의 결정이 두 가지 수준에서 이루어진다고 생각했다. 그것은 신의 영향이기도 하고 자신의 책임이기도 한 것이다. 그래서 아가멤논은 아킬레우스에게 자신이 이미 약속했던 선물을 보상으로 내놓겠다고 다짐한다. 그는 당장 거기서 선물들을 내오게 할 터이니 눈으로 확인하고 마음에 드는지 보라고 권한다. 하지만 아킬레우스는 이제 그런 것에는 관심이 없다. 그는 아가멤논이 그것을 주든지 아니면 미뤄 두든지 알아서 하라고 일임한다. 자기로서는 오로지 전투에만 관심이 쏠려 있기 때문이다. 그러면서 어서 나가서 싸우자고 주장한다.

하지만 여기서 오뒷세우스가 나선다. 일단 전투가 시작되면 언제 다시 식사를 하게 될지 모르니 일단 병사들을 먹이자는 것이다. 먹고 마시는 장면이 수없이 반복되는『오뒷세이아』의 주인공답다. 어쩌면 이런 모습 때문에『오뒷세이아』의 시인이 그를 주인공으로 '발탁'했는지도 모른다. 오뒷세우스는 병사들이 식사를 준비하는 동안 아가멤논의 선물을 가져다가 모두가 볼 수 있게 하자고 제안한다. 은근히 재물에 대한 아킬레우스의 무관심을 비판하는 셈이다. 어쩌면 그 무관심 때문에 아가멤논이 다시 기분이 상하려는 걸 눈치 채고 그걸 무마하려는 것인지도 모른다. 앞에도 말했지만 선물을 주겠다는 것은 일종의 '포틀래치'의 의미가 있기 때문에 그것을 거절하는 것은 상대의 우위를 인정하지 않는다는 뜻이 된다. 오뒷세우스는 여기서 한 걸음 더 나간다. 그는 아가멤논이 하고 싶어 하는 말을 대신해 준다. 아킬레우스에게 권고하기를, 아가멤논에게서 브리세이스와 동침하지 않았다는 맹세를 받으라는 것이다. 그리고 그로 하여금 화해의 잔치를 베풀게 하라는 것이다. 사실 이것들은 아가멤논이 하고 싶은 말인데, 아킬레우스가 이도저도 다 필요 없다는 식으로 나와서 말을 못 하는 참이었다.

이 말을 듣고 아가멤논은 기뻐한다. 자신은 그 맹세를 기꺼이 하겠으며, 선물도 지금 가져올 것이고, 제우스와 태양신께 제물도 바치겠다는 것이다. 아킬레우스는 지금 파트로클로스가 죽어 있으니 때가 아닌 듯하다고 은근하게 거절한다. 그러면서 복수가 우선이니 다른 사람도 식사를 하지 않는 게 좋겠다고 다시 주장한다. 하지만 다시 오뒷세우스가 나선다. 나이에 있어서나 지혜에 있어서나 자신이 더 위이니 자기 말을 들으라고, 너무나 많은 사람이 죽었으니 그들을 애도하느라고 식사를 걸러야 한다면 한 시도 굶주림을 벗어날 일이 없으리라고, 산 자들은 먹어야 다시 싸울 수가 있다고. 사실 이 말에는 은근한 비판이 들어 있다. 파트로클로스만 특별한 존재인지 하는 문제 제기이다. 다른 사람들도 동료를 수없이 잃었다, 아킬레우스는 자기 친우를 잃었다고 식사를 막으니, 그런 식으로 하자면 그들은 늘 굶는 수밖에 없을 것이다. 『일리아스』 내의 인물들이 모두 아킬레우스 편인 것은 아니다. 그리고 사실 아킬레우스도 프리아모스를 맞아서 이와 비슷한 논변을 펼치게 될 것이다.

그러고서 오뒷세우스는 앞장서서 젊은 영웅들을 데리고 아가멤논의 막사로 간다. 아킬레우스에게 줄 보상을 옮기기 위해서다. 이미 9권에서 두 차례나 나왔던 선물 목록이 짧게 되풀이된다. 선물이 회의장에 도착하자, 아가멤논이 수퇘지를 제물로 바치며 맹세한다. 자신은 브리세이스에게 손을 댄 적이 없다고. 그러자 아킬레우스도 일어서서, 이 모든 분란이 제우스가 아테를 보내서 일어난 것이라고 선언한다. 신은 많은 희랍인을 죽이기를 원했던 것이라고. 이제 제우스의 처지가 조금 우습게 되었다. 그는 아킬레우스의 원에 따라서 희랍군에게 죽음을 보냈던 것인데, 처음부터 그 자신이 그걸 원해서 아테를 보냈고, 그래서 일이 그렇게 되었다는 식의 '누명'을 쓰게 된 것이다. 하지만 제우스의 뜻과 운명이 일치한다면 사실 아킬레우스의 주장도 일리가 있다.

브리세이스가 파트로클로스의 죽음을 슬퍼하다

아킬레우스는 대중에게 어서 식사를 하라 말하고 막사로 돌아간다. 그도 이제, 오뒷세우스의 권고에 더는 저항하지 않기로 한 모양이다. 하지만 그래도 아가멤논의 접대를 거부했으니 완전히 굴복한 것은 아니다.

　일행이 선물을 가지고 막사에 도착하자, 브리세이스가 파트로클로스의 시신을 보고 통곡하기 시작한다. 그녀는 이 기회에 슬퍼할 자기만의 사연이 있다. 그녀는 이미 자기 도시 앞에서 남편이 죽는 것을 보았었다. 그리고 같은 날 세 오라비도 같이 죽고 말았다. 그녀의 회고에 따르면 그날 파트로클로스가 그녀를 위로하면서, 나중에 그녀를 프티아로 데려가서 아킬레우스의 정식 아내가 되게 해주겠다고 약속했다는 것이다. 파트로클로스가 정말로 그런 약속을 했다면 그녀를 위로하기 위해 임시방편으로 그랬을 것이다. 하지만 어쩌면 브리세이스는 파트로클로스의 친절함을 강조하려고 약간 과장해서 말하는 것인지도 모른다. 브리세이스가 이렇게 울자, 곁에 있던 다른 여인들도 모두 저마다 자신의 불행을 슬퍼한다. 원래 인간은 다 이런 법이고, 시인은 사람들이 어떤 동기에서 행동하는지를 잘 알고 있다.

　한편 아킬레우스 주위에는 원로들이 모여서 그에게 식사를 권하고 있다. 하지만 그는 해질 때까지 참겠다고 버틴다. 이제 다른 사람들은 다 떠나고, 아가멤논 형제와 오뒷세우스 외에는 노인들만 남는다. 아킬레우스는 파트로클로스가 늘 자기 식사를 챙겨 주었던 것을 회고한다. 자기 아버지 펠레우스가, 혹은 아들 네옵톨레모스가 죽었다 하더라도 이보다 고통스럽지는 않았으리라고. 그는 늘, 자기가 트로이아에서 죽은 다음에, 파트로클로스는 살아남아 자기 아들을 스퀴로스에서 고향으로 데려갈 것이라고 생각했노라고 회상한다. 그 말을 듣자 이번에는 원로들이 자기 고향에 두고 온 사람들을 생각하며 탄식한다.

이 부분은 『일리아스』 내에 유일하게 네옵톨레모스에 대한 언급이 나오는 대목이다. 다른 전승에 따르면, 테티스가 아킬레우스를 스퀴로스에 숨겼을 때, 뤼코메데스 왕의 딸과 아킬레우스 사이에 아이가 생겼다고 하는데, 이 작품에서는 아킬레우스가 곧장 프티아에서 출발한 것처럼 되어 있어서 대체로 스퀴로스 사건은 무시되는 경향이 있는데, 그것이 여기 슬쩍 암시된 것이다. 시인은 우리에게 일관된 이야기를 전해 주는 데 별 관심이 없지만, 이제까지 나온 얘기를 종합해 보면 아킬레우스는 스퀴로스에 있다가, 아마도 전쟁에 가자는 제안을 듣고 다시 고향에 돌아가 아버지를 뵈었고, 거기에 파트로클로스의 아버지도 와서 아들과 작별했고, 또 테티스도 거기로 와서 여러 물건을 챙겨 보낸 모양이다.

여기서 장면은 올림포스로 바뀐다. 제우스는 아킬레우스를 보고 가련히 여긴다. 그리고 아테네를 짐짓 나무란다. 아킬레우스가 친우를 위해 슬퍼하며 먹지도 마시지도 않는데 그에게 아무 관심도 보이지 않는다고. 가서 그의 가슴속에 암브로시아와 넥타르를 넣어 주라고. 그 말을 듣자, 진작부터 그러기를 원하던 여신은 매처럼 뛰어내려 그대로 실행한다. 영웅이 식사를 거부하고도 어떻게 하루 종일 싸울 수 있었는지를 설명하는 대목이지만, 한편으로 이것은 아킬레우스의 죽음을 준비하는 의미가 있다. 몸속에 암브로시아와 넥타르를 넣어 주다니, 마치 테티스가 파트로클로스의 시신에 한 일과 같지 않은가! 또한 지금 이 대목은 뒤에 나올 헥토르의 장례식 전후와 비슷한 분위기를 풍긴다. 이런 식으로 양쪽에 동정심이 공평하게 배분되고 있다.

아킬레우스가 무장을 갖추고 나서다

이제 병사들이 함선 사이로 겨울날 눈송이처럼 쏟아져 나온다. 무구의 빛은 하늘에 닿고 발밑에서는 땅이 울린다. 이제 아킬레우스도 무장을 갖추기 시작한다. 그의 기세가 약간 과하다.

> 그의 이빨에서는 이 가는 소리가 났고 그의 두 눈은
> 마치 불길처럼 번쩍였으니 그의 가슴속에 참을 수 없는 슬픔이
> 깃들이고 있었기 때문이다.(19:365~367)

사실 독자들은 대체로 주인공과 자신을 동일시하는 경향이 있기 때문에 아킬레우스가 어떤 상태에 있더라도 그걸 정상으로 여기기 쉬운데, 지금 이 대목에서 그는 인간이라기보다 거의 짐승의 수준에 가까이 가 있다. 우리는 나중에 그가 헥토르를 만날 때 그 사실을 확인하게 될 것이다. 사실 그가 식사를 거부한 것도 하나의 조짐이라

할 수 있다. 그것은 인간 사회와 교제를 끊겠다는 뜻이기 때문이다.

아킬레우스의 무장 장면은 '전형적인 무장'의 마지막 사례이다. 다른 데서 나온 요소들이 반복된다. 정강이받이, 가슴받이, 칼. 그 다음은 방패인데, 여기서는 특별히 그 방패의 위용이 강조된다. 앞에서 방패가 만들어지는 과정을 본 사람이라면 당연히 예상하고 있었을 것이다. 그 광채는 달빛과도 같고, 폭풍에 시달리는 사람들이 멀리서 본 육지의 불빛과도 같다. 투구 역시 별같이 빛난다. 아킬레우스는 새 무장이 잘 맞는지 몸을 움직여 본다. 그러자 그의 무장은 날개처럼 그를 위로 들어올려 준다. 시인은 마법을 싫어하지만 여기서 은근히 신이 보낸 선물이 얼마나 위력적인지 비친다. 투구를 갖추고, 마지막으로 창을 든다. 이것만큼은 파트로클로스가 가지고 나가지 못했으므로, 이번에 새로 만들어 온 것이 아니다. 케이론의 선물이고, 펠레우스에게 물려받은, 오직 아킬레우스만 다룰 수 있는 무기다.

다른 경우에는 강조되지 않던 말과 전차가 강조된다. 아우토메돈이 그의 마부로 나선다. 아킬레우스의 무장은 휘페리온(Hyperion, 태양, 또는 태양의 아버지)처럼 빛난다. 그는 불사의 말들을 향해 질책한다. 이번에는 자기를 안전하게 다시 데려오라고, 지난번의 파트로클로스처럼 버리고 오지 말라고. 그러자 두 마리 말 중 하나, 크산토스가 대답한다. 이번에는 그를 안전하게 데려올 것이지만, 그의 죽음이 임박해 있다고, 그리고 그 책임은 신과 운명에게 있지 자신들에게 있지 않다고. 파트로클로스가 죽은 것도 제우스의 뜻이었다고. 아킬레우스는 한 신과 한 인간에 의해 죽을 운명이라고. 동물이 인간처럼 말을 하는 놀라운 사건인데, 시인은 이것이 헤라의 능력 때문이라고 설명한다. 하지만 이 이적은 오래 가지 못한다. 에리뉘스(Erinys)들이 그것의 음성을 막아 버렸기 때문이다. 이 여신들은 보통은 친족 간의 폭력을 응징하는 역할을 하지만, 때때로 이렇게 세계의 질서를 지키는 일도 하고 있다. 아킬레우스는 다시 크산토스를 꾸짖는다. 자신도 운명을 잘 알고 있다고, 하지만 어쨌든 트로이아인들로 하여금 전쟁에 질리게 하겠노라고. 그러면서 말을 몰아 앞으로 나간다. 목소리를 빼앗긴 말은 대답하지 못하고 그저 달릴 뿐이다.

앞으로 우리는 아킬레우스 이외의 다른 전사의 공은 전혀 듣지 못할 것이다. 이것은 아킬레우스의 또 다른 고립이다. 그 고립을 보여 주는 것이 바로 이 말과의 대화인 것이다(아무도 알아보지 못하는 거지 꼴로 집에 돌아온 오뒷세우스와 유일하게 그를 알아보는 늙은 개 아르고스 사이의 장면을 생각해 보라. 고립된 그로서는 동물 말고는 대화 상대가 없는 것이다. 『오뒷세이아』 17:291 이하). 그의 고립은 직유에서도 드러난다. 그가 20권에서 아이네이아스와 처음 마주칠 때, 그는 혼자서 여러 사람과 맞서는 사자로 그려진다. 그의 동료들은 후에 격려 연설의 대상으로 한순간 나타났다(20:353~363) 사라지며, 21권에서 포로를 거두기 위해 다시 잠깐 등장할 뿐이고, 이후 22권에서 헥토르가 죽은 다음에야 다시 모습을 보인다. 그래서 대화상대가 없는 아킬레우스는 거듭 자기 자신을 향해 말한다(20:344~352와 20:425~427, 21:54~63).

「디오메데스와 아이네이아스」, 후기 상고시대 크라테르
디오메데스가 아이네이아스를 공격하는 5권 내용을 그린 것이다.
맨 오른쪽에 아프로디테가 아들을 보호하려 나서고 있다. 파트로
클로스가 죽은 후 전장으로 돌아간 아킬레우스는 맨 먼저 아이네
이아스와 마주친다. 하지만 포세이돈이 개입하여 아이네이아스를
빼돌림으로써 이들의 대결은 끝을 보지 못한다.

～ 20권 ～

20권은 두 개의 대결과 각기 그것에 뒤 이은 두 장면의 군중 전투를 보여 준다. 첫 대결은 아킬레우스와 아이네이아스 사이의 것이고, 다음 대결은 아킬레우스와 헥토르 사이의 것이다. 둘 다 중간에 신이 개입하여 무산된다. 아이네이아스의 경우엔 포세이돈이 멀리 그를 빼돌리는데, 이 영웅은 나중에 트로이아를 탈출하여 이탈리아로 가서 로마의 기원이 되는 나라를 세웠다는 인물이어서 유명하다. 그 대결 과정에서 '트로이아의 역사'(21:215 이하)가 정리되는 것도 꽤 유명하다. 이제 헥토르의 죽음과 트로이아의 멸망이 다가오는 시점에 시인은 갑자기 트로이아가 처음 세워지던 때로 돌아간 것이다.

신들의 전투

아킬레우스가 출전하자, 제우스는 모든 신들을 불러들인다. 여기서 특이한 것은 이리스가 아니라 테미스(Themis)가 신들을 부르러 다니는 것이고, 모여든 신들 가운데 특히 강물의 신들이 강조된다는 점이다. 후자는 아마도 아킬레우스가 강의 신과 싸우게 될 것을 준비하느라고 그런 듯하다.

모두 모이자 포세이돈이 제우스에게 모임의 이유를 묻는다. 아무래도 14권에서 전장에서 쫓겨난 것에 아직도 앙심을 품고 있는 모양이다. 제우스는 신들에게 마음껏 전투에 참여하라고 허락한다. 그렇지 않으면, 아킬레우스가 가담한 희랍 쪽이 지나치게 우세해서 트로이아가 함락될 수도 있기 때문이다. 이로써 전쟁은 새로운 단계에 들어서게 되었다. 더 이상 인간들의 전투만 문제인 상황이 아닌 것이다. 그래서 항상 새 단계로 들어설 때면 등장하는 전사들의 목록 대신 신들의 이름이 나오고, 인간의 진군 대신에 신의 진군이 나온다. 앞으로 우리는 그 이전 어느 때보다도 자주 신들이 개입하는 걸 보게 될 것이다. 이전부터 보아온 아테네와 아폴론 외에도 포세이돈이나 크산토스, 헤파이스토스 등이 개입할 텐데, 그것도 신들끼리 싸우는 곳이 아니라 인간이 싸우는 데 나타날 것이다(크산토스는 트로이아 앞으로 흘러가는 강인데 신들이 부르는 이름과 인간이 부르는 이름이 따로 있다. 인간들 사이에서 그 강은 스카만드로스라고 불리고 있다. 신의 영감을 받은 시인은 '크산토스'라는 이름을 더 많이 사용하지만, 우리는 인간이니 앞으로 계속 '스카만드로스'로 적겠다). 그와 더불어 어떤 인간이 신의 혈통을 받았는지도 자주 언급되는 걸 보게 될 터이다.

지금 희랍을 편드는 신들은 헤라와 아테네, 포세이돈, 헤르메스, 그리고 헤파이스토스다. 이들은 함대를 향해 달려간다. 트로이아 쪽으로는 아레스와 아폴론, 아르테미스, 레토, 아프로디테가 달려가는데, 특이한 것은 이들 가운데 스카만드로스 강의 신이 끼어 있다는 점이다. 지역의 강물신이 온 세상에 영향을 행사하는 큰 신들 사이에 동참했다. 이 지역에서는 중요하니까 그렇기도 하겠지만, 잠시 후에 아킬레우스가 이 강과 싸우게 되기 때문이다. 이 작품은 뒤에 일어날 일을 위해 이런 식으로 준비를 해놓는 경향이 있다.

신들은 우선 인간들을 격려하고 부추긴다. 조금 전까지 아킬레우스의 등장에 두려워 떨던 트로이아 병사들도 힘을 얻어 격렬한 전투를 전개한다. 위에서는 제우스가 우레를 울리고, 밑에서는 포세이돈이 땅을 흔든다. 그 소리에 하데스까지 놀라는데 이 대목이 이따금 인용된다.

> 그리고 하계의 왕 하데스는 밑에서 겁에 질려
> 고함을 지르며 왕좌에서 뛰어올랐으니
> 대지를 흔드는 포세이돈이 그의 위에서 땅을 찢어
> 신들조차 싫어하는 무시무시하고 삭막한 그의 거처가
> 인간들과 불사의 신들 앞에 드러나지 않을까 두려웠던 때문이다.
> (20:61~65)

지진이 나면 곧 햇빛 속에 하계가 드러난다니, 그곳은 지표면에서 그리 멀지 않은 곳에 있는 셈이다. 옛 사람들이 저승에 대해 갖고 있던 생각이다.

이제 어떤 신이 어떤 신과 맞섰는지 소개된다. 포세이돈은 아폴론과, 아테네는 아레스와, 헤라는 아르테미스와, 헤르메스는 레토와, 헤파이스토스는 스카만드로스와 맞선다. 하지만 이렇게 신들의 전투가 예고되고 나서 곧장 그 신들이 싸우는 게 아니라, 우선 신의 자식인 두 영웅의 대결이 나온다. 신들은 각각 편을 갈라 떨어져서 전투를 관망하다가, 21권의 절반이 넘어 가서야 서로 맞붙게 된다.

아킬레우스와 아이네이아스의 대결

아킬레우스는 그 누구보다도 헥토르와 싸우고 싶어 한다. 하지만 그는 우선 아이네이아스와 마주쳐 대결하게 되는데, 이는 아폴론이 그를 부추겼기 때문이다. 아이네이아스는 트로이아 쪽의 '넘버2'(혹은 '넘버3')라고 할 수 있는데, 이 대결은 이제까지는 아킬레우스가 전투에 참여하지 않았기 때문에 이제야 가능하게 되었으며, 사실 구조적으로나 그 의미에 있어서나 이 자리가 가장 적당하다. 전투 마지막 날의 첫 전투인 이 대결은, 이날의 마지막 전투인 아킬레우스와 헥토르의 대결과 짝이 되는 것으로, 두 대결 사이에는 몇 가지 공통점이 나타난다.

이 대결 장면은 그 앞뒤에 신들의 개입이 끼어 있는 이중의 되돌이 구성으로 되어 있다. 신과 인간이 번갈아 나와서 약간 복잡하게 구성되어 있으니 번호를 붙여 구별해 보자.

①신과 인간: 아폴론과 아이네이아스

맨 처음에 나오는 것은 우선 신과 인간의 장면이다. 아킬레우스가 전장에 나타나자, 아폴론은 아이네이아스를 부추겨 아킬레우스와 맞붙게 만든다. 우선 아폴론이 프리아모스의 아들 뤼카온의 모습으로 나타나서, 평소 아이네이아스가 공언했던 것을 상기시킨다. 그가 술자리에서, 아킬레우스와 맞서 싸우겠다고 약속했었다는 것이다. 그러나 아이네이아스는 자신이 전에도 아킬레우스를 만나 곤경에 빠졌던 것을 기억하고 있다. 그는 이데 산에서 소를 돌보다가 아킬레우스의 기습을 받고 간신히 도망친 적이 있는 것이다. 그는 어떤 신이 아킬레우스 곁에서 도움을 주고 죽음을 막아 주기 때문에, 누구도 그와 맞싸울 수 없다고 단언한다. 아폴론은 그도 기도를 드려서 신의 도움을 받으라고 권한다. 그러면서 아이네이아스의 혈통이 아킬레우스보다 고귀하다는 것을 강조한다. 아이네이아스의 어머니 아프로디테는 제우스의 딸이고, 아킬레우스의 어머니 테티스는 바다신 네레우스의 딸이기 때문이다. 그러면서 아폴론은 그에게 큰 용기를 불어넣는다.

②신과 신: 헤라와 포세이돈

하지만 대결이 곧장 이루어지지는 않는다. 신들의 대화 장면이 끼어들기 때문이다. 우리는 나중에 헥토르와 아킬레우스의 마지막 대결에서도 그런 현상을 보게 될 것이다. 시인은 청중의 기대가 충족되는 것을 계속 미뤄 가면서, 그들이 가슴 졸이며 사건을 기다리는 걸 즐기는 모양이다.

아이네이아스가 아폴론의 응원을 받으며 앞으로 나아가는 것을 보자, 헤라가 나선다. 아킬레우스에게도 누군가가 도움을 주어야 한다는 것이다. 나중에야 운명이 정한 대로 되겠지만 어쨌든 오늘은 아킬레우스가 무슨 변을 당하면 안 되기 때문이다. 하지만 포세이돈이 점잖게 말린다. 자기들 편이 훨씬 강하니 일단 관망하자는 것이다. 하지만 아레스나 아폴론이 도발하면 그때는 전투에 가담하자고, 저들은 곧 도주하게 될 것이라고. 이 제안에 따라 그들은 모두 헤라클레스의 방벽으로 이동하여, 구름으로 감싸고 거기 앉는다. 그곳은 예전에 헤라클레스가 헤시오네를 구하기 위해 바다괴물과 싸울 때, 그를 위해 트로이아인들과 아테네가 만들어 준 것이다. 그 옛날에는 아테네도 트로이아인들과 협력 관계였던 모양이다. 그러자 상대편 신들도 칼리콜로네라는 언덕 위에 집결하여 전투를 관망한다.

③인간과 인간: 아킬레우스와 아이네이아스

이어지는 장면은 인간끼리의 장면이다. 이런 장면이면 늘 그렇듯이 먼저 전체 모습이 그려진다. 들판에 사람이 가득차고 청동으로 빛난다. 두 군대가 마주 달려가고 땅이 울린다. 양쪽의 가장 용감한 두 전사가 마주 달려가니, 아킬레우스와 아이네이아스다. 먼 데서부터 점점 범위를 좁혀 가는 식의 서술이다.

아이네이아스가 다가오자 아킬레우스는 사나운 사자 같은 기세로 마주 달려간다. 앞에도 말했듯, 아킬레우스는 여기서 사람들에 둘러싸인 외로운 사자에 비유되고 있다. 그것은 벌써 창을 한 방 맞았지만, 죽기 살기로 맞서고 있다. 신이 준 무장을 입고 승리를 위해 나선 전사를 그리는 직유로서는 다소 이상하다. 사실 이제 아킬레우스의 수훈기가 펼쳐질 것이지만, 이 놀라운 공훈은 실패로 시작된다. 디오메데스의 수훈이 그의 부상으로 시작되는 것과 마찬가지다. 더구나 그는 파트로클로스의 죽음으로 마음에, 아니 어쩌면 그의 존재의 핵심에 깊은 상처를 받았다. 그는 상처 입은 사자다.

　이들의 대결은 전형적인 패턴을 따라간다. 우선 서로 위협을 교환한다. 이들이 주고받는 대화는 조금 전, 아이네이아스와 아폴론이 주고받던 것과 같은 내용이다. 먼저 아킬레우스가 상대를 조롱한다. 자기를 이겨 봐야 프리아모스가 왕권을 주거나 영지를 떼어 주지도 않을 거라고. 그러면서 전에 이데 산에서 자기와 마주쳤을 때, 아이네이아스가 뒤도 돌아보지 못하고 도망쳤던 것을 상기시킨다. 이런 위협에 물러서는 전사는 이제까지 한 번도 없었고, 여기서도 그럴 것이다. 하지만 트로이아인들에 대한 적개심으로 가득한 아킬레우스가 당장 요절을 내지 않고 말로 다투는 것은 좀 이상하다. 혹시 그는 헥토르를 만날 때를 대비해서 힘을 아끼자는 것일까? 어찌 보면 이것은 6권에서 디오메데스가 글라우코스를 만났을 때 상황을 변형한 것이다. 그리고 여기서 아킬레우스가 프리아모스의 왕권을 언급한 것은 다른 이야기들과 맞아 들어가기 때문에 다소 놀랍다. 아이네이아스가 로마인의 조상이 되었다는 『아이네이스』의 내용과는 별도로, 그의 후손들이 트로이아 지역을 다스릴 것이라는 예언이 잠시 후에 나올 것이기 때문이다.

　이 위협에 대해 아이네이아스는, 자기를 어린애 취급하지 말라고 맞선다. 그리고 아폴론이 지시한 대로, 자기 혈통이 더 우월하다는 것을 가지고 대항한다. 이 대목에서 트로이아 왕가의 혈통이 정리된다. 『일리아스』 시인은 작품 뒷부분으로 가면서 점점 옛 일로 돌아가는 경향을 보이는데, 여기서도 마찬가지다.

트로이아 왕가의 계보

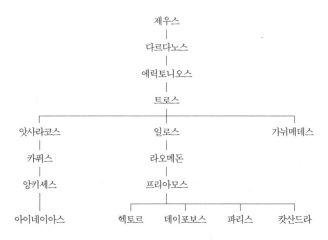

그 역사는 이렇다. 제우스는 다르다노스를 낳았고, 그가 세운 나라는 이데 산 기슭에 있었다. 다르다노스의 아들은 에릭토니오스였는데 그는 인간들 중 가장 큰 부자였으며, 그에겐 북풍신의 씨를 받은 말 열두 마리가 있었는데, 이 말들은 곡식밭 위를 달려도 이삭을 꺾는 일이 없고, 바다에서는 물마루 위를 달렸다. 그 에릭토니오스에게서 트로스가 태어나고, 트로이아인들의 왕이 되었다. 트로스에게 세 아들이 있었는데, 가뉘메데스와 일로스, 그리고 앗사라코스다. 가뉘메데스는 제우스가 술 따르는 시동으로 데려갔고, 일로스는 라오메돈을 낳았다. 라오메돈에게서 프리아모스가 나고, 그의 형제로 새벽의 여신 에오스의 남편이 된 티토노스와 다른 셋이 있다. 프리아모스에게서는 헥토르가 태어났다. 한편 앗사라코스의 손자가 앙키세스고,

그는 아이네이아스를 낳았다. 이 계보도를 보면 트로스가 헥토르와 아이네이아스의 공동 조상이고, 이 두 사람은 8촌 형제다. 그림으로 보면 468쪽의 표와 같다.

이렇게 긴 계보를 늘어놓은 아이네이아스는, 어린애처럼 이야기나 주고받지는 말자고 한다. 그러면서도 또 사람이 할 말이 얼마나 많은지를 비유하는데, 말이 좀 길다. 여자들처럼 말다툼을 하지 말자고 하는데, 여자들의 행태 설명이 또 길다. 아무래도 글라우코스처럼 아이네이아스도 겁을 먹은 모양이다. 우리는 이와 비슷한 현상을 아스테로파이오스에게서도 발견하게 될 것이다.

한데 여기서 아킬레우스가 보이는 비교적 부드러운 태도는, 그가 분노하지 않은 평상시의 태도로 여겨진다. 글라우코스를 만났을 때의 디오메데스의 태도와 비슷하다. 앞에 언급했던 '문명성'이다. 이제 우리는 마지막 대결에서 이와는 정반대로 아킬레우스가 인간에서 야수로 변한 듯한 모습을 보게 될 것이다.

이제 말싸움은 끝났다. 아이네이아스가 먼저 창을 던진다. 먼저 공격을 가하는 것은 대개 대결에서 패배하는 전사의 특징이다. 그 창은 신의 선물인 방패를 뚫지 못한다. 여기서 아킬레우스는 겁이 나서 방패를 앞으로 내미는 것으로 되어 있는데, 시인은 그가 어리석다고 평한다. 신의 선물은 인간의 힘에 제압되지 않는다고. 하지만 아킬레우스는 파트로클로스가 어떻게 죽었는지 알지 못한다. 우리야 파트로클로스가 죽기 전에 모든 무장이 풀려졌다는 것을 알지만, 아킬레우스로서는 신의 선물이 그를 충분히 막아 주지 못했다고 생각했을 수도 있다. 아닌 게 아니라, 다섯 겹의 방패가 두 겹이나 뚫린다. 신의 작품도 불가침의 것은 아니다(하지만 앞으로 다른 경우에는 모두 헤파이스토스의 선물이 무기들을 가볍게 튕겨 낸다).*

　다음으로 아킬레우스가 창을 던진다. 그것은 아이네이아스의 방패 맨 가장자리를 뚫는다. 그 방패는 청동 한 겹, 가죽 한 겹으로 된 것인 듯하다. 아이네이아스 역시 방패를 앞으로 내밀었지만, 창은 그 방패의 가장 얇은 부분을 완전히 뚫고는 전사의 등 뒤로 넘어가 땅에 박힌다. 아이네이아스는 당황한다. 하지만 아킬레우스가 칼을 들고 달려드니, 그도 곁의 돌을 집어 들고 싸우는 수밖에 없다. 계속 싸웠다면 아이네이아스는 일단 그 돌로 아킬레우스의 투구나 방패를 쳤을 것이고, 이어 아킬레우스의 칼에 목숨을 잃었을 것이다.

④신과 신: 포세이돈과 헤라

하지만 두 사람이 다시 맞붙으려는 순간, 장면은 신들의 세계로 넘어간다. 포세이돈과 헤라의 대화다. 포세이돈은 아이네이아스를 동정한다. 잘못은 아폴론에게 있는데, 공연히 그가 죽게 되었다고. 그러면

---

* 한데 여기서 그 다섯 겹이 좀 이상하게 소개되어 의문을 사고 있다. 두 겹은 청동이고, 안쪽 두 겹은 주석이며 한 겹은 황금이라고 되어 있다. 그러면서 '황금이 창을 막아 주었다'(20:268)하니, 아무래도 세번째 층이 황금인가 보다. 하지만 이상한 일이다. 장식적인 효과를 생각한다면 맨 바깥 층에 황금을 쓰는 것이 당연하지 않은가? 신들의 대장장이는 우리와는 생각이 다른 모양이다. 어쨌든 금이 무른 금속인데도 창을 막아 주었다니 다행이긴 하다. 21권에 다시 황금이 창을 막아 주는 장면이 나오는데(20:165), 창이 방패를 뚫지 못했다고 나오니 이번에는 황금이 맨 바깥에 있는 것으로 해석할 수밖에 없다. 그게 아니라면 안쪽에 있는 황금이 맨 바깥까지 영향을 미친다고 보아야 할까?

서 그는 죽음을 피할 운명을 타고 났으며, 그의 자손들이 앞으로 트로이아인들을 다스리게 될 것이라고 말한다. 다르다노스의 씨 중에서 제우스의 미움을 받은 것은 프리아모스의 집안뿐이니, 다른 자손은 살아남아야 한다는 것이다. 헤라는 포세이돈에게 굳이 반대하지는 않는다. 이번 일은 그의 마음대로 하라는 것이다. 다만 자신과 아테네는 트로이아가 불탄다 하더라도 결코 도움을 주지 않겠다, 이미 그렇게 신들 앞에서 맹세했다고 밝힌다.

⑤신과 인간: 포세이돈과 아이네이아스

그러자 포세이돈이 행동을 개시한다. 그는 아킬레우스 앞에 안개를 쏟아 부어 시야를 가린다. 그러고는 아킬레우스의 창을 아이네이아스의 방패에서 뽑아 주인의 발 앞에 갖다 놓는다. 앞에서는 창이 아이네이아스의 등 뒤로 날아간 것으로 되어 있어서, 방패를 찢고 창만 날아간 것처럼 되어 있지만, 이 구절을 보니 창이 방패에서 완전히 벗어난 것은 아니고 방패에 아직 걸린 채로 땅에 박힌 모양이다. 사실은 이 구절이 앞에 나온 구절과 상충하는 듯 보이고, 신이 이런 사소한 일까지 해준다는 게 타당치 않아 보이기 때문에, 헬레니즘기의 학자들은 이 구절을 지우려고 했었다. 원래부터 있던 구절이 아니라 나중에 누군가가 집어 넣었다는 것이다. 하지만 오늘날 학자들은 전체를 일관되게 해석할 방법이 있다고 생각하고 그대로 두자는 쪽이 대세다(텍스트 확정에 대한 이런 논의가 보통 독자에게는 좀 어렵게 느껴질지도 모르겠다. 하지만 우리가 앞에 놓고 있는 작품의 모든 부분이 호메로스의 것이라고 학자들 사이에 만장일치로 인정되지는 않는다는 사실을 염두에 두는 것이 좋다. 그러니 『일리아스』 전체가 정확히 몇 행이라고 마지막한 자리까지 대는 것은 사실은 매우 대담한 행동이다. 이는 자신을 세계적인 학자로 선언하는 것이나 다름없다).

이어서 포세이돈은 아이네이아스를 높이 던져 먼 후방으로 옮겨놓는다. 그러고는 그에게 다가가서 질책한다. 그보다 더 강하고 신들의 사랑도 더 많이 받는 아킬레우스와 맞섰다고. 그러면서 충고한다. 아킬레우스를 만날 때마다 피하라고, 하지만 아킬레우스가 죽은 다음에는 마음껏 싸우라고, 그를 죽일 사람은 아무도 없다고. 이제 아킬레우스가 곧 죽으리란 사실을 아는 사람이 하나 생겼다.

대결의 의미

우리가 방금 본 장면 전체는 형식적으로 아주 균형 있게 구성되어 있다. 앞에서부터 다시 보자면, 우선 ①아폴론과 아이네이아스 장면, 다음으로 ②헤라와 포세이돈 장면, 그리고 ③아킬레우스와 아이네이아스 장면, 다시 ④포세이돈과 헤라 장면, 마지막으로 ⑤포세이돈과 아이네이아스 장면이다. 이것을 도식화해 보면, A1(신과 인간)—B1(신과 신)—C(인간과 인간)—B2(신과 신)—A2(신과 인간)가 된다. 두 겹의 되돌이 구성이다.

하지만 이 대결 장면은 내용적으로는 아무런 결과 없이 끝나는, 조금은 허망한 것이다. 아킬레우스 출전 이후 첫 전투인 이 장면의 중요성은 그 실질적 결과에 있는 것이 아니라, 그것이 전해 주는 메시지와 구조적 기능에 있다. 핵심은 평소에 두 전사를 신들이 돕는지, 그리고 지금 둘 중 누구에게 신의 도움이 필요한지이다. 결론은 지금 도움이 필요한 것은 아이네이아스고, 평소 신들의 사랑은 아킬레우스에게 더 많이 가 있다는 것이다.

한편 이 장면에 뒤이어 나오는 아킬레우스의 독백은, 아폴론이 아이네이아스에게 했던 주장을 시인하는 것이다. 포세이돈이 그의 눈앞에서 안개를 걷어 주자 다시 앞을 보게 된 그는 혼자서 중얼거린다. 자신이 큰 기적을 보았다고, 아이네이아스도 신들의 사랑을 받고 있음이 분명하다고. 그는 상대가 다시는 자기와 맞서지 않으리라는 것에 만족하고 다른 트로이아인들과 싸우러 돌아선다. 하지만 바로 전투로 돌입하지 않고 동료 전사들의 분투를 촉구한다. 자신이 혼자서는 트로이아군 전체와 싸울 수 없다는 것이다.

결국 전체적으로 정리하자면 이렇다. 지금은 아킬레우스가 아이네이아스보다 신들의 사랑을 더 받고 있지만, 아이네이아스에게도 신들의 사랑이 없는 것은 아니다, 아킬레우스에게도 한계는 있다, 그도 언젠가는 쓰러질 것이고, 오히려 아이네이아스는 그 후에도 여전히 활약할 것이다. 이것이 이 대결을 둘러싼 장면들 전체의 결론이다. 그래서 이 대결은 아킬레우스와 아이네이아스의 앞날을 보여 주는 것이면서, 동시에 마지막 대결의 결과와 대비되어 헥토르의 비극을 부각시키는 것이다. 헥토르는 미래에 대해서 신으로부터 아무 예고도 받지 못한 채 맹목적 희망으로 싸우다가 쓰러지기 때문이다.

한편 포세이돈이 아킬레우스의 눈앞에 쏟아 부은 안개는 다분히 상징적이다. 그것이 아킬레우스의 앞을 가렸을 때 이는 인간의 한계에 대한 아킬레우스의 무지를 보여 준다. 이 안개가 걷힌 사건은, 24권에서 프리아모스를 만나며 완결될 아킬레우스의 각성을 상징한다. 이 각성으로 해서 다른 전사들의 존재가 잠깐이나마 확인된다. 아킬레우스는 병사들에 대한 격려연설도 없이 전투에 돌입한 데다가, 이후 다른 사람의 전공은 전혀 보고되지 않기 때문에, 이 아킬레우스의 새로운 '고립'에 의해 다른 사람도 보이지 않는 존재가 되어 버렸다. 그런데 여기서 아킬레우스가 신 앞에 각성함으로써 잠깐이나마 타인의 존재가 확인되는 것이다. 그가 동료들에게 한 짧은 연설이 갖는 의미는 바로 이것이다. 그리고 이렇게 인간의 한계가 각성되는 순간에, 아킬레우스의 죽음이 다시 한 번 신[포세이돈]의 입을 통해 확인되는 것은 적절하다.

여기서 아킬레우스는 신의 개입 때문에 승리를 놓쳤다. 하지만 포세이돈은 아이네이아스를 빼돌리면서, 마치 미안한 마음을 표현이라도 하듯 아킬레우스의 창을 다시 제자리에 갖다 놓는다. 일종의 보상책이다. 우리는 이날의 마지막 대결에서 아테네가 비슷한 행동을 하는 걸 보게 될 텐데, 어쩌면 이것은 아킬레우스의 창이 원래는 마법의 무기였다는 사실을 반영하는지도 모르겠다. 원래는 그것이 주인에게 알아서 돌아가는 창이었고, 그 흔적이 이런 식으로 남았다는 말이다. 그리고 어쩌면 이것이, 아킬레우스 자신 이외에는 누구도 이 창을 다루지 못하는 이유고, 파트로클로스가 그것을 들고 나서지 못한 이유였는지도 모르겠다. 창이 주인을 알아본다면 다른 주인의 말은 듣지 않을 수도 있으니까.

한편 신의 개입으로 중단된 이 싸움은 시인의 상상 속에서 계속되고 승패가 결정된다. 만일 신의 개입이 없었다면, 아이네이아스가 던진 돌은 아킬레우스의 투구나 방패를 쳤을 것이고, 아킬레우스는 그에게 다가가 칼로 그의 목숨을 빼앗았으리라고. 신들이 개입하는 바람에 놓쳐 버린 승리를 시인은 기어이 상상 속에서 이뤄내고 만 것이다. 마치 아킬레우스를 위로하는 듯하다. '그대가 승리했으니 만족하시라!'

하지만 아이네이아스라고 해서 일방적으로 당한 것은 아니다. 그는 신들의 도움을 받았다. 헤파이스토스가 만든 방패를 반쯤 뚫었고, '순간이동'으로 목숨을 건졌다. 아킬레우스까지도 '큰 기적'이라고 인정한 도움이다. 거기에다, 아폴론이 그의 혈통을 인정해 주고, 적대 진영에 속하는 포세이돈까지 호의적인 예언을 해주었으며, 상대방까지 그를 인정해 주었다. 그는 다시 적 앞에서 도주한 셈이지만, 그것도 이제 부끄러운 일이 아니게 되었다.

한편 이날의 첫 대결이 다른 날의 첫 부분처럼 트로이아 전쟁이라는 일반 주제에 바쳐지고 있음을 발견할 수 있다. 바짝 다가온 트로이아의 멸망을 앞두고 그 도시의 과거가 조상 때부터 다시 한 번 반추된 것이다. 뿐만 아니라 여기서 미래도 예고되고 있다. 즉『일리아스』를 넘어서 아킬레우스의 죽음까지, 다시 그것을 넘어서 그 후의 일(아이네이아스 후손들의 지배)까지도 언급된 것이다. 이와 같이 새로운 이야기 단위라고 할 수 있는 넷째 날의 첫 부분에 놓인 대결이, 다른 이야기 단위들의 첫 부분에서처럼 일반 주제와 연관되어 있다는 것은, 이 대결을 여기 짜 넣은 시인은 작품 전체를 일관된 계획을 가지고 구성했다는 걸 보여 준다.

우리의 시인은 비슷한 장면들을 쌓아 가면서 그것으로 어떤 경향을 만들어 가는 습관이 있으므로, 방금 본 장면을 이와 비슷한 다른 장면들과도 비교해 보는 게 좋다. 우선 5권에서 아이네이아스가 구원받은 장면이 이와 유사한 데가 많다.

우선 여기서 포세이돈의 행동은, 5권의 아폴론의 행동과 유사하다. 거기서 아이네이아스는 디오메데스와 맞서다가 돌에 맞아 죽음 같은 부상을 당했는데, 아폴론이 구해 주었던 것(5:445~446)이다. 그리고 지금 아이네이아스가 자기 혈통을 소개하면서 뛰어난 말들을 언급한 것도 5권을 상기시킨다. 거기서도 아이네이아스의 말들이 매우 뛰어나다는 점이 지적되었기(5:265 이하) 때문이다. 또 이 두 장면에서 모두 돌이 무기로 사용되고, 같은 구절로 표현된다. 디오메데스는 '요즘 사람 같으면 둘이서도 들지 못할 정도'의 돌을 가볍게 들어서 아이네이아스를 쳤었는데(5:303~304), 여기서는 아이네이아스가 아킬레우스에 맞서 '요즘 사람 같으면 둘이서도 들지 못할 정도'의 돌을 역시 가볍게 들어 놀리는 것(20:286~287)이다 .

이러한 유사성에 의해서, 방금 본 장면 속의 아킬레우스는 전반부의 디오메데스와 같은 위치에 놓이게 된다. 한데 5권의 그 대결은 디오메데스의 수훈의 절정 바로 앞에 놓여 있었다. 그래서 아킬레우스가 그 전투를 연상시키는 대결로 이날을 시작하고 있는 걸 보면서, 우리는 아킬레우스의 전공과 명예가 디오메데스의 것을 훨씬 능가하리라고 예상하게 된다. 그의 명예의 시작점은 이제까지 『일리아스』에서 가장 큰 명예를 받았던 영웅자의 최고점과 같은 수준인 것이다.

그러나 차이도 있다. 5권의 전투 결과는 아주 실질적인 것이었다. 디오메데스는 상대에게 죽음 같은 부상을 입히고, 상대의 말을 빼앗았기 때문이다. 그러나 여기서는 모든 것이 공허한 자랑과 가정, 가능성에 머물고 있다. 아이네이아스의 훌륭한 말들은 이미 디오메데스의 수중에 들어가 있으며, 아이네이아스의 두번째 공격은 실행되지 않았고, 그는 부상도 입지 않은 상태에서 다른 곳으로 옮겨진다. 이러한 차이는, 5권의 대결이 디오메데스의 승훈의 중요 단계로서 자체적인 가치를 갖는 반면에, 20권의 대결은 그 자체적인 의미를 갖기보다는 후에 나올 헥토르와의 대결의 그림자 같은 것으로서 비교 대상으로서만 의미를 갖기 때문일 것이다.

아킬레우스의 군중 전투1

이제 다시 격전이 시작된다. 아킬레우스의 격려에 뒤이어 헥토르의 격려연설 장면이 나온다. 그는 엊저녁에 호언했던 것처럼 아킬레우스와 맞싸울 것을 다시 한 번 다짐한다. 하지만 아폴론이 그에게 다가와 경고한다. 앞에 나가서 아킬레우스에게 싸움을 걸지 말고 무리 중에 머물러 있으라고. 그 충고에 따라 헥토르는 일단 무리 속으로 물러선다. 이제 아킬레우스의 수훈이 시작된다. 대개 이럴 때는 다른 영웅들의 활약이 동반되는데 여기서는 그런 것도 없다. 아킬레우스만의 일방적인 대살육이다.

이 대영웅에게 처음 희생되는 사람은 샘의 요정의 아들인 이피티온이다. 이런 설정의 의미는 무엇인가? 우리는 우선 이것을, 앞으로 아킬레우스가 치를 전투들에 대한 예고로 볼 수 있다. 그는 스카만드로스 강에서 큰 전투를 치를 것이고, 강의 신과도 싸우게 될 것이다. 다른 한편 이 첫 희생자는, 전투 첫날의 양 진영의 첫 수훈자들이 그랬듯, 더 큰 의미를 가질 수도 있다. 아킬레우스는 여기서 자신에게만 사용되던 수식어로 상대를 부르고 있기 때문이다.

> "누워 있으라, 오트륀테우스의 아들이여, **가장 두려운 인간이여**,
> 여기에 그대 죽음이 있으니. 그대가 태어난 곳은
> 그대 부친의 영지가 있는 귀가이에 호반
> 물고기가 많은 휠로스 강과 소용돌이치는 헤르모스 강 옆이지만."
> (20:389~392)

여기 사용된 '가장 두려운 인간'이란 말은 아킬레우스에게만 붙었던 형용사다(1:146과 18:170). 이런 말로 상대를 부르는 그는 상대를 자기로 생각한 것일까? 어쩌면 이것은 아킬레우스의 '자살' 과정의 시작이다. 그는, 현재는 헥토르가 입고 있는 자신의 무장을 피로 물들이기까지 나아갈 것이다. 더구나 그는 물의 여신의 아들로서, 같은 물의 여신의 아들을 죽이고 있다. 상대의 고향을 언급하며, 특별히 호수와 강을 강조한다. 여기서 그 강에 물고기가 많다는 것이 강조되고 있는데, 이들은 앞으로 전사들의 시신을 훼손하는 주역으로 등장할 것이고, 첫 권에 강조된 개와 새를 대신하게 될 것이다.

이어서 두 명을 더 쓰러뜨리고, 마지막 한 명을 공격함으로써 일단 첫 장면이 끝나게 되는데, 앞에서 자주 그랬듯이 끝부분에 다시 강조가 주어진다. 프리아모스의 아들이자 상징적인 인물, 나이 어린 폴뤼도로스로 마감되고 있어서다.

> 한편 아킬레우스는 프리아모스의 아들, 신과 같은 폴뤼도로스를
> 창을 들고 뒤쫓았다. 그는 **달리기에서는 모든 이를 능가했지만**
> 자식들 중에 나이가 **제일 어리고** 또 가장 귀여워하던 터라
> 그의 아버지는 그의 출전을 허락지 않아왔다.
> 이때도 그는 철없는 생각에서 **달리기에 뛰어난 것을 과시하며**
> 선두 대열 사이로 달리다가 마침내 제 목숨을 잃고 말았던 것이다.
> (20:407~412)

이 소년이 전장에 나온 것은 트로이아의 어려운 사정을 반영하는지도 모른다. 이제는 인적 자원이 다 떨어져서 가장 소중한 것까지 내놓게 되었다는 뜻일 수도 있으므로. 물론 달리 보자면, 아킬레우스가 전투를 거부하면서 개전 후 처음으로 트로이아에게 유리한 국면이 되었고, 그래서 전황이 상당히 안전하다고 판단한 아버지가 출전을 허락했을 수도 있다. 만일 후자라면, 어른들의 세계에 뛰어들고 싶어 안달하는 어린 아이에게 마지못해 허락했다가 자식을 잃게 되는

아버지의 고통이 두드러지게 된다. 한편 '어리고 발이 빠른' 그의 죽음 역시, 마찬가지로 젊고 발 빠른 아킬레우스의 죽음을 예상하게 하며, 이 영웅의 전투를 일련의 자살 과정으로 만들어 간다.

아킬레우스가 헥토르와 마주치나 놓치다

헥토르는 조금 전에, 아킬레우스를 피하라는 아폴론의 경고를 받았지만, 친동생인 폴뤼도로스가 처참하게 죽는 것을 보자 앞이 캄캄해지고, 더 이상 참지 못하여 불길처럼 뛰어나간다. 아킬레우스는 그를 보고 크게 기뻐하며 혼잣말을 한다. 전우를 죽여 그에게 상처를 입힌 자를 드디어 만났다고.

시작은 다시 대결의 일반적인 패턴에 따라, 위협 주고받기다. 아킬레우스가 헥토르에게 이리 와서 어서 죽으라고 부른다. 헥토르 역시, 자기를 어린애로 대하지 말라고 응수한다. 그는 자기가 더 약하지만 누가 이길지는 신들에게 달려 있다며 먼저 창을 날린다. 여기서 갑자기 아테네 여신이 개입한다. 입김으로 창을 불어 다시 헥토르 앞으로 보내 버린 것이다. 다음으로 아킬레우스가 달려든다. 하지만 이번엔 아폴론이 개입한다. 헥토르를 안개로 감싸 버린다. 아킬레우스는 헛되이 세 번 안개를 치고 네번째로 달려들다가는, "이번에도 아폴론이 구해 주었지만 다음번에는 꼭 해치우리라"고 욕설을 퍼붓는다.

이 대결은 사실상 조금 전에 있었던 아킬레우스와 아이네이아스의 대결을, 강조점을 달리하여 약간 작은 규모로 되풀이한 것이다. 우선 형식적인 면에서, 이 장면 역시 되돌이 구성으로 되어 있다. 이번에 되돌이 구성을 이루는 것은 아킬레우스의 말이다. 이 장면은 아킬레우스의 독백으로 시작해서, 그의 욕설로 끝나기 때문이다. 그렇지만 장면의 분량이나, 구조의 깊이가 앞의 것보다는 작은 규모이다. 실질적 내용에 있어서도, 이 대결은 앞의 것보다 규모도 작고 결과도 더 허망하다. 앞서처럼 서로 위협을 주고받지만, 길이는 비교도 안 되게 짧다. 공격도 단 한 차례, 그것도 빗나간 것뿐이다.

전에도 여러 차례 죽음 같은 경험을 했던 헥토르는, 이 장면에서 다시 '죽음'을 경험한다. 이번 '죽음'은 이제까지와 같은 물리적인 충격에 의한 것이 아니라, 정신적 충격에 의한 것이다. 동생 폴뤼도로스의 비참한 죽음을 보고, 눈앞에 안개가 쏟아지는 경험(20:421)을 한 것이다(헥토르의 죽음 3). 거의 언제나 죽음의 순간에 쓰이고 있는 이 표현은 그의 죽음에 대한 또 하나의 예고라 할 것이다.

아킬레우스의 군중 전투 2

헥토르를 놓친 아킬레우스는 이제 다른 자들을 쫓는다. 그는 불길처럼 내닫고, 그의 말들은 타작마당의 황소처럼 시체들을 짓밟는다. 여기서 희생되는 자들은 직유도 소갯말도 받지 못하고, 단순히 부상의 부위와 죽음의 양상만 그려지고 있다. 창이 무릎에 맞고, 팔에 맞고 몸 한복판에 맞는다. 칼이 머리 한가운데를 내리치고 목을 날린다. 한쪽 귀에서 다른 쪽까지 창에 꿰뚫린 사람, 머리를 베여 척수가 목에서 뿜어져 나오는 사람. 급한 호흡이다. 아킬레우스의 복수심과 격렬함이 눈에 보인다. 지금 여기서 '불길처럼' 내닫고 있는 아킬레우스는 곧 '물의 신'의 저항에 마주치게 될 것이다.

이 장면의 가장 중요한 희생자는 트로스이다. 트로이아의 초기 왕과 같은 이름을 가진 이 사람은 아킬레우스에게 탄원하려고 무릎을 잡기 직전 죽음을 당한다. 채 시작도 못하고 실패해 버린 그의 탄원과 죽음은 트로이아의 운명을 암시하는 듯하다. 우리는 앞으로 뤼카온의 더 큰 탄원과 또 한 번의 실패를 보게 될 것이다. 그리고 이 트로스도 아킬레우스의 '자살'의 한 단계를 이루는데, 그것은 그가 아킬레우스와 동년배(20:465)이기 때문이다.

🐝 신의 아들과 사람의 아들 🐝

아킬레우스와 헥토르가 서로 위협을 주고 받는 장면은 내용상으로도 앞에 나온 아킬레오스–아이네이아스 장면과 대조를 보이는데, 그것은 두 장면의 끝부분에서 나타난다. 앞 장면은 신이 호의적인 예언을 해주고, 상대편도 아이네이아스의 혈통을 인정하고, 신들이 그를 사랑한다는 사실을 시인하는 것으로 끝났다. 반면에 이 장면은 욕설과 파멸에 대한 예고로 끝났다. 이런 대조는, 왜 시인이 이 두 장면을 잇달아 배열했는가를 설명해 준다. 즉 이 장면은 여신의 아들인 아이네이아스와 '사람의 아들' 헥토르의 처지를 대비시켜 주는 것이다. 그리고 이 대비는 곧바로 또 다른 여신의 아들인 아킬레우스와의 우열 관계를 암시하는 것이기도 하다.

신의 충고가 나오는 것도 두 장면에 공통적이며, 그 효과는 대조적이다. 아이네이아스는 포세이돈이 했던 충고를 잘 지킨 듯하다. 『일리아스』가 끝날 때까지 아킬레우스와 다시 만나지 않기 때문이다. 반면에 우리는 결국 헥토르가 신의 충고를 끝까지 지키지 못하고 다시 아킬레우스와 맞서게 되는 것을 보게 된다. 그러니 이 충고들 역시 헥토르와 아이네이아스 사이의 차이를, 그리고 죽음을 당할 수밖에 없는 헥토르의 운명을 보여 주는 것이다.

「아들을 스튁스 강에 담그는 테티스」, 루벤스(1630~1632)

직물 장식을 위한 도안이다. 보통 아킬레우스는 어려서 스튁스 강물에 목욕을 했기 때문에 발뒤꿈치를 제외한 어느 곳에도 부상을 입지 않는다고 알려져 있으나, 『일리아스』 시인은 그런 이상한 이야기를 싫어했다. 아킬레우스는 19권에서 아스테로파이오스와 싸우다 팔에 작은 부상을 입고 피를 약간 흘리기까지 한다.

～ 21권 ～

21권에서는 강가에서 전투가 벌어진다. 아킬레우스가 스카만드로스 강에서 적들을 살육하다가 강물신의 공격을 받고, 헤파이스토스가 그것을 막아 주면서 신들의 전투가 재개되는 것이다. 『일리아스』에는 지형이 거의 나오지 않기 때문에 지금 이 장면은 특이한 대목이다. 시인이 특별히 신경 써서 만든 부분인 듯, 인상적이고 아름다운 표현도 많이 나오고 직유들도 다른 데서 쓰이지 않는 특이한 것들이다.

강에서의 전투

이제 아킬레우스는 스카만드로스 강의 여울에 닿았다. 거기서 아킬레우스는 트로이아군을 둘로 나뉘게 만든다. 아마도 한가운데를 가르고 달린 모양이다. 한 무리는 도시를 향해 들판을 달려 달아난다. 어제 헥토르가 미친 듯 날뛸 때 희랍군이 겁을 먹고 달아나던 곳이다. 이제 이로써 어제 빛나던 헥토르의 공은 없었던 듯 되어 버렸다. 헤라는 여기서 트로이아인들 앞에 짙은 안개를 펼쳐 도주를 방해한다. 트로이아군 중 절반은 강에 갇힌다. 이전까지의 전투에 강을 건너 진격하거나 후퇴한 일이 없는 것으로 보아, 이 강이 희랍군 진영과 트로이아 도시 사이에 가로 놓인 것은 아닌 듯하고, 대체로 희랍 쪽에서 볼 때 왼쪽에 치우쳐 흐르는 모양이다(11:498~499). 우선 강에 빠진 트로이아 병사들의 모습이 묘사된다.

> 그러나 나머지 반은 은빛 소용돌이를 치며 깊이 흘러가는
> 강에 갇혀 크게 아우성치며 그 속으로 뛰어드니 쏟아져 내리는 물줄기가
> 소리를 질렀고 양쪽 강둑이 요란하게 울렸다. 그들은 고함을 지르며
> 그 속에서 이리저리 헤엄쳐 다녔고 소용돌이를 따라 빙빙 돌았다.(21:8~11)

여기서 트로이아 병사들은 들불에 쫓긴 메뚜기떼가 강물 속으로 달아나는 것에 비유된다. 20권 끝에서 아킬레우스가 산불에 비유되었으니 당연하다. 더구나 잠시 후에 이 싸움은 좀더 요소적인 것이 될 터이다. 물의 신과 불의 신이 직접 맞붙을 것이므로.

아킬레우스의 전공은 네 단계로 묘사된다. 우선 첫 단계는 다중을 상대로 한 일반적 전투다. 그는 장소가 좁아서 그런지, 창을 강둑의 나무 덤불에 기대어 놓고 칼만 들고 닥치는 대로 살육한다. 트로이아인들은 돌고래 앞의 물고기들처럼 가파른 강둑 밑으로 피한다. 살육에 지치자, 파트로클로스의 장례에 쓸 목적으로 12명의 트로이아 젊은이를 붙잡는다. 그들은 새끼 사슴처럼 어리둥절해 있다가 붙잡혀 손이 뒤로 묶인다. 아킬레우스의 동료들이 그들을 배로 끌고 간다.

다음 단계는 한 사람과의 긴 장면, 탄원과 거절, 그러니까 어찌

보자면 '말로 행해진 대결'이라 할 만한 것이다. 그는 프리아모스의 아들 뤼카온과 마주친다. 그는 벌써 이전에 한 번 아킬레우스에게 사로잡혀 렘노스까지 팔려갔다가 이제 돌아온 지 겨우 열이틀밖에 되지 않았는데, 또다시 아킬레우스와 맞닥뜨린 것이다. 아킬레우스는 그를 보고 깜짝 놀란다. 자신이 죽인 자들이 다시 살아서 돌아오고 있는 게 아닌가 생각한다. 물론 그는 자기가 뤼카온을 렘노스에 팔았던 것을 기억하고 있다. 그는 상대를 죽여서 이번에도 다시 돌아오는지 보려고 한다. 아킬레우스가 창을 들어 찌르는 순간, 그가 몸을 숙여 피하면서 달려들어 아킬레우스의 무릎을 붙잡는다. 다른 손으로는 땅에 박힌 창을 잡고서, 자신을 죽이지 말기를 탄원한다. 꽤 긴 탄원이고 여러 논변이 동원된다. 우선 그는 지난번에 잡혔을 때 아킬레우스의 식탁에서 식사를 한 적이 있으니, 일종의 손님이다. 그리고 자기 어머니가 프리아모스에게 두 아들을 낳아 주었는데, 이미 다른 아들 폴뤼도로스는 아킬레우스에게 죽었다. 자기는 파트로클로스를 죽인 헥토르와는 어머니가 다르다. 여기서 뤼카온은 몸값 얘기는 꺼내지 않지만 다시 몸값을 받고 자신을 팔라는 제안이 함축된 것으로 보인다.

그러나 아킬레우스는 무자비하게 대답한다. 자신은 더 이상 몸값에 관심이 없다고, 파트로클로스가 죽기 전까지는 자기도 트로이아인들의 목숨을 아끼느라 사로잡아 해외에 팔았지만, 이제는 자기와 마주친 누구도 죽음을 면치 못할 것이라고, 특히 프리아모스의 자식들이 그러리라고. 그 다음 말이 의미 깊다.

"자, 친구여, 그대도 죽을지어다. 왜 이렇게 우는가?

그대보다 훨씬 훌륭한 파트로클로스도 죽었다.

그대는 보지 못하는가, 나 또한 얼마나 잘 생기고 체격이 당당한지?

나는 고귀한 아버지에게서 났으며, 여신인 어머니가 나를 낳았다.

하나 내 위에도 죽음과 강력한 운명이 걸려 있다.

누군가가 창으로 맞히거나 또는 시위를 떠난 화살로

맞혀 싸움터에서 나의 목숨을 빼앗아 가게 될

아침이나 혹은 저녁이나 혹은 한낮이 다가오고 있는 것이다."

(21:106~113)

인간의 운명에 대한 통찰이 들어 있는 말이다. "귀하든 천하든 모든 인간은 죽기 마련이다. 왜 삶에 미련을 갖는가?" 그 말을 듣고 상대는 완전히 낙담한다. 무릎과 심장이 풀리고, 창 잡았던 손을 놓고서 두 손을 벌리며 주저앉는다. 아킬레우스는 칼을 그의 쇄골 옆에 박는다. 그는 쓰러지고 검은 피가 대지를 적신다. 같은 운명을 지닌 인간에 대한, 거의 동지애를 보여 주는 표현이 나왔으니 좀더 인간적으로 대할 법도 하건만, 그 다음 행동도 거칠기 그지없다. 그는 상대의 시신을 스카만드로스 강에 처넣으며 조롱한다.

"이제는 거기 고기떼 속에 누워 있거라. 그들은 그대의 상처에서

마음 놓고 피를 빨게 되리라. 그대의 어머니는 그대를 침대 위에

눕혀 놓고 슬퍼하지 못할 것이나 스카만드로스는 그대를

소용돌이에 실어 바다의 넓은 품속으로 데려다 줄 것이다.

그러면 물결을 따라 뛰는 **수많은 물고기들이 뤼카온의**
흰 기름덩어리를 먹기 위해 검은 잔물결 위로 쏜살처럼 솟아오르겠
지."(21:122~7)

여기서 아킬레우스가 물고기를 언급한 것은, 이 작품의 시작부
터 깔려 있던 시신 훼손 주제의 한 변형이다. 이 물고기는 개와 새의
역할을 하는 것이다. 그렇지만 이것은 유골도 수습하기가 어려운 만
큼 더 나쁜 훼손이라 하겠다. 사실 탄원받기 직전에 아킬레우스가 했
던 혼잣말에도 잔인한 농담이 들어 있다. 바다가 막지 못한 그를 땅이
막을 것이고, 그는 지난번처럼 원치 않는 여행을 떠날 것이다. 전에는
아킬레우스의 식탁에 앉았던 그가 이번에는 '창의 맛'을 볼 것이다.
아킬레우스는 24권에 가서야 평정 상태에 도달한다. 그 전에 장례와
운동경기, 프리아모스 영접을 포함해서, 아직 많은 단계를 거쳐야 한
다. 인간의 운명에 대한 통찰이 드러나기도 하지만, 아직은 그의 분노
가 더 강하고, 이 통찰은 잠깐 모습을 비쳤다가 다시 잠복하고 만다.

아킬레우스와 아스테로파이오스의 대결

제3단계는 아스테로파이오스와의 대결이다. 이 대결이 특이한 것은
아킬레우스의 상대가 그리 대단한 전사가 아니라는 사실이다. 지도
자로 몇 차례 등장하긴 했었지만 이제까지 한 번도 전공을 세운 적 없
는 인물이 아킬레우스와 맞서 상당히 잘 싸우고 있다. 놀라운 일이다.
사실 이 장면은 독자적으로 의미를 갖는 것이 아니다. 그보다는 다음

에 나오는 대결, 즉 아킬레우스와 스카만드로스 강의 대결을 예고하는 의미가 강하다.

방금 본 뤼카온 장면의 마지막에 아킬레우스는 스카만드로스를 모욕한다. 트로이아인들이 그 강에 많은 제물을 바쳤지만, 그것은 트로이아인들을 보호할 수 없으리라는 것이다. 이런 모욕에 분노한 스카만드로스는 아스테로파이오스에게 용기를 주어 아킬레우스와 맞서게 만든다. 이 영웅은 강물신 악시오스의 손자이니 이런 임무에 적합하다.

그는 창 두 자루를 꼬나들고 나선다. 둘이 가까워졌을 때, 먼저 위협의 질문을 던지는 것은 아킬레우스다. 그는 상대의 혈통을 묻는다. 자신에게 대항하는 자의 부모는 불행하다며. 아스테로파이오스는 쓸데없는 질문이라는 식으로 입을 떼지만, 그래도 자신의 조상과 고향을 상당히 길게 밝힌다. 그는 파트로클로스에게 죽은 퓌라이크메스와 같은 고장 파이오니아 출신이며, 도착한 지 열 하루째다. 이런 대답과 함께 먼저 공격을 가한다. 양손잡이이므로 두 개의 창을 동시에 던진 것이다. 두 창 중 하나는 방패에 막힌다. 황금이 그것을 막았다. 하지만 다른 하나는 아킬레우스의 팔꿈치를 스쳐 다치게 한다. 보통 아킬레우스는 발뒤꿈치를 제외하고는 온몸에 일종의 '장갑'(裝甲)을 두른 것으로 알려져 있지만, 마법을 싫어하는 시인은 이런 전통을 따르지 않았다. 사실 17권 후반에 그가 무장이 없어서 전장에 나서지 못한 것도 이런 현실적인 설정 때문이다.

다음으로 아킬레우스가 창을 던진다. 하지만 그것은 빗나가 강둑에 꽂히고 만다. 아킬레우스는 칼을 뽑아들고 달려들고, 아스테로파이오스는 상대의 창을 뽑아 대항하려 하나, 그것은 너무 깊이 박혀 있다. 세 번의 시도가 무위로 끝나고 네번째에 그는 그만 상대의 칼에 쓰러지고 만다. 아무래도 이 창은 주인을 알아보고 다른 사람의 말은 듣지 않는 마법의 무기인 모양이다. 그가 쓰러지자 아킬레우스는 다시 강을 모욕한다. 강물신의 후예는 제우스의 후예를 이길 수 없노라고, 지금 큰 강이 옆에 있지만 아무 도움도 주지 못한다고. 이 대결의 뒷장면도 파토스 가득하다.

> …… 그는 강둑에서 청동 창을 뽑은 다음
> 그의 손에 목숨을 잃은 아스테로파이오스를 모래바닥에
> 누워 있는 그대로 거기 두니 검은 물이 그를 적셨다.
> 그러자 **뱀장어와 물고기떼가 그의 주위로 몰려들어**
> **그의 콩팥 옆의 기름덩어리를 뜯어먹었다.**(21:200~204)

자주 그렇듯 여기서도 혈통이 결과를 결정했다. 이제 마지막 대결에서도 그러할 것이다. 아무 자랑할 신적 혈통이 없는 헥토르에게 불리한 여건이 암시적으로 쌓여 가는 셈이다.

여기서 아킬레우스는 곁에 있는 스카만드로스도, 아켈로오스 강도, 심지어 오케아노스도 제우스를 이기지 못한다고 큰소리친다. 물론 맞는 말이다. 하지만 그 자신도 신이 아니라 단지 신의 자식이고, 그것도 자신이 지금 비웃고 있는 물의 신의 자식이다. 그러니 이 자랑은 모순된 것이다. 게다가 이제 그는 곧, 앞에 점층적으로 열거된 강

물신들 중에서 가장 작은 스카만드로스 앞에서 거의 항복을 선언할 것이다.

그의 모순된 자랑과 패배는, 단명해야 불멸할 수 있고, 뜻을 이루는 게 곧 슬픔을 얻는 것인 그의 운명의 모순성을 보여 준다. 아킬레우스의 대리인 파트로클로스는 배에 던져진 불과 싸웠고, 그것은 그가 제일 먼저 쓰러뜨린 전사의 신분으로 상징되었었다. 그 희생자는 악시오스 강가에서 온 '불의 창' 퓌라이크메스였다. 반면에 여기서 아킬레우스는 물과 대결하며, 그것은 다시 악시오스의 손자인 아스테로파이오스와의 대결로 표상된다. 그래서 그는 메뚜기떼를 쫓는 불로 비유된다. 따라서 상대가 뽑으려다 실패한 창은 불의 창이다. 자기 친우를 대리로 보내 불과 싸웠던 그가 이제 불이 되는 것은, 스스로 죽음을 선택하고 '발이 빠른' 폴뤼도로스와 '동년배' 트로스, '친구'인 뤼카온을 차례로 죽여 가는 아킬레우스의 일련의 '자살' 과정에 잘 어울린다.

한편 여기서 아킬레우스가 겪는 부상은 유례없는 것이다. 이것은 잠시 후 강의 신과 대결할 때 그가 겪게 되는 죽음의 위협과 직접 연관된다. 조금 전에 본 대결은 사실 강물신과 대결하는 사건의 전조였다. 여기까지 '강' 또는 '강의 신'이란 말이 누차 거듭 나오지 않았던가, 마치 강의 신을 불러내는 주문처럼! 그러니 결국 아킬레우스는 강과 두 번 대결하는 셈이다, 한 번은 강물신을 대리하는 인간과, 다른 한 번은 강물신 자신과. 먼저 맞선 인간은, 누구도 당해 낼 수 없는 이날의 주인공에 맞서고 부상까지 입힌다. 그러니 결과만 보면, 이 아스테로파이오스는 트로이아의 가장 강한 전사이다. 다음에 맞서게 되는 강의 신은 그에게 거의 죽음을 경험케 할 것이다. 아킬레우스의 대승리의 날 한 가운데에 놓여 있는 이 실패와 '죽음'의 기록은 시인의 균형 감각과, 그 균형을 이루려는 긴장된 노력을 보여 주는 것이다.

여기서 아스테로파이오스는 창을 뽑으려다가 실패하고 마는데 사실적으로 하자면 그는, 나중에 헥토르가 그럴 것처럼 칼을 빼어들고 달려들었어야 했다. 그에게 칼이 있었다는 사실은 23권 운동경기에 그것이 상품으로 나오는 데서 분명하다. 그러니 여기서 아킬레우스를 특징 짓는 무기, 아킬레우스만 다룰 수 있는 창을 강조하느라, 사실성이 희생된 셈이다. 시인은 이 창이 어디에 있는지 항상 신경을 쓰고 있는데, 그것은 위성류 덤불에 기대어졌다가, 아스테로파이오스를 맞아 아킬레우스의 손에 들리고, 강둑에 박혔다가 회수된다.

아킬레우스와 관련된 많은 요소들이 점층적인 양상을 보이는데, 물고기 직유도 그런 것 중 하나다. 우선 아킬레우스는 고기떼를 쫓는 돌고래에 비유된다. 곧 이어 그는 뤼카온을 죽이고 나서, 물고기들이 그의 흰 기름을 먹기 위해 검은 물결 위로 뛰어오르리라고 선언한다. 마지막으로 모래바닥에 누워 검은 물에 젖고 있는 아스테로파이오스의 시신에서 뱀장어와 물고기떼가 기름을 뜯어먹는다. 우리는 여기서 직유가 위협을 거쳐 사실로 변해 가는 놀라운 과정을 목도한다. 1권 크뤼세스 장면에 비견될 만한 솜씨다. 마지막 단계의 살육 장면은 그냥 이름들의 목록이다. 그는 이제 아스테로파이오스의 동료들인

파이오니아인들을 뒤쫓으며 학살한다.

이 강가 장면은 대살육이 앞뒤에 놓이고, 중간에 대결이 놓여 있는 되돌이 구성이라 하겠다(여기서 뤼카온의 탄원을 받고 거절하는 장면을 일종의 '말로 행해지는' 대결이라고 본다면, 되돌이 구성은 두 겹의 것이 된다). 첫 살육 장면에서는 그래도 직유와 소갯말이 조금 있던 것이, 둘째 장면에서는 잔인한 타격과 죽음의 묘사만으로 바뀌었고, 여기서는 아예 이름의 나열로 바뀌었다. 앞에서처럼 여기서도 아킬레우스의 전투는 뒤로 갈수록 점점 더 격해지고 있다.

스카만드로스가 아킬레우스를 공격하다(인간에 대한 신의 공격)

이어지는 강물신과 아킬레우스의 장면은 앞부분은 신과 인간의 대결, 뒷부분은 신과 신의 대결로 되어 있다. 여기서 아킬레우스가 신과 맞서고 있는 것은 앞서 첫째 날 디오메데스가 했던 일과 짝이 된다. 거기서는 상대가 아레스이므로 아테네가 도움을 주지만, 여기서는 상대가 물의 신이므로 불의 신이 도움을 주고 있다.

아킬레우스의 살육으로 강의 흐름이 막힐 지경이 되자, 강물신은 사람의 모습을 하고 나타나 아킬레우스의 지나친 악행을 항의하고 다른 곳으로 가기를 요구한다. 아킬레우스는 헥토르와 대결하기까지는 전투를 그치지 않겠노라고 대답한다. 여기까지는 일단 신과 아킬레우스가 서로 위협을 교환하며 대결을 준비하는 것과 같은 모양새다. 그러나 신과 인간의 능력의 차이로 해서 실질적인 대결은 신과 신 사이에 일어나게 된다. 그 대결은 먼저 강의 공격으로 시작되어, 강의 패배로 끝난다.

대결의 첫 부분은 인간에 대한 신의 공격이다. 이 부분은 뒷부분과 마찬가지로, 'Ⓐ 같은 편을 부추김―Ⓑ 공격―Ⓒ 약자의 탄원―Ⓓ 약자에게 도움이 주어짐'이란 네 단계로 되어 있다.

Ⓐ 우선 강의 신은 아폴론을 비난한다. 제우스는 그에게 그날 저녁까지는 트로이아군을 도우라고 했는데, 왜 그 명을 따르지 않느냐는 것이다. 사실 우리는 그런 명령이 주어지는 것을 보지 못했지만, 이날 아침에 제우스가 신들에게 각기 원하는 대로 인간들을 도우라고 했으니 이런 식으로 해석해도 될 것이다.

Ⓑ 마침 그때 아킬레우스가 둑에서 강으로 뛰어들고, 강물은 격렬하게 솟구쳐 그를 덮친다. 아킬레우스는 강둑의 느릅나무를 잡았다가 그것이 넘어지자, 둥치를 다리 삼아 뭍으로 달아난다. 강물신은 시커멓게 부풀어 계속 따라간다. 아킬레우스는 독수리같이 달아나나, 강물은 경작지에 댄 물길같이 빠르게 달려 그를 따라잡는다. 그가 멈추고 대항해 보려고 돌아설 때마다 어깨 위로 덮치고, 그의 발 밑 땅을 집어삼킨다.

Ⓒ 도저히 피할 수 없게 된 아킬레우스는 마침내 신들에게 탄원하며, 자신이 트로이아 성벽 밑에서 아폴론의 활에 죽게 되리라던 어머니의 말이 거짓이었노라고 탄식한다. 그는 차라리 헥토르에게 죽기를 원한다. 지금은 급류에 떠내려가는 돼지치기처럼 비참하게 죽게 되었기 때문이다.

Ⓓ 그러자 포세이돈과 아테네가 사람의 모습으로 곁에 다가와 손을

잡고 격려한다. 그는 강물에 죽지 않을 것이며, 그것은 곧 물러가리라고. 그러면서 트로이아군을 성벽 안에 가둘 때까지 계속 싸우되, 헥토르를 죽인 뒤에는 배로 돌아가라고 충고한다. 여기서 도움은 우선 '말'로 주어지고 있다. 이미 20권 초반에 스카만드로스의 상대가 헤파이스토스로 정해진 이상, 다른 신이 스카만드로스를 상대해 싸울 수는 없을 테니 이러는 것도 당연하다.

그러나 강물의 힘이 물리적으로 저지된 것은 아니기 때문에 공격이 계속된다. 이 두번째 공격은 다시 첫번 것과 같은 과정을 밟아간다. 두 신이 떠나간 후, ⒜강의 신은 다른 강의 신 시모에이스를 불러 합세하기를 촉구한다. 이제 아킬레우스가 힘을 얻어 매우 잘 달리고 있기 때문이다. ⒝강이 다시 맹렬한 기세로 일어나서 아킬레우스에게 닥치는 순간, ⒞요소로 이어지지 않고, 사태는 다른 쪽으로 발전한다. 대결은 물의 신과 불의 신 사이의 것으로 변하기 때문이다.

여기서 스카만드로스는 자신이 아킬레우스를 제압할 것이고, 그를 진흙 속에 묻어 따로 무덤이 필요 없게 하겠노라고 큰소리를 치는데, 이 과정에서 그는 헤파이스토스의 선물인 아킬레우스의 무장을 두 번이나 모욕한다. 그 무장이 그를 지켜주지 못하리라 선언하고, 그것을 진흙으로 덮으리라고 위협한 것(21:317~318)이다. 이 위협은 아스테로파이오스를 죽인 후에 아킬레우스가 보였던 오만함과 맞먹는 것이고, 그 무장을 만든 신이 곧 개입하리라는 예상을 불러일으킨다. 사실 그 전에 강물이 아킬레우스의 방패를 물결로 때렸을 때

(21:241), 이미 대결 과정에서 선공을 가한 셈이니 헤파이스토스의 반격이 나오는 것도 당연하다.

헤파이스토스가 스카만드로스를 공격하다(신과 신의 대결)

이제 헤파이스토스가 개입할 순간이다. 서로 반대되는 성격을 가진 두 신이 맞붙는 이 장면도 앞에서 신과 인간이 대결하던 장면과 같은 구조를 보인다. 아킬레우스가 다시 위기에 처하자, Ⓐ헤라는 헤파이스토스에게 불길로써 강물과 싸우기를 명하고, 자신은 바람을 일으키겠다고 약속한다. Ⓑ헤파이스토스가 들판과 강가를 태우고, 마침내 강 자체가 화염에 휩싸이자, Ⓒ강물신은 헤파이스토스에게 자신은 싸우고 싶지 않다고 애걸한다. 이어 그는 헤라에게도 헤파이스토스를 그치게 해달라고 탄원한다. 그러자 Ⓓ헤라는 인간 때문에 신을 해하는 것은 옳지 않다고 이제 그만 그치기를 명하고, 헤파이스토스가 이를 따름으로써 대결이 끝나게 된다. 이 두번째 부분에서 우리는 아킬레우스에 대한 도움이 '행동'으로 주어지고 있음을 본다.

　이 대결은 사실상, 아킬레우스의 출전 직후에 일단 시작은 했지만 (시인이 갑자기 인간들의 싸움에 대한 묘사로 방향을 바꾸는 바람에) 미완성으로 남겨졌던 신들의 전투의 계속이다. 앞에 그려진 신들의 전투 마지막 부분에서 헤파이스토스와 스카만드로스가 맞서고 있었고, 지금 이 전투에 바로 이어서 신들의 전투가 재개되는 것을 보면, 방금 벌어진 물과 불의 대결이 신들의 전투의 중간 고리라는 게 분명하다.

지금까지 본 장면에는 여러 요소가 매우 복잡하게 얽혀 있어서, 어떤 요소를 강조하느냐에 따라 여러 방식의 분석이 가능하다. 그냥 지나가도 그만이지만, 시인이 상응하는 요소들을 어떻게 배치해서 서로 닮았으면서도 서로 다른 장면을 짜나가는지 살펴보는 것도 의미가 없지 않을 것이다.

우선 사태의 시작은 신(스카만드로스)의 요청과 인간(아킬레우스)의 거절이고, 그 끝은 신(스카만드로스)의 요청과 신(헤라)의 승낙이다. 앞부분 강물의 공격과 뒷부분 헤파이스토스의 공격은, 'Ⓐ같은 편을 촉구함—Ⓑ공격—Ⓒ약자의 탄원—Ⓓ약자에게 도움이 주어짐'으로, 똑같은 구조를 보인다. 앞부분은 강물신의 공격으로 시작해서 강물신의 공격으로 끝난다. 뒷부분은 헤라의 (싸우라는) 명령으로 시작해서, (중지하라는) 명령으로 끝난다. 아킬레우스의 탄원은 같은 편 신들에게로 향하고, 강물신의 탄원은 다른 편의 신들에게로 향한다. 강물신은 같은 편 신에게 두 번, 다른 편 신에게 두 번 말을 한다. 그 순서는 '아폴론—시모에이스—헤파이스토스—헤라'로서, 양끝의 아폴론과 헤라는 직접 행동하지는 않는, 조금 '멀리' 있는 신이고, 중앙의 두 신 시모에이스와 헤파이스토스는 '가까이서' 행동하는(혹은 행동할 수 있는) 신이다. 앞의 두 번의 촉구는 효과 없는 것이고, 뒤의 것도 처음 것은 효과가 없었으나, 마지막 것은 효과를 발휘한다(이날 아킬레우스가 겪는 대결 중, 지금 이 강에서의 대결을 제외하고 신이 개입한 네 번의 대결도 비슷한 모습을 보인다. 각 경우에 개입한 신은, 차례로 포세이돈—아폴론—아폴론—아테네인데, 이 개입으로 인해 아킬레우스 앞의 세 번은 실패를 겪으나, 마지막에는 마침내 성공한다). 아킬레우스에 대한 도움은 한 번은 말로, 한 번은 행동으로 주어진다.

여기서 연속해서 나온 장면들의 연관성은 직유의 이미지에도 나타난다. 강의 공격을 받기 직전에 아킬레우스는 불길이 메뚜기떼를 쫓듯 트로이아군을 쫓고 있었고, 그들은 강물 속으로 달아났다. 여기서 공격하는 자는 불이고, 쫓기는 자는 물이었다. 반면에 아킬레우스가 스카만드로스의 공격을 당하는 장면에서, 방금까지 불로 표상되던 아킬레우스를 쫓는 것은 물이고, 다음 장면에서 그 물을 막아 주는 것은 불이다. 물은 과수원의 관개수처럼 쫓고, 불은 과수원을 말리는 바람 같다. 이 사건은 아킬레우스에게 '죽음'의 체험을 안긴 것이므로, 사실 『일리아스』 너머에 있는 아킬레우스의 죽음을 예고하는 것이다. 한데 이 장면에서 다시 그 너머의 사건, 즉 트로이아의 멸망이 모습을 드러내고 있다. 스카만드로스가 마지막에, 트로이아가 불타더라도 돕지 않겠다고 맹세하기 때문이다. 이는 결국 트로이아가 불타고 말 것이라는 예고가 된다.

여기서 아킬레우스는 자신을 겨울 급류에 휩쓸린 돼지치기 소년에 비유하고 있는데, 이는 그가 인간으로서 한계를 인정하는 대목이라 하겠다. 또한 이는 앞에서도 자주 그랬듯 앞으로 높아질 사람이 일시적으로 낮아지는 과정이기도 하다. 그리고 시인은 이렇게 인간 중 최고의 영웅을 한낱 돼지치기로 만들어서 신과 인간의 차이를 보여 준다. 이것은 이 대결에서 '패배'한 강물신에게 주는 보상의 역할을 한다. 헤라가 헤파이스토스를 그치게 하는 말도 그렇다. "필멸의 인간 때문에 신에게 폭행을 가하는 것은 옳지 않다"는 말이 그것이다. 아킬레우스는, 지금 신들의 도움을 받고 있기는 하지만, 결국 인간에 불과한 것이다. 아킬레우스는 조금 전 강물신의 후예와 맞싸울 때는 그저 작은 부상을 입은 데 그쳤었지만, 강물신을 만나서는 죽음의 위협을 실감하고 자신이 필멸의 존재일 뿐이라는 것을 다시 한 번 확인하게 되었다. 아마도 이것이 이 장면이 주인공 영웅에게 주는 효과이리라. 아킬레우스의 최고 업적으로 다가갈수록 그의 한계는 더 자주, 더욱 강하게 제시되고 있다.

신들이 전투를 벌이다

헤라의 명령에 따라 헤파이스토스가 강물신 공격하기를 그치자, 이번에는 다른 신들이 싸움을 시작한다. 20권 초반에 이미 준비되어 있었던 싸움이다. 원래는 이 싸움도 스카만드로스와 헤파이스토스 사이의 대결이 이루어질 때 함께 벌어졌어야 했는데, 어쩌면 앞의 두 '원소'가 전 들판을 차지하고 다투고 있어서 다른 신들은 싸울 공간을 얻지 못해서 이렇게 된 듯하다.

> 그리하여 그들이 고함을 지르며 서로 덤벼드니 넓은 대지가 울리고
> 거대한 하늘의 나팔소리가 울려퍼졌다. 제우스는 올륌포스에 앉아
> 이 소리를 들었다. 그리고 신들이 서로 어우러져
> 싸우는 것을 보고 그의 마음은 유쾌하게 웃었다.(21:387~390)

자못 우주적 규모의 '신들의 전쟁'같이 보이지만, 제우스가 웃는 것에서 알 수 있듯이 이 신들의 전투는 전혀 심각하지 않고 오히려 경박하기 그지없다. 옛 학자들은 이 장면이 신들의 품위에 맞지 않는다고 생각했지만, 5권에서도 보았다시피 시인은 신들을, 무겁던 분위기를 가볍게 하는 장치로 이용하고 있다.

제일 먼저 싸움에 돌입하는 것은 아레스와 아테네다. 아레스가 욕설을 퍼부으며, 5권에서 그녀가 자기에게 했던 짓을 비난한다. 디오메데스를 시켜서 그를 찌르게 하고, 그녀 자신이 직접 그 창을 밀어 넣어 그에게 부상을 입혔기 때문이다. 그가 먼저 아테네의 아이기스를 찌른다. 대결에서 지는 쪽이 보이는 행태다. 더구나 그가 지금 가격하고 있는 아이기스는 거의 뚫을 수 없는 것이다. 시인은 아예 그 앞에 "제우스의 우레조차 제압할 수 없는"이란 수식어를 붙여서, 지금 이 공격이 가망 없는 것임을 보이고 있다. 아테네는 물러서며 밭경계에 놓인 돌을 들어 그의 목을 가격한다. 아레스가 쓰러진다. 거대한 덩치로 넓은 땅을 차지한다. 그의 무장이 울린다. 아테네는 자기가 그보다 강하다고 뽐내며, 그가 어머니 헤라의 뜻과는 반대로 행동하고 있는 것을 비난한다. 마치 인간들 사이의 대결처럼 '위협-공격-반격-자랑'으로 이어졌다.

이 싸움은 아프로디테에게로 이어진다. 그녀는 20권에 나온 '출전 선수 명단'에는 언급되지 않았는데, 아마도 5권에서 부상당한 다음에 제우스가 충고했던 것을 기억하고 전장에 나가지 않았던 듯하다. 제우스는 그녀더러, 결혼에 관련된 일에나 신경 쓰라고 했었다.

그런데 여기서 갑자기 아레스를 돕기 위해 나타났다. 그녀는 부상당한 아레스의 손을 잡아 데리고 나가려다가 헤라의 눈에 띄고 만다(이렇게 다정하게 행동하는 것을 보면, 여기서는 이 둘이 부부로 설정되어 있는지도 모르겠다. 널리 알려진 신화 판본에서는 헤파이스토스가 아프로디테의 남편으로 되어 있지만, 이 작품에서 이 대장장이신은 카리스의 남편으로 되어 있고, 아프로디테의 혼인 관계는 불분명한 채로 남아 있다).

혜라는 이 꼴을 참고 보질 못하고, 아테네를 시켜서 그녀를 혼내 주게 한다. 여기서 이 '신들의 여왕'께서는 매우 경박하게도 방금 아레스가 썼던 욕설("개파리")을 사용한다. 아테네는 즐거운 마음으로 달려가 억센 손으로 아프로디테의 가슴을 때린다. 그러자 그녀의 "무릎과 심장이 풀린다". 보통은 전사가 죽을 때 나오는 표현이다. 그래서 아레스와 아프로디테 둘 다 '많은 것을 먹이는 대지 위에' 쓰러지고 만다. 이것은 전장에서 두 전사가 동시에 쓰러질 때 사용되는, 가슴을 울려 주는 표현인데, 아무 파토스도 없는 이 장면에 쓰여 실소를 자아낸다. 시인의 농담은 여기서 그치지 않는다. 쓰러진 그들을 보고 아테네가 으스대는데, 그것을 듣고서 헤라가 "웃음 짓는다"(meidesen). "웃음을 좋아하는"(philommeides) 아프로디테의 꼴이 우습게 되었다.

신들을 너무 경박하게 만들었다고 생각했던 것일까? 시인은 그 다음엔 점잖은 신들을 등장시킨다. 우선 포세이돈이 아폴론에게 한 판 붙어보자며, 그가 트로이아를 편드는 것을 비난한다. 그들은 옛적 라오메돈에게 일종의 사기를 당한 적이 있다. 제우스의 명령에 따라 그들 둘이 라오메돈에게 봉사를 했는데 보수를 받지 못한 것이다. 그때 포세이돈은 트로이아 성벽을 쌓았고, 아폴론은 소떼를 먹였다(7권에는 두 신이 같이 성을 쌓은 것으로 나와 있다. 아마도 두 가지 판본이 경합 관계였을 것이고, 이런 식으로 앞뒤가 서로 다른 것을 옛 청중은 의식하지 못했을 것이다). 하지만 라오메돈은 보수를 주지 않고 그들을 내쫓으며 위협했다. 손발을 묶어 외딴 섬에 팔겠다고, 그들의 귀를 칼로 자르겠다고. 『오뒷세이아』에 여러 차례 등장하는 위협이다. 신들이 인간에게 봉사한다는 것이 요즘 독자에게는 이상하게 여겨질 수도 있겠지만, 신화에 보면 이것이 이따금 징벌로 쓰이고 있으니 아주 특별한 일은 아니다. 그리고 지금 이 부분에서 트로이아의 예전 역사가 채워지고 있다. 시인은 이 도시의 멸망이 다가오자 과거로 돌아간다.

하지만 아폴론은 포세이돈의 도전을 거절한다. 하찮은 인간을 위해 신들이 싸우는 것은 정신 나간 짓이라는 것이다. 여기에 6권 글라우코스가 했던 말과 유사한 발언이 나온다.

"인간은 마치 나뭇잎과 같아서 어떤 때는
대지의 열매를 먹고 불꽃처럼 타올랐다가
어떤 때는 생명을 잃고 시들어집니다."(21:464~466)

시인은 그가 그렇게 말한 것이, 아버지의 형제와 힘으로 겨루는 것을 부끄럽게 여겼기 때문이라고 보충 설명한다. 한데 이런 겸양이 다른 싸움으로 이어진다. 우선 아르테미스가 자기 오라비를 비난한다. 전에는 포세이돈과 맞싸우겠다고 호언하더니 왜 도망치느냐는 것이다. 하지만 아폴론은 아무 말 없이 물러난다. 그가 정말로 그런 큰소리를 쳤었는지는 알 수 없다.

여기서 불똥은 엉뚱한 데로 튄다. 헤라가 나서서 아르테미스를 공격했던 것이다. 이 신들의 여왕은 다시 점잖지 못한 언사를 발한다. "어찌 감히 나와 맞서려 하는가, 이 겁 없는 암캐여?" 방금 아르테미스는 아폴론에게, 왜 쓸데없이 활을 메고 다니는지 힐문했었다. 헤라는 그 말을 빗대어, 그 활을 가지고 사냥이나 다니는 게 좋겠다고 빈정대면서, 아르테미스의 어깨에서 활을 벗겨 뺨을 때린다.

> …… 헤라가 왼손으로는 그녀의 양 손목을
> 움켜잡고 오른손으로는 그녀의 어깨에서 활을 벗겨
> 미소를 지으며 그것으로 요리조리 피하는 그녀의
> 귀 옆을 후려치니 날랜 화살들이 화살통에서 떨어졌다.
> 그리하여 여신이 울면서 달아나니 그 모습은 마치 매를 피해
> …… 바위틈으로 날아 들어가는 비둘기와도 같았다.
> …… 꼭 그처럼 그녀는 울면서 달아났고 활은 그곳에 버려 두었다.(21:489~496)

드잡이질에 손찌검에, 때리고 피하고 울고 도망치고. 시장통에서 벌어진 천민 아낙들의 싸움이나 다름없다.

신들의 전투는 이런 험한 장면에 점잖은 장면이 이어지며 완급이 조절되고 있다. 그 다음 장면을 차지하는 것은 헤르메스와 레토다. 다른 전승에 따르면 매우 장난기 있고 다소 가볍게 행동하는 헤르메

스가 이 작품에서는 상당히 품위 있게 행동한다. 그는 제우스의 아내와 싸우기를 내켜 하지 않는다. 상대에게, 가서 자기를 이겼다고 자랑하라면서 싸움을 포기한다. 그러자 레토는 딸 아르테미스가 흘리고 간 활과 화살들을 주워 모은다. 역시 장터 싸움의 뒷정리를 하는 여염집 어머니 모습이다. 그 사이 아르테미스는 올림포스로 돌아가서 울면서 제우스의 무릎 위에 앉는다. 제우스는 짐짓 모르는 척 웃으며 누가 그런 짓을 했는지 묻는다. 역시 거리에서 투닥거리다 울고 들어온 어린 딸을 대하는 보통 가정의 아버지 모습이다. 이렇게 인간 사회의 작은 소동을 옮겨놓은 듯한 신들의 전투는, 제우스의 웃음으로 시작해서 그의 웃음으로 끝났다.[*]

구조적으로 보자면 이 전투는 이날의 첫 부분에 준비되었다가 이제야 이루어졌으므로, 그 준비와 실행의 두 단계가 아킬레우스의 전투들을 앞뒤에서 감싸고 있다. 그래서 아킬레우스가 앞으로 치를

---

[*] 이 전투는, 여신 대 남신(아테네와 아레스)—여신 대 여신(아테네와 아프로디테)—남신 대 남신(포세이돈과 아폴론)—여신 대 여신(헤라와 아르테미스)—여신 대 남신(레토와 헤르메스)로서, A—B—C—B—A형의 되돌이 구성이라고 할 수 있는데, 앞의 두 대결과 뒤의 두 대결은 우스운 일로 되어 있고, 한가운데에는 인간을 나뭇잎에 비기는 심각한 내용이 들어 있다. 이 전투는 곧 벌어질 아킬레우스와 헥토르의 대결이라는 '비극'에 대해 일종의 '사튀로스극' 역할을 한다. 제우스의 웃음에서도 알 수 있듯이 이것은 한바탕 소동이고, 장난일 뿐이다. 인간들 사이의 심각하고 끔찍한 전쟁과 얼마나 차이가 나는가! 신과 인간은 이렇게 다르고, 인간의 운명은 그만큼 비극적이다. 아레스와 아프로디테가 나란히 쓰러져 있는 모습은, 희랍군과 트로이아군이 나란히 쓰러져 있는 비극적 첫 장면(4:543~544)에 비해 얼마나 희극적인가? 그러나 이 희극의 한가운데에는 인간의 유한성에 대한 지적이 들어 있다.

두 대결은, 이 장치에 의해 이날의 다른 전투들과 분리되어 있다. 마치 아킬레우스의 새 무장을 준비하는 과정이, 『일리아스』의 앞부분 사흘간의 전투를 마지막 날과 분리하는 것과 같다. 이러한 분리는 아킬레우스 개인의 수훈기 진행과 연관해서도 의미가 있다. 이제 그는 헥토르를 쓰러뜨려 절정에 도달할 터인데, 그 전에 여러 번 겪은 좌절을 정리하고, 말하자면 일종의 휴식을 취해야 하기 때문이다.

인간을 나뭇잎에 비기는 아폴론의 발언은 6권을 기억하게 한다. 문제는 이 발언이 놓인 위치다. 우리가 이와 비슷한 발언을 본 것은, 디오메데스가 엄청난 전공을 세운 후 황금 무장을 얻기 직전이었다(193쪽 참조). 반면에 여기서 그 비유가 나온 위치는, 아킬레우스가 죽음의 고비를 겨우 넘기고 최후의 전공을 이루기 직전이다. 그러니까 아킬레우스의 경우에는 처음부터 이러한 인간의 한계가 그 공훈의 배경이 되고 있는 것이다. 아킬레우스가 마지막에 회득하는 무장도 '비극 없는 아킬레우스'인 디오메데스와 아킬레우스 사이의 차이를 보여 준다. 그는 헥토르가 파트로클로스에게서 빼앗아 입은 자신의 무장을 '회수'한다. 그것은 디오메데스가 얻은 황금 무장처럼 선물로 받은 말끔한 것이 아니라, 상대의 피로 물든 것이다. 그 피는 거의 자신의 것이고, 곧 사람들은 그것과 거의 같은 무장(새 무장)이 그의 피로 물드는 걸 보게 될 것이다.

아킬레우스와 아게노르의 무산된 대결

신들의 전투가 마무리되자, 아폴론은 다른 신들처럼 올림포스로 돌아가지 않고 트로이아로 들어간다. 혹시 그날로 성이 함락되지 않을까 걱정이 되어서다. 이때 아킬레우스는 트로이아인들을 도륙하고 있었는데, 그의 기세를 나타내는 직유가 심상치 않다. 이제 곧 도시가 불에 탈 것을 암시하듯 직유에도 화재 장면이 들어갔다.

> 마치 **불타는 도시의 연기가** 신들의 노여움에 고무되어
> 넓은 하늘로 솟아오르며 모든 사람들에게 노고를,
> 그리고 많은 사람들에게 슬픔을 가져다 줄 때와도 같이
> 꼭 그처럼 아킬레우스는 트로이아인들에게 노고와 슬픔을 가져다주
> 었다.(21:522~5)

멀리서 아킬레우스의 모습을 본 사람은 프리아모스다. 그는 성문을 열어 군사들을 성안으로 받아들이고, 아킬레우스가 들어오기 전에 그것을 닫도록 한다. 아폴론도 트로이아인들에게 도피할 시간을 벌어 주기 위해 행동을 개시한다. 그가 택한 방법은 아게노르라는 전사에게 용기를 주어 아킬레우스에게 도전하게 하는 것이다. 그는 전투 첫날, 트로이아 전사로서는 처음으로 공을 세웠던 사람이다(4:467~469). 이제 그가 이 작품에 나오는 전사 중에 아킬레우스를 제외하고는 거의 마지막으로 일종의 '전공'을 세우게 된다. 아폴론은 아게노르에게 용기를 불어넣고는 바로 옆 참나무 곁에서 안개로 자신을 가리고 대기한다. 자신이 응원하는 전사를 죽음으로부터 막아 주기 위해서다. 그러나 아킬레우스가 다가오자, 아게노르는 두려움에 사로잡힌다. 그는 마음속으로 견주어 본다. 도시 쪽으로 달아나는

게 나을지, 아니면 들판 쪽으로 달아나는 게 나을지. 곤경에 빠진 전사의 전형적인 장면 중 하나이다. 이럴 때는 늘 제3의 선택지가 취해지고, 그 앞에는 '하나 무엇 때문에 나의 마음은 이런 생각을 하는 것일까?'라는 구절이 등장한다. 이번에도 예외가 아니다. 그는 아킬레우스와 맞서기로 결심한다. '그의 살도 뚫리는 것이고, 그의 목숨도 하나뿐이며, 그 역시 죽을 몸이다!'

그는 사냥꾼을 향해 달려 나가는 표범처럼 당당하게 아킬레우스에게 맞선다. 대결 장면에 거의 언제나 나오듯 위협이 앞선다. "트로이아에는 전사가 많고, 그들은 부모와 아내와 자식들을 지키기 위해 싸울 것이다, 아킬레우스는 여기서 죽음을 맞이하리라." 지금 당장 이뤄질 일은 아니지만 맞는 말이다. 그는 창을 던진다. 아킬레우스의 정강이받이를 맞힌다. 그러나 창은 튀어나온다. 다시 신의 선물이 위력을 슬쩍 드러내는 순간이다. 사실 다른 전사들은 도망치기에 급급해서 아킬레우스에게 공격을 가하는 사례가 단 다섯 번(아이네이아스, 헥토르, 아스테로파이오스, 아게노르, 헥토르)만 등장하기 때문에, 그 무장이 얼마나 위력적인지 알기 힘들게 되어 있다. 이제 아킬레우스가 그에게 달려든다. 여기서 아폴론이 개입한다. 그는 아게노르를 안개에 싸서 슬쩍 옮겨 놓는다. 그러고는 속임수를 쓴다. 자신이 대신 아게노르의 모습을 취하여 앞에서 달아나면서 아킬레우스의 추격을 유도한 것이다. 달리기에 자신 있는 아킬레우스는 그를 따라간다. 신은 잡힐 듯 말 듯, 강 쪽으로 도망친다. 그 사이 트로이아군들은 성안으로 쏟아져 들어간다.

이 장면은 조금 뒤의 헥토르 장면과 짝이 되며, 동시에 앞에 나온 헥토르 장면과도 연결되어 있다. 우리는 20권에서 헥토르와 아킬레우스 사이의 대결이 이뤄질 뻔하다가 무산된 것을 보았는데, 이 대결도 그것처럼 단 한 번의 공격으로 끝나 버린다. 이번에도 그때처럼 아킬레우스가 먼저 공격을 받았다. 두 경우 다 피해를 입지 않는데, 그때는 아테네가 창을 입김으로 불어 날려 버렸기 때문이고, 이번에는 헤파이스토스의 선물이 도움이 되었다. 그때나 지금이나 트로이아 쪽의 보호자는 아폴론이다. 아킬레우스의 등장 이후 신들의 개입이 점점 잦아지고 있는데, 여기서 아폴론도 이전보다 훨씬 깊이 개입하고 있다. 예를 들어 비교하자면, 전에 5권에서 그가 디오메데스에게 공격당한 아이네이아스를 빼돌릴 때는 아이네이아스의 허상을 만들어 놓는데 그쳤지만, 여기서는 자신이 직접 인간의 모습을 취하고 말하자면 스스로 '허상' 노릇을 하고 있다. 이제 조금 전에 강의 신에게 쫓겨 위기에 몰렸던 아킬레우스가 불사의 신을 추격하고 있다. 그는 죽기 전에 거의 마지막으로 '신보다 나은' 존재로 그려지고 있다.

한편 이 장면은 기다림과 망설임, 달아남과 신의 속임수 등으로 해서 뒤에 나올 헥토르 장면과 유사하다. 아게노르가 아킬레우스의 정강이를 맞힌 것은, 뒤의 대결에서 헥토르가 이룰 일을 조금 약하게 그린 셈이다. 헥토르는 아킬레우스의 방패를 가격하게 될 것이다.

「헥토르를 쓰러뜨리는 아킬레우스」, 아테나이 적상 도기(기원전 500~450년경).
아킬레우스와 헥토르의 최후 대결을 보여 준다. 작품에서는 헥토르의 창이 빗
나가 버려 칼을 들고 저항하는데, 이 그림에서는 상황이 반대로 되어 있다. 또
『일리아스』에는 아킬레우스가 화려한 갑옷을 걸치고 있는 것으로 되어 있으
나, 여기에는 남자의 나체를 그리기 좋아하던 희랍인의 기호에 따라 벌거벗은
모습으로 그려졌다.

ᴖᴖᴖ 22권 ᴖᴖᴖ

마지막 대결을 보여 주는 권이다. 먼저 전체 모습이 그려진다. 트로이아군은 새끼 사슴들처럼 도시로 달아나고, 희랍군은 성벽으로 다가온다. 오랜만에 군중이 모습을 드러냈다. 다음으로 잠깐 헥토르를 보여 준다. 22권에서 가장 중심적 역할을 할 두 인물 중 하나를 소개하는 셈이다. 그는 문 앞에 버티고 서 있다. 시인은 그의 운명이 그를 묶어 두었다고 해설한다.

이번에는 다른 중심인물 아킬레우스가 소개된다. 그는 여전히 아게노르 모습의 아폴론을 추격하는 중이다. 아폴론은 그를 조롱한다. 그 빠른 발을 엉뚱하게 이용하고 있다고, 죽지도 않을 자기를 추격하느라, 성안으로 도망치는 트로이아군을 그냥 놓아 두고 있다고. 아킬레우스는 그가 아폴론인 것을 알아보고 비난한다. 자신의 영광을 빼앗았다고, 할 수만 있다면 복수하고 싶다고. 매우 오만한 발언이지만 영웅 사회에서는 이해될 만한 말이고, 어차피 죽음을 앞둔 전사로서는 두려울 것도 없다. 어떤 학자는 아킬레우스의 진정한 라이벌은 아폴론이라고 하는데, 어쩌면 여기서 그 라이벌 의식이 드러난 것인지도 모르겠다.

이제 아킬레우스는 도시를 향해 방향을 돌린다. 경기에서 우승한 말과 같다. 잠시 후에 그는 경기장을 달리는 말로 그려질 것이다. 그를 다시 프리아모스가 본다. 아킬레우스는 시리우스처럼 빛난다.

> 그가 들판 위를 질주하는 모습은 마치 늦여름에 떠올라
> 밤의 어둠 속에서 수많은 별들 사이에서도
> 가장 찬란한 광채를 발하는 별처럼 빛났다.
> 이 별을 사람들은 오리온의 개라는 이름으로 부른다.
> 이 별은 가장 찬란하기는 하나 불행의 징조이며
> 또 가련한 인간들에게 심한 열병을 가져다준다.(22:26~31)

헥토르가 아킬레우스 앞에서 달아나다

아들이 성 앞에서 들어오지 않는 것을 보고 아버지가 눈물로 간청한다. 간청과 기원, 회고, 미래에 대한 예상이 한데 섞인 것이다. 상대가 훨씬 강하니 맞서지 말라고 권한다. 뤼카온과 폴뤼도로스가 보이지 않는 것을 걱정한다. 헥토르가 살아 있어야 그나마 희망을 가질 수 있다고 달랜다. 노인은 자기 앞날을 그려본다. "아들들은 죽고, 딸들과 며느리들은 끌려가며, 방들은 약탈되고, 아이들은 바닥에 내동댕이쳐질 것이다. 나는 개의 먹이가 될 것이고, 집에서 기른 개들은 주인의 피를 마시고 미쳐서 문간에 눕게 될 것이다. 젊은이라면 전장에서 죽어도 아름답지만, 노인이 개떼에게 뜯기는 것은 가장 비참하고 가련한 일이다." 어머니도 간청한다. 젖가슴을 드러냈다. 어린 헥토르를

먹였던 그 가슴에 경의를 표하라고 청한다. 그가 죽으면 그녀도, 그의 아내도 그를 애곡할 길이 없다, 그는 개들의 밥이 될 테니까. 한 나라의 왕비가 가슴을 드러내는 것은 왕족의 품위에 손상을 주는 것으로 생각될지 모르지만, 옛 사람들은 이런 행동에 거의 주술적인 효력을 부여했다. 어떤 주장을 할 때 보증이 되는 물건이 있다면 눈앞에 내어 놓아야 하는 것이다. 그리고 이 두 노인의 간청에서 시신 훼손의 주제가 다시 등장한 것도 주목할 만하다.

하지만 헥토르는 이런 간청에 개의치 않고, 독사같이 매서운 기세로 상대를 기다린다. 그러는 와중에 조금 전의 아게노르처럼 혼자 생각에 잠긴다. 그의 생각은 이리저리 방향을 바꾼다. 우선 폴뤼다마스의 말에 따라 진작 도시 안으로 병사들을 후퇴시키지 않은 것을 후회하고, 자기 어리석음 때문에 수많은 동료들이 희생된 것을 부끄럽게 생각한다. 수치를 면하기 위해서는 싸우는 수밖에 없다고 생각한다. 여기서 그에게 부담을 주는 것은 어제 자신이 했던 호언장담(18권)이고, 6권에서 안드로마케와 작별할 때 언급한 명예와 수치심이다. 하지만 다음 순간 그는 화평의 가능성을 생각한다. 자기가 무장을 내려 놓고 아킬레우스와 만나서, 헬레네와 그녀에게 딸린 재물들을 돌려주고, 도시의 재산 중 절반을 희랍인들에게 주겠다고 약속하면 어떨까 하는 것이다. 그러나 이것은 파국 앞의 일시적인 환상이고, 아킬레우스가 파트로클로스를 떠나보낼 때 표현했던 "우리 단 둘이서 트로이아를 함락시켰으면 좋겠다"던 실현불가능한 소망과도 유사하다. 이런 고심의 끝이면 언제나 등장하는 구절이 나온다. '하나 나의 마음은 무엇 때문에 이런 생각을 하는 것일까?' 자신이 비무장으로 다가가면 오히려 상대가 자신을 더 쉽게 죽이리라는 데 생각이 미친다. 헥토르는 마음을 다잡는다.

> '지금은 처녀총각처럼, 서로 다정하게 이야기를 나누는
> 처녀총각처럼 참나무나 바위에서부터 시작해서
> 그와 다정하게 이야기나 하고 있을 때가 아니다.'(22:126~128)

이 직유는 아마도 평화롭던 젊은 날의 사랑의 기억과 연관된 듯하다. 헥토르도 언젠가 안드로마케와 이렇게 속삭였을 것이다. 하지만 이제 그 아름답던 시절은 지났다. 생사를 건, 도시의 명운을 건 싸움이 있을 뿐이다. 헥토르는 이제 차라리 빨리 싸우는 쪽이 낫다고 생각한다. 제우스가 누구에게 명성을 줄 것인지 곧 결정될 것이다.

그러나 아킬레우스가 불처럼, 태양처럼 빛나며 다가오자, 헥토르는 갑작스런 두려움에 사로잡혀 그 자리를 떠나 달아나기 시작한다. 사실 이것은 아주 놀라운 일은 아니다. 우리는 아이네이아스가 아킬레우스 앞에서 이런 식으로 도주한 적이 있다는 걸 들었다. 또 방금 아게노르 장면에서도 이런 도주를 보았다. 영웅들도 급하면 이렇게 하는 수밖에 없다. 아킬레우스도 강물을 피하여 달아나지 않았던가!

달아나는 헥토르의 뒤를, 비둘기 쫓는 매처럼 아킬레우스가 뒤쫓는다. 헥토르와 아킬레우스는 성벽을 따라 돌고 있다. 『일리아스』의 전투 장면에는 지형이 거의 나오지 않았었는데, 아킬레우스가 등장하면서부터 주변의 지형이 조금씩 그려진다. 그들은 망대와 바람

에 흔들리는 무화과나무를 지나, 아름답게 흘러가는 두 개의 샘물 곁에 닿는다. 스카만드로스 강의 수원이 되는 샘들이다. 여기서 시인은 갑자기 평화롭던 옛날을 상기시킨다.

> 그곳 샘물 바로 옆에는 돌로 만든 아름답고 넓은
> 빨래통들이 있었는데 아카이아인들의 아들들이 오기 전
> 그 옛날 평화롭던 시절에는 트로이아인들의 아내들과
> 고운 딸들이 이곳에서 번쩍이는 옷을 빨곤 하였다.(22:153~156)

이제 그 평화롭던 시절은 가버렸고, 전쟁이 오래 계속되고 있다. 그나마도 지금 이 옆을 달려 지나가는 헥토르가 멈춰서 죽으면 파국으로 끝날 것이다.

두 사람은 두 마리 경주마처럼 성 주위를 돈다. 22권 초입에 아킬레우스에게 주어졌던 직유가 현실이 되었다. 이 긴박한 순간에 장면은 신들의 세계로 옮겨진다. 아킬레우스와 아이네이아스가 마주치는 장면에서 그랬던 것과 비슷하다. 모든 신들이 이 둘을 내려다보고 있다. 제우스는 헥토르가 제물을 많이 바친 것을 기억한다. 다른 신들에게 조언을 구한다. 그를 여기서 죽게 할 것인지, 구해 줄 것인지. 아테네가 항변한다. 이미 오래 전에 운명이 정해져 있는 필멸의 인간을 구한다는 것은 옳지 않다, 다른 신들은 찬성하지 않을 것이다. 언제나 그녀에게 친절한 제우스는 진심이 아니었다며 물러선다. 그녀에게, 하고 싶은 대로 행하라고 허락한다. 이것도 아이네이아스 장면과 비슷하다. 지난번에는 포세이돈이 아이네이아스를 도와주고 싶어 해서

헤라가 마지못해 허용했는데, 이번에는 얼마 전에 아이네이아스에게 주어졌던 것 같은 도움이 헥토르에게 주어지지 않는다. 여기서 아테네가 대꾸하는 말(22:178~181)은 사르페돈을 동정하는 제우스에게 헤라가 반대할 때와 같은 구절(16:440~443)로 되어 있다. 사르페돈과 같은 운명이 헥토르도 기다리고 있다. 지금 신들이 보고 있는 것은 일종의 경주다. 상품은 헥토르의 목숨이다. 신들도 각기 응원하는 쪽이 있다. 하지만 승패가 그들의 안녕에 큰 영향을 끼치는 것은 아니다. 다른 신과 불화하면서까지 집착할 필요는 없다. 이것이 이 세계에서 인간이 차지하는 지위다.

다시 장면은 인간 세계로 돌아온다. 그 사이 아킬레우스는 사슴을 뒤쫓는 사냥개처럼 상대를 놓치지 않고 계속 쫓는다. 헥토르는 혹시 성벽 위에서 누가 무기를 날려 자기를 구해 줄까 하는 희망에 성벽 쪽으로 붙으려 한다. 그러면 아킬레우스는 먼저 도시 쪽으로 달려가 앞을 막고 헥토르를 들판 쪽으로 다시 내몬다. 이미 여러 직유가 나왔지만 여기서 다시 유명한 직유가 나온다.

> 마치 꿈속에서 달아나는 자를 추격하려 해도 되지 않듯이
> ──쫓기는 자는 달아날 수가 없고 쫓는 자는 추격할 수가 없다──
> 꼭 그처럼 아킬레우스는 달려가 잡지 못했고 헥토르는 벗어나지 못했다.(22:199~201)

헥토르가 '발이 빠른' 아킬레우스 앞에서 이렇게 잘 달리고 있는 것은 아폴론이 힘을 주고 있기 때문이다. 이제 거의 종말이 다가왔다.

아킬레우스는 동료들에게 고갯짓으로 신호를 보낸다. 다른 사람이 자기보다 먼저 헥토르를 맞히지 못하게 하려는 것이다. 드디어 네번째로 샘가에 다다르자, 제우스는 황금 저울을 들고 두 사람의 운명을 단다. 앞에서 여러 번 직유와 상징적 표현 속에 나왔던 것이 실물로 등장했다. 헥토르의 운명이 땅으로 기운다. 죽음의 방향이다.

이제까지 여러 번 언급되다가 이제 마침내 실물로 등장한 저울에 대해서는, 앞에서 언급했던 서사시『아이티오피스』가 그 근원이라는 주장이 있다. 아킬레우스와 멤논이 맞붙게 되자, 테티스와 에오스가 제우스에게 달려가 서로 자기 아들이 이기게 해달라고 청을 했단다. 난처해진 제우스는 헤르메스를 시켜서 두 사람의 운명을 저울에 달게 하는데, 멤논의 운명이 땅으로 처져서 그가 먼저 죽는 것으로 결정되었다고 한다. 한데『일리아스』시인은『아이티오피스』를 모델로 훨씬 긴 서사시를 만들면서, 이 저울이란 요소를 끌어다 이런 식으로 이용했다는 것이다. 신분석론자들의 주장이다.

이제 아폴론은 헥토르를 떠난다. 신은 죽는 자와는 동행하지 않는 법이다. 대신 아테네가 아킬레우스를 도우러 나타난다. 그녀는 그에게 멈춰 서서 숨을 돌리라 말한다. 자기가 상대를 싸우게끔 설득하겠다고. 아킬레우스가 그 말을 따르자, 여신은 헥토르에게 다가간다. 헥토르의 형제인 데이포보스(Deiphobos)의 모습을 취했다. 여신은 헥토르에게 자기가 도와줄 터이니 함께 아킬레우스에 맞서자고 말한다. 헥토르는 기뻐하고 자기 '형제'의 용기를 칭찬한다. 앞으로 그를 더욱 존중하겠노라고 약속한다. 아테네는 능청맞게 이야기를 꾸며낸다. 모두들 자기를 붙잡고 성안에 머물라고 했지만, 자기가 쓰라린 슬픔을 느껴 나왔노라고, 단호하게 맞싸우자고. 여기서 '데이포보스'는 '창을 아끼지 말자'고 하고 있는데, 결국 그 창이 문제가 될 것이다.

이 마지막 대결의 장소는 헥토르와 트로이아의 운명과 관련해서 매우 의미 깊게 설정되어 있다. 이 두 영웅이 마지막으로 맞서는 곳은 샘 곁이고, 그것은 스카만드로스 강의 원천이다. 그러나 스카만드로스는 이미 트로이아를 돕지 않겠다고 맹세했었다. 이 샘가에는 빨래터가 있다. 하지만 헥토르의 옷들은 그 빨래터 물 속으로가 아니라, 불 속으로 들어갈 것이다(22:512). 한편 마지막 속임수에 동원되는 인물도 진작부터 준비되어 있던 자다. 그 데이포보스는 13권에서 부상을 당해서 안전한 후방으로 물러나 있었던 것이다. 더욱이, (『오뒷세이아』 등의 전승에 따르면) 데이포보스가 파리스 사후에 헬레네를 차지한다는 점에서도 이 선택은 적절하다. 헥토르가 죽으면 트로이아는 멸망할 것이다. 파리스의 행위가 그 멸망의 최초 원인이라면, 헥토르의 죽음은 멸망을 막아줄 장치가 사라진다는 의미에서 그 최종 원인이다. 이 최종 원인에 헬레네의 두번째(메넬라오스까지 계산하면 세번째) 남편, 말하자면 '또 하나의 파리스'가 연관되는 것은 그럴듯하다. 그리고 사실 두 명의 작은 전사가 강한 전사 한 명과 맞서는 것은 자주 있던 일인데, 여기서는 그러한 영웅적 동지애가 속임수로 쓰임으로써, 헥토르의 고립이 더욱 강조되고 있다.

아킬레우스와 헥토르가 최후의 대결을 벌이다

이제 『일리아스』의 가장 중요한 두 영웅, 아킬레우스와 헥토르가 맞붙게 되었다. 이들은 이미 20권에서 한 번 서로 맞섰으나, 신의 개입 때문에 끝을 보지 못했었다. 그때의 상황과 조금 전의 아게노르 장면, 그리고 파트로클로스와 헥토르의 장면은 모두 지금 이 장면과 연관이 있다.

헥토르는 '데이포보스'와 함께 아킬레우스를 향해 달려간다. 이제까지 보아온 대결의 '공식'에 따르면 위협을 주고받을 차례다. 헥토르가 먼저 입을 연다. 하지만 아직은 위협이 아니다. 그는 신들 앞에 서약하자고 제안한다. 앞에서 두 번이나 약정 대결을 '주최'했던 사람답다. 그는 7권에서처럼, 이긴 자가 진 자의 시신을 훼손하지 말고 상대편에게 돌려주자고 제안한다. 하지만 아킬레우스는 그를 노려보며 말한다.

> "헥토르여, 잊을 수 없는 자여, 내게 합의에 대해 말하지 말라.
> 마치 **사자와 사람** 사이에 맹약이 있을 수 없고
> **늑대와 양**이 한마음 한뜻이 되지 못하고
> 언제까지나 서로 적의를 품는 것과 같이
> 꼭 그처럼 나와 그대는 친구가 될 수 없으며 우리 사이에
> 맹약이란 있을 수 없다."(22:261~266)

얼핏 들으면 자신은 사람으로 놓고 상대를 사자나 늑대로 상정하는 것 같지만, 사실 여기서 짐승이 되어 있는 것은 아킬레우스다.

자신을 맹수로 보는 이러한 직유는, 나중에 헥토르의 살을 날로 먹고 싶다는 원한 깊은 위협에서 사실로 변해 간다. 어떤 학자는 콘라트 로렌츠(K. Lorenz)의 동물행동학적 개념을 원용하여, 여기서 아킬레우스의 태도가, 같은 종 사이에서 절제된 의식의 성격을 갖는 '공격'(aggression)에서, 다른 종 사이의 무제한적 폭력인 '사냥'(hunting)으로 변해 가고 있다고 말하기도 한다.

아킬레우스는 어서 싸우기를 재촉한다. 아테네가 자신의 창을 빌려 헥토르를 죽일 것이라고 위협하며, 먼저 공격에 돌입한다. "그 동안 익힌 모든 싸움 기술을 생각하라!" 다른 모든 대결과 달리 여기서는 승자가 될 사람이 먼저 창을 던졌다. 아마도 아킬레우스의 분노와 적개심을 보여 주는 것이리라. 그러나 그 창은 목표를 맞히지 못한다. 아킬레우스의 충고에 따라 알맞은 기술을 미리 생각한 걸까? 헥토르가 상대를 주시하고 있다가 슬쩍 몸을 낮추며 그 창을 피한 것이다. 아킬레우스는 여기서 작지만 또 한 번 실패를 맛보았다. 이날 들어 여러 차례 반복된 실패다. 하지만 여신의 도움이 있다. 그녀는 헥토르 뒤로 날아가 버린 창을 집어서 헥토르 몰래 아킬레우스에게 돌려준다. 여기서도 마법적인 측면이 슬쩍 드러나는데, 학자들은 이 창이 원래 마법의 무기로서, 북구 신화에서 토르(Thor)의 망치처럼, 원래의 주인에게로 돌아가는 것이었다고 본다. 하지만 마법을 싫어하는 시인이 이런 식으로 바꿔 놓았다고.

한편 상대의 실패를 목격한 헥토르는 기세가 올라, 미뤄 두었던 위협을 가한다. 아킬레우스가 자기 운명에 대해 제우스에게서 잘못

들은 모양이라고 조롱한다. 아킬레우스가 자기 창에 맞아 죽으면 트로이아군이 전쟁하기 편하리라고 외친다. 창을 날린다. 그것은 상대의 방패에 제대로 맞는다. 하지만 그대로 튕겨나가 버린다. 신의 선물이 다시 위력을 발휘한 것이다. 헥토르는 다른 창이 없으므로 형제에게 도움을 청한다. 창을 달라고 외친다. 하지만 곁에는 아무도 없다. 그제야 그는 아테네에게 속았음을, 신들이 자기를 버렸음을 깨닫는다. 그래도 그는 끝까지 싸우고자 한다. 자신의 명예를 위해서다.

이제 그는 칼을 빼어들고 독수리처럼 달려든다. 아킬레우스도 마주 달려든다. 아름다운 방패로 앞을 가렸다. 투구가 끄덕이고, 그의 창은 샛별같이 빛난다. 그는 상대의 빈틈을 노린다. 상대는 파트로클로스에게 빼앗은 아킬레우스의 무장을 입고 있다. 쇄골이 목을 감싸고 있는 곳만 드러나 있다. 아킬레우스는 그곳에 창을 찔러 넣는다. 헥토르가 걸치고 있는 무장의 원래 주인이니 어디가 약점인지 잘 알고 있었으리라. 헥토르는 그 무장을 걸침으로써 얻은 이득이 없다. 일시적인 허영심을 만족시켰을 뿐이다.

그러나 헥토르는 곧바로 죽지 않고, 사르페돈과 파트로클로스처럼 마지막 말을 한다. 먼저 아킬레우스가 조롱한다. 헥토르가 파트로클로스를 죽일 때는, 아킬레우스라는 강력한 복수자가 남아 있다는 걸 전혀 생각지도 않았을 것이라고. 우리는 사실 헥토르가, 죽어 가는 파트로클로스에게 아킬레우스에 대해 잘못된 예상을 늘어놓는 것을 보았었다. 그러니 여기서 아킬레우스도 잘못 생각하고 있는 셈이다. 아킬레우스는 그의 시체가 개와 새의 먹이가 되리라고 위협한다.

헥토르는 값을 받고 자기 시신을 돌려주어 장사지낼 수 있게 해 달라고 다시 부탁한다.

> "내 그대의 목숨과 무릎과 어버이를 걸고 애원하노니
> 나를 아카이아인들의 함선 옆에서 개들이 뜯어먹도록
> 내버려 두지 말고 나의 아버지와 존귀하신 어머니께서
> 그대에게 선물로 주게 될 많은 양의 청동과 황금을 받고
> 내 시체를 집으로 돌려보내 트로이아인들과
> 그들의 아내들이 죽은 나에게 화장의 예를 베풀 수 있게 하라."
> (22:338~343)

아킬레우스는 아무리 큰 몸값을 가져와도 돌려주지 않겠노라며, 오히려 그의 살을 저며 먹고 싶다는 충동을 드러낸다. 마지막으로 헥토르는, 파트로클로스가 그랬듯, 상대의 운명을 예언하고 죽는다. 파리스와 아폴론이 그를 스카이아이 문에서 죽이게 되리라는 것이다.

> "하나 이제 조심하라, 그대 비록 고귀하지만 파리스와
> 포이보스 아폴론이 스카이아이 문에서 그대를 죽이게 될 바로 그날,
> 내가 그대에게 신들의 노여움을 일으킬 어떤 빌미가 되지 않도록."
> (22:358~360)

헥토르의 영혼이 통곡하며 떠나자, 아킬레우스는 자기 운명을 언제든지 받아들이겠노라고 혼자 중얼거린다. 헥토르는 아킬레우스보다 직유를 많이 받은 유일한 인물이다. 쓰러지는 자가 더 많은 위

협을 가하는 건 자주 보던 일이지만, 아킬레우스의 첫 공격이 실패한 후 헥토르가 던지는 위협은 너무나도 확신에 찬 것이었다. 패배자에게 주어지는 일종의 보상이다. 신이 만든 무장을 걸쳐본 것도, 특별한 영웅들에게만 허용되는 특별한 유언 기회도, 22권과 24권 두 차례에 걸친 애곡과 24권 전체를 차지하는 시신 '쟁탈전', 그리고 이 서사시의 끝을 이루는 특별한 장례식도 모두 같은 성격이다. 물론 헥토르라는 중요한 영웅의 죽음 앞에서 이런 것들은 별 보상이 되지 못한다는 느낌도 없지 않다. 하지만 독자들은 적어도 시인이 헥토르의 죽음을 그냥 쉽게 일어난 것으로 그리지 않았음을 느낀다. 그가 죽는 데는 신의 근심, 신의 저울, 신의 속임수 등 여러 장치가 필요했다. 그것은 인간의 힘만으로는 되지 않는 큰 일이다. 그리고 어쩌면 독자와 청자의 가슴속에 생겨나는 아쉬움과 동정이야말로 시인이 헥토르에게 준 가장 큰 보상일지도 모른다. 사실 이 부분에서 시인은 헥토르의 갈등과 두려움은 속속들이 전하면서, 아킬레우스의 생각과 감정에 대해서는 말을 아꼈다. 어쩌면 시인은 적어도 이 부분에서만큼은 독자가 헥토르와 더 많이 공감하기를 원했는지도 모르겠다.

헥토르가 숨을 거두자 다시 전형적인 요소들이 나타난다. 아킬레우스는 창을 뽑고 '피투성이' 무장을 벗긴다. 다른 희랍군 병사들이 다가와서 헥토르의 체격과 용모를 감탄한다. 그러다가 슬슬 그를 찔러본다. 함선에 불을 질러댈 때보다 훨씬 다루기 부드럽다고 농담을 주고받는다. 이제 아킬레우스는 동료들을 향해 연설을 시작한다.

도시로 쳐들어가서 그들이 도망칠지 아니면 계속 버틸지 알아보자는 것이다. 하지만 중도에 그치고 만다. 다시 망설임에 나오는 구절이 등장한다. '하나 나의 마음은 무엇 때문에 이런 생각을 하는 것일까?' 그의 생각은 파트로클로스에게로 돌아간다. '아직 장례도 치르지 못했다!' 그는 살아서도 죽어서도 친우를 잊을 수가 없다.

그는 돌아가자고 말한다. 트로이아가 신처럼 떠받들던 헥토르를 죽였으니 큰 승리와 영광을 얻은 셈이다. 그는 헥토르의 두 발의 뒤꿈치를 뚫고 거기에 쇠가죽 끈을 꿴다. 끈을 전차에 묶는다. 전차를 몰아 시신을 끌고서 돌아간다. 헥토르의 아름답던 머리털이 먼지로 온통 더러워진다.

우리는 많은 요소들이 앞에서 뒤로 갈수록 반복되면서 강도가 점점 강해져 가는 것을 보아 왔다. 22권에 특히 많이 나타나는 직유들에서도 그런 성향이 보인다. 우선 말 직유를 보자. 우리는 6권에서 파리스가 헬레네의 침실에서 전장으로 돌아갈 때 말에 비유되는 것을 보았었다. 또 같은 직유가 부상에서 회복된 헥토르의 복귀 때(15권)도 나타났었다. 그 다음에 말에 비유된 것은, 아폴론을 뒤쫓다가 방향을 돌려 헥토르 쪽으로 다가오는 아킬레우스였다(22권). 마침내 우리는 아킬레우스와 헥토르가 두 마리 경주마처럼 성을 도는 것을 보게 된다(22권). 그러니 말 직유들 역시 최후 대결이라는 정점을 향하여 죽 자라 온 셈이다.

계속 성장해 가기는 시신 훼손과 연관된 동물 직유도 마찬가지인데, 1권 첫머리부터 나타나는 '개와 새의 밥'은, 일단 강변 전투에서 개와 새를 대신하는 물고기들로써 한 절정을 이뤘다. 한데 이것들이 다시 헥토르의 죽음과 연관해서 자라나기 시작한다. 우선 트로이아의 병사들이 새끼 사슴에 비유된다. 다음으로 아킬레우스가 헥토르를, 사냥개가 사슴을 쫓듯 쫓는다. 그 다음에 아킬레우스가 자신과 헥토르를 사자와 인간, 늑대와 양에 비유한다. 그리고 아킬레우스는 헥토르의 살을 저며 먹고 싶은 심정을 피력한다. 여기서 아킬레우스는 사냥개로, 들짐승으로, 식인마로 변해 가고 있다. 마지막으로, 아킬레우스의 입에서 거듭된 개와 새를 대신하듯, 희랍군 병사들이 헥토르의 시신을 찔러댄다. 이미 16권에서 뮈르미돈인들이 '날고기를 먹는 이리떼'에 비유되었으니, 이제 헥토르의 시신은 이리떼에 뜯기는 셈이다.

자라나는 또 다른 직유의 계열은 트로이아의 멸망과 관련된 것이다. 18권에서 호 곁에 선 아킬레우스의 머리에서는, 포위된 도시의 봉화같이 불길과 연기가 솟는다(18:207~214). 다음으로 아킬레우스가 트로이아인에게 주는 고통이, 불타는 도시의 연기에 비유된다(21:522). 마지막으로 우리는 트로이아 여인들이 헥토르의 죽음을 보고서 도시가 멸망한 것처럼 울부짖는 장면(22:408~411)을 보게 된다.

여인들이 헥토르의 죽음을 애곡하다

헥토르가 죽어 시신이 끌려가는 것을 보자 온 가족과 시민이 울부짖는다. 마치 트로이아 도시가 꼭대기부터 온통 화염에 싸인 것 같은 분위기다. 프리아모스는 성 밖으로 뛰어나가려다가 사람들에게 붙잡혀 뜻을 이루지 못한다. 그는 먼지 속에 뒹굴며 자기를 내보내 달라고 애원한다. 아킬레우스에게 찾아가서 간청해 보겠다고, 그에게도 늙은 아버지가 있으니 설득될지도 모른다고. 그의 어머니도 울며 한탄한다. 그는 어머니의 자랑거리였고, 시민의 빛이고 영광이었다고.

하지만 헥토르의 아내 안드로마케는 아직 사태를 모르고 있었다. 그녀는 집안에서 옷감을 짜면서 그 안에 꽃무늬를 그려 넣고 있다. 그러면서 하녀들을 시켜서 남편이 전장에서 돌아오면 목욕을 할 수 있도록 따뜻한 물을 준비하게 일러 두고 있다. 6권에서 남편이 권유했던 대로다. 시인은 여기서 그녀가 어리석다고 한탄한다. 남편은 목욕과는 멀리 떨어진 곳에서 죽음을 당했다고. 그때 밖에서 비명소리, 울음소리가 들린다. 그녀는 몸이 떨려 북을 놓친다. 무엇인가 무서운 일이 벌어졌다는 걸 직감한 것이다. 특히 시어머니의 비명소리가 그녀를 불안하게 한다. 혹시 남편이 자존심 때문에 희생된 건 아닐까 의심이 스친다. 미친 여자처럼 성벽 위로 달려간다. 주위를 둘러본다. 저 아래 멀리멀리 남편의 시신이 마차에 묶인 채 끌려가고 있다. 여기서 그녀는 그만 혼절하고 만다.

    그러자 칠흑 같은 어둠이 그녀의 두 눈을
    덮었고 그녀는 뒤로 넘어지며 정신을 잃고 말았다.
    그리고 그녀의 머리로부터 이마띠며 머릿수건이며 곱게 꼰 띠며
    면사포 같은 머리 장식품들이 멀리 떨어져 나갔다.

한데 그 면사포는 빛나는 투구의 헥토르가 수없이 많은
구혼 선물을 주고 에에티온의 집에서 그녀를 데려가던 날
황금의 아프로디테가 그녀에게 준 선물이었다.(22:466~472)

여기서 방금 벗겨진 면사포의 연원을 설명하는 구절은 얼핏 보
기에 한가로운 듯하다. 하지만 이것은 시인의 놀라운 솜씨를 보여 준
다. 이 구절은 우리를 전쟁이 일어나기 전의 평화롭던 시절로 이끌어
간다. 이 면사포는 가 버린 평화와, 젊은 날의 행복, 사랑의 기쁨, 늠름
한 신랑을 맞이하는 신부의 벅찬 희망, 그녀의 순결한 아름다움, 이런
모든 것을 의미하는 것이었다. 이제 남편이 죽음으로써, 그녀의 모든
희망, 모든 행복이 영원히 사라져 버렸다. 시인은 여러 말 하지 않는
다. 단지 그녀의 머리에서 면사포가 떨어졌으며, 그것이 여신의 결혼
선물이었음을 말할 뿐이다. 남편과 함께 그녀도 죽었다. 그녀가 혼절
하는 순간 그녀의 눈에 내리덮인 칠흑 같은 어둠, 그것은 다른 전사들
의 경우에는 바로 죽음의 묘사였던 것이다.

정신이 돌아오자 안드로마케는 자신과 남편의 운명을 한탄하고,
특히 아들의 앞날을 걱정한다. "이 아이는 혹시 전쟁을 벗어난다 하
더라도 폭력과 따돌림을 당하고, 궁핍에 시달리며 구박을 받을 것이
다. 이전에는 좋은 환경에서 즐겁게 놀고 편안히 자던 아이가!" 그녀
의 생각은 남편의 시신으로 돌아간다. 개들이 배를 채우고 나면 구더
기들이 그를 뜯어먹을 것이다, 그의 옷은 궁전에 많이도 쌓여 있지만
그는 벌거벗은 채 버려질 것이다, 그러니 그녀는 그것들을 불에 태울

것이다. 6권에서 헥토르가 복을 빌었던 아이는 이제 비참한 운명을 맛보게 되었다. 하지만 그녀는 모르고 있다, 아이는 이런 구박과 고통을 당하기 전에 성벽에서 내동댕이쳐져 죽으리라는 것을. 다른 전승들이 전하는 아스튀아낙스(Astyanax, '도시의 왕'이란 뜻으로 헥토르의 아들 스카만드리오스의 별명)의 운명이 그렇다. 도시가 함락되었으니 그 도시의 '왕'이 죽는 것은 어쩌면 당연하다. 헥토르는 6권에서 아내에게 길쌈을 권했다. 하지만 이제 그는 벌거숭이로 낯선 곳에 누워 있다. 아내는 그를 위해 목욕물을 데웠다. 우리는 그의 목욕이 예상치 않았던 손에 이루어지는 것을 보게 될 것이다.

❦ 대결 장면을 확장하는 여러 방식들 ❦

『일리아스』 내의 가장 큰 두 영웅의 대결은, 타격 횟수만 보자면 다른 대결들에 비해 그리 길게 묘사된 게 아니다. 이는 아마도, 대결 장면이 확장되려면 주요 영웅이 단번에 결정적 타격을 가하지 못하고 여러 번 실패를 거듭해야 하기 때문일 것이다. 가장 큰 영웅들의 대결 장면이 가장 긴 것이 되어야 한다면, 그들은 가장 많은 실패를 해야만 하는 것이다. 하지만 큰 영웅이라면 단번에 상대를 쓰러뜨리는 것이 당연하니, 대결이 많이 확장될 수 없다(공격의 교환이 가장 많은 대결은 7권 아이아스와 헥토르 사이에 벌어졌던 것이다). 이 대결에서 아킬레우스가 먼저 공격을 가한 것도, 주고받는 공격의 횟수를 줄여 주는 기능을 하고 있다. 헥토르가 먼저 공격한다면, 그가 실수하고 그 다음 아킬레우스의 공격에 끝이 나거나, 아니면 헥토르의 실수 후 아킬레우스도 실수하고, 다시 헥토르가 한 번 더 실수하고, 그 다음에야 아킬레우스의 성공으로 끝내야 한다. 앞의 것은 너무 짧고, 뒤의 것은 너무 길다. 사실 시인이 보여 주고 싶은 것은 두 영웅의 전투 기술이 아니라, 그 상황과 그들의 내면이다.

그래서 여기서는 교환된 타격의 횟수가 아니라, 헥토르의 기다림, 부모의 탄원, 제우스의 망설임, 두 사람의 달리기, 저울질, 거듭되는 직유들, 그리고 마지막 타격 직전 아킬레우스의 무장 설명 같은 상세한 묘사들, 이런 장치를 이용해서 장면이 확장되고 있다. 한편 대결 장면을 확장시키는 다른 수단은 언어이다. 서로 한 번씩만 말해도 꽤 길어지는데, 여기서는 아킬레우스의 응수 뒤에 헥토르에게는 한 번 더 말할 기회가 주어지기 때문에, 말의 분량이 상당히 늘어나 있다. 사실 이 장면은 대결의 계속이다. 물리적으로는 더 이상 연장될 수 없는 대결이 이제 언어라는 수단을 통해 확장된다. 서로에게 가하는 심적인 타격, 특히 헥토르가 가하는 타격은 똑같이 필멸의 존재인 독자에게도 타격으로 전해진다. 이 마지막 말의 대결은 결국 헥토르의 승리로 돌아갈 것이다. 헥토르가 예언한 바 아킬레우스의 죽음은 그대로 실현될 것이지만, 아킬레우스가 위협하는 시신 훼손은 실행되지 못하기 때문이다. 헥토르의 본래 무장이 이미 17권에서 트로이아로 돌아갔듯이, 그의 시신도 결국 반환될 것이다.

Ilias

VI. 전투 이후

「파트로클로스 장례식 기념 경기」, 흑색상 도기(기원전 565년경)

23권은 두 개의 큰 행사로 양분되어 있다. 파트로클로스의 장례식과 장례 기념경기다. 분량은 후자가 전자의 두 배 이상이다. 도기 속 그림은 전차 경주를 즐기며 환호하는 청중을 그렸다. 오른쪽 끝에 아킬레우스의 이름이 쓰여 있는 것으로 보아 파트로클로스 장례식 경기인 것으로 보인다.

23권

파트로클로스의 혼령이 장례를 요구하다

다시 장면은 희랍군 진영으로 바뀐다. 모든 병사들이 자기 막사로 찾아 들어가는데, 아킬레우스는 자기 병사들을 해산시키지 않고 우선 파트로클로스를 애도하게 한다. 그들은 전차를 탄 채로 시체 주위를 세 바퀴 돈다. 아직 장례도 치르지 않았는데 마치 무덤을 도는 것처럼 되어 있다. 아킬레우스가 파트로클로스의 가슴에 손을 얹고 소리 내어 운다. 자기가 약속을 이행했노라고 알린다. 헥토르를 죽여 끌고 왔으며 개에게 뜯어 먹게 내어 줄 것이라고, 그리고 트로이아 귀족 자제 열둘을 장례식에서 목 베려고 끌고 왔다고. 일종의 경과보고이다.

그러고는 갑자기 헥토르를 모욕할 방도를 생각해 낸다. 시신을 풀어 얼굴을 바닥으로 향한 채 엎어 놓은 것이다. 우리가 생각하기로는 조금 전 시신을 전차에 묶어 끌고 온 마당에 이 정도가 뭐 더 대단한 모욕이 될까 싶기도 한데, 학자들 사이에서는 그를 벌거벗긴 채로 내버려 둔 것 자체가 모욕이라는 해석도 있고, 지금 이 엎어진 자세가 장례를 위해 눕혀 놓은 자세와는 반대이기 때문에 모욕이라는 해석도 있다. 나로서는 혹시 아킬레우스가 그를 이 자세대로 끌고 다니려

했던 게 아닐까 하는 의혹이 드는데, 어쩌면 일단 손님 접대를 하기 위해 다음 행동은 미뤘다가 나중에 생각이 바뀌었는지도 모르겠다.

그는 일단 전사들에게 장례 음식을 대접한다. 벌써 장례식이 시작된 느낌이다. 하지만 아킬레우스는 그 자리에서 초청자 노릇을 계속하지 못한다. 다른 전사들이 그를 아가멤논에게 데려갔기 때문이다. 일단 관례에 따라 그날의 전승자를 높이기 위해서 그랬다고 볼 수도 있지만, 아마도 주요 인사들이 보기에 19권의 화해는 아무래도 형식적인 것이고, 마음속 깊은 곳에 서로 감정의 앙금이 남아 있는 듯해서일 것이다. 더구나 아킬레우스는 그때도 아가멤논의 식사 제의를 거절하지 않았던가! 이들은 아킬레우스를 데려가기 위해 상당히 설득을 해야 했는데, 여기서 시인은 아킬레우스가 아직 "전우 때문에 마음속으로 화를 내고 있"다고 해놓았다. 어찌 보자면 전우가 죽은 것 때문에 그의 감정이 격해져 있고, 다른 일은 신경 쓰고 싶어 하지 않는다고 해석할 수도 있겠다. 하지만 달리 보자면 자기 친구가 죽은 것은 결국 아가멤논의 오만 때문이라고 생각해서 여전히 분노를 품고 있다고 볼 수도 있다. 이렇게 보면 서사에 등장한 아킬레우스의 분노는 여전히 계속되고 있는 것이다. 어쩌면 그 분노는 좀더 깊은 것으로, 아킬레우스가 해결해야 하는 두 가지 문제, 즉 죽음의 운명을 받아들이는 것과, 인간 사회에서 열등한 자의 지배를 받아야 하는 지위 수용의 문제 때문일 수도 있다. 특별한 계기는 없지만 우리는 후자를 23권에서 운동경기 중에 아킬레우스가 해결하는 것을 보게 될 것이다. 전자를 해결하려면 다음 권까지 기다려야 한다.

아킬레우스는 아가멤논의 막사로 가긴 했지만, 그들이 준비해 놓은 목욕물을 거절한다. 그가 내세운 이유는, 파트로클로스의 장례를 치르며 머리털을 자르기 전에 머리에 물을 대는 것은 도리가 아니라는 것이다. 하지만 그는 여기서 음식은 먹자고 권한다. 직접 아킬레우스가 음식을 먹었다는 표현은 나오지 않지만, 그가 음식을 먹지 않고 버텼다는 말도 없으니 아마 그는 이제 다른 이들과 함께 식사를 했을 것이다. 19권보다는 한 걸음 더 인간 사회로 돌아간 셈이다. 그러면서 아킬레우스는 아가멤논에게 내일 아침에 파트로클로스를 장례 치르자고 제안한다. 그 시신이 눈앞에 없어야 백성들이 자기 일을 할 수 있겠기 때문이다.

이렇게 하루가 저물고 다른 이들은 모두 자기 막사로 돌아갔으나, 아킬레우스는 뮈르미돈인들과 함께 바닷가에 누워서 파트로클로스를 애도하고 있다. 그러다가 그는 깜빡 잠이 드는데, 파트로클로스의 혼령이 그를 찾아온다. 모습과 목소리, 입은 옷까지 살아 있을 때와 똑같다. 그는 아킬레우스의 머리맡에 서서 얼른 자신을 장례 치러 달라고 요구한다. 그는 아직 하데스의 문을 통과하지 못하고 있다. 다른 영혼들이 자기들 틈에 받아주지 않기 때문이다. 그는 아킬레우스의 손을 잡길 원한다. 일단 화장을 받고 나면 하데스의 집에서 다시 돌아올 수 없기 때문이다. 그러면서 아킬레우스에게 앞일을 예언하고 한 가지 당부를 한다. 아킬레우스도 곧 트로이아 성벽 밑에서 죽을 것인데, 자기 뼈를 아킬레우스의 뼈와 나누지 말고 같은 단지 안에 함께 넣으라는 것이다. 이 대목에서 파트로클로스의 옛 이야기가 나온다. 그는 주사위놀이를 하다가 젊은 혈기에 살인을 저질렀던 것이다. 그래서 그의 아버지가 아직 어린 그를 아킬레우스의 집에 맡겼고, 거기서 둘이 함께 자랐다는 것이다. 시인은 모든 정보를 한꺼번에 내놓지 않고 이런 식으로 필요할 때마다 그 부분만 보충하는 경향이 있다. 아우에르바흐(E. Auerbach)는 『미메시스』라는 책에서, 희랍인들이 "모든 부분에 조명이 가해지는" 식의 서술법을 사용했다고 주장하지만, 늘 그랬던 것은 아니다.

지금 본 이 구절은 아킬레우스와 파트로클로스의 관계를 해석하는 데 상당히 중요하다. 여기서 둘의 뼈가 함께 섞이는 것을 성적인 결합으로 보고, 둘 사이가 동성애 관계라고 해석하는 학자가 있어서다. 하지만 성적인 결합을 표현하는 말인 '섞인다'라는 단어가 직접 쓰인 것은 아니니, 약간 근거가 약해진다(물론 둘이 함께 있겠다는 말을 넓게 보자면, 사랑의 표현으로 해석할 수는 있겠다).

아킬레우스는 자기가 이미 이런 것을 다 생각하고 있기도 했지만, 그가 요구하니 그대로 행하겠노라고 약속한다. 그러면서 서로 부둥켜안고 실컷 울면서 마음을 달래 보자고 청한다. 그 혼령에게 두 팔을 내민다. 하지만 그것을 잡지 못한다. 그 영혼이 가늘게 비명을 지르며 연기처럼 땅 밑으로 내려가 버린 것이다. 그 순간 아킬레우스는 잠에서 깬다. 그리고 하데스에도 영혼이 그림자처럼 있다는 걸 깨달았노라고 말한다. 이전까지는 사후 세계를 믿지 않았다는 뜻 같아서 다소 놀라운데, 어쩌면 그는 삶이 어떤 형태로든 저승에서도 이어진다는 걸 의식하게 되었는지도 모르겠다. 그렇다면 언젠가는 친우를 다시 만날 희망도 있으리라. 실제로『오뒷세이아』에 보면 그들은 저승에서도 늘 함께 다니는 것으로 되어 있다.

파트로클로스의 장례식을 치르다

이제 아가멤논이 장례 준비를 시킨다. 화장용 장작 마련은 메리오네스(Meriones)가 감독한다. 이데 산으로 가서 나무를 벤다. 노새들이 그것을 끌고 내려간다. 앞에서 전사들이 죽을 때 나무 쓰러지는 비유가 여러 번 쓰인 것도 다 이때를 위해서인 듯하다. 나무를 끌고 가는 노새 직유도 17권에서 파트로클로스 시신을 구출하는 장면에 나왔었다. 이 작품 후반에서 직유는 점차 현실로 변해 가고 있다. 이들이 나무를 옮겨 가는 장소는 아킬레우스가 파트로클로스와 자신을 위해 무덤을 짓기로 결정한 곳이다. 스스로 자기 무덤을 조성하는 모습이 비감하다.

다음으로 아킬레우스가 운구 행렬을 조직한다. 앞에는 뮈르미돈 전사들이 완전한 무장을 갖추고 각기 전차에 올라 선도하고, 뒤에는 보병들이 뒤따르며 그 중앙에 파트로클로스의 시신을 전우들이 운반한다. 시신은 전우들이 잘라 던지는 머리털로 덮여 간다. 아킬레우스는 파트로클로스의 머리를 받치고 함께 따라간다. 지정된 장소에 이르자, 아킬레우스가 자기 머리카락을 잘라 바친다. 원래는 고향땅의 강물에 바치려던 것이다. 그는 멀리서나마 강물의 신에게 사정을 설명한다. 자기 아버지 펠레우스는 아들이 귀향하면 아들의 머리털을 잘라 신성한 헤카톰베와 함께 바칠 것이라고 약속했지만, 이제 자기는 고향에 돌아갈 수 없게 되었으니, 대신 파트로클로스에게 그것을 주어 보내려 한다고. 그러고는 자기 머리털을 파트로클로스의 손 위에 놓는다. 일반적으로 젊은이들은 성장기가 지나면 강물의 신에게 자기 머리카락을 잘라 바치는 관습이 있다. 그 전에는 이발을 하지 않는데, 머리카락을 자르면 아이가 더 이상 자라지 않는다는 일종의 공감 주술 때문이다. 죽은 사람에게 머리카락을 바치는 관습은 역사시대에는 주로 여자들에게 한정되어 나타나고, 남자들은 애도 기간에 오히려 머리를 기르는 관습이 생겨나는데, 이는 대체로 장례 때는 평소에 하던 일의 반대되는 일을 행하기 때문이다. 영웅들은 평소에 머리를 길렀기 때문에 장례 때 머리카락을 자르지만, 역사시대 남자들은 평소 짧은 머리였기 때문에 장례 때는 오히려 기르는 것이다.

이제 대중은 해산하여 식사를 준비하게 하고, 마지막 단계는 고인의 친구들과 주요 지휘관들이 처리하기로 한다. 그들은 장작더미를 쌓고 시신을 올려놓는다. 소와 양을 잡아 그 기름으로 시신을 싸고 주위에다 가죽 벗긴 짐승들을 쌓는다. 꿀과 기름 든 항아리들을 곁에 놓는다. 여행 중에 먹을 음식들이다. 말 네 마리, 개 두 마리도 죽여 올려 놓는다. 저승여행 동료이다. 이미 잡아 둔 트로이아 전사 열둘도 죽여서 함께 태운다. 일종의 시종이다. 원래 장례 방식이 매장이라면 이들도 함께 매장될 것이지만, 지금 화장이 행해지고 있으므로 이들도 함께 태워지는 것으로 되었다. 아킬레우스는 파트로클로스에게 자신이 모든 약속을 이행하였다고 보고하면서, 다시 한 번 헥토르는 개의 먹이가 되리라고 약속한다.

하지만 신들의 생각은 달랐으니, 아프로디테가 헥토르의 시신에서 개를 쫓아 주고 향기로운 장미 기름을 발라주었던 것이다. 한데 아무래도 이 기름은 신들이 사용하는 특별한 것인 모양이다. 아킬레우스가 그 시신을 끌고 다녀도 그것이 찢기지 않게 해주었다고 하니 말이다. 보통 장미 기름은 약으로 쓰거나 목상의 보존을 위해 사용되었으니, 상처가 나는 것을 막아 주기까지는 할 수 없었을 것이다. 한편 아폴론은 구름을 보내서 시신에 그림자를 드리우고 살이 시들지 않게 해주었다. 우리는 앞으로 다른 신들도 헥토르의 시신에 관심을 갖고 있는 걸 보게 될 것이다.

다시 장면은 파트로클로스의 장례식으로 돌아간다. 그의 화장 장작이 잘 타오르지 않는다. 그래서 아킬레우스가 북풍과 서풍에게 제물을 약속하며 기도를 드린다. 이리스가 이 기도를 듣고 바람의 신들에게로 간다. 그들은 마침 서풍신의 집에서 잔치를 벌이는 중이다. 신들은 이리스를 보고 놀라 일어나서 자기들 곁에 앉기를 청한다. 이리스는 자기도 지금 아이티오피아인들이 신들께 바치는 헤카톰베를 받으러 가야 하기 때문에 시간이 없다면서, 아킬레우스가 파트로클로스의 장례를 위해 그들을 부르고 있다는 걸 전한다. 신들도 이렇게 누군가 소식을 전해 주어야 먼 데서 일어나는 일을 아는가 보다. 지금 이 장면은 전체적으로 우울하게 진행되고 있는 장면들 사이에 들어가서, 청중으로 하여금 약간 숨을 돌리게 해준다. 영원히 사는 신들이 필멸의 인간들을 위해 벌여 주는 작은 소극(笑劇)이다. 그리고 여기서 아이티오피아 사람들의 제사가 등장하는 것은 1권에 나온 요소가 다시 되풀이되는 것이다. 작품이 끝날 때가 되니 처음에 나온 요소들이 반복되고 있다.

이제 바람이 제대로 불어 장작이 타기 시작한다. 아킬레우스는 황금 항아리에서 포도주를 퍼서 땅에 부으며 파트로클로스의 영혼을 부른다. 여기서 그는, 자식이 결혼한 지 얼마 되지 않아 죽어서 장례를 치르고 있는 아버지에 비유되고 있다. 16권에서 파트로클로스는 어머니를 따라다니면서 졸라대는 어린 여자아이로 비유되었었다. 아킬레우스는 그의 어머니고 아버지이며 연인이다. 안드로마케가 헥토르에게 부여하던 역할과 같다. 지금 여기서 그가 땅에 붓고 있는 검붉은 포도주는 16권에서 제우스가 자기 아들 사르페돈을 위해 내리던 피의 비와 같다. 이것은 그의 눈물이고 자신의 피다. 이제 그는 곧 진짜 피를 땅에 뿌리게 될 것이다.

새벽이 다가오자 불이 꺼지기 시작한다. 다시 사람들이 모이고, 아킬레우스는 파트로클로스의 뼈를 모으라고 명한다. 그리고 그 뼈를 자기가 죽을 때까지 황금 단지 안에 넣어 두라고 한다. 그 다음에 자기 뼈도 화장해서 함께 넣으라는 말은 명시적으로 하지 않고, 다만 지금 파트로클로스의 봉분을 크게 만들려 애쓰지 말고 자기 죽고 나서야 넓히고 높이라고 명한다. 독자들은 다 이해하지만, 아킬레우스가 곧 죽으리라는 것은 등장인물들에게는 전해지지 않았으니 그들에게는 이 발언이 불길한 것으로 여겨졌을 수 있다. 하지만 누가 아킬레우스의 말을 막을 법도 한데 아무 일도 없이 그냥 지나간다. 아마 여기서도 시인은 독자가 아는 것을 등장인물들에게 넣어 준 모양이다.

사람들은 남은 불에 포도주를 부어 끄고, 파트로클로스의 뼈를 수습하여 기름으로 싸서 단지에 넣고 그것을 천으로 덮어 막사에 보관한다. 한편 방금 화장을 치른 자리 주변에 돌을 쌓고 그 위에 흙을 부어 봉분을 만든다. 이미 그곳에 부장품과 순장 짐승, 사람을 태웠으니 무덤을 거기 만드는 것이 적당하겠다. 사람들이 돌아가려는 순간, 아킬레우스가 그들을 불러 큰 원을 그리며 앉게 한 다음, 상품들을 가져오게 한다. 파트로클로스를 기리는 장례식 경기가 벌어질 참이다.

전차 경주

지금부터 벌어지는 경기는 『일리아스』를 뒤돌아보면서 이제까지 나왔던 전사들을 마지막으로 선보이는 한편, 아킬레우스의 사회 복귀 과정을 보여 준다. 우리는 1권에서 아킬레우스의 분노가 파멸적인 결과를 낳으리라는 말을 듣고, 그것을 기다려왔다. 시인은 지난 세월을 보여 주는 전투 장면에서, 앞으로 있을 사건들을 준비시키고, 이 일에 관련된 인물들의 성격을 드러내고, 인간의 운명에 대한 통찰을 보여 주었다. 그리고 파트로클로스가 나가 싸우다 죽고, 아킬레우스가 나서서 그 복수를 했다. 친구의 장례를 치렀다. 이제 무엇이 남았는가. 인간은 죽는 존재지만, 죽기까지는 어쨌든 살아야 한다. 죽어야 하는, 그러나 그때까지는 살아야 하는 인간의 대표로서 아킬레우스는 이제 인간 사회로 돌아가야 한다. 그가 인간 사회로 복귀하는 과정은, 그가 전장으로 복귀할 때처럼, 파트로클로스를 매개로 삼아 점진적으로 이루어진다. 맨 마지막에는 적과 화해하겠지만, 그 전에 우선 여기서 동료들과 화해가 이루어진다. 그 화해의 계기가 되는 것이 장례식 기념경기이다.

귀족들은 전투 장면 못지않게 경기 장면을 좋아하였을 것이고, 장례경기에 대한 묘사는 영웅시에 자주 쓰이던 주제였던 것으로 여겨진다. 그리고 아마도 여기 언급되는 일곱 가지 경기 중에서 앞의 네 가지, 즉 마차 경주와 권투, 레슬링, 달리기, 그리고 마지막에 덧붙여진 창 던지기가 전통적인 경기 종목이었던 것 같다. 아킬레우스가 네스토르를 위로하고, 노인이 여기에 답하는 장면(잠시 후에 볼 것이다)에서 이 종목들만 언급되기 때문이다. 나머지 두 경기는 좀 이상하긴 한데, 그래도 이 경기들을 설명하는 이론들이 없지는 않다.

앞으로 여러 경기가 펼쳐지겠지만 가장 자세히 그려진 것은 전차 경주다. 이렇게 같은 부류의 여러 가지 것 중에 어느 한 가지에 집중해서 그려 보이는 방법은, 이미 18권에서 아킬레우스의 방패에 관심을 집중한 데서도 보였다. 우선 상이 소개된다. 솜씨 좋은 여자와 거대한 세발솥, 노새 새끼를 밴 암말, 상당히 큰 가마솥, 황금 두 탈란톤, 손잡이 달린 단지 등이 1등부터 5등까지의 상이다. 아킬레우스는 자기 말들은 이 경기에 참여하지 않을 것이라고 선언한다. 그것들은 불사의 말이기 때문에 나가기만 하면 1등을 하기 쉽겠지만, 말들이 자기들을 아껴 주던 마부를 잃고 슬퍼하는 중이다. 사실 '상을 당한' 사람이 직접 나가 뛰는 것도 좀 이상할 것이다.

이제 전차 경주에 출전할 선수들이 나선다. 처음 나선 사람은 아드메토스의 아들 에우멜로스다. 그는 이미 2권에서 아킬레우스 다음으로 좋은 말을 가진 것으로 소개되었었다. 그는 전투에서는 한 번도 거명된 적이 없다. 출전 선수 중에는 흔히 2진급 전사가 들어 있는데, 혹시 전투에서 크게 빛을 보지 못한 사람들에게 기회를 주자는 것인지도 모르겠다. 그 다음은 디오메데스다. 우리는 그가 5권에서 아이네이아스의 말을 빼앗는 것을 보았다. 이 말들을 데리고서 출전하려 하는 것이다. 바로 이런 구절 때문에 10권이 의심을 받는다. 다른 전리품은 이렇게 다 등장하는데, 10권에서 노획한 레소스의 말이 여기 등장하지 않기 때문이다. 그 다음은 메넬라오스다. 그는 아가멤논에게 빌린 말과 자기 말을 한데 묶어 등장하는데, 아가멤논은 그 말을 시퀴온 사람 '앙키세스'의 아들 에케폴로스('말주인')에게서 얻은 것이다. 그 사람은 전쟁에 나가지 않고 대신 자기 말을 아가멤논에게 선물로 주었다. 앙키세스는 아이네이아스의 아버지와 같은 이름인데, 여기 아이네이아스의 말에 대항하는 다른 말과 관련되어 있어 약간 우스운 효과를 준다. 네번째로 안틸로코스가 소개된다.

그의 말은 아주 빠른 것은 아니어서 아버지 네스토르가 특별한 작전 지시를 한다. 요지는 반환점을 돌 때 바짝 붙어서 돌라는 것이다. 왼쪽으로 기대면서 오른쪽 말을 풀어 주라는 것을 보면 시계 반대 방향으로 돌아 달리는 모양이다. 다만 너무 바짝 붙이다가 바퀴통이 반환점 기둥에 닿으면 수레를 부수는 수가 있으니 조심해야 한다. 한데 여기까지의 서술을 보면 아직 아킬레우스가 반환점에 대해 언급하지 않은 것으로 보이는데, 네스토르는 어떤 말뚝을 가리키며 "방금 아킬레우스가 저것을 반환점으로 정했다"고 하고 있다. 어쩌면 시인은 여기서도 일종의 '점프커트'로 진행하고 있는지도 모른다. 직접 아킬레우스로 하여금 그런 말을 하게 하기보다는, 다른 사람의 입을 통해 그가 이미 그런 말을 했다고 전하는 방식이다.

마지막으로 메리오네스가 나선다. 다음으로 출발선에 서는 차례를 정하기 위해 제비를 뽑는다. 안틸로코스, 에우멜로스, 메넬라오스, 메리오네스, 디오메데스의 순서다. 그제야(혹은, 다시 한 번) 아킬레우스가 반환점을 가리켜 보이고, 포이닉스를 심판으로 세운다.

말들이 서로 각축을 벌이는 장면도 상당히 자세히 그려져 있다. 우선 배 가까운 데서부터 들판을 향해 달린다. 이따금 전차가 공중에 떠서 날기도 한다. 그러다가 반환점을 돌아 다시 바다 쪽으로 달린다. 반환점을 돌 때 어땠는지는 나오지 않는데, 이미 네스토르의 충고 과정에서 자세히 그려졌기 때문인 모양이다. 이제 마지막 부분이다. 신들이 각기 자기가 응원하는 전사를 돕는다. 제일 먼저 개입한 것은 아폴론이다. 그는 아드메토스와 친분이 있으므로 그의 아들인 에우멜로스를 도우려 한다. 지금 그의 말이 선두에 있다. 디오메데스가 바짝 따라붙었다. 이제 막 따라잡을 순간이다. 신은 디오메데스의 채찍을 쳐서 떨어뜨린다. 갑자기 자극을 잃은 말들이 힘을 늦추고, 디오메데스는 뒤처지고 만다. 하지만 그를 응원하는 아테네도 가만히 있지 않는다. 디오메데스의 채찍을 다시 주인 손에 돌려준다. 그러고는 에우멜로스가 모는 말의 멍에를 부러뜨린다. 말들은 주로를 벗어나고, 에우멜로스는 수레에서 굴러 떨어져 여기저기 타박상을 입고 만다. 그의 눈에 눈물이 고인다. 이제 1등은 디오메데스다.

메넬라오스가 그 뒤를 따르고 있다. 안틸로코스는 자기 말을 격려한다, 1등까지는 바라지 않지만 메넬라오스의 암말에게 뒤지면 안 된다고. 지게 되면 네스토르가 그들을 죽일 것이라고 위협한다. 좁은 길목에서 앞질러 보자고 부추긴다. 도중에 수로가 있어서 통로가 좁아지는 부분이 있다. 메넬라오스는 전차끼리 충돌할까 봐 조심하면서 그 좁은 부분을 지나가고 있다. 안틸로코스는 전차를 경주로 바깥으로 몰았다가 속도를 높여 그 좁은 길목을 향해 비스듬히 달려 들어온다. 메넬라오스는 전차가 부딪겠다고 소리를 지른다. 하지만 젊은 이는 더욱 속도를 낸다. 할 수 없이 메넬라오스가 속도를 늦추고, 그 사이 안틸로코스는 앞질러 멀찍이 달려 나간다.

메넬라오스는 안틸로코스를 비난하면서 자기 말들을 다시 추슬러 추격하기 시작한다. 장면은 관객들 있는 곳으로 바뀐다. 먼지 속을 달려오는 말들 가운데 누가 선두인지 이도메네우스가 제일 먼저 식별한다. 아까 반환점을 돌기 직전까지는 에우멜로스의 말들이 맨 앞에 있었는데, 지금은 디오메데스가 선두인 것같이 보인다고. 그 말을 듣고 작은 아이아스가 반박한다. 자기가 보기엔 에우멜로스가 여전히 선두에 있는 것 같단다. 이도메네우스는 작은 아이아스에게 말다툼이나 잘 하는 사람이라고 비난하고, 내기를 하자고 제안한다. 작은 아이아스가 일어나서 계속 싸우려는 순간, 아킬레우스가 말린다. 더 이상 심한 말을 하지 말라고. 곧 전차가 들어올 것이니 다들 승부를 알게 될 것이라고. 『일리아스』는 굉장히 귀족적으로 짜여 있기 때문에 비열한 인물은 2권에 나왔던 테르시테스 정도인데, 여기 작은 아이아스도 약간 성품이 좋지 않은 것으로 그려졌다. 다른 전승에 따르면 그는 트로이아가 함락될 때 트로이아 여사제 캇산드라를 신전에서 끌어내 겁탈하였고, 그래서 희랍군에게 큰 재앙을 몰고 온 것으로 되어 있다. 어쩌면 시인은 여기서 벌써 『일리아스』 이후를 준비하고 있는지도 모른다. 한편 아킬레우스는 여기서 분쟁을 조정하는 역할을 하고 있다. 1권에서 분쟁을 일으키던 모습과는 벌써 많이 다르다.

그러는 사이에 디오메데스가 들어온다. 그의 전차는 거의 땅에 자취도 남기지 않을 정도로 가볍게 달렸다. 그가 들어오자, 그의 동료 스테넬로스가 얼른 1등상을 챙겨 가져간다. 2등은 안틸로코스, 아슬아슬한 차이로 3등을 차지한 것은 메넬라오스다. 좁은 길목에서는 상당히 처졌었지만, 그 사이 최선을 다해서 2등과는 '말과 바퀴 사이'만큼만 뒤져서 들어왔던 것이다. 경주로가 조금만 더 길었더라면 추월할 수도 있는 상황이었다. 이들에게서 멀찍이 떨어져서 메리오네스가 들어온다. 그의 말이 가장 느리고 그가 전차 모는 실력이 모자랐기 때문이다. 맨 마지막으로 에우멜로스가 들어온다. 그래도 어떻게 전차를 다시 추슬러 묶긴 한 모양이다.

아킬레우스는 에우멜로스가 말도 훌륭하고 실력도 있다는 걸 알고 있었으므로, 그에게 2등상을 주자고 제안한다. 다들 찬성하지만 안틸로코스가 항의한다. 에우멜로스가 재난을 당한 것은 신들에게 기도를 제대로 드리지 않아서라고, 그에게 상을 주고 싶으면 다른 것을 별도로 준비하라고. 자기는 2등상인 암말을 양보하지 않겠다고.

그러자 아킬레우스는 미소를 지으며 그의 말을 따르기로 한다. 에우멜로스에게는 아스테로파이오스에게서 빼앗은 가슴받이를 줄 것이다. 여기서 아킬레우스는 다시 조정자 역할을 하고 있다. 그리고 그가 안틸로코스에게 특별히 친절하게 대하는 것에 대해서는, 이미 다른 전승에 파트로클로스가 죽은 다음에 안틸로코스가 아킬레우스와 가장 가까웠던 것으로 그려져 있으니 어쩌면 여기서 그것을 예고하는지도 모르겠다. 안틸로코스가 파트로클로스의 모델이라고 보는 학자도 있으니 무리는 아니다. 그리고 『오뒷세이아』에 보면, 안틸로코스 역시 저승에서 아킬레우스와 늘 같이 다니는 것으로 되어 있다.

하지만 아직도 해결해야 하는 문제가 있다. 좁은 길목에서 위험한 행동을 해서 2등상을 빼앗아 간 안틸로코스에 대해 메넬라오스가 이의를 제기한 것이다. 한데 지금 자기가 2등상을 가져가면 사람들이 '메넬라오스가 지위를 이용해서 젊은이의 상을 빼앗았다'고 할 터이니, 안틸로코스더러 채찍을 들고 전차 앞에서 서서 포세이돈께 맹세하라고 요구한다. 포세이돈은 말의 신이기도 하고, 안틸로코스가 속한 가문의 수호신이기도 하니 맹세의 대상이 되기에 맞춤하다.

안틸로코스는 현명하게 대응한다. 자기가 젊고 생각이 얕아서 그렇게 행동했다고, 자기가 받은 상을 기꺼이 양보하겠다고, 혹시 그 이상을 요구한다면 배상하겠다고 말한다. 메넬라오스도 그 사과를 받아들인다. 그의 젊음이 잠깐 지혜를 압도한 모양이라고, 특히 안틸로코스의 아버지와 형이 모두 자기를 위해 애를 쓰고 있으니 자기도 호의를 베풀겠다고, 그 암말을 가져가라고. 그러면서 자기는 3등상

을 가져갔다. 마지막으로 들어온 메리오네스가 4등상을 가져가고, 5
등상이 남았다. 아킬레우스는 그것을 네스토르에게 준다. 파트로클
로스를 기념하라면서. 그가 이제 나이가 많아 다른 시합에도 나서지
못할 것이니, 일종의 위로의 선물로 준 것이다. 이런 위로는 노인에게
다시 과거를 회상할 기회로 작용한다. 자기가 전에 아마륑케우스의
장례식 기념경기에서 권투, 레슬링, 달리기, 창 던지기에서 모두 우승
하고, 전차 경주만 악토르의 쌍둥이 아들에게 졌었다고 회고한다. 하
지만 이제 그는 늙었고, 젊은이들이 경기를 할 때다.

여기서 아킬레우스는 경기주최자로서 온화하고 사려 깊은 모습
을 보여 주었다. 그는 다투는 관전자들을 다독거리고, 불운한 경기자
에게 동정을 보이고, 항의하는 젊은이를 관대하게 대하며, 경기에 참
여할 수 없는 노인에겐 경의를 표한다. 물론 여기서 아킬레우스뿐 아
니라 안틸로코스와 메넬라오스도 예의 바르고 온화한 태도를 보인
다. 젊은이는 제 잘못을 얼른 인정하고, 연장자는 넓은 안목에서 용서
하고 양보한다. 전체적으로 23권은 화해의 장이라 할 만한데, 그 특
성이 이 전차 경주에서 가장 잘 드러났다.

다른 경기들

다음은 권투 경기다. 길들이지 않은 노새가 우승 상품으로 나왔다. 단
두 사람만 지원하는 것으로 정해 놓았는지, 패자를 위한 선물로 손잡
이 둘 달린 잔을 준비한다. 아킬레우스는 아폴론께서 힘을 주는 자가
승리하리라고 선언한다. 아폴론이라니, 엊그제까지 아킬레우스와 맞

서던 신이 아닌가? 아킬레우스는 이제 모든 앙심을 버린 것일까? 아폴론이 축제와 운동 경기를 관장하는 신이니 그냥 의례적으로 쓰인 일종의 수사라고 할 수도 있다. 하지만 『일리아스』가 전체적으로 화해로 끝나니, 여기 아킬레우스의 '경쟁자' 아폴론의 이름이 들어간 것도 어떤 의도가 있어서라고 보는 게 좋겠다.

이제까지 한 번도 공을 세운 적이 없는 에페이오스라는 이가 나선다. 그는 솔직하게 자기가 전투에 능하지 못하다는 것을 인정한다. 하지만 권투에 있어서만큼은 누구에게도 양보할 수 없다. 그는 '목마를 만든 사람'으로 『오뒷세이아』에 기록되어 있는데, 그가 귀족이 아닐 거라고 보는 학자도 있다. 그가 자기 힘을 과시하고 누구든 대항하는 자는 죽음을 맛 볼 것이라고 위협하자 모두들 조용해지지만, 에우뤼알로스가 나선다. 이 사람은 전장에서는 6권에 한 번 공을 세운 것이 기록되어 있다. 한편 그의 아버지 메키스테우스는 오이디푸스의 장례식 기념경기에서 테바이 사람들을 모두 제압한 것으로 알려져 있는데, 여기서 오이디푸스의 이름이 나오는 것은 많은 사람의 주의를 끈다. 비극 시인들은 그가 눈이 먼 채로 이국을 떠돌다가 아테나이 부근에서 죽은 것으로 해놓았지만, 여기 이 기록을 보면 나라를 잘 다스리다가 아마도 전장에서 죽은 모양이다.

어쨌든 에우뤼알로스에게는 디오메데스가 보조자로 나선다(사실은 에우뤼알로스도 테바이를 함락한 '에피고노이' 중 하나고, 디오메데스의 친척이다). 디오메데스는 그에게 허리옷을 둘러 주고, 손에 두를 가죽끈을 건네 준다. 경기 자체는 전차 경주만큼 다양한 이야깃거리가 없다. 두 사람이 온몸에 땀을 흘리고 이를 갈며 싸운다. 마침내 에페이오스가 상대의 턱을 가격하자, 에우뤼알로스가 쓰러진다. 에페이오스가 그를 일으켜 주고, 그의 동료들이 패자를 데리고 나간다. 에우뤼알로스는 핏덩이를 토하고 머리를 한쪽으로 늘어뜨리고 있다. 테바이 전쟁에 참여하여 과거를 상징하는 인물이, 트로이아 함락에 크게 기여하는 '미래형 인물'에게 패배했다고나 할까?

세번째는 레슬링 경기다. 소 열두 마리 가치가 있는 세발솥과 소 네 마리 가치가 있는 솜씨 좋은 여인이 상이다. 큰 아이아스와 오뒷세우스가 나선다. 오뒷세우스는 11권에서 부상을 입었는데, 어찌 된 일인지 잘 싸운다. 어쩌면 시인은 여기쯤에는 청중이 오뒷세우스의 부상을 잊었으리라고 생각했을 수도 있다. 그리고 이 장면은, 아킬레우스가 죽고 나서 이 두 사람이 아킬레우스의 무장을 차지하기 위해 겨뤘다는 이야기를 반영하는 것일 수도 있다. 이제 두 사람은, 높다란 집의 맞물린 서까래처럼 서로 움켜잡고 겨룬다. 몸이 삐걱대고, 땀이 비 오듯 흐른다. 몸 여기저기 피 맺힌 자국이 생긴다. 하지만 그들은 서로 상대를 넘어뜨릴 수가 없다. 마침내 사람들이 짜증을 내기 시작한다. 이제 결판을 내자며 아이아스가 오뒷세우스를 들어올린다. 오뒷세우스는 꾀를 내어 상대의 오금을 쳐서 쓰러뜨리고 자신은 그의 가슴 위로 넘어진다. 이 경기는 상대를 쓰러뜨리고 자신도 넘어지면 안 되는 것인지, 아니면 삼판양승제인지(이쪽이 가능성이 크다) 둘은 다시 격돌한다. 오뒷세우스가 상대를 들려다가 안다리를 걸어 둘이다 넘어진다. 다시 그들이 맞붙으려 하자, 아킬레우스가 말린다. 경기가 끝이 안 날 듯해서 그러는지, 둘 다 승자로 선포하고 똑같은 상을 내린다. 체격만 보자면 아이아스가 이길 법한데, 상대적으로 덩치가 작은 오뒷세우스가 경기를 대등하게 이끌어 나갔다. 이런 결과는, 무구 다툼에서 결국 오뒷세우스가 승리한 것을 암시하는 것일 수 있다.

다음은 달리기 경주다. 상품은 은으로 만든 술 섞는 동이다. 원래 렘노스에 있다가 뤼카온의 몸값으로 여기 온 것이다. 운동경기에 나온 상들 중 다수가 이렇게, 우리가 본 전투 장면들을 일깨운다. 2등상은 황소 한 마리, 3등상은 금 반 탈란톤이다. 세 사람이 나선다. 작은 아이아스, 오뒷세우스, 안틸로코스다. 이제 오뒷세우스의 부상은 완전히 잊힌 모양이다.

작은 아이아스와 오뒷세우스의 각축이 그려진다. 작은 아이아스가 앞서고 오뒷세우스는 그의 뒤를 바싹 따라붙는다. 주로의 마지막 부분을 달릴 때 오뒷세우스는 아테네 여신께 도움을 청한다. 그러자 그의 팔다리에는 힘이 들어가고, 반면에 작은 아이아스는, 파트로클로스의 장례식을 치르느라 잡은 황소들의 오물에 미끄러져 넘어진다. 그의 입과 코가 오물로 가득 채워진다. 이 장면 역시 작은 아이아스가 아테네의 여사제 캇산드라에게 험한 짓을 했다는 이야기와 관련이 있을 것이다. 말하자면 여신은 자기 신전을 더럽힐 자에게 미리 징벌을 가한 셈이다. 그래도 그는 재빨리 일어나 다시 달린 모양이다. 2등은 차지했다. 그가 오뒷세우스의 승리는 아테네 여신 덕이라고 투덜대자 모두들 즐겁게 웃었다니, 그는 병사 대중 사이에 인기가 없는 모양이다. 마지막에 들어온 안틸로코스는 신들이 연장자를 우대하는 모양이라고, 오뒷세우스가 나이가 더 위인 것을 지적하고는, 그래도 아킬레우스와는 누구도 겨룰 수 없다고 '주최측'을 높인다. 아킬레우스는 자기의 명예를 높여 주는 말을 듣자 즐거워하며 3등상에 황금 반 탈란톤을 더한다. 역시 안틸로코스는 벌써 '아킬레우스와 가장 가까운 친구'인 모양이다.

기이한 경기들

지금까지 본 것이 전통적인 경기 종목이다. 그 다음 경기 중 두 가지, 그러니까 두번째의 투척경기와 마지막의 창 던지기는 빼고, 나머지 둘은 예부터 나중에 가필된 것이 아닌가 하는 의심을 받아 왔다.

우선 모의 대결이다. 두 사람이 완전 무장을 갖추고 싸워서 '상대의 무장을 뚫고 살과 피를 건드려야' 승자가 된다. 상으로 나온 것은 아스테로파이오스에게서 빼앗은 아름다운 칼이고, 출전자가 공동으로 받을 상도 있다. 파트로클로스가 사르페돈에게서 빼앗은 창과 방패, 투구다(이것을 어떻게 나눌지는 불분명하다). 하지만 이 대결은 너무나 위험해 보인다. 아직 트로이아가 함락된 것도 아닌데, 중요한 전사가 치명상을 입으면 어쩔 것인가? 어쨌든 큰 아이아스와 디오메데스가 나선다. 방어 영웅과 공격 영웅의 대결이다. 둘은 세 번 맞부딪히는 것으로 되어 있는데, 공격은 아이아스가 한 번 가하고 실패하는 것으로 되어 있다. 그가 디오메데스의 방패를 뚫었지만 가슴받이에 막힌다. 디오메데스는 창으로 상대의 목을 노린다. 그러자 아이아스를 염려하는 병사들이 소리를 질러 둘이 상을 나누라고 외친다. 확실치는 않지만 여기서 경기가 중단된 모양인데, 아킬레우스는 디오메데스가 승리한 것으로 간주했던지 칼을 그에게 넘겨 준다. 이 경기가 너무 위험해 보이긴 하지만, 사실 이것이야말로 장례식 기념경기의 정신에 맞는다는 해석도 있다. 경기에 나선 사람들이 죽은 이의 생전 위업을 재현하기 때문이다. 로마에 검투사 경기가 처음 도입된 것도 장례식을 위해서란 기록이 있다.

그 다음은 일종의 투척경기다. 가공하지 않은 무쇠 덩어리를 상으로 내놓고 그것을 던져서 가장 멀리까지 나가게 하는 사람이 가져가는 것이다(이것이 원반 던지기의 원형일 것이다. 『오뒷세이아』 8권에도 일종의 원반 던지기가 나오는데, 거기 쓰인 '원반'도 요즘 것같이 납작한 것이 아니라 좀더 두툼했던 것으로 보인다). 한편 여기 상으로 등장하는 무쇠는 안드로마케의 아버지 에에티온의 소유였는데, 지금은 아킬레우스의 것이 되어 있다. 이따금 회고되던 옛 전투의 흔적이다.

『일리아스』는 청동기 시대를 배경으로 삼고 있어서 철은 거의 소개되지 않고 있으며, 이따금 언급되는 대목에서 그것은 거의 보물 취급을 받고 있다. 여기서도 마찬가지다.

"이 경기를 해보고 싶은 사람은 누구든 일어서시오.
승리자는 설사 그의 기름진 밭이 아주 멀리 떨어져 있다 할지라도
다섯 해가 다 흘러갈 때까지 이것으로 넉넉히 쓸 수
있을 것이오. 그의 목자나 농부는 쇠가 부족해서 도시로

갈 필요는 없을 것이오. 이 덩어리가 쇠를 대줄 테니 말이오."

(23:831~835)

네 사람이 나선다. 우선 폴뤼포이테스와 레온테우스다. 이 두 사람은 12권의 방벽 전투 때 열린 문 앞에서 아시오스 앞을 막아섰던 이들이다. 시인은 이런 식으로 주요 전투를 되새기게 한다. 다른 둘은 큰 아이아스와 에페이오스다. 권투에서 승리했던 에페이오스는 빙빙 돌리다가 던졌는데 관중이 모두 웃은 것을 보면 제대로 성공하지 못한 모양이다. 그 다음부터 점점 멀리 나간 모양으로 세번째 아이아스는 상당히 멀리까지 던졌다. 하지만 폴뤼포이테스가 쇳덩이를 던지자, 그것은 목자가 던진 끈 달린 막대기가 소떼 사이로 날아가는 만큼 날아가고 그가 1등을 차지한다. 여기서 '많은 소를 치는'(많은poly+목초poia) 사람에 걸맞은 직유가 쓰였다.

다음은 활쏘기 경기다. 상은 특이하게 쌍날도끼 열 개와 외날도끼 열 개다. 『오뒷세이아』의 마지막 활쏘기를 상기시킨다. 한데 조건이 특이하다. 돛대를 모래 위에 세우고 비둘기 발을 실로 묶어 거기매어 놓았다. 비둘기를 맞히면 우승이다. 여기까지는 이해가 되는데, 그 다음이 이상하다. '비둘기 묶은 실을 맞히고 새는 맞히지 못한' 사람은 2등으로 여기겠다는 것이다. 대체 이런 이상한 조건이 붙은 경기도 있단 말인가? 그리고 일부러 그러기로 한다면 실을 맞히는 것이 더 어려운 일 아닌가? 어쨌든 활깨나 쏜다는 사람들이 모두 일어설 참인데, 『오뒷세이아』의 이름난 명궁 오뒷세우스는 나서지 않는다.

아무래도 『일리아스』의 오뒷세우스와, 같은 이름을 가진 『오뒷세이아』의 주인공은 서로 다른 사람인 모양이다.

　희랍군에서 가장 활을 잘 쏘는 사람은 아직까지는 테우크로스다. 필록테테스가 있지만 그는 뱀에 물려 무인도에 버려졌고, 아직 트로이아에 도착하지 못했다. 그는 『일리아스』가 끝나야 전장에 나타날 것이다. 다른 경쟁자는 메리오네스다. 그는 10권에서 오뒷세우스에게 활을 빌려주었었고, 13권에서 활을 들고 약간 공을 세운 적이 있다. 활로 유명한 크레테 출신이니 숨은 명궁일 수는 있다. 제비뽑기를 한 결과 테우크로스가 먼저 쏘게 되었다. 그는 활은 잘 쏘았으나 제물을 바치겠다고 아폴론께 서약하는 걸 잊었다. 그래서 아폴론이 시기하여, 화살을 빗나가게 한다. 그것은 새를 맞히지 못하고 그만 실을 맞혀 끊고 만다. 새가 날아 도망치려는 순간, 메리오네스가 급히 테우크로스의 손에서 활을 빼앗아 들고는, 아폴론께 제물을 약속하며 살을 날린다. 화살은 새의 날개를 뚫고 땅으로 떨어지고, 새는 우선 돛대에 앉았다가 결국 죽어서 땅으로 떨어진다. 인상적인 사건이다.

　이 활쏘기에 붙은 이상한 조건은, 시인이 다른 곳에서도 이와 유사한 장례경기 장면을 읊은 적이 있었으리라는 추정의 근거가 된다. 이런 식이다. 시인은 전에도 언젠가 활쏘기 시합 장면을 노래한 적이 있을 것이다, 아마 그는 거기서 시합중 일어난 기이한 일을 읊어 사람들에게 즐거움을 주었을 것이다, 그래서 그 '재미있는 일화'를 여기서도 이용했는데, 정리가 잘 되지 않아 이런 형태로 남게 되었다. 시인의 능력을 의심케 하는 설명이지만 그럭저럭 이해는 될 듯도 하다.

마지막 종목은 별로 특별할 것 없이, 보통 경기에 포함되곤 하는 창 던지기다. 황소 한 마리 가치가 있는 가마솥과 창 한 자루가 상으로 나온다. 창에 자신 있는 사람들이 나선다. 아가멤논과 메리오네스다. 그러자 아킬레우스가 아가멤논의 부전승을 선언한다.

> "아트레우스의 아들이여, 우리는 그대가 누구보다도 뛰어나고
> 힘과 투창에 있어서 제1인자임을 잘 알고 있소이다.
> 그러니 그대는 이 상품을 갖고 …… 함선으로 돌아가십시오."
> (23:890~892)

1권에서 왕을 깎아 내리던 때와는 완전히 다른 태도다. 그는 이제 사회가 자기에게 부여한 지위를 받아들이기로 한 모양이다. 메리오네스는 겨뤄 보지도 못하고 2등상을 받게 되었으나, 별 불만을 보이지 않는다. 방금 사람들을 거의 경악시키며 활쏘기에서 '금메달'을 땄으니 그럴 만도 하다. 아가멤논은 전령 탈튀비오스에게 상을 옮기도록 한다. 그는 1권에서, 아킬레우스에게서 여자를 빼앗아 가는 우울한 임무를 수행했었다. 작품의 마지막이 되자 첫 부분에 나온 사람이 다시 나오고 있으나, 역할은 전혀 다르다. 아킬레우스가 자진해서 왕에게 선물을 주고 전령은 그것을 즐거이 옮기고 있다.

전차 경주에서나 마찬가지로 다른 경기들에서도 아킬레우스의 조정 능력이 돋보인다. 레슬링 경기에서 그는 좀처럼 결판이 나지 않는 것을 보고는 두 사람 모두를 승리자로 선포했다. 디오메데스와 아이아스의 모의 실전에서는 자신의 평가대로 상을 적절히 배분하고,

창 던지기에서는 혹시 있을 수도 있는 패배를 사전에 예방하여 아가멤논의 체면을 세워 준다. 특히 마지막 아가멤논과의 관계는 19권에 이루어진 형식적인 화해와는 달리, 더 이상 긴장되지 않은 것이다. 그때의 화해는 '필요에 따라' 되었던 것으로, 그는 '화해의 진수성찬'을 거절했었다. 하지만 여기서 그는 아가멤논에게 적절한 경의를 표하고 있다. 앞으로 우리는 그가 프리아모스를 만나 함께 식사하는 것을 보게 될 것이다. 그때에야 그의 분노는 끝나고, 그의 인간 사회로의 복귀도 완결될 것이다.

이 부분이 전체 구조에서 하는 역할은, 이것이 되돌이 구성을 이루어 준다는 점이다. 이 23권은 2권과 짝이 되는 것으로 알려져 있다. 2권에서는 희랍 군대와 지도자들이 처음으로 소개되었고, 여기서는 그동안 활약했던 영웅들이 마지막으로 모습을 보이고 있다(나는 자주, 2권의 소개는 영화의 '오프닝 크레딧'에, 23권의 소개는 '엔딩 크레딧'에 비유하곤 한다). 또 『일리아스』에는 『오뒷세이아』에 비해, 꿈 장면이 적은데, 이 두 권이 모두 꿈(2권 아가멤논의 꿈, 23권 아킬레우스의 꿈)으로 시작된다는 점도 지적할 수 있겠다. 하지만 대비되는 점도 있다. 2권이 지나간 전쟁 초기를 되돌아보는 데 반해, 23권은 앞일을 내다보고 있기 때문이다. 오뒷세우스와 아이아스의 레슬링 장면은 두 영웅의 무기 다툼을 예고하고, 에페이오스가 두 번이나 등장하고 승리도 누리는 것은 목마 작전을 예고한다. 작은 아이아스가 밉살스럽게 그려지고 아테네에게 '응징' 당하는 것은 캇산드라 사건에 대한 예고다.

「헥토르의 시신 반환」, 로마 시대 석관(서기 180~200년경)

『일리아스』 내에서 반복되며 점차 자라나는 주제 중 하나가 시신쟁탈전이다. 22권 후반에서부터 24권 끝까지는 모두 헥토르의 시신쟁탈전이라고 해도 좋을 것이다. 24권 전체가 헥토르 시신반환 사건에 바쳐지고 있다. 길게 확장된 일종의 '시신쟁탈전'이다. 1만 5천여 행의 긴 작품은 헥토르의 시신이 반환되고 장례가 치러지는 것으로 끝난다.

24권

제우스가 헥토르의 시신을 돌려주라 명하다

이제 경기가 끝나고 모두들 흩어진다. 다른 이들은 식사하고 잠자리에 들었지만 아킬레우스는 잠들지 못한다.

> …… 그러나 아킬레우스는 사랑하는 친구를
> 기억하며 울었고 모든 것을 정복하는 잠도 그만은
> 붙잡지 못했다. 그는 이리저리 몸을 뒤척이며
> 파트로클로스의 남자다움과 고상한 용기를 그리워했다,
> 그리고 남자들의 전쟁과 고통스런 파도를 가로지르며 그와 더불어
> 얼마나 많은 일을 이루었고, 얼마나 많은 고생을 겪었는지를.
> 이런 것들을 회상하며 그는 굵은 눈물을 흘렸다,
> 때로는 옆으로 누웠다가 때로는 바로 누웠다가
> 또 때로는 엎드리기도 하면서. 그러다가 그는 벌떡 일어나
> 짠 바다 기슭을 따라 정처 없이 떠돌았고 새벽의 여신은
> 그가 모르게 바다와 해안 위에 나타난 적이 없었다.(24:3~13)

'아킬레우스와 파트로클로스의 사랑'을 주장하는 학자들이 '실

연당한 사람의 전형적 태도'라고 지적하는 대목이다. 이렇게 잠을 이루지 못하고 뒤척이다, 바닷가를 헤매다가, 다시 울컥하여 전차에 헥토르의 시신을 매달고서는 그것을 끌고 파트로클로스의 무덤을 돌곤했다. 세 바퀴를 돌면 막사로 돌아와 시신을 다시 얼굴이 아래로 가게 처박아 두었다. 하지만 아폴론도 자기의 '피후견인'을 그냥 두진 않았다. 황금의 아이기스로 그의 몸을 덮어서 아킬레우스가 아무리 끌고 다녀도 살갗에 손상이 가지 않게 한 것이다.

『일리아스』의 장면들은 인간 세계와 신들의 세계가 긴밀하게 맞물려서 한쪽에서 일어난 일을 다른 쪽에서 의미 부여해 주는 경우가 많은데, 지금 이 장면에서도 그렇다. 아킬레우스가 헥토르의 시신을 계속 모욕하는 것을 보고 신들 중 일부가 동정한다. 그들은 도둑의 신인 헤르메스에게 그 시신을 훔쳐 내라고 촉구한다. 다른 신들은 거기 찬성하지만 포세이돈과 헤라, 아테네가 반대한다. 이들은 지금껏 『일리아스』 내내 트로이아를 미워했는데, 포세이돈의 이유는 진작 밝혀졌었고, 두 여신의 이유는 이제야 드러난다.

> 그들에게는 신성한 일리오스와 프리아모스와 그의 백성들이
> 알렉산드로스의 죄 때문에 여전히 처음처럼 미웠던 것이니
> 그는 여신들이 그의 외양간에 찾아갔을 때 이들을 모욕하고
> 파멸을 초래할 색욕(色慾)을 그에게 준 여신을 칭찬했던 것이다.
> (24:27~30)

이것은 트로이아 전쟁의 먼 원인이 된 '파리스의 판정'에 대한 암

시이다. '사태 한가운데'에서부터 시작한 이 서사시는 뒤로 갈수록 앞일을 언급하는 경향이 있다. 트로이아 전쟁이 왜 일어나게 되었는지에 대해서 독자들은 다 아는 것으로 전제하고 이야기를 풀어나가다가, 이제 이야기를 마칠 때가 되니까 이렇게 슬쩍 흘리는 것이다.

혹시 아무 지식도 없는 독자가 있을지 모르니, 그 이야기를 한 번 정리해 보자. 트로이아 전쟁은 아킬레우스의 부모님 결혼식에 그 발단이 있다. 그 결혼식에는, 별 대단치 않은 인간 남자와 '내리결혼'을 하게 된 여신이 안쓰러웠던지, 모든 신이 선물을 가지고 참석하였다. 유일하게 불화의 여신 에리스만이 거기 초대받지 못했는데, 이 여신은 심통이 나서 잔치자리 가운데에 '가장 아름다운 이에게'라고 쓰인 황금 사과를 던졌다. 당연히 모든 여신이 그걸 자기 것이라 주장했고, 결국 후보는 세 명으로 압축되었다. 헤라, 아테네, 아프로디테다.

골치가 아파진 제우스는 이 문제를 인간에게 떠넘기기로 결정했다. 헤르메스를 시켜 이 여신들을, 인간들 중 가장 미남인 파리스에게로 보냈던 것이다. 그는 원래 트로이아의 왕자로 태어났으나 불길한 태몽 때문에 산에 버려졌으며, 거기서 목자들이 그를 주워 키웠다고 한다. 나중에 그는 운동경기에 참여하여 모든 사람을 제압하고, 캇산드라에 의해 신분이 밝혀졌다는데, 여신들이 여전히 양을 치고 있는 그에게 나타났을 때, 그가 벌써 왕자로 인정을 받은 상태인지 아닌지는 불분명하다.

여신들은 모두 그를 매수하기 위해 선물을 약속했다. 헤라가 내세운 것은 강대한 권력이었고, 아테네는 전쟁의 승리를, 아프로디테는 세상에서 가장 아름다운 여성을 각기 내세웠다. 파리스는 마지막 것을 선택하여, 아프로디테에게 사과를 넘겨 주었다. 하지만 세상에서 가장 아름다운 여인은 이미 결혼한, 스파르타 왕비 헬레네였고, 그녀를 파리스가 데려오는 바람에 이 전쟁이 일어나게 된 것이다.

여기서 파리스의 판정의 의미가 무엇인지는 대체로 알레고리적 해석이 우세하다. 세 여신의 선물은, 인생의 목표가 될 만한 세 가지 가치를 상징한다는 것이다. 그러면 이 얘기의 핵심은, 나른한 건달이 벌거벗은 여자 셋을 놓고 누가 가장 예쁜지 판정을 내리는 것이 아니라, 인생의 위기에 세 가지 여성적인 원리 가운데 하나를 선택해야 하는 인간의 모습을 보여 주는 게 된다. 그 선택은 일회적이고 결정적이고, 따라서 두려운 것이다. 그래서 두려움에 사로잡힌 파리스가 세 여신 앞에서 도망치는 도기 그림까지 전해지고 있다.

어쨌든 옛 청중이 다 알고 있던 이 이야기는 이제야 『일리아스』 전체를 매듭짓기 위해 등장했다. 『일리아스』의 여러 부분에서 우리는, 각 부분 앞에는 트로이아 전쟁이라는 일반 주제가 놓이고, 각 부분의 뒤쪽에서는 아킬레우스의 분노라는 특수 주제가 두드러지는 것을 보았다. 지금 여기서 트로이아 전쟁 전체와 관련 있는 파리스의 판정이 갑자기 돌출한 것도 그와 같은 경향을 보여 준다. 분노 주제가 두드러지는 작품 끝부분이지만, 그것의 전제가 되는 일반 주제도 완전히 지워져서는 안 되는 것이다.

신들 사이에 의견이 일치하지 않는 가운데, 헥토르가 죽은 지 열이틀째가 되었다. 마침내 아폴론이 불만을 터뜨린다. 헥토르도 신들께 많은 제물을 바쳤는데 신들이 그에게 장례 받을 기회마저 거절하고 있다는 것이다. 아폴론은 아킬레우스를 자기 힘과 용기만 믿는 사자에 비유하며 비난한다. 그에게는 동정심도 삼가는 마음도 없다, 누가 소중한 사람을 잃더라도 그 슬픔에는 한계가 있는 법인데, 그는 끝없이 시신을 모욕하고 있다, 이것은 명예를 가져다주는 행동이 아니며, 오히려 신의 노여움을 살 수 있다.

그러자 헤라가 발끈한다. 아킬레우스와 헥토르는 신분이 다르니 둘을 같게 대접할 수가 없다고, 아킬레우스는 여신의 아들이고, 그 여신은 자기가 손수 길러 펠레우스에게 아내로 주었다고. 그러면서 모두가 그 결혼식에 참석했고, 아폴론도 거기서 수금을 들고 가서 대접을 받았다는 사실을 지적한다. 다시 한 번 '파리스의 판정' 직전의 상황이 상기되고, 그 이전까지 이야기가 거슬러 올라간 것이다(헤라가 테티스를 키웠다는 이야기는 후대의 전승에 있기는 하지만, 원래 없던 이야기를 호메로스가 지어낸 게 아닐까 하는 의혹이 있다).

상황을 정리한 것은 제우스다. 그는 일단 헤라 편을 든다. 두 사람의 명예가 같을 수는 없다는 것이다. 하지만 그는 아폴론의 말에도 일리가 있다는 걸 인정한다. 헥토르는 트로이아인들 가운데 신들에게 가장 사랑을 받았고, 제우스에게도 그랬다. 그는 제물을 많이 바쳤던 것이다. 그러면서 타협책을 내놓는다. 아킬레우스 몰래 시신을 훔쳐 내려 하지는 말자, 테티스가 계속 아킬레우스 곁에 있으니 사실 불가능하기도 하다. 그러면서, 누가 테티스를 불러주면 자기가 그녀에게 부탁해서, 아킬레우스가 선물을 받고 시신을 돌려주게끔 해보겠다고 제안한다.

이제 이리스가 테티스를 찾아간다. 그녀는 바다 속 동굴 안에 앉아 자매들과 함께 곧 트로이아에서 죽음을 맞을 아들의 운명을 한탄하고 있다. 제우스가 부른다는 말을 들은 그녀는, 자기가 마음이 괴로워서 다른 신들을 만나기 두렵지만 그래도 제우스의 말이니 따르겠노라고 나선다.

이 여행은 일종의 '출정'이므로 테티스는 '무장'을 갖춘다. 그녀의 '무장'은 "어떤 옷도 그보다 더 검을 수는 없을" 검은 베일이다. 그녀가 올림포스에 도착하자 아테네 여신이 자리를 내어 준다. 헤라는 위로의 말과 함께 황금 잔을 건넨다. 마치 벌써 상(喪)당한 여신을 맞는 듯한 분위기다. 제우스는 그녀를 위로하는 말로 시작한다. 그녀의 슬픔과 고통이 강조된다. 그러면서 자기 뜻을 전한다. 이미 아흐레 동안 신들 사이에 논쟁이 벌어졌다, 여러 신이 헥토르의 시신을 훔쳐 내라고 재촉한다, 하지만 자신은 아킬레우스에게 '이러한 영광을' 내리기로 했다. 제우스의 정책은 '당근과 채찍'이다. 우선 '채찍'에 해당되는 위험은, 신들이 아킬레우스의 행동에 분노하고 있으며 특히 제우스가 그렇다는 것이다. '당근'에 해당되는 것은 프리아모스가 치를 헥토르의 몸값이다. 이리스를 보내서 프리아모스로 하여금 아들의 시신을 찾으러 희랍군의 배를 찾아가게 할 것이란 말이다.

테티스가 인간들의 땅으로 돌아온다. 주위에선 식사 준비가 한

창인데 아킬레우스는 여전히 슬피 울고 있다. 어머니는 아들의 상태를 걱정하고, 그의 운명이 다가왔음을 상기시키고, 제우스의 말을 전한다. 신들의 분노와, 시신을 내어 주고 받을 선물에 대해. 앞에서 아킬레우스와 파트로클로스의 동성애 문제를 많이 언급했으니 한마디 더 하자면, 이 부분에서 아들을 걱정하는 어머니가 "여인과 사랑을 나누는 게 좋다"(24:130)고 충고하는 것이 또 주의를 끈다. 천병희 역은 좀 점잖은 표현("차라리 여인을 껴안고 누워 있는 것이 좋겠구나")을 썼지만, 사실은 성적인 의미가 들어 있는 노골적인 구절('사랑 속에 여자와 섞이는 것')이다. 갑자기 여기서 '육체적 사랑'을 고통의 치유책으로 처방하는 이유는 무엇인가? 이전에 동성애가 있었다는 암시 아닌가? 하지만 친구의 죽음을 겪고 자신의 죽음을 앞둔 젊은이에게 '모든 것을 살리는' 사랑을 처방하는 것은 그다지 이상하지 않다. 이미 9권에서 두 남성이 각기 여자와 잠자리에 드는 장면도 나왔으니, 여기서 너무 강한 해석을 따를 필요는 없겠다.

아들은 제우스의 뜻을 따르겠다고 말한다. 한데 제우스는 프리아모스를 보내겠다고 테티스에게 말했건만, 여신은 그 이름을 빼고 전해서 약간의 서스펜스가 생긴다. 아킬레우스는 "누구든 몸값을 가져오는 자에게" 시신을 돌려주겠다고 약속했기 때문이다. 그는 프리아모스가 몸소 자신을 찾아오리라고는 생각지 못했을 것이다. 트로이아 왕이 직접 그의 막사에 나타났을 때 충격은 더욱 큰 것이 된다.

시인은 두 모자의 대화 내용은 더 이상 기록하지 않고 그저 그들이 길게 이야기를 나누었다고만 해놓았다. 대화 장면에서 카메라가 뒤로 빠지면서 화면이 점차 어두워진다고나 할까.

> 이처럼 함선들이 모인 가운데서 어머니와 아들이
> …… 서로 여러 가지 이야기를 주고받았다.(24:141~142)

별 것 아닌 구절 같지만, 사실은 파토스 가득한 대목이다. 이제 아킬레우스는 곧 죽을 것이다. 『일리아스』 최후의 사건인 헥토르의 장례가 지나고 나면 그의 죽음은 언제고 일어날 수 있다. 그러면 어머니와 아들은 다시 서로 보지 못할 것이다. 어머니 테티스는 여신이고 불사의 존재이므로, 죽어서 저승에 갈 수가 없다. 따라서 이것이 모자의 마지막 대화이기 쉽다. 그러면 영영 이별이다. 헤어지기가 너무나도 아쉽다. 그 안타까운 심정을 시인은 여러 말하지 않고 이렇게 경제적으로 표현했다.

프리아모스가 헥토르의 시신을 구하러 떠나다

제우스는 이리스를 트로이아로 파견한다. 프리아모스에게, 선물을 갖고 아킬레우스를 찾아가되 다른 누구도 데려가지 말고, 나이 든 전령 한 명만 수행케 하라고 명한다. 그러면서 안전에 대해서는 걱정할 필요가 없도록 헤르메스를 안내자로 붙여 주겠노라 약속한다. 아킬레우스가 성품이 좋고 현명해서 탄원자를 공손하게 대할 것이란 점도 확인해 준다.

이리스가 도착했을 때 프리아모스의 집은 울음과 신음으로 가득했고, 노인은 안뜰에서 옷을 뒤집어 쓴 채로 온몸에 먼지를 뿌리고 있다. 아들들은 노인을 에워싸고 눈물짓고 있었으며, 딸과 며느리들은 집안 여기저기서 죽은 자들을 애도하여 통곡하고 있었다. 이리스가 노인에게 다가가 말을 건다. 노인에게 전율이 지나간다. 이리스는 우선 제우스가 그를 동정하고 있다는 사실을 전하고, 다른 지시들도 그대로 전한다.

이리스가 떠나자 노인은 아들들에게 노새 수레를 준비시킨다. 자신은 아킬레우스에게 가져갈 선물을 챙기러 보물 창고로 들어간다. 아내 헤카베를 불러서 자기가 신들의 명에 따라 헥토르의 시신을 찾으러 간다는 것을 통보한다. 아내를 그를 말린다. "야만적이고 믿을 수 없는" 아킬레우스가 그를 죽이리라는 것이다. 제우스의 말과는 달리, 헤카베는 아킬레우스가 그를 동정하지도 존중하지도 않으리라고 생각한다. 그녀는 남편이 멀리서 아들을 애도하기를 권한다. 그러다가 갑자기 아들에게로 생각이 돌아간다. 헥토르의 운명은 부모에게서 멀리 떨어져 개의 밥이 되는 것이라고. 여기서 왕비의 분노가 갑자기 솟구친다. "그놈의 간이라도 붙잡고 씹어 먹었으면!" (24:212~213) 헤카베의 분노는, 22권에서 헥토르를 죽일 때 '살을 저며 먹고 싶다'던 아킬레우스의 분노를 상기시킨다. 신들이 화해를 준비하고 있는 순간에도 인간들 사이에서는 아직 분노가 들끓고 있다. 아킬레우스에게 '야만적'(원 뜻은 '날고기를 먹는')이라고 해놓고는 자신이 그의 내장을 먹고 싶어 한다.

프리아모스는 자신이 직접 여신의 음성을 들었다며, 혹시 자기 운명이 희랍군의 배 곁에서 죽는 것이라면 기꺼이 그 죽음을 맞겠다고 선언한다. 아들을 안고 실컷 울 수만 있어도 좋겠다는 것이다. 그러면서 선물들을 챙긴다. 선물들의 목록이 이어진다. 여러 종류의 의복들이 각기 열두 벌씩에, 황금 열두 탈란톤, 세발솥, 가마솥, 그리고 이런 목록에서 자주 그렇듯 한 가지 물건이 집중적으로 조명된다. 프리아모스가 트라케에 사절로 갔다가 얻어 온 값진 술잔이다.

그는 나와서 백성들을 꾸짖어 내쫓는다. 울면서 자기를 방해하지 말라고, 가장 용감한 아들이 죽었으니 이제 그들도 희랍군이 쉽게 죽이리라고, 도시가 함락되기 전에 자기가 죽었으면 좋겠다고. 그러고는 아들들을 꾸짖으며 부른다. 살아남은 아홉 아들의 명단이 나온다. 이 중에 우리가 들어본 적이 있는 사람은 파리스와 헬레노스, 데이포보스, 폴리테스뿐이다. 노인은 차라리 그들이 죽어 버렸더라면 하고 바란다. 노인은, 『일리아스』 내에서는 언급되지 않았던 메스토르와 트로일로스도 그리워한다. 이 두 아들과 함께 신과 같은 헥토르가 죽고, 거짓말과 도망질이나 잘하고, 춤이나 잘 추는 자들이 남았다고 한탄한다. 대개는 파리스에게 잘 맞는 표현들이다. 왕은 아들들을 꾸짖어 얼른 짐을 마차에 싣게 한다.

수레에 짐 실을 버들고리 상자를 얹고, 멍에와 멍에띠를 가져다가 노새들에 묶고, 마차에 연결하고, 매듭을 짓는 장면이 자세히 나온다. 그 마차에 짐을 싣고 나서, 프리아모스가 탈 전차를 준비한다. 그것은 말들이 따로 끌고 간다.

헤카베가 나와서 술잔을 건네며 제우스께 헌주하고 떠나기를 권한다. 무사히 돌아오기를 기원하고, 안심할 수 있도록 독수리 전조를 청하라는 것이다. 그녀는 그러한 보증이 없으면 왕을 막을 심산이다. 노인은 손을 씻고 술을 부으며 기원한다. 아킬레우스가 자기를 우애와 연민으로 맞게 해달라고, 그리고 자신이 확신을 가질 수 있게 독수리를 보내달라고. 제우스는 독수리를 오른쪽으로 날아가게 한다. 그 독수리의 날개를 꾸며 주는 직유가 특이하다.

> 마치 천정이 높다란 어느 부자집 안방의
> 단단한 빗장이 달리고, 잘 맞는 문짝만큼
> 꼭 그만큼 그의 양쪽 날개는 넓었다.(24:317~319)

우리는 잠시 후에 아킬레우스의 문과 빗장을 보게 될 것이고, 다시 한 번 직유는 사실이 될 것이다. 『일리아스』의 직유들은 아무렇게나 쓰인 것이 아니다.

늙은 전령 이다이오스가 모는 노새 수레가 앞장서고, 노인의 전차가 뒤따른다. 친구들은 그가 죽으러 가는 것처럼 울면서 따라간다. 들판에 이르자 아들들과 사위들이 돌아간다. 그러자 제우스가 헤르메스를 보낸다. 프리아모스를 인도하되, 아킬레우스에게 이르기까지는 누구도 보거나 알지 못하게 하라고 명한다. 이 과업을 위해 헤르메스가 '무장'을 챙긴다. 하늘을 날게 해주는 황금 샌들, 사람을 잠재울 수도, 깨울 수도 있는 지팡이다. 그는 트로이아 근처에 이르자, 갓 수염이 나기 시작한 젊은 귀공자의 모습을 취한다.

프리아모스 일행은 일로스의 무덤을 지나 강가에 다다른다. 말과 노새들에게 물을 먹인다. 이제 어둠이 내려 있다. 그때 이다이오스가 헤르메스를 발견한다. 그는 자기들이 위험에 처했다고 생각해서, 도망치거나 상대에게 자비를 빌자고 말한다. 프리아모스도 털들이 곤두서고 정신이 멍해진다. 매복한 적병을 만났다고 생각한 걸까? 하지만 상대는 겨우 한 명이 아닌가? 더구나 그는 안전을 이중으로 보증받지 않았던가? 여신의 음성을 듣고, 또 제우스의 전조까지 확인했으니. 그래서 반대에 부딪혔을 때도 신에게 의지하여 굳건한 태도를 보인 게 아니었던가? 사실 이것은 종교적인 공포이다. 이리스가 나났을 때도 비슷했었다. 더구나 이번에 만난 것은 '저승안내자'다. 그를 마주쳐서 죽음의 공포를 느끼고, 죽은 자와 비슷해지는 것도 당연하다.*

　헤르메스는 노인에게 다가가 손을 잡고 부드럽게 말을 건넨다. '아버님'(pater, 24:362)이란 호칭을 사용한다. 이 밤중에 어딜 가는지, 수많은 적들 가까이로 이렇게 많은 보물을 가지고서? 그는 상대의 연령을 걱정해 준다. 두 사람 다 늙었으니 누가 달려들어도 막기 힘들 것이다. 자기가 지켜 주겠노라 약속한다. 프리아모스가 '자기 아

---

* 헤르메스는 신들의 심부름꾼이고 전령일 뿐 아니라, 죽은 자의 영혼을 이승에서 저승으로, 저승에서 이승으로 안내하는 역할도 한다. 이런 기능을 보여 주는 별칭이 '프쉬코폼포스'(psychopompos, 영혼인도자)이다. 그래서 그는 죽었다가 살아났다는 사람들의 일화를 그린 그림에 잘 등장하며, 죽은 자가 부활하기를 기원하는 의미에서 무덤의 장식에도 자주 나타난다. 또 로마 시대 검투사 시합에서, 검투사 하나가 쓰러지면 헤르메스로 분장한 사람이 나와서 달군 쇠꼬챙이로 그를 찔러 보는 관례가 있었는데, 이것도 헤르메스가 죽은 자의 영혼을 저승으로 인도한다는 개념을 적용한 것이다.

버지를 닮았기 때문'이란다. 헤르메스가 이렇게 노령과 '아버지'를 강조하는 것은 아마도 프리아모스가 아킬레우스를 설득하는 데 영향을 끼쳤을 것이다. 우리는 늙은 왕이 젊은 영웅 앞에서 '늙으신 아버지'를 강조하는 것을 보게 될 것이다.

왕은 헤르메스의 풍채와 지혜를 칭찬하고 그의 부모를 축복한다. 헤르메스는 자기가 프리아모스의 신분을 알고 있다는 걸 암시한다. 용감한 아들을 잃어서 겁이 나 트로이아를 떠나는 것이냐고 물은 것이다. 왕도 젊은이의 가문을 묻는다. 헤르메스는 우선 아버지 프리아모스의 자부심을 일깨운다, 헥토르가 정말 훌륭하게 싸워서 자기들이 감탄했다면서. 그러고는 자기가 뮈르미돈 사람으로 아킬레우스의 시종이라고 이야기를 지어 낸다. 부자 노인인 아버지의 일곱째 아들인데, 제비뽑기로 정해져서 자기가 전쟁터에 왔노라고, 자기는 방금 함대에서 떠나온 길이라고, 내일이면 다시 전투가 있을 거라고.

하지만 노인의 관심사는 내일 전투가 있을 것인지 따위가 아니다. 그의 관심은 오로지 아들의 시신이 혹시 훼손되지 않았는지이다, 혹시 아킬레우스가 시신을 토막 내서 개들에게 주지 않았는지. 헤르메스는 헥토르의 시신이 조금도 썩지 않고 벌레도 생기지 않았다는 걸 확인해 준다. 아킬레우스가 새벽마다 시신을 끌고 파트로클로스의 무덤을 돌았지만, 직접 보면 놀랄 정도로 싱싱하고 말끔하다고. 사람들이 그를 창으로 찔렀지만 그 상처도 모두 아물었다고, 이 모두가 신들의 사랑을 받았기 때문이라고.

노인은 기뻐하며 자기 아들이 신들을 잘 섬겼다고 회고한다. 그러면서 아름다운 술잔을 선물로 주겠다며 자기를 아킬레우스의 막사까지 안내해 달라고 청한다. 그러니까 앞에서 그 술잔을 강조한 것은 다 지금 이 순간을 위해서였던 것이다. 헤르메스는 그 선물을 거절한다. 자기는 주군을 속이는 게 두렵다고, 그를 외경한다고. 사실 그 잔은 원래 아킬레우스에게 갈 것이었기 때문에 그가 그 물건을 받으면 주인 것을 중간에 가로채는 셈이 된다. 그런 선물 없이도 자신이 안내하겠다고 말한다. 누구도 자기 안내를 깔보지 못할 것이라고. '영혼 인도자'(psychopompos)인 그 신은 여기서 '안내자'(pompos)라는 말을 두 번이나 썼다. 사실상 자기 신분을 암시한 셈이다.

그러고서 헤르메스는 전차에 올라탄다. 채찍과 고삐를 잡고 말들을 몰아간다. 방벽과 호에 이르자 병사들을 잠들게 하고 빗장을 밀어 문을 연다. 이제 아킬레우스의 막사에 도착한다. 이전까지는 자세히 그려지지 않은 이 막사도 이제 손님을 맞기 위해서인 듯 자세히 묘사된다. 전나무로 된 집이다. 지붕은 갈대로 이었고, 주위에는 촘촘한 말뚝으로 둘린 널찍한 마당이 있다. 문의 빗장이 강조된다.

> 문에는 단 하나의 빗장이 걸려 있었는데
> 이 빗장은 보통 세 명의 아카이아인들이 걸었으며
> 또 이 거대한 빗장을 벗기는 데도 다른 사람들 같으면
> 세 명이 필요했지만 아킬레우스는 혼자서도 걸 수 있었다.
> 그런데 이때는 구원자 헤르메스가 노인을 위하여 문을 열었다.
> (24:453~457)

헤르메스는 노인을 문 안으로 들이고는 자기 신분을 밝힌다. 자기는 들어가지 않겠단다. 불사의 신이 드러내 놓고 인간을 돕는 것은 분노를 사는 일이라고. 혹시 헤르메스는 아킬레우스가 자기를 알아볼까 봐 걱정이 된 것일까? 그러면서 프리아모스에게 아킬레우스의 무릎을 잡고 그의 아버지, 어머니, 자식의 이름으로 애원해 보라고 권한다. 하지만 우리는 노인이 아버지의 이름만으로 탄원하는 것을 보게 될 것이다. 인간이 신의 지시에 맞춰서만 행동하지는 않는다. 이런 현상은 『오뒷세이아』에서 두드러지는데, 혹시 『일리아스』와 『오뒷세이아』를 같은 시인이 지었다면 시인은 여기서 벌써 다음 작품을 준비하고 있는 셈이다. 혹시 두 작품을 만든 시인이 서로 다르다면, 『오뒷세이아』 시인은 『일리아스』에서 조금씩 나타나는 이런 점을 눈여겨보고는 그런 특성을 좀더 키워서 자기 작품에 이용했다고 할 수 있겠다(사실은 헤르메스가 자기 이야기를 지어 내 들려준 것도 『오뒷세이아』에서 여러 번 반복될 현상이다).

프리아모스가 아킬레우스와 만나다

프리아모스는 수레들과 전령을 안뜰에 세워 두고 자기 혼자 아킬레우스의 막사로 들어간다. 아킬레우스는 막 식사를 마친 참이다. 그의 시종 둘이 곁에 있다. 한데 노인이 들어가도 그들은 알아채지 못한다. 빗장을 누구도 열지 못하리라고 생각해서 방심했던 것일까, 아니면 신이 그들의 눈을 가렸던 것일까? 노인은 갑자기 아킬레우스의 무릎을 잡고 손에 입을 맞춘다. '그의 아들들을 수없이 죽인, 사람 잡는 무시무시한 손'이다. 한데 여기 특이한 직유가 쓰였다. 프리아모스가, "고향에서 사람을 죽이고 피신하여 이방의 부자집에 의탁하는" 사람에 비유된 것이다. 사실 이것은 『오뒷세이아』에 자주 나오는 '뒤집힌 직유'다. 방금 아킬레우스의 손을 꾸며 주는 말들에도 암시되었지만, 사람을 죽인 것은 아킬레우스다. 여기서 '뒤집힌 직유'가 나오는 것은 프리아모스의 이 여행이 저승여행의 성격을 갖기 때문일 것이다. 그것에 대해서는 조금 뒤에 보자.

아킬레우스는 이 예상치 못한 사태에 깜짝 놀란다. 어머니의 예고를 받긴 했지만, 일이 이런 식으로 이뤄질 줄은 몰랐을 것이다. 프리아모스는 마치 『오뒷세이아』에서 아레테의 화덕 곁에 불쑥 나타난 오뒷세우스와도 흡사하다.

노인이 간청한다. 자기가 아킬레우스의 늙은 아버지와 같은 연배인 것을 불쌍히 여기라고 말한다. "그대의 아버지는 지금 노령이고 주위에서 괴롭히더라도 도와줄 사람이 없소. 그래도 그는 아들이 살아 있다는 말을 들으면서 다시 볼 날을 고대하고 있을 것이오. 하지만 나는 아들이 쉰 명이나 있었지만 그 중 훌륭한 자식들은 다 잃었소. 혼자 남아 도시를 지키던 헥토르마저도 얼마 전에 그대 손에 죽었다오." 하지만 프리아모스는 그냥 동정심에만 호소하는 것은 아니다. 자신이 헤아릴 수 없는 몸값을 갖고 온 것을 밝힌다. 아킬레우스에게, 신을 두려워하여 자기를 동정하라고 청한다. 자기는 자식을 죽인 자에게 탄원하는 중이라고.

노인의 이러한 탄원을 듣고 아킬레우스는 갑자기 울음이 북받

친다. 노인의 손을 잡아 슬며시 뒤로 밀어 놓고는 통곡하기 시작한다. 프리아모스도 운다. 노인은 아들을 위해, 젊은이는 늙은 아버지와 친구를 위해. 사람들은 저마다 슬퍼할 자기만의 사연이 있다. 충분히 울고 나자, 아킬레우스는 노인의 손을 잡아 일으킨다. 그의 대담함을 칭찬한다. 자기 아들들을 수없이 죽인 자를 만나러 혼자서 적진을 뚫고 오다니! 노인에게 울음을 그치고 일단 자리에 앉기를 권한다. 인생엔 기쁨과 슬픔이 섞여 있기 마련이라고. 여기서 유명한 제우스의 항아리 이야기가 나온다.

> "제우스의 궁전 바닥에는 두 개의 항아리가 놓여 있는데
> 하나는 악의 선물이, 다른 하나는 선의 선물이 가득 들어 있지요.
> 우레를 좋아하는 제우스께서 이 두 가지를 섞어서 주는 사람은
> 때로는 악을 만나기도 하고 때로는 선을 만나기도 하지요.
> 하나 그분께서 악의 선물만을 주는 자는 멸시의 대상이 됩니다.
> 그런 사람은 신에게서도 인간에게서도 존경을 받지 못하고
> 심한 굶주림에 쫓겨 성스러운 대지 위를 정처 없이 떠돌아다니지요."
> (24:527~533)

『오뒷세이아』는 제우스가, 인간들은 자기들 잘못 때문에 불행을 당하면서 늘 신을 탓한다고 불평하는 것으로 시작되는데, 거기서 공격하는 듯 보이는 게 바로 이 구절이다. 물론 이 구절을 신이 말한 게 아니라, 작중인물이 말한 것이므로 이게 정말로 『일리아스』 시인의 생각인지는 확정할 수 없지만, 어쨌든 『일리아스』와 『오뒷세이아』 사

이에 도덕적 입장 차가 있다고 할 때 이 구절이 자주 인용되곤 한다.

보통 누구를 위로할 때 다른 사람도 같은 만큼 고통을 당하고 있다고 하면 상대가 약간은 위안을 얻는데, 여기서 아킬레우스도 자기 아버지 펠레우스를 예로 들면서 노인을 위로한다. "우리 아버님은 신들의 선물을 받아서, 행운, 재물, 권력에 있어 남을 능가했고 여신과 결혼까지 하셨지요. 그러나 외아들인 나는 일찍 죽을 것이고 그분에게는 뒤를 이을 자식이 없을 것이니 말입니다." 사실 이 말은 앞에서 프리아모스가, 자기는 아들을 잃었는데 펠레우스에게는 여전히 아들이 살아 있다고 한 것을 우회적으로 부드럽게 반박한 것이다. 아직은 아들이 살아 있지만 곧 죽을 거라고.

아킬레우스는 다음으로 프리아모스가 이전에 누리던 행운과 현재의 상태를 비교한다. 이전에는 그의 영토가 매우 넓었고, 재물과 자식들에 있어 모든 사람을 능가했지만, 지금은 도시가 전쟁에 휩싸였다고. 이제 결론이다. "그러나 참으시오." 아들을 위해 슬퍼해 봐야 죽은 사람을 살리지는 못할 것이다. 사실 아킬레우스의 위로 연설은 아주 잘 짜여 있다. 우선 노인의 용기를 칭찬한다. 다음으로 인간 일반이 고통을 겪을 수밖에 없는 이유를 우화로 밝힌다. 그러고는 다른 사람, 즉 자기 아버지의 고통을 예로 든다. 상대의 고통으로 돌아온다. 마지막에 현실적인 충고를 덧붙인다.

이제 프리아모스도 현실적인 과제로 생각이 돌아온다. 그는 자리에 앉기를 거절하고, 얼른 아들의 시신을 보기 원한다. 빨리 몸값을 받으라고 재촉한다. 하지만 마지막에 붙은 축복의 말을 보면, 노인은 아직 아킬레우스의 운명에 대해 충분히 인식하지 못한 모양이다. 자기 선물들을 즐기다가 고향으로 돌아가라고 했기 때문이다.

노인이 접대를 거절하는 것을 보고, 아킬레우스는 갑자기 기분이 안 좋아진다. 그리고 아마 그가 자기 말을 충분히 귀담아 듣지 않았다고 생각한 듯도 하다. 노인을 노려보며 경고한다. 자신을 화나게 하지 말라고, 그렇지 않아도 이미 테티스가 제우스의 명을 전했다고. 그리고 신들 중 하나가 프리아모스를 안내한 것도 잘 알고 있다고, 그렇지 않고서는 파수병을 피할 수도, 빗장을 벗길 수도 없었을 거라고. 자기를 더 자극하면 자기가 그를 해칠 수도 있다고.

온화한 태도 밑에 숨겨졌던 영웅의 기질이 섬광처럼 번쩍 드러났다. 그래서 그런지 막사 밖으로 뛰쳐나가는 그는 사자에 비유되고 있다. 그가 나간 것은 사실 프리아모스가 요구한 대로 행하려는 것이다. 말은 상당히 거칠게 했지만, 행동으로는 상대의 뜻대로 따른 것이다. 아킬레우스의 두 시종이 말과 노새를 풀고, 늙은 전령을 안으로 데려다 앉힌다. 프리아모스가 가져온 몸값들은 챙겨 들인다. 그 중 의복 일부는 헥토르의 시신을 싸서 가져갈 수 있게 따로 남긴다. 하녀들을 불러 시신을 씻기고 기름을 발라 주게 한다. 혹시나 시신이 상한 것을 보고 노인이 노여워하면 아킬레우스 자신도 흥분하여 상대를 죽이게 될지도 모르기 때문이다. 이제 시신이 잘 가다듬어진 채 옷에 싸여 있다. 아킬레우스는 손수 그 시신을 들어 침상에 눕힌다. 동료들이 그것을 수레 위에 올린다. 이 순간에 아킬레우스는 파트로클로스의 이름을 부르며, 약속을 지키지 못한 것을 사과한다. 처음 약속과 달리 시신을 돌려주었다고 해서 자기를 원망하지 말라고, 적절한 몸값을 받았으니 파트로클로스에게도 몫을 나누어 주겠다고. 아마도 그는 파트로클로스의 몫을 태워 바칠 것이다.

현실적인 과제는 다 끝났다. 프리아모스가 원하던 것이 성취되었으니, 이제 아킬레우스가 원하던 접대가 이어질 참이다. 아킬레우스는 헥토르의 시신을 옮겨 갈 준비가 다 되었음을 알리고 식사를 권한다.

혹시 노인이 거절할까 봐 그러는지 니오베(Niobē)의 사례를 모범으로 내세운다. 뛰어난 자녀를 열둘이나 낳은 자기가, 자식을 단지 둘만 둔 레토보다 낫다고 자랑하다가, 아폴론과 아르테미스에게 모든 자식을 다 잃은 여인의 이야기다. 우리가 아는 이야기는 대개 여기까지인데, 아킬레우스는 약간 다른 판본을 덧붙인다. 그 자식들은 장례도 받지 못하고 아흐레나 그냥 버려져 있었는데, 이유는 제우스가 그 백성들을 모두 돌로 만들어 버렸기 때문이란다. 혹시 아킬레우스는 헥토르의 시신이 아흐레 동안 훼손된 것을 약간 위로하려고 이렇게 꾸몄는지도 모르겠다. 하지만 열흘째에 신들 자신이 그들을 묻어 주었다고 하니, 이것도 지금 신들의 개입에 의해 헥토르가 장례를 받게 된 것을 빗댄 것으로 볼 수도 있겠다.

이제 이야기 첫머리의 내용으로 돌아간다. 니오베는 눈물로 기진해지자 먹을 것을 생각했다는 것이다. 한데 그 다음에 아킬레우스는 다시 한 번 방향을 틀어 우리가 아는 판본의 내용을 이어 붙인다. 니오베는 돌이 되어 아직도 신들이 내린 고통에 대해 생각하고 있다고. 학자들은 이 부분이 앞 이야기와 맞지 않는다고 생각하는데, 아마 이것이 원본이고 앞의 내용은 아킬레우스가 지어 낸 것이기 쉽다. 그러니까 앞에 나온 대로, '백성들이 모두 돌이 되었다'는 내용은 '그래서 신들이 장례를 치러주었다'는 이야기를 끌어내기 위해, 니오베가 돌이 된 사건을 확장한 게 아닌가 하는 것이다(이 이야기 자체는 원래, 슬퍼하는 여자 얼굴 모양의 바위 때문에 생겨났을 것이다). 맨 마지막에 아킬레우스는 원래의 제안으로 돌아간다. "그러니 우리도 먹을 것을 생각하십시다." 아들을 위해 우는 것은 돌아갈 때 해도 된다.

그 다음 부분은 식사를 준비하는 대목이면 늘 나오는 전형적 장면이다. 양을 잡아 가죽을 벗기고 고기를 썰어서 꼬챙이에 꿰어 굽고, 빵을 나누고, 고기를 나누고, 먹기 시작해서 마지막엔 먹고 마실 욕망이 모두 충족되는 것이다. 아주 똑같지는 않지만 1권에서 오뒷세우스가 이끄는 사죄 사절단이 크뤼세스를 찾아갔을 때도 이와 같은 전형적 장면이 나왔었다. 1권과 24권은 이런 점에서도 서로 호응한다.

이제 두 사람은 서로를 관찰한다. 프리아모스는 아킬레우스의 체격과 용모에 감탄한다. 아킬레우스는 상대의 고상한 모습과 말솜씨에 감탄한다. 그들이 서로를 충분히 보았을 때, 프리아모스는 잠자리를 준비해 달라고 청한다. 적진에서 얼른 돌아갈 생각을 하지 않고 자겠다는 것이 좀 이상하다. 이런 점을 생각해서 그런지 노인은 일종의 해명을 덧붙인다. 아들이 죽고 나서 괴로워하며 한잠도 자지 못했다고. 더구나 음식을 먹고 마신 것도 아들 죽고는 이번이 처음이다.

그러자 아킬레우스의 친구들과 하녀들이 잠자리를 보아 준다. 그 과정이 또 자세히 나온다. 흔히 『오뒷세이아』의 특성으로 여겨지는 장면이다. 『오뒷세이아』에는 손님이 접대를 받는 내용이 훨씬 많기 때문에 이런 내용이 아주 자주 되풀이된다. 『일리아스』에서는 잠자리를 준비해 주는 장면이 9권 포이닉스 장면과 여기뿐이다.

잠자리가 마련된 곳은 막사 바깥 주랑이다. 여기서 아킬레우스는 짐짓 놀리는 어투로, 노인이 바깥에서 자야 하는 이유를 설명한다. 혹시 희랍 지휘관들 중 누가 밤중에 의논할 것이 있어 찾아왔다가 노인을 보게 되면 아가멤논에게 알릴 것이고, 그러면 시신을 옮기는 일에 무슨 방해가 있을지 모른다는 것이다. 바깥에서 자고 있으면 어둠 속에 얼핏 누가 누워 있는 것만 보일 터이니 좀더 안전하긴 하겠다. 하지만 그 자리는 전통적인 나그네의 잠자리이니 무슨 결례가 되는 것도 아니다. 그리고 아킬레우스는 노왕이 새벽이 오기 전에 떠나야 한다는 것도 잘 알고 있다. 아마 다시 신이 인도하리라고 짐작하고 있을 것이다. 그러니 공연히 안에 재워서 일을 번거롭게 할 것 없이, 떠나기 쉬운 자리를 배정하는 게 좋겠다. 아킬레우스는 매우 현명하게 행동하고 있다.

아킬레우스는 마지막으로 헥토르의 장례에 며칠이나 필요한지를 묻는다. 그동안은 자기도 쉴 것이고 백성들도 쉬게 하겠다는 것이다. 프리아모스는 시일이 꽤 필요하다고 말한다. 나무도 해야 하는데, 백성들이 겁에 질려 있다. 아흐레 동안 애도할 것이고, 열흘째에는 매장하고 백성들을 접대하고, 그 다음날은 봉분을 만들고 열이틀째에는 '그래야만 한다면' 싸울 것이라고 말한다. 아마도 왕은 더 이상 싸우고 싶지 않을 것이다. 사실 아킬레우스도 자신이 늙은 아버지를 지키지 않고 먼 땅에 와서 프리아모스와 그의 자식들을 괴롭히는 것이 더는 내키지 않는다는 듯 말했다(24:541~542). 이들이 원치 않는데도 트로이아가 함락될 때까지 전쟁이 계속되었으니, 이것이 운명이거나 신들의 뜻이었던 모양이다. 어쨌든 아킬레우스는 그 날수만큼 전투를 막겠다고 약속한다.

그는 노인이 두려움을 버리도록 오른손 손목을 잡아 주고는 안으로 들어간다. 그의 곁에서는 브리세이스가 잔다. 이제 상황은 거의 1권 분노 사건이 일어나기 전과 같아졌다. 파트로클로스가 거기 없을 뿐이다.

프리아모스가 트로이아로 돌아가다

이제 모두들 잠이 든다. 하지만 헤르메스는 잠들지 못한다. 프리아모스를 다시 희랍군 진영에서 빼 와야 하기 때문이다. 시인은 여기서 일부러 2권 첫 부분을 흉내냈다. 작품 첫 부분에서 제우스가 잠을 못 자는 것은, 어떻게 하면 테티스의 소원을 들어줄 수 있을지 때문이었는데, 여기서는 어떻게 하면 프리아모스를 무사귀환시킬 수 있는지가 문제다. 남에게 잠을 주는 신이 잠 못 들고 고심하는 장면이 약간 우습다. 앞에서는 심각했던 장면이 여기 되풀이될 때는 다소 희극적으로 보이게 되었다(한편 24권 첫머리에도 아킬레우스가 잠 못 이루는 장면이 있으니, 내부적인 되돌이 구성도 이뤄지고 있다).

헤르메스는 프리아모스의 머리맡에 서서 경고한다. 아킬레우스가 친절했다고 해서 안심하고 있냐고, 만일 아가멤논과 다른 희랍인들이 그의 존재를 알게 되면 헥토르 시신에 치른 값의 세 배는 치러야풀려날 수 있을 거라고. 이런 말에 노인이 전령을 깨운다. 헤르메스는 그들을 위해 직접 말과 노새를 묶고, 그것들을 몰아 아무도 모르게 진영에서 빠져 나간다. 이들이 다시 스카만드로스 강의 여울에 닿았을때 헤르메스는 떠나간다. 처음 그들과 만났던 곳이다. 그러자 새벽빛이 온 세상에 퍼진다. 프리아모스와 전령은 애곡하고 탄식하며 도시로 나아간다. 아킬레우스가 권했던 대로다. 그들이 돌아오는 것을 캇산드라가 제일 먼저 발견한다.

이리스의 방문부터 헤아려서 약 550행에 이르는 프리아모스의여행이 끝났다. 이 부분은 1권에 나온 크뤼세스의 여행과 짝이 되는것이고, 이 여행은 아킬레우스가 인간 사회로 복귀하는 계기가 된다. 아킬레우스는 노인을 맞아 위로를 나누며 함께 식사를 하고, 처음으로 다시 여인과 함께 잠자리에 든다. 이로써 그는 인간들의 일상으로완전히 복귀한 셈이다. 우리는, 제우스가 테티스를 불러, 아킬레우스로 하여금 헥토르의 시신을 돌려주도록 하라고 당부하면서, 그 일을아킬레우스의 '명예'라고 표현하는 것을 보았다. 이 명예는 새로운 종류의 것이다. 물론 여기도 전통적 명예의 상징인 선물이 수반되기는한다. 여러 신들이 주장하는 대로 헤르메스가 시신을 빼돌렸다면, 아킬레우스는 프리아모스가 가져온 '헤아릴 수 없는' 선물도 받을 수 없었을 테니 말이다. 그렇지만 이에 덧붙여서, 『일리아스』를 다른 영웅시와 구별 짓는 새로운 덕이 나타났다는 게 중요하다. 바로 인간에 대한 존경과 동정심이라는 덕성이다. 이전까지는 용기야말로 남자(라틴어로 vir)의 덕(라틴어로 virtus)이었다. 신과 인간 앞에 덕 있는 사람으로 드러나는 것은 명예다. 덕이 새로운 것이면 그 명예도 새롭게 된다. 그래서 헥토르의 시신 반환 과정에서 제우스가 아킬레우스에게 허락한 것은 '새로운 명예'다.

물론 이 새로운 덕과 명예에 이르는 과정이 아주 순탄한 것은 아니다. 아킬레우스는 노인을 동정하면서도, 그가 빨리 아들의 시신을 돌려주기를 졸라대자, 갑자기 분노를 노출했다. 그는 자신에게 스스로도 억제하지 못할 감정의 폭발성이 숨겨져 있다는 걸 의식하고 있다. 그가 도달한 평정심은 그 마지막 단계에서까지도 긴장된 것이다. 그래서 그는 헥토르의 시신을 챙기러 나갈 때도 여전히 '사자처럼' 달려가는 것으로 그려졌다. 하지만 여기서 맹수의 모습은 다시 직유에 갇혔다. 인간의 살코기를 먹고 싶어 하던 야수의 모습은 사라졌다. 아킬레우스가 인간 사회로 복귀해 가고 있기 때문이다.

헥토르의 장례를 치르다

캇산드라의 외침을 듣고 모든 사람이 몰려나온다. 모두가 애곡한다. 프리아모스가 사람들을 제지한다. 일단 집으로 시신을 들이자고. 집으로 들어간다. 시신이 침상에 놓인다. 가객들이 만가를 선창하기 위해 배치된다.

여인들 중에 안드로마케가 먼저 슬픔을 표현한다. 과부가 된 자신의 신세와 아버지 잃은 아들의 신세를 한탄한다. 그녀는 아이가 어른이 될 때까지 살지 못하리라고 생각한다. 여자와 아이들을 보호하던 헥토르가 죽었으니, 도시가 곧 파괴되겠기 때문이다. 그녀는 자기가 먼 나라에 노예로 끌려갈 것을 예상한다. 아이도 노예로 끌려가거나, 아니면 죽음을 당할 것이다. 수많은 희랍군을 죽인 아버지의 아들이기 때문이다. 그녀는 남편이 자기에게 유언도 남기지 못하고 죽은 것을 애통해한다.

　　다음은 헤카베 차례다. 그녀는 아들이 살아서 신들의 사랑을 받은 것처럼, 죽어서도 보살핌 받은 것을 자랑스럽게 여긴다. 그녀는 아킬레우스가 이전에 자기 자식들을 잡아서 다른 나라에 팔아치운 것을 기억한다. 하지만 헥토르는 죽여서 끌고서 파트로클로스의 무덤을 돌았다, 그래 봤자 죽은 친구를 살릴 수도 없었는데! 하지만 그런 험한 짓을 당하고서도 그는 지금 이슬처럼 싱싱한 모습으로 돌아와 있다, 신들의 도움 덕분이다.

　　마지막은 헬레네 차례다. 6권에 헥토르가 만났던 세 종류의 여인이 모두 등장한 셈이다. 그녀는 언제나 그렇듯 자기가 파리스를 따라 이 땅에 온 것을 후회하는 말로 시작한다. 그녀는 헥토르가 자기에게 친절하게 대해 준 것을 회고한다. 다른 식구들이 모두 그랬던 건 아니다. 헥토르와 프리아모스를 제외한 다른 사람들은 이따금 그녀를 꾸짖기도 했던 것이다. 그녀의 시아주버니, 시누이, 동서들, 시어머니 등. 하지만 그럴 때면 늘 헥토르가 좋은 말로 그들을 달래고 막아 주었다. 헬레네는 이제 보호해 줄 사람도 없이 적대적인 사람들 가운데 홀로 남은 자기 신세를 한탄한다. 『오뒷세이아』에 따르면 그녀는, 트로이아에 염탐하러 잠입한 오뒷세우스를 알아보았으나, 그걸 누설하지 않고 오히려 잘 대접해서 귀한 정보까지 주어 돌려보냈다고 한다. 그녀가 정말로 그랬다면, 거기에는 이런 적대적인 분위기 탓도 있을 것이다.

한데 여기 좀 이상한 구절이 나와서 문제가 되고 있다. 여기서 헬레네는 자기가 트로이아에 온 지 20년이 되었다고 말하고 있기(24:766) 때문이다. 지금이 전쟁 10년째이니, 그녀가 집을 떠나고 나서 전쟁이 시작되기까지 10년이나 걸렸다는 말이다. 물론 여러 판본을 다 도입하고, 현실적 어려움까지 고려하면 시간을 꽤 끌 수는 있다. 즉, 군대를 모으는 데 (예를 들면, 오뒷세우스도 데려와야 하고, 아킬레우스도 데려와야 하므로) 시간이 많이 걸렸고, 아울리스에서 오래 지체되었고, 처음에 길을 몰라 뮈시아로 가서 텔레포스와 전쟁을 했고 등등. 그래도 트로이아에 와서 공격을 개시하기까지 10년이나 소요되었다는 것은 믿기 힘들다. 더구나 『오뒷세이아』에 보면, 오뒷세우스가 전쟁 끝나고도 10년을 방랑한 끝에 집에 돌아갔을 때, 젖먹이로 두고 떠난 텔레마코스가 스무 살 정도 되어 있다. 그러면 오뒷세우스는 군대가 출발하기 직전에야 합류했다는 걸까? 그러면, 아킬레우스는 오뒷세우스가 데려왔다니, 아킬레우스도 막판에 합류한 게 된다. 그리고 뮈시아에 가서 텔레포스를 다치게 한 것도 아킬레우스라니, 그 사건도 막판에 있어야 한다. 막판에 너무 짧은 시간에 너무 많은 사건이 일어나는 것 아닌가? 아니면 한 번 모였던 병사들이 최종적으로 트로이아로 출발하기 전에 다들 휴가라도 받아 집에 다녀왔단 말인가? 일단 흩어진 전사들을 다시 소집하는 건 사실 쉬운 일이 아닐 텐데…… 가장 좋은 설명은, 여기 언급된 '20년'이 그냥 긴 세월을 가리키는 관용 표현이라고 보는 것이다.

사실 트로이아 전쟁을 둘러싼 시간 계산은 좀 모호한 데가 있다. 나중에 아킬레우스가 죽은 다음에 그의 아들 네옵톨레모스가 트로이아에 와서 싸웠다는데, 그러자면 그는 적어도 열다섯 살은 되었을 것이다. 한데 그러자면 전쟁이 나기 5년 전에는 그가 태어나 있어야 하니(전쟁 10년째에 트로이아가 멸망했다), 아킬레우스는 스퀴로스에 5년 넘게 그곳에 숨어 있었어야 한다. 징병을 피하자고 숨어 있기에는 너무 긴 시간이다. 한편 그가 처음 스퀴로스에 도착했을 때 열다섯 정도였다면(아이를 낳아야 하니 사춘기는 지난 것으로 보아야 한다), 트로이아 전쟁은 아킬레우스 부모님의 결혼식에서 20년 정도 있다가(아킬레우스 스무 살, 네옵톨레모스 다섯 살 때) 일어난 셈이다. 그러면 파리스의 판정 때 아프로디테가 약속한 '가장 아름다운 여인'은 언제 파리스를 만난 것인가? 방금 헬레네가 말한 것처럼 20년 전에? 그렇다면 그때는 파리스의 판정이 있고도 약 10년이 흐른 때다. 여신의 약속이 너무 늦게 성취된 것 아닌가? 이런 식으로 모든 계산이 다 조금씩 문제가 있다.

헬레네의 가출이 파리스의 판정 10년 뒤에 있었다고 하고, 아킬레우스의 나이와 일어난 사건들을 계산하면 다음 표와 같다.

탄생전 — 테티스와 펠레우스의 결혼식(파리스의 판정)

10세 — 파리스와 헬레네의 만남(파리스 판정 후 10년째)

15세 — 테티스가 아킬레우스를 숨김(네옵톨레모스 탄생)

20세 — 헬레네 납치 10년째, 트로이아 전쟁 발발

　　　　(네옵톨레모스 5세; 텔레마코스 출생)

30세 — 전쟁 발발 10년째, 사망. 곧이어 트로이아 함락

　　　　(네옵톨레모스 15세)

사후 — 종전 10년째, 오뒷세우스 귀향(텔레마코스 20세)

　세 여인을 따라 백성들이 통곡한다. 그러다가 프리아모스가 다시 분위기를 정리한다. 나가서 장작을 구해 오라고, 아킬레우스가 약속했으니 매복은 없을 거라고, 열이틀째 새벽이 오기까지는 안전하다고. 그래서 아흐레 동안 장작을 모은다. 열흘째에 헥토르를 화장한다. 다음날 새벽에 잔불을 끄고 뼈를 수습한다. 파트로클로스 장례 때 나왔던 구절들 그대로다. 어느 한쪽을 편들지 않고 희랍군과 트로이아군에게 모두 동정을 보내는 시인은 양쪽의 가장 큰 전사자에게 동등하고 공평한 장례식을 부여한 셈이다.

　트로이아인들은 헥토르의 뼈를 모아 황금 단지에 담고 다시 천으로 싼다. 파트로클로스 때와 다른 점은 단지를 집으로 가져가지 않고, 구덩이에 묻은 점이다. 그 후에 돌을 쌓고 봉분을 만든다. 휴전 기간이 아직 하루 더 남았지만 혹시 희랍군이 일찍 공격해 올 수 있으니 파수병을 세우고, 장례식 식사를 한다. "그들은 이와 같이 헥토르의

장례를 치렀다"는 말이 1만 5천 행 넘는 서사시의 마지막 구절이다.

방금 우리가 살펴본 24권은 1권과 짝이 잘 맞는 것으로 알려져 있다. 우선 유사점. 1권 초입에서 우리는 딸(크리세이스)을 찾으러 '헤아릴 수 없이 많은' 선물을 가지고 찾아오는 아버지(크리세스)를 보는데, 24권에서 또다시 그러한 아버지를 보게 된다. 헥토르의 시신을 찾아 나선 아버지 프리아모스다. 1권은 아니지만 첫 부분의 사건과 유사한 일이 마지막에 다시 일어난 것도 있다. 2권 초반에서 제우스가 잠 못 드는 장면과, 24권 초반에 아킬레우스가 잠 못 드는 장면, 후반에 헤르메스가 잠 못 드는 장면이다.

다음으로 유사하면서도 방향이 반대로 되어 있는 사건. 1권에서는 아킬레우스가 자신의 어머니 테티스에게 희랍군이 패하게 해달라고 부탁하고, 테티스가 제우스를 찾아가서 허락을 구한다. 지상의 인간으로부터 하늘의 최고신에게 의사가 전달되는 모양새이다. 반면 24권에서는 제우스가 이리스를 파견하여 테티스를 불러다가, 아들을 달래 달라고 부탁한다. 신들의 뜻이 하늘에서 땅으로 전해지는 것이다. 올라갔다가 내려오는 운동이다. 한편 불화와 화해의 대비도 볼 수 있다. 1권 끝에서는 테티스의 청탁 때문에 제우스와 헤라 사이에 불화가 생긴다. 24권에서는 곧 아들을 잃게 될 테티스를 맞아 헤라 여신이 잔을 권하며 위로의 말을 건넨다.

🌸 프리아모스의 저승여행 🌸

아들의 시신을 찾아가는 프리아모스의 여행은 여러 영웅시에 공통되는 저승여행 패턴에 맞춰 그려진 것으로 평가받는다. 노인이 저녁에 떠나서 새벽에 돌아오는 것이라든지, 가족들이 울면서 배웅하는 것, 도중에 무덤과 강을 지나는 것(저승 강), 죽은 자의 영혼을 인도하는 신 헤르메스를 만나 인도받는 것, 이 모두가 저승여행을 암시하고 있다. 그리고 돌아오는 그들을 가장 먼저 발견하는 것이 여사제 캇산드라라는 점도 심상치 않다. 그러면 시인은 왜 이 여행을 죽음의 세계를 방문하는 것처럼 그린 걸까? 물론 아들의 시신을 가지러 가는 길이므로, 이런 음울한 분위기가 필요하기는 할 것이다. 그리고 장례도 받지 못하고 험한 짓을 당하던 시신을 구출하는 것이니, 거의 죽음에서 탈출하는 것이라고 할 만도 하다.

하지만 더 큰 목적은 미래에 대해 암시하려는 것이 아닌가 싶다. 이 장면은, 아킬레우스의 죽음처럼 조만간에 반드시 닥칠 일이긴 하지만, 이 서사시에서는 보여줄 수 없는 미래, 즉 트로이아의 멸망을 암시하는 것이다. 우리는 18권에서 파트로클로스의 죽음을 전해 들은 아킬레우스가 머리에 흙을 끼얹고 먼지 속에서 뒹구는 것을 본 적이 있다. 마치 전장에서 죽은 전사의 모습 같다. 사르페돈과 파트로클로스가 그랬었다. 우리는 이 모습에서, 아킬레우스가 이미 죽은 것이나 다름없음을 깨닫는다.

한데 같은 모습이, 헥토르의 죽음을 애곡하는 프리아모스에게서도 발견된다(24: 164~165). 그러니까 파트로클로스와 함께 아킬레우스가 '죽었'듯, 트로이아의 유일한 방패인 아들과 함께 노인도 '죽은' 것이다. 이 노인이 젊은 시절에는, 마치 아킬레우스처럼 '발이 빠른 자'(포다르케스)라고 불렸었다는 것은 묘한 일치이다. 그가 죽은 자이므로 그의 여행은 당연히 죽은 자의 여행이 된다. 물론 그는 다시 저승 강을 건너 돌아온다. 아직은 아킬레우스가 죽음의 완결을 기다려야 하듯, 프리아모스도 운명이 정해 놓은 좀 더 비참한 최후를 기다려야만 하는 것이다. 트로이아가 멸망하는 날, 비로소 왕은 도시와 함께 '완전한 죽음'에 이를 것이다.

🌿 맺음말

어쩌면 좀 쉽게 넘어가기를 원하는 많은 독자들의 기대를 배반하고 너무 복잡한 분석을 너무 많이 제시한 듯도 하다. 이제 이 책에서 언급해 온 시인의 기술들에 대해 다시 한 번 되새겨 볼 터이니, 이 역시 지나치다고 생각하는 독자들은 건너뛰시기 바란다.

여러 학자들이 자주 다뤄 온 것으로, 전형적 장면들이 있다. 되풀이되는 무장 장면, 대결 장면, 고립된 전사가 어찌 할지 혼자 고심하는 장면 같은 것들이다. 이런 장면들은 이미 한 번 이상 접한 것이기 때문에 청중이 쉽게 받아들일 수 있으면서도, 각 경우에 조금씩 내용을 바꿔 시인이 그 대목에서 강조하고 싶은 것을 미묘하게 강조할 수 있다. 같은 상황이면 아예 똑같은 구절들이 한 묶음으로 되풀이 사용되는 수도 있는데, 가장 대표적인 사례가 2권의 아가멤논의 '꿈 장면'에서 나왔다. 같은 구절은 아니지만 비슷한 상황이 거듭 반복되어서 청중이 쉽게 따라갈 수 있는 경우들이 있으니, 군중 전투에서 자주 '연쇄반응'이 나오는 것 등이다.

구조와 관련해서는, 많은 학자들이 지적했고 이 책에서도 강조된 것으로 되돌이 구성이 있다. 맨 앞의 세 권과 맨 뒤의 세 권이 짝이 잘 맞는다는 것은 이미 첫 부분부터 강조했다. 이것은 가장 큰 규모의 되돌이 구성이라 할 것이다. 부분적으로도 이 구성법이 많이 쓰이고 있는데, 각 전투일이 대표적인 사례다. 첫날은 회의로 시작하고 끝나는 데다가, 전투 시작과 끝에 약정 대결이 하나씩 놓여 있어서 되돌이 구성이 뚜렷하다. 둘째 날도 신들의 회의로 시작해서 신들의 회의로 끝나고, 앞뒤에 비슷한 구절로 이루어진 비슷한 대화 장면이 놓인 되돌이 구성으로 짜여 있다. 각 권별로도 회의로 시작해서 회의로 끝나는 9권 등이 비슷한 구성법을 썼다. 그 밖에도 20권 아킬레우스와 아이네이아스의 대결이라든지, 21권 '신들의 전투' 같은 장면들이 되돌이 구성으로 되어 있다. 지난 것을 모두 정리하자면 일이 너무 커지니 이 정도로 그치자.

다른 학자들과 달리 내가 많이 강조하는 것은 균형이다. 이 균형에는 형식적인 것도 있고, 명예와 실리, 또는 동정심이 이루는 균형도 있다. 뒤의 균형을 이루는 장치는, 대체로 희생자라고 할 수 있는 트로이아군에게 주어지는 동정심이지만, 때로는 희랍 청중을 배려하여 희랍 쪽에 해를 끼친 인물이 즉각 응징되게 장면이 짜여 있는 때도 있다. 약정을 어기고 먼저 화살을 날린 판다로스나, 파트로클로스에게 제일 먼저 부상을 입힌 에우포르보스가 곧장 제거되는 것 등이 그런 예다.

양쪽의 이득의 균형을 이뤄 주는 장치로, 보상에 대해서도 많이 언급했다. 균형과 보상이라는 관점은 몇몇 장면의 의미를 분명히 해 주는 효과가 있다. 예를 들면 파리스가 메넬라오스와 대결하다 사라진 장면 뒤에 왜 헬레네와의 동침 장면이 나오는지, 그녀가 성벽에 올라간 이유는 무엇인지, 전장에서 마주친 두 영웅이 엄청나게 가치 차이가 나는 무장을 교환한 이유는 무엇인지, 헥토르가 성 안에 들어간 이유는 무엇인지 등. 이런 보상이 희랍군 쪽에는 주로 실질적인 것으로, 트로이아 쪽에는 상징적인 것으로 주어진다는 사실도 확인했다. 예를 들면 디오메데스와 아이네이아스의 대결에서 디오메데스는 말을 얻고, 아이네이아스는 신의 치료를 받는 식이다.

전체와 부분이 서로 닮아 있다는 것도 강조했다. 예를 들면, 트로이아 전쟁 전체가 여자(헬레네)를 빼앗긴 것에서 시작하는데, 『일리아스』에서 벌어지는 첫 사건(아가멤논과 아킬레우스의 다툼)도 여자(크뤼세이스)를 빼앗기게 된 데서, 그리고 『일리아스』 첫 부분을 끌고 나갈 아킬레우스의 분노도 브리세이스를 빼앗긴 데서 시작된다.

『일리아스』라는 작품과 그 부분들 사이의 닮음으로 가장 뚜렷한 것은, 앞쪽에는 일반 주제(전쟁), 뒤쪽에는 특수 주제(분노)가 배치되어 있다는 점이다. 작품의 첫 부분에는 전쟁 전체가 주로 그려진다. 2권 '배들의 목록'도, 첫날의 맨 앞에 놓인 약정 대결도, 성벽에서 바라보기도 모두 전쟁의 시작 부분을 재현하고 있다. 뒤로 가면 아킬레우스의 복수가 주된 주제가 되어 전쟁은 배경으로 물러선다.

이런 특성은 각 부분에서도 나타난다. 전투 첫날의 앞 부분은 작품 앞부분과 겹치니 당연히 전쟁 주제가 강조되는데, 첫날 마지막 부분이 되면 벌써 전쟁 원인인 헬레네는 관심 밖으로 밀려난다. 둘째 날은 전쟁 원인인 파리스가 공을 세우는 것으로 시작해서, 아킬레우스의 분노의 대상이 될 헥토르가 공을 세우면서 끝난다. 셋째 날에도 첫 부분에는 전쟁 전체의 지휘관 아가멤논이 활약하면서 일반 주제가 두드러진다. 하지만 뒤로 가면 파트로클로스가 출전하고, 죽으면서 분노 주제가 두드러진다. 전투 마지막 날도 앞부분에는 트로이아의 역사가 되새겨지면서 일반 주제가, 뒤에는 헥토르의 죽음 부근에서 확실한 분노 주제가 드러난다.

부분과 전체의 유사성은 화해라는 주제에서도 보인다. 『일리아스』 전체가 화해로 끝나듯이, 첫날의 마지막 대결도 화해로 끝난다. 그날의 한가운데에는 다른 화해라고 할 수 있는 무장교환 장면이 있다. 마지막 아킬레우스와 프리아모스의 화해 직전에는 파트로클로스 장례식 경기가 놓여 있다. 거기서 아킬레우스는 아가멤논과 진심 어린 화해를 하고, 다른 사람들도 서로 이해하고 양보하는 모습을 보인다. 신들의 세계에서도 비슷해서 1권에서 신들 사이에 불화를 불러일으켰던 테티스가 24권에서는 따뜻한 영접과 위로를 받고 있다.

다음으로, 이따금 언급했던 시간 문제를 되새겨 보자. 시인은 트로이아 전쟁 전체를 다루지 않고 '사태 한가운데'서 이야기를 시작했다. 하지만 작품의 뒤쪽으로 갈수록 옛날을 상기하는 기법을 쓰고 있어서, 전쟁의 발단과 그 전쟁 이전의 상태가 점점 더 드러난다. 동시에 『일리아스』 이후에 일어날 일들도 점점 뚜렷이 예고된다. 그래서 마지막 부분에 시간은 거의 '중화'되고 있다. 말하자면 A에서 Ω로 한

```
『일리아스』시인이 해주려는 이야기의 시간적 순서
            A→C→Ω

실제로『일리아스』에서 펼쳐지는 이야기의 진행
              C→Ω
              C→A
```

줄로 진행하는 이야기를 중간(C)을 꺾어 접어서 이야기를 중간부터 시작하고는, A와 Ω의 끝을 맞춰서 가지런히 접어 놓은 꼴이다. 이를 그림으로 표현하면 위와 같다.

시간 얘기가 나왔으니 시인이 동시에 일어나는 사건들을 표현하는 방법들도 돌아보자. 시인은 '한쪽에서 이런 일이 벌어지고 있는 사이에 다른 쪽에서는 ~' 하는 식의 방법을 쓰지 않고, 동시에 일어나는 일도 마치 순차적으로 일어나는 듯 적고 있다. 그래서 한쪽에서 사건이 진행되는 사이에 다른 쪽에서는 동작이 얼어붙은 듯도 보인다. 하지만 요즘의 영화에도 같은 기법을 쓰니 별로 이상한 일도 아니다. 특히 방벽 안 전투 때 동시에 벌어지는 여러 일들을 각 장면 뒤에 '엄청난 함성이 일어났다'는 구절을 넣어서 서로 연결하고 있다. 그리고 때로는 시간이 잘 안 맞기도 하지만 이런 장치를 통해 부드럽게 넘어가고 있다.

이와 유사한 것이, 시간이 오래 걸리는 일이 진행되는 동안 다른 사건을 언급해서 그 사이를 메우는 방법이다. 가장 대표적인 것은 6권에서 헥토르가 성안에 들어간 사이 진행되는 무장교환 장면이다.

자주 언급된 것으로 전조와 예고도 있다. 시인은 자주 일종의 '스포일러'로 앞으로 이야기 진행이 어떻게 될지를 예고한다. 이것은 문자가 없던 시대에 청중이 이야기를 따라가기 쉽게 해주는 장치이며, 다른 한편 옛 사람들이 지금의 우리와는 다른 방식의 즐거움을 찾았다는 것을 보여 준다. 한데 이런 노골적인 예고가 아닌, 좀더 은근한 방법도 있다. 우선 등장인물끼리 주고받는 말에서 전투 결과가 미리 드러나는 경우 따위다. 이런 것은 사실 전사의 심리 상태나 그가 파악한 전황을 알려주는 것이므로 등장인물들끼리는 전조로 보지 않을 것이고, 다만 시인이 독자와 청중에게 미리 주는 예고라고 할 수 있겠다. 불길한 직유도 일종의 예고가 된다. '자기 용기 때문에 죽게 되는 사자' 같은 직유는 일종의 분위기 조성용으로 좀 멀리 있는 결과를 예고해 준다. 틀레폴레모스와 사르페돈의 대결 직전에 시인이 인물의 신분을 표현하는 방식도 대결 결과를 예고하는 장치로 쓰이고 있다. 물론 귀족적인 서사시의 관행에 대해 아는 사람에게만 작용할 수 있는 것이지만.

이런 예고와 전조는 일종의 '연쇄반응'에 의해 아킬레우스의 죽음까지 이르는 주요 전사들의 계열에서 가장 뚜렷한데, 이와 관련해서 '반복되며 자라나는 주제들'이 강조되었다. 우선 큰 영웅들이 이루는 연쇄반응을 보자.

① 틀레폴레모스가 사르페돈에게 죽는다. (5권)
② 사르페돈이 파트로클로스에게 죽는다. (16권)

③파트로클로스가 헥토르에게 죽는다. (16권)

④헥토르가 아킬레우스에게 죽는다. (22권)

⑤아킬레우스가 파리스에게 죽는다. (22권에 예고)

도식화하면, '틀레폴레모스—사르페돈—파트로클로스—헥토르—아킬레우스—파리스'가 된다.[*] 큰 영웅들이 관련된 시신쟁탈전도 비슷하게 점점 커 가고 있는데, 그 정점은 헥토르의 시신이 문제된 경우다.

①아이네이아스의 '허상'쟁탈전 (5권)

②사르페돈의 시신쟁탈전 (16권)

③케브리오네스 시신쟁탈전 (16권)

----

* 이제 독자들이 충분히 지겨워졌겠다. 다시 주석을 활용하자. 특히 본문의 ②~④는 마부-전사의 관계가 얽혀 있고, 공통적으로 유언이 나타나는 것이다. ③의 경우에는 말 한 마리에서부터 시작하여 점차 강해지는 긴 희생교환의 연쇄가 나왔다.

 Ⓐ파트로클로스의 곁말이 죽는다.
 Ⓑ헥토르의 마부 케브리오네스가 죽는다.
 Ⓒ아킬레우스의 마부 역할을 하던 파트로클로스가 죽는다.

이를 도식화하면, "파트로클로스의 곁말 → 헥토르의 마부 케브리오네스 → 아킬레우스의 '마부' 파트로클로스"다. 더구나 Ⓐ는 이미 8권에서 네스토르의 말이 죽는 장면에서 한 번 예고된 것이다. 거기서도 이어서 네스토르와 디오메데스에 의해 헥토르의 마부가 죽었다(그의 새 마부는 같은 8권에서 테우크로스의 화살에 다시 쓰러졌다). 어쩌면 그 이전까지 두 줄기로 이어져 온 연쇄반응이 파트로클로스에 와서 한데 합쳐졌다고 해야 할지도 모르겠다. Ⓑ의 사건은 이미 8권에서 헥토르의 마부 둘이 잇달아 죽었으므로 사전에 충분히 예고된 것이다. 그러면 확장된 도식은, "(네스토르의 말) → (헥토르의 두 마부) → 파트로클로스의 곁말 → 헥토르의 마부 케브리오네스 → 아킬레우스의 '마부' 파트로클로스"가 된다.

④파트로클로스 시신쟁탈전 (17권 대부분)

⑤헥토르 시신'쟁탈전' (24권 전체)

아킬레우스와 그의 대역들에게 보이는 부상과 죽음도 점차 커가는 계열을 이룬다. 디오메데스의 작은 부상(5권)—디오메데스의 큰 부상(11권)—파트로클로스의 죽음(16권)—아킬레우스의 죽음. 이들은 아폴론과 (거의) 맞섰다가 물러서는 공통점도 보인다.

Ⓐ디오메데스가 아이네이아스를 공격하려 세 번 달려들다가 아폴론의 고함에 물러선다. (5권)

Ⓑ파트로클로스가 트로이아 성벽에 오르려고 세 번 시도하다가 아폴론의 경고에 물러선다. (16권)

Ⓒ아킬레우스가 아폴론 자신을 추격하다가 신의 조롱을 받고 비난을 퍼부으며 물러선다. (22권)

탄원이란 주제도 아킬레우스와 헥토르를 향해 점점 커지고 있다. 군중 전투 중에 있었던 것으로는 아드레스토스가 아가멤논 형제에게 하는 탄원(6권)이 가장 눈에 띄는데, 나중에 아킬레우스가 등장한 다음에는 트로스의 좌절된 탄원(20권), 뤼카온의 탄원(21권)이, 그리고 마지막엔 프리아모스의 탄원(24권)이 있을 것이다. 계열을 만들기에는 좀 짧지만, 아킬레우스가 어머니께 하는 탄원과, 테티스가 제우스에게 하는 탄원도 있다. 사절단이 아킬레우스를 달래기 위해 방문하는 것도 일종의 탄원이고, 파트로클로스가 아킬레우스에게 출전 허락을 구하는 것도 이와 연결된 탄원이다.

자라나는 계기들 중에는 아킬레우스의 양보도 넣을 수 있다.

①그는 아가멤논을 죽이려 하다가 아테네의 권유에 따라 양보한다. 자기 여자를 빼앗아 가는 것도 용인한다. (1권)

②그는 당장 다음날 떠나려다가, 다시 생각해 보자고 했다가, 떠나지 않는 쪽으로 결정한다. (9권)

③그는 자기 배에 불이 붙기 전까지는 싸우지 않겠다고 선언했지만, 다른 배에 불이 붙자 파트로클로스를 파견한다. (16권)

④그는 식사도 없이 당장 전투로 돌입하자고 주장했다가, 오뒷세우스의 반론에 물러선다. (19권)

⑤그는 헥토르의 시신을 결코 돌려주지 않겠다고 했다가, 결국 돌려준다. (22~24권)

저울이란 테마도 거듭 등장한다. 제우스의 저울이 기울자 희랍군이 두려움에 사로잡혀 도주하기 시작한다(8권). 양쪽 군대가 여인이 저울에 양털 달듯 균형을 이룬다(12권). 파트로클로스가 사르페돈을 죽인 직후 헥토르가 제우스의 신성한 저울을 느낀다(16권). 제우스가 저울에 아킬레우스와 헥토르의 운명의 날을 달아본다(22권). 여기서 처음엔 시인의 은유이던 것이 직유로, 사실로 바뀌어 간다.

말 직유, 트로이아의 화재, 시신 훼손 등의 주제가 계속 자라나고 있다는 점은 22권 끝에 꽤 자세히 언급했으니 생략하자.

이상에서, 그동안 강조해 온 요소들을 되돌아보았다. 작품의 여러 부분에 나오는 요소들이 되새겨진 만큼 독자들에게도 다시 한 번 전체를 둘러보는 기회가 되었을 것이다. 이 책에서 내가 주로 강조하려 한 것은, 구조적인 아름다움과, 옛 사람들이 즐거워했을 대목들, 여전히 우리를 경탄케 하는 시인의 기술 등이다. 이런 특성들만으로도 고전의 반열에 오를 자격이 충분하지만, 이 작품이 오늘날 우리에게까지 여전히 감동을 주는 것이 무엇인지에 대해서 조금 더 생각해 보자.

우선 이 작품이 어떤 전체성을 갖추고 있어서, 이 세계를 온전히 보여 준다는 점이다. 앞에서 우리는 반복되면서 점점 규모가 커 가는 주제의 계열들을 많이 보았다. 이런 기법은 이 작품의 다른 특징과도 관련이 있는 듯 보인다. 이 작품은 아킬레우스의 가슴속 감정(분노)에서 시작해서 트로이아 전쟁을 그리고, 직유와 소갯말, 방패 묘사 등을 통해서 평화도 그리고, 이렇게 전쟁과 평화로 이루어진 인간 사회 외에도 신들의 세계까지 그려서, 말하자면 온 세상을 그려 나가는 작품이다. 마치 카메라를 점점 뒤로 빼 가면서 한 인물과 그 주변을 잡다가 그 지역 전체, 전 대륙, 전 지구, 태양계, 우리 은하와 광대한 전 우주 공간까지 시야를 넓혀 가는 듯한 인상을 준다. 지금 전사들이 발딛고 서 있는 좁은 트로이아 해변만이 문제가 아니다. 이 세계는 훨씬 더 넓고 이 세계에는 평화로운 공간이 압도적으로 많다(이 말이 과장이라면, 적어도 평화의 시기, 평화로운 영역이 전쟁이 차지하는 만큼은 된다고 할 수 있으리라).

이렇게 확장된 세계관을 보여 가는 가운데, 아킬레우스의 '성장'

이 전개된다. 그 핵심은 인간의 운명에 대한 통찰이다. 이 서사시는 무엇보다도 인간의 운명이 어떤 것인지 돌아보고, 우리로 하여금 그것을 받아들이게 한다. 바로 인간은 왜 죽어야 하는가의 문제이다. 옛사람들은 여기서 인간의 한계를 발견했다. 그리고 그것을 어떻게 받아들일지 모색했다. 이 작품은 인간 역사의 새벽에, 아직 소년 또는 청년인 인간들이 이 세계에서의 자신의 지위를 자각하고, 그것을 어떻게든 이해하고 견뎌내려 애쓴, 그 시도의 결과라 할 것이다.

또 하나 사회적 지위의 문제가 있다. 이 세계에서 살아가는 한, 인간은 어딘가 사회에 속하기 마련인데, 거기서 주어진 지위와 객관적인(또는, 스스로 평가하는) 자질이 서로 일치하지 않는 것이다. 아킬레우스는 세상 누구보다 뛰어난 자질을 갖고 있지만, 자기보다 훨씬 못한 인물의 권력 아래 놓여 있다. 이미 헤라클레스도 겪었던 문제이다. 그는 그것을 못 견뎌 하고, 그 상황을 벗어나려 한다. 하지만 작품이 진행되는 동안 그는 그것을 받아들이는 쪽으로 마음을 바꾼다. 하지만 그냥 체념하는 것이 아니다. 그는 자신이 처해진 그 자리에서 좋은 통치자란 어떠해야 하는지 스스로 모범을 보인다. 23권의 의미 중 하나가 바로 그것이다. 그런 각성은 운명에 대한 통찰과 결합하여 24권에서 더욱 확장된다. 그는 프리아모스를 맞아 접대하고 위로하고 아들을 돌려준다. 살을 저며 먹고 싶었던 원수다. 그의 장례를 위해 며칠간의 말미를 허락한다. 이 마지막 것은 신들의 명령에 따른 것이 아니다. 이제 그는 동료 인간의 고통을 이해하고, 그들을 동정하며, 이 세계 안에서 할 수 있는 한 관용을 베푸는 자가 되었다. 이 작품은 인간의 운명과 더불어 인간의 위대함을, 그 성장 가능성을 보여 준다.

시인이 작품 안에 온 세계를 담아서 보여 준다든지, 주인공이 점차 깨달음을 얻고 변화해 간다든지 하는 것은 너무 자주 듣던 말이라서 직접 와 닿지 않을 수도 있다. 하지만 우리는 시인이 쓰러지는 인물들을 그리면서 가슴을 울려줄 때 거기에 충분히 공감할 수 있다. 거기서 다시 시작하자.

시인은 희생자에게 경의를 표하고, 그 죽음을 비통하고 가슴 아픈 것으로 만든다. 주로 부모나 아내, 자식과 관련해서이다. 젊은이는 부모님의 길러주신 은혜를 보답하지 못할 것이고, 고향땅에서 아들만을 기다리는 늙은 부모는 아들의 얼굴을 다시 보지 못할 것이며, 자식은 아비 없이 천대를 받을 것이다. 귀하게 자란 멋진 젊은이들은, 혹은 비 맞은 양귀비처럼 목이 꺾이고, 혹은 미친 바람에 뽑힌 올리브나무처럼 쓰러진다. 혹은 갓 얻은 아내를 두고 떠나, 행복한 결혼 생활도 누려보지 못한 채, 이국땅의 먼지 속에 얼굴을 박고 청동의 잠을 자게 되고, 혹은 짓다 말고 온 집을 완성하지 못할 것이며, 그가 누리지 못한 많은 재산을 타인들이 차지할 것이다. 신에게 배운 기술도, 예언자였던 아버지도, 그가 후히 대접하곤 했던 친구들도 이 죽음의 순간에는 아무 도움이 되지 못한다.

물론 명성이 있다. 필멸의 인간에게 영원성을 부여해 주는 명성, 그것은 인간을 신들과 유사하게 만들어 주는 것이다. 이것이 영웅시대 인간들이 발견했던, 필멸성에 대한 대응책이다. 아킬레우스가, 고향땅에서 평범하게 장수하며 일상의 행복을 누리는 것과, 전쟁터에서 요절하여 영원한 명성을 얻는 것 중, 둘째 것을 선택했을 때 생각했던 게 바로 이것이다. 시인 자신도 '남자의 명예를 높여 주는 전투'라는 공식구를 자주 사용한다. 그러나 이런 생각이 끝까지 견지되는 것은 아니다. 특히 눈에 띄게 그런 틀에서 벗어나는 사람이 우리의 주인공 아킬레우스다. 그는, 사람이 생명을 한 번 잃으면 다시 찾을 수 없다면서, 명예보다 목숨이 더 중요한 듯 말하기도 하고(9권), 명예의 외적 상징인 재산에 전혀 무관심한 태도를 보이기도 한다(19권). 특히 그가 프리아모스를 만나는 대목에서, 우리는 그가 이미 동료 전사들의 보편적인 가치관을 벗어나 있다는 인상을 받게 된다. 그는 늙고 불행한 자신의 아버지를 기억하며, 자신이 '양쪽 누구에게도 득이 되지 않는 전쟁'을 수행하고 있다고 한탄한다. 현명하고 예의 바른 이 젊은이는, 이 전쟁이 노인과 그 아들에게 불멸의 명성을 가져다주리라고 해봐야 큰 위로가 되지 않으리라고 생각한 것일까? 하지만 그렇다면, 자기 늙은 아버지와 자신에게도 마찬가지다. 명성은 이 작품이 진행되는 사이에, 미약한, 정말 위로가 된다기보다는 할 수 없이 그나마 위로로 삼아야 하는 하찮은 보상으로 변하고 말았는지도 모른다.

이러한 아킬레우스의 인식은, 그가 트로이아의 젊은 왕자 뤼카온을 만나서 죽이는 장면에서 가장 잘 드러난다. 그는, 무릎을 잡고 살려주기를 애원하는 뤼카온을 '친구'라고 불렀다. '죽음의 운명을 공유하는 동료 인간이여'라고 부르는 듯하다. 그 장면 앞뒤에서 보여 준 그의 일련의 자살적 행동은 유한한 생명에 대한 미련을 끊어 버리고,

필멸성을 받아들이려는 안간힘이 아닐까?

이러한 인간의 운명은 신들과 비교된다. 그 신들에게는 항상 '행복한'이라는 수식어가 붙는다. 그들은 잔치를 즐기고, 인간들의 싸움을 구경한다. 인간 때문에 그들 사이에도 이따금 분란이 생기는 경우가 있지만, 서로 심하게 다툴 필요는 없다. 그러기엔 인간이란 존재가 너무 하찮다. 때때로 그들은 인간사에 간여한다. 자신의 원한 때문에, 또는 특정 인간의 지위 때문에. 특히 신의 자손, 사제의 아들, 특별히 신의 사랑을 받는 사람 등이 문제다. 하지만 그것도 다른 신과의 우애를 해치면서까지 밀어붙일 필요는 없다. 이따금 안타까움이 있지만 일시적인 것이다. 인간은 나뭇잎 같아서 한 세대가 가면 어차피 다른 세대가 피어나기 마련이다.

하지만 그렇다고 해서 신들의 삶이 인간의 것보다 더 가치 있다는 인상은 그다지 받을 수가 없다. 그들에게 고통이 있다면, 돕고 싶은 인간을 돕지 못할 때다. 정해진 운명은 신도 어쩌지 못하기 때문이다. 제우스도 아들 사르페돈을 구할 수 없었고, 아폴론도 헥토르를 끝까지 보호할 수는 없었다. 그들도 그 운명을 그대로 받아들이는 수밖에 없다. 여기까지는 인간들과 같다. 중요한 것은, 그들은 이미 처음부터 우월한 지식을 가지고 이런 것을 받아들이고 있으므로 발전이랄 것을 보여줄 여지가 없지만, 인간들은 발전한다는 점이다(물론 작품의 첫 부분과 마지막 부분을 비교해 보면 어떤 면에서 신들도 발전한 상태라 할 수 있다. 아이스퀼로스의 『프로메테우스』 3부작 역시 그런 '신들의 성장'을 보여 주는 것일 터이다).

아킬레우스로 대표되는 인간은, 죽음의 운명을 의식하고 받아들이면서도 여전히 삶을 이어 간다. 우리가 아킬레우스를 마지막 보았을 때, 그는 여인 곁에서 자고 있었다. 죽음은 언제든 닥칠 것이고, 헥토르의 장례식 다음에 '필요하다면' 그는 또 싸웠을 것이다. 비관할 것도 없고 무기력할 것도 없다. 식음을 전폐하고 과거의 분노를 되살릴 것 없이 당장 해야 하는 일을 한다. 그는 명예를 얻었다. 자신이 처음에 생각했던 것, 동료들이 여전히 추구하는 것과는 다른 종류의 것이다. 많은 적을 쓰러뜨려서가 아니라, 자기 운명을 받아들이고 적에게 관용한 데서 생겨난 새로운 명예이다. 이제 그는 곧 죽어, 친우를 저승에서 다시 만날 것이다. 신들은 갈 수 없는 곳이다.

더 읽을 책들

『일리아스』 자체를 소개하는 글로서 짧은 글이 아니라 책이라 할 만큼 부피가 있는 것은 국내에 나온 적이 없으니, 추천할 책도 없다. 조금 범위를 넓혀 호메로스의 두 서사시가 생겨난 배경을 이해하는 데 도움을 될 것을 꼽자면, 피에르 비달나케의 『호메로스의 세계』(이세욱 옮김, 솔, 2004)가 있다. 이 책은, 자신이 처음 어린이용 신화집에서 두 서사시의 내용을 접하고 처음 직접 작품을 대했을 때 어떤 인상을 받았는지에서 시작해서, 이 서사시들이 어떻게 만들어지고 전해졌는지, 그 내용은 어떤 것인지, 어떤 점에 주목해야 하는지 차근차근 들려준다. 중간중간 인용도 많은데, 불어 번역에서 다시 옮긴 것이라 때때로 원전과는 좀 멀어졌지만, 천병희 역과 비교하는 것도 재미있을 것이다. 단테와 라신부터 보들레르와 데렉 월코트에 이르기까지 호메로스의 영향을 받은 작가들이 소개된 것도 우리 교양의 범위를 넓히는 데 도움이 된다. 읽기 쉽고 유익하기도 한 책인데, 한 가지 흠은 분량이 아주 적다는 점이다(사실은 어린이도 읽을 수 있게 만드느라고 열한 살짜리에게 미리 읽혀 보았다 한다. 헌정 대상도 저자의 손자, 손녀들이다. 어쩌면 이 정도의 책을 추천해야 하는 것이 우리 문화의 수준이다).

트로이아 전쟁 이야기를 곧장 본격적인 문학 작품으로 접하는 게 부담스러운 분을 위해서, 그림이 많이 들어가고 아주 쉽게 풀어 쓴 책을 소개하자면, 수잔 우드포드의 『트로이: 고대 미술과 문학으로 읽는 트로이 신화』(김민아 옮김, 루비박스, 2004)를 추천한다. 다른 데서 보기 힘든 희랍의 도기 그림이 시원하게 큰 도판으로 상당히 많이 들어가 있다. 읽기도 아주 쉽다. 이것 역시 아주 짧아서 부담 없이 얼른 집어들 수 있고, 얼른 끝낼 수 있다. 하지만 『일리아스』 내용의 전후를 채워 준다는 게 이 책의 장점이면서 동시에 단점이기도 하다. 이야기의 앞뒤 맥락을 맞추기는 쉽지만 『일리아스』 자체에 대한 내용은 전체의 1/6 정도에 그치기 때문이다.

내가 이따금, 『일리아스』에 나오는 이야기와 다른 판본의 신화가 있다고 하면서 조금씩 흘리는 내용들은 『아폴로도로스 신화집』(강대진 옮김, 민음사, 2005)에서 확인할 수 있다. 한데 이 책은 희랍 영웅들의 이야기를 계보를 따라가면서 정리해 놓은 것이라서, 어찌 보면 정연하지만, 또 어찌 보자면 지루할 수도 있겠다. 그림이 많이 들어 있지만 어린이용은 아닌 신화집을 원한다면 강대진과 박종성 교수가 함께 쓴 『신화의 세계』(한국방송통신대학교 출판부, 2006) 후반부를 보면 되는데, 일반서점에서는 구할 수 없다는 게 좀 문제다. 강대진의 글에 질력이 난다면 다른 저자의 것으로는 이진성 교수의 『그리스 신화의 이해』(아카넷, 2004)를 추천한다. 국내에 나온 희랍 신화·신화학에 대한 가장 짜임새 있고, 깊이 있는 책이다. 분량이 꽤 되니, 긴 호흡의 책들을 읽기 위한 훈련도 되겠다.

희랍 도기 그림을 참고해 가면서 관련 신화를 확인하고 싶은 분께는, 토머스 H. 카펜터의 『고대 그리스의 미술과 신화』(김숙 옮김, 시공사, 1998)를 권한다. 물론 희랍신화 전반을 다루고 있지만 희랍신화에 대한 모든 책이 그러하듯이, 마지막 부분에는 트로이아 전쟁과 오뒷세우스의 귀환에 대한 장들이 있고, 그림 자료가 풍부하게 실려 있다. 그림이 좀 작고 흑백으로 인쇄되어서 그렇지, 그림 숫자와 설명의 수준으로는 국내에 나온 책 중 가장 앞길이다.

시각적인 효과를 중시하는 시대이니만치 여기서 범위를 더 넓혀서 희랍 미술 전반에 대해 보자면, 여러 좋은 책들이 있겠지만 나로서는 다그마 루츠의 『그리스 미술, 어떻게 이해할까?』(노성두 옮김, 미술문화, 2008)를 권하고 싶다. 이 책이 특히 좋은 점은 아름다운 복원도들을 통해 희랍의 유적들이 원래 어떤 모습이었을지를 보여 준다는 것이다. 예를 들어 '아트레우스의 보물 창고'로 알려진 뮈케나이 지역 지하무덤의 입구가 지금 우리에게 전해지는 것보다 훨씬 아름다운 모습이었다는 것을 알 수 있을 것이다. 비슷한 책으로 더 깊이 있는 것은 존 그리피스 페들리의 『그리스 미술: 고대의 재발견』(조은정 옮김, 예경, 2004)인데, 책값의 부담이 좀 있지만 유적들의 평면도와 복원도 등이 충실하다.

현재 역사적 트로이아의 유적지로 알려진 터키의 히사를리크 지역이 어떻게 발굴되었는지 알고 싶은 분은, 마이클 우드의 『트로이, 잊혀진 신화』(남경태 옮김, 랜덤하우스코리아, 2002)를 보면 도움이 될 것이다. 발굴 과정 자체도 흥미 있지만, 쉴리이만이 그 자리를 지목하기 전에 이미 많은 사람이 그 지역에서 탐사와 연구를 진행해 왔다는 사실을 알게 될 것이다. 트로이아 유적지는 하루아침에 발견된 게 아니다.

트로이아에서 발굴된 유물들을 눈으로 확인하고 싶은 분은, '시공 디스커버리 총서' 중 하나로 나온 『트로이: 프리아모스의 보물』(에르베 뒤센, 시공사, 1997)을 이용할 수 있다. 하지만 그 유물들이 희랍의 유물들과 워낙 다르고, 또 도기 그림들처럼 신화 내용을 전해 주는 게 아니라서 다소 실망스러울 수도 있다.

혹시 희랍 문학 일반에 대해 알고 싶다면 마틴 호제의 『희랍문학사』(김남우 옮김, 작은이야기, 2005)가 도움이 될 텐데, 이 책이 너무 딱딱하고 내용이 너무 소략하다 싶은 분은, 정혜신의 『그리스 문화 산책』(민음사, 2003)을 보면 좋다. 희랍문화의 중요한 대목들을 몇 꼭지로 나누어서, 희랍인이 '자유'에 큰 의미를 두었다는 관점에서 풀어 주고 있다. 특히 국내에 아직 번역이 나오지 않은 작품의 내용들도 일부 번역해서 소개하고 있다는 게 또 하나의 장점이다. 거기서 로마 문학까지 나가고 싶은 분께는, 시오노 나나미 외 여러 사람이 함께 쓴 『문학의 탄생: 고대 그리스 로마 문학』(이목 옮김, 웅진지식하우스, 2009)이 좋다. 그림이 많고 설명이 간략해서 부담 없이 읽을 수 있는 책이다. 이 역시 값이 좀 비싸다는 게 문제일 수 있겠다.

이상에서 대체로 서양 고전 문학 전반에 대한 시야를 넓혀 주는 책들을 소개했는데, 『일리아스』가 속해 있는 서사시 쪽으로 좀더 공부하고 싶은 사람이라면, 강대진의 『고전은 서사시다』(안티쿠스, 2007)가 조금 도움이 될 것이다. 그 책의 첫 장은 사실 여러분이 들고 있는 이 책의 출발점이 된 글로서, 내용이 상당 부분 겹치기 때문에 '확장판'을 갖고 계신 분에게는 좀 싱거울 것이고, 새롭다 싶은 부분 은 그 다음 장부터일 것이다. 서사시뿐 아니라 시라는 장르 전반을 훑 어보고 싶은 분은 김헌 박사의 『고대 그리스의 시인들』(살림, 2004) 을 이용할 수 있다. 100쪽 이내의 부담 없는 분량에, 아직 국내에 제 대로 소개되지 않은 작품들의 번역도 꽤 들어 있다.

참고문헌이라 할 것은 아니지만, 『일리아스』 18권에 나오는 아 킬레우스의 방패에 대해 읽은 후에는, 그것을 주제로 쓴 W. H. 오든 (Auden)의 시를 찾아 읽으면 좋으리라 생각된다. 국내에도 이 시가 실린 시집이 번역되어 나와 있다. 『아킬레스의 방패: 오든 시선집』(봉 준수 옮김, 나남출판, 2009). 그 시에서 헤파이스토스는 호메로스의 지 침을 따르지 않고, 자기가 생각하는 전쟁의 모습대로, 좀 삭막한 내용 의 방패를 만들어 주는 것으로 되어 있다. 그 결과물을 본 테티스는 의아해하고 또 슬퍼한다. 시인은 대장장이신을 시켜서, '남자에게 명 예를 주는' 것으로 미화되었던 전쟁의 실상이 어떠한지를 폭로하고 싶었던 듯하다. 물론 『일리아스』의 내용을 잘 아는 사람만이 즐길 수 있는 시이다.

『일리아스』의 특정 부분을 이해하는 데 도움이 될 것들을 일일이다 들자면 일이 너무 커지는데 일단, 에릭 R. 도즈의 『그리스인들과 비이성적인 것』(양호영, 주은영 옮김, 까치글방, 2002)의 일부 내용이, 『일리아스』에 드러난 희랍인의 사고방식을 이해하는 데 도움이 되겠다. 브루노 스넬의 『정신의 발견: 서구적 사유의 그리스적 기원』(김재홍 옮김, 까치글방, 2002) 앞부분도 『일리아스』 이해에 도움이 되긴 할 텐데 일반인이 읽기엔 조금 어려운 감이 있다. 아니 어쩌면 『일리아스』를 읽어야 그 책의 앞부분이 제대로 이해될 것이다. 사실 이 책은, 두고두고 되풀이 읽다 보면, 독자의 지식이 늘어감에 새로운 의미들이 발견되는 깊이 있는 책이다(하지만 장마다 저자가 자기 조국인 독일의 사상가와 문인들의 작품과 사고를 연결시키고 있어서, 그쪽까지 좀 알아야 제대로 읽을 수 있으니 좀 어려움이 있다).

『일리아스』와 큰 상관이 없긴 하지만, 희랍의 역사에 관심 있는 분들은 토머스 R. 마틴의 『고대 그리스의 역사』(이종인 옮김, 가람기획, 2003)를 참고하실 수 있다. 많은 칭찬을 받고 있는 책이다. 앤서니 앤드류스의 『고대 그리스사』(김경현 옮김, 이론과실천, 1991)는 지금 서점에서 구할 수 없게 되었는데, 도서관에는 대개 소장되어 있으니 찾아보시면 이 역시 큰 도움이 될 것이다. 독자들의 독서 범위가 더욱 넓고 깊어지기를 기원한다.

⟋ 찾아보기